Knaur®

Vollständige Taschenbuchausgabe 1988
Droemersche Verlagsanstalt Th. Knaur Nachf., München

Umschlaggestaltung Adolf Bachmann
Umschlagillustration Christine Wilhelm
Druck und Bindung Elsnerdruck, Berlin
Printed in Germany 5 4 3 2 1
ISBN 3-426-01633-8

Irmtraud Fessen-Henjes/
Fritz Gruner/Eva Müller (Hrsg):

Ein Fest am Dashan

Chinesische Erzählungen

Knaur®

Aus dem Chinesischen von Irmtraud Fessen-Henjes, Fritz Gruner, Gabriele Jordan, Klaus Kaden, Ilse Karl, Ulrich Kautz, Marianne Liebermann, Eva Müller, Reiner Müller, Irma Peters, Hannelore Salzmann (siehe Inhaltsverzeichnis Seite 344).

Mit einer Nachbemerkung (Seite 325), biographischen Notizen (Seite 332) und Anmerkungen (Seite 339) versehen von Irmtraud Fessen-Henjes, Fritz Gruner und Eva Müller

Malqinhu Die Geschichte eines Lebenden Buddha

Mein Heimatdorf Bayinhot war der Sitz unseres Bannerfürsten. Ich verbrachte dort meine goldene Kindheit, die nun in einem geheimnisvollen, tiefe Sehnsucht weckenden Dämmerschein liegt.

Unser Nachbar war ein Lama namens Tegus. Lamas dürfen eigentlich nicht heiraten. Tegus aber war verheiratet und hatte sogar Kinder. Bis heute habe ich dafür noch keine Erklärung gefunden.

Lama Tegus hatte drei Söhne. Der älteste hieß Hasenjiab, der zweite Garhe und der dritte Malaha. Malaha und ich waren im gleichen Alter. Wir hatten kaum sprechen gelernt, da spielten wir schon zusammen mit nacktem Hintern auf den Sandhügeln vorm Haus. Und als wir das Alter erreicht hatten, in dem die Kinder Schlitzhosen tragen, waren wir bereits unzertrennliche Freunde.

Der kleine Malaha war ein überaus hübscher Junge. Er hatte feingezeichnete Brauen und leuchtende Augen. Hinter seinen roten Lippen blitzten weiße Zähne, und sein rundes Gesicht mit dem hohen Nasenrücken schmückte ein rabenschwarzer Lockenschopf. Häßlich an ihm waren eigentlich nur die viel zu langen Ohren. Doch die Alten sagten, dies sei ein Zeichen Buddhas und bedeute Glück. Was nennt man Glück? Ich bin mir nicht sicher, was darunter zu verstehen ist. Jedenfalls war Malaha viel klüger, begabter und mutiger als ich. Ich bewunderte ihn sehr.

Wir lebten daheim in großer Armut. Seine Familie war ein wenig besser gestellt. In einem Frühjahr – ich war ungefähr sechs Jahre alt – herrschte in unserem Dorf eine große Hungersnot. Außer dem Bannerfürsten und einigen Reichen, den Bayan, hatte keiner im Dorf etwas zu essen. Eines Abends kam der kleine Malaha zu mir und sagte: „Los, nimm deinen Korb! Wir klettern auf die Ulmen und holen die Früchte."

„Wohin willst du in dieser Dunkelheit?"

„Zu den hohen Ulmen auf der großen Wiese vorm Haus des Bannerfürsten."
Als ich das hörte, erschrak ich und sagte hastig: „Das sind heilige Bäume. Hast du nicht gesehen, daß die Leute jedes Jahr dorthin gehen und Kotau machen? Wer könnte es wagen, da hinaufzuklettern? Wenn der Fürst es erfährt, schlägt er uns die Beine ab."

„Ach, heilige Bäume! Was soll das sein? Wer hat jemals einen Heiligen gesehen, du vielleicht?"

Ich schüttelte heftig meinen kleinen, kahlgeschorenen Kopf.

„Dann laß uns gehen, ehe der Mond rauskommt. Schnell, wir klettern hinauf und holen die Früchte!"

Ulmenfrüchte, mit Spreu vermischt und gedämpft, schmekken vorzüglich. Besonders in Hungerszeiten sind sie für die Armen ein seltener Genuß. Ich dachte daran, daß wir für den nächsten Tag noch nichts im Topf hatten. So nahm ich all meinen Mut zusammen, ergriff den Korb und folgte ihm zu der großen Wiese vor dem Haus des Bannerfürsten.

Malaha war ein richtiger Teufelskerl. Nicht weit von uns entfernt graste mit vorgestrecktem Hals eine alte gefleckte Kuh. Malaha duckte sich ins Gras und kroch langsam wie eine Kröte hinüber zu ihr. Dann bedeutete er mir, dasselbe zu tun. Anfangs verstand ich nicht, was er beabsichtigte. Erst als er einen Zweig ergriff und die Kuh antrieb, so daß wir, durch sie gedeckt, zu den heiligen Bäumen gelangen konnten, ging mir ein Licht auf. Auf diese Weise würde uns die Wache auf dem Turm des Bannerfürstenhauses nicht bemerken. Die alte Buntschecke war ein gehorsames Tier. Mit ihrem mächtigen Körper gab sie uns Deckung und führte uns zu einem der großen heiligen Bäume. Dann trottete sie, den langen Schwanz hin und her schwenkend, gemächlich zur Seite, um zu grasen.

Der große heilige Baum wirkte in der dunklen Nacht noch finsterer. Furchterregend bewegte er sich im Wind. Ich stand da wie gelähmt. Unterdessen hatte Malaha bereits flink wie ein Affe den Baum erklommen. Eilig kletterte ich hinterher. Es war wirklich ein heiliger Baum. Trotz der großen Trokkenheit hatte er noch ein üppiges Laubwerk. Rasch hatten wir die beiden großen Körbe voll Ulmenfrüchte gepflückt. Der Mond war inzwischen rot und groß am östlichen Himmel emporgestiegen und leuchtete mild, geheimnisvoll und gütig.

Wir waren wie verzaubert von dem erhabenen Anblick des aufgehenden Mondes. Vorsichtig hängten wir die vollen Körbe an eine Astgabel, und in einem unendlichen Glücksgefühl winkten wir von unserem Platz hoch oben auf dem heiligen Baum dem lächelnden Mond zu . . .

Der Mond stieg höher und breitete sein silbernes Licht über die große Wiese. Auf einmal dachte ich an unsere Rückkehr und fragte Malaha besorgt: „He, der Mond scheint so hell, wie kommen wir nun von der Wiese runter?"

„Da muß uns die alte Kuh noch mal helfen."

Als wir die Wiese hinter uns gelassen hatten, stellten wir die beiden Körbe mit den Früchten ab und rollten uns unter Lachen und Kichern auf dem Boden herum. Die Anspannung beim Rückzug über die Wiese und das ausgelassene Spiel hatten uns erschöpft. Arme und Beine von uns gestreckt, lagen wir in dem taufeuchten Gras und sahen still in den tiefblauen dunklen Himmel. In diesem Augenblick ließen wir unserer kindliche Phantasie freien Lauf. Der Himmel – was ist das? Warum ist er von einem so tiefen Blau? Gibt es hinter diesem Blau tatsächlich eine andere Welt, in der edle und tugendsame Menschen wohnen, wie die alten Buddhisten sagen? Gewiß gibt es dort keinen grausamen Bannerfürsten und keine notleidenden Armen. Und den Hunger wird man dort ganz bestimmt nicht mit Ulmenfrüchten stillen müssen . . .

Am folgenden Tag stand in unseren beiden Familien ein süßduftendes Gericht auf dem Tisch.

Dem trockenen Frühjahr folgte ein regenreicher Sommer. Es regnete unaufhörlich. Die Bäche in der Umgebung schwollen an, und mancher aus dem Dorf fing darin eine Menge kleine Fische. Eines Tages kam Malaha zu mir gerannt, auf seiner Stirn standen Schweißperlen. „Komm mit zum Fluß, Fische fangen. Dort ist es kühl und schön zum Spielen."

Ich langweilte mich zu Hause gerade schrecklich, und so folgte ich ihm ohne Widerrede.

Das Hochwasser war schon zurückgegangen. Das Wasser im Fluß war so klar, daß man bis auf den Grund schauen konnte. Auf den ersten Blick sahen die bunten Kieselsteine im Wasser aus wie springende kleine Fische. Wir warfen unsere Kleider ab und tauchten in das Wasser. Eine angenehme Kühle umfing meinen Körper und drang mir bis ins Herz. Wir standen splitternackt im Fluß und hatten nichts anderes im Sinn, als uns gegenseitig mit Wasser zu bespritzen und zu nekken. Die Fische hatten wir längst vergessen.

Am Tag darauf, gegen Mittag, ging plötzlich im Dorf ein Gerücht um, das für mich einfach unvorstellbar war: Der kleine Malaha, der gestern noch mit mir zusammen im Fluß gebadet hatte, war vom Ge-Gen-Kloster zum Lebenden Buddha auserwählt worden. Zu sagen, er sei zum Lebenden Buddha auserwählt worden, ist nicht ganz zutreffend. Nach der buddhistischen Lehre ist ein Lebender Buddha die „Reinkarnation eines früheren Lebens". Das heißt, der Lebende Buddha schreibt in seinem früheren Leben in goldener Schrift auf rotem Satin nieder, an welchem Ort und in welcher Familie er wieder zur Welt kommen wird. Diese Botschaft legt er in einen ziselierten silbernen Behälter, der versiegelt an einem geheimen Platz aufbewahrt wird. Nach seinem Tode kommen die rangältesten Lamapriester unter dem Vorsitz seines ehemaligen Sutra-Lehrers zu einer Beratung zusammen. Vor aller Augen wird das Siegel entfernt und das Vermächtnis verlesen. Darauf beginnt gemäß den Hinweisen, die das schwer zu enträtselnde Dokument enthält, die Suche nach dem Lebenden Buddha.

Der letzte Lebende Buddha des Ge-Gen-Klosters, so hieß es, habe in seinem Vermächtnis die Familie desjenigen, in dessen Gestalt er wieder zur Welt kommen sollte, folgendermaßen beschrieben: Entsprechend der Reihenfolge des mongolischen Alphabets – A, Na, Ba, Ha, Ga, Ma – lautete die erste Silbe des Namens seines ältesten Bruders Ha, die des zweiten Bruders Ga und die seines eigenen Namens Ma. Hat man drei Brüder gefunden, deren Namen mit diesen Silben beginnen, so ist es damit noch nicht getan. Ein weiteres Zeichen ist, daß an einer Stelle, achthundertundzehn Schritt in südöstlicher Richtung vom Haus der Familie entfernt, ein riesiger Baum steht, den zu umfassen fünf Menschen nicht imstande sind. Und schließlich liegt achthundertundzehn Schritt in nordwestlicher Richtung vom Hause entfernt ein Granitstein von der Größe eines Ochsenkopfes, drei Fuß unter der Erde. Der Mensch, bei dem diese drei Voraussetzungen gegeben sind, verkörpert den Lebenden Buddha.

Die Boten, die das Ge-Gen-Kloster ausgeschickt hatte, benötigten mehrere Jahre für ihre geheimen Nachforschungen und Untersuchungen und kamen am Ende zu dem Schluß, daß mein kleiner Gefährte Malaha der neue Lebende Buddha sei. Und so geschah es, daß aus dem kleinen Malaha, der gestern noch mit mir zum Fischfang am Fluß gewesen war, über Nacht eine Gottheit wurde – der achte Lebende Buddha des Ge-Gen-Klosters.

Es war ein großes Ereignis. Alle Gläubigen des Dorfes schienen einen Anteil an dem Ruhm zu haben, so sehr freuten sie sich. Das Dorf brodelte wie ein Kessel kochenden Wassers. Zur Mittagszeit verkündete der Oberste Lama, der Lebende Buddha Malaha nehme ab ein Uhr nachmittags die Huldigungen der Dorfbewohner entgegen.

Meine Mutter war ein gläubige Buddhistin. Sie hieß mich Hände und Gesicht waschen, denn sie wollte mit mir zur festgesetzten Zeit zum Lebenden Buddha Malaha zur Andacht gehen. Als sie „Lebender Buddha Malaha" sagte, mußte ich laut lachen. Wegen meines „gotteslästerlichen" Benehmens zog sie mich unbarmherzig am Ohr und gebot mir in ernstem Ton und mit strenger Miene: „Lach nicht!" Und ich wagte nicht wieder zu lachen.

Es war Zeit. An der Hand der Mutter ging ich zu Malaha, um vor ihm Kotau zu machen. Meine kindliche Neugier trieb mich, zu sehen, was aus meinem kleinen Freund, der nun Lebender Buddha genannt wurde, geworden war.

Ich folgte der Mutter bis vor die Tür von Malahas Haus. Dort war bereits eine große Menschenmenge, Männer, Frauen und Kinder, versammelt. Da Malaha nun ein Lebender Buddha war, brauchte er sich nicht mehr um den Unterschied zwischen den Generationen in unserer Welt zu kümmern. Auch jene, die er gestern noch mit Onkel und Tante oder gar mit Großvater und Großmutter angeredet hatte, mußten nun vor ihm niederknien, um seinen Segen zu empfangen. Als endlich die Reihe an uns war, hineinzugehen und Kotau zu machen, bekam ich doch Herzklopfen. Irgendwie fürchtete ich mich davor, meinen kleinen Kameraden als Buddha zu sehen. Man schob mich zur Tür hinein. Malaha saß in der Mitte des *kangs.* Vor ihm stand ein von anderen Leuten entliehener *kang*tisch aus Rotholz, auf dem sich eine buddhistische Sutra und ein mit „heiligem Wasser" gefüllter silberner Krug befanden. In dem Krug steckte eine Pfauenfeder. Sie diente dazu, die Andächtigen mit dem „heiligen Wasser" zu benetzen. Als ich den Raum betrat, lächelte mir Malaha zu. Ich weiß nicht mehr, ob ich damals zurückgelächelt habe. Rechts und links neben ihm saßen seine Mutter und sein Sutra-Lehrer. Die Augenlider und die Lippen des alten Lehrers hingen schlaff herab, und neben seine Mundwinkel waren zwei tiefe Furchen eingegraben. Er hatte ein düsteres und furchterregendes Gesicht. Ich wagte nicht, ihn länger anzuschauen. Meine Mutter kniete schon am Boden. Die Handflächen andächtig gegeneinandergelegt, machte sie dreimal Kotau. Schnell kniete ich so wie sie vor Malaha nieder. Nach dem ersten Kotau hob ich die Augen zu ihm. Unsere Blicke trafen sich. Er hatte noch das vertraute, unschuldige Lächeln, blinzelte mir zu und schnitt eine Grimasse. Ich gab mir Mühe, nicht zu lachen. Er aber gefiel sich so sehr, daß er laut kicherte. Der Sutra-Lehrer war über Malahas Benehmen sichtlich entrüstet und räusperte sich zweimal drohend: „Hm, hm!" Seine Mutter ermahnte ihn mit aufgeregten Gesten und in freundlichem, aber strengem Ton: „Lebender Buddha, sitz still und laß den Unsinn!" Nachdem wir unsere Huldigung dargebracht hatten, nahm Malaha die Sutra, von der er kein Wort kannte, und berührte damit meine und meiner Mutter Stirn. Dann tröpfelte er mit der Pfauenfeder etwas Weihwasser auf unsere Köpfe. Damit war das Ritual beendet. Als die Mutter mich hinausführte, drehte ich mich beherzt um und sah den kleinen Malaha zum Abschied noch einmal an. Er hob die Augenbrauen und zwinkerte mir zu, als wollte er sagen: Warte nur, wir klettern schon noch auf die Bäume und holen Ulmenfrüchte und gehen zum Fluß Fische fangen.

Unwillkürlich dachte ich bei mir, daß Malaha sich gar nicht in einen Buddha verwandelt hatte und noch immer mein kleiner Kamerad war.

Am Tag darauf, um drei Uhr morgens, sollte der kleine Malaha die Reise antreten, um seinen Platz im Kloster einzunehmen. Schon in aller Frühe säumten die Dorfbewohner die staubige Straße, die man mit Wasser besprüht hatte. Sie warteten dort, um ihm das Geleit zu geben. Ich erwachte an diesem Morgen mit dem Gedanken, daß ich mich nun von meinem kleinen Gefährten trennen mußte, und war unsagbar traurig. Ich stand in der Menschenmenge vorm Dorf und war nahe daran, in lautes Weinen auszubrechen. Doch die Atmosphäre um mich herum war so feierlich und still, daß ich es mir nicht getraute. Ich blickte unverwandt zum Dorfausgang, von wo Malaha kommen sollte.

Nach einer Weile ertönte das lärmende Spiel einer Lamakapelle. Sie bestand aus Gold- und Silberhörnern, Bockshorntrompeten, einer großen Baßtrompete, die mehr als zehn Fuß lang war und von zwei kleinen Lamas getragen wurde, sowie acht Trommeln und zehn Tschinellen. Man konnte nicht von Musik sprechen. Es war ein ohrenbetäubender, schrecklicher Lärm. In diesem Getöse bewegte sich ein großes Etwas auf uns zu und kam näher und näher.

Dort, wo es vorüberzog, machten die Menschen, die schon seit geraumer Zeit auf der Erde knieten, unablässig Kotau. Schließlich bewegte sich der Zug des Lebenden Buddha Malaha an uns vorbei. Ich dachte nur daran, daß ich meinen Freund noch ein letztes Mal sehen wollte. Verwirrt kniete ich am Boden und vergaß, Kotau zu machen. „Kotau! Kotau!" befahl mir die Mutter. Ganz durcheinander verbeugte ich mich einmal, um dann wieder den Kopf zu heben und nach Malaha Ausschau zu halten. Ah! Ich sah einen Zug von neun stattlichen Pferden, die, geführt von je einem Lama, mit hocherhobenem Kopf in einer Reihe hintereinander gingen. Über den Rücken jedes Pferdes war eine große, gelbe Satindecke geworfen, die fast den Boden berührte. Die Priester und Malahas Familie folgten in weitem Abstand. Malaha selbst saß, in ein gelbes Gewand gehüllt, einsam und bemitleidenswert auf dem fünften Pferd. Vier Lamas zu seiner Rechten und Linken gaben auf ihn acht. Er hielt ängstlich die Zügel des Pferdes fest, als fürchte er, abgeworfen zu werden. Nun war er dicht vor mir, und seine Augen wanderten über die gesenkten Köpfe. Mir war, als habe er mich gesehen, und dann wieder, als habe er mich nicht gesehen. Seine buschigen Brauen waren dicht zusammengezogen, auf seinem Gesicht standen Schmerz und Kummer über die Trennung von seinem Heimatdorf, den Angehörigen und den Gefährten. In seinen Augenwinkeln schienen Tränen zu hängen ...

Langsam entfernte sich der goldgelbe Gegenstand und verlor sich schließlich im braunen Staub. Mühsam erhoben sich die Dorfbewohner einer nach dem anderen. Alle hatten Schmutzflecken auf der Stirn. Je mehr Kotaus sie gemacht hatten, desto schmutziger sahen sie aus. In religiöser Andacht der Welt entrückt, vergaßen sie ganz, sich mit dem Ärmel die Stirn abzuwischen.

Ich folgte der Menge zurück ins Dorf. Mir war, als hätte mir jemand mit Gewalt etwas entrissen, als kämpften in meinem Herzen zwei junge Ochsen miteinander. Es war unerträglich! An jenem Tag mochte ich weder essen noch trinken. Allein lief ich zur großen Wiese. Im Schatten der Bäume saß ich dort den ganzen Tag und starrte vor mich hin. Erst am späten Abend fand mich die Mutter und holte mich nach Hause ...

Drei Jahre vergingen. Ich besuchte eine Schule, in der nach ausländischen Lehrmethoden unterrichtet wurde. Als ich einmal von der Schule zu Besuch nach Hause kam, strahlte das Gesicht meiner Mutter, in das die Armut tiefe Furchen gegraben hatte. „Der Lebende Buddha Malaha kommt morgen hierher und nimmt die Huldigungen der Dorfbewohner entgegen", sagte sie. In meinem Kopf, der vollgestopft war mit den Silben des mongolischen Alphabets, entstand von neuem das geliebte Bild meines kleinen Freundes Malaha.

Der Lebende Buddha Malaha sollte die Gebete seiner Dorfgenossen auf einem Altar oben am Ende einer hohen, weißen Marmortreppe vor dem alten Lamatempel im östlichen Dorf anhören. Es hieß, Gebete zum Lebenden Buddha könnten Böses zum Guten wenden und Unheil bannen. Um all ihre in dieser Welt begangenen Sünden zu büßen und auf Frieden und Glück in ihrem nächsten Leben hoffend, warfen sich deshalb einige Alte, sobald sie ihr Haus verlassen hatten, nach jedem Schritt der Länge nach zu Boden und machten Kotau bis vor die Füße des Lebenden Buddha Malaha. Manche waren deswegen bereits um Mitternacht auf den Beinen. Mich, der ich nun schon mehrere Jahre lang Schüler einer modernen Schule war, interessierte die Religion nicht mehr. Mir lag nichts an der Pracht der Tempelgebäude und an der Feierlichkeit der Zeremonien. Ich war nur darauf bedacht, mir einen Weg nach vorn zu bahnen und meinen kleinen Gefährten aus nächster Nähe zu sehen, um herauszufinden, welche Wandlung sich nach alldem in ihm vollzogen hatte. Eingehüllt in die dichten Wölkchen der Räucherkerzen, wurde ich schließlich von dem Strom der Menschen bis vor den kleinen Malaha – nein, den Lebenden Buddha Malaha – geschoben. Er saß auf einem dicken, gelben Satinkissen ganz oben am Ende der hohen Treppe, und ich kniete ganz unten auf einer harten Steinplatte. Ich hob den Kopf, riß die Augen weit auf und sah ihn an. Da entdeckte ich, daß mein kleiner Kamerad Malaha sich völlig verändert hatte. Seine Wangen waren ausgezehrt, die Augen tief eingesunken, und sein Gesicht war von einer wächsernen Blässe und ohne jede Regung. Sein Blick war müde und teilnahmslos. Er schien mich erkannt zu haben. Ich sah nur, daß er seine Augen auf mich richtete. Doch schnell, ohne meine Reaktion abzuwarten, nahm er wieder seine Buddhapose ein, und sein Blick war leblos wie zuvor. Ach, nur drei Jahre waren nötig gewesen, um aus meinem kleinen Gefährten Malaha, einem unschuldigen Kind voller Leben, einen so kalten, teilnahmslosen „Gott" zu machen! Ich war betroffen bis ins Innerste meines Herzens ...

Im fünften Sommer nach der Inthronisierung Malahas als Lebender Buddha wurde vom Ge-Gen-Kloster eine mehrtägige Versammlung der Gläubigen einberufen. Auf ihr sollte der Lebende Buddha Malaha die buddhistischen Sutras darlegen. Auch diesmal schloß ich mich den anderen an, um an dem großen Ereignis teilzuhaben. Am letzten Tag verkündete der dem Kloster vorstehende Lama-Älteste: Der Lebende Buddha Malaha nimmt heute die Huldigungen der Laien entgegen.

Zur festgesetzten Zeit drängte sich eine dichte Menschenmenge im Kloster. Ich stand am Ende eines wogenden Meers von Köpfen und blickte aus einer Entfernung von etwa hundert Metern auf den Thron des Lebenden Buddha. In der hohen Klosterhalle brannten einige ewige Lampen. Obwohl es heißt, daß jede der bronzenen Schalen ungefähr fünfzig Pfund Butter faßt, war das Licht, das sie gaben, so schwach, daß ich das Gesicht des Lebenden Buddha Malaha nicht deutlich wahrnehmen konnte. Alles, was ich sah, war eine Figur in einem gelben Umhang und mit einer gelben Satinkappe auf dem Kopf. Beide Hände gegeneinandergelegt, saß sie da, unbeweglich wie ein Lehmgötze in einem großen Tempel.

Auf Umwegen gelangte ich von hinten in die große Halle vor den Lebenden Buddha. Die Gläubigen um mich herum waren von einem Fieber erfaßt, dessen sie nicht Herr wurden. Manche beteten laut, andere erflehten weinend den Segen des Lebenden Buddha. Sie verbeugten sich tief, jederzeit bereit, vor ihm niederzufallen und den Kopf auf seine Füße zu pressen. Der Lebende Buddha Malaha aber hielt die Augen geschlossen und schenkte den ergebenen und fanatischen Anbetern keinen Blick. Um seine Aufmerksamkeit zu erregen, richtete ich mich auf und trat direkt vor ihn hin. Ich wollte, daß er zu mir herübersah. Aber ich wurde enttäuscht. Ich weiß nicht, woher ich plötzlich den Mut nahm, dem lebenden Götzenbild in gelbem Satin leise zuzurufen: „Malaha, ich bin es doch! He, ich bin es, Malaha!" Zwar hatte ich nicht laut gesprochen, doch immerhin so laut, daß er es hören mußte. Aber er zeigte nicht die leiseste Regung. Mein Herz krampfte sich zusammen: Sollte er wirklich ein Buddha geworden sein? Im Banne der überwältigenden, mystisch religiösen Atmosphäre kniete ich unbewußt vor Malaha nieder und machte mehreremal Kotau. Als ich mich wieder aufgerichtet hatte und schweren Schrittes das Kloster verließ, wußte ich, daß ich nun für immer den geliebten Gefährten meiner Kindheit verloren hatte. Ich weinte laut und ungehemmt . . .

Jahrzehnte vergingen.

Vom Volk wie von einer gütigen Mutter genährt, wurde ich, ein Kind armer Leute, Schriftsteller. Oft dachte ich zurück an meine goldene Kindheit, an Monate und Jahre des Kampfes in der Jugendzeit. Viele Gefährten aus dieser Zeit kamen mir wieder ins Gedächtnis und standen Modell für die Gestalten meiner Werke. Doch aus irgendeinem Grund hatte ich mich niemals an den kleinen Malaha erinnert. Vielleicht lag es daran, daß er in meiner Erinnerung seit langem kein Mensch mehr war, sondern ein Gott. Für meine Werke, in denen ich das wirkliche Leben beschrieb, brauchte ich Menschen aus Fleisch und Blut, Menschen mit Gefühlen und keine Lehmgötzen, die nicht einmal die Augen bewegen konnten und sogar, wenn man ihren Namen rief, reglos blieben.

Es war in einer stillen Winternacht. Ich saß in meinem Arbeitszimmer und schrieb. Da hörte ich, daß jemand an die Tür klopfte. Meine alte Mutter, die sich mit ihren sechsundachtzig Jahren noch guter Gesundheit erfreute, rief: „Ich komme schon!" und ging die Tür öffnen. Kurz darauf hörte ich plötzlich meine kleine Tochter schreien: „Papa, komm schnell, Großmutter ist ohnmächtig geworden!" Ich ließ den Stift fallen und stürzte aus dem Zimmer. Doch meine Mutter war nicht ohnmächtig geworden, sie machte nur ununterbrochen Kotau. Die Kleine hatte das noch nie gesehen, deshalb ihr Erschrecken. Ehe ich recht begriff, was geschehen war, hatte der Gast meine Mutter schon bei den Schultern gefaßt und zog sie hoch. Dabei murmelte er: „Tante, Sie sollten das nicht mehr tun, ich bin ein Mensch, ein gewöhnlicher Mensch, kein Buddha!"

Ich wandte mich um und sah den Gast an. Er war ordentlich gekleidet, hatte graue Schläfen und herabhängende Mundwinkel, das spärliche Haar am Hinterkopf war säuberlich gekämmt. Nachdem er meiner Mutter aufgeholfen hatte, drehte er sich mir zu. In diesem Augenblick erkannte ich an seinen lachenden Augen, daß er es war: Malaha, der Gefährte meiner Kindheit.

„Wo bist du all die Jahre gewesen?" fragte ich, nachdem ich ihn in mein Arbeitszimmer gebeten und ein paar Worte der Begrüßung gesagt hatte.

„Ich bin viel umhergereist und habe als Arzt gearbeitet. Da, wo ich gerade war, war auch mein Zuhause. Aber du mußt nicht denken, ich sei so ein umherziehender Quacksalber, der Hundepflaster verkauft." Er trank einen Schluck von dem Tee und fuhr, über sich selber lächelnd, ruhig fort: „Als unser Heimatort befreit worden war, übergab ich die Klosterangelegenheiten dem Lama-Ältesten und begann mich in dem Kloster, wo ich lebte, mit mongolischer und tibetischer Medizin zu befassen. Die Medizin der Mongolen und Tibeter hat eine reiche Tradition." Er zog aus seiner Tasche ein Buch in einem schönen Einband. „Hier ist das Ergebnis meiner Untersuchungen von vierzig Jahren. Es ist vor kurzem erschienen."

Ich nahm das Buch in die Hand. Auf den Einband war in großer goldener Schrift der Titel in mongolischer, tibetischer und chinesischer Sprache geprägt: Mongolisch-tibetisches Arzneibuch. Darunter stand der Name des Verfassers: Malaha.

„Im vorigen Jahrhundert hat unsere Heimat den berühmten Schriftsteller und Historiker Yinzhannaxi hervorgebracht. Und nun, im zwanzigsten Jahrhundert, den gefeierten Arzt Malaha. Darauf kann unser Volk stolz sein", sagte ich, freudig erregt.

In Malahas Gesicht arbeitete jeder Muskel, und es war zu sehen, daß er sich sehr geehrt fühlte. Seine dunklen Augen leuchteten vor Begeisterung. „Ich habe gerade an einer medizinischen Konferenz in Shanghai teilgenommen, und nun bin ich hierhergekommen, um dich zu sehen.“

Er blieb drei Tage bei uns. Am Abend vor seiner Abreise bereitete ich zum Abschied einige Speisen vor und stellte Wein auf den Tisch. Er war kein großer Trinker, aber an diesem Abend leerte er gegen seine Gewohnheit drei Gläser hintereinander. Der Wein rötete unsere Gesichter, und die Zuneigung, die wir als Kinder füreinander empfunden hatten, erfüllte wieder unsere Herzen. Wir waren beide sehr glücklich. Vielleicht war es der Stimmung, in die der Wein mich versetzt hatte, zuzuschreiben, daß ich ihm eine Frage stellte, für die mir bisher der Mut gefehlt hatte: „Bist du nun Doktor Malaha oder der Lebende Buddha Malaha? Ein Arzt ist ein Mensch, als Lebender Buddha aber wärst du ein Gott.“

Malaha saß in einem Lehnstuhl, in der Hand den Teebecher. Er lächelte traurig und sagte mit gelassener Stimme: „Ja, eigentlich gibt es keine Götter in dieser Welt. Aber die Menschen schufen sich einen Gott aus Unwissenheit und weil sie etwas suchten, in das sie ihre Hoffnungen setzen konnten. Der von seinen Mitmenschen als Gott angebetete Mensch hat anfänglich nur die vage Empfindung, ein Gott zu sein. Mit der Zeit aber glaubt er selber daran und nimmt das Gebaren eines Gottes an. Die Menschen verehren ihn dann mit noch größerer Ergebenheit und glauben mit noch größerem Fanatismus an ihn. Sie wissen ja nicht, daß man sie zum Narren hält. Die Menschen machen einen Narren aus dem, den sie zum Gott erheben. Doch der von ihnen in einen Gott verwandelte Mensch verhält sich wie ein Gott und treibt sein Spiel mit denen, die ihn vergöttlicht haben. Tausende von Jahren haben wir in dieser gegenseitigen Täuschung gelebt. Diese Jahre sind für uns, für die Geschichte, eine sinnlose Zeit gewesen. Glücklicherweise wird die Geschichte letztendlich vom Volk geschrieben, und jene widersinnigen Zeiten gehören der Vergangenheit an.“

Peking, am 10. Juni 1980

Bing Xin

Ein leeres Nest

Die linke Hand in die Hüfte, die rechte auf das Regal gestützt, betrachtete Liang die Bücherreihen. Ich sah auf seinen gebeugten Rücken und dachte seufzend: Er ist alt geworden. Wir sind beide alt. Wie schnell doch dreißig Jahre vergehen!

Wir hatten zusammen die Universität besucht, waren im selben Studienjahr gewesen und hatten gemeinsam ein Zimmer bewohnt. Er studierte Geschichte und ich Literatur. Wir verstanden uns gut und hatten viele Freunde, so daß es in unserem Zimmer immer besonders lebhaft zuging. Nach Abschluß der Universität erhielten wir beide ein Stipendium für ein Auslandsstudium in Amerika. Zwar kam ich in den mittleren Teil des Landes und er in den Westen, doch standen wir ständig in Briefwechsel und verbrachten auch die Ferien gemeinsam. Wir promovierten zur selben Zeit und kehrten gemeinsam in die Heimat zurück. Doch diesmal hatte er mir etwas voraus: Er brachte eine in Amerika aufgewachsene, sehr schöne und tüchtige Frau mit – Mei Bo. Ich heiratete, wieder daheim, eine ehemalige Kommilitonin. Hua Ping war damals Lehrerin an einer Mittelschule. Liang und ich begannen an derselben Hochschule zu arbeiten. Wir wohnten nicht weit voneinander entfernt, und unsere Frauen kamen gut miteinander aus. Deshalb gaben wir unseren im selben Jahr geborenen Kindern jeweils den Namen der Frau des Freundes. Meine Tochter wurde Chen Mei genannt, sein Sohn Liang Ping.

Am Vorabend der Revolution rief uns mitten in der Nacht ein alter Professor zusammen und drängte uns, am nächsten Tag mit einem Flugzeug „zur Rettung der Professoren“ das Land wegen der drohenden Gefahr zu verlassen. Mei Bo verlor die Nerven. Sie überredete Liang, das Angebot anzunehmen. Noch in der selben Nacht packten sie überstürzt ein paar Sachen und flohen mit ihrem Sohn aus China. Ganz anders Hua Ping. Sie sagte: „Wovor sollten wir uns fürchten?

Wir sind doch schließlich Chinesen, und die Kommunistische Partei ist schließlich besser als die Guomindang. Wenn ich sterbe, dann nur auf chinesischem Boden!" Also blieben wir in China, und so trennten sich meine und Liangs Wege ...

Aus der Küche, wo meine Frau und meine Tochter hantierten, war das Klappern von Töpfen und Pfannen zu hören, und ein verlockender Duft drang zu uns herein.

Der alte Liang, der eine Gedichtsammlung von Bai Juyi aus dem Regal genommen hatte, legte das Buch auf den Tisch und drehte sich lachend zu mir um. „Wie das duftet! Mein Haus in Amerika kennt schon lange nicht mehr solche Wohlgerüche." Er setzte sich mir gegenüber, und nun sah ich, nicht nur der krumme Rücken war es, der ihn alt machte, auch seine Augenlider waren leicht geschwollen.

Ich fragte ihn: „Kochst du etwa nicht mehr chinesisch?"

Er antwortete: „Nach dem Tod von Mei Bo hab ich mir nur noch selten was gekocht. Es macht keinen Spaß für einen allein."

„Was ist mit Liang Ping und seiner Frau? Kommen sie nicht manchmal?"

Er lachte. „Ach, weißt du, seine Frau ist Amerikanerin italienischer Herkunft. Die sind nicht so wie wir Chinesen. Wenn wir irgendwo hinkommen, fangen wir gleich an zu kochen. Ich koche manchmal etwas für sie. So ist das."

Meine Enkelin Xiao Wen kam aus der Schule zurück und stürmte ins Zimmer. Als sie den Gast bemerkte, stellte sie vorsichtig die Schulmappe ab und trat schüchtern zu mir. Ich schob sie vor Liang und forderte sie auf, Onkel Liang zu ihm zu sagen. Nur flüsternd brachte sie die beiden Worte heraus, dann wollte sie sofort wieder zu mir laufen.

Doch Liang zog sie zu sich heran, betrachtete sie von Kopf bis Fuß und rief lachend: „Du siehst deiner Mutter ähnlich. Als ich China verließ, war deine Mutter so groß wie du jetzt. Wo ist denn dein Papa?"

Xiao Wen antwortete: „Mein Papa hat heute abend Dienst."

Liang stand auf und sagte, als hätte er das gar nicht gehört: „Beinahe hätte ich es vergessen. Hier habe ich ein paar Kleinigkeiten für euch." Er öffnete seine schwarze, pralle Tasche, nahm eine Büchse Pulverkaffee, eine Stange „Camel"-Zigaretten und einen Taschenrechner heraus und legte die Sachen auf den Tisch, dann wandte er sich zu mir: „Der Kaffee ist für euch alle. Die Zigaretten sind für dich, es ist immer noch deine alte Marke. Den Taschenrechner habe ich für deine Tochter, die kleine Mei, mitgebracht.“ Er drückt Xiao Wen den Rechner in die Hand. „Ich hab nicht gewußt, daß es dich gibt. Deshalb hab ich auch nichts für dich mitgebracht. Das nächste Mal dann, ja? Du kannst ja auch mit dem Taschenrechner spielen. Aber nimm ihn nicht mit in die Mathematikstunde, hörst du?“

Xiao Wen bedankte sich strahlend und lief mit dem Taschenrechner in die Küche.

Die Hände an der Schürze abtrocknend, kam meine Tochter lachend ins Zimmer: „Ich danke Ihnen, Onkel Liang. So einen Taschenrechner kann ich gut gebrauchen. Oh, Sie haben auch Zigaretten für Papa mitgebracht. Wir hatten große Mühe, ihm das Rauchen abzugewöhnen. In den Jahren, als er in der Kaderschule war, hat er sehr stark geraucht. Außerdem waren dort die Zimmer nicht geheizt, deshalb hatte er oft Bronchitis ...“

Aus der Küche war die Stimme meiner Frau zu hören: „Mei! Wo bist du denn schon wieder? Sieh doch mal nach, ob im Reistopf noch genug Wasser ist!“

Meine Tochter rief: „Ich komme ja schon, ich komme ja schon“ und lief hinaus.

Liang seufzte und sagte: „Um noch einmal auf die Kaderschule zurückzukommen, in jenen Jahren ging es dir nicht besonders, nicht wahr? Im Sommer 1966 bin ich noch mal nach China gekommen, hierher nach Peking. Als ich mich in der Anmeldung nach deiner Adresse erkundigte, sah ich dich plötzlich mit anderen Professoren auf einem Lkw. Ihr wart gerade von der ‚Kampagne der vier Säuberungen‘ zurückgekehrt. Vor dem Tor der Hochschule umringten euch Studenten, die rote Armbinden trugen. Sie zerrten euch vom Wagen, setzten euch große Hüte auf, schmierten eure Gesichter schwarz und trieben euch zu einem breiten Platz. Ich war so erschrocken, daß ich überstürzt davonlief. Danach habe ich keinen von euch mehr gesehen. Ich kehrte nach Amerika zurück. Als ich Mei Bo erzählte, was dir widerfahren war, weinte sie eine ganze Nacht lang ...“

In diesem Augenblick erschien meine Tochter in der Tür und sagte lächelnd: „Onkel Liang, Sie können doch so gut kochen. Kommen Sie bitte, wir warten schon auf Ihre Ratschläge." Liang stand auf und folgte ihr in die Küche.

Der Tag, an dem mich Liang gesehen hatte, war nur der Anfang der zehn Jahre währenden Katastrophe gewesen. Es folgten Haussuchungen, meine Bücher wurden konfisziert. Ich mußte in einem Kuhstall vegetieren und Selbstkritiken schreiben . . .

Ganz in Gedanken riß ich die auf dem Tisch liegende Zigarettenstange auf, nahm aus einer Schachtel eine „Camel" heraus und fand nach einigem Suchen auch Streichhölzer. Vor meinen Augen zuckte plötzlich eine Flamme auf, und in ihrem Widerschein sah ich einen großen Berg Karteikarten brennen, meine Aufzeichnungen, mein Material, das ich in zwanzig, dreißig Jahren mühevoll zusammengetragen, für das ich Tausende Bücher gelesen hatte, Tausende Kilometer umhergefahren war. Ich zündete die Zigarette an und nahm einen tiefen Zug. Unbewußt fächelte ich den dichten Rauch fort, so als wollte ich damit die Trugbilder verscheuchen.

Plötzlich kam Xiao Wen hereingelaufen, riß mir die Zigarette aus der Hand, drückte sie auf einem Teller aus und sagte schmollend: „Du rauchst ja schon wieder heimlich! Mutti und Oma haben in der Küche den Zigarettenqualm bemerkt. Sie haben gesagt, ich soll auf dich aufpassen."

Ich zwickte ihr lächelnd in die Wange. „Das hast du gut gemacht. Nun, da ihr zurückgekehrt seid, gibt es ja soviel Leute, die auf mich aufpassen."

Xiao Wen schlug lachend auf meine Hand. „Na klar! Mama sagt, sie hat sich extra aus dem Südwesten hierher zurückversetzen lassen, damit wir uns um dich kümmern. Oder, besser gesagt, damit wir dich streng kontrollieren."

Liang kehrte aus der Küche zurück. „Was macht ihr denn für einen Lärm? Komm mal her, Xiao Wen. Lies mir mal dieses Gedicht vor." Er schlug eine Seite in der Gedichtsammlung von Bai Juyi auf und gab ihr das Buch.

Verschämt sah sie zu uns hinüber und begann dann Zeichen für Zeichen zu lesen:

„Auf einem Dach ein Schwalbenpaar saß,
pfeilschnell waren beide geflogen.
Im Schnabel Lehm für das Nest im Gebälk,
in dem vier Junge sie großgezogen."

Xiao Wen hob den Kopf, sah Liang an und fragte: „Das Zeichen Liang in der ersten Zeile, das ist doch das eures Familiennamens, nicht wahr?“

Liang klopfte ihr auf die Schulter und lobte sie überschwenglich: „Wirklich erstaunlich, wieviel Zeichen du schon kennst! Du liest einfach wunderbar!“

Ich lachte. „In der dritten Klasse kennen die Schüler alle schon ein paar tausend Zeichen.“

Xiao Wen las weiter:

„Eines Morgens dann, flügge kaum,
hoben sie die Flügel, folgten den Winden.
Weit in die Wolken, ins Himmelsblau
sahn die Eltern sie grußlos entschwinden.
Vater und Mutter klagten lang,
doch vergebens war ihr Flehen.
Die ganze Nacht war der traurige Klang
aus dem leeren Nest zu vernehmen.“

Liang stützte den Kopf in die Hände und wiederholte leise die letzten zwei Zeilen: „Die ganze Nacht war der traurige Klang aus dem leeren Nest zu vernehmen . . . aus dem leeren Nest . . .“

Als Xiao Wen sah, daß Liang den Kopf noch immer gesenkt hielt, legte sie behutsam das Buch auf den Tisch und blickte mich fragend an. Ich nickte ihr zu, und sie verließ leise das Zimmer.

„Liang, wie lange bleibst du noch?“ fragte ich in die Stille hinein.

Er zuckte zusammen und richtete sich auf. Offenbar war ihm gar nicht mehr bewußt, daß er eben Xiao Wen gebeten hatte, ihm das Gedicht vorzulesen. Er seufzte tief. „Morgen fahre ich schon. Leider kann ich nicht länger bleiben.“

Ich blickte ihn nur schweigend an.

Er sah auf seine krampfhaft gefalteten Hände. „Das ist eine lange Geschichte, aber ich werde sie von Anfang an erzählen. In den ersten zehn Jahren, die wir in Amerika verbrachten, ging auch Mei Bo arbeiten. Wir konnten uns ein Auto und ein Haus kaufen und es mit all den Gegenständen einrichten, die man in Amerika braucht, um eine Familie zu gründen. Das Wichtigste für uns aber war, die Mittel zusammenzubekommen, die wir benötigten, um unserem Sohn ein Studium zu ermöglichen. Dafür sparten wir . . . Nun, Liang Ping beendete die Universität. Er fand eine Arbeit, heiratete schließlich. Und ich, ich kam ins Rentenalter. Da . . . da starb Mei Bo."

Ich versuchte ihn abzulenken: „Nun bist du ja im Ruhestand. Jetzt hast du doch Zeit, ein Buch zu schreiben."

Er lächelte bitter. „Ein Buch schreiben? Ich muß Bücher schreiben! Ich habe nur eine kleine Pension, und die Einkommensteuer ist auch ganz schön happig. Einige leerstehende Zimmer in unserm Haus hab ich schon an Studenten vermietet, ohne Verpflegung allerdings. Ich selbst nehme nur sehr einfache Mahlzeiten ein. Und wenn ich mal koche, dann steht das ganze Geschirr – Töpfe, Schüsseln, Teller, Löffel – noch Tage lang schmutzig herum. Zum Glück wohnt bei mir auch ein koreanischer Student, der sich mit der Geschichte der Ming-Zeit beschäftigt. Er kommt häufig zu mir, um mich etwas zu fragen. Und dann kocht er für mich immer und wäscht auch ab. Das ist sein Entgelt an mich, doch da er ja auch bei mir ißt, habe ich die Möglichkeit, ihm damit seine Arbeit zu bezahlen."

Ich unterbrach ihn: „Aber hast du nicht erwähnt, daß du ein Buch schreibst?"

Er lächelte wieder traurig. „Ja, ja. Um leben zu können, bin ich auf das Honorar angewiesen. Weißt du, es ist heutzutage ziemlich schwierig, in Amerika ein Buch zu schreiben. Ich kann auch gar keine Romane schreiben, und selbst mit Romanen steht es schlecht, sie lassen sich schwer verkaufen. Und dann ist es nicht leicht, einen anerkannten Fachmann zu finden, der eine Rezension schreibt. Ich habe mir ein neues, etwas hintergründiges Thema ausgesucht – ‚Das Eunuchensystem in China'. Nun bin ich hier, um dafür Material zu sammeln. Ich hatte keine Ahnung, daß in vielen Pekinger Bibliotheken die Bestände noch nicht wieder geordnet sind. In einige kommt man auch ohne Empfehlungsschreiben gar nicht hinein . . . Morgen will ich nach Shanghai fahren. Mal sehen, was dort zu machen ist. In Peking kann ich nicht länger bleiben. Ich wohne bei der Familie meines Neffen. Er, seine Frau und seine zwei Kinder teilen sich ein halbes Zimmer. Die andere Hälfte haben sie mir zur Verfügung gestellt. Natürlich bringt das für sie viele Unbequemlichkeiten mit sich. Dennoch sind sie nach wie vor der Ansicht, daß es wesentlich billiger ist, bei der eigenen Familie als in einem Hotel zu wohnen ... Nun gut, reden wir nicht mehr davon. Wie geht es euch denn jetzt, Chen?"

Ich lächelte, wollte wieder nach einer Zigarette greifen, besann mich aber rechtzeitig. „Hua Ping geht es nicht schlecht. Sie unterrichtet immer noch an einer Mittelschule. Freilich gab es auch einige Jahre, wo nicht alles nach Wunsch ging. Aber nun läuft das Leben wieder in normalen Bahnen. Hua Ping hat auch schon das Rentenalter erreicht, muß aber noch oft zur Schule. Ja, und mir? Nach 1957 konnte ich nicht mehr unterrichten. Man versetzte mich zunächst an eine Bibliothek. Das war auch nicht schlecht. Ich hatte die Möglichkeit, viel Material zu sammeln. Doch nach 1966 wurde es verbrannt, zusammen mit dem, das ich zuvor zusammengetragen hatte. In den Jahren danach teilte ich das Schicksal der überwiegenden Mehrheit der Intelligenz. Aber ich hab immerhin überlebt. In der ganzen Zeit habe ich nie die Hoffnung verloren. Immer habe ich auf bessere Zeiten vertraut ... Zwanzig Jahre lang hab ich untätig herumgesessen. Nun, da ich das Rentenalter erreicht habe und eigentlich meinen Lebensabend genießen sollte, wird wieder eine realistische Politik gemacht, und ich bin bis obenhin mit Arbeit eingedeckt. Lange Vorlesungen kann ich nicht mehr halten. Aber die Universität wollte unbedingt, daß ich mich um die Aspiranten kümmere. Das ist auch nicht schlecht. Die Aspiranten sind sehr strebsam und fleißig, nur mit den Fremdsprachen hapert's ein wenig. Sie können keine fremdsprachige Literatur lesen. Schließlich sind ihnen mehr als zehn Jahre verlorengegangen. Selbst die jüngeren sind schon über dreißig ..."

Liang sah mich sinnend an. „Als wir so alt waren wie sie, hatten wir schon eine Professur und waren Dekane."

„Ja, du hast recht. Aber sie sind sehr bemüht, die verlorene Zeit aufzuholen. Mir geht es ja genauso. Ich möchte ihnen gern all das vermitteln, was ich weiß, möchte helfen, die entstandene Lücke zu schließen. Aber diese zwanzig Jahre haben auch mich zurückgeworfen. In der Fachliteratur aus dem Ausland sind viele Begriffe, die ich nicht kenne. Ganz zu schweigen von den ausländischen Schriftstellern und den einzelnen Schulen. Im nächsten Frühjahr reise ich mit einer Delegation nach Amerika. Ich weiß noch gar nicht, wie ich mich verhalten soll. Außerdem schreibe ich gerade an einer Abhandlung, die ich so schnell wie möglich fertigstellen muß. Dabei habe ich noch nicht einmal die einschlägigen Zeitungen und Zeitschriften vollständig gelesen und auch noch nicht alle eingegangenen Briefe beantwortet. Den ganzen Tag komme ich nicht zur Ruhe. Ich weiß schon nicht mehr, wo mir der Kopf steht."

Mit einem jähen Ruck erhob sich Liang. „Auf jeden Fall ist es besser, beschäftigt zu sein, als den ganzen Tag so wie ich in einem ‚leeren Nest' zu hocken ..."

Meine Tochter kam mit einer Schüssel voll Geschirr herein. Ich stand auf und rückte mit Liang einen an der Wand stehenden Tisch in die Zimmermitte. Meine Tochter stellte Gläser auf den Tisch, legte an jeden Platz Stäbchen und trug mit meiner Frau die dampfenden Speisen auf. Sie ließ Liang, mich und meine Frau jeweils an einer Seite des Tisches Platz nehmen und setzte sich mit Xiao Wen Onkel Liang gegenüber, an die vierte. Eine Flasche *maotai* hochhaltend, rief sie lachend: „Dreißig Jahre lang haben wir uns nicht gesehen. Mama soll heute abend mit Onkel Liang ein Glas auf das Wiedersehen trinken. Für Papa ist es besser, wenn er nur einen kleinen Schluck bekommt."

Meine Frau warf ein: „Onkel Liang trinkt keinen Alkohol und schon gar nicht den starken *maotai*. Soll er die Flasche als Geschenk von uns mit nach Hause nehmen. Ich denke, es ist besser, wenn wir uns alle ein bißchen zurückhalten. Mag es mehr ein Symbol sein ..."

Liang hatte jedoch bereits meiner Tochter die Flasche aus der Hand genommen. Er goß sich ein Glas randvoll, trank es in einem Zug aus, füllte es zum zweitenmal und goß auch mir und meiner Frau ein halbes Glas ein. Dann wischte er sich mit dem Handrücken über den Mund und sprach mit lauter Stimme:

„Zehn Becher geleert und doch nicht trunken.
Das Herz wird mir leicht, und die Brust dehnt sich breit.
Der Tag liegt schon hinter den Bergen versunken.
Die Dinge des Lebens entrücken so weit."

Er lachte laut auf und leerte auch das zweite Glas. Sein Gesicht war gerötet, Schweiß trat ihm auf die Stirn.

Meine Frau entwand ihm rasch die Flasche. „Essen wir doch erst einmal. Wenn man auf leeren Magen zuviel trinkt, kann das böse Folgen haben." Meine Tochter nahm ihr die Flasche ab und stellte sie auf das Fensterbrett.

Niedergeschlagen setzt sich Liang. Er griff nach den Stäbchen und sah aus seinen geschwollenen Augen meine Frau und meine Tochter an. „Nicht genug, daß ihr auf Chen aufpaßt, nun müßt ihr auch noch auf mich aufpassen. Um mich hat sich schon seit vielen Jahren keiner mehr gekümmert. Es wäre gut, wenn ich jemanden hätte!"

Das Essen hatte wenig Ähnlichkeit mit einem Wiedersehensfest alter Freunde. Liang schwieg die ganze Zeit, er schien mit jedem Bissen die vielen Worte, die aus seinem Inneren hervordringen wollten, hinunterzuschlucken. Auch wir wagten kein Wort zu sagen. Xiao Wen schaute erstaunt von einem zum anderen, aß eilig ihre Schale Reis leer und schlich dann hinüber in das Zimmer, das sie mit ihren Eltern bewohnte.

Die beiden Frauen trugen die Schüsseln hinaus. Als sie mit den Obsttellern und den Messern zurückkehrten, hatte Liang sich wieder gefangen. Er nahm ein Handtuch und wischte sich das Gesicht ab, auf dem eine beängstigende Blässe lag. Als er gerade zum Sprechen ansetzte, hupte vor der Tür ein Auto mehrmals. Liang wandte sich zum Fenster. „Ja richtig, das wird das Taxi sein, das mein Neffe für mich bestellt hat. Er fürchtete, es sei zu umständlich, mitten in der Nacht mit dem Bus in die Stadt zu fahren . . ."

Meine Tochter sprang auf. „Nicht so eilig, Onkel Liang. Ich werde den Fahrer bitten, noch einen Moment zu warten. Essen Sie doch erst noch ein wenig Obst." Und sie lief hinaus.

Liang nahm ein paar Birnenscheiben, die meine Frau für ihn zurechtgemacht hatte. Noch kauend stand er auf, griff nach seiner Tasche und wollte die Flasche vom Fensterbrett nehmen.

Meine Frau hielt lachend seine Hand fest. „Die Flasche ist bereits angebrochen. Wenn Chen im nächsten Frühjahr nach Amerika kommt, wird er dir eine neue mitbringen."

Liang erwiderte nichts. Ich half ihm in den Mantel, und wir gingen zur Tür. Meine Tochter kam gerade wieder herein. Da fragte Liang: „Wo ist denn Xiao Wen?"

„Sie schläft wahrscheinlich schon", antwortete meine Tochter.

„Ich möchte sie sehen", bat er.

Sie führte ihn in das Zimmer, das sie mit ihrem Mann und

Xiao Wen bewohnte, und knipste eine Lampe neben dem Bett an. Das Bett stand hinter dem Bücherregal. Auf einem kleinen Feldbett daneben lag Xiao Wen, fest in ihre Decke gewickelt, bereits in tiefem Schlaf. Liang beugte sich über sie und küßte sie behutsam.

Meine Frau lachte. „Du bist ja immer noch so ein Kindernarr. Hat denn dein Sohn Kinder?“

Bekümmert antwortete er: „Nein. Seiner Frau machen Kinder zu viele Umstände. Sie will keine. Sie hält sich dafür zwei Perserkatzen.“

Lächelnd erwiderte meine Tochter: „Sehen Sie nur, wie beengt wir hier wohnen! Das ist eigentlich das Arbeitszimmer von Papa und Mama. Sie haben es uns überlassen.“

Liang knipste die Lampe wieder aus. Im Hinausgehen wandte er sich noch einmal um und sagte: „Wie ‚voll‘ doch euer ‚Nest‘ ist!“

Der Fahrer öffnete die hintere Wagentür, Liang bückte sich und stieg ein. Während er uns aus dem Fenster zuwinkte, sagte er zu meiner Tochter: „Kleine Mei, hier draußen weht ein sehr kalter Wind. Schnell, geh mit deinem Vater und deiner Mutter ins Haus.“

Die Rücklichter des Taxis waren noch eine Weile zu sehen, dann verschwanden sie in einer Kurve. Wir gingen ins Haus zurück. Meine Tochter hatte ihre Arme um unsere Schultern gelegt. Wir sprachen kein Wort. Vor unseren Augen sahen wir Liang, wie er, einer alten Schwalbe gleich, die kraftlosen Schwingen erhob und langsam seinem fernen, leeren Nest zuflog.

Wang Meng **Voller Besorgnis und kleinherzig**

Voller Besorgnis und kleinherzig

Wang Meng

Ich arbeite schon seit beinahe dreißig Jahren im Friseurladen des Gästehauses Nr. 1, das dem Provinzkomitee der Partei gehört. Für den Außengebrauch wurde es ursprünglich Hotel „Ruhmreiches China" genannt. Zum Zeitpunkt der Befreiung war ich gerade siebzehn Jahre alt. Als ich hierherkam, hatte ich die Lehre noch nicht abgeschlossen. Doch jetzt bin ich nicht nur ein alter Meister in diesem Friseurladen, sondern auch der einzige „Senior", der dreißig Jahre lang, seit 1949, ohne Unterbrechung hier die Kunden bedient.

Zwischen blitzenden Spiegeln, im gleißenden Schein der Leuchtstoffröhren und der Tageslichtlampe, umgeben vom Duft der Haarpomaden und Shampoos, der Rasierwasser, der Mandelmilch, Ananasmilch und Tagescreme, beim Klappern der Scheren und Klicken der Haarschneidemaschine, beim Rauschen des Föns und dem Plätschern des Wasserhahns, was alles sich zu einer Art sinfonischer Begleitmusik vereint hatte, waren im Nu dreißig Jahre vergangen. Das Leben konnte so einfach, so unter Zeitdruck und so gewohnheitsmäßig verlaufen, aber es konnte auch glückerfüllt sein. Das verursachte mir Gewissensbisse, erfüllte mich mit Befriedigung, aber verwirrte mich auch.

Natürlich widerspiegelte dieser kleine Friseurladen auch die Wechselfälle des Lebens, um so mehr, als ihn auch viele wichtige Persönlichkeiten aufsuchten, um sich verschönern zu lassen. Die ersten sieben, acht Jahre nach der Befreiung waren verheißungsvoll wie das Paradies. Alle, die zum Haareschneiden und Rasieren kamen, waren Genossen, Kriegskameraden und benahmen sich herzlich zueinander. Einmal hatte mein Kollege Xiao Wang sich freigenommen, und ich hatte noch viele Kunden abzufertigen. Die Leute saßen auf der langen Bank in der Wartereihe. Da kam ein hochgewachsener Mann in Uniform herein. Er nannte mich „Meister" (ich war damals gerade erst zwanzig Jahre alt und wurde bei der

Anrede sofort rot), zeigte auf den leeren Platz von Xiao Wang und sagte: „Kann ich helfen? Ich habe das auch mal gelernt." Er wandte sich an die Leute in der Wartereihe: „Wer hat Mut?" Ein Dicker in grauer Uniform stand auf. „Ich riskiere meinen Kopf und prüfe deine Handfertigkeit ..." Der hochgewachsene Militär verstand etwas vom Haareschneiden. Hinterher erst erfuhr ich, daß er der neue Befehlshaber des Militärbezirks war und der andere, der als erster „seinen Kopf riskierte", stellvertretender Minister eines zentralen Ministeriums. Mit der Zeit lernte ich eine Menge führender Genossen kennen. Der Parteisekretär Zhang ermunterte mich, in die Partei einzutreten. (Ich wurde 1954 Mitglied und versah viele Jahre die Funktion eines Gruppenorganisators der Dienstleistungsgruppe.) Als der Politkommissar Li meine entzündeten Augen bemerkte, ging er noch vor dem Haareschneiden los, um für mich zwei Tuben Augensalbe zu kaufen. Der Leiter der Provinzverwaltung Zhao schrubbte das Kopfwaschbecken, und der Abteilungsleiter in der Provinzverwaltung Liu verkürzte sich die Wartezeit, indem er den locker gewordenen Besen befestigte. Einige untere Funktionäre und auch einfache Bürger suchten diese führenden Genossen im Gästehaus auf und kamen dabei sogar bis in den Friseurladen. So erlebte ich einmal, wie eine tüchtige Pionierleiterin – ein Mädchen mit langen Zöpfen, das wie ein Maschinengewehr losschnatterte – und einige Pioniere mit rotem Halstuch und verschiedenen balkenartigen Aufnähern auf dem Arm den ersten Sekretär des Provinzparteikomitees umringten und ihn aufforderten, unbedingt an den Veranstaltungen des Kindertages am 1. Juni teilzunehmen. Schließlich stimmte der erste Sekretär ihren Forderungen zu. Die Führung und das Volk, der rechte und linke Nebenmann, du und ich und er, alle waren wir in jenen Jahren eng miteinander verbunden und gleichberechtigt. Die Kommunistische Partei und die Volksbefreiungsarmee waren so eine Art vom Himmel herabgefallene lebende Gottheiten. Ich faßte Zuneigung für die neue Gesellschaft und war fasziniert von der Revolution. Ich verehrte die Führer der Kommunistischen Parteien aller Länder, deren Bilder zur Demonstration am 1. Mai vorangetragen wurden. Ehrlichen Herzens liebte ich Marx, Mao Zedong und auch die ersten Sekretäre des Provinzparteikomitees und der Parteiorganisation unseres Gästehauses. Ich glaubte dem Zentralorgan der Partei, der „Renmin Ribao“, ich glaubte der Provinzzeitung und den Rechenschaftsberichten der Parteigrundorganisation aufs Wort, ebenso den öffentlich eingegangenen patriotischen Verpflichtungen und den Hygieneregeln. Danach folgte eine Zeit lebhafter Propaganda und unermüdlicher Arbeit. Wir feierten die Inbetriebnahme von Fabriken und Elektrizitätswerken, die Freigabe von großen Brücken, und wir feierten auch den Sieg der sozialistischen Umgestaltung. Die Stadt und unser Gästehaus vergrößerten sich und schwollen an, als würden sie aufgeblasen. Gleichzeitig hieß es heute, daß irgendeine hochrangige Persönlichkeit ein Wolf im Schafspelz sei, und am nächsten Tag, daß ein Viertel des gesamten Ackerlandes ein Blumengarten werden solle. Oder es hieß heute, daß die Herrschaft über ein Drittel der Bauerndörfer nach wie vor in den Händen der Guomindang, von Leuten wie Huang Shiren liege, und am nächsten Tag, daß man mit den nötigen Mitteln China vorfristig zum Kommunismus führen könne. In einem fort gab es Bekanntmachungen, Feststellungen und heroische Aktionen, und die Leute kamen aus dem Staunen nicht heraus. Obwohl wir bald erstaunt, bald geschockt waren und unser Blick getrübt wurde, ließen wir uns aufrütteln und anspornen. Das Ergebnis war die Verdoppelung unserer Arbeitsanstrengungen. Nach dieser Betäubung bejubelten wir die Sperlingsjagd und den großen Sprung. Wir verspürten eine vorwärtsdrängende Kraft und erspähten einen Sieg nach dem anderen. Wir waren stolz und begeistert, tatkräftig und wagemutig. Um den Preis kümmerten wir uns nicht.

Zu dieser Zeit kam es vor, daß sich einige alte Kunden plötzlich nicht mehr sehen ließen. Wie man den geflüstert geführten Unterhaltungen anderer Leute entnehmen konnte, war „etwas passiert“, war „ein Problem entstanden“. In solchen Zeiten waren die Gesichtsmuskeln der Menschen, die in den Friseurladen kamen, angespannt. Einige blickten sich nach allen Seiten um, einige zogen die Augenbrauen zusammen, und einige keuchten und schnauften. Natürlich hatten sie alle so viel zu tun, daß sich keiner mehr um mich kleinen Friseur kümmern konnte. Obwohl wir nicht wußten, was „passiert war“ oder wegen welcher „Probleme“ sich einige alte Kunden nicht mehr sehen ließen, und wir auch aus der von uns besorgten Haarfarbe und Frisur keinerlei Anhaltspunkte gewinnen konnten, mußten wir in sogenannten Lernversammlungen gegen die Stammkunden, die man zur Schießscheibe gemacht hatte und die von der Bildfläche verschwunden waren, die Faust ballen. „Sobald wir von den Verbrechen des Sowieso hören, platzt uns die Lunge vor Zorn!" So redeten wir und zeigten damit auch, was wir dachten. Als dann das in der Geschichte beispiellose Jahr 1966 kam, ging der Rummel erst richtig los. Für mich, der ich dauernd damit zu tun hatte, die Köpfe zu verschönern und zurechtzumachen, verwandelten sich diese plötzlich in „Hundeköpfe", die „bombardiert", „in Öl gesotten" und „zu Brei geschlagen" werden mußten. Später wurde das Gästehaus von einigen „Linken" in Besitz genommen. Der Friseurladen wurde in eine Wachstube verwandelt und mit einer Lautsprecheranlage und leichten Maschinengewehren ausgerüstet. Andere Fraktionen von „Linken" hatten das Gästehaus schon vorher angegriffen. Da konnte ich natürlich keine Haare schneiden. Trotzdem bekam ich jeden Monat meinen Lohn. Das verursachte mir solch ein schlechtes Gewissen, als wenn ich anderen Leuten die Geldbörse plünderte.

1974 wurde eine „neugeborene rote Staatsmacht" errichtet, die „Befehlsstelle" und die „Dienstgruppe" zogen sich zurück. Als ich den Friseurladen wieder betrat, erblickte ich Spiegelscherben und Leuchtröhrensplitter, Geschoßhülsen, Speere und Keulen. Das Gefäß, in dem die feuchtheißen Handtücher aufbewahrt wurden, hatte jemand zur Verrichtung seiner Notdurft benutzt; dabei war der Abort gleich nebenan. In dem Kot befanden sich zwei Spulwürmer. Aber das machte nichts. Was man dreckig und kaputt machen kann, bekommt man auch wieder sauber und heil. Die vorgesetzten Behörden stellten einen größeren Geldbetrag zur Verfügung, um das Gästehaus wieder herrichten zu lassen. Das dauerte vier Monate. Nach der Renovierung wurde es in „Hotel für Arbeiter und Bauern" umbenannt. Es wurde mit einem langen Gitterzaun umgeben, und vor dem Tor nahmen zwei Posten Aufstellung. Wirkliche Arbeiter und Bauern hatten damit keinen Zutritt mehr. Das „Hotel für Arbeiter und Bauern" richtete für hohe Provinzfunktionäre und Militärkader, die „nicht den kapitalistischen Weg eingeschlagen" hatten und zu den an der Macht befindlichen Fraktionen gehörten, einige erstklassige Räume ein. Ihre Schlaf-, Wasch- und Baderäume wurden ebenso wie ihre Kost und die sanitären Anlagen verbessert, damit sie freudig und mit Elan die Arbeiter- und Bauernmassen zum Widerstand gegen die Aufweichung durch Kapitalismus und Revisionismus anführen konnten. Gleichzeitig verschlechterte sich die Gemeinschaftskost. Was bisher für acht Mann pro Tisch berechnet war, mußte nun für zehn Mann reichen. Statt vier gab es nur noch drei Gänge pro Mahlzeit. Die neuen führenden Funktionäre, die zu mir zum Haareschneiden kamen, zeigten selten eine lächelnde Miene, und gar nicht daran zu denken, daß mir jemand Salbe für die Augen mitbrachte oder den Besen reparierte. Hatten sich denn die Menschen, die guten Sitten, hatte sich der Lauf der Welt so verändert? Ich war unsicher geworden, fühlte mich mehr und mehr vereinsamt und wurde apathisch.

Im Sommer 1975 zog ein Ehepaar ein. Der Mann, Anfang Fünfzig, hatte graues Haar, einen großen Kopf, ein großes Gesicht und wulstige Lippen. Seine Augen blickten sehr energisch. Sein Gesicht, auf dem immer ein halbes Lächeln lag, zeigte sowohl Selbstbewußtsein als auch Traurigkeit. Die Frau war von kleiner Statur, hatte schöne große Augen und trug stets saubere, tadellos gearbeitete Kleidung. Ihr Gesicht wirkte steif und streng, so als wäre es mit den Mitteln der neuesten Technik zusammengefügt. Das Ehepaar brachte Lederkoffer und einige Flaschen und Töpfe mit und bezog einen Eckraum in der sechsten, der obersten Etage, der in eine Abstellkammer verwandelt worden war, weil dort das ganze Jahr kein Sonnenstrahl hingelangte. Sie kamen auch in die Speisehalle zum Essen, warteten aber immer, bis der größte Teil der Gäste gegessen und das Dienstpersonal mit dem Abräumen und Fegen begonnen hatte, und aßen dann, was übriggeblieben war. Sie unterhielten sich mit niemandem, und außer einem jungen Burschen in Arbeiterkleidung, der jeden Samstag erschien, besuchte sie niemand. Jeden Morgen in der Dämmerung kam der Mann herunter in den Hinterhof, umrundete den großen Seidenbaum und machte dabei einige Freiübungen im traditionellen chinesischen Stil. Jeden Abend nach dem Essen ging das Ehepaar genau eine Stunde und zehn Minuten spazieren. Ansonsten sah man sie nicht ihr Zimmer verlassen. Hin und wieder hörte ich den Mann laut und schallend lachen. Obgleich der Fahrstuhl oft unbesetzt war und die Fahrstuhlführerin in ihrer khakifarbenen Uniform an der Fahrstuhltür ihnen zulächelte, verließen sie sich immer auf die eigenen Beine. Aus irgendeinem Grund machte das auf mich einen sehr günstigen Eindruck. Vielleicht deshalb, weil damals diejenigen, die in Machtpositionen waren, selten zu Fuß angetroffen wurden und die Anzahl derer, die nicht zu Fuß gehen konnten oder wollten, immer größer wurde.

Eines Morgens, zu einer Zeit, wo der Dauergast eigentlich schon längst seine Freiübungen hätte machen müssen, war er nicht da. Ich wunderte mich ein bißchen darüber. Unter dem großen Seidenbaum begann ich meine Freiübungen im traditionellen Stil, hob die rechte Ferse, machte einen halben Schritt nach vorn, atmete tief ein und hockte mich kurz auf die Fersen. Da vernahm ich plötzlich ein eigenartiges, schwaches Stöhnen. Es klang, als würde gerade jemand erdrosselt. Vor Schreck standen mir die Haare zu Berge. Ich machte mich sofort auf die Suche, umging das Springbrunnenbecken und durchquerte eine Zypressenhecke. Da sah ich jemanden vor der Tür zum Kesselhaus auf dem Bauch liegen. Ich rannte hin und stellte fest, daß es der Mann war, den ich vermißt hatte. Sein Gesicht war blutig, der Mund war mit einer Mischung von schwarzer Kohlenasche und rotem Blut verschmiert. Die Oberlippe war hochgeklappt. Ich wollte ihm aufhelfen, aber sein Körper war zu schlaff und schwer. So nahm ich ihn auf den Rücken und trug ihn zur Fahrbereitschaft. Ich weckte den diensthabenden Fahrer und sagte: „Dieser Heiminsasse hier hat sich eine Verletzung zugezogen. Vielleicht ist es ein Rückfall einer alten Krankheit. Nimm deinen Wagen und bring ihn ins Krankenhaus!"

Diensthabender Fahrer war Bu, der Sohn eines alten Kollegen, ein junger Bursche, dessen Haare und Schuhe glänzten und dessen Oberhemd und lange Hosen immer frisch gebügelt waren. Er musterte kurz den Verletzten auf meinem Rükken und schüttelte den Kopf. „Das ist doch ein Konterrevolutionär! Was kümmern Sie sich um ihn?"

Ich bekam einen heftigen Schreck, aber mein Mitleid mit dem hilflosen Alten wurde durch diese Äußerung noch verstärkt. Damals wurde die Würde der Revolution mit Kot und Spulwürmern geschändet, da konnte doch das Wort „Konterrevolutionär" nicht als Begründung für ein so verabscheuungswürdiges und gemeines Verhalten dienen. „Das ist doch

Unsinn! Könnte denn ein Konterrevolutionär noch hier wohnen?"

„Wissen Sie es denn nicht? Das ist Tang Jiuyuan!"

Das also war Tang Jiuyuan! Im Jahre 1967 waren überall auf den Straßen der Provinzhauptstadt, in den kleinen Gassen, sogar an den Säulen der Gaststätten und an den Wänden der öffentlichen Bedürfnisanstalten mit Teer, Weißkalk oder Ölfarbe gemalte „revolutionäre Losungen" erschienen, wie „Unterdrückt entschlossen ...", „Verwirklicht die Diktatur über ...", „Der Verbrecher wird der Strafe nicht entgehen ...", „Bringt ihn um!", „Schlagt den Hundekopf zu Brei!". Sie bezogen sich alle auf Tang Jiuyuan. Tang war bereits so brutal geschlagen worden, daß er sich nicht mehr aufrecht halten konnte und den Kopf hängen ließ. Das sollte dadurch angedeutet werden, daß die drei Schriftzeichen, aus denen sich sein Name zusammensetzt, verstümmelt oder verkehrt herum geschrieben waren. Bei einigen Losungen war jedes dieser drei Schriftzeichen mit einem kleinen roten Kreuz versehen, was heißen sollte, daß der Schuldige bereits zum Tode verurteilt sei und dreimal erschossen werden müsse. Ich wußte auch, daß damals beide Seiten der um die Macht kämpfenden Linksfraktionen Flugblätter mit Fotos und fotokopiertem Material verbreiteten, auf denen behauptet wurde, Tang Jiuyuan sei ein Drahtzieher im finsteren Hintergrund der jeweiligen Gegenseite. Im Jahre 1970 wurde schließlich offiziell bekanntgegeben, Tang Jiuyuan sei zu fünfzehn Jahren Gefängnis verurteilt worden, weil er die „Zentrale Gruppe der Kulturrevolution" angegriffen habe. Und nun lag dieser Mann mit geschlossenen Augen, stöhnend und blutbeschmiert in meinen Armen.

Das Blut, das Stöhnen, der entkräftete Körper, das wachsgelbe Gesicht und die fest geschlossenen Augen, all das verband sich in meinen Gedanken mit seinem traurigen und gleichzeitig doch selbstbewußten Blick, mit seinem zurückhaltenden Benehmen, aber auch mit dem konterrevolutionären Hut, mit der Verurteilung zu fünfzehn Jahren, mit den Kreuzen aus frischem Rot und dem verkehrt geschriebenen Namen ... Aus irgendeinem Grund geriet ich plötzlich in Wut. „Du dummer Kerl", schimpfte ich los. „Du siehst einen sterben und willst nicht helfen? Selbst wenn er Konterrevolutionär sein sollte, muß man ihn ins Krankenhaus bringen.

Hast du das begriffen? Wenn du ihn nicht hinbringst und ihm passiert etwas, dann trägst du die Schuld!"

Bu war eigentlich ein fixer Bursche, der auch gegenüber dem eigenen Vater eine Lippe riskierte. Doch als er nun so unversehens von mir ausgescholten wurde, schaute er ganz verdattert drein, wußte nicht, was er sagen sollte, und murmelte nur: „Na, was schon . . ."

„Das heißt, ich nehme das Auto. Ich bezahle es und trage die volle Verantwortung. Was glotzt du noch wie ein Idiot? Willst du nicht schleunigst losfahren?"

Ich kann selbst heute noch nicht eindeutig sagen, warum ich damals plötzlich für einen mir völlig unbekannten „Konterrevolutionär" so großes Mitleid empfand. Häufig führt die Entwicklung vieler Dinge gerade zum Gegenteil von dem, was erwartet wird. Als in jenen Jahren die Abgrenzung der Klassen maßlos übertrieben wurde, zerrann diese „Abgrenzung" in ein Nichts, und die Überbetonung dauernden Kämpfens und immer wieder Kämpfens führte dazu, daß die Menschen den Wert persönlicher Treue und freundschaftlicher Beziehungen erkannten. Die Überbetonung der Politik hatte zur Folge, daß man der Politik überdrüssig wurde, und die übertriebene Orientierung auf den Kampf gegen die „vier alten Übel", nämlich die alten Ideen, Sitten und Gebräuche und die alte Kultur, bewirkte einen Rückfall in ebendiese alten Sitten und Gebräuche. So verhält es sich nun einmal mit Gut und Böse!

Bu setzte den schäbigen Jeep vom Typ „Tianjin" in Gang und brachte Tang Jiuyuan ins Krankenhaus. Tang Jiuyuan litt an einem Ménièreschen Syndrom und hatte einen Anfall gehabt. Er war ohnmächtig geworden und hatte sich beim Hinschlagen die Oberlippe aufgerissen. Sie wurde genäht. Wegen einer leichten Gehirnerschütterung mußte er einige Tage im Krankenhaus verbringen. Bald nach seiner Entlassung war er wieder wohlauf.

Eines Tages kamen gegen Abend Tang Jiuyuan und seine Frau gut angezogen in den Friseurladen und luden mich feierlich zum Essen ein, um mir für meine Hilfe zu danken. Ihr Tisch stand voller Speisen, größtenteils Konserven. Darunter befanden sich gedünstete Garnelen, von denen jede Büchse mindestens sieben *yuan* kostete, sowie ein von Spezialköchen des Peking-Hotels zubereitetes und in einem Korb verpacktes

Reisepicknick, das auch mindestens zwanzig *yuan* gekostet haben mochte. Außerdem Süßspeise mit Zuckerguß, Silberfisch, Champignons, gesüßten und gesalzenen Knoblauch. Wenn es auch heißt, Konserven seien nicht frisch und deshalb nicht gesund, so sind sie doch ein Fest für das Auge. Wie es schien, hatte das Ehepaar keine „Beziehungen", und sie wollten mit so teuren Konserven die Gewichtigkeit ihres Dankes zum Ausdruck bringen. Bei der Unterhaltung zeigte sich, daß Tang Jiuyuan nicht nur eine laute und kräftige Stimme hatte, sondern auch ein sehr gewandter Sprecher war.

„Ich bin dieses Jahr vierundfünfzig geworden. 1938 trat ich mit siebzehn in die Achte Armee ein. 1949 war ich Kommandeur eines Artillerieregiments. Danach war ich im Sondergebiet N siebzehn oder achtzehn Jahre lang Bezirksparteisekretär. Ich dachte schon, ich sei auf diesem Posten festgenagelt . . . Aber 1967 saß ich dann in unserem eigenen Gefängnis, in dem Gefängnis, das der Kommunistischen Partei unterstand. Und das acht Jahre lang!"

Seine Frau ergänzte entrüstet: „Mit Kommissaren der reaktionären Guomindang-Behörden zusammen. Wenn ich ihm das Essen brachte, haben die Angehörigen dieser Leute, die auch Essen brachten, mich nur so angestiert . . ."

„Das ist ja allerhand!" Ich schüttelte den Kopf, und mir lief es kalt den Rücken hinunter.

„Greifen Sie zu! Ich habe leider nichts Richtiges zu essen auftreiben können. Momentan geht es leider nicht . . . Sicher kommt der Tag, an dem ich ganz nach meinen eigenen Vorstellungen Ihnen richtig danken kann . . . Falls ich dann noch lebe", fügte Tang Jiuyuan hinzu.

„Wenn an jenem Morgen der Friseurmeister Lü nicht gewesen wäre, würdest du nicht mehr leben! Ich hörte, der Fahrer wollte den Wagen nicht hergeben. Diese Leute sind so kurzsichtig. Sicher kommt einmal der Tag . . ."

„Gut nun, gut!" Tang Jiuyuan unterbrach seine Frau und lenkte das Gespräch auf ein anderes Thema. „Ehe ich richtig ins Gefängnis kam, hätte ich schon beinahe in der Isolierzelle, in der ich über mich Rechenschaft abzulegen hatte, das Leben eingebüßt. Weil ich als ‚Schwerverbrecher' galt, war ich immer allein und isoliert. Eigentlich war die Isolierzelle noch ganz erträglich, und im Winter war es dort auch nicht so kalt. Dann aber meinte der junge Genosse, der mich bewachte, man dürfe Konterrevolutionäre nicht behaglich schlafen lassen. Er stieß mit dem Gewehrkolben gegen die Tür, so daß ein breiter Spalt entstand. Im Winter wehte dort ein eisiger Wind. Ich zog mir eine Lungenentzündung zu und bekam vierzig Grad Fieber. Auch damals wurde heftig darum gestritten, ob ich in ein Krankenhaus zu bringen sei oder nicht. Wäre es nach dem Wachposten gegangen, hätte man das ‚schwer zu beschaffende Penizillin nicht an einen Konterrevolutionär verschwenden' dürfen. Glücklicherweise hielt sich einer der Vorgesetzten an die Vorschriften ..."

Tang Jiuyuan war ein standhafter Mann. Während er über diese entsetzlichen Dinge sprach, blieb er völlig unbefangen und lachte auch noch ab und zu. Seine Frau aber wurde vor Erregung rot und blaß im Gesicht und knirschte mit den Zähnen, als sie sagte: „Meister Lü, Sie gehören doch auch zu den alten Genossen. Was meinen Sie dazu? Wir haben für das Land gekämpft und das Volkseigentum geschaffen. Jetzt dreht man die Sache herum und macht uns zu Aufrührern. Wer ist ein Aufrührer? Sind das nicht die Grundbesitzer, die Schurken, die Konterrevolutionäre? Das ist doch die reinste Klassenrache!"

Tang Jiuyuan trank ein Glas Wein nach dem anderen. Als ich ihm riet, aufzuhören, sagte seine Frau: „Lassen Sie ihn doch. Er hat sich schon lange nicht mehr die Sorgen von der Seele geredet. Mag er ein bißchen trinken, ein bißchen reden, damit er nicht vor Ärger erstickt."

Mit gerötetem Gesicht und feuchten Augen sprach Tang Jiuyuan weiter. „Die acht Jahre im Gefängnis waren jedoch nicht umsonst. Sie waren eine gute Gelegenheit, Bilanz zu ziehen. Sie waren sogar nachhaltiger als einige Jahre Parteischule. Ich sann darüber nach, wie ich mich an der Revolution beteiligt habe, vor allem überlegte ich mir, was ich als Parteisekretär getan oder unterlassen habe, und zwar Tag für Tag und Sache für Sache. Ich mußte zwar selbst Demütigungen hinnehmen, aber habe ich nicht auch andere gedemütigt? Ich bin ein Opfer von Intrigen geworden. Aber als ich an der Macht war, sind da nicht auch Stockschläge ausgeteilt und Schandhüte aufgesetzt worden? Warum werden Gefangene so hart behandelt? Selbst wenn sie Konterrevolutionäre sind, darf man sie nicht gesetzwidrigen Beleidigungen und Mißhandlungen aussetzen. Und wer hat den Genossen, der mich der eisigen Zugluft preisgab, zu dieser vorschriftswidrigen und gesetzesverletzenden ultralinken Tollheit erzogen? Waren das nicht auch wir selbst?" Er schlug mit der Hand auf den Tisch und fuhr, heiser vor Erregung, fort: „Ich habe darüber wer weiß wie viele Male nachgedacht. Falls ich jemals wieder eine Leitungsfunktion übernehmen sollte, werde ich erstens mit den Menschen behutsam und vorsichtig umgehen. Zweitens werde ich die Verhältnisse in den Gefängnissen verbessern. Man muß die Persönlichkeit des Gefangenen achten und eine angemessene Behandlung gewährleisten. Drittens werde ich mich nicht wieder auf solche Ultralinken, die noch linker als links sind, stützen und sie noch fördern."

Daß Tang Jiuyuan nach acht Jahren Kerker mir, einem einfachen Arbeiter, gegenüber so aufrichtig war und so leidenschaftlich und ehrlich sprach, war wie ein Frühlingsregen auf mein Herz, das infolge der unbegreiflichen Boshaftigkeit und Barbarei einer sich schnell verändernden Umwelt ausgetrocknet und gefühllos geworden war. Einen ausgetrockneten und verhärteten Klumpen durchdrang Feuchtigkeit. Die Risse begannen sich zu schließen und zu verschwinden. Ich weinte aus irgendeinem Grund, obwohl Tang Jiuyuan von Dingen gesprochen hatte, die sich nicht direkt auf mich bezogen. Das seit vielen Jahren übliche marktschreierische und wichtigtuerische Geprahle in den Zeitungen, im Rundfunk, auf der Bühne und in Versammlungen hatte unsere Ohren taub gemacht. Aber jetzt, da die vernünftigen Worte eines ehemaligen Bezirksparteisekretärs an mein Ohr drangen, merkte ich, daß die guten Menschen noch nicht ausgestorben waren. Es gab also noch Menschen, die von Vertrauen, Wahrhaftigkeit und Vernunft sprachen, von all dem, was begraben schien und mir nach langer Zeit nun wiederbegegnete. Es existierte und regte sich noch in den Herzen der Menschen. Wie sollte ich da nicht weinen dürfen?

Von da an wurden wir Freunde. Für ein vereinsamtes Herz ist Freundschaft eine Leuchte, ein Feuer. Wenn man um Mitternacht erwacht, denkt man gleich daran, daß man einen geachteten und verläßlichen Freund hat. Man denkt daran, daß ein solch starker Mensch, der Achtung und Vertrauen verdient, durch einen Schlag des Schicksals jetzt deine Hilfe und sogar einen gewissen Schutz benötigt. Da spürt man, daß sich das Herz erwärmt. Da fühlt man, daß das Leben an Wert gewinnt. Ich weiß nicht, woher diese Gefühlsduselei und Torheit kamen, jedenfalls war ich bereit, mich mit ganzer Kraft für Tang Jiuyuan einzusetzen, um sein Leben ein wenig zu erleichtern. Schließlich hatte ich einige gute Bekannte im Bereich von Handel und Versorgung. Und wenn ich Sachen erwischte, die auf dem Markt knapp waren, wie frische Gurken, Hochbauschgarn mit Goldfäden, Branntwein der Marke „Fünffachkorn", Thermosbehälter, lebende Karpfen und durchsichtige Seife, so brachte ich sie zuerst zu Tang Jiuyuan. Da mein Sohn in der Buchhandlung „Neues China" arbeitete, konnte ich ihm auch einige schwer erhältliche Bücher beschaffen. Zum Frühlingsfest lud ich ihn und seine Frau zu mir nach Hause ein, wo wir gemeinsam Teigtäschchen zubereiteten, Feuerwerkskörper losließen, Klöße aus Klebereis kochten, mariniertes Fleisch und „faule" Eier aßen. Als ich einen kleinen Vorratsraum baute, ließ Tang Jiuyuan seinen Sohn (ebenjenen jungen Burschen in Arbeiterkleidung) kommen, damit er mir half. So wurden unsere beiden Söhne auch Freunde. Gemeinsam gingen sie schwimmen, spielten Gitarre, tauschten verbotene Bücher und lasen sie heimlich.

„Alter Lü", sagte Tang Jiuyuan eines Abends in seinem Zimmer zu mir, „der Sekretär des Provinzparteikomitees kommt doch mit seiner ganzen Familie zu dir zum Haareschneiden. Wenn du ihn eines Tages kommen siehst, würdest du mich da benachrichtigen? Ich möchte kurz mit ihm sprechen."

„Mit ihm sprechen?" Ich bekam einen Schreck, denn jeder wußte, daß dieser Zhao ein Karrierist war, der Zuflucht bei den neuen Würdenträgern gesucht hatte und in Verruf geraten war.

Frau Tang verzog den Mund und sagte: „Warum gerade ihn aufsuchen? Was bildet der sich ein, in welchem Tempel er Buddha ist?"

„Was kann man denn sonst tun? Weiter warten und den Sündenbock spielen? Das ist doch keine Sache! Er repräsentiert schließlich die Parteiorganisation einer bestimmten Ebene." Tang Jiuyuan wandte sich um und sagte zu mir: „Es heißt, ich hätte die ‚Zentrale Gruppe der Kulturrevolution' angegriffen. Tatsächlich hätte ich so etwas nie gewagt, auch ist das nicht meine Art. Das alles ist eine Verleumdung. Bis heute weiß ich nicht, was ich eigentlich Schlechtes gesagt und getan haben soll. Ein Parteimitglied muß immer für die Partei arbeiten."

„Laß es gut sein! Das klingt natürlich sehr schön, für die Partei arbeiten." Seine Frau war aus irgendeinem Grund sehr gereizt und schürzte dic Lippen, wie es ihre Gewohnheit war. „Wenn du nun um einen untergeordneten Posten nachgesucht hast, so ist daran nichts Besonderes. Mich hat heute die Organisationsabteilung zum stellvertretenden Sekretär der Grundorganisation einer Reißverschlußfabrik gemacht. Nach dem Gespräch bin ich sofort ins Krankenhaus gegangen und habe mir einen Krankenschein für drei Monate geholt. Das ganze Leben war ich für die Revolution da. Trotzdem wurde ich als Verbrecherin hingestellt und mußte acht Jahre zwischen Leben und Tod verbringen. Und nun bietet man mir so einen winzigen Posten an!"

Da wir schon auf vertrautem Fuß miteinander standen, blieb er bei den sarkastischen Worten seiner Frau ruhig und fand sie offenbar keineswegs blamabel. Er erklärte mir nur: „Solch ein Gefühlsausbruch führt zu nichts. Ein Parteimitglied muß immer fähig sein, die Prüfung der Partei zu bestehen. Außerdem habe ich noch einen Sohn und eine verheiratete große Tochter, und wegen mir können meine Enkelkinder keine Rotgardler werden. Kann das denn gutgehen, wenn ich angewidert und halsstarrig hier ausharre und mich nicht an den Sekretär Zhao wende?"

Ähnliche Debatten hatte ich schon mehrmals mit angehört, und ich wußte, daß Frau Tang, obwohl sie von „nichts Besonderem" sprach, in Wirklichkeit den Posten eines Sekretärs in der Reißverschlußfabrik ablehnte, weil er ihr zu unbedeutend war. Ich wußte das auch, weil sie früher schon geäußert hatte, daß sie entsprechend ihrem Rang und ihrer Stellung vor der Kulturrevolution mindestens stellvertretender Direktor des Amtes für Leichtindustrie sein müsse. Sie hatte auch gesagt, daß bei ihr mit Arbeit nichts zu machen sei, solange ihr Mann nicht seinen Posten wiedererhalte. Obwohl solche Gespräche für uns einfache Menschen etwas fremdartig und ungewohnt waren, fand ich sie nicht ganz unangebracht. Denn was sie sagten, das war die Wahrheit. Wenn ein Funktionär vom Range eines Amtsdirektors auf den „winzigen Posten" in einer kleinen Fabrik hinuntergesetzt wird, kommt er (oder sie) in eine Situation, über die er nicht erfreut ist. Obgleich es sich hier um ungewöhnliche Umstände handelte, konnte sich selbst ein Friseur oder auch ein Lehrling, der gerade mit der Haarschneidemaschine umzugehen gelernt hatte, so etwas vorstellen. Anfangs erregte diese Gewichtigkeit, die Amt und Rang beigemessen wurde, meinen Widerwillen. Doch ich begriff recht schnell: So viele Betrüger verlassen sich völlig auf andere und machen ihr Glück, und so viele Schurken steigen als Emporkömmlinge auf, kommandieren herum und stellen ihre Macht zur Schau. Warum sollte man dann ausgerechnet bei so alten Genossen wie dem Ehepaar Tang besondere Betonung darauf legen, ob man auf- oder absteigen, Beamter oder einfacher Bürger sein kann. Tang Jiuyuan hatte schließlich vieles zur Revolution beigesteuert. Außerdem hatte er bestimmte Vorstellungen, die man auch ein Regierungsprogramm in drei Punkten nennen konnte. Schon wegen dieser drei Punkte hieß auch ich es gut, daß er Macht übernahm. Denn wie kann er die drei Punkte seines Regierungsprogramms verwirklichen, wenn er nicht in Amt und Würden ist, sagte ich mir. Wie können denn solche Menschen ihre Rolle spielen, wenn sie nicht in führender Position sind? Daß Tang Jiuyuan zudem an die Zukunft seiner Kinder und Enkelkinder denkt, macht ihn auch sympathisch. Daß sie essen wollen, daß sie Gefühle und Wünsche haben, ist menschlich, aber es sind alte Genossen, sie haben die Revolution mitgemacht und Erfahrungen in der Führung gesammelt, sie haben aus der Kulturrevolution ihre Schlüsse gezogen und über sie gründlich nachgedacht. Auf sie setze ich meine Hoffnungen für die Zukunft des Staates, der Partei und der Menschen.

Entgegen meiner Gewohnheit, meine Nase nicht in fremde Dinge zu stecken, begann ich deshalb, mich darum zu kümmern, wo der Sekretär Zhao sich aufhielt. Ich wollte alles Mögliche versuchen, um für Tang Jiuyuan eine Gelegenheit zu schaffen, mit der Führung zusammenzutreffen und sich rechtfertigen zu können. Ich weiß nicht, wie sie sich getroffen und was sie besprochen haben, auf jeden Fall wurde bald darauf mitgeteilt, Tang Jiuyuan werde den Posten eines achten Stellvertreters einer Versorgungs- und Verkaufsgenossenschaft übernehmen. Frau Tang war darüber entrüstet und meinte: „Wovon hängt denn das ab, daß man dem Sekretär eines Bezirksparteikomitees die Stellung einer Bronzestatue anbietet?“ (Damals gab es einen historischen Film mit dem Titel „Der Achte ist eine Bronzestatue".) Tang Jiuyuan lachte nur, offenbar gab er sich auch mit der Rolle einer „Bronzestatue" zufrieden. Ende des Jahres jedoch begann sich die politische Atmosphäre wieder einmal zu ändern. Die Losung „Die alten Funktionäre einsetzen!" wurde bekämpft, oder man ergriff irgendwelche „Banden zurückgekehrter Grundbesitzer". Deshalb konnte Tang Jiuyuan, solange die Viererbande nicht zerschlagen war, nicht einmal seinen Posten als „Bronzestatue" antreten.

Im Januar 1976 trauerte ich mit Tang Jiuyuan und seiner Frau um den verstorbenen Ministerpräsidenten Zhou Enlai. Wir vergossen Tränen und ballten gemeinsam die Fäuste. Die beiden gingen auf den Volksplatz, um sich an den spontanen Trauerkundgebungen der Massen zu beteiligen. „Das ist Trauer, aber auch eine Kundgebung!" sagte Tang Jiuyuan erregt zu mir. In seinen Augen begann das zornige Feuer des ehemaligen Regimentskommandeurs zu brennen. Es sah aus, als wäre er gerade dabei, eine Schlacht zu planen. Wir diskutierten besorgt über die großen Staatsangelegenheiten. Aber nach dem 7. April 1976, als diese Kundgebung als konterrevolutionäre Aktion bezeichnet worden war, schwieg er eisern. Und wenn ich meiner angestauten Unzufriedenheit Luft machen wollte, setzte er eine ernste Miene auf und sagte warnend: „Solchen wichtigen Angelegenheiten gegenüber muß man sich ernsthaft verhalten. Anfangs liefen meine Gedanken auch nur in einer Richtung, aber nachdem ich das Dokument des ZK studiert habe, begreife ich allmählich die Bedeutung von solchen Losungen wie ‚Kritisiert Deng!' und ‚Wendet euch gegen den von rechts kommenden Wind der Rehabilitierung!'. Du darfst nicht auf Gerüchte hören und dem Liberalismus verfallen!" Seine Worte enttäuschten und verwirrten mich. Aber wenn ich über seine Lage nachdachte, kam ich zu dem Schluß, daß er gar nicht anders sprechen konnte.

Im Oktober 1976 wurde die Viererbande entmachtet. Zhao, der erste Sekretär des Provinzparteikomitees, wurde wegen seiner Verknüpfung mit der Viererbande versetzt. Das Provinzkomitee reorganisierte die Führungsgruppe. Im März berief die neue Führung eine große Versammlung ein, auf der Tang Jiuyuan in aller Öffentlichkeit rehabilitiert wurde. Es stand in der Zeitung und wurde vom Rundfunk verbreitet. Der Bericht besagte, daß der Genosse Tang Jiuyuan gegen das gesetzwidrige Verhalten Lin Biaos und der Viererbande schon frühzeitig einen kompromißlosen Kampf geführt habe. Er sei deshalb grausamen Verfolgungen ausgesetzt gewesen. Ein führender Funktionär des Provinzparteikomitees (gemeint war Zhao) habe Tang Jiuyuan auch diskriminiert und verfolgt. In der Mitteilung hieß es ferner, daß Tang Jiuyuan wie eine stolze Kiefer Schnee und Frost widerstanden habe. Eine Woche nach der Verkündung seiner Rehabilitierung wurde Tang Jiuyuan zum Sekretär des Stadtkomitees der Partei in der Stadt S. ernannt. Ich wußte, daß er sehr beschäftigt war, und suchte ihn deshalb nicht auf. Aber ich freute mich für ihn, und in meiner Familie leerten wir einige Glas auf seine Rehabilitierung. Bevor er seinen Posten antrat, kam er mit Frau und Sohn zu uns und lud mich und meine Frau ein, ihn in S. zu besuchen. Er fügte hinzu, daß wir mit ihm rechnen könnten, wenn es irgendwelche Dinge zu erledigen gäbe. Er hätte gern noch mehr gesagt, aber seine Frau (nun schon nicht mehr verdrossen dreinschauend) erinnerte ihn daran, daß ein gewisser Politkommissar in fünf Minuten für ihn ein Abschiedsessen geben wolle, und zog ihn fort. Als das Auto losfuhr, hielt er meine Hand noch immer fest und rief laut: „Komm bestimmt zu uns nach S.!“ Dieses freundschaftliche Verhalten machte auf mich einen tiefen Eindruck. Mein Glücksgefühl wurde nur dadurch getrübt, daß mein Sohn nicht mitmachte. Sobald die Gäste kamen, schlich er sich unter dem Vorwand aus dem Zimmer, die Toilette aufsuchen zu müssen. Erst kurz vor dem Schlafengehen ließ er sich wieder sehen. Als ich ihm daraufhin Vorwürfe machte, preßte er zwischen den Zähnen hervor: „Laß dich nicht mit Leuten in einer hohen Stellung ein!“ Erzürnt erwiderte ich: „Was soll das heißen? Wir sind doch Genossen und Freunde. Ganz egal, ob er ein Konterrevolutionär ist, der überprüft wird, oder Sekretär des Stadtparteikomitees. Das ist für mich völlig gleich. Wir werden ihm keinesfalls in den Hintern kriechen, weil er seinen ursprünglichen Posten wieder bekleidet. So einer ist dein Vater nicht!“ Aber mein Sohn lächelte nur lässig. In den letzten Jahren hatte er meine Erziehungsversuche immer mit einem solchen lässigen Lächeln quittiert. Ich fühlte mich beleidigt und schrie: „Was lachst du?“ Er vermied es, mich anzusehen, und antwortete in müdem Ton: „Verehrter Vater, wenn man dich so reden hört, merkt man, daß du einfach – naiv bist.« (Man stelle sich vor, der Sohn nennt den Vater naiv!) »Hat Tang Jiuyuan zum Beispiel wirklich einen ‚kompromißlosen Kampf' geführt? Ist er eine ‚stolze Kiefer'? Was war denn das für eine Sache mit der achten ‚Bronzestatue'?" Die Worte meines Sohnes verschlugen mir die Sprache, aber ich wurde wieder wütend. „Hast du denn nicht das geringste Klassengefühl? Die Viererbande verfolgte die alten Genossen, und du mäkelst an den alten Funktionären herum. Wenn du so weitermachst, wird das gefährlich." Mein Sohn drehte sich um und ging. Entmutigt dachte ich daran, daß die Art und Weise sowie der Ton der Beweisführung, die früher für unsere Generation so ungewöhnlich wirkungsvoll, anregend und überzeugend gewesen waren, bei meinem Sohn nicht mehr anschlugen.

Zum Neujahr 1978 kamen von Tang Jiuyuan ein Brief und gleichzeitig ein Päckchen, das Knuspergebäck mit Zimtblütenaroma enthielt, eine Spezialität der Stadt S. In dem Brief wurde erneut die Hoffnung zum Ausdruck gebracht, daß ich mit meiner Familie Zeit finden möge, nach S. zu kommen. Ich konnte mich dazu nicht entschließen, denn ich sagte mir, daß Tang Jiuyuan sicherlich recht viel zu tun hatte und seine Zeit kostbar war. Außerdem konnte ich ihm nun keinerlei Dienste mehr erweisen. Meine Frau drängte mich, an den Feiertagen des Frühlingsfestes hinzufahren. Sie meinte, besser, jemand hat keine Zeit, uns zu empfangen, als daß wir hier von vornherein kaltherzig über ihn sprechen. Mein Sohn war entgegengesetzter Meinung: „Willst du etwa wirklich fahren? Vergiß nicht, daß er Sekretär des Stadtparteikomitees ist!" Die Erwähnung dieses Titels beeindruckte mich, und ich ließ den Kopf hängen. Aber führt denn der Abstand zwischen Rang und Stellung auch mit Sicherheit zu einem Abstand zwischen zwei ehrlichen Herzen? Damit wollte ich mich nicht zufriedengeben.

Ich entschloß mich, doch zu fahren, und trug meiner Frau auf, mariniertes Fleisch und „faule" Eier, beides Lieblingsspeisen von Tang Jiuyuan, zuzubereiten. Am 28. des zwölften Monats nach dem alten Kalender, also zwei Tage vor dem Frühlingsfest und am Vorabend des Tages, den ich für den Aufbruch geplant hatte, besuchte mich Bu, der Kraftfahrer des Gästehauses. Er kam mit einer Schachtel Gebäck und zwei Flaschen Wein, setzte sich auf einen Stuhl und begann völlig ungeniert drauflosszuschwätzen: „Falls Sie mal einen Wagen brauchen, wenden Sie sich an mich." Oder: „Ihr Tisch hier würde mit einer Plastedecke hübsch aussehen. Ja, das ginge. Ich hätte ein passendes Stück." Oder: „Ihr Fahrrad müßte neu verchromt werden. Ich kann es für Sie wegbringen ..." Recht argwöhnisch hörte ich mir seine Versprechungen an und wußte nicht, was er eigentlich wollte, denn wir hatten keinerlei Umgang miteinander gehabt. Nach langem Drumherumreden kam er endlich zur Sache: „Meister Lü, ich schätze Sie sehr! Man braucht darüber nicht zu sprechen, aber das Lebensalter bringt Erfahrung, und Sie verfügen über einen großen Weitblick. Als Tang Jiuyuan in den größten Schwierigkeiten steckte, haben Sie ihn nicht im Stich gelassen und sich als nützlicher Freund erwiesen. Wir beide sind arme Schlucker, deshalb müssen Sie für mich Partei ergreifen und mit mir Mitleid haben. Ich bin nun schon bald dreißig Jahre alt und habe schon etlichemal und immer ohne Erfolg versucht, eine Ehepartnerin aufzutreiben. Mit Mühe und Not habe ich nun eine gefunden. Ich sage Ihnen ganz offen, sie ist wirklich Klasse. Meine Verlobte ist in der Wollweberei eines Vororts von S. beschäftigt. Sie will weder einen Schrank noch einen Fernseher. Sie möchte nur eines, nämlich ihre Versetzung vom Außenbezirk in die Stadt selbst und von der Weberei zur Feinspinnerei. Ich habe hin und her überlegt und meine, daß man nur Sie in dieser Angelegenheit um Unterstützung bitten kann. Ich habe gehört, daß Sie morgen nach S. fahren ..." Er drückte mir die Schachtel Gebäck und die Weinflaschen in die Hand. „Ich, was kann ich denn tun?" fragte ich verwirrt. „Na, denken Sie doch mal selbst nach. Sie sind doch mit Tang Jiuyuan befreundet, für den Sie nicht wenig getan haben. Er ist jetzt Sekretär des Stadtparteikomitees ..." Mir schoß die Röte ins Gesicht bis hoch zu den Ohrläppchen. „Oh, du ... Was sagst du da?" Er wollte noch weiterreden, aber mein Sohn kam, stellte die Gebäckschachtel und die Weinflaschen vor die Tür und sagte: „Such dir jemand anders. Mein Vater fährt nicht nach S." Und er schob Bu hinaus. „Aber, aber, das gehört sich doch nicht. Vielleicht werdet ihr mich eines Tages auch mal brauchen ..." Bu war noch immer am Diskutieren, als mein Sohn die Tür schloß, sich umdrehte und mich still und mit vorwurfsvollen Blicken ansah. Ich stieß einen langen Seufzer aus und sagte zu Frau und Sohn: „Die Fahrkarte wird zurückgegeben."

Im Juni desselben Jahres wurde in der Provinzhauptstadt eine Konferenz für die Finanz- und Handelsfront zum Studium der Erfahrungen von Daqing und Dazhai einberufen. Ich wurde ausgewählt, als Delegierter des Dienstleistungssektors daran teilzunehmen. Zufällig war ich ganz in der Nähe der Delegierten aus S. untergebracht. Ich erkundigte mich nach ihrer Meinung über Tang Jiuyuan. Obwohl in den Zeitungen und Dokumenten schon unzähligemal darauf hingewiesen worden war, daß man sich in der Partei einander mit Genosse anzusprechen habe, hatten doch noch viele Leute Schwierigkeiten, den offiziellen Titel wegzulassen. So sagten sie dann auch: „Sekretär Tang arbeitet nicht schlecht. Als er sein Amt angetreten hatte, kümmerte er sich um die Wiederherstellung von Ordnung und Sauberkeit in der Stadt, um die Durchsetzung von Hygienemaßnahmen, um die Verkehrsordnung, um die Begrünung und so weiter bis hin zur Untersuchung der Machenschaften von Anhängern der Viererbande. Er hat Schneid." Als sie mir einiges darüber erzählten, wie streng Tang Jiuyuan in seiner Arbeit an die Dinge heranging, berichteten sie von einer Begebenheit, wo Tang Jiuyuan während der Zeit des Frühlingsfestes bei einem „Privatbesuch in Verkleidung" mit den krummen Geschäftspraktiken eines stellvertretenden Verkaufsstellenleiters aufgeräumt hatte, der durch die Hintertür Lebensmittel verschob. Es war wie in der Anekdote vom ehrlichen und unbestechlichen Beamten in der alten Gesellschaft. Das bereitete mir aufrichtige Freude, als wären die Erfolge des Parteisekretärs von S. auch die meinen. „Hat Sekretär Tang nach seiner Amtsübernahme auch die Bedingungen in eurem Gefängnis irgendwie verbessert?" fragte ich, aber keiner antwortete. Ihre unruhigen Augen waren mit einem komischen Blick auf mich gerichtet. Da erst wurde mir klar, daß das eine seltsame Frage war. Eine solche Frage aufzuwerfen erregt den Verdacht, daß man um Übeltäter besorgt ist oder gar selbst mit Übeltätern unter einer Decke steckt. Ich lächelte gezwungen. „Gibt es über Sekretär Tang überhaupt keine negativen Meinungen?" fragte ich weiter. „Negative Meinungen", antworteten sie, „gibt es hauptsächlich über seine Frau. Sie ist wirklich ein schrecklicher Mensch. Allen macht sie Vorschriften. Ob einer in seiner Funktion ihr nun unter- oder übergeordnet ist, sie faucht jeden an. Nach dem Haarschnitt beschimpft sie den Friseur und nach dem Einkauf den Verkäufer. Sobald sie unsern Laden betritt, bekommen wir es mit der Angst zu tun." Jemand anders meinte: „Na, das ist stark übertrieben. Sicherlich hat sie ein ungezügeltes Temperament, aber man braucht sich nur auf ihre Wesensart einzustellen und sie nicht zu kränken, dann ist sie doch ziemlich verträglich." Andere sagten: „Sekretär Tang hat eine erstklassige Wohnung. Sein Sohn ist nicht verheiratet, hat aber auch schon eine abgeschlossene Wohnung von fünfzig Quadratmetern verlangt. Wie es heißt, will seine Tochter zu uns nach S. umziehen, und nun fordert Frau Tang eine Wohnung auch für ihre Tochter und ihren Schwiegersohn." Die Leute sprachen leise, denn ganz gleich, ob jemand lauschte oder nicht, wenn man über führende Funktionäre sprach, senkte man die Stimme. Das war ein bedingter Reflex.

Nach diesem Gespräch fand ich die ganze Nacht keine Ruhe. Was ist mit der Frau? Was ist mit ihnen? Sie hatten so viel leiden müssen, und die Leute hatten Sympathie für sie. Vielleicht meinte Frau Tang, da sie nun selbst über Macht verfüge, könne sie die ihnen von der Viererbande zugefügten Verluste wettmachen. Aber man kann doch nicht auf diese Art etwas „wettmachen"! Nein, in dieser Hinsicht verfügte weder sie noch er über Macht. Das Volk blickt gespannt auf sie. Sollten sie sich etwa von den Massen gelöst haben? Nicht auszudenken!

Ich mußte sofort nach S. fahren und Tang Jiuyuan und seiner Frau sagen, daß offenbar nicht viele Leute offen und ehrlich zu ihnen sprechen. Ich war so ungeduldig, daß ich keine Ruhe fand. Zum Glück war der offizielle Teil der Konferenz beendet. Ich verzichtete auf die Besichtigung, das Fotografieren, den Theaterbesuch und das gemeinsame Essen an den letzten beiden Tagen und ließ mir freigeben, um nach S. zu fahren.

Der Zug brauchte vier Stunden. Als ich nach der Ankunft frühstückte, traf ich einen älteren Kollegen, mit dem ich früher zusammen in der Lehre gewesen war. Ich hatte ihn viele Jahre nicht gesehen. Als er vernahm, daß ich Tang Jiuyuan aufsuchen wollte, fragte er erstaunt: „Du willst zum Sekretär Tang? Willst du dich an eine höhere Instanz wenden? Bist du nicht immer jedem Streit aus dem Weg gegangen?" – „Nein, so ist das nicht", antwortete ich. „Wir kennen uns. Er hat mich eingeladen." – „Er hat dich eingeladen?" Der Kollege rollte vor Staunen die Augäpfel, und als habe er plötzlich den versteckten Sinn meiner Worte begriffen, rief er: „Das hätte ich wirklich nicht gedacht! Eine ehrliche Haut wie du hat Beziehungen schätzengelernt. Obendrein mit einem so hohen Tier! Ja, ja, du weißt, wie man's macht." Er richtete den Daumen nach oben und flüsterte mir ins Ohr: „Für morgen hat das Provinzkomitee der Partei hier eine Arbeitsberatung einberufen. Nun sind die besten Waren der ganzen Stadt, die besten Köche und Schauspieler dafür bereitgestellt. Die Stände für Imbisse und Erfrischungsgetränke an den Hauptstraßen wurden geschlossen, um die Arbeitsberatung zu unterstützen. Du mußt dich drum bemühen, in das Hotel für hohe Gäste zu kommen, dort kannst du gute Sachen kaufen. Und denk dabei auch an uns. Hast du genug Geld bei dir? Ich wohne gleich ..."

Die Worte des Kollegen wirkten auf mich, als würde ich mit siedendem Öl übergossen. Ich ließ den Gedanken fahren, mich erst irgendwo auszuruhen, kümmerte mich auch nicht um eine Unterkunft, sondern hastete gleich aufgeregt zum Stadtparteikomitee. Ein Genosse half mir dort dankenswerterweise und sagte, daß Tang Jiuyuan im Gästehaus sei. Ich hastete weiter und eilte zum Gästehaus Nummer 1, das von den Leuten „Nobelhotel" genannt wurde, wie mir jemand zugeflüstert hatte. Zweihundert Meter davor sah ich schon einen Haufen Verkehrspolizisten und patrouillierende Posten. Bereits fünfzig Meter vor dem großen Eingangstor wurde ich angehalten. „Wohin?" fragten der Polizist und der Soldat. Nicht einmal das Wort „Genosse" brachten sie über die Lippen. Zehn Meter vor dem Tor war Ausweiskontrolle. Glücklicherweise hatte ich den Delegiertenausweis für meine Konferenz bei mir. So bekam ich die Erlaubnis, bis zum Tor zu gehen.

Als ich am Tor anlangte, schickte mich der Wachposten zum Pförtnerhäuschen. Dort waren die Fenster völlig mit weißem Papier beklebt. Sie ließen sich auch nicht aufstoßen. Wie sollte man sich da anmelden? Da bemerkte ich, daß in der dikken Mauer auf der anderen Seite des Pförtnerhäuschens eine kleine quadratische Öffnung eingelassen war. Wer Einlaß begehrte, mußte durch dieses kleine Fenster seine Personalien und den Grund seines Besuches angeben und dann auf die Genehmigung warten.

Die quadratische Öffnung war ziemlich hoch eingelassen. Offenbar war sie für über zwei Meter große Basketballer gemacht. Obwohl schon nicht groß, war sie obendrein zu einem Drittel mit einem Holzbrett verschlossen. Ich stellte mich auf die Zehenspitzen, reckte den Hals und rief: „Genosse!" Mein Hals war schon so weit ausgestreckt, daß es schmerzte, dennoch konnte ich nur mit Mühe drinnen den dicken und fleischigen Rücken eines breitschultrigen und kräftigen Mannes sehen. Erst nachdem ich mehreremal „Genosse!" gerufen hatte, blickte er sich kurz um, ohne mich jedoch weiter zu beachten.

„Genosse!" begann ich laut zu schreien.

„Kannst du nicht normal sprechen?" Diese Frage aus dem Häuschen traf mich wie eine Kugel mitten ins Gesicht und in das Herz.

Wieso nicht normal sprechen können? Bin ich etwa stumm? Bin ich etwa kein Chinese? Ich wurde rot bis über die Ohren.

„Ich suche den alten Tang. Ich suche Tang Jiuyuan." Mein Geschrei störte den Wachposten. „Hier wird nicht geschrien!" verwarnte er mich.

Die Nennung dieses Namens und die Tatsache, daß ich ihn so respektlos ausgesprochen hatte, zeigten Wirkung. Der Pförtner drehte sich um, trat ans Fenster und musterte mich von Kopf bis Fuß und von Fuß bis Kopf. Sein Blick ließ mich erzittern. Oje! Da hätte ich lieber den haßerfüllten Blick aus den blutunterlaufenen Augen eines Feindes ertragen als die Musterung durch diesen Genossen. Dann begann er das Verhör. Nachdem er meine Herkunft klargestellt hatte, sagte er kühl: „Während der Konferenz werden keine Besucher empfangen."

„Soweit ich weiß, beginnt sie erst morgen", erwiderte ich. „Ich war beim Stadtkomitee, und die haben mich hierhergeschickt."

„Besucher werden nicht empfangen", wiederholte er mit noch leiserer Stimme und drehte mir wieder den dicken Rükken zu. In diesem Moment war die Stimme einer Frau zu hören, die an die Tür klopfte. Der Pförtner sprang sofort auf und öffnete das Tor. Schlagartig veränderte sich seine Haltung. Alles an ihm, die Muskeln, die Haut, die Gesichtszüge, erlebte eine seltsame Wandlung, als hätte der Pappelzweig eines Bodhisattwa einen Holzklotz mit Wunderwasser besprengt oder als hätte, wie in dem russischen Märchen, die Liebe des Prinzen die Kröte in die schöne Wassilissa verwandelt. Glückerfüllt und entzückt, zivilisiert und höflich, flink und schlau, vergnügt und herzlich schloß er auf und öffnete das Tor.

„Zum Kino am Abend werden einige Freunde meines Sohnes kommen. Laßt sie herein ..." Es war die Stimme von Frau Tang.

„Das geht in Ordnung! Den jungen Tang kenne ich doch. Wenn er kommt ..."

„Sie kommen möglicherweise nicht zusammen."

„Das macht nichts, macht gar nichts. Sie brauchen nur den Namen Ihres Sohnes zu nennen", sagte der breitschultrige und kräftige Kerl in einem Ton, daß ich staunte, wie artig, geziert und warmherzig er sein konnte.

„Aber mich läßt er nicht hinein!" protestierte ich. Nach dem Auftauchen von Frau Tang schien mein Marktpreis gestiegen und auch mein Mut gewachsen zu sein. „Nanu, das ist doch Meister Lü! Welcher Wind hat Sie denn hierhergeweht?" Frau Tang begrüßte mich herzlich. Dann winkte sie lässig mit der Hand, worauf der Pförtner mir sofort lächelnd einen Passierschein aushändigte. Dieses Lächeln war noch schwerer zu ertragen als die geringschätzige Art, mit der dieser Kerl mich soeben von Kopf bis Fuß gemustert hatte. Ich wandte mich schnell um und trat durch das Tor.

Gegenüber Frau Tang äußerte ich meinen Groll über die schlechten Manieren des Pförtners und die übertriebene Strenge der Torbewachung. „Euer Luxushotel scheint mir etwas zu vornehm zu sein", sagte ich. Sie lachte schallend und erwiderte: „Na, lassen Sie mal! In euer Gästehaus der Arbeiter und Bauern in der Provinzhauptstadt ist ja auch nicht leicht hineinzukommen. Das geht nun mal nicht anders. Heutzutage kommen zu viele Leute, die bei höheren Instanzen um Hilfe nachsuchen. Wenn man das nicht ein bißchen streng handhabt, braucht man gar nicht erst an Arbeit zu denken." Vertraulich und ungezwungen trat sie zu mir und sagte: „Wir haben wirklich viel an Sie gedacht und von Ihnen gesprochen. Wir glaubten, Sie würden zum Frühlingsfest kommen. Ich habe meinen Mann oft daran erinnert, daß ein

Mensch wie der alte Lü wirklich ein guter Genosse ist, einer, der die Prüfung bestanden hat. Jetzt, da mein Mann Sekretär des Stadtparteikomitees ist, zertreten ihm die Leute, die was von ihm wollen, förmlich die Türschwelle. Alte Kollegen, frühere Untergebene, Schulkameraden und obendrein Verwandte, die sich viele Jahre nicht sehen ließen ... Alle kommen. Es ist wirklich merkwürdig. Wohin sind sie in den früheren Jahren gegangen? Als ich meinem Mann das Essen ins Gefängnis brachte, hat keiner mal ein paar nette Worte zum Trost für mich übrig gehabt." Frau Tang konnte ihre Wut nicht verhehlen. „Jetzt hat sich das ja gebessert", sagte ich. „Ja, richtig." Ihre Wut hatte sich gelegt, sie war wieder heiter gestimmt. „Bleiben Sie ruhig einige Tage in der Stadt. Mit der Rückkehr brauchen Sie sich nicht zu beeilen. Ich führe Sie herum. Mir ist jetzt auch klargeworden, daß es keinen Zweck hat, sinnlos drauflos zu arbeiten. Falls Sie etwas kaufen wollen, einen Arzt brauchen, eine Arznei oder sonst irgend etwas, so kann ich das für Sie erledigen. Bei gewichtigeren Sachen wenden Sie sich an meinen Mann. Auf jeden Fall verstehen Sie uns, und wir verstehen Sie auch ..." Sie hatte noch nicht zu Ende gesprochen, als sie von jemandem weggerufen wurde. „Mein Mann ist im Hof Nummer drei, gehen Sie zu ihm", sagte sie und streckte mir die Hand hin. „Bleiben Sie heute abend hier, es gibt eine interne Filmvorführung", rief sie mir noch zu, als sie sich schon ein ganzes Stück entfernt hatte.

Ich machte mich in der von ihr gewiesenen Richtung auf den Weg und kam an einem kleinen Laden vorbei. Das Warenangebot erregte meine Aufmerksamkeit. Da gab es Pelzfutter für Jacken und Mäntel (zum Fabrikabgabepreis), Strickwolle (zu herabgesetzten Preisen), Fernsehgeräte (zum Testpreis), Rindslederschuhe (zum Großhandelspreis) – alles heißbegehrte Mangelware. Ich runzelte die Stirn, und mir krampfte sich das Herz zusammen. Neben dem kleinen Laden war ein Imbißraum. Da ich vor dem Pförtnerhaus auf den Zehenspitzen stehen, den Hals recken und laut hatte rufen müssen, war ich ins Schwitzen geraten und wollte gern ein Eis am Stiel essen. Als ich den Imbißraum betrat, stellte ich fest, daß es hier Eis am Stiel von besonderer Qualität gab. Gewöhnlich kam ein Fruchteis am Stiel drei *fen* und ein Sahneeis am Stiel fünf *fen*. Das hier angebotene Eis am Stiel war „Spitzenqualität". Es kostete sechs *fen*, war aber noch besser als das große Speiseeis, das auf dem Markt zu zehn *fen* verkauft wurde. Ich habe ein halbes Leben lang in dem großen Gästehaus der Provinzhauptstadt gearbeitet, aber solch eine Sonderversorgung hatte ich noch nicht erlebt. Beim Schlecken des Eises spürte ich, wie mir die Kälte vom Mund zum Magen und von dort zum Herzen drang.

Ich muß mit Tang Jiuyuan sprechen. Was soll das bei der Eröffnung einer Konferenz? Alles wird nach außen dringen. Und wenn die Torwache noch so streng ist, so etwas gelangt immer nach draußen. Außerdem muß ich ihn fragen, wie es mit der Verwirklichung der drei Punkte seines „Regierungsprogramms“ steht. Mit solchen Überlegungen verließ ich den Imbißraum und gelangte in den Hof Nummer drei. Dort fuhren gerade einige Personenkraftwagen vor, einer vom Typ „Rote Fahne“, ein „Toyota“ und ein „Mercedes“. Als ich das sah, begriff ich, daß das hier keine gewöhnliche Leitungszentrale war. Tang Jiuyuan betätigte sich gerade in gehobener Stimmung, aber ernsthaft und mit Sachkenntnis als Verkehrspolizist. Er wies die Fahrer an, die Luxuslimousinen an einem schattig-kühlen, luftigen, regengeschützten und sauberen Platz in der Nähe der Ausfahrt zur Straße abzustellen. Tang Jiuyuan trug einen nagelneuen Wollanzug. Die oberen Knöpfe der Jacke waren geöffnet, so daß der blitzsaubere gestärkte weiße Hemdkragen hervorlugte. Nachdem die Autos abgestellt waren und er jedem Fahrer in ungezwungener und bescheidener Weise die Hand geschüttelt hatte, ließ er sie durch den Diensthabenden des Gästehauses zum Pausenraum bringen. Als das erledigt war, wandte er sich um und erblickte mich.

Ich wollte gerade die Hand heben und ihm einen Gruß zurufen, da kam ein Funktionär mit Brille angelaufen und überreichte ihm ein Schriftstück. Während Tang Jiuyuan es sich ansah, rief er einem anderen Funktionär mit ergrautem Haar zu, der in der Nähe vorbeiging: „Überprüft die Badewannen im Gebäude des Hofes Nummer eins noch mal. Das Personal des Gästehauses ist wirklich sehr nachlässig. Als ich gestern kontrollierte, wurde jedesmal meine Hand schwarz, wenn ich irgendwo drüberwischte. Und an den Düsenköpfen der Duschen sind einige Löcher verstopft. Das Wasser kann nicht gleichmäßig austreten. Ich habe das schon gestern beanstandet...“

Immer mehr Leute eilten herbei. Tang Jiuyuan war ganz bei der Sache und befaßte sich mit jedem: „Du gehst und kümmerst dich um den kleinen Versammlungssaal"; „Du schaust mal in die Küche, ob sie den alten, abgelagerten Essig aus Shanxi haben"; „Du siehst nach dem Hotelladen"; „Du kümmerst dich um die Sanitätsstelle"; „Richtig, heute geben wir die erste Verlautbarung heraus, dann zwei- oder dreimal am Tag. Was, ihr wißt nicht, was ihr schreiben sollt? Heute schreiben wir, daß die breiten Massen der Stadt S. die außerordentliche Fürsorge und Förderung anerkennen, die das Provinzkomitee der Partei mit der Einberufung dieser Konferenz der Stadt entgegenbringt ... Muß ich denn hier auch noch den Lehrer spielen?"; „Sag ihm, daß er unbedingt kommen muß. Das Wichtigste ist jetzt die Sicherung der Konferenz. Teil ihm das mit"; „Über diese Angelegenheit sprechen wir später. Das eilt nicht. Ich habe auch unter der Viererbande acht Jahre im Gefängnis gesessen"; „Nein, das geht nicht. Ich habe keine Zeit. Sage ihnen, sie sollen sich an das Büro für Bildungswesen wenden".

Immer wieder kamen neue Leute herbei und belagerten ihn. Alle baten um Anweisung oder wollten Bericht erstatten, und alle hielten es für eine Ehre, einige Worte an den Sekretär Tang richten zu dürfen.

So verging eine halbe, dann eine ganze Stunde. Schließlich wurden die Leute, die ihn umringten, weniger. Ermüdet wandte er sich um und wollte gehen.

„Alter Tang!" rief ich.

Völlig erschöpft sah er mich an. Plötzlich leuchteten seine Augen auf. „Aha, der alte Xu! Bist du endlich da?" Er kam auf mich zu und gab mir lasch die Hand.

„Aber haben Sie denn meinen Namen vergessen?" Betrübt und vorwurfsvoll sah ich ihn an.

„Richtig, dein Name ist Li. Nein, du bist der alte Lü, der Friseurmeister Lü. Du siehst, ich bin wirklich alt geworden." Er haderte mit sich selbst und ließ den Kopf sinken. Die Falten auf der Stirn waren tiefer und die grauen Haare mehr geworden.

„Wie geht es Ihnen? Ihre Schwindelanfälle ..."

„Gut, gut. Ich bin nur sehr beschäftigt, zu sehr beschäftigt. Ich weiß nicht mehr aus noch ein ..."

In dem Augenblick betraten einige würdevolle alte Genossen den Hof. Einer von ihnen, offenbar der ranghöchste, trug eine graue Uniform. Die Jacke stand offen. An den Füßen hatte er ganz neue schwarze, mit einer festen Stoffsohle versehene Stoffschuhe. Mit bedächtigem südlichem Akzent sagte er: „Alter Tang, geh mit uns ein Stückchen spazieren."

Ich begriff, das waren die führenden Genossen des Provinzparteikomitees. Tang Jiuyuan erklärte sich einverstanden, reichte mir hastig die Hand und sagte: „Bleib hier wohnen. Wir sprechen uns später." Damit wandte er sich um und wollte gehen. Ich machte einen Schritt nach vorn, hielt ihn fest, als fürchtete ich, ihn zu verlieren. „Alter Tang, ich wollte nur ein paar Worte mit dir wechseln." Meine Stimme zitterte. Er wandte sich mir zu und schaute mich freundschaftlich und teilnahmsvoll an. „Eure Verkaufsstelle . . ." Er ließ mich nicht ausreden, winkte einen jungen Genossen heran und sagte: „Stell ihm zwei Kaufgenehmigungen aus und besorg ihm ein Quartier!"

Damit ging er. Mir wurde schwindlig. Danach ging auch ich. Die Hand des jungen Genossen, der mich stützte, schob ich beiseite.

Als ich wieder daheim in der Provinzhauptstadt war, sprach ich mit einigen guten Freunden über meine Erlebnisse während des Besuchs bei Tang Jiuyuan. Viele kritisierten mich: „Du bist wirklich einer! Wo der so alt und so beschäftigt ist, hättest du warten sollen, bis er Zeit und Muße hatte, um dann mit ihm in aller Ruhe zu plaudern." Die Kritik meines Sohnes (dieses verdammten Kerls!) bestand nur aus vier Worten: „Das geschieht dir recht!"

Zum Frühlingsfest 1979 hatten Tang Jiuyuan und seine Frau abermals jemanden beauftragt, uns einen Brief und einen Plastebeutel mit kandierten Früchten zu überbringen. Selbstverständlich stand auf dem Umschlag fehlerfrei geschrieben: An Meister Lü. Sie luden uns wieder ein, sie in S. zu besuchen. Sie schrieben auch, das letzte Mal sei es wegen der Konferenz nicht zu einer anregenden Unterhaltung gekommen, was sie zutiefst bedauerten und ihnen leid tue. An der Schrift erkannte ich, daß Tang Jiuyuan diese Zeilen selbst geschrieben hatte. Ich war gerührt von seiner Aufrichtigkeit und engen Verbundenheit wie auch von der Tatsache, daß er mich wie seinesgleichen behandelte. Wenn ich an jenen unerfreulichen Besuch zurückdachte, mußte ich mir selbst grollen.

Wie konnte ich nur so hitzig sein! Kann man die Probleme so einseitig und so oberflächlich betrachten? Ist starke Beschäftigung etwa ein Fehler? Daß er sich um die Fahrer seiner Vorgesetzten kümmerte, ist auch nicht schlecht. Daß seine Frau leicht in Wut gerät, ist schließlich ihre Sache. Sicher war ich in meiner Kritik an ihm nur in solchen Sachen wie dem Preis für das Eis am Stiel. Aber ich hatte ja selbst auch eines gegessen. Außerdem hatte in jüngster Zeit das Zentralkomitee der Partei Dokumente veröffentlicht, wonach auf jeder Ebene Ausschüsse für disziplinarische Untersuchungen zu schaffen waren. Im Gästehaus von S. würde man wahrscheinlich nicht mehr solches Eis am Stiel für sechs *fen* verkaufen. Ich denke, ohne „Beamte" kommt eine Gesellschaft nicht aus. Wollte man es dennoch tun, träfe man überall auf Kot und Spulwürmer. Wer also sollte „Beamter" sein? Ich war gegen solche Leute wie Zhao und auch gegen solche „Befehlshaber" und „Lakaien", die alles zu Brei schlagen. Ich selbst kann und will kein „Beamter" sein, aber ich unterstütze Tang Jiuyuan. Man muß Verständnis und Sympathie für ihn haben. Auch sollte man ihm Zeit geben, die drei Punkte seines „Regierungsprogramms" zu verwirklichen. Ich sollte nicht wie die „Befehlshaber" der sogenannten Rebellen die „Beamten" verfolgen, aber auch nicht wie Bu und der Kollege aus meiner Lehrzeit die „Beamten" auszunutzen versuchen. Ich sollte den „Beamten" nicht dauernd „ergeben" sein, wie das einige Delegierte der Stadt S. sagten, aber mich auch nicht so wie mein Sohn von ihnen entfremden oder in ihnen sogar Feinde sehen. Blut ist in Strömen geflossen, und die gebleichten Knochen sind zu Bergen angewachsen. Wir haben einen zu hohen Preis gezahlt. Unter großen Schwierigkeiten haben wir die „Beamten" der Guomindang und auch die der Viererbande gestürzt. Schwierig war es auch, unsere eigenen Genossen wieder in die Lage zu versetzen, als „Beamte" zu arbeiten. Wenn ihnen alle aus dem Wege gehen und niemand mit ihnen ehrlich spricht, was wird dann aus unserem Land und aus unserer Partei werden, die uns lieb und teuer sind? Bei diesen Überlegungen wurden mir die Augen feucht. In zwei Tagen werde ich nun wieder nach S. fahren, um Tang Jiuyuan und seine Frau zu besuchen, und ich nehme ihnen mariniertes Fleisch und gut zubereitete „faule" Eier mit.

Ru Zhijuan

Eine falsch redigierte Geschichte

Kurz gesagt – in dieser Geschichte stimmt die zeitliche Aufeinanderfolge nicht. Ich werde mich aber bemühen, sie zusammenhängend zu erzählen, um den Leser nicht zu verwirren.

Erstens: Es geht laut und lustig zu, wird dann aber etwas stiller
Die umliegenden Volkskommunen und Großbrigaden ließen, eine nach der anderen, „Hochleistungssputniks" mit Erträgen von 12 000 und 13 000 Pfund pro *mu* steigen. Überall flatterten rote Fahnen, ertönten Gongs und Trommeln, verbreiteten sich Erfolgsmeldungen. In Scharen strömten Besucher herbei.

Parteisekretär Gan war sich bewußt, daß die Volkskommune Ganmu aufholen mußte. Nachdem er Lao Han, den Parteisekretär der ersten Großbrigade, drei Nächte lang ideologisch bearbeitet hatte, begann man schließlich auch dort in höchster Eile Anstalten zu treffen. Sekretär Gan meinte, wenn man jetzt einen Sputnik steigen lassen wolle, müsse man ein bißchen auf die Pauke hauen – man müsse einen besonders großen Sputnik mit einem Ertrag von 16 000 Pfund pro *mu* loslassen. Sogleich begann man sich auch in der Volkskommune Ganmu zu rühren: Man errichtete Triumphbögen aus Kiefern und Zypressen, ließ Gongs und Trommeln schlagen, steckte rings um das Sputnikfeld rote Fahnen in den Boden und schrieb Vortragstexte, um die Besucher mit den lokalen Erfahrungen bekanntzumachen. Zur Betreuung der vielen Besucher wurden zwei Gruppen eingeteilt. Es herrschte wirklich eine große Begeisterung, und der Aufwand war kaum noch zu überbieten. Die Leute von Ganmu wurden nicht nur im ganzen Kreis berühmt, die Berichte gelangten sogar bis zur Provinzführung, ja bis in die Zentrale. Wer ihren Ruhm verbreitet hatte, war nicht ganz klar. Doch als bald danach Sekretär Gan zum stellvertretenden Kreissekretär befördert wurde, vermutete man, daß sie möglicherweise zu dieser Zeit berühmt geworden waren. Das war jedoch nur eine Mutmaßung und nicht bewiesen.

Anfangs waren Funktionäre, arme Bauern und untere Mittelbauern der ersten Großbrigade noch sehr rege und interessiert gewesen. Aber bald darauf kam mit der hohen Produktion auch die Auflage der entsprechenden Ablieferung. Mit Mühe hatte man den auf zehn *mu* Land angebauten Reis zur Ernte auf nur ein *mu* umgesetzt, und das nicht zum Spaß, man mußte reelle Ware vorweisen. Jetzt wurden die Bauern besorgt, und das wiederum alarmierte Lao Shou, den stellvertretenden Leiter der dritten Produktionsbrigade und Verwalter des Birnengartens.

Lao Shous Familienname war eigentlich Tian, und mit Vornamen hieß er Shouben. Wegen seines Aussehens nannten ihn jedoch alle Lao Shou: Er hatte schmale Brauen, gütige Augen und einen großen kahlen Kopf und zeigte immer ein freundliches Gesicht. Man hatte ihn noch nie launisch oder ärgerlich gesehen. Er ähnelte in der Tat Shouxing, dem Gott des langen Lebens, wie er bei reichen Leuten in den Glasvitrinen steht. Mit seinen sechsundsechzig Jahren war er noch keineswegs alt, aber er war ein altes Parteimitglied. Als während des Befreiungskampfes in diesem Gebiet mehrmals die Front wechselte, war er als Verbindungsmann tätig gewesen. Er konnte nicht sehr gut reden, aber die Leute wurden fröhlich, sobald er nur den Mund auftat. Warum das so war, verstand er selbst nicht. Er war ein ernsthafter Mensch, und er erzählte auch nicht irgendwelche Witze. Da konnte man nichts machen, die jungen Leute von heute waren nun einmal so. Wahrscheinlich lachten sie gern, nahmen ihn dazu nur als Vorwand, und mit der Zeit wurde das dann eben zur Gewohnheit. Alle fanden, daß er ein bißchen stur sei, und wenn sie ihn Lao Shou nannten, schwang auch das dabei mit. Doch jeder war gern mit ihm zusammen. Außer bei Versammlungen dachten für gewöhnlich nur sehr wenige Leute daran, daß er ein altes Parteimitglied war. Er selbst hielt viel von Organisiertheit und Disziplin.

Vom Birnengarten kommend, sah er auf der Dorfstraße in einer Reihe vier große, mit bunten Fahnen geschmückte Wagen voller Getreide stehen. Das Pferd des vordersten Wagens hatte am Kopf eine rote Blume. Auf dem Spruchband, das über diesen Wagen gespannt war, stand: „Es ist eine Ehre, das

Getreide aus der hohen Produktion abzuliefern!" Außerdem lagerte dort noch ein ganzer Satz Trommeln und Gongs. Alles war bereit, nur der Kutscher fehlte. Wen man auch hinschickte, alle winkten ab und verdrückten sich. Die Sonne stand schon ziemlich hoch, und der Besucherstrom würde gleich einsetzen, doch niemand war zu bewegen. Lao Han trat ungeduldig von einem Bein aufs andere. Als er Lao Shou vorbeigehen sah, wurde ihm so fröhlich zumute, als hätte er einen Schatz gefunden. Er drückte ihm die Peitsche in die Hand und sagte: „Beeil dich und fahr die Wagen zur Aufkaufstelle. Wir sind schon spät dran mit der Ablieferung, und Sekretär Gan ist bestimmt schon ärgerlich!" Während er sprach, waren die ersten Besuchermassen eingetroffen. Er wandte sich ab und eilte ihnen mit lachendem Gesicht entgegen. Es wäre ein großartiger Anblick gewesen, wenn Lao Shou jetzt mit der Peitsche geknallt hätte und die vier Wagen inmitten der Menschen mit Getöse aus dem Dorf gefahren wären. Doch Lao Shou hielt in der einen Hand die lange Peitsche und zog mit der anderen an Lao Hans Jacke. Dann streckte er Daumen und Zeigefinger aus und formte damit vor seiner Brust verstohlen das Schriftzeichen für die Zahl Acht.

„Du brauchst acht Leute? Kannst auch zehn haben. Ruf sie nur zusammen, wir schreiben ihnen die Arbeitseinheiten dafür an", sagte Lao Han. Dann schüttelte er den Besuchern die Hände. In der Regel wurde zuerst das von Volkskommune und Großbrigade gemeinsam angelegte Hochertragsfeld besichtigt. Danach ließ man die Besucher in der großen Halle des Ahnentempels Platz nehmen, wo man ihnen zur Erfrischung in Brunnenwasser getränkte Tücher und heißen grünen Tee reichte. Während sie tranken, wurden ihnen die Erfahrungen vermittelt.

An diesem Tag war unter den Besuchern einer, der offenbar mit Landwirtschaftstechnik zu tun hatte. Er sah sich alles besonders genau an und stellte viele Fragen. Mit den Fingern klaubte er eine Reisähre auf, zählte die Körner und wollte sie einpacken und zum Wiegen mitnehmen. Er prüfte auch, wieviel Halme sich aus jedem Bündel Reissetzlinge entwickelt hatten, und fragte nach dem Reihen- und Pflanzenabstand. Mit seinen Fragen löcherte er den Leiter der Großbrigade so sehr, daß dessen weißes Hemd schweißnaß wurde. Aber verwundert und erstaunt fragte der Besucher immer weiter: „Der Reis steht so dicht – wie löst ihr da die Frage, daß der Wind hindurchstreichen kann?"

„Nun, mit Bambusstangen ..." Lao Han wollte gerade Ausflüchte machen, als ihm jemand von hinten unerwartet zu Hilfe kam: „Mit Ventilatoren! Gibt es denn nicht in der Stadt elektrische Ventilatoren? Damit fächeln wir Luft zu!" Es war Lao Shou mit der Peitsche in der Hand, der wider Erwarten noch nicht weggefahren, sondern mitgekommen war. Viel hätte nicht gefehlt, und die Bauern, die die Besucher begleiteten, wären in lautes Lachen ausgebrochen. Lao Han war jedoch nicht in der Stimmung dazu. Erregt drehte er sich zu Lao Shou um, runzelte die Brauen und hob das Kinn. Damit wollte er ihm bedeuten, daß er schnell verschwinden solle. Lao Shou hatte das wohl verstanden, aber auch er war erregt. Er nutzte die Gelegenheit, daß Lao Han zu ihm hinsah, und formte wiederum eilends das Schriftzeichen für die Zahl Acht. Doch Lao Han – wer weiß, ob er es gesehen hatte oder nicht – drehte sich um und ging weg, denn die Besucher fragten sofort: „Habt ihr denn hier Strom?"

„Nein, wir benutzen einen kleinen Motor, einen kleinen Traktormotor", sagte Lao Han und flüsterte dann wütend einem neben ihm stehenden Bauern zu: „Lao Shou soll schleunigst losfahren!"

Nachdem man die Besichtigung des Modellfeldes mit Ach und Krach hinter sich gebracht hatte, machte man die Besucher in der großen Halle des Ahnentempels mit den lokalen Erfahrungen vertraut. Jetzt fühlte sich Lao Han etwas ungezwungener, denn er hatte ein Manuskript. Als er darauf zu sprechen kam, wie begeistert sich die Bauern für eine hohe Produktion einsetzten, flocht er sogar Knüttelverse ein: „Reis von vier Jahren in einem Jahr, unser Leben wird jetzt wunderbar. Wir klatschen froh und singen im Chor, der Kommunismus kommt nun bald hervor!" Aber beim Reden war ihm ständig so, als ob sich vor dem Fenster etwas bewegte. Als er den Kopf hob, sah er Lao Shou dort mit seiner Peitsche stehen und ihn anstarren. Kaum hatte der bemerkt, daß Lao Han ihn erkannt hatte, formte er wieder eine Acht und bewegte dabei die beiden Finger ständig hin und her. Er war offensichtlich sehr aufgeregt. Lao Han blieb nichts anderes übrig, als um ein wenig Geduld zu bitten. Er ging hinaus, packte Lao Shou am

Arm, zog ihn in die Mitte des Hofes hinter die große Ulme und fragte leise: „Was ist denn los? Bist du heute von der Zahl Acht besessen?"

„Ach, mir fehlt nichts. Ich mache mir nur Sorgen um unser Essen und Trinken. Alle sind der Meinung, Lao Han, daß diese vier Getreidewagen nicht abfahren dürfen. Wenn wir das Getreide abliefern, bleiben uns nur gut acht *liang* pro Tag zum Essen." Dabei formte er wieder eine große Acht.

Lao Han stöhnte, nestelte an seiner abgetragenen Jacke, wischte sich den Schweiß von der Stirn und sagte: „Wir haben keine andere Wahl. Von oben ist vorgeschrieben, entsprechend der produzierten Menge abzuliefern. Sekretär Gan hat entschieden, daß wir unbedingt abliefern müssen."

„Kannst du nicht noch mal mit ihm reden? Er weiß doch, wie diese hohe Produktion zustande gekommen ist."

„Ich habe mit ihm geredet – wir müssen abliefern." Lao Han wurde ungeduldig.

„Nun, wir sollten etwas hartnäckiger sein und nochmals mit ihm reden." Lao Shou ließ sich nicht aus der Ruhe bringen. Übers ganze Gesicht schmunzelnd, wobei sich seine Augen zu einem Schlitz verengten, meinte er: „Wir sind doch für einige hundert Mäuler verantwortlich, wie sollen wir da mit acht *liang* auskommen?"

Lao Han runzelte abermals die Brauen, sagte aber nichts, sondern schüttelte nur den Kopf. Lao Shou konnte das nicht recht deuten. Er schlug immer wieder mit dem Handrücken an Lao Hans Brust, formte zwischendurch erneut eine nicht sehr deutliche Acht und wandte ein: „Das geht auf keinen Fall! Sekretär Gan muß doch darauf Rücksicht nehmen, daß wir einige hundert Mäuler zu versorgen haben."

„Bleib nicht hinter der Zeit zurück, Alter! Wenn wir abliefern müssen, liefern wir eben ab. Reden ist da keinen Furz wert!" Lao Han war wütend, daß Lao Shou hierhergekommen war. Doch der empfand sein Verhalten keineswegs als unhöflich. Nach wie vor schmunzelnd, meinte er: „Ich verstehe, daß die unteren den oberen Ebenen untergeordnet sind, aber dürfen wir denn nicht unsere Probleme zur Sprache bringen?"

Lao Han konnte das nicht mehr mit anhören. „Geh du doch hin und red mit ihm, ich habe keine Zeit mehr!" Damit drehte er sich um und ließ Lao Shou stehen. Sich bedächtig das stopplige Kinn kratzend, dachte der bei sich: Da kann man nichts machen! Dann muß ich eben mit ihm reden. Aber die Wagen müssen wir noch hinfahren. Meinung hin, Meinung her – wir müssen uns fügen. Sekretär Gan wird ja einverstanden sein, daß wir sie wieder zurückfahren. Man kann doch nicht alles in einen Topf werfen!

Da Lao Shou sich nun entschlossen hatte, holte er sich drei andere alte Männer zu Hilfe, und im Nu waren sie in der Volkskommune angelangt. Dort erfuhren sie von den Genossen, daß Gan neuerdings nicht mehr nur Sekretär der Volkskommune, sondern auch stellvertretender Kreissekretär sei. Er habe dort gerade jemand vom Provinzkomitee bei sich und erstatte Bericht, sagten sie.

„Da müssen wir wohl oder übel diese stummen Kreaturen weiter bemühen und in die Kreisstadt fahren!" Lao Shou war keineswegs mutlos, im Gegenteil, sein Elan hatte zugenommen. Ohne lange zu überlegen, zog er die Jacke aus, sprang, nur mit einer groben Leinenweste bekleidet, auf den Wagen und wollte weiterfahren. Aber nun wollten die drei anderen nicht mehr mitmachen. „Laß uns umkehren, Lao Shou! Was soll denn das, wenn wir nun auch noch in die Kreisstadt fahren?"

„Ach, das seht ihr falsch!" Lao Shous Augenbrauen begannen zu zucken. „Wir gehen doch zur Kreisregierung unserer ehemaligen Achten Marscharmee, und das ist völlig in Ordnung."

„Was haben wir denn da zu suchen, wenn Sekretär Gan gerade mit Funktionären vom Provinzkomitee spricht?"

„Auch das versteht ihr wieder nicht. Die vom Provinzkomitee kommen doch nicht als Gäste. Sie kommen zum Arbeiten nach unten, und diese Arbeit machen sie für uns. Vielleicht lösen sie unser Problem an Ort und Stelle und lassen uns das Getreide wieder zurückfahren. Dann sieht auch Lao Han, daß wir hinter der Zeit zurückgebliebenen Alten fixe Kerle sind." Er sprang auf den Wagen, knallte mit der Peitsche und fuhr geradewegs zum Kreiskomitee . . .

Es erwies sich, daß Lao Shous Überlegungen nicht völlig falsch, aber auch nicht völlig richtig gewesen waren. Man ließ sie nicht in den großen Hof des Kreiskomitees hinein. Nachdem sie das Getreide in der Aufkaufstelle abgeliefert hatten, saßen er und seine Begleiter zwei Stunden lang im Warteraum neben dem Pförtner, bis sie schließlich Sekretär Gan zu Gesicht bekamen.

„Ich will euch nicht gleich kritisieren, wenn ich euch treffe“, sagte der mit ernstem Gesicht, kaum daß er sie sah; Lao Shou hatte noch nicht einmal den Mund aufgemacht. „Ihr betrachtet die Dinge zu oberflächlich, seht immer nur ein paar Körner Getreide. In der heutigen Situation gleicht ein Tag zwanzig Jahren. Wir wollen doch schnell zum Kommunismus gelangen, und wenn es uns nur bei einem Schritt an Elan fehlt, dann werden wir zurückfallen. Gerade ihr alten Genossen solltet mehr auf die Partei hören und euch an die vergangenen Jahre des Krieges erinnern. Spielten etwa damals sieben oder acht *liang* Getreide für uns eine Rolle?“

Lao Shou hörte sich die lange Rede mit gesenktem Kopf an, ohne etwas zu sagen. Auch auf dem Rückweg, auf dem leeren Wagen sitzend, gab er keinen Ton von sich. Er steckte den Peitschenstiel seitlich in den Wagen und ließ die Tiere laufen. Dann begann er mit halbgeschlossenen Augen Gedanken, schwer wie Mühlsteine, zu wälzen. Was Sekretär Gan gesagt hatte, stimmte Wort für Wort. Früher war man wirklich nicht auf sieben oder acht *liang* bedacht gewesen. Um künftig besser leben zu können, nahm man selbst einen hungrigen Magen in Kauf. Es sah so aus, als wenn diese guten Tage weiterhin Zukunftsmusik wären, aber Zukunft, welche Zeit war das? Darüber hatte Sekretär Gan nichts gesagt. Wäre er der Lao Gan von früher gewesen, dann hätte er vielleicht nicht zugelassen, daß sie nur acht *liang* Getreide hatten ... Ach, wer weiß, vielleicht war er es, der hinter der Zeit zurückgeblieben und sehr rückständig war. Lao Shou kam mit dieser Frage nicht klar und fiel durch das Rütteln des Wagens schließlich in einen Halbschlaf.

Zweitens: Lao Gan ist nicht in jedem Falle Sekretär Gan, ist es aber wiederum doch – nur Lao Shou bleibt immer Lao Shou

Der Winter des Jahres 1947 hatte gerade begonnen und versetzte den armen Leuten gleich einen harten Schlag. Es fror Stein und Bein. In diesem Gebiet fanden gerade harte Kämpfe mit dem Feind statt. Die Bodenreform hatte noch nicht begonnen. Lao Shou in seiner zerschlissenen Wattejacke, die um die Hüften durch einen Strick zusammengehalten wurde, trug auf dem Rücken einen Düngerkorb. Er war den ganzen

Tag unterwegs gewesen und eilte erst jetzt, als es ganz dunkel geworden war, nach Hause. Beim Eintreten fragte er seine Frau: „Hast du was zu essen da? Gib mir einen Happen – mein Bauch kommt mir vor wie ein Eisklumpen." Er setzte den Düngerkorb ab, hockte sich vor dem Herd nieder, stocherte in der Glut herum und wärmte seine zitternden Glieder.

Lao Shous Ehehälfte war eine wackere Frau, die trotz der vielen Sorgen nicht klagte. Sie schwatzte nur sehr gern. Er hielt sie für eine verständnisvolle Frau, die zwar viele Worte machte, aber meist recht hatte.

Es tat ihr weh, als sie sah, wie sehr er fror. „Hast du denn den ganzen Tag nichts gegessen?"

„Wo sollte ich denn etwas essen?" Mit der erwärmten Hand strich er sich mühsam übers Gesicht.

Seine Frau hob den Deckel vom Topf. Im warmen Wasser stand eine Schale mit dünnem Maisbrei und Süßkartoffelblättern. Heute meinte sie es besonders gut mit ihm. Sie nahm den Korb mit den Hirsefladen und brach ihm ein großes Stück ab. Als sie es ihm gab, fragte sie leise: „Was gibt es für Veränderungen in der Lage?"

„Bewaffnete Banden der Gutsbesitzer sind in Regimentsstärke in den Marktflecken eingefallen und haben auch zwei Häckselmesser bei sich, wie sie sie immer zum Foltern benutzen."

„Das mußt du sofort der Großbrigade in der Kreisstadt melden."

„So dumm bin ich nun wirklich nicht – ich komme doch gerade von Lao Gan." Er runzelte die Stirn und hob die Schüssel zum Mund. Aber er hatte noch nicht zum Trinken angesetzt, als er sie wieder auf den Herd zurückstellte und vier leere Verpflegungsbeutel aus seiner Jacke hervorholte. Die Augen auf den Boden gerichtet, sagte er: „Lao Gan und seine Leute haben beschlossen, sich heute abend in den Rükken des Feindes zu schleichen. Sie wollen seine Vorhut durchlassen und dann zurückschlagen. In den neuen Gebieten wird es sicherlich mit der Verpflegung schwierig werden ..."

Angesichts dieser Situation begriff seine Frau sehr schnell. Noch während er sprach, öffnete sie ein kleines Holzschränkchen, nahm einen Mehlbeutel heraus und warf ihn Lao Shou in den Schoß. „Wir haben nur noch dieses bißchen Hirsemehl. Wenn wir bei dieser Kälte schon nichts zu essen haben – aber sollen auch die Kinder nichts essen? Das mußt du entscheiden."

„Es wird sicher schwierig werden", sagte er und fuhr, den Blick nach wie vor auf den Boden gerichtet, fort: „Aber ich bin in der Partei! Und wenn wir frieren und Hunger haben, dann können wir uns zu Hause am Feuer wärmen und etwas Wildgemüse sammeln. Lao Gan und seine Leute gehen so weit fort und wissen nicht einmal, wo sie schlafen und was sie essen sollen. Machen sie das nicht alles unsertwegen?"

„Schon gut, schon gut – pack es ein! Was soll das viele Gerede? Ich sage nur zwei Sätze, und du hältst gleich eine ganze Rede. Weiß ich etwa nicht, daß die Revolution für uns arme Leute gemacht wird?"

„Ganz recht, du bist eine verständige Person. Tadele mich nur wegen meiner Geschwätzigkeit. Das bißchen Mehl reicht ja nicht mal für eine Mahlzeit für alle. Es ist nur eine Geste, eine Hilfe für den Notfall. Lao Gan wird hier vorbeikommen und kann es mitnehmen." So übte Lao Shou Selbstkritik und füllte dabei zusammen mit seiner Frau das Hirsemehl in die Beutel. Der Mehlbeutel war schließlich leer, doch von den vier Verpflegungsbeuteln waren nur drei gefüllt.

„Es müßte doch reichen. In einen Beutel gehen drei Pfund. Drei mal vier macht zwölf." Lao Shou nahm den leeren Verpflegungsbeutel, stampfte mit dem Fuß auf und sagte, sich umwendend und die Augen wieder auf den Boden gerichtet: „Mir ist, als ob wir noch fünfzehn Pfund Hirsemehl gehabt hätten!"

„Hast du etwa diese beiden Tage nichts gegessen? Ich habe außerdem gerade heute Hirsefladen gebacken."

„Fladen? Das geht auch. Die Fladen in kleine Streifen schneiden und einpacken, das geht auch." Er wagte beim Sprechen nicht den Kopf zu heben und zerschnitt mit einem Messer die Hälfte des Fladens, den seine Frau ihm zugedacht hatte. Diesmal reichte sie ihm, ohne ein Wort zu sagen, den Korb mit den Fladen. Er schnitt alles klein und packte es ein. Dann hob er die Schale mit dem dünnen Brei vom Herd, betrachtete sie und stellte sie wieder zurück. Sich mit der Hand über den Mund fahrend, meinte er: „Wir wollen das für unseren Sohn Tie Shuan aufheben."

„Das ißt du!" Die Tränen, die ihr schon eine Weile in den Augen standen, rollten ihr nun über die Wangen.

„Sei nicht traurig! Nach der Befreiung, dann ... Ach, im Kommunismus wird es dann noch schöner, da essen wir schmackhafte Dinge und trinken scharfe Sachen, ganz wie es uns gefällt." Lao Shou blies die Lampe aus und hockte sich wieder vor den Herd. Seine Gedanken wanderten in die Zukunft, während er auf das leise Klopfen von Lao Gan wartete.

Als die Hunde im Dorf anschlugen, kam er. Lao Shou gab ihm im Dunkeln die vier Verpflegungsbeutel. Es fiel ihm äußerst schwer, zu erklären, daß in einem nur Fladenstreifen waren.

„Beruhige dich, Lao Shou! Das Volk läßt uns schon nicht verhungern. Eure Fladen heben wir für den Notfall auf." Er drückte ihm fest die Hand und ging.

Lao Shou sah ihm lange nach, trat dann ins Haus zurück und wollte die Tür schließen. Da fühlte er, daß am Türpfosten zwei Beutel hingen. Lao Gan hatte nur die Hälfte auf den langen Weg mitgenommen. Er zog in den Kampf und ließ die Hälfte des Mehls für den Unterhalt der Familie zurück. Lao Shou wischte sich verstohlen mit dem Handrücken die heißen Tränen ab und schloß die Tür.

Drittens: Ist Lao Shou hinter der Zeit zurückgeblieben – oder liegt es an der Zeit?

Lao Shou wischte sich mit dem Handrücken verstohlen die Tränen aus den Augen und fuhr still und heimlich ins Dorf zurück. Die drei alten Männer, die ihn begleitet hatten, waren bereits am Dorfeingang abgestiegen und ihrer Wege gegangen. Er fuhr allein mit den Tieren zum Stall. Als die Neunmalklugen dort ihn bemerkten, folgten sie ihm und fragten: „Du warst im Kreiskomitee, Lao Shou? Hat Sekretär Gan dir von den guten ‚Rote Phäonie'-Zigaretten angeboten?"

„Verzieht euch!" zischte Lao Shou.

„Das siehst du falsch!" Die Neunmalklugen hatten von Lao Shous Ausdrucksweise gelernt. „Erzähl uns doch, was Sekretär Gan gesagt hat."

„Schon gut." Lao Shou band die Tiere am Trog fest, drehte sich um, zog die Augenbrauen hoch und sagte mit unsicherer Stimme: „Sekretär Gan hat mir selbstangebauten Tabak und grünen Tee angeboten. Er hat außerdem meine Hand gedrückt und gesagt, daß ich beruhigt sein könne. Solange es die Partei gebe, hungere das Volk nicht. Nun, das reicht wohl!" Damit ging er.

Die Birnen waren erst so groß wie Hühnereier. Lao Shou zog mit seinem Bett aus Bambus, das er im Sommer zu benutzen pflegte, in den kleinen Schuppen im Birnengarten um. Er gab vor, auf die Birnen aufpassen zu wollen. In Wirklichkeit aber – er konnte nicht sagen warum – suchte er ein bißchen Ruhe. Außerdem war es gut, ein Auge auf die Birnen zu haben. Wenn sie süß wurden, zogen sie leicht Insekten an. Es gab solche kleinen, die sich rasch bis in das Innere der Birnen bohrten, und dann waren sie verdorben. Dieses Jahr war ein gutes Birnenjahr, und alle setzten ihre Hoffnungen darauf. Das Getreide für den Winter, die neuen Kleider zum Jahreswechsel, alles wuchs auf diesen Bäumen heran. Deshalb studierte Lao Shou die Methoden von Leuten, die für ihr gutes Obst bekannt waren. Von der Grundschule hatte er sich einige alte Hefte erbettelt, und nun wickelte er die kleinen Birnen auf den Bäumen Stück für Stück in Papier ein. So sahen sie gleich viel vornehmer aus. Bisher hatte dieser Obstgarten nichts Auffälliges an sich gehabt. Wenn jetzt die Bauern daran vorbeigingen, hoben sie den Kopf, guckten und riefen vergnügt: „Du schlägst weder Trommeln noch Gongs, Lao Shou, sitzt ganz allein schweigend da und machst doch einen großen Sprung!"

„Sprung hin, Sprung her", erwiderte er, „ich bin kein Fachmann. Mir liegt nur daran, daß die Insekten weniger Birnen anfressen."

Tagsüber kletterte er rauf und runter und wickelte eine Birne nach der anderen ein. Am Abend saß er vor dem kleinen Schuppen und betrachtete die unzähligen Sterne am Himmel. Hier und da wurden zuweilen die Gaslampen angezündet, ein Zeichen, daß man dort die ganze Nacht arbeitete. Erst als er so allein dasaß und seine Pfeife schmauchte, wurde ihm bewußt, daß er traurig und bekümmert war, und er wußte nicht einmal warum. Er konnte es nicht in Worte fassen, aber ihm schien, daß die gegenwärtige Revolution keine wirkliche Revolution war, so wie die frühere, und daß die gefühlsmäßigen Bindungen zwischen Funktionären und Volk auch nicht mehr so aufrichtig waren wie früher. Jetzt war alles irgendwie verfälscht, und die Revolution hatte etwas von Zauberkunststükken an sich: Erträge von 12000 und 14000 Pfund pro *mu*, und seine Großbrigade hatte sogar 16000 Pfund hervorgezaubert! Wozu diese Zauberkunststücke? Wem wollte man damit etwas vorgaukeln? Sprach man jedoch darüber, verlor man sein Gesicht. Die Bauern wußten zwar alle Bescheid, aber sie verstellten sich, und von überallher schickte man Erfolgsmeldungen nach oben. Offenbar wurden die Zauberkunststücke für die da oben aufgeführt. Wem diente eigentlich diese Revolution?

„Alles ist auf den Kopf gestellt", murmelte Lao Shou, die längst erloschene Pfeife in der Hand haltend. Nein, man arbeitete nicht wirklich für das Volk. Man wollte vielmehr, daß das Volk seine Zeit mit Zauberkunststücken zur Freude und Zufriedenheit der führenden Funktionäre vertat. Ob das Volk glücklich war, danach fragte niemand. Als Lao Shou in seinen Gedanken bis hierher gelangt war, bekam er es innerlich mit der Angst zu tun, und vor Schreck wurden ihm Hände und Füße kalt. Das durfte nicht sein! Hatte er vielleicht etwas gegen die Führung? Sekretär Gan hatte ihm doch geraten, auf die Partei zu hören. War er wirklich nicht mehr ein Herz und eine Seele mit der Partei?

Selbst wenn ich den Kopf verloren habe, so was darf ich nicht denken! Lao Shou stand plötzlich auf, verließ schnurstracks den Schuppen und ebenso schnurstracks den Birnengarten; er wollte Lao Han, den Sekretär der Grundorganisation, aufsuchen, der Partei ehrlich seine Gedanken darlegen und kundtun, daß er ihr treu ergeben war.

Als er die Tür zum mittleren Zimmer in Lao Hans Haus aufstieß, einen Fuß in der Tür, einen noch draußen, erstarrte er vor Überraschung: Dort saß Sekretär Gan mit einem seiner Mitarbeiter. Als Gan ihn erblickte, rief er lachend: „Oh, du kommst gerade recht, du hast doch letztens Kritik an der Leitung geübt..."

„Ich, ich..." Lao Shou hätte sich jetzt tausend Münder gewünscht, um alles, was sich in seinem Innern angesammelt hatte, auszuspucken. Aber je aufgeregter er wurde, desto weniger konnte er sprechen. Sein Gesicht lief rot an, und sein Herz schlug wie toll. Nur mit Mühe brachte er schließlich hervor: „Ich, ich wollte sagen, daß..."

„Du brauchst nichts weiter zu sagen, deine Kritik war sehr gut. Ich komme jetzt zum Arbeiten in eure Großbrigade. Die ganze Partei wird jetzt die Getreidefrage anpacken, um sie auf einer soliden Basis zu lösen. Überall, wo es wachsen kann, werden wir Getreide anbauen. Getreide ist unser wertvollster Schatz, und wir müssen es als Hauptkettenglied betrachten. Ist das richtig oder nicht?"

„Das ist ganz richtig", sagte Lao Shou und sah dabei Lao Han an, der mit gesenktem Kopf rauchte und nicht antwortete.

„Sehr gut!" Mit Entschiedenheit fuhr Sekretär Gan fort: „Du bist ein altes Parteimitglied. Wenn wir dich vorher informieren, dann ist das ein Ausdruck der Sorge der Partei für dich. Jetzt entwickelt sich alles so schnell, wir wollen dabei keine Fehler machen, und das heißt Voranschreiten!" Er sah Lao Han einen Augenblick lang an, der immer noch mit gesenktem Kopf rauchte und keinen Ton von sich gab. Lao Shou verstand das alles nicht ganz, und er überlegte, ob Sekretär Gan etwa mit einer Produktion von 16000 Pfund pro *mu* noch nicht zufrieden sei. Während er noch überlegte, sprach der bereits wieder, aber was er sagte, war nicht an ihn gerichtet: „Meines Erachtens sollten wir nach oben berichten, daß wir in drei Tagen und drei Nächten das Aussehen der Großbrigade verändern wollen. Unser Arbeitsstil muß so sein, daß wir die Dinge sofort anpacken und rasch und entschlossen handeln. Was meinst du dazu, Lao Han?"

Der gab nur ein „hm" von sich, was wie das Stöhnen eines Schwerkranken klang.

„Gut!" Er wandte sich an seinen Mitarbeiter: „Entwirf den Bericht!" Und dann wieder an Lao Han: „Bleib auch du nicht im Zimmer hocken, sondern mobilisiere die Mitglieder der Großbrigade, daß sie Resolutionen schreiben und ein bißchen Dampf machen. Du, Lao Shou, solltest als Verantwortlicher des Birnengartens als erster deine Entschlossenheit zum Ausdruck bringen."

„Ich, ich bin längst entschlossen, ich stimme völlig mit der Partei überein." Lao Shou ergriff die Gelegenheit, endlich das auszusprechen, was er auf dem Herzen hatte.

„Das ist gut, sehr gut!" Sekretär Gan stand unvermittelt auf, drückte Lao Shou kräftig die Hand und sagte: „Geh du nun mit gutem Beispiel voran und schreib als erster einen Wandzeitungsartikel. Ich werde das in meinem Bericht erwähnen."

Überrascht, aufgeregt und auch ein bißchen unsicher fragte Lao Shou: „Was soll ich denn schreiben und wie?"

Da blickte Lao Han zu ihm auf. Als er sah, daß Lao Shous Brauen zuckten und er völlig durcheinander war, erhob er sich und sagte: „Wir wollen gehen. Ich sage dir, was du schreiben sollst."

Sie durchquerten den Hof und traten hinaus auf die Dorfstraße. Lao Han hatte noch keinen Ton von sich gegeben, und Lao Shous Herz begann wieder zu klopfen.

„Was soll denn das eigentlich bedeuten? Sag doch endlich was!"

„Hör zu, Lao Shou", sagte Lao Han kraftlos, „die Leitung hat beschlossen, den Birnengarten abzuholzen, um dort Getreide anzubauen."

„Was?" Lao Shou blieb unvermittelt stehen.

„Heute abend werden wir die Arbeitskräfte dafür organisieren. Sekretär Gan hat doch von drei Tagen und drei Nächten gesprochen: In dieser Zeit müssen wir die Bäume fällen, den Boden bearbeiten und aussäen, um unserer Großbrigade ein völlig neues Gesicht zu geben. Das werden wir nach oben berichten."

„Umsonst, nun war alles umsonst!" Lao Shou wurden die Knie weich, und er setzte sich auf die Erde. Am liebsten hätte er sich auf dem Boden herumgewälzt, aber selbst dazu fehlte ihm die Kraft.

„Was redest du da für Unsinn?" Lao Han zog ihn hoch. „Vergiß nicht, daß du Parteimitglied bist!"

„Alle, alle hoffen auf die diesjährigen Birnen!" Ihm war, als habe man ihm ein Messer ins Herz gestoßen. Er schlug sich an die Brust, stampfte mit den Füßen auf und begann zu schreien.

Lao Han fuhr ihn an: „Bist du verrückt? Du ..."

Er sprach nicht zu Ende, denn Lao Shou hörte plötzlich mit seinem Geschrei auf, brachte sein Gesicht nahe an das seine und beschwor ihn: „Leg deine Hand aufs Herz und sag mir ehrlich, ob das richtig ist ... Sprich doch! Wenn wir das tun, vor wem sollen wir das verantworten? Vor der Partei? Vor den jungen und alten Mitgliedern der Großbrigade? Sprich doch ...! Warum sagst du nichts? Du hast ein schlechtes Gewissen, du Feigling! Ich werde mit ihm reden!" Damit wandte er sich um und wollte gehen.

Lao Han hielt ihn fest und sagte: „Was soll das? In dieser Sache gibt es Beschlüsse von oben."

„Oben müssen sie bei ihren Beschlüssen auch auf das Volk hören." Lao Shou wußte nicht, woher er die Kraft nahm – mit einem Ruck befreite er sich von Lao Hans Hand und ging zurück in den Hof, wo Sekretär Gan wohnte.

Viertens: „Du große Mutter Erde" – das hat in diesem Fall kein Dichter geschrieben.

Lao Shou ging ins Haus, ging wieder hinaus und wieder hinein – er konnte einfach nicht schlafen. Als er das achtmal getan hatte, verblaßten schon die Sterne, krähte bereits der erste Hahn.

Unter den Dattelbäumen vorm Haus blieb er stehen. Er hörte die Maschinengewehre, deren Rattern an das Knacken der Bohnen beim Rösten erinnerte, und das pausenlose Dröhnen der Kanonen. Die Leuchtkugeln hingen wie aufgereiht am Himmel. In der riesigen Huai-Hai-Ebene hatte sich am Ende des Jahres 1948 eine Millionenarmee versammelt, die dem Feind pausenlos Schläge versetzte und ihn zu umzingeln begonnen hatte. Eine Siegesnachricht löste die andere ab. Eine so große Schlacht wird in hundert Generationen nur einmal geschlagen. Getreidewagen, von weither kommend, rollten quietschend in endlosem Strom Tag und Nacht nach vorn. Das Volk außerhalb der Ebene unterstützte mit ganzer Kraft diese große Schlacht. Und was taten sie? Als er mit seinen Überlegungen bis hierher gekommen war, wurde ihm in seiner dreischichtigen neuen Wattejacke siedendheiß, so daß Brust und Rücken in Schweiß gebadet waren.

Als der Hahn zum zweitenmal krähte, kam der Distriktsvorsitzende Lao Gan. Lao Shou erkannte ihn kaum, als er eintrat. In den wenigen Tagen, seit er ihn das letztemal gesehen hatte, war er abgemagert, die Augen lagen tief in den Höhlen, und seine Wangen waren eingefallen. Das Gesicht war von einem schwarzen, stoppligen Bart bedeckt, der einen trockenen, aufgesprungenen und mit schwarzem Blut verkrusteten Mund umrahmte.

Lao Gan setzte sich auf das Kissen aus Binsen, lehnte sich mit dem Rücken an den *kang* und sagte: „Lao Shou, hilf mir schnell, die Mitglieder der Partei und des Jugendverbandes sowie die Aktivisten zu benachrichtigen. Wir müssen sofort eine Versammlung einberufen. Und ... hast du heißes Wasser? Gib mir eine Schale!"

„Hab ich, hab ich", sagte Lao Shou, ging hinaus, riß zwei Hände voll Stroh vom Dachvorsprung, kam zurück, stopfte das Stroh ins Herdloch und zündete es an. Dann füllte er Wasser in den Kessel und schlug vier Eier auf. Während er das tat, fragte er: „Was gibt es denn für Schwierigkeiten, Lao Gan, sag doch!"

„Was für Schwierigkeiten? Es geht um Brennholz. Die Volksbefreiungsarmee schlägt eine große Schlacht, Lao Shou. Um Getreide brauchen wir uns nicht zu kümmern, aber wenn wir nicht einmal Brennholz beisteuern können, ist das in Ordnung?" Während er sprach, strich er sich mühsam mit der Hand übers Gesicht. Dabei gaben seine Bartstoppeln einen Laut von sich, als striche er über eine Bürste. „Der Erdtempel ist abgerissen, ebenso die verfallenen Hütten aus der Zeit vor der Bodenreform – was haben wir denn sonst noch?"

Ja, was hatten sie eigentlich noch? Lao Shous Frau war vor kurzem gestorben, und mit ihrem geliebten kleinen Holzschränkchen hatten sie bereits letztens der Front geholfen.

„Reg dich nicht auf, wir beraten noch einmal darüber." Lao Shou stellte eine Schale mit siedendheißer Eiersuppe auf den niedrigen Tisch vor Lao Gan und ging dann die anderen benachrichtigen.

Als er mit ihnen – mehr als zehn Mann, darunter Lao Han – zurückkam, sah er, daß Lao Gan, mit dem Rücken am *kang* lehnend, die Hände über der Pistole gefaltet und den Kopf auf die Schulter geneigt, fest schlief. Die Eiersuppe auf dem Tisch war kalt geworden.

Alle schlichen auf den Zehenspitzen herein, hockten oder setzten sich rings um den Schlafenden nieder und führten eine stumme Versammlung durch, deren Thema klar war: Brennholz. Einer sah den anderen an, kein einziges Wort fiel, aber allen war klar: Brennholz herbeischaffen!

Zuletzt sahen sie in das Gesicht des Schlafenden, brachten mit einem Blick ihre Entschlossenheit zum Ausdruck, nickten einander zu und lösten die Versammlung auf.

Nachdem Lao Shou alle hinausbegleitet hatte, blieb er unter den Dattelbäumen vorm Haus stehen und starrte vor sich hin. Diese Dattelbäume waren nicht groß, trugen aber so süße kleine Datteln, daß es nicht zu beschreiben war. Seine Frau war mit der Strohhütte, die sie bei der Bodenreform erhalten hatten, nicht recht zufrieden gewesen. Doch vor Freude über die sieben Dattelbäume vor dem Haus hatte sie mehrere Nächte lang kein Auge zutun können. Von den im ersten Jahr geernteten Datteln gab sie nur dem gerade zur Armee einrükkenden Sohn Tie Shuan einige ab. Alle anderen schenkte sie der Volksbefreiungsarmee als Ausdruck ihrer Verbundenheit mit den Soldaten.

Da hattest du einen guten Einfall, Mutter von Tie Shuan! Lao Shou beriet sich in Gedanken mit seiner Frau. Du hast bereits früher der Armee deinen Gruß geschickt.

Um die Zeit des Morgentaus, als der Hahn das drittemal krähte, legte Lao Shou seine Wattejacke ab, schwang die Axt und hackte ächzend auf einen Dattelbaum ein. Der Baum war nicht groß, und nach dreimaligem Ächzen fiel er um. An den Spitzen der Zweige saßen noch einige rote Datteln. Die Kinder, die früh aufgestanden waren, stießen Freudenschreie aus und stürzten sich jubelnd darauf. Lao Shou aber, so laut lachend, daß sich seine Augen zu Schlitzen verengten, überschlug, daß dieser Baum, zerhackt und gebündelt, nur eine Last Brennholz und somit sieben Bäume nur sieben Lasten ergeben würden.

Es ist wenig, aber immer besser als nichts, sagte er sich und hackte, von neuem ächzend, auf den zweiten Dattelbaum ein. Als er den fünften Baum umschlug, umfaßte jemand von hinten seinen Arm. Er sah sich um, es war Lao Gan. Und mit einem zweiten Blick bemerkte er, daß nicht nur Kinder um ihn herumstanden. Auch einige Männer des Dorfes sahen ihm schweigend zu. Lächelnd sagte er: „Ach, diese Dinger da! Sie sind weg und können wieder wachsen. Anstelle der Dattelbäume pflanzen wir Birnbäume. Birnen sind saftig und süß und viel besser als Datteln."

Lao Gan drückte fest seinen Arm und sagte mit Tränen in den Augen: „Künftig werden wir kein Öl mehr brauchen, um die Lampen anzuzünden, und keine Ochsen mehr, um zu pflügen. Natürlich wird es auch die verschiedensten Obstgärten geben. Aber jetzt läßt du noch zwei Bäume für die Kinder zum Naschen übrig."

Während er sprach, waren die Männer, die an der stummen Versammlung teilgenommen hatten, und auch solche, die nicht daran teilgenommen hatten, schwerbepackt herbeigekommen: Sie brachten große Holzschränke, Granatapfelbäume, ausgediente Wasserräder und Akazien. Ein alter Mann hatte zwei Kinder bei sich, die ein Brett trugen. Er drängte sich zu Lao Gan vor und fragte: „Ich habe keine Bäume, aber ein Sargbrett, geht das auch?"

Lao Gan fand keine Worte. Er blickte in die Runde, sah sich alles genau an und sagte schließlich: „Ihr Alten und Jungen seid der Kraftquell der Revolution. Die Partei wird euren Beitrag zur Revolution nicht vergessen."

In diesem Dorf, das man nicht groß nennen konnte, wurden an einem Tag über zweihundert Bäume gefällt, so daß es ein kahles Dorf wurde. Mit heißen Tränen in den Augen ließ Lao Gan aus diesem kahlen kleinen Dorf tausend Lasten Brennholz abtransportieren.

Im Frühling des nächsten Jahres, als die Millionen tapferer Kämpfer wie im Fluge den Yangzi überquerten, waren Lao Shous Birnensetzlinge für den Obstgarten des Dorfes schon so groß wie Eßstäbchen. Wenn jemand aus dem Dorf zu ihm hinaus kam, um sie sich anzusehen, freute er sich sehr. Mit hochgezogenen Augenbrauen meinte er: „Pfirsiche brauchen drei und Birnen vier Jahre, bis sie Früchte tragen. Laßt nur noch vier Jahre vergehen! Von den eisernen Ochsen, von denen Lao Gan erzählt hat, werden wir dann bestimmt auch drei oder vielleicht sogar fünf haben." So sprach er, auf dem Feldrain neben dem Garten hockend und die Knie umfassend, fröhlich hin und her schaukelnd.

Fünftens: Immer nur Birnen, Birnen! Ist das etwa revolutionäres Verhalten?

Lao Shou hockte auf der Erde vor dem Schuppen, umfaßte seine Knie, schaukelte hin und her und murmelte irgend etwas. Es sah aus, als sei er nicht ganz normal.

Sekretär Gan hatte doch gerade erst gesagt, daß sich die Revolution vertieft habe. Wüßte man nicht, daß Lao Shou ein alter Genosse ist, hätte man diesen Stein des Anstoßes längst aus dem Weg geräumt.

Als die Mitglieder der Großbrigade ihn in dieser Verfassung sahen, redeten sie ihm gut zu, faßten ihn unter und brachten ihn nach Hause. Doch gleich darauf kam er schwankend zurück, hockte sich wieder auf die Erde vor dem Schuppen, umfaßte seine Knie und schaukelte hin und her. Teilnahmslos sah er zu, wie Gaslampen, Sägen und Äxte herbeigeschafft wurden, wie die Trommler und Gongschläger zu trommeln und zu schlagen begannen, wie die Mitglieder der Großbrigade die Äxte schwangen, wie die Birnbäume umfielen und die in Papier eingewickelten grünen Birnen über den Boden kullerten.

Lao Shou schwankte immer stärker, sein Geplapper wurde lauter, schließlich rief er: „Lao Gan, komm doch mal her! Mein Lao Gan, warum seh ich dich denn nicht?" Während er so rief, entfernte er vorsichtig das Papier von den Birnen, die nach dem Einwickeln an Größe schon zugenommen hatten und etwas blasser geworden waren.

Lao Shou stieß einen langen Seufzer aus, stand dann unvermittelt auf und ging stieren Blickes auf Sekretär Gan zu, der an der nächtlichen Schlacht teilnahm. Er wollte sagen: Sei ehrlich! Dient das wirklich der Revolution, wenn du so eilig alle Birnbäume abschlagen läßt? Geschieht das wirklich um der Herbsternte willen? Du betrügst die Menschen, denn du tust das nur, um Erfolgsmeldungen nach oben geben zu können. Das hier ist eine Pseudorevolution! Aber Lao Shou hatte keine Leopardengalle gegessen, die bekanntlich Mut verleiht, und er war auch nicht so redegewandt. Schwankend stand er vor Sekretär Gan und murmelte nur: „Warte noch zwanzig Tage, nur zwanzig Tage! Kann man denn die Bäume nicht fällen, wenn die Birnen reif sind? Kann man mit dem Fällen nicht warten, bis die Birnen herunter sind? Laß uns doch den Weizen zunächst zwischen die Baumreihen säen, dann verlieren wir keine Zeit."

Dem neben ihm stehenden Lao Han brach der Schweiß aus, und er unterbrach ihn: „Lao Shou, es hat keinen Zweck mehr, noch etwas zu sagen. Es ist ein Beschluß der Partei, in drei Tagen der Großbrigade ein neues Gesicht zu geben."

„Sekretär Gan, können wir nicht warten, nur zwanzig Tage?" beharrte Lao Shou.

„Nein", sagte Sekretär Gan mit ernstem Gesicht. „Es geht jetzt bei uns nicht um Produktion, sondern um Revolution. Wenn es notwendig ist, muß man sogar das Leben opfern. Aber du denkst immer nur an Birnen, an Birnen! Und noch dazu als Parteimitglied. Findest du das in Ordnung?"

Lao Shou fühlte sich tief verletzt. Er stieß einen Schmerzensschrei aus, riß mit beiden Händen seine Kleider auf und zeigte auf seine magere, knochige Brust. „Hier habt ihr mich! Ich habe den Tod für die Revolution nicht gefürchtet. Räumt mich, diesen Stein, aus dem Weg! Ich bin ein Stein, ein Stein des Anstoßes! Ich komme hier nicht mit, ich kann diese Revolution nicht mitmachen, denn ich verstehe sie nicht. Räumt mich aus dem Wege, aus dem Wege!"

Hastig rief Lao Han: „Bist du betrunken, Lao Shou? Geh schnell nach Hause!"

Sekretär Gan aber schüttelte den Kopf und stellte bedauernd fest: „Da kann man sehen, wie die Revolution die Menschen prüft. Er wird nach rechts abweichen, und es wird uns nicht gelingen, das zu verhindern."

Schließlich räumte man den Stein des Anstoßes aus dem Wege: Lao Shou wurde als Mitglied des Brigadekomitees und als Verantwortlicher des Birnengartens abgesetzt. Sekretär Gan erklärte auf der von ihm geleiteten Parteiversammlung, daß Lao Shou ein typisches „rechtes Element" sei, das sich selbst entlarvt habe. Man gab ihm eine zweijährige Bewährungsfrist als Parteimitglied. Sekretär Gan sagte, daß man dabei noch berücksichtigt habe, daß er ein altes Parteimitglied sei, andernfalls ... Natürlich schrieb er einen Bericht über diese Angelegenheit und legte dar, daß man bei der Durchsetzung des Kurses „Getreide als Hauptkettenglied" nur im Kampf Siege erringen könne.

Lao Shou wurde mit einem Schlag alt. Seine Falten wurden tiefer, er wurde krumm und saß den ganzen Tag unter den zwei Dattelbäumen vor seinem Haus. Die Leute behaupteten, er mache ein Schläfchen. Er selbst aber sagte, daß er nicht schlafen könne, auch nachts nicht. Seine trüben Augen waren ständig auf etwas gerichtet.

Vielleicht betrachtete er den nunmehr baumlosen Birnengarten. Dort hatte man zwar schon Weizen ausgesät, aber die Wurzeln der Birnbäume waren noch im Boden. Sekretär Gan war nach Erfüllung seiner Aufgaben in die Kreisstadt zurückgekehrt, und die Großbrigade war bereits belobigt worden. Und weil sie gelobt worden waren und es sich auch um den Ort handelte, wo Sekretär Gan die Sache angepackt hatte, erhielten sie mehr chemischen Dünger, mehr Unterstützung durch Arbeitskräfte aus der Stadt und mehr zusätzliches Getreide als andere Brigaden. So spielten die acht *liang* Getreide pro Tag, um die sich Lao Shou Sorgen gemacht hatte, keine

Rolle. Bei Sekretär Gan hatte es einige Veränderungen gegeben, er war nun nicht mehr Parteisekretär der Volkskommune, sondern Kreissekretär für Baumwolle, Getreide und Ölfrüchte.

Offensichtlich blicktc Lao Shou aber doch nicht zum Birnengarten. Seit er an jenem Tag von der Parteiversammlung zurückgekommen war, hatte er den Birnengarten nicht mehr erwähnt, er fragte auch nicht mehr nach Brigadeangelegenheiten. Mit seinen trüben Augen sah er unverwandt auf ein und dieselbe Stelle, den halben Tag lang konnte er so dasitzen. Nur gelegentlich bewegte er den Mund, als ob er mit jemandem spreche. Manchmal hob er den Kopf mit den schneeweißen Augenbrauen und sah nach, ob die Datteln auf den Bäumen schon rot geworden waren.

Auch das war eine Veränderung in Lao Shous Verhalten. In früheren Jahren wurden die Datteln, schon bevor sie rot wurden, von den Kindern mit Haken heruntergeholt; sie waren ja auch zum Naschen für die Kinder bestimmt. Aber in diesem Jahr änderte sich das. Lao Shou gestattete den Kindern nicht, auch nur eine einzige Dattel anzurühren, selbst seinem geliebten Enkel gab er keine. Er trocknete alle abgepflückten Datteln. Manchmal aß er kein Mittagbrot und holte sich dafür Datteln. Wenn Sohn und Schwiegertochter ihn fragten, warum er das tue, antwortete er leise: „Ich probiere aus, ob sie den Hunger stillen können." Dann saß er wieder unbeweglich da, als ob er schliefe.

Manche Leute meinten, die trüben Augen seien ein Anzeichen dafür, daß er nicht ganz normal sei, andere wiederum hielten das für einen Ausdruck von Kummer und Ärger, und wieder andere meinten, daß er an die Vergangenheit denke und sich nach Lao Gan sehne. Wer wußte, was sich wirklich in seinen trüben Augen widerspiegelte?

Sechstens: All das ging im Kopf von Lao Shou vor sich – ging es wirklich nur in seinem Kopf vor sich?

Der Krieg gegen die Aggression war ausgebrochen, und das war wirklich eine Zeit der Prüfung für die Menschen. Einige Angehörige der Volksmiliz traten in die Armee ein. Lao Han wurde jeden Tag zu Versammlungen gerufen. Dort durfte man nur gut klingende Worte wählen, weil man oben Berichte haben wollte.

Im Dorf war es mit einem Schlag ruhig geworden, die Menschen waren innerlich ziemlich angespannt. Der Feind war zwar noch weit entfernt, aber die Flugzeuge waren überall zu hören. Tag und Nacht kreisten sie wie Vögel über ihren Köpfen, hoben das Hinterteil und ließen ihre Eier fallen. Eine schwarze Rauchsäule nach der anderen stieg zum Himmel auf. Im Dorf gab es furchtsame Leute, die noch nicht im Kampf gestählt waren. Sie waren ratlos wie Fliegen, denen man den Kopf abgerissen hat. Hinzu kam, daß schlechte Leute Gerüchte verbreiteten und Unruhe unter der Bevölkerung stifteten. Man mußte die Menschen auf andere Gedanken bringen.

Da beschloß Lao Shou, die Sache in die Hand zu nehmen. Wenn Leute wie er, die in der Partei waren, das nicht taten, wer sollte es dann tun? In seiner Uniform sah er recht ordentlich und kraftvoll aus – an den Beinen fest gewickelte Gamaschen, um die Hüfte einen breiten Ledergürtel, rechts und links vier Handgranaten, auf der linken Schulter ein Signalhorn, auf der rechten einen Verpflegungsbeutel. „Das hat nichts auf sich, ist nicht von Bedeutung", erklärte er, an alle gewandt. „Unser Lao Gan ist da, auf der anderen Seite des großen Berges im Westen. Ich werde ihn suchen gehen. Mit ihm ist der Sieg unser. Der Feind schickt jetzt nur ein paar Flugzeuge, die das Hinterteil hochheben und Mist fallen lassen. Wozu sollen wir die denn fürchten? Damals in der großen Schlacht in der Huai-Hai-Ebene, da prasselten die Kugeln der Gewehre und die Geschosse der Kanonen wie Hagel herunter. Meine Ehehälfte war gerade beim Nudelnausrollen. Sie sagte, daß noch etwas Lauch dazu fehle, ging ein *li* weit in den Garten ihres Elternhauses, riß dort einige Stengel heraus und ging wieder zurück – sie kümmerte sich überhaupt nicht um das Geschieße. Für uns ist in diesem Augenblick das Wichtigste, daß wir organisiert handeln. Ich meine, daß wir einige Leute zum Graben von Luftschutzhöhlen einteilen sollten – vielleicht die Angehörigen der Volksmiliz. Wir sollten vor dem Speicher eine Wache aufstellen und vor und hinter dem Dorf bewegliche Patrouillen einsetzen. Auf dem hohen Dach des Erdtempels sollten wir einen Luftschutzposten einrichten. Wenn die feindlichen Flugzeuge vorbeifliegen, brauchen wir uns nicht um sie zu kümmern. Wenn sie in unsere Richtung fliegen, geben wir ein Warnsignal mit dem Horn und gehen alle in die Höhlen. Sobald sie weg sind, abermals ein Signal, und jeder kann wieder tun und lassen, was er will.“ Welch ein Wunder, wie hatte Lao Shou sich verändert! Er konnte reden, und die Glieder waren ihm so leicht. Er übergab das Signalhorn der Volksmiliz, rückte seinen Verpflegungsbeutel zurecht und sagte: „Das Zweitwichtigste ist, Lao Gan zu finden und zurückzubringen. Ich werde gehen. Sagt, habe ich recht?“

Die Dorfbewohner stimmten ihm einmütig zu. „Du hast den Nagel auf den Kopf getroffen! Geh schnell unseren Lao Gan suchen. Mit ihm können wir alle Schwierigkeiten überwinden.“ Sie gaben ihm einen Knüppel aus Birnenholz sowie einen Beutel, gefüllt mit duftendem geröstetem Weizenmehl, und schärften ihm noch einmal ein, Lao Gan zu suchen und ihn unbedingt zurückzubringen, koste es, was es wolle.

Lao Shou nahm den Auftrag an, verabschiedete sich von allen und marschierte geradewegs auf den großen Berg im Westen zu.

Dieser Berg war ganz schön hoch. Lao Shou hob nicht den Kopf, sondern war nur darauf bedacht, Schritt für Schritt bergan zu steigen. Er wußte, der Berg war so hoch, daß man den Gipfel nicht sehen konnte, aber erklimmen konnte man ihn, man mußte nur Schritt für Schritt immer weiter nach oben steigen. Dieser Berg war ziemlich gefährlich: überhängende Klippen, tiefe Abgründe, merkwürdig geformte Steine, Flugsand, dazu keine ausgetretenen Wege. Lao Shou sah nicht zur Seite, denn er wußte, daß er festen Boden unter den Füßen brauchte, um sich nicht zu Tode zu stürzen. Er überwand einen Berg und hatte einen noch höheren vor sich. Er überwand diesen noch höheren Berg und hatte wieder einen höheren vor sich. Es gab keine Spuren von Menschen und auch keine Anzeichen des Krieges. Dafür gab es ungewöhnliche Kälte, viel Schnee, kalten Wind und Eiszapfen an den Steinen. Um Lao Gan zu suchen, nahm er Frost und Schnee auf sich, durchwatete kleine Flüsse und zerriß sich Schuhe und Kleider. Um Lao Gan zu suchen, erklomm er schließlich einen Berggipfel. Er blickte sich um: vor ihm breitete sich ein riesiges ödes Gebiet aus, das sich schier endlos ausdehnte, ähnlich dem Weg, den er zurückgelegt hatte. Wo sollte er da Lao Gan suchen? Beide Arme ausstreckend, schrie er: „Lao

Gan, komm zurück! Wir müssen mit dir sprechen, müssen etwas mit dir beraten!"

„Lao Gan! Lao Gan! ... zurück, zurück! ... beraten, beraten ...!" Es war, als wollte das Echo der öden Berge und tiefen Täler ihm suchen helfen. Es trug seine Rufe in weit entlegene Gebiete.

„Komm zurück und teile mit uns Unglück und Not! Komm zurück, du bist der Stolz unserer Partei, der Garant unseres Sieges!" rief Lao Shou mit rauher Stimme, und das Echo antwortete mit vervielfachter Lautstärke: „... zurück, zurück! ... Stolz der Partei, Garant des Sieges!"

Der Schnee fiel in dichten Flocken, verdeckte seine Fußspuren und legte sich als dicke, weiße Schicht auf seinen Weg, so daß es sich schwer gehen ließ.

Lao Shou fand Lao Gan nicht, brachte aber seinen Aufenthaltsort in Erfahrung. Jemand sagte ihm, Lao Gan halte sich nicht auf dieser Seite des großen Berges auf, sondern in einer sehr schönen Gegend. Dort gebe es oben auf den Bergen Wälder, an den Berghängen überall Obst- und Teegärten, am Fuße der Berge reiche Ernten und prächtiges Vieh. Dort, wo es so schön sei, arbeite er.

Da Lao Shou nun wußte, wie die Dinge standen, bereitete er die Rückkehr vor, um seinen leeren Verpflegungsbeutel wieder zu füllen, seine abgewetzten Schuhe auszuwechseln, seine müden Füße auszuruhen und dann von neuem auf die Suche zu gehen. Aber als er am Rande des Dorfes ankam, wurde es gerade von feindlichen Flugzeugen beschossen. Vor und hinter ihm, rechts und links von ihm wirbelte mit großem Getöse die Erde auf, und im Dorf stiegen Feuer und Qualm zum Himmel. Er wußte, daß das nichts Gutes bedeutete, und rannte geduckt ins Dorf. Und wirklich, der Getreidespeicher der Brigade war getroffen worden.

Wahres Gold fürchtet nicht die Stählung durch Feuer, und so rief Lao Shou: „Wir müssen das Getreide retten!" Er sprang als erster über die zusammengestürzte Mauer in den brennenden Speicher. Als dann die andern in den von Staub und Rauch verdunkelten Speicher kamen, erstarrten sie: Der Speicher war leer. Nur an der Wand standen einige Beutel, die, nach der Beschriftung zu urteilen, verschiedenes Saatgut enthielten. Als sie alles hinausgeschafft hatten, stürzten Dach und Balken ein.

Im Krieg fürchtet man am meisten, daß man kein Getreide hat und es an Munition fehlt. Als die Wahrheit mit dem Speicher ans Licht gekommen war, lag allen eine große Last auf der Seele. Nun berichtete Lao Shou über Lao Gans Aufenthaltsort. Und Lao Han, der herbeigelaufen kam, teilte mit, daß sich die militärische Lage geändert und der Feind in der Nähe Fallschirmjäger abgesetzt habe. Alle schlugen sofort einmütig Lao Shou als Leiter der Brigade vor und beschlossen, gemeinsam Lao Gan zu suchen. Sie wollten Maultiere und Pferde, Rinder und Schafe mitnehmen, zusammen mit Lao Gan in die Berge gehen, mit ihm in Höhlen leben, dem Feind Widerstand leisten und siegen. Nach diesem Beschluß gingen alle nach Hause, um sich vorzubereiten. Sie verabredeten, daß sie um Mitternacht mit dem Ertönen von Lao Shous Büffelhorn aufbrechen wollten.

Auch Lao Shou ging nach Hause, packte seinen Rucksack, wechselte die Schuhe und füllte die getrockneten Datteln in den Verpflegungsbeutel. Als er fertig war, klopfte plötzlich jemand leise dreimal gegen die Tür.

Oh, war das nicht Lao Gan? Er pflegte so an die Tür zu klopfen. Hatte er es wirklich geschafft, ihn herbeizusehnen? Lao Shou zog eilends den Pflock heraus und öffnete die Tür. Beim ersten Blick bekam er einen Schreck: Der Eintretende war Sekretär Gan! Sein Haar war wirr, er war voller Schnee und Schmutz, und niemand war bei ihm. In der Hand hielt er einen leeren Verpflegungsbeutel. Er schloß die Tür sofort und sagte keuchend: „Man ist hinter mir her und schießt auf mich!"

„Was für ein Unsinn! Du bringst ja die Moral der Armee ins Wanken!" sagte Lao Shou ernst.

„Wirklich, ich will mich mit euch zusammentun, ich kann nicht allein gehen."

„Da müssen wir alle fragen."

„Unsinn, ich bin euer Vorgesetzter."

„Da müssen wir auch alle fragen." Lao Shou hatte nur das eine im Sinn und sprach es schließlich auch aus. Er empfand es selbst als merkwürdig und wußte nicht, woher er den Mut dazu genommen hatte.

„Alle wissen, daß ich ein führender Funktionär bin. Nur parteifeindliche Elemente erkennen das nicht an. Ich habe dich in guter Absicht daran erinnert. Fülle mir schnell meinen

Beutel, ich werde eure Aktion leiten.“ Damit reichte er ihm seinen leeren Beutel.

„Ich habe kein Getreide“, sagte Lao Shou entschieden.

„Was? Ich sehe doch, wie dick dein Verpflegungsbeutel ist, und da behauptest du, du hast nichts?“ Er lachte kalt und sagte: „Wenn du ihn nicht füllst, ist es auch nicht so wichtig. Ich bin Funktionär, und wenn ihr zu essen habt, steht mir auch ein Anteil zu.“ Er zog ein Blatt Papier aus der Tasche und schwenkte es hin und her. „Ich habe es schriftlich, hier ist es festgelegt.“

„Du hast es schriftlich! Und wenn du es schriftlich hast – wir haben kein Getreide für dich. Das sind getrocknete Datteln.“

„Nun, dann eben getrocknete Datteln.“ Er öffnete den Beutel, um sie in Empfang zu nehmen.

Lao Shou hätte vor Wut platzen können. Plötzlich ein Knall und noch einer, ein ohrenbetäubender Lärm! Was war das?

Siebentens: Das ist kein Schluß!

Böllerschüsse krachten, Knallfrösche knallten ohne Unterlaß.

„Großvater, Großvater!“ Sein Enkel schüttelte ihn und teilte ihm voller Freude und Begeisterung mit: „Unsere Großbrigade hat Stahl geschmolzen, in Schmelztiegeln! Komm schnell und sieh dir das an!“

Lao Shou öffnete mit Mühe seine trüben Augen und fragte unsicher: „Stahl geschmolzen? Wer schmilzt Stahl? Etwa Lao Gan? Kämpft er denn nicht mehr?“

„Was redest du da, Großvater! Ich habe gesagt, daß unsere Großbrigade Stahl geschmolzen hat und wir jetzt Traktoren herstellen können.“

„So, Traktoren!“ Lao Shou dachte daran, daß Lao Gan vor sehr, sehr langer Zeit gesagt hatte, daß man zum Pflügen keine Pferde mehr benötigen werde. „Traktoren, das ist zwar gut, aber ...“ Lao Shou war sein Leben lang Bauer gewesen. Daß er heute auch Stahl schmelzen und Traktoren herstellen sollte, verwirrte ihn. Unter den schneeweißen langen Brauen fielen ihm wieder die Augen zu. Langsam rollten zwei trübe Tränen über seine Wangen. Er wollte im Traum jene heldenhafte Geschichte wiederfinden, aber sie war wie ausgelöscht. Er war nach wie vor ein Stein des Anstoßes, der nicht mit der

Zeit mitkam, ein Stein des Anstoßes, den man beiseite geräumt hatte.

Richtig, warum suche ich Lao Gan nicht wirklich? Er riß die Augen auf und kam zur Besinnung. Ich werde Lao Gan suchen und mit ihm reden. Er wird mir sagen, wie die Dinge stehen und wer letzten Endes hinter der Zeit zurückgeblieben ist. Er stand zitternd auf und ging zitternd aus dem Dorf hinaus …

Der Schluß spielte sich im ersten Monat des Jahres 1979 ab. Als Lao Shou und Lao Gan erneut zusammentrafen, schütteten sie sich gegenseitig ihr Herz aus.

So viele Kämpfe, so viele Jahre der Suche nach Idealen – so viele Jahre und ein so hoher Preis dafür! Schließlich die Jahre der Verwirklichung der Ideale, Jahre der großen Freude, des großen Glücks und der großen Arbeit für das chinesische Volk.

Ouyang Shan

Die Trauer der Erfolgreichen

Im Februar 1978 hatte ich eine Amerikanerin chinesischer Abstammung zu betreuen, eine gewisse Mrs. O'Connor. Sie war groß und schlank, sehr gefühlsbetont und offenherzig. Aus ihrem Verhältnis zu den Betreuern und aus bestimmten versteckten oder offenen Andeutungen mir gegenüber war zu schließen, daß sie sozusagen mit nichts auf der Welt richtig zufrieden sein konnte. Nachdem ich ein paar Tage mit ihr zusammen gewesen war, hatte ich den Eindruck, daß sie sehr gern über sich selbst sprach, was ja auch ganz natürlich ist, und manchmal auch das Bedürfnis hatte, sich selbst zu verteidigen. Mrs. O'Connor war eine lebensprühende, sehr gut aussehende Dame, die sich ganz natürlich gab, ohne jede Spur von Affektiertheit. Sie verwandte viel Sorgfalt auf ihr Äußeres und offenbar auch mit Geschick. Zwar war nicht alles Natur an ihr, aber doch beinahe, denn Spuren der künstlichen Verschönerungsarbeiten konnte man an ihr nicht bemerken.

Ich wußte, sie war Professor für Geschichte und besonders bewandert in der Geschichte der Yuan-Dynastie. Ich wußte ferner, daß sie an einer Universität über Geschichte las, ob jedoch über chinesische oder ausländische Geschichte oder, wenn über chinesische Geschichte, ob speziell über die Geschichte der Yuan-Zeit, das wußte ich alles nicht so recht, und ich hatte sie auch nicht danach gefragt. Ich hätte auch nicht sagen können, wie alt sie war, weil sie sich, wie gesagt, sehr geschickt zurechtmachte und täuschend natürlich schminkte. So kam sie einem mitunter wie eine Mittzwanzigerin vor, wenn man sie von hinten sah, während sie von vorn doch eher wie Mitte Dreißig aussah. Und nach ihren Bewegungen, ihrem Sprechen und ihrem Auftreten zu urteilen, war man machmal geneigt, sie für noch ein bißchen älter zu halten. Wie alt sie nun in Wirklichkeit war, danach hatte ich weder sie selbst gefragt noch mich bei anderen erkundigt, so daß ich es die ganze Zeit über nicht wußte.

Während der Tage, an denen ich sie betreute, begleitete ich sie bei Besichtigungen in der Stadt sowie bei verschiedenen Besuchen und arrangierte auch ein Symposium, über das sie sich sehr befriedigt äußerte. Überhaupt war sie sehr zufrieden mit all diesen Aktivitäten und sagte, daß ihr Besuch ein Erfolg gewesen sei und man ihr bereits all ihre Wünsche erfüllt habe. Am Abend des letzten Tages vor ihrer Abreise aus China gaben wir für sie ein Bankett, bei dem wir uns über allerlei interessante Erlebnisse während ihres Besuches unterhielten. Auf manches kam sie immer wieder zu sprechen, so interessant und für sie unvergeßlich fand sie es. Als das Bankett schon fast zu Ende war, äußerte sie plötzlich eine Bitte: Vor ihrer Abreise aus China würde sie gern noch in eine Kreisstadt reichlich hundert Kilometer von der Provinzhauptstadt entfernt fahren; dort wolle sie einen bestimmten Ort aufsuchen. Doch was das für ein Ort sei, sagte sie nicht. Sie meinte nur, sie wolle einen Ort in der näheren Umgebung der Kreisstadt sehen, von dem sie selbst nicht wisse, wie er heiße. Wir Betreuer berieten miteinander und fanden, daß bis zu ihrer Abreise aus China am Nachmittag des nächsten Tages noch genug Zeit bleibe, um in der Frühe einen Ausflug nach jenem Ort zu machen. Also stimmten wir ihrer Bitte zu und arrangierten für sie diese Fahrt als zusätzlichen Programmpunkt.

Am Morgen jenes Tages brachen wir um sieben Uhr auf. Ich begleitete Mrs. O'Connor. Außerdem fuhr noch eine andere Betreuerin mit.

Das Wetter an jenem Morgen war prächtig. Der Himmel war wolkenlos, heller Sonnenschein lag auf Straßen, Flüssen und Hügeln. Uns allen war warm und wohl, während wir in schneller Fahrt jener Kreisstadt zustrebten.

Wir waren noch nicht lange unterwegs, da holte Mrs. O'Connor aus ihrer Brusttasche ein kleines Foto hervor und zeigte es mir. Es war das Bild eines sehr anziehenden, sehr hübschen Mädchens, groß und schlank wie Mrs. O'Connor selbst. Nachdem sie mir das Foto gezeigt hatte, nahm sie es wieder an sich, drückte es an die Brust und sagte: „Sehen Sie bloß, ist sie nicht niedlich? Meine Tochter Mary Ann! Sie ist jetzt dreizehn, richtiger gesagt: fast vierzehn. Wenn man sie so anschaut – also jeder, der sie sieht, findet sie einfach reizend! Ach ja, sie ist wirklich . . . Also wirklich! So ein Mädchen! Man muß sie einfach gern haben! Schauen Sie sich bloß diese Augen an, diese schwarzen Augen. So etwas Ungewöhnliches, so etwas Seltenes. Wirklich zum Neidischwerden! Die Leute in unserer Nachbarschaft sagen alle, daß sie schon wegen dieser schwarzen Augen etwas ganz Besonderes ist."

In der Tat, diese schwarzen Augen – wie die ihrer Mutter – dürften in Amerika etwas Seltenes sein. Ich nahm das Foto und schaute es mir genauer an. Sie hatte tatsächlich nicht übertrieben: Mary Ann war wirklich ein sehr hübsches Mädchen, so schlank und rank, und der Schelm schaute ihr aus den Augen, die wahrhaftig tiefschwarz waren – ganz so wie bei Chinesen. Schon möglich, daß alles, was Mrs. O'Connor gesagt hatte, zutraf und daß solche Augen in der Gegend, wo sie wohnte, etwas sehr Seltenes waren und als etwas besonders Schönes galten.

Ich war noch dabei, das Foto zu bewundern, als ich auf einmal bemerkte, daß Mrs. O'Connor sich wegdrehte und angelegentlich nach draußen auf die Straße starrte. Das kam mir sehr merkwürdig vor, aber ich konnte sie auch nicht gut fragen. Bald darauf hörte ich sie schluchzen, und das kam mir noch merkwürdiger vor, noch rätselhafter. Aber nun traute ich mich erst recht nicht, sie anzusprechen. Zutiefst beunruhigt und stumm vor Verlegenheit, saß ich einfach so da. Auch die neben dem Fahrer sitzende zweite Betreuerin hatte anscheinend bemerkt, daß sich Mrs. O'Connors Stimme irgendwie verändert hatte. Sie blickte mich fragend an, und wir nickten beide verständnisvoll, aber keiner wagte, etwas zu sagen.

Weiter ging es in flotter Fahrt die asphaltierte Landstraße entlang. Sonne, Bäume, Wasserläufe blieben hinter uns zurück. Keiner von uns sagte etwas. Doch dann begann Mrs. O'Connor richtig laut loszuweinen. Sie konnte gar nicht wieder aufhören, sooft sie auch die Augen mit dem Taschentuch zu trocknen versuchte. Ich war ratlos, was ich machen, was ich ihr sagen sollte. Ich überlegte: Eben, als sie mir das Bild ihrer Tochter gezeigt hatte, war sie doch noch bester Laune, heiter und fröhlich gewesen – und nun plötzlich so ganz anders! Warum bloß? Ob ihrer Tochter Mary Ann etwas zugestoßen war? Oder war es etwas anderes? Ich konnte es mir beim besten Willen nicht erklären und wagte natürlich auch nicht, etwas zu sagen. Ich hatte Angst, ein falsches Wort von mir könnte Mrs. O'Connors Kummer noch verschlimmern.

Die Fahrt ging weiter, doch die Straße war nun nicht mehr so gut wie bisher, sondern etwas holprig. Nach einer Weile beruhigte sich Mrs. O'Connor wieder. Sie holte etwas aus ihrer Handtasche, was wie Papier, aber auch wie Stoff aussah, und tupfte sich damit das Gesicht ab. Dann sagte sie ruhig und einigermaßen gefaßt, wenn auch anfangs immer noch von einzelnen Schluchzern unterbrochen: „Ach, es tut mir wirklich leid, daß ich Sie so beunruhigt habe. Ich habe einfach für einen Moment die Nerven verloren, und das ... Wir ... äh, ich meine, sie ... also, die Amerikaner sind alle so; sie lassen sich ziemlich leicht gehen. Sie sind nicht so wir ihr ... äh, ich meine, wie wir Chinesen, die immer ihre wahren Empfindungen verbergen wollen.“ Nach diesen Worten lächelte sie etwas verlegen vor sich hin.

Nach einer Weile fragte sie: „Wo sind wir eigentlich jetzt? Ach ja, nun weiß ich es wieder, hier kenne ich mich überall aus. Sehen Sie nur, dieses Dorf, und da, dieses Wäldchen – das kenne ich alles! Wir fahren jetzt“ – sie räuperte sich – „wir fahren zum Grab eines Bekannten von mir. Ach ...“ Sie stockte wieder, als habe sie sich an etwas erinnert. Wir schwiegen beide und lächelten zaghaft, um anzudeuten, daß wir ihr zuhörten.

So saßen wir nun mit unserem zaghaften Lächeln da und warteten. Schließlich fuhr sie fort: „Wissen Sie, es handelt sich um meinen ... um einen alten Freund von mir. Er ist schon vor zehn Jahren gestorben. Ach ja, es ist jetzt tatsächlich genau zehn Jahre her. Ich weiß – also, ich weiß aus Briefen von anderen, daß er an einer Stelle etwas nördlich der Kreisstadt begraben liegt. Deswegen habe ich mir diesmal extra Zeit genommen, hier das Grab meines alten Freundes zu besuchen.“

Nach kurzem Schweigen konnte ich mich nicht mehr beherrschen, räusperte mich und sagte: „Mrs. O'Connor, entschuldigen Sie bitte meine Kühnheit. Ich weiß wirklich nicht, ob es statthaft ist, Sie danach zu fragen. Verzeihen Sie – ich weiß nicht, ob ich es wissen darf oder vielmehr ob es notwendig ist, daß ich es weiß. Aber jener Mann, war er ...“

Da fing sie an zu lachen und sagte: „Aber natürlich, ich werde Ihnen alles erzählen.“ Nach diesen Worten machte sie auch wieder einen etwas gefaßteren Eindruck, als habe sie Mut geschöpft und befürchte nun nichts mehr. Sie kam mir vor wie jemand, der aus der Fremde zurückgekehrt ist und nun alles, was er erlebt hat, haargenau berichten und erklären will. Man merkte ihr zwar eine gewisse Verlegenheit an, doch sie lächelte uns zugleich freundlich zu.

So begann sie also ihre Geschichte: „Im Jahre 1953 beendete ich mein Studium und wurde danach als Oberschullehrerin hierher in diesen Kreis vermittelt. Natürlich auch damals schon für Geschichte. Hier habe ich insgesamt vier Jahre lang unterrichtet. Sie sehen also, was für eine enge Beziehung ich zu diesem Kreis habe. Daß ich Ihnen das alles so offen erzähle, ist auch eine Eigenart von uns – oder vielmehr: von den Amerikanern. Sie verheimlichen nichts, was sie persönlich betrifft, und wenn sie es für notwendig halten, sind sie imstande, einem alles, aber auch alles zu sagen. Natürlich muß ich etwas vereinfachen und mich auf das Wichtigste beschränken. Ich werde Ihnen also in kurzen Worten die ganze Wahrheit berichten und Ihnen den eigentlichen Kern des Problems erklären, damit Sie mich richtig verstehen können, ja?

Schon bald nachdem ich an jene Schule gekommen war, lernte ich einen jungen Mann kennen. Er hieß Huang Zhongjie – Huang wie ‚*Huanghe*' (Gelber Fluß), Zhong wie ‚*Zhongguo*' (China), Jie wie ‚*haojie*' (Held). Er war ein sehr fähiger junger Mann, etwa siebenundzwanzig, achtundzwanzig Jahre alt, arbeitete als Parteisekretär eines Distriks. Er sah sehr gut aus, war nicht sehr groß, eher mittelgroß – nur ein kleines bißchen größer als ich. Seine Augen blitzten – ganz, ganz schwarze Augen! Und sein Haar war stets zerzaust. Wenn er seine langen Arme mit den großen Händen schwang, konnte man richtig sehen, daß er sehr stark war. Er war ein glänzender Redner, der von vielem etwas verstand, und seine Ansichten, Ideen und Urteile waren immer sehr scharfsinnig und zutreffend. Und gerade das war es, was mich zu ihm hinzog. Ich muß zugeben, muß fairerweise feststellen, er war ein Mensch, der nie einen Gedanken an sein eigenes Wohl und Wehe verwendete.

Sie sehen, ich verheimliche Ihnen nichts, ich erzähle Ihnen alles. Andererseits, was gibt es eigentlich groß zu erzählen! Wir begegneten einander unter ganz normalen Umständen, wir kamen in höchst unauffälliger Weise häufig zusammen, und dann begannen wir – auch wieder ganz unsensationell – einander gern zu haben, füreinander Gefühle der Zuneigung zu hegen. War das nicht etwas ganz Natürliches? Freilich, es war etwas ganz Natürliches! Mit der Zeit trafen wir uns immer häufiger. Es war fast so – wie soll ich sagen? Also, wenn wir uns an einem Tag mal nicht getroffen hatten, war uns nicht wohl ums Herz, es war, als ob einem irgend etwas fehle, als ob man fast nicht mehr weiterleben könne. Nachdem wir uns ein Jahr gekannt hatten, also 1954, wurde er befördert und war nun nicht mehr Distrikt-Parteisekretär, sondern Kreissekretär, aber natürlich – bitte glauben Sie uns das! – hatten unsere Gefühle füreinander überhaupt nichts damit zu tun, ob seine Stellung hoch oder niedrig war. So lernte ich ihn immer besser kennen und erfuhr immer mehr über ihn. Er war 1946 – damals war er gerade einundzwanzig und hatte sein Studium noch nicht abgeschlossen – Soldat geworden. Nach drei Jahren dann, das heißt 1949, wurde er Distriktsekretär. Mit seiner Arbeit war er sehr zufrieden, denn er meinte, das, womit er sich befasse, sei eine große Sache. Und mit dieser Sache verband er unwahrscheinlich große Hoffnungen. Ich fand, er war zwar ein Student ohne Examen, ein Distriktsekretär oder sogar Kreissekretär, aber in Wirklichkeit hatte er immer noch etwas Bäurisches an sich. Manchmal suchte ich vergebens in ihm den Intellektuellen oder auch den Leiter und fand dann immer, er sei im Grunde ein Bauer geblieben. Er selbst sagte mir, er widme all seine Kraft dem Kollektiv und seine eigene Sache sei die Sache eines großen Kollektivs. Das bezeichnete er dann als ‚Kollektivismus'. Ich muß zugeben, daß ich diesen seinen ‚Kollektivismus' nicht verstand, oder vielmehr ich wollte ihn zwar verstehen, aber es gelang mir nicht recht. So vergingen weitere zwei Jahre, und es kam das Jahr 1956. Da verlobten wir uns. Wir fanden, wir seien schließlich alt genug und sollten unsere Beziehung öffentlich und in aller Form festigen. Also verlobten wir uns. Natürlich sehen Sie alle es auch so, nicht wahr, daß ich mich mit ihm verlobte, weil ich ihn sehr gern hatte und auch ein Gefühl der Verehrung für seine Sache hegte, nicht etwa, weil er eine bestimmte Stellung hatte. Der Gedanke an so etwas war mir nie gekommen. Jedenfalls hatten wir damals beschlossen, unsere Hochzeit im September 1957 an seinem Geburtstag zu feiern."

An dieser Stelle hielt sie einen Moment inne, als wolle sie sehen, ob von uns eine Reaktion käme. Ich sagte: „Demnach muß man Ihnen wohl gratulieren?"

Sie nickte erst, schüttelte aber dann den Kopf und erwiderte: „Nein, warten Sie lieber mit Ihrem Glückwunsch! Wie gesagt, wir hatten die Hochzeit für September festgesetzt, aber im August 1957 wurde plötzlich alles ganz anders. Und diesen Veränderungen stand ich völlig ratlos gegenüber. Man kann sagen, sie kamen für mich wie ein Blitz aus heiterem Himmel, wie ein regelrechter Blitz aus heiterem Himmel. Sie müssen wissen, mein Vater war Ingenieur. Im Juli oder August jenes Jahres wurde er – ich weiß nicht, wieso – plötzlich als ‚rechtes Element' abgestempelt, woraufhin er sich das Leben nahm. Meine Mutter war schon lange schwer krank gewesen, aber nachdem das mit meinem Vater passierte, verschlechterte sich ihr Zustand so sehr, daß sie bald darauf ebenfalls starb. Gerade zu jener Zeit erkrankte auch ein Onkel von mir auf den Tod. Er lebte in Kanada und hatte mir eine Erbschaft vermacht, die ich dort antreten sollte. Als das alles passierte, schien plötzlich die ganze Welt aus dem Gleis zu geraten, alles ging wild durcheinander und wurde zu einem regelrechten Chaos. Ich wußte mir keinen Rat mehr. Ich war in eine Situation geraten, wo ich mich gleichsam um mich selbst drehte und nicht mehr aus noch ein wußte. Nichts wußte ich, nichts ging, alles war ungeheuer schwierig geworden.

Es war mir klar, oder vielmehr, langsam begann mir klarzuwerden, daß ich nicht mehr in China bleiben konnte, sondern nach Kanada zu meinem Onkel fahren mußte. Aber da war unser Entschluß, in einem Monat zu heiraten. Doch wie hätte ich unter diesen Umständen heiraten können? Nein, das war unmöglich, absolut unmöglich! Als ich das Huang Zhongjie sagte, kam es, wie Sie sich vorstellen können, zwischen uns zu einem Streit, der nicht mehr aufhören wollte. Ich blieb dabei, daß es für mich weder politisch noch beruflich irgendeine Perspektive geben würde, wenn ich in China bliebe, und daß es in Anbetracht meiner Situation für mich nicht die geringste Aussicht auf ein bißchen Glück geben könne, wenn wir in China heirateten. Huang Zhongjie jedoch meinte, seine Sache, seine Perspektive liege in diesem Kreis, unter diesen Bauern und er könne nicht ins Ausland gehen. Im Ausland wäre er völlig aufgeschmissen, ohne Arbeit und ohne die ihm nahestehenden Freunde würde er zu einem nutzlosen Menschen werden. So gab es ein ewiges Hin und Her, ohne daß wir zu einem Ergebnis kamen. Wie ich es auch drehte und wendete, ich sah keinen anderen Ausweg, als die Heimat zu verlassen und ins Ausland zu gehen, und ich sagte, wenn ich beruflich irgendwelche Spezialkenntnisse erlernte und in der Arbeit Erfolge hätte, dann würde ich dadurch auch etwas für die ganze Menschheit leisten – ich sei also durchaus nicht egoistisch und im übrigen bliebe mir ja auch gar nichts anderes übrig. Er aber hat mir ins Gesicht gesagt, daß es mir überhaupt nicht um die ‚Menschheit' ginge, sondern schlicht und einfach um mich selbst. Und er hat gesagt, ich dächte nur an mich, nicht an die Leute hier im Kreis und erst recht nicht an das ganze chinesische Volk, und er hat gesagt, wie ich denn wohl der ganzen Menschheit dienen wolle, wenn ich nicht einmal bereit sei, den Chinesen – immerhin ein Viertel der Menschheit – zu dienen. Er meinte, was ich über den Dienst an der ganzen Menschheit gesagt hätte, seien leere Worte oder sogar bloße Beschönigung, eine Ausrede, hinter der ich mich versteckte. Wie hätte ich das auf mir sitzen lassen können? Das konnte ich doch unter gar keinen Umständen auf mir sitzen lassen! Zugleich hatte er natürlich großes Verständnis für meine Situation, aber er wußte auch keine andere Möglichkeit, mein Problem zu lösen. Und ich sah keine Möglichkeit, sein Problem zu lösen. Wir standen also vor einer ausweglosen Situation.

So stritten wir uns sehr lange, wohl mindestens drei Tage und drei Nächte lang. Dann kamen wir mit Ach und Krach doch noch zu einer gemeinsamen Entscheidung, und die sah so aus: Er stimmte zu, daß ich gehe, wollte sogar zusammen mit mir gehen, und unterwegs würden wir dann heiraten und gemeinsam nach Kanada fahren. Wenn ich mein kanadisches Erbe angetreten hätte, würden wir weitersehen. Entweder würden wir zusammen nach China zurückkehren, oder wir würden alle beide dort bleiben. Nachdem wir diesen Beschluß gefaßt hatten, war ich sehr froh, und ich dachte, dies sei die beste Entscheidung, die wir unter diesen Umständen treffen konnten. Ich machte mich also daran, alle Formalitäten zu erledigen, zu packen und die Abreise vorzubereiten. Aber als alles geregelt war, hatte Huang Zhongjie es sich plötzlich anders überlegt. Er würde nicht fahren, sagte er. Hätte er mich nun angefleht, doch auch zu bleiben, und hätte er gesagt, daß er ohne mich nicht leben könne und daß er deshalb hoffe, ich würde bleiben und mit ihm zusammen leben – ja, wenn er das gesagt hätte, dann wäre es vielleicht noch etwas anderes gewesen. Doch eben das hat er nicht getan! Er hat mir ganz kühl mitgeteilt, ihm sei in den letzten Tagen klargeworden, daß er unter gar keinen Umständen weggehen könne. Das Kollektiv bedeute für ihn alles, er könne seine Bauern nicht verlassen, er könne nicht das Volk ganz Chinas verlassen, er könne nicht sein Kollektiv verlassen. Und er hat gesagt, wenn ich es wirklich wollte, so solle ich eben allein gehen, doch hoffe er, ich würde nicht weggehen, sondern dableiben. Durch diese kühle Art fühlte ich mich in meiner Selbstachtung verletzt. Ich glaubte, ich könne nicht mehr weiterleben, wenn ich keine Selbstachtung mehr hätte oder wenn sie verletzt würde, und sei es auch nur ein bißchen. Um ihm diese Kühle heimzuzahlen und um meine Selbstachtung zu wahren, beschloß ich also, allein zu fahren.

Im September 1957 bin ich dann wirklich weggegangen. Ich kam nach Kanada, erledigte, was zu erledigen war, und ging dann in die Vereinigten Staaten, wo ich studierte. Nie hätte ich gedacht, daß unsere Trennung ein Abschied für immer sein würde. Seitdem haben wir uns nämlich nicht wiedergesehen. Alle Verbindungen zwischen uns rissen ab.

1963 machte ich mein Examen, fand dann eine sehr gute Stellung an einer Universität und hatte ein sehr bequemes Leben. Bald darauf heiratete ich, und ich muß sagen, meine Ehe ist sehr, sehr glücklich. Mein Gatte liebt mich sehr, und auch ich liebe ihn sehr. Er ist ein anständiger Mensch, ein ehrlicher Mensch, wir hängen sehr aneinander und sind sehr glücklich. Es dauerte auch nicht lange, da wurde unser Kind geboren. Sie haben sie ja eben gesehen, unsere liebe Mary Ann. Jetzt ist sie ja schon groß und hat solche schönen schwarzen Augen, daß alle davon fasziniert sind. Es sind natürlich genau meine schwarzen Augen. Ja, so bin ich also in jeder Hinsicht, was Familie und gesellschaftliche Stellung anbetrifft, ein erfolgreicher, ein glücklicher Mensch. Dennoch, muß ich Ihnen gestehen, gibt es etwas, was mich bedrückt: Jedesmal wenn ich an Huang Zhongjie denke, kommt er mir furchtbar arrogant vor, so als wäre er die verkörperte Wahrheit oder der Kollektivismus, von dem er immer sprach – als ob er recht gehabt hätte. Wegen dieser korrekten Ideale hat er mich einfach so fallenlassen, als wäre ich eine völlig unbedeutende Person, für die es sich nicht lohne, auch mal ein Opfer zu bringen. Wenn ich an meinen Erfolg glauben könnte und wenn ich glauben könnte, daß Huang Zhongjie nicht recht hatte, dann gäbe es überhaupt kein Problem! Aber ich kann es nicht. Wissen Sie, ich kann es wirklich nicht, ich kann es einfach nicht so sehen.

1968, während der Kulturrevolution, wurde er als ‚Machthaber, der den kapitalistischen Weg geht', diffamiert, und im gleichen Jahr ist er auch gestorben. Aus Briefen von Freunden weiß ich, daß er in diesem Kreis, vor den Toren der Kreisstadt, ein kleines Stück nach Norden zu, begraben ist. In meinem Herzen lebt er fort als Held, als Märtyrer, als starke, große Persönlichkeit. Sehen Sie, in diesem Jahr ist nun sein zehnter Todestag, und wenn ich einfach nicht anders kann, als aus so großer Ferne – man kann wohl sagen, vom anderen Ende der Welt! – hierher zu eilen, dann tue ich das, um sein Grab zu besuchen."

Am späten Vormittag kamen wir am Grab von Huang Zhongjie an. Es war ein von Unkraut überwucherter Hügel, vor dem ein Grabstein mit der Inschrift „Hier ruht der Kommunist Huang Zhongjie" stand. Mrs. O'Connor trat vor das Grab und weinte ihre ganze Reue, ihren ganzen Schmerz heraus, während wir anderen in einigem Abstand dastanden und nicht wagten, an ihre Seite zu treten. Sie schluchzte herzzerreißend und wehklagte zum Steinerweichen. Schließlich trat sie schweigend wieder zu uns anderen und fuhr mit uns in die Provinzhauptstadt zurück. Im Auto sagte sie zu mir, sie sei all diese Jahre hindurch immer traurig gewesen.

So drückte sie sich aus: „Sogar im Traum war ich traurig. Einmal, nein einigemal habe ich ihn im Traum gesehen. Ich hoffte, er würde mich beschimpfen oder mich zumindest verhöhnen oder ein bißchen verachten. Aber er lächelte die ganze Zeit und sagte zu mir: ‚Du hast Erfolg in deiner Sache, dazu möchte ich dir gratulieren. Meine Sache dagegen ist noch nicht von Erfolg gekrönt, nein, sie ist noch weit entfernt vom Erfolg, und ich habe noch einen langen Weg vor mir.' Was das wohl bedeuten sollte? Das war ein stummer Vorwurf gegen mich, ein Vorwurf, der tausendmal schlimmer war als ein richtiger Vorwurf! Wie oft fühlte ich seine schneidende

Kälte, seine Grausamkeit – er hat mich ja regelrecht mißachtet und mich nicht einmal eines Vorwurfs gewürdigt. Wie hat es mich geschmerzt, so verurteilt zu werden! Da mußte ich doch einfach traurig werden, traurig darüber, daß ich so ein unbedeutender Mensch bin, so ein – nichtswürdiger Mensch. Ich bin traurig, weil ich ein schuldiger Mensch bin, und ich glaube, ich kann von dieser Schuld nur durch Trauer erlöst werden ... Wissen Sie, verstehen Sie, was ich meine?"

Ich dachte lange nach. Dann sagte ich zögernd: „Ich glaube, ich kann verstehen, keiner von Ihnen beiden konnte den anderen überzeugen. Aber ich glaube, Sie beide haben einander doch stets verstehen können."

Sie schwieg einen Augenblick, dann sagte sie leichthin: „Tja, so ist das wohl."

Guangzhou, 30. 7. 1979

Chen Guokai

Herr und Diener

Früher war Li Xiaohu ein von Natur aus lebhafter junger Mann, agil und beweglich, von sanguinischem Temperament. Mir, dem Arbeitsgruppenleiter der Elektriker, gefiel sein Wesen von Anfang an, schon als er zu Beginn der sechziger Jahre Lehrling bei uns wurde. Er schien gar nicht zu wissen, daß es zwischen Himmel und Erde auch das Wort „Kummer" gab, er war fröhlich und lachte den ganzen Tag, was sein rundes Gesicht besonders anziehend machte. Er sang auch sehr gern und mit viel Schwung, obwohl seine Stimme kaum zu Komplimenten herausforderte. Vor allem liebte er das Lied „Wir Arbeiter sind stark", er sang es im Wohnheim, auf dem Weg zur Baustelle und vorzugsweise unter der Dusche. Wenn nach Schichtschluß alle, die gemeinsam auf die Elektromasten geklettert waren, Maschinen repariert, Kabel verlegt und Löcher gestemmt hatten, erschöpft und nach Schweiß stinkend in den Duschraum drängten, dann erklang sein „Hei! Wir Arbeiter sind stark! Hei!", kaum daß der Kaltwasserhahn aufgedreht war. Je kälter das Wasser, desto stärker erhob er die Stimme, sein lauter Gesang schien es um einige Grade zu erwärmen. Jemand erfand für ihn den Spitznamen „Sängerkönig des Duschraums".

Er liebte jedoch nicht nur den Gesang, sondern auch die Arbeit. Ganz gleich, worum es sich handelte, er machte alles, ohne nach dem Lohn zu fragen. Ob mitten in der Nacht, bei Winterkälte oder Sommerhitze, wenn es im Werk Stoßarbeit gab oder dringende Reparaturen zu erledigen waren, brauchte man ihn nur zu rufen, sogleich sprang er, ohne viele Worte zu machen, aus dem Bett und eilte an die Arbeit. Dabei summte er vor sich hin: „Wir Arbeiter sind stark. Tag und Nacht am Werk ..." Er besaß auch selbst etwas von der heißen Energie dieses Liedes.

Aber nicht nur bei der Arbeit bewies er seinen Tatendrang, auch in den verschiedenen Kampagnen führte er getreulich aus, was verlangt wurde. Er war einwandfreier Herkunft, ein natürlicher „Revolutionär". Während der Kulturrevolution taugte er zwar nicht zum Verfasser großartiger kritischer Artikel, aber er reagierte aktiv auf den Aufruf, sich in „Sturm und Wogen" zu stürzen. Seine Spezialität war das Kleisterkochen, mit seinem Kleister angeklebte Parolen und Wandzeitungen ließen sich nicht wieder herunterreißen. Ständig war er mit seinem Kleistereimer in den Straßen des Werkviertels unterwegs. Er gehörte damals auch zu einer Arbeiteragitationsgruppe, die an einer Hochschule eingesetzt war. Ich traf ihn an dem Tag, als sie dorthin aufbrachen, und fragte ihn angesichts seines respektheischenden Auftretens, wohin es denn gehen solle. Kühn erwiderte er: „In die Hochschule, Revolution machen, die von der stinkenden neunten Kategorie umerziehen. Es hat doch schon in der Zeitung gestanden, Gruppenleiter, daß die Arbeiterklasse in allem führen muß, wissen Sie das etwa noch nicht?" Dem Vernehmen nach brachte er dann tatsächlich an der Hochschule die „führende Rolle" der Arbeiterklasse zur Geltung. Seine Aufgabe war es, die Professoren zu beaufsichtigen und ihnen Disziplin beizubringen. Damit die alten Männer es lernten, sich militärisch zu bewegen, ließ er sie täglich früh um sechs auf dem Sportplatz antreten und sie nach seiner Trillerpfeife im Laufschritt üben, bis ihnen der Atem ausging. Dafür wurde er auch vom Leiter der Agitationsgruppe gelobt. Als er aus der Hochschule zurückkehrte, erklärte er mir nicht ohne Prahlerei: „Diesen alten Knackern habe ich das Gehorchen beigebracht. Gruppenleiter, wir Arbeiter sind doch stark!" Er war sehr selbstzufrieden und gab immer wieder zu erkennen, daß er stolz war, der Arbeiterklasse anzugehören.

Schnell gingen zehn Jahre vorbei. Ich war inzwischen in die Produktionsabteilung versetzt worden, Li arbeitete nach wie vor in der Elektrikergruppe. Da im Werk die einzelnen Abteilungen wie durch Berge voneinander getrennt sind, sahen wir uns nur sehr selten. Ich wußte lediglich, daß er sich in eine Grundschullehrerin aus der Stadt verliebt, sie geheiratet und sein Bettzeug im Wohnheim zusammengerollt hatte, um in die Stadt zu ziehen. Danach hatten wir noch weniger Gelegenheit, uns zu treffen.

An einem Tag, an dem der Himmel wie kurz vor einem Regenguß trüb und verhangen war, saß ich allein in meinem

Büro, da alle anderen in die Produktion gegangen waren. Ich ordnete gerade Produktionstabellen, als jemand den Raum betrat. Ich erkannte sogleich Li Xiaohu. Offensichtlich kam er direkt von der Arbeit, denn er trug einen ölverschmierten Monteuranzug und hochschäftige Gummistiefel, an seinem Elektrikergurt hingen noch verschiedene Werkzeuge. Bei seinem Anblick erschrak ich. Er hatte sich verändert, auf erschreckende Weise verändert. Er war stark abgemagert, die ehemals runden Wangen waren eingesunken, der Ausdruck seiner Augen hatte etwas Stumpfes. So stand er mit kummervoller Miene vor mir. Ich konnte diese Gestalt nur schwer mit dem handfesten jungen Burschen in Verbindung bringen, der vor Jahren so hochgemut gesungen hatte „Wir Arbeiter sind stark".

Er grüßte mich mit leiser Stimme.

Ich lud ihn zum Sitzen ein und fragte: „Was gibt es, Li Xiaohu?"

„Gruppenleiter, ich bitte Sie in einer Angelegenheit um Hilfe", sagte er mit düsterer Miene.

„So red schon, mach keine Umstände!"

„Gruppenleiter, ich habe gehört, der Abteilungsleiter Liu von der Personalabteilung sei ein alter Schulfreund von Ihnen. Bitte legen Sie bei ihm ein gutes Wort für mich ein, damit ich aus dieser Fabrik versetzt werde."

„Warum willst du denn fort, Xiaohu?"

„Wir sind zu Hause drei Personen, zwei davon sind krank. Meine alte Mutter ist bettlägerig, sie kann sich nicht bewegen. Meine Frau ist schwanger, dazu leidet sie an Epilepsie, sie bekommt schlimme Anfälle. Das Werk ist zu weit von meiner Wohnung entfernt, ich habe täglich einen Arbeitsweg von vier Stunden, wie soll ich da Zeit finden, mich um die häuslichen Angelegenheiten zu kümmern. Die beiden Kranken brauchen aber Pflege, wer weiß, wann es mit meiner Mutter zu Ende geht . . ." Er weinte.

Ja, das war wirklich sehr schwierig. Die Fabrik lag im östlichen Außenbezirk, seine Wohnung in der Weststadt, so daß er morgens noch bei Dunkelheit zur Arbeit aufbrechen mußte und abends erst im Dunkeln heimkam. Somit lastete der gesamte Haushalt auf den beiden Kranken, das war schlimm genug. Arbeiter seiner Altersklasse verdienten wenig, nahm er zusätzlichen Urlaub, so wurde der Lohn einbehalten, und wenn der Urlaub drei Tage überstieg, wurde obendrein die Monatsprämie gestrichen, wodurch er in weitere Schwierigkeiten geriet. In solchen Sozialfällen mußte unbedingt geholfen werden.

„Gruppenleiter, ich flehe Sie an, mir zu helfen. Es reicht ja schon, wenn ich in die Stadt versetzt werde, etwas näher zu meiner Wohnung hin, damit ich mehr Zeit für den Haushalt und die beiden Kranken bekomme. Es ist mir ganz gleich, an welche Arbeitsstelle, zu welcher Arbeit man mich schickt. Ich weiß sonst nicht mehr, was ich machen soll." Er war sehr niedergeschlagen.

Ich dachte bei mir, daß seine Versetzung eigentlich kein Problem sein dürfte. Weder bei der Polizei noch hinsichtlich der Lebensmittelkarten brauchte er mehr eine Ummeldung, und die vielen Industriebetriebe in der Stadt hatten Bedarf an Elektrikern. Die Diener des Volkes mußten nur für ihn ihr Mundwerk und zwei Stempel in Bewegung setzen, schon war alles erledigt. Wie also konnte es dazu kommen, daß er sich nicht mehr zu helfen wußte? Merkwürdig. Ich fragte: „Hast du denn an deine Abteilung ein Gesuch um Versetzung gerichtet?"

Bei dieser Frage funkelten seine Augen auf. „Mit den Anträgen, die ich geschrieben habe, könnte ich bald ein Kopfkissen polstern. Aber Peng Zhiren läßt mich nicht gehen."

Peng Zhiren war der Parteisekretär seiner Abteilung, er hatte hier in erster Linie zu entscheiden. Dieser Mann war früher Schlosser gewesen und hatte sich in der Kampagne zur Kritik an Lin Biao und Konfuzius als Scharfmacher hervorgetan. Im Werk gab es nicht wenige derartige Spitzbuben, die ihre Talente im Verlaufe politischer Kampagnen zur Geltung bringen.

Ich fragte: „Warum will er dich denn nicht gehen lassen?"

„Um es kurz zu sagen: Bei den Elektrikern fehlt es an Arbeitskräften. Wenn ich ausscheiden soll, muß erst einer gefunden werden, der mich ersetzt."

Als ich das hörte, wurde ich zornig. Bei den Elektrikern fehlte es an Leuten? Soll der doch seine eigene Mutter . . .! In den letzten Jahren waren viele durch die Hintertür ins Werk geschlüpft, auf diesem Weg war beispielsweise auch der jüngere Bruder der Frau eben dieses Peng Zhiren in die Elektrikerbrigade gelangt, obwohl die schon lange einen Überschuß an Arbeitskräften hatte. Und da behauptete Peng noch, es fehle an Leuten! Wenn das keine bewußte Irreführung war!

Nach kurzem Schweigen sprach Li Xiaohu traurig weiter: „Gruppenleiter, es ist alles meine eigene Schuld. Ich hätte damals Peng Zhirens Schwager nicht verprügeln und ihn selbst nicht einen Tyrannen schimpfen dürfen. Ich habe ihn beleidigt, und jetzt drückt er mir die Luft ab. Ich bin eben kein ... kein Menschenkenner, nicht welterfahren genug."

Ich war verblüfft. Li Xiaohu sollte imstande sein, jemanden zu schlagen? Das hätte ich allerdings nicht gedacht. In der Kulturrevolution hatte er zwar viel Schneid gezeigt, aber geschlagen hatte er niemand. Wie kam er dazu, den Tiger am Bart zu zupfen und ausgerechnet den Schwager des Parteisekretärs zu verprügeln? Ungläubig fragte ich: „Wie ging denn das zu?"

„Sie müssen wissen, Gruppenleiter, daß Peng Zhirens Schwager durch Schiebung zu uns gekommen ist. Er wurde auf die Planstelle eines anderen aus der Landwirtschaft zurückgeholt, wohin er als Jugendlicher verschickt worden war, und zu uns in die Elektrikerbrigade gesteckt. Soweit, so gut, aber der Kerl ist ein ganz übler Bursche. Gestützt auf die Macht des Gatten seiner älteren Schwester, treibt er sich den ganzen Tag herum und läßt sich von niemand etwas sagen. Keiner von uns wagt es, ihn zu reizen. Eines Tages beauftragte ihn der Brigadier, zusammen mit mir den automatischen Brückenkran zu reparieren. Ich ließ ihn unten am Schalthebel Wache halten und schärfte ihm ein: Ohne meine Aufforderung auf keinen Fall den Strom einschalten, sonst besteht Lebensgefahr! Als ich gerade oben bei der Arbeit bin, höre ich plötzlich unten jemand laut schreien: ‚Nicht einschalten, da oben ist jemand!' Vor Schreck brach mir am ganzen Körper der Schweiß aus. Als ich hinuntersah, stellte ich fest, daß der Bursche irgendwohin verschwunden war. Gerade wollte ein ahnungsloser Transportarbeiter, der irgend etwas anheben mußte, den Schalter herumlegen, als ein Schweißer aufmerksam wurde und ihn durch sein Geschrei davon abhielt. Sagen Sie nur, ist das nicht unglaublich? Um ein Haar hätte er mich auf dem Gewissen gehabt. Erst als ich vom Kran kletterte, tauchte dieser Kerl wieder auf, mit einer Zigarette im Mund, von Gott weiß woher, wie einer, der nichts zu tun hat. Da konnte ich meine Wut nicht mehr unterdrücken und versetzte ihm ein paar kräftige Ohrfeigen. Daraufhin rannte der Kerl heulend zu seinem Schwager, um mich zu verklagen. Ich dachte, verklag du mich nur, und wenn du mich in den Himmel verklagst, ich bin doch im Recht. Peng Zhiren kam und fragte mich nach dem Grund. Ich erklärte ihm die Situation. Er konnte in Anwesenheit der anderen nichts dagegen einwenden und sagte seinem Schwager ein paar kritische Worte. Für mich war die Sache damit erledigt, nicht so für Peng Zhiren, denn der ist sehr nachtragend. Als einige Zeit darauf beraten wurde, wer eine Lohnerhöhung erhalten solle, schlugen Brigade und Produktionsbereich mich vor. Aber von der Abteilung wurde ich gestrichen. Ich begriff, daß da jemand war, der Peng hieß und mir Schwierigkeiten bereitete. Darauf machte ich einen weiteren Fehler. Ich ging zu Peng Zhiren und schlug Krach, in meiner Wut schimpfte ich ihn einen Tyrannen. Das hätte ich nicht tun dürfen. Damit waren die Beziehungen vollends festgefahren." Li Xiaohu stieß einen langen Seufzer aus. „Gruppenleiter, ich war zu naiv. ‚Wir Arbeiter sind stark', das läßt sich wohl als Lied singen, aber in der Realität . . ." Er winkte ab.

Mir war schwer ums Herz. Er hatte ja recht, vieles im Leben war durchaus nicht so wunderschön, wie es in den Liedern besungen wurde.

„Gruppenleiter, ich bitte Sie inständig, legen Sie ein gutes Wort für mich ein . . ." Gerührt erwiderte ich: „Beruhige dich, ich werde alles tun, um dir zu helfen."

Unter wiederholten Dankesbeteuerungen entfernte er sich. Mit widerstreitenden Gefühlen sah ich ihm nach.

Noch am Abend des gleichen Tages suchte ich Liu, den stellvertretenden Leiter der Personalabteilung, wegen dieser Angelegenheit in seiner Wohnung auf. Wir waren alte Schulfreunde, standen recht gut miteinander. Ich besuchte ihn jedoch nur sehr selten zu Hause, denn da er ein mächtiger und verantwortlicher Abteilungsleiter war, füllten ständig noble Freunde sein Haus. Er war dauernd damit beschäftigt, Personalprobleme zu lösen, und kam Tag und Nacht nicht zur Ruhe. Seine Frau hatte mir einmal verraten, daß er sich wegen der endlosen Belästigungen schon manchmal auf der Toilette hatte verstecken müssen. Ich selber trug nur sehr selten Anliegen an ihn heran, obwohl er mein alter Schulfreund war. In diesem Falle aber mußte ich mich persönlich einsetzen. Ich nutzte die Zeit, da die Familie bei Tisch saß. Als seltener Gast wurde ich von allen begeistert willkommen geheißen und zum Essen eingeladen. Ich lehnte dankend ab. Nach wenigen einleitenden Floskeln kam ich zur Sache und forderte Liu dringend auf, diesem Arbeiter zu helfen. Er aß seine Suppe auf, dann seufzte er: „Lieber Ding, ich kenne den Fall schon lange. Li Xiaohu hat mich auch aufgesucht und mir einen Bericht übergeben. Ich nehme Anteil an seiner Lage und habe schon mehrmals mit Peng Zhiren darüber gesprochen. Aber du weißt ja, jetzt muß in jedem Fall darüber beraten werden, wenn jemand versetzt werden soll, und das Recht der Entscheidung liegt bei ihm. Nun versteift er sich darauf, daß sie in der Werkabteilung nicht genügend Elektriker hätten, und läßt Li Xiaohu nur gehen, wenn er dafür einen anderen bekommt. Wir haben ihm einen Elektriker gesucht, aber den hat er mit der Begründung abgelehnt, er sei nur Facharbeiter erster Stufe, während Li Xiaohu die dritte Stufe habe. Er macht also absichtlich Schwierigkeiten. Ich vermute, Li Xiaohu muß ihn irgendwie gekränkt haben."

Ich klärte ihn über die Sachlage auf. Liu stöhnte. „So ist das heutzutage, überall braucht man Beziehungen, ohne Beziehungen wird der kleinste Schritt zum Problem. Nimm beispielsweise mich. Ich bin doch in Wirklichkeit auch nur eine rechtlose kleine Schwiegertochter, ständig und überall muß ich auf irgendwelche Leute Rücksicht nehmen, wenn ich zurechtkommen will . . . Na gut, ich versuche also noch einmal, mit Peng Zhiren zu reden. Wenn er bereit ist, den Mann freizugeben, läßt sich alles andere leicht regeln."

Weiter gab es nichts zu sagen. Die Wissenschaft von den Beziehungen, diese „Spitzenwissenschaft", die sich in den zehn Jahren in so übler Weise entwickelt hat, lernt man nur schwer zu meistern.

Es verging ein Monat, ohne daß etwas erfolgte. Eines Tages erschien Li Xiaohu wieder bei mir. Bevor er noch den Mund auftun konnte, kamen ihm bereits die Tränen. „Gruppenleiter, retten Sie uns! Meine alte Mutter kann ihr Bett nicht mehr verlassen, und wir haben kein Geld, sie in ein Krankenhaus zu bringen. Meine Frau kommt bald ins Wochenbett. Die ganze schwere Hausarbeit lastet weiter auf ihr, deshalb ist sie schon einmal ohnmächtig am Herd zusammengebrochen. Glücklicherweise haben die Nachbarn sie ins Leben zurückgeholt ... Ich flehe Sie an, Gruppenleiter, retten Sie uns ..." Der vitale junge Bursche von einst schluchzte verzweifelt.

Ich unterdrückte gewaltsam eine aufbrechende Gemütsbewegung und erhob mich. „Komm, wir gehen zu Liu." Ich dachte: Wenn Liu nicht helfen kann, gehen wir zum Werkleiter oder zum Parteisekretär des Werkes. Es war doch eine verfluchte Schweinerei, daß so eine kleine Sache so erschwert wurde!

Die Tür zum Büro des Leiters der Personalabteilung war nur angelehnt. Ich stieß sie auf und sah, daß Liu allein im Zimmer war. Unerwartet warf sich Li Xiaohu mit einem dumpfen Laut vor ihm auf die Knie und begann zu weinen. „Abteilungsleiter Liu, retten Sie uns!"

Erschrocken über das Verhalten des jungen Mannes, erhob sich Liu rasch und half Li Xiaohu auf. „Nicht doch, nicht ..."

Voll Kummer und Zorn wandte ich mein Gesicht ab: Ich konnte nicht mitansehen, wie der Arbeiter, der Herr des Staates, vor einem Diener des Volkes niederkniete.

Liu führte Li Xiaohu zu einer Bank und ließ ihn dort Platz nehmen, darauf goß er ihm eigenhändig ein Glas Wasser ein.

„Abteilungsleiter Liu, ich verlange ja nicht viel", sagte Li Xiaohu unter Tränen, „ich will ja nur aus der Fabrik versetzt werden, damit ich nicht hilflos zusehen muß, wie meine Mutter und meine Frau sterben. Ich bin bereit, jede Arbeit zu übernehmen, wenn ich nur versetzt werde ... Ich weiß ja, daß ich in der Vergangenheit falsch gehandelt habe, ich durfte den jüngeren Bruder der Frau von Peng Zhiren nicht schlagen und Peng nicht einen Tyrannen schimpfen. Ich ... ich ..." Er begann wieder zu schluchzen.

„Red nicht mehr davon, Xiaohu", unterbrach ihn Liu freundlich. „Hier, trink etwas Wasser, sprich langsam."

Wir schwiegen. Liu sah uns beide nicht an. Sein Blick war auf einen Kugelschreiber geheftet, den er auf der Hand kreisen ließ. Seine buschigen Brauen zogen sich allmählich zusammen, bis sich zwischen ihnen drei steile Falten bildeten. Nach seinem Gesichtsausdruck zu urteilen, quälte ihn irgendein Gedanke.

Li Xiaohu leerte ein Glas abgekochtes Wasser. Ich bemerkte, wie sich Lius Brauen wieder entspannten, gleich darauf sagte er entschieden: „Gut. Kleiner Li, du kannst beruhigt sein. Die Sache habe ich im Griff. Spätestens in einem halben Monat habe ich die Frage deiner Versetzung geklärt."

Für mich kam es ganz unerwartet, daß der bis dahin unschlüssige Liu mit einem Schlag so bestimmt auftrat. Auch Li Xiaohu staunte.

Ich fragte: „Bist du deiner Sache sicher?"

„Ja."

„Und Peng Zhiren . . ."

„Nach dem brauchst du nicht mehr zu fragen." Er wandte sich Li Xiaohu zu. „Komm morgen oder übermorgen zu mir. In der Zwischenzeit arbeite und iß in deiner Werkabteilung, als wüßtest du von nichts."

Es kam wohl auch für Li Xiaohu überraschend, daß sich die Angelegenheit nun so günstig anließ, in höchster Aufregung sprudelte er hervor: „Danke, Abteilungsleiter Liu, danke, Abteilungsleiter Liu . . ."

„Du brauchst dich nicht zu bedanken." Liu sah bekümmert aus. „Wir hätten dich wegen dieser unbedeutenden Sache nicht so lange quälen dürfen." Mit einem Seufzer begleitete er uns an die Tür.

Unterwegs sagte Li Xiaohu zu mir: „Gruppenleiter, der Abteilungsleiter Liu ist wunderbar. Müßte ich ihm nicht ein kleines Geschenk machen? Ich habe zu Hause noch zwei Hennen."

Ich war betroffen. „Li Xiaohu, wo hast du denn das gelernt?"

Er errötete. „Ich habe doch nur, weil ich nicht verstand . . . Ich habe es dem Abteilungsleiter Liu gegenüber doch gar nicht so gemeint. Ich bin ihm aufrichtig dankbar, weil er sich um mich sorgt."

„Li Xiaohu, Liu ist nicht einer von dieser Sorte. Ich bin überzeugt, daß er nicht so einer ist." Nachdem ich das gesagt hatte, war mir schwer ums Herz. Li Xiaohus Absicht war einer Art Vergeltungsdenken entsprungen, sie war ehrlich gemeint. Aber mich als einfachen Funktionär beschämten seine aufrichtigen Worte: In was für Menschen hatten wir Kader uns in den Augen dieses einfachen Arbeiters verwandelt! Das groteske Leben der letzten zehn Jahre hatte schon lange das Bild der Diener des Volkes in den Augen der Arbeitermassen verzerrt. Es würde nicht so einfach sein, es wiederherzustellen.

Li Xiaohus Angelegenheit lastete weiterhin auf meiner Seele, deshalb ging ich einige Tage darauf nochmals zu Liu. Er sprach gerade mit jemand. Nachdem der andere gegangen war, teilte er mir mit: „In Li Xiaohus Sache habe ich schon alles abgesprochen, jetzt sind wir dabei, die Formalitäten zu erledigen."

„Wohin wird er denn versetzt?"

„In eine Mittelschule nahe seiner Wohnung."

„Als Lehrer?"

„Nein, als Koch."

Himmel! Ein ausgezeichneter Elektriker sollte als Koch arbeiten!

„Ist das nicht Vergeudung von qualifiziertem Personal?"

Liu seufzte bitter lächelnd. „Natürlich ist es das, aber was soll ich tun? Vergeudung und ungenügende Auslastung qualifizierter Facharbeiter sind doch an der Tagesordnung. Nimm zum Beispiel bloß die Elektriker, was haben die schon zu tun? Selbst wenn wir die Gruppe um die Hälfte reduzieren, ist noch nicht genügend Arbeit für alle da. Da drängen sich so viele zusammen, keiner wird freigegeben, was soll man tun? Die Anzahl der Werksangehörigen übersteigt schon lange die der Planstellen. Aber immer noch müssen neue Mitarbeiter eingestellt werden, Jahr um Jahr kommen sie zu uns durch die Vorder- und die Hintertür! Und das alles nur, weil sie glauben, hier aus dem großen Topf speisen zu können! So ist es nun einmal, und wenn es einem auch gegen den Strich geht, man muß sich damit abfinden. Ohne pessimistisch sein zu wollen, möchte ich behaupten, daß unter diesen Umständen von den Vier Modernisierungen überhaupt keine Rede sein kann!"

Ich schwieg. Nachdem wir uns jeder eine Zigarette angezündet hatten, fragte ich: „Ist Li Xiaohu bereit, als Koch zu arbeiten?"

„Ich habe mit ihm gesprochen. Er ist einverstanden und drängt uns, möglichst schnell die Formalitäten zu erledigen."

„Wieso will Peng Zhiren ihn denn auf einmal gehen lassen?"

„Dahinter steckt ein Geheimnis, dir als altem Schulfreund will ich es verraten. Du darfst es aber nicht weitererzählen. Ich habe mich ja auch nur um Li Xiaohus willen auf die Sache eingelassen, gezwungenermaßen." Er tat einen tiefen Zug aus seiner Zigarette und fragte: „Weißt du, gegen wen Li Xiaohu ausgetauscht wird?"

„..."

„Gegen die jüngere Schwester von Peng Zhirens Frau! Sie ist Köchin in jener Mittelschule, aber die Arbeit dort scheint ihr zu wenig aussichtsreich, sie will als Technikerin arbeiten. Peng Zhiren hat schon lange durch verschiedene Leute versucht, sie ins Werk zu bringen, aber ich habe das immer zu verhindern gewußt. Als mir an jenem Tag die Sache einfiel, verflucht, da habe ich mich doch entschlossen, das Spiel mitzumachen. Manchmal muß man eben gegen sein Gewissen handeln, wenn man etwas erreichen will."

Ich entsinne mich nicht mehr, wie ich mich von Liu getrennt habe, aber als ich wieder in meinem Büro war, krampfte sich mein Herz zusammen und meine Haare sträubten sich.

Wenige Zeit später trat ich eine Dienstreise an. Als ich drei Wochen darauf in die Fabrik zurückkehrte, dachte ich bei mir: Nun steht der Elektriker Li Xiaohu wahrscheinlich schon in der Schule vor dem Herd, spült Schüsseln oder schleppt Teller. Das Leben hat ihm sehr grausam mitgespielt, und ich wünschte ihm, daß die ganze Familie jetzt Ruhe hat und wohlauf ist.

Als ich jedoch kurz nach neun Uhr im Werk anlangte, bemerkte ich vor mir auf der Straße einen Mann, der eine große Rolle Elektrokabel auf dem Rücken trug. Von hinten erinnerte er mich sehr an Li Xiaohu. Bestürzt beschleunigte ich meine Schritte, und als ich näher herankam, stellte ich fest, daß er es tatsächlich war. Erschrocken rief ich ihn an.

Er wandte den Kopf. Sein Blick war glanzlos, das Gesicht von der Farbe des bleigrauen Himmels. Stumpf stand er da und brachte nur mit Mühe einen undeutlichen Antwortlaut hervor. Er glich einem Menschen, der gerade eine schwere Krankheit hinter sich hat. Aus dem blassen Gesicht starrten mich tief eingesunkene Augen mit einem erschreckenden Blick an.

Erschüttert fragte ich: „Bist du denn nicht versetzt worden?"

„Sie sind alle tot, wozu soll ich da noch versetzt werden?" Aus seinen Augen stürzten Tränen.

„Was soll das bedeuten?"

„Als ich gerade dabei war, die Versetzungsformalitäten zu erledigen, hatte meine Frau eine komplizierte Geburt, sie hatte sich vorher überanstrengt. Außerdem brach ihre Krankheit wieder aus, und sie starb. Ein paar Tage später ist auch meine Mutter aus der Welt geschieden ... Es war zu spät! Ich ... ich brauche die Versetzung nicht mehr ... Gruppenleiter, jetzt will ich bleiben, ich will doch sehen, wie lang Leute vom Schlage des Peng Zhiren noch ihr Unwesen treiben dürfen." Seine leise Stimme war wie ein dumpfer Donner, der über den Himmel dahinrollt.

Ich schwieg, von unbeschreiblichem innerem Schmerz erfüllt. Schweigend ging ich neben ihm her. Beiderseits der Straße öffnete gerade der Oleander mit Macht seine großen roten Blüten. Ein schwer beladener Lastwagen fuhr vorbei und bespritzte Li Xiaohus Hose mit dem Schlamm einer Pfütze, doch er schien das nicht zu bemerken.

Am Himmel ballten sich dichte Wolken zusammen, als ob es bald regnen wollte.

„Gruppenleiter, sagen Sie mir doch, wann werden wir Arbeiter endlich die Macht haben, mit solchen Funktionären wie Peng Zhiren fertig zu werden?" fragte Li Xiaohu mit kaum hörbarer Stimme, den Blick geradeaus gerichtet.

Ich wußte keine Antwort. Bei mir selbst dachte ich: Vielleicht bald. Hatte das Zentralkomitee der Partei nicht schon einen Beschluß zur Reform des Funktionärsapparates gefaßt?

An der Kreuzung verabschiedete ich mich von Li Xiaohu und bat ihn, auf sich achtzugeben. Er nickte nur stumm und setzte mit der schweren Kabelrolle auf dem Rücken den Weg zur Baustelle fort.

Als ich der schmalen Gestalt mit den Blicken folgte, mußte ich unwillkürlich daran denken, wie der junge Bursche früher ständig das Lied „Wir Arbeiter sind stark" gesungen hatte.

Mo Yingfeng Seine Majestät der Fleischer

Eisiger Wind schüttelte die zu Kristall erstarrten Zweige. Unablässig ertönte ihr Klirren, wenn sie gegeneinanderschlugen und zerbrachen. Es war eine Nacht mit trockenem Frost. Alles war vor Kälte gelähmt und in eine tödliche Stille verfallen.

Vor der Fleischerei der Kommune standen, die Hände in die Ärmel gesteckt und die Schultern hochgezogen, einige Leute unter der Dachtraufe. Sie hatten sich dicht aneinandergedrängt und traten fortwährend von einem Bein auf das andere, um sich zu erwärmen. So eine Kälte! Alle waren so durchgefroren, daß ihnen die Zähne klapperten, und wenn sie redeten, zitterten sogar ihre Stimmen.

Nach und nach kamen von der Straße weitere Leute herbei, und die Gruppe unter dem Vordach wurde immer größer. Jeder Neuankömmling erhielt eine Nummer. Ein Mann, sie nannten ihn Lehrer Fu, hatte es übernommen, sie der Reihe nach einzuteilen. Später dann trieb jemand einige ausgediente Strohmatten und ähnliches Zeug auf, womit sie ein Feuer anzündeten. Es war im Nu von den Wartenden umringt, die alle hofften, etwas von der Wärme abzubekommen.

„Für einen Löffel Fleischsuppe läßt man die Leute erfrieren. Wäre meine Mutter nicht schon über siebzig, müßte mich doch der Teufel reiten, wenn ich solche Höllenqualen auf mich nähme!"

„Das ist doch bei allen hier dasselbe: Wir wollen was Gutes essen, aber nicht dafür frieren."

„Du meine Güte! Drüben kräht der Hahn!"

Ob einem vielleicht durch ständiges Reden etwas wärmer wird? In der froststarren Nacht klangen die Stimmen viel lauter und waren weithin zu hören. Da öffnete sich knarrend die Tür der Fleischerei einen Spaltbreit. Ein wutverzerrtes Gesicht tauchte darin auf, und eine donnernde Stimme fluchte: „Was macht ihr für einen Höllenlärm? Wenn ihr nicht schlaft – ich brauche meinen Schlaf!"

„Meister Bao, wann schlachten Sie das Schwein? Wann gibt's Fleisch?" wollte jemand wissen.

„Wer hat dir gesagt, ich hätte ein Schwein zum Schlachten? Ist dir ein Geist erschienen? Bei mir hier gibt's nur Spinnen!"

Mit einem Knall schlug die Tür wieder zu. Nun konnte man fragen, was man wollte, es gab keine Antwort mehr.

Die wartenden Menschen kannten die Launen des Fleischers nur allzugut. Man durfte ihn auf keinen Fall verärgern. Nun, da er in Wut geraten war, mußte man sich damit begnügen, zu flüstern und sich mit leiser Stimme gegenseitig auszuhorchen, um herauszubekommen, ob die Nachricht, daß er heute ein Schwein schlachten werde, wirklich stimmte. Wahrscheinlich befand sich unter ihnen einer, der es mit Sicherheit wußte, denn nach einigem Hin und Her ging schließlich keiner fort.

Wo viele Menschen versammelt sind, kann es nicht ohne einen Laut abgehen. Nach kurzem Schweigen kam die Rede allmählich wieder in Fluß ...

„Hurenpack!" fluchte der Fleischer Bao unter seiner Decke und drehte sich auf die andere Seite, um nach der Uhr mit dem Leuchtzifferblatt zu sehen, die neben seinem Kopfkissen lag. Er gab ein wütendes Fauchen von sich. Woher wissen die, daß ich schlachte? Haben die Wände etwa Ohren?

Pünktlich halb sechs rief der Lehrjunge leise an der Tür: „Meister, es ist Zeit."

„Komm rein!"

Der Lehrjunge stieß die Tür auf, trat ein und zog an der Lampenschnur, um das Licht einzuschalten.

„Hast du das Maul nicht halten können und gequatscht?" stellte der Fleischer den Jungen zur Rede und durchbohrte ihn mit einem furchterregenden Blick.

„Ich ... ich ...", stotterte der Lehrling, „ich habe nicht ... ich habe nur gesagt ... vielleicht ... vielleicht ..."

„Vielleicht bist du der Sohn einer Hure! Dümmer als ein Schwein und will Fleischer werden!"

Der Lehrjunge wußte, was er angerichtet hatte, und wagte nichts zu erwidern. Bao befahl ihm, hinauszugehen und den Wartenden mitzuteilen, daß er heute nicht schlachte. Der Lehrjunge dachte an die Leute, die draußen die ganze Nacht gefroren hatten, und wußte, daß er es nicht übers Herz bringen würde, ihnen das zu sagen. Unschlüssig blieb er stehen.

„Geh und sag ihnen, ich sei von ihrem Lärm krank geworden. Auch wenn ein Schwein da wäre, könnte ich nicht schlachten."

„Und ... und ... und wenn sie mich fragen, was morgen ist, schlachten wir morgen?"

„Bei diesem Krach da draußen kann ich nicht gesund werden. Sobald ich wieder gesund bin, schlachten wir."

Dem Lehrjungen blieb keine Wahl. Wie der Meister es gesagt hatte, überbrachte er die Nachricht.

Die Menschen, hinter denen eine qualvolle Nacht lag, brachen sofort in einen Sturm der Entrüstung aus. Bao tat, als höre er nichts, drehte sich zur Seite, zog die Decke über die Ohren und schlief weiter.

Die Leute waren nicht gewillt, mit leeren Händen heimzugehen. Sie steckten die Köpfe zusammen und beratschlagten, was zu tun sei. Sie wußten, Baos Haus hatte einen Hintereingang, dort könnte man versuchen, hineinzukommen und noch einmal vernünftig mit ihm zu reden. Um ihn nicht noch mehr zu reizen, wenn zu viele kämen, einigten sie sich, den Lehrer Fu zu schicken.

Nach einigem Suchen fand Fu den hinteren Eingang. Er klopfte an und sagte mit verhaltener Stimme: „Meister Bao, wenn Sie bitte mal aufstehen könnten!"

Bao hörte sofort heraus, daß es keiner von den einfachen Bauern dieser Gegend war, der da sprach. Wer aber mochte es sein? Zunächst einmal kümmerte er sich nicht um ihn.

„Genosse Bao Youde, bitte stehen Sie auf, ich möchte mit Ihnen reden."

Der Fleischer wußte nicht so recht, woran er war. Nach der Stimme und dem Tonfall zu urteilen, schien es ein Mann von gewissem Einfluß zu sein. Es war nicht angebracht, sich noch länger taub zu stellen. Er warf die Wattejacke über und öffnete die hintere Tür. Dabei machte er ein finsteres Gesicht und gab sich den Anschein, als sei er wirklich krank.

Der Lehrer kam herein und begann seine Argumente darzulegen: „Meister Bao, wir sind uns bewußt, daß wir Sie durch unser lautes Reden um Ihren verdienten Schlaf gebracht haben. Das war nicht in Ordnung. Aber Sie sind Staatsangestellter und dienen dem Volk, und dem Volk muß man mit ganzem Herzen und ohne Rückhalt dienen. Man kann nicht Rache am Kunden üben, weil er Fehler macht. Sie sollten auch ein bißchen Klassensympathie für die vielen Menschen hegen, die die ganze Nacht über ausgeharrt haben! Wie kann man so eigensinnig den Gekränkten spielen! Bitte ziehen Sie sich an und beginnen Sie!“

Bao war erst vor kurzem hierherversetzt worden und dem Lehrer Fu noch nie begegnet. Der Mann sieht eigentlich nicht gerade wie ein leitender Funktionär aus, überlegte er, andererseits hat seine Art zu sprechen etwas Belehrendes an sich. Wer mag das sein?

„Sagen Sie, Genosse ...“

„Wer ich bin, ist unwichtig, wenn ich recht habe, dann akzeptieren Sie es bitte!“

In diesem Moment rief draußen jemand: „Lehrer Fu!“ Da der Lehrer etwas erwiderte, hatte der Fleischer sofort begriffen. Augenblicklich veränderte sich sein Gesichtsausdruck, und mit verächtlicher Miene sagte er: „Ha! Ich dachte, du wärst wer weiß was für ein großes Tier! Jetzt stellt sich heraus, du bist ein Pauker. Und du willst dem alten Bao was beibringen? Da mußt du schon noch mal als was Besseres geboren werden!“ Mit diesen Worten schob er den Lehrer unsanft zur Tür hinaus.

Was sollten die Leute, die auf Fleisch warteten, noch tun? Sie konnten ja die Schlächterei nicht einfach in Brand stecken. So gingen sie unter fürchterlichen Verwünschungen einer nach dem anderen entrüstet davon.

Gegen Mittag kroch Bao aus seiner warmen Decke heraus, wusch sich das Gesicht mit heißem Wasser und rief den Lehrjungen zu sich, um ihm einige Lebensweisheiten zu vermitteln.

„Wenn man lernen will, ein Schwein zu schlachten, muß man erst einmal lernen, wie man sich als Mensch zu verhalten hat.“ Mit aufgerissenen Augen und verkniffenem Gesicht fuhr er fort: „Das sind meine Erfahrungen, verstehst du? Ich habe genug Lehrgeld zahlen müssen, ehe ich dahin gekommen bin, wo ich heute stehe. In früheren Jahren, als ich noch da drüben gearbeitet habe, war ich genauso dumm wie du. Ich wollte ein guter Mensch sein. Dabei kam heraus, daß ich selber keine Bleibe fand. Im Umkreis von zwanzig *li* gab es nur den einen Fleischer. Wie heute waren die Schweine knapp. Wir konnten kaum aller zehn Tage oder alle halbe Monate einmal schlachten. Jeder, der Fleisch wollte, versuchte sich mit dir gut zu stellen. Halfst du heute Zhang Drei, dann kam morgen Li Vier. Was machst du da? Wenn ein paar tausend Familien was von dir wollen, dann bleibt nicht mal eine Schweineborste für jeden. Hast du einem geholfen, dann prahlt er rum, er wüßte, wie man's machen muß. Und der Schwager, die Schwägerin, die Gevatterin Man, die neben der Großmutter wohnt – sie alle schicken ihn zu dir. Kannst du jedesmal ja sagen? Sagst du nein, verliert er sein Gesicht, und du hast ihn beleidigt. Diejenigen, denen du nicht hilfst, sind gekränkt und die, denen du geholfen hast, genauso. Immer trittst du irgend jemandem zu nahe. Da habe ich mir was Besseres ausgedacht. Nach meiner Versetzung hierher habe ich von Anfang an den Bösen gespielt und ein strenges Regiment eingeführt. Von früh bis spät habe ich über die Leute hinweggesehen und auch nicht dergleichen getan, wenn mich einer ‚lebender Ahne' genannt hat. Wie hätte er mich danach noch ansprechen können! So ist's jedenfalls besser. Wer weniger gesalzenen Fisch ißt, dem wird der Gaumen nicht so trocken."

Offenbar war er hungrig. Er hob den Topfdeckel an, und da er sah, daß der Lehrjunge das Essen schon aufgewärmt hatte, angelte er mit zwei Fingern ein Stück Schweineohr heraus, steckte es in den Mund und redete schmatzend weiter: „Ich weiß natürlich auch, daß der Mensch auf der Welt immer mal jemanden braucht. Gäbe es nicht Menschen, die freundlich zueinander sind, was sollte dann werden, wenn man in Not ist? Du hast Angst? Sei unbesorgt! Du sagst in aller Öffentlichkeit nur einen Ton, und schon reißt sich jeder darum, dir behilflich zu sein. Du brauchst ihm dafür nur einmal einen Gefallen zu tun, das reicht aus. Beim nächsten Mal kenne ich denjenigen schon nicht mehr. Mir geht's so wie dem Ochsen, den man mit einem Wasserbüffel zusammensteckt, da spinnt sich nie was an. Heutzutage gibt's keinen Kaiser mehr, heute sind wir Fleischer Kaiser. Begreifst du das? Man darf sein Licht nicht unter den Scheffel stellen."

Er hatte völlig recht. Wer würde es auf diesem Flecken Erde wagen, ihn geringzuschätzen? Und es war natürlich aus der Luft gegriffen, daß man ihm solche Titel verliehen hatte wie Ladenbesitzer Bao, Vorsteher Bao, Leiter Bao, Direktor Bao . . . Dabei gab es solche respektvollen oder vertraulichen Anreden noch mehr – Großvater Bao, Opa Bao, Onkel Bao, Schwager Bao, Bruder Bao . . . Manche nannten ihn auch alter Dickwanst Bao oder schwarzes Schwein Bao, doch das nur hinter seinem Rücken. Selbst der Sekretär der Kommune wagte es nicht, ihm offen ein paar ernste Worte zu sagen. Der Sekretär war der Dorfbuddha, seine Macht erstreckte sich nur auf die im Dorf, die unmittelbar unter ihm arbeiteten. Bao Youde erhielt seinen Lohn von der Kreisverwaltung, und der Sekretär der Kommune hatte nicht über Lohnerhöhung oder -kürzung, Prämien oder Strafgelder und auch nicht über seine Versetzung zu entscheiden. Selbstverständlich mußte Bao auf den Sekretär etwas Rücksicht nehmen, doch eigentlich nur, weil er fürchtete, er könnte Schwierigkeiten bekommen, denn die Beamten standen ja miteinander in Verbindung. Aber er katzbuckelte nie vor dem Sekretär. Wollte der Fleisch haben, kam er selber, oder er schickte einen Zettel. Wenn man sich nicht mit ihm anlegte, ging alles seinen Gang.

Die Sucht, wie ein Kaiser zu herrschen, führt zu nichts Gutem. Dabei ist es gleich, ob man ein Kaiser ist, der ein Land regiert, oder einer, der Schweine schlachtet. Bao Youde hatte von dem Rausch, ein Kaiser zu sein, gekostet. Mit ihm ging eine Verwandlung vor, die aus ihm einen immer schlechteren Menschen machte. Doch seine Begierde fand niemals Befriedigung. Wollte er dieses oder jenes von den Leuten geschenkt haben, nutzte er in der ersten Zeit die Gelegenheit, wenn viele Menschen da waren, und sprach laut davon. Es hörte sich so an, als redete er mit sich selber. In Wirklichkeit aber sollten die Leute es hören. Natürlich bekam er, was er wollte, und zwar sehr schnell und oft mehr, als er brauchte. Später war auch dieses Gerede nicht mehr nötig. Wer Verstand hatte, erriet seine Bedürfnisse oder erfuhr sie woandersher und brachte ihm, was er wollte.

Bao hatte eine gute Verdauung. Er aß täglich Fleisch und mochte es nicht missen. Da er zuviel davon verzehrte, war es ihm schließlich sogar über. In seiner Angst, kein Fleisch mehr essen zu können, dachte er sich ein Mittel aus, das seinen Appetit anregen sollte: Knoblauch kauen. Und das wurde allmählich zu seiner festen Gewohnheit. Anfangs kaute er ihn nur zu den Mahlzeiten, dann auch, wenn keine Essenszeit war. Er trug immer welchen bei sich, auch beim Fleischverkauf kaute er Knoblauch. Er sprach laut und prustend, und oft passierte es, daß er den Kunden den Knoblauchgeruch ins Gesicht blies. Die Leute wagten nicht, sich darüber zu beklagen, im Gegenteil, viele, die um seine Gunst warben, versorgten ihn nun ständig mit Knoblauch. In einem eigens dafür bereitgestellten Korb nahm er die Tribute entgegen, er war immer gefüllt. Fing der Knoblauch an zu keimen oder zu schimmeln, nahm er den Korb und kippte ihn in die Dunggrube. Mit Sicherheit war er bald darauf wieder voll.

Bao war zufrieden: der schweineschlachtende Kaiser! Mitunter saß er abends im Mondschein vor dem Haus, in der Hand ein Glas Tee, klopfte sich auf den Bauch und rülpste laut. Die dicken, runden Knie hin und her schaukelnd, summte er ein Liedchen vor sich hin. Was er wollte, bekam er, und wie er es wollte, so geschah es. Was für ein Leben! Damals, als der Alte ihn zum Fleischer in die Lehre gab, erhielt er erst eine Tracht Prügel, bevor er mit verheultem Gesicht zum Meister geschleppt wurde, um sich vorzustellen. Von oben bis unten mit Fett beschmiert, am ganzen Körper nach Schweinemist stinkend – wer solch ein Handwerk ausübte, hatte wenig Aussicht, eine Frau zu bekommen. Um seine Schüssel Reis zu haben, mußte er sich Vater und Mutter unterordnen. Als er dann anfing, selbst Handel zu treiben, mußte er Schweine herbeischaffen, schlachten, Fleisch zuhauen und verkaufen. Kein Tag, an dem er nicht halbtot vor Müdigkeit war. Obendrein mußte man die Leute, die einem begegneten, freundlich grüßen und mit wohltönenden Reden überschütten. Oh, wer hätte das gedacht, daß es einmal so wie heute würde! Ja, heute! Diese blöden Bauerntölpel alle – schrecklich! Beamter? Was war das schon! Oder Lehrer? Die paar Pfennige Lohn, zum Sterben zuviel, zum Leben zuwenig! Aber er, der Fleischer Bao Youde, er war ein lebender Gott. „Lalala, lalala ..." Wenn er sagen sollte, was ihm noch fehlte – eine kaiserliche Konkubine! Ein Kaiser hatte viele Frauen in seinen Palästen. Ihm aber, dem Schlächter, gehörte nur eine Frau, eine, die aussah wie ein alter Flaschenkürbis und obendrein nicht mal bei ihm war. Nichts ist vollkommen, nichts ist vollkommen! „Lalala ... lalala ..." Am besten, er dachte nicht daran. Sobald seine Gedanken an diesen Punkt gelangten, fühlte er sich verlassen und glaubte, das Schicksal sei ihm gegenüber doch ungerecht. Sollte er sich damit abfinden?

Von nun an folgten seine Blicke oft den Frauen. Wie nett sie alle zum Fleischer Bao waren! Meister Bao, Leiter Bao, Ladenbesitzer Bao, Direktor Bao. Aus Frauenmund klangen diese Bezeichnungen ganz anders, hatten sie einen süßen und köstlichen Beigeschmack. Der Schweineschlächterkaiser hatte gute Augen und Ohren und war von sich überzeugt. Erblickte er unter den Anstehenden ein hübsches Mädchen, so fragte er, wieviel sie wolle, ob fett oder mager, und warf ihr von weitem das Fleisch zu. Und wenn die Leute etwas dagegen hatten, sollten sie sich zu Hause darüber auslassen. Bao hörte das nicht, es war, als ließe jemand in weiter Ferne einen Furz.

Mit der Zeit erkannte Bao, daß er doch der Dumme war. Diese Weiber machten zwar süße Worte, aber im Innersten waren sie ungerührt, und stets sprachen sie mit ihm nur aus einiger Entfernung. Er bereute, daß er in seiner Jugend nicht gelernt hatte, die Frauen zu verführen. Wenn man erst als Kaiser damit anfangen wollte, war es ein bißchen spät.

Eines Tages erschien in der Fleischerei ein naives, scheues Mädchen und bat um ein Paar Schweineklauen. Sie hatte die Zeit, da die Fensterläden noch nicht abgenommen waren und der Fleischverkauf noch nicht begonnen hatte, genutzt und war bis in den Kassenraum vorgedrungen. Der Fleischer Bao und der Lehrling zählten gerade das Kleingeld. Das Mädchen stand in der Tür und rief den Meister ein paarmal schüchtern an. Der hob nicht einmal den Kopf. Das Mädchen wartete. Erst als der Lehrjunge mit dem Geldkasten hinausgegangen war, Bao die Schürze umband und sich ebenfalls anschickte, den Raum zu verlassen, um mit dem Verkauf zu beginnen, sprach sie ihn stockend an. Zuwider wie das Sirren der Mükken war ihm diese zitternde Stimme. Ärgerlich warf er einen schrägen Blick hinüber zur Tür. Ah! Er war betroffen, ließ seinen Blick lange, sehr lange auf der Gestalt des Mädchens ruhen und dachte bei sich: Lieber Himmel, das ist ja ein Fuchsgeist, ein verdammt hübsches Mädchen! Wieso habe ich sie noch nie bemerkt? Draußen trommelte die Kundschaft an die Fensterläden und mahnte ungeduldig. Er nahm keinerlei Notiz davon, lehnte sich gelassen an den Schreibtisch und sagte: „Komm, ich habe nicht gehört, was du gesagt hast, komm herein und sag, was du willst."

Die Kleine war ängstlich, wagte aber auch nicht, die Aufforderung zu überhören. Mit gesenktem Kopf trat sie über die Türschwelle und erklärte ihm noch einmal, sie brauche ein Paar Schweineklauen für eine Hausarznei.

„Schweineklauen willst du? Stell dich gefälligst draußen an!"

„Dann bekomme ich vielleicht keine mehr."

„Du willst, daß ich dich bevorzugt behandele?"

„Ich bitte Sie, Großvater ..."

„Ich kenne dich ja gar nicht."

Das Mädchen schwieg.

„Gut. Ich brauche nur zu wollen, dann hast du sie. Aber du mußt mir was Nettes sagen."

„Onkel Bao."

„So doch nicht, so nicht!"

„Schwiegervater Bao."

„Gefällt mir nicht."

„Leiter Bao."

„Bist du dumm!" Bao setzte sich in Bewegung und kam auf sie zu. „Was Nettes, verstehst du nicht, was das ist? Hast du das noch nicht gelernt? Komm, ich bring es dir bei." Er trat an das Mädchen heran und beugte sich zu ihr hinunter. „Nenn mich Liebster!"

Das Mädchen erschrak und wollte zur Tür hinaus, doch Bao hielt sie am Arm zurück. „Brauchst nicht gleich wegzulaufen, Kleines, ich hol dir die Klauen." Das Mädchen hatte große Angst. Es schrie laut auf, riß sich mit Gewalt los und rannte davon, geradewegs nach Hause.

Der Zufall wollte es, daß sie auf halbem Weg ihrem älteren Bruder begegnete. Der Bruder war ein Hitzkopf, die Leute nannten ihn San Yanchong – Dreiläufige Donnerbüchse. Er fragte die Schwester, weshalb sie ohne die Schweineklauen käme. Sie weinte. Der Bruder fand das eigenartig und wollte sich Klarheit verschaffen. Er ließ nicht locker, und nach langem Weinen erzählte sie, was ihr zugestoßen war. San Yanchong schäumte. Zitternd vor Wut, stürzte er in die Fleischerei. Er drängte sich durch die Menschenmenge nach vorn, zeigte auf Bao, der gerade ein Stück Fleisch abschnitt, und wetterte los: „Du alter Bastard! Weißt du denn, wie alt du bist?" Bao starrte ihn fassungslos an, erriet aber dann aus der drohenden Haltung des jungen Mannes die Zusammenhänge. Doch er tat so, als sei er unverdienterweise beleidigt worden, und begann seinerseits San Yanchong zu beschimpfen. Er nannte ihn einen Verrückten, einen tollwütigen Hund, der Rattengift gefressen hätte. San Yanchong sah keinen anderen

Ausweg, als in Gegenwart aller zu erzählen, wie Bao seine Schwester beleidigt hatte.

Der Fleischer antwortete mit Schmähungen: „Wie schamlos, dieser kleine Fuchsgeist, Schweineklauen wollte sie, ohne sich anzustellen! Sie hat sich an mich rangemacht und glaubte daraus ihren Vorteil zu ziehen. Ich habe einige Jahrzehnte auf dem Buckel, denkst du, mit mir könnt ihr das machen? Weggestoßen habe ich sie nur, und sofort fing sie an zu heulen. Kommt man mit dem einen Trick nicht an, versucht man's mit 'nem anderen. Was schnappst du nach mir, du tollwütiger Hund! Wolltest du nicht Schweineklauen?" Er langte nach einer Klaue und warf sie ihm ins Gesicht. „Da hast du! Dein Geld will ich nicht. Ich werde es mir gut merken. Friß und krepier daran!"

Darauf war San Yanchong nicht gefaßt gewesen. Die Schweineklaue hatte sein Gesicht getroffen und ihm die Nase zerschrammt. Diese Beleidigung konnte er nicht hinnehmen. Er hob die Klaue auf und holte aus, doch die Leute, die um ihn herumstanden, hielten seine Hand fest.

Bao wußte, daß die Kunden alle ungeduldig waren. Er hieb das Beil auf das Hackbrett und hörte auf zu verkaufen. Das war natürlich ein übler Trick. Die Leute getrauten sich nicht, den Fleischer zu verärgern. Zwar war allen klar, wer im Recht und wer im Unrecht war, aber die Schwierigkeit lag darin, daß sie nicht gerecht sein konnten. Deshalb mußten sie San Yanchong gut zureden.

Die Angelegenheit endete damit, daß San Yanchong, von den Leuten überredet und fortgezogen, die Schlächterei verließ und nur noch in der Ferne weiterschimpfte. Bao nahm wieder sein Beil zur Hand und verkaufte zuerst an alle diejenigen Fleisch, die ihn soeben mit Worten unterstützt hatten. Das sollten alle sehen.

Nach diesem Ereignis hatte der Schlächter zwei weitere Spitznamen: Schürzenjäger Bao und Große Eiterbeule.

Niemand wollte von da an mehr junge Mädchen oder Frauen zu ihm als Bittsteller schicken. Nur solche, die meinten, sie seien häßlich, gingen das Risiko ein.

Nicht weit von der Fleischerei entfernt, bei der Flußschneckenbucht, wohnte die Witwe Tian Juhua. Sie war schon über vierzig. Ihr Mann hatte vor mehr als zwei Jahren das Zeitliche gesegnet und eine Schar von fünf Kindern zurückgelassen.

Mit Ausnahme der großen Tochter – sie war schon im heiratsfähigen Alter – waren die anderen noch nicht erwachsen. Sie führten ein schweres Leben, und oft sahen sie ein halbes Jahr lang weder Fleisch noch Fisch. Vor einem Monat hatten sie den Öltopf sauber ausgewaschen, seitdem gab es nur noch im Reistopf gedämpfte Speisen mit ein paar Chillischoten und einer Prise Salz. Die Kinder zogen lange Gesichter und bekamen das Essen nicht hinunter. Wollten sie mal etwas Fett essen, konnten sie nur an das Mitgefühl des Fleischers appellieren. Andere waren in der Lage, sich mit Gemüse, Tee oder Knoblauch einen Vorteil zu erkaufen, doch bei der Witwe zu Hause gab es zwar viele Esser, aber wenige, die arbeiteten. Wo hatte sie etwas übrig, was sie ihm bringen könnte? Obwohl es ihr widerstrebte, kam sie in die Fleischerei, ihr Leid zu klagen, und hoffte, bei Bao Mitleid zu wecken.

Bao war gerade dabei, von einer Schweinehaut, die er über einen Holzbock gestülpt hatte, die Fettreste abzuschaben. Er tat so, als hätte er Tian Juhuas verzweifelten Bericht nicht gehört, rief fortwährend mit lauter Stimme: „Weg da! Weg da!" und warf die Fettstückchen zur Seite, so daß sie auf sie fielen. Als er jedoch vernahm, sie sei Witwe, sah er sich die Frau genauer an. Hm. Sie war ein wenig dünn und blaß, auch ärmlich gekleidet, aber ansonsten gar nicht so übel. Wenn man sie mit fetten Speisen ein bißchen rausfütterte, wäre sie vielleicht noch ganz ansehnlich. Sie dürfte mindestens zehn Jahre jünger sein als sein alter Flaschenkürbis daheim. Ihm kam eine Idee: Er vereinbarte mit der Witwe, sie solle sich nach Einbruch der Dunkelheit noch einmal einfinden, vielleicht könne er ihr dann ein paar Fettreste verkaufen.

Tian Juhua dachte in ihrem Verlangen nach einem bißchen Fett überhaupt nicht an etwas anderes. Als es dunkel war, erschien sie, in der Hand einen Bambuskorb. Bao führte sie ins Haus und legte das vorbereitete Paket mit den Fettstückchen in ihren Korb. Ein guter Kerl! Das waren mindestens fünf Pfund.

„Oh! Ich . . . ich habe nicht soviel Geld!" Tian Juhua war überglücklich, doch zugleich beunruhigt.

„Ja, Geld . . ." Bao starrte die Frau mit gierigen Augen an, seine Stimme zitterte. „Die paar Fettreste habe ich . . . habe ich von der Schweinehaut . . . abgeschabt. Dafür Geld nehmen, nun ja, wenn ich keins nehme, werd ich's auch überstehen, das hängt davon ab, wie eng unsere Beziehungen sein werden."

Tian Juhua hatte herausgehört, was er damit sagen wollte. Erschrocken blickte sie sich um, als suche sie einen Fluchtweg, und wiederholte immer wieder: „Soviel möchte ich nicht, soviel möchte ich nicht. Zwei Pfund genügen." Sie zog aus ihrer Tasche zwei *yuan* und legte sie auf den Tisch.

Bao nahm das Geld, näherte sich ihr und sagte: „Behalt es! Ihr seid daheim viele Leute und wenig Arbeitskräfte. Einen Mann hast du auch nicht, bist zu bedauern!" Tian Juhua winkte ab. „Nein, nein, nein ..." Bao ergriff schnell ihre Hand und steckte das Geld zurück in ihre Tasche. Als er die Hand zurückzog, riß er sie plötzlich an sich ...

Vor der Tür einer Witwe gibt es viel Gerede!

Tian Juhua gab nach. Unter den Zwängen des Lebens beugen sich nur die Starken nicht. Sie war eine Frau, die weder lesen noch schreiben konnte. In ihrer natürlichen Mutterliebe konnte sie nicht mitansehen, wie die Kinder Not litten. Sie hatte keinen Mann und nicht die Kraft, ihr Leben zu verändern. Sie gehörte nicht zu den Starken.

Der schweineschlachtende Kaiser hatte endlich seinen Traum von der kaiserlichen Nebenfrau verwirklicht. Nun war er noch zufriedener. Fest überzeugt, daß niemand sich um seine Angelegenheiten kümmern würde, hatte er auch keinerlei Bedenken, daß sein Geheimnis entdeckt werden könnte, und behielt Tian Juhua öfters über Nacht in seinem Haus. Mitunter vergaß er dabei sogar, die Tür zu verriegeln.

Einmal nachts, während eines Schäferstündchens in Selbstvergessenheit versunken, sah er plötzlich, daß die Tür aufging. Er meinte, es sei der Wind. Doch zu seiner Überraschung hörte er einen klickenden Ton, und das Licht ging an.

Oh, oh, wie konnte ich nur, wie konnte ich nur! So ein Pech! Ach! Und gerade zur unrechten Zeit! Oje! Oje!

Jemand war aus einem unerfindlichen Grund hereingekommen und wieder hinausgegangen, hatte sogar die Tür hinter sich geschlossen. Wer war das gewesen?

Kein anderer als der alte Liu Lixuan, des Fleischers Nachbar.

Liu Lixuan war der frühere Besitzer des Ladens. Er hatte vom Verkauf von Zigaretten und getrockneten Kernen gelebt. Nach der Bildung der Genossenschaften, als der private

Handel nicht mehr erlaubt war, hatte er die ungenutzten Räumlichkeiten an die Fleischerei verkauft. Er war Baos einziger Nachbar. Der Fleischer war zu den Leuten unfreundlich und unhöflich. Selbst der Nachbar mußte etwas mitbringen, wenn er was von ihm wollte. So hegte Liu Lixuan einen ständigen Groll gegen Bao. Er wußte, daß der Fleischer unerlaubte Beziehungen zu Tian Juhua unterhielt, und hatte sich schon lange vorgenommen, gelegentlich bei ihm einzudringen und die beiden auf frischer Tat zu ertappen.

Daß sie beide heute nacht von ihm überrascht worden waren, was machte das schon? Gewisse Bedenken hatte Bao zwar, doch war er sich wiederum seiner Sache sicher. Was er befürchtete, war nur, daß Liu Lixuan ihm eins auswischen wollte und die Sache an die große Glocke hängte, so daß die Leitung davon erfuhr. Wenn die ihn woandershin versetzten, ginge ihm die Frau, die er sich gerade erst geangelt hatte, wieder verloren. Aber andererseits war er nicht ängstlich, er verfügte ja über Fett und Fleisch. Mußte er sich da noch Sorgen machen, daß er Liu Lixuan das Maul nicht stopfen könne? Er beruhigte Tian Juhua, sie solle getrost schlafen und erst das Haus verlassen, wenn es Tag geworden war. Der Schreck war nun vorüber, und so fiel er schnarchend in einen tiefen Schlummer.

Am nächsten Morgen trat er halbangezogen vor die Tür. Während er sich niesend die Sachen zuknöpfte, schickte er nicht ohne Absicht eine Schmährede gen Himmel: „Ach, verflucht! Hat mich doch um Mitternacht ein Teufel aus dem Schlaf gerissen. Bin ich dir was schuldig? Wenn du Forderungen an mich hast, dann komm bei Tage. Verdammt noch mal, schick mir nicht so einen Schurken, der mir Ärger macht. Ich habe weder vor dem Gesetz noch vor dem Tod Angst. Und würde man mich in die neunte Hölle verbannen, bliebe ich dennoch ein Schweineschlächter." Während er so sprach, schielte er nach dem Fenster von Liu Lixuan, er spürte förmlich, wie da drüben einer die Ohren spitzte. Bei sich dachte er: Du glaubst wohl, mich mit dieser Methode dazu zu bringen, daß ich vor dir kusche? Wenn du was willst, können wir ja darüber reden.

Liu Lixuan ging bereitwillig auf das Angebot ein. Noch am selben Tag äußerte er den Wunsch, Bao möge ihm vom nächsten Schwein den Dickdarm aufheben. Natürlich war Bao ohne weiteres einverstanden, erwähnte jedoch mit keiner Silbe die Geschichte von der letzten Nacht, als hätte es sie nicht gegeben.

Aber von nun an fühlte er sich nicht mehr so frei wie zuvor. Den Nachbarn zumindest durfte er nicht mehr kränken. Liu Lixuan seinerseits wollte selbstverständlich noch viel weniger bei ihm Mißfallen erregen. Es genügte, daß beide Seiten sich einen Dienst erweisen konnten.

Nach diesem Ereignis wurde Bao noch selbstherrlicher. Das einzige, was ihm Verdruß bereitete, war sein Bauch, der immer mehr Speck ansetzte und ihm das Atmen erschwerte. Eines Tages lief er zum Ambulatorium der Kommune und verlangte, sie sollten ihm Fett abziehen. Bei den Ärzten rief das großes Gelächter hervor.

Seine Körperfülle machte ihn unbeholfen, und auch sein Geist war träger geworden. Nach einiger Zeit stellte er überrascht fest, daß im Haus des Nachbarn Liu Lixuan eine Menge Leute ein und aus gingen. Woher hatte der auf einmal so viele Verwandte? Ihm schien, die Familie lebte auch besser als früher. Ein wenig beneidete er ihn sogar. Später erzählte ihm der Lehrjunge, die Leute redeten Liu Lixuan mit „zweiter Chef" an. Zweiter Chef? Was sollte das heißen? Bao überlegte. Plötzlich begriff er. Seit dem nächtlichen Zwischenfall war er jeder Forderung Liu Lixuans nachgekommen, der mal für diesen, mal für jenen einen Wunsch äußerte. Da die Wünsche alle erfüllt wurden, verbreitete sich sein Ruf wie ein Lauffeuer, und sein Hausstand gedieh.

„Verdammt!" Bao war wütend. Wenn dieser zweite Chef nicht einen Teil der Räucherkerzen für sich in Anspruch nähme, würden dann nicht viel mehr Leute zu ihm wallfahren und Opfergaben bringen? Wie kam er, Liu Lixuan, dazu, sich auf seine Kosten zu mästen? Ach, alles wegen des Weibsbildes! Was man hier bekam, verlor man dort. Der Nachbar durfte das alles nicht für nichts kriegen, er war ihm als Chef die gebührende Ehrerbietung schuldig. So stieg denn Bao eines Tages bei Liu Lixuan über die Türschwelle, fächelte sich mit dem Fächer etwas Luft zu und sagte: „Wer auf dem Berg lebt, den ernährt der Berg, wer am Wasser lebt, den ernährt das Wasser. Daß du neben der Fleischerei lebst, hat dir wohl eine Menge Gaben eingebracht. Wirst du mit einem Teil davon mir deine Aufwartung machen?"

Liu Lixuan nahm es für einen Scherz, zog eilig einen Schemel heran und bat Bao, sich zu setzen. Er goß ein Glas Wein ein, sie tranken und unterhielten sich dabei.

„Meister Bao", begann Liu Lixuan, „heutzutage machen die oben eine andere Politik. Immer mehr Leute halten sich Schweine. Hast du keine Angst, daß ..."

„Ich? Pah! Woher denn!" Bao nahm ein Schlückchen Wein. „Du weißt, ich kriege mein Geld vom Staat, ich verstehe nicht weniger von den Dingen als du. Es ist auch nicht das erste Mal, daß sich die Politik oben ändert. Und wenn, kann mich das stören? Keine Bange! Der Kalender hat noch in jedem Jahr vierundzwanzig Perioden."

„Wenn viele Leute Schweine füttern, ist Fleisch nicht so gefragt ..."

„Ist doch 'ne gute Sache, wenn alle Fleisch zu essen haben!"

„Ich habe ja auch mal Handel getrieben und verstehe ein bißchen was vom Markt. Gibt's viele Schweine, ist auch viel Fleisch da. Meinst du, es kommen dann noch so viele Pilger in deinen Tempel?"

„Sie kommen. Sie kommen, solange ich lebe." Ohne zu überlegen, sagte er selbstsicher: „Es sind ja alles Private, die Schweine halten, mein Schlächtermesser ist staatlich. Daß die Privaten einem staatlichen Laden den Rang ablaufen, so was habe ich noch nicht gehört."

Sein Auftreten war noch dasselbe wie früher. Er hatte überhaupt nicht bemerkt, daß die Dinge sich geändert hatten.

Doch ständig kamen neue Nachrichten. Einmal hieß es, die private Schweinehaltung solle durch Vergünstigungen stimuliert werden, ein andermal, das Aufkaufsoll für Schweine werde nicht erhöht. Dann wieder hörte man, die Kommunemitglieder könnten privat schlachten und sogar Fleisch auf der Straße zum Verkauf anbieten. Etwas später kam eine Verfügung heraus, die besagte, daß die Schlächterei einen bestimmten Umsatz bringen müsse, für dessen Übererfüllung es Prämien gebe. Da erst wurde Bao von einer gewissen Unruhe erfaßt: Er wußte nicht, was diese neuen Maßnahmen alles mit sich bringen würden.

Anfangs empfand er es als eine Verbesserung gegenüber früher. Er brauchte sich nun nicht mehr zu sorgen, ob das Aufkaufsoll erfüllt wurde oder nicht. Später merkte er, daß das Leben anstrengender geworden war. Immerzu mußte er schlachten, konnte sich kaum ein wenig Ruhe gönnen. Mit der Zeit zündeten immer weniger Leute ihre Räucherkerzen in seinem Tempel an, nicht einmal Knoblauch bekam er mehr. Erst da wurde ihm bewußt, daß das Glück sich von ihm abgewandt hatte.

Am meisten erschrak er, als eines Tages San Yanchong zwei Schweinehälften mit der Schultertrage herbeischleppte, sie zu seiner Überraschung vor dem Tor der Fleischerei abstellte und alle Kunden zu sich herüberlockte. Bao fluchte im stillen: Du Hundesohn! Willst dem Alten sein Geschäft wegschnappen! Ihm fiel ein, daß er der „Staatliche" war. Der „Staatliche" war Kaiser. Selbst wenn er den größten Blödsinn redete, wären seine Worte unumstößliches Gesetz. Heute wollte er einmal zeigen, was es hieß, „staatlich" zu sein.

Mit vorgeschobenem Bauch ging er hinaus, zeigte mit der Hand auf die Fleischtrage von San Yanchong und herrschte ihn im Beamtenton an: „He! Hier kannst du nicht privat Fleisch verkaufen! Wenn du Kapitalismus machen willst, geh woandershin!" Daß er das Wort Kapitalismus verwendet hatte, gab ihm eine tiefe Befriedigung, es klang beeindrukkend.

San Yanchong grinste und tat, als hätte er nichts gehört. Er scherzte mit den Leuten, die bei ihm standen, und haute mit Schwung das Fleisch zu. Selbstverständlich hatte er erwartet, daß Bao sich einmischen würde. Er hatte ihn ja gerade damit ärgern wollen, daß er sich mit seiner Fleischtrage vor seinen Laden stellte. Bisher hatte er noch keine Gelegenheit gehabt, sich an Bao zu rächen, mit dem er seit der Geschichte mit seiner Schwester in Fehde lag. Der Edle läßt sich Zeit mit der Vergeltung, und heute war der Tag seiner Rache gekommen.

„Hast du nicht gehört?" donnerte Bao los. „Es ist Privatpersonen nicht erlaubt, ihre Fleischtrage hier aufzustellen."

San Yanchong ließ sich nicht stören. Als er einen Hund um seine Fleischtrage schleichen sah, kam ihm ein Gedanke. Er nahm einen Knochen, warf ihn dem Hund zu und legte los: „Wau, wau, wau! Was kläffst du? Hier hast du 'nen Knochen." Der Knochen traf den arglosen Hund, der jaulend das Weite suchte, dann aber noch einmal zurückkam und den Knochen im Maul davonschleppte. San Yanchong zeigte auf den Hund und schimpfte laut: „Hast dich daran gewöhnt, auf Kosten anderer zu leben, du niedrige Kreatur! Wenn du keine Angst vor Schlägen hast, dann komm her! Als Belohnung dafür kannst du dich mal satt fressen."

Dem Fleischer war klar, wem die Worte galten. Schon seit vielen Jahren war er nicht mehr so schwer beleidigt worden. Diese Schmach durfte er nicht auf sich sitzen lassen. Mit drohender Gebärde ging er auf die Trage zu. Puterrot im Gesicht, geiferte er los: „Du, du, du, wen beschimpfst du da?"

„Den Hund."

„Sag das noch mal!" Er holte zum Schlag aus.

„Willst du dich prügeln?" San Yanchong stieß das Messer in das Fleisch und kam mit geballten Fäusten auf ihn zu. „Von klein an habe ich mich leidenschaftlich gern geprügelt, verstehst du? Du hast ein Messer, ich habe auch eins. Sie sind zum Schweineschlachten da und nicht, um damit aufeinander loszugehen. Legen wir sie beiseite. Komm schon! Du hast den ersten Schlag!" Er warf sich in die Brust und näherte sich dem Fleischer mit langsamen Schritten. „Schlag zu, Eiterbeule! Stinkende Eitelbeule! Hast wohl Angst?"

Bei diesen Worten hatte sich San Yanchong bis auf eine Fußbreite an den Fleischer herangeschoben. Bao war es nicht gewöhnt, vor anderen klein beizugeben. Ihm war klar, daß er wahrscheinlich den kürzeren ziehen würde. Aber er setzte auf die Überlegenheit seines Körpergewichtes und stürzte sich jählings auf seinen Gegner. San Yanchong, darauf vorbereitet, sprang zur Seite. Bao taumelte und schlug mit einem dumpfen Aufprall auf den Boden.

„Ha, ha, ha ..." Die Zuschauer brachen in lautes Lachen aus.

Als Bao das Lachen hörte, empfand er Reue und Scham. Er hatte sich eingebildet, diese Menschen würden, wenn er im Nachteil war, ihm beistehen oder zumindest zwischen ihnen beiden vermitteln. Konnte er ahnen, daß es für sie alle nur ein Schauspiel war, das sie als Unbeteiligte verfolgten? In diesem Bruchteil einer Sekunde spürte er, daß sein Ansehen nicht mehr das alte war. Ein heimtückischer Schatten legte sich mit dem Gelächter auf ihn. Mühsam und fluchend erhob er sich vom Boden, ging rückwärts zur Tür. Und auf San Yanchong zeigend, rief er: „Na gut, na gut, du privater Kapitalismus, legst dich mit dem Staat an, kennst wohl die Gesetze nicht? Ich werde dich bei denen oben verklagen!"

Wieder ertönte eine Lachsalve.

Vorübergehend trat Ruhe ein. San Yanchong begann mit dem Fleischverkauf. Auf seinem Gesicht lag ein leichtes Lächeln. Flink und geschickt erfüllte er alle Wünsche. Wer mageres Fleisch wollte, dem gab er mageres, wünschte jemand fettes, so bekam er es. Sicher setzte er das Messer an und zeigte sich großzügig beim Abwiegen. Seine Preise waren dieselben wie die staatlich festgelegten, aber das Fleisch sah frischer aus als das aus der Fleischerei. Die Kunden sprachen mit ihm in vertraulichem Ton, umringten ihn scherzend und lachend, und ehe es Mittag war, hatte er das ganze Schwein verkauft. Es dauerte nicht lange, und schon kamen andere und stellten ihre Fleischtragen neben ihm auf. Solange sein Widersacher noch da war, wagte Bao sich nicht noch einmal vor die Tür, um Einspruch zu erheben. Mit großen Augen sah er zu, wie der Handel an den privaten Fleischtragen blühte. Und sein Schweinefleisch, das noch vom gestrigen Schlachten war, was sollte damit werden, wenn er es nicht verkaufen konnte? Der Lehrjunge war in die Stadt gefahren, um Schweine zum Schlachten zu holen, und war noch nicht zurück. Bao begann sich Sorgen zu machen.

Zu seiner Überraschung trat in diesem Augenblick San Yanchong lachend an seinen Ladentisch.

„Meister Bao, machen wir Schluß mit unserem Streit!" sagte er spöttisch. „Und wenn wir uns ausgesöhnt haben, machen wir noch ein Geschäft. Du rechnest den Preis für das bißchen Fleisch aus, das du noch hast, und überläßt es mir. Ich verkaufe es dann für dich, sonst mußt du dich ja noch mal abmühen und es zu Pökelfleisch verarbeiten. Du schnappst doch schon nach Luft, wenn du dich an einem kühlen Plätzchen ein bißchen ausruhst. Willst du dir da noch zusätzlich was aufhalsen und dich abrackern? Wozu die Mühe!"

Baos Gesicht wurde vor Wut rot wie eine Schweineleber. Er drehte sich um und ging in den hinteren Raum.

An diesem Tag war er vom Pech verfolgt. Abends befahl er dem Lehrjungen, das Haus zu hüten, und tappte selber durch die Dunkelheit zur Kommune, um den Sekretär aufzusuchen und ihn zu bitten, daß die Kommune eine amtliche Weisung erläßt, die es Privatpersonen verbietet, vor seiner Fleischerei Fleisch zu verkaufen. Der Sekretär sagte, es gebe dafür keine gesetzliche Grundlage und er wolle keine Lokalpolitik betreiben. Außerdem sprach er davon, daß in den Zeitungen Artikel stünden, in denen die privaten Händler ermuntert würden, durch gute Bedienung den staatlichen Läden Konkurrenz zu machen, so könne man zur Verbesserung der Haltung gegenüber dem Kunden beitragen. Als Bao das hörte, verlor er den Mut. Sollten sich die Zeiten wirklich geändert haben?

Er verließ die Kommune voller Zweifel, grübelte und grübelte, kam aber zu keinem Ergebnis. Ihm war zumute, als stünde die Welt kopf, ihn schwindelte, er glaubte zu träumen – einen bösen Traum. Das war ein schlechtes Zeichen, die Zeiten, in denen alles nach Wunsch verlief, waren nun wohl vorbei. Aber er verließ sich noch immer auf seine langjährigen Erfahrungen. Derartige Dinge waren bestimmt mit dem Gesetz unvereinbar. War etwa der Sekretär der Kommune mit ihm unzufrieden und wollte ihm nicht helfen? Wer konnte das wissen! Während er so dahinging, fiel ihm ein, daß die Fleischerei ja einen roten Stempel für die Quittungen hatte. Konnte er da nicht selber eine Bekanntmachung aushängen? Nur, wie sollte er sie schreiben? Der Lehrjunge, konnte der das? Er stellte sich den Lehrling in seiner Einfältigkeit vor und schüttelte den Kopf.

In diesem Augenblick ging er gerade an der Schule vorbei. Hinter einem Fenster sah er Licht. Richtig! Er hatte eine Idee: Den Lehrer konnte er um den Gefallen bitten. So ging er hinein und klopfte mehrmals an die Scheiben des erhellten Fensters. Die Tür öffnete sich, und zum Vorschein kam das Gesicht des Lehrers Fu.

Bao war betroffen, als er ihn erblickte. Der Mann kam ihm bekannt vor, und er glaubte sich zu erinnern, daß er ihm in der Schlächterei mal eine Abfuhr erteilt hatte. Doch bei welcher Gelegenheit war das? Hol's der Teufel! Wie sollte er darauf kommen, wo er doch so viele vor den Kopf gestoßen hatte! Mit dem Gefühl, daß er sein Anliegen lieber nicht vortragen sollte, stand er eine Weile unschlüssig vor der Tür, wollte gehen und konnte es nicht.

Der Lehrer hingegen war großzügig. Er begrüßte ihn höflich mit „Meister Bao“ und bat ihn ins Haus.

Bao war seit vielen Jahren zum erstenmal einem anderen Menschen gegenüber verlegen. Er druckste herum, bis er schließlich mit der Sprache herausrückte.

Der Lehrer Fu dachte nicht an Rache. Er versuchte nur, ihm die Dinge begreiflich zu machen, ohne sich dabei herablassend oder unterwürfig zu zeigen. „Meister Bao, so geht das nicht. Sie müssen öfter mal in die Zeitung gucken. Und wenn Sie nicht lesen können, sollten Sie mehr Radio hören. Man muß doch mit der Zeit Schritt halten!“

Bao hielt diese Belehrungen nicht länger aus. Was, zum Teufel, hieß hier „Zeitschrift halten“! Hätte er den bloß nicht um Hilfe gebeten! Er murmelte noch ein paar Worte und verabschiedete sich rasch. „Verdammt! Bis jetzt wollten die anderen immer was von mir, ich habe noch niemals einen um Hilfe gebeten, und nun, beim erstenmal, gerate ich gleich an so einen. Ist verflucht schwer, jemanden zu bitten, verflucht schwer!“ So redete er vor sich hin, und mit unsicheren Schritten tastete er sich durch die Dunkelheit zurück zur Fleischerei.

In dieser Nacht konnte er keinen Schlaf finden. Obwohl er sich zusammen mit dem Lehrling beim Fleischeinpökeln rechtschaffen müde gearbeitet hatte, war ihm überhaupt nicht nach Schlafen zumute. Wenn das jeden Tag so weitergeht, sagte er sich, ist die Prämie für diesen Monat futsch. Alle, die sonst mit ihren Opfergaben zum Buddha gekommen waren, schienen von der Pest dahingerafft zu sein. Es gab in der Fleischerei nicht einmal mehr Gemüse, es sei denn, sie kauften es selber für bares Geld. Der Lehrling hatte ihm gerade die Hiobsbotschaft überbracht, daß sie in diesem Monat für jeden drei *yuan* zuviel für Essen ausgegeben hätten. Zum Teufel auch! Wie sollte man das überstehen?

Er grübelte hin und her. Da fiel ihm plötzlich Tian Juhua ein. Dieses Weib hatte sich schon lange nicht mehr blicken lassen. Verachtete sie den Fleischer Bao etwa auch schon? Aber er konnte nicht glauben, daß das der Lauf der Welt sein sollte. Eines Tages würde dem schweineschlachtenden Kaiser das Glück gewiß wieder hold sein. Dann würde er Rache üben, vor allem an diesem grausamen und ungerechten Weibsbild.

Zuletzt legte er seine ganze Hoffnung in den nächsten Tag – daß er ihm einen schwunghaften Handel beschere und unzählige Räucherkerzen in seinem Tempel glimmen lasse. Er betete zu einem unbestimmten Gott und wurde irgendwann schließlich vom Schlaf übermannt.

Bei Tagesanbruch war vor der Fleischerei lautes Stimmengewirr zu hören. Bao glaubte, daß es Leute seien, die sich nach Fleisch anstellten. Aber als er die Tür einen Spaltbreit öffnete, sah er, daß es San Yanchong mit ein paar Leuten war. Sie schoben einen Karren Baumrinde heran und schleppten zwei Bündel Bambusstangen herbei, die sie am Straßenrand ablegten. Was hatten sie vor? Bao getraute sich nicht zu fragen und schickte deshalb den Lehrjungen hinaus, damit der der Sache auf den Grund gehe. Der berichtete, als er zurückkam, daß sie an der Straße ein Wetterdach für die privaten Fleischhändler errichten wollten, zum Schutz vor Sonne und Regen. Außerdem erzählte er, San Yanchong habe erklärt, wer es wagen sollte, das Dach einzureißen, dem breche er die Knochen.

„Dieser Scheißkerl!" tobte Bao. Dabei erregte er sich so sehr, daß an seinem Leib das Fett zu zittern begann. Er wußte, daß San Yanchong ihn absichtlich herausforderte. Aber er knirschte nur vor Wut mit den Zähnen und wagte nicht, hinauszugehen und zu protestieren.

Von nun an herrschte ein lebhaftes Treiben an diesem Ort. Die Fleischerei und der private Fleischstand lagen tagtäglich miteinander im Wettstreit um die Gunst des Publikums. Bao gab sich nicht geschlagen. „Ha! Denkst du etwa, der Alte versteht sein Geschäft nicht? Vor der Befreiung, als Verkäufer auf dem Schlachthof habe ich auch so manchen Kniff gelernt." Er rief den Lehrjungen und brachte ihm wieder einige Lebensweisheiten bei.

„Hör zu!" sagte er streng und setzte dabei sein klügstes Gesicht auf. „Noch ein halbes Jahr, und du hast die Lehre beendet. Glaub nicht, daß du nun, wo du ein Schwein schlachten und Fleisch zuhauen kannst, schon ein Schlächtermeister geworden wärst. Wir in unserem Gewerbe sind Handwerker und Händler zugleich. Als Händler mußt du aber auch wie ein Händler auftreten können. Von deinem Mund muß Honig fließen, auf deinem Gesicht muß immer ein liebenswürdiges Lächeln liegen. Du mußt allen Leuten ehrerbietig begegnen und nach dem Geld in ihrer Tasche schielen. Kommst du mit ihnen ins Geschäft, dann verdienst du dein Geld, wird nichts aus dem Handel, mußt du trotzdem ein freundliches Gesicht zeigen. Für einen Händler hängt alles davon ab, ob er vom Kunden geschätzt wird. Deine eigene Mutter, deinen Vater kannst du beleidigen, aber niemals die Herren Kunden. Hast du das verstanden? Wer soll dir dein Fleisch abkaufen, wenn man so wie du auf keine Frage eine Antwort weiß und immer nur Löcher in die Luft guckt? Verlangen auch die heutigen Sitten keine Ehrfurcht vor dem Alter mehr, so müssen wir doch stets die gehorsamen Söhne der Käufer sein. Da kann man nichts machen. Wer hat dich auch geheißen, dieses Handwerk zu erlernen!"

Eine der guten Seiten des Fleischers Bao war, daß er das, was er sagte, auch tat. So ging er selbst mit gutem Beispiel als „gehorsamer Sohn" voran. Kaum hatte er am Morgen die Läden abgenommen, entspannten sich seine Gesichtsmuskeln, und erblickte er dann auf der Straße vor der Fleischerei jemanden, so grüßte er freundlich. Nur setzte er dabei oft den Hut von Zhang auf den Kopf von Li und sprach die Leute mit falschem Namen an. Aber das war auch nicht weiter schlimm, die Leute lachten darüber, was zur Auflockerung der Atmosphäre beitrug und die Menschen einander näherbrachte. Der Kunde war noch gar nicht an den Ladentisch herangetreten, da erhob er sich schon, begrüßte ihn und redete auf ihn ein, noch ehe der den Mund auftun konnte: „Ich weiß, Ihr habt's eilig, weil gerade Besuch gekommen ist. Zur Bewirtung der Gäste braucht man mageres Fleisch, heutzutage mögen nicht mehr viele fettes Fleisch. Aber nur mageres zahlt sich nicht aus, ein bißchen fettes muß dabei sein. Wird nicht alles aufgegessen, kann man ja das Fett ausbraten. Ich werde Euch die Entscheidung abnehmen. Wieviel Geld habt Ihr mit?" Setzte er dann das Messer an, wurde es immer etwas mehr, als der andere haben wollte, und mit tausend Argumenten verstand er es dann auch, ihm alles aufzuschwatzen. Einen unschlüssigen Käufer konnte er dazu bringen, sich für ein Stück durchwachsenes Fleisch zu entscheiden. Dann erklärte er ihm noch, auf welche Weise er es mit Sojasoße schmoren oder daraus Stürzfleisch zubereiten könne. Hatte ein Kunde wenig Geld, so empfahl er ihm ein Stück Schwarte vom Dickbein, die sei billig und ergiebig. War es ein Kunde, der gern mal einen über den Durst trank, nutzte er die Gelegenheit, einen Schweineschwanz loszuwerden. Lag in der Familie des Kunden eine Frau im Wochenbett, überredete er ihn, außer dem Fleisch noch einen Schweinemagen zu kaufen, den er als wunderwirkendes Stärkungsmittel pries.

Es war anstrengend, auf diese Weise Geschäfte zu machen. Hatte er dann ein Schwein verkauft, schwirrte ihm der Kopf und seine Kehle war wie ausgedörrt. Da blieb ihm nichts anderes übrig, als große Schalen Tee hinunterzustürzen. Doch wenn er viel Tee trank, war sein Appetit schlecht und ihm schmeckte selbst das beste Essen nicht mehr.

„Ach!“ stöhnte er und fragte den Lehrling: „Was meinst du, versteht sich dein Meister aufs Geschäft?“

„Selbstverständlich.“

„Wie kommt es dann, daß sich noch immer so viele nur für die Fleischtragen der Privaten interessieren und ich sie nicht zu uns herüberkriege, obwohl ich mir die Lunge aus dem Hals schreie?“

„Die wollen uns ärgern.“

Ja, der Junge hatte den Nagel auf den Kopf getroffen, der machte sich. Bao versank in Schweigen. Der Lehrling rechnete inzwischen den Monatsumsatz aus. Sie hätten nur einen geringen Überschuß, teilte er mit.

Einen geringen Überschuß! Wieviel Prämie konnte dabei herausspringen? Das Geld reichte ja nicht mal, um Tee zu kaufen. Da begann es plötzlich in Baos Kopf zu arbeiten. Ihm kam ein Gedanke: Verdammt! Sonst bin ich immer so schlau, aber diesmal war ich wirklich dumm. Wenn die anderen sich mit ihren Fleischtragen vor unserer Tür aufstellen, wieso sind wir dann nicht darauf gekommen, uns mit unserer Trage am Dorfeingang zu postieren? Habe ich euch früher gekränkt, so trage ich euch heute das Fleisch bis an den Mund. Das muß euch doch wieder besänftigen!

Er gebot dem Lehrjungen, im Laden nach dem Rechten zu sehen, und machte sich selber mit einer Trage Fleisch auf den Weg. Mit klarer, lauter Stimme sang er das Lied, das ihm dreißig Jahre zuvor sein Lehrmeister beigebracht hatte:

> „Schweinequieken, hörtet‘s ihr,
> schon kommt‘s Fleisch vor eure Tür.
> Ist‘s auch frisch? Bei meiner Ehr,
> unterm Messer tanzt‘s noch sehr.
> Fleisch zu verkaufen!“

„Du Angeber!“

„Wenn du‘s nicht glaubst, komm her und sieh‘s dir an.“ Bao setzte seine Trage ab, um den Umstehenden seinen Trick mit dem tanzenden Fleisch vorzuführen. Das war ein Kunststück aus seiner früheren Zeit. Obwohl er es viele Jahre lang nicht mehr gezeigt hatte, fiel es ihm nicht schwer, es wieder einzuüben. Er hatte es nur ein paarmal probiert, bevor er losgegangen war, und schon klappte es wieder. Für den entscheidenden Moment seines Kunststücks wollte er unbedingt eine Menge Zuschauer um sich haben, nur dann war er bereit, es vorzuführen. Er war auch schnell von einer Schar Menschen umringt. Sie sahen, wie er das Messer auf das Fleisch setzte, und schon bevor er hineingeschnitten hatte, fing das Fleisch an zu zittern, als würde es von Schmerz gepeinigt.

Die Zuschauer zollten ihm Beifall, worauf er gleich noch dicker aufzutragen begann: „Nicht, daß ich alter Bao mich selber loben will, aber schon vor dreißig Jahren saß bei mir jeder Schnitt genau. Wer's nicht glaubt, kann sich überzeugen. Sag mir, wieviel Pfund und wieviel *liang* du willst. Es gilt, sobald ich das Messer angesetzt habe. Stellt sich beim Wiegen heraus, daß es ein *liang* zuwenig ist, gebe ich dir zwei *liang* dazu. Ist es ein *liang* zuviel, gehört's dir."

Dieses Angebot war sehr verführerisch. Auch die ursprünglich nicht die Absicht hatten, Fleisch zu kaufen, wollten nun welches. Bao hatte tatsächlich eine geübte Hand. Es passierte sehr selten, daß er nicht die genaue Menge abschnitt. Mitunter schnitt er absichtlich ein ganzes oder ein halbes *liang* zuviel ab. Dann schlug er sich nach dem Abwiegen mit der flachen Hand auf den Bauch, daß es laut klatschte, und erklärte beflissen: „Das *liang* Fleisch bezahlt der alte Bao aus seiner eigenen Tasche!"

Auf diese Weise verkaufte er sein Fleisch schnell, und auch die Meinung der Leute über ihn änderte sich. Sie fanden, daß er ein unterhaltsamer Kerl sei. Mit der Zeit machte jedermann, ob er Fleisch kaufen wollte oder nicht, gern mal einen Schwatz mit ihm. Man hatte vergessen, wie grob und gemein er in der Vergangenheit gewesen war, und scheute sich auch nicht, ihn mit den Spitznamen anzureden, die früher keiner laut auszusprechen gewagt hatte.

„Alter Dickwanst Bao!"

„Ganz recht!" erwiderte er fröhlich und foppte dann die Leute: „Wer mich ‚alter Dickwanst Bao' rufen will, muß sich beeilen! Ich werde jetzt nämlich von Tag zu Tag dünner."

„Hast dir wohl im Ambulatorium ein bißchen Fett abzapfen lassen?"

„Woher denn! Ihr Schlawiner wollt Fleisch essen, seid aber zu faul, ein paar Schritte zu tun, da muß Onkel Bao es euch bis vor die Tür bringen. Ich magere ab bei der Plackerei, ihr aber werdet dick und rund, fürchte ich. Wenn jemandem Fett abgezapft werden muß, dann bestimmt nicht mir!"

So machte er den lieben langen Tag seine Späße und fühlte sich wie ein Gott. Wo immer er einen Tee trinken wollte, war er ein gern gesehener Gast. Lobte er in einem Haus das Gemüse, so holten sie bestimmt gleich etwas aus dem Garten und hängten es an seine Tragestange mit der Bitte, es zu Hause zu kosten. Wer ihm begegnete, sagte ihm keine Schmeicheleien mehr, und auch das Lachen der Leute war natürlicher als früher. Nun stand er mit dem einfachen Volk auf einer Stufe. Man betrachtete ihn als Freund, und alle wollten ihm gerne Gutes tun. Das Geschäft blühte, die Prämien waren hoch. Das Glück lächelte Bao wieder.

An einem Tag war er schon sehr früh mit dem Verkauf seiner Trage Fleisch fertig. Seine kunstlederne Umhängetasche war prall mit Geld gefüllt. Ihm war aufgefallen, daß die Bauern neuerdings alle Geld im Beutel hatten. Kauften sie Fleisch, so nahmen sie, ohne mit der Wimper zu zucken, gleich drei oder gar fünf Pfund. Es war nicht schlecht, daß die Käufer viel Geld hatten, so kam auch der Fleischhändler leicht zu seinem Verdienst. Ihm war froh zumute, leichten Schrittes ging er dahin und dachte daran, daß er diesen Monat wieder eine hohe Prämie bekommen würde. Wenn er noch zwei Monate sparte, konnte er sich einen Anzug aus Wollstoff machen lassen. Dann würde der alte Bao, der Schweineschlächter, auch mal versuchen, sich wie ein hoher Funktionär zu geben. Den ganzen Weg über bewegten ihn solche angenehmen Gedanken. Dabei entging ihm, daß sich der Himmel inzwischen verändert hatte. Plötzlich riß ein heftiger Windstoß ihm die Trage herum. Er schaute nach oben. Herrje! Der halbe Himmel war schon schwarz, gleich würde ein Gewitter losbrechen! Nur gut, daß es nicht mehr weit war bis zum Haus von Tian Juhua. Bei ihr würde er vor dem Regen Schutz suchen.

Tian Juhua holte gerade noch schnell die Wäsche vom Trockenplatz. Als sie den Fleischer in ihr Haus eilen sah, war sie ziemlich verwirrt. Bao hatte schon sehr lange nicht mehr die Zärtlichkeiten dieser Frau genossen. Nun, da er sie sah, wurde er ganz weich. Er stellte seine Trage in der Stube ab, nahm die Tasche mit dem Geld von der Schulter und hängte sie an die Trage. Dann schaute er sich drinnen und draußen vorsichtig um: Kein Mensch war in der Nähe. Sein Herz schlug hoch. Von wilder Leidenschaft gepackt, starrte er Tian Juhua eine Weile wie gebannt an. Dann machte er mit dem Kopf eine Bewegung in Richtung ihres Zimmers und ging selber als erster hinein.

Wie ein Wasserfall prasselte der Regen herab, das ganze Haus erbebte. Wer weiß, was den Himmelsfürsten so erzürnt hatte – er ließ das Tageslicht erlöschen und tauchte die ganze Erde in schwarze Finsternis. Blitze zuckten, Donnerschläge krachten. Ein wilder Sturm brach los und schien die Welt in Stücke reißen zu wollen.

Bao lag auf Tian Juhuas Bett. Als sie nach geraumer Zeit immer noch nicht erschien, rief er mit lauter Stimme: „Na, komm schon!"

Tian Juhua stieg ängstlich über die hohe Türschwelle. Dabei blieb sie mit der Fußspitze hängen und wäre um ein Haar gestürzt. Sie trat ins Zimmer, den Kopf gesenkt, fingerte an ihrem Jackenzipfel herum und zitterte wie Espenlaub.

„Seit es dir etwas besser geht, erinnerst du dich wohl nicht mehr an den alten Bao?" Er mußte laut sprechen, um das Rauschen des Regens zu übertönen.

Als Tian Juhua seine Worte hörte, biß sie sich auf die Lippen, als wäre sie dem Weinen nahe. Schließlich sagte sie: „Komm, setz dich in die Stube! Was sollen die Leute sagen, wenn sie dich hier so sehen."

„Bei dem Regen läßt sich niemand blicken, komm her!"

„Laß das! Wir ... wir können nicht mehr so zusammen sein."

„Zum Teufel! Du glaubst wohl, das Glück hat den alten Bao verlassen? Ich sage dir, mir geht's jetzt noch besser als früher."

„Ich wünsche dir, daß es dir gut geht."

„Aber ich muß mich mehr abrackern als früher, komm schnell und tröste mich!"

Tian Juhua sagte ernst: „Es ist zu ungehörig, steh schnell auf und komm in die Stube, ich brühe dir einen Tee." Sie sagte das, ohne den Blick zu heben, wandte sich um und wollte in die Stube gehen.

„Was?" Bao rollte sich mit einem Ruck vom Bett herunter

und herrschte sie an stehenzubleiben. Halb im Ernst, halb im Scherz drohte er ihr: „Hm! Du willst mich loswerden? Na gut, machen wir eine Rechnung auf! Du hast von mir eine ganze Menge Schweinefleisch, Fett und Innereien weggeschleppt. Meinst du, das müßte nicht bezahlt werden? Wenn ich das der Gesellschaft melde, werde ich gleich eine Selbstkritik dazuschreiben. Dann mußt du deine Schulden zurückzahlen."

Tian Juhua überlief ein Zittern, als sie ihn so reden hörte. Die Beine wurden ihr schwach, sie lehnte sich an die Wand. Tränen liefen ihr übers Gesicht, und sie brach in eine herzzerreißende Klage aus: „Ich weiß, ich schulde dir mehr, als ich zurückzahlen kann. Dafür kann der Himmel nicht und die Erde auch nicht. Nur ich allein bin schuld, ich hätte dich damals nicht um Hilfe bitten dürfen. Für fünf Pfund Fettreste habe ich meine Ehre und meinen Körper verkauft. Eine Witwe ist ja keinen Heller wert! Hast du etwa geglaubt, ich hätte dich gern? Den Mund voller Knoblauchgestank, fett wie ein Schwein. Jedesmal, wenn ich bei dir gelegen habe, war es für mich eine Qual. Das hörst du sicher nicht gern, aber ich meine es so, wie ich es sage. Du kannst dich erkundigen, von den Frauen aus meiner Familie treibt es keine einzige mit Männern. Als mein Mann noch lebte, habe ich keinerlei Anlaß zu Gerede gegeben. Die letzten Jahre ..." – ihre Stimme erstickte im Weinen, mit beiden Händen bedeckte sie ihr Gesicht – „... die letzten Jahre, die ich mit dir in Schande gelebt habe, werden ... werden meine Töchter ins Unglück stürzen, keiner wird sie heiraten wollen, wenn sie erwachsen sind. Die Leute werden sagen, ihre Mutter ... hat einen schlechten Ruf. Jetzt, wo die Kinder größer sind und die oben uns mit ihrer Politik freie Hand lassen, habe ich nur noch einen Gedanken: Ich will durch ein ordentliches Leben den Kindern ein gutes Beispiel geben, mit ruhigem Gewissen meine Wirtschaft und meinen Haushalt führen. Wie konnte ich ahnen, daß du ... du! Mein Leben ist trostlos, ich bin schmutzig. Kann ich denn in meinem Leben noch tun, was ich möchte? Mein Mann war so hartherzig, mich meinem Schicksal zu überlassen ... hat mich zurückgelassen ... wie einen alten Strohschuh am Wegrand, dem jeder einen Fußtritt geben, auf dem jeder herumtrampeln kann. Mach mit mir, was du willst! Wenn man von einem etwas zu essen kriegt, kann man ihn nicht beschimpfen. Nimmt man seine Geschenke an, dann erhebt man nicht die Hände gegen ihn. All mein Unglück habe ich selbst verschuldet ..."

Nach diesen Worten schloß Tian Juhua die Augen. Kraftlos lehnte sie an der Wand. Sie hörte auf zu schluchzen. Lautlos flossen ihre Tränen. Sie zitterte wie eine Maus in den Krallen der Katze und erwartete die widerwärtigen Roheiten des Fleischers.

So verging eine Minute und noch eine. Sie wartete lange, aber es geschah nichts. Nur das Prasseln des Regens war zu hören. Vom Sturm gerüttelt, ächzte und knarrte die Haustür, alles schepperte und klapperte, als hätten Wind und Regen die jämmerliche Hütte leergefegt.

Tian Juhua öffnete die Augen und blickte sich um. Der Fleischer war nicht mehr da. Auch die Trage war aus der Stube verschwunden.

Die jungen Bäume kämpften mit Wind und Regen. Bei manchen waren Zweige abgebrochen, andere waren völlig umgeknickt. Die Felder verschwammen im Dunst. Bäche schlammigen Wassers flossen über die Pfade zwischen den Reisfeldern und überschwemmten die Straße. Dort schleppte sich ein in tiefster Seele getroffener Mann dahin. Er trug keinen Bambushut und war ohne Regenschirm. Von oben bis unten durchnäßt, sah er aus wie ein in heißes Wasser getauchtes Huhn. Er watete durch die Pfützen und stolperte mit schnellen Schritten vorwärts. Die Tragestange auf seinen Schultern schaukelte hin und her, die leeren Fleischhaken klimperten. Er glich einem bemitleidenswerten Trunkenbold.

Die bittere Klage dieser Frau hatte ihn zutiefst erschüttert. Zwar hatte er die Tränen des Mitleids zurückgehalten, aber die schneidende Pein in seinem Herzen war mehr, als er ertragen konnte. Er fühlte sich wie ein ertappter Dieb, dem man die Arme gebrochen hatte. Beschämt und schmerzerfüllt war er von jenem Ort geflohen. Welch großes Leid kann ein Mensch in seiner Selbstzufriedenheit anderen leichtfertig zufügen! Wenn das Glück dir seine Gunst schenkt, kannst du alles haben. Doch alles ist von Haß begleitet. Entflieht das Glück, bleibt der Phönix ein Phönix und das Huhn ein Huhn. Ach, so ist das Leben! Zufriedenheit, Enttäuschung! Tragödie, Komödie, Posse ...

Gewitterregen kommen schnell und ziehen auch schnell

wieder ab. Nur noch von Zeit zu Zeit grollte es am fernen Horizont. Jemand lief auf der Straße hinter dem Fleischer her und rief immer wieder laut seinen Namen. Doch Bao hörte nicht. Erst als ihn ein Entgegenkommender darauf aufmerksam machte, schaute er sich um.

Oh! Das war ja sein Todfeind, San Yanchong! Warum verfolgte er ihn? Wirklich, Feinde begegnen sich immer auf schmalem Pfad. Ein Unglück kommt selten allein. Als Bao an Sans streitsüchtigen Charakter und an die Fäuste wie Eisenhämmer dachte, trat ihm Angstschweiß auf die Stirn. Ein einmal ausgebrochener Haß währt ewig. Wenn er geahnt hätte, was daraus entstehen würde, hätte er sich damals nicht mit San angelegt. Was nun? Sollte er ihn um Gnade bitten? Sollte er mit ihm kämpfen? Nur schnell weg hier! Dort vorn waren Häuser, da würde vielleicht jemand herauskommen und den Streit schlichten.

Wie hätte der dicke Fleischer San Yanchong davonlaufen können! Es dauerte nicht lange, und der hatte ihn eingeholt.

„Bist du taub?" brüllte ihn San Yanchong an und stellte sich ihm in den Weg.

„Äh, nein. Ver . . . Verzeihung!"

„Warum rennst du so, hast du Angst, daß ich dich auffresse?"

Bao antwortete nicht. Furchtsam und voller Unruhe starrte er den Gegner an und überlegte krampfhaft, wie er mit ihm fertig werden könnte. Entgegen seiner Erwartung fragte ihn San Yanchong überraschend: „Hast du was verloren?"

„Ich?" Wie von einer schweren Last befreit, blickte Bao an sich herunter und dann zur Fleischtrage auf seiner Schulter. Sein Schlächtermesser, die Waage, die Fleischhaken – alles war da. So sagte er: „Nein, ich habe nichts verloren."

„Na gut, dann lauf weiter. Falls du mich brauchst, komm zu mir nach Hause." Nach diesen Worten ging San Yanchong davon.

Bao blickte ihm gedankenvoll nach. Er bemerkte, daß San unter dem Arm eine zusammengerollte Regenhaut trug. Darin schien etwas eingewickelt zu sein. Plötzlich ging ihm ein Licht auf, und er rief laut hinter San Yanchong her: „He! Warte mal! Warte mal! Ich habe meine Geldtasche verloren."

„Ist wohl 'ne Menge Geld drin?" fragte San Yanchong und blieb stehen.

„Das Geld für ein ganzes Schwein, über hundert *yuan.*"

„Da nimm! Zähl nach, ob was fehlt." San Yanchong faltete die Regenhaut auseinander, nahm die völlig durchnäßte Geldtasche und gab sie ihm.

Und da erinnerte sich Bao: Beim Verlassen von Tian Juhuas Haus hatte er in seiner Kopflosigkeit vergessen, die Geldtasche von der Tragestange zu nehmen und sich umzuhängen. Während er heimwärts stolperte, war die Tasche wohl von der Trage gefallen, ohne daß er es bemerkt hatte. Nun schaute er, die verlorengegangene und wiedergewonnene Geldtasche vor sich auf den Händen, San Yanchong an, dessen ganzes Gesicht Aufrichtigkeit ausstrahlte, und hätte vor innerer Bewegung fast geweint. Seine Stimme bebte, als er sagte: „Bruder, daß du . . . daß du mir das Ding . . . wieder zurückgibst, wo es dir nun schon mal in die Hände gefallen war, hätte ich wirklich nicht gedacht, ehrlich, das hätte ich nicht gedacht!"

„Oho!" San Yanchong lachte vielsagend. „Du konntest dir wohl nicht vorstellen, daß Menschen auch ein Gewissen haben, was?"

„Ja, ja, du hast recht." Bao nickte nur unablässig mit dem Kopf und brachte nicht einmal ein Dankeswort heraus. Fassungslos starrte er hinter San Yanchong her, der längst wieder auf und davon war.

„Gewissen . . . Gewissen . . . Gewissen . . .", murmelte er vor sich hin. Furchtbare Gedanken gingen ihm durch den Kopf. Wie durch einen dichten Nebel lief er weiter, bis er wieder bei der Fleischerei anlangte.

Er kam sich erbärmlicher vor als der geringste Bauernlümmel, als hätte er am ganzen Körper Läuse. Schweineschlachtender Kaiser, Traum von der kaiserlichen Nebenfrau – verrückt geworden! „Große Eiterbeule" – was für ein schöner Spitzname!

Erregt und mit sich selber unzufrieden, betrat er die Fleischerei und versetzte dem alten Korb, in dem er immer den Knoblauch aufbewahrt hatte, einen wütenden Fußtritt. Wild fluchend, schleuderte er ihn mit einem erneuten Tritt an die Wand. Damit nicht genug, trampelte er auf ihm herum, bis er ganz und gar zertreten war.

Er ging in sein Zimmer, zog sich die nassen Kleider aus und warf sich aufs Bett, wo er apathisch liegenblieb. Der Lehrjunge, der glaubte, er sei krank, kam herein und fragte nach diesem und jenem. Bao jagte ihn hinaus. Doch nach einer Weile rief er ihn zurück und verlangte von ihm, daß er mit jemandem telefoniere, der seinem alten Flaschenkürbis übermittele, sie solle für ein paar Tage zu ihm kommen.

Am nächsten Nachmittag kam sie. Bao schloß die Tür und gab ihr entgegen seiner Gewohnheit einen Kuß. Er setzte sich ihr gegenüber und schaute sie an, schaute sie so lange an, daß sie ganz verwundert war und erschrocken fragte: „Was ... was hast du?"

Bao schloß die Augen, seufzte einigemal, schlug dann plötzlich die Augen wieder auf und fragte: „Sag, ist dein Mann gut?"

„Ich habe nicht gesagt, daß du nicht gut bist. Du stiehlst nicht und beraubst niemanden, lebst von deiner Hände Arbeit, tust deine Pflicht, was sollte an dir nicht gut sein?"

„Tust deine Pflicht ...", sprach Bao immer wieder vor sich hin. Seine Frau glaubte schon, er sei übergeschnappt.

Die nächsten Tage verbrachte er sehr angenehm. Auch sein alter Flaschenkürbis war viel liebenswerter als vor Jahren. Gemeinsam dachten sie an die Zeit zurück, da sie sich geliebt hatten und er mit seiner Tüchtigkeit für ihren Unterhalt gesorgt hatte. Die Erinnerung an all diese wichtigen Dinge der Vergangenheit machte das Leben wieder schön und die Menschen zugleich wieder jung.

Eines Tages, die beiden Alten saßen gerade beim Abendessen, kam der Nachbar Liu Lixuan mit einer Flasche Wein in der Hand zur Tür herein. Er meinte, die verehrte Frau Gevatterin sei ja lange nicht mehr dagewesen und er wolle mit ihnen ein Gläschen leeren, um an ihrer Freude teilzuhaben. Bao bot ihm gleich einen Platz an, und bei einem kleinen Imbiß tranken sie einander zu.

Nach einigen nichtssagenden Bemerkungen rückte Liu Lixuan mit seinem eigentlichen Anliegen heraus: „Meister Bao, mein Neffe hatte eine alte Sau, die habe ich ihm zu einem zwanzig Prozent billigeren Preis abgekauft. Ich möchte mit dir darüber sprechen. Ich will die Sau schlachten und dachte, du könntest sie vielleicht mit verkaufen. Niemand würde die Fleischerei verdächtigen, daß sie Fleisch von einer alten Sau anbietet. Den Gewinn teilen wir uns. Was meinst du ..."

Bao goß sein halbes Glas Wein zurück in die Flasche von

Liu Lixuan, verzog den Mund und trank nicht mehr. Er stocherte mit einem Streichholz in seinen Zähnen herum, wandte sich ab und blickte zum Fenster hinaus. Erst nach einer ganzen Weile sagte er: „Der Mensch sollte seine Pflicht erfüllen und von redlicher Arbeit leben. Auch wenn's ihm gut geht, muß er nach seinem Gewissen handeln, damit er nicht eines schönen Tages bereuen muß."

Liu Lixuan lachte verlegen und pflichtete ihm mit ein paar Worten bei. Dann nahm er seine Flasche und ging. Bao war in gehobener Stimmung. Er ließ seine Frau die Reisschalen und Eßstäbchen wegräumen und ging danach mit ihr hinaus, um im Licht des Mondes den kühlen Abend zu genießen.

Der Mond schien trübe, nur wenige Sterne waren zu sehen. Es war ein wenig schwül. Die Mücken surrten laut und fielen unablässig über Bao her. Doch der merkte nichts davon, weil sein Gewissen ihn quälte. Seine Frau saß neben ihm und wedelte unermüdlich mit dem Fächer. Er dachte wieder an die Zeit, wo er als schweineschlachtender Kaiser in seinen Mußestunden allein hier gesessen und von einer Nebenfrau geträumt hatte . . . Zum Teufel auch! Warum konnte man die Fesseln der Vergangenheit niemals abwerfen? Er hob den Kopf und blickte angestrengt zu einem fernen Punkt, alle Gedanken beiseite schiebend.

Eine ebene Straße erstreckte sich vor seinen Augen bis in die unermeßliche Ferne, wo Himmel und Erde zusammenstießen. Mitten auf dieser Straße erhob sich eine Bogenbrücke. Sie glich einer Schildkröte, die an dieser Stelle den Weg versperrte. Wie man sie auch anschaute, sie tat dem Auge weh.

Warum mußte dort eine Bogenbrücke stehen? Warum?

Li Zhun

Die Mangofrucht

„Langeweile? Tee muß her! Wer Sorgen hat, hat auch Likör. Weißt du nicht mehr aus noch ein, hüll in Tabakrauch dich ein." Damals, im Herbst 1968, war der alte Pan Chaoen schon bei mehr als zwei Schachteln Zigaretten pro Tag angelangt...

Morgens um fünf Uhr stand er auf, zog etwas über und steckte sich dann erst einmal eine Zigarette an. Krause Rauchwölkchen stiegen auf und strebten eilig, als liefen sie miteinander um die Wette, dem Fenster zu, um dann vor seinen Augen im Morgendunst zu vergehen. Er starrte müßig aus dem Fenster; woran er dachte, wußte er selbst nicht. Hin und wieder kam ein welkes Blatt angesegelt und kreiselte zu Boden. Das weckte in ihm anscheinend ein wenig Heimweh. Wie heißt es doch: „Ein Blatt fällt stets am Baum zu Boden." Freilich wäre es schöner, nach Hause zurückzukehren, ins Dorf. Doch auf dem Dorf sah es nicht so gut aus mit der Getreidezuteilung – wo sollte er da die 21 Kilo pro Monat herkriegen, die ihm in der Stadt zustanden...? Kein Wunder, daß die welken Blätter sich erst noch im Kreise drehten, als fiele ihnen die Trennung vom Baum schwer. Das war gleichsam ein Symbol für die eigene Unentschlossenheit, die er im Augenblick empfand.

Inzwischen war er bei der dritten Zigarette angelangt, doch er drückte sie aus, bevor er sie aufgeraucht hatte. Eigentlich war der alte Pan Kettenraucher; er konnte, ohne hinzuschauen, einen noch brennenden Stummel vorn auf die nächste Zigarette aufstecken. Über das Nikotin, das sich, wie es hieß, darin sammelte, machte er sich keine Gedanken. Es ging ihm auch nicht ums Sparen – manchmal drückte er eben eine aus, kaum daß er sie zur Hälfte geraucht hatte. Es war einfach symbolisch für seinen gegenwärtigen Lebensrhythmus.

Er nahm einen Reisigbesen und schickte sich an, die Straße zu fegen. Nun gehörte Pan Chaoen weder zur „schwarzen

Clique", noch war er ein „Machthaber, der den kapitalistischen Weg geht"; er war ein alter Arbeiter aus der mechanischen Abteilung des Werkes. Daß er die Straße vor der Haustür fegte, war ihm zur Gewohnheit geworden, seit er vor mehr als zehn Jahren in diesen Block eingezogen war. Es machte ihm Spaß und erfüllte ihn mit Befriedigung, wenn er mit seinem großen Besen Blätter und Schmutz von der Straße fegte und die marmorweiße Zementdecke wieder zum Vorschein kam. „Wo arme Leute sind zu Haus, sieht sauber oft die Straße aus. Wer arm ist und sonst gar nichts hat, kämmt wenigstens die Haare glatt", heißt es im Sprichwort, und so war es ihm schon seit vielen, vielen Jahren ein Bedürfnis, morgens die Straße zu kehren. Doch seit dem Frühjahr gab es dabei ein kleines Problem, und zwar war in den „Dekreten" der „Rebellen" im Werk bekanntgegeben worden, daß die Straße vor den Wohnblocks und dem Wohnheim der Mitarbeiter vom Werkdirektor und seinen beiden Stellvertretern – diesen „Machthabern, die den kapitalistischen Weg gehen" – zu fegen sei. Der alte Pan hatte von diesem „Dekret" keine Notiz genommen, sich mit seinem großen Besen zu den dreien gesellt und wie eh und je gefegt. Der stellvertretende Werkdirektor Fan, ein ziemlicher Dickwanst, hatte Pan Chaoen zugezwinkert und geflüstert: „Meister Pan, von jetzt ab lassen Sie es bitte sein; denn wenn Sie hier kehren, kommen wir drei wieder in Teufels Küche!"

Pan Chaoen hatte nur kühl entgegnet: „Ich kehre ja gar nicht für Sie!" Über diese Sache war jedoch seine Alte, Tante Pan, so erbost, daß sie, mit den Fäusten gegen seine Stirn trommelnd, loslegte: „So ein Dickschädel! Ein regelrechter alter Ulmenklotz, den keine tausend Äxte kleinkriegen! Die gehören doch zur ‚schwarzen Clique' und müssen zur Strafe die Straße fegen. Wieso drängelst du dich denn da rein, möchte ich bloß wissen."

„‚Schwarze Clique' hin, ‚schwarze Clique' her – das ist mir ganz egal. Vor dem eigenen Haus von fremden Leuten kehren lassen – das wäre ja noch schöner! ... Eine Sünde wäre das!"

„Sag mal, was lernst du eigentlich jeden Tag bei deinem Politstudium im Werk? Was ist denn los mit deinem Klassenstandpunkt? Grenzt du dich vom Klassenfeind ab oder nicht? ‚Die *jiaozi* schätzt, wer gern ißt gut, und Morgenschlaf, wie wohl das tut.‘ Also leg dich aufs Ohr und schlaf lieber noch ein bißchen!“

„Morgens kann ich nicht schlafen.“

„Hat man so was schon gehört! Wie ein Huhn bist du – hat einen Haufen Körner vorm Schnabel und scharrt trotzdem. ‚Wen der Feind unterstützt, den werden wir bekämpfen‘, heißt es doch immer. Wenn die fegen, wirst du eben nicht fegen! Es steht dir einfach zu, morgens länger zu schlafen, schließlich kommen wir aus armen Bauernfamilien. Wer uns kennt und merkt, daß du‘s nicht tust, der muß doch denken, der alte Gockel kann nicht anders, muß morgens einfach loskrähen. Und wer uns nicht kennt, der hält dich womöglich für einen leicht verunglückten ‚Machthaber, der den kapitalistischen Weg geht‘. Siehst du vielleicht aus wie ein ‚Machthaber, der den kapitalistischen Weg geht‘? Die haben sich dick und rund gefressen – und du? Dünn wie die Stange, wo man beim Feuerwerk die Knaller draufsteckt!“

„Ich versteh überhaupt nicht, was du da redest“, erwiderte Pan Chaoen und ging ins hintere Zimmer, um dort zu rauchen.

Daß Pan Chaoen sagte, er verstehe nicht, hatte nicht nur damit zu tun, daß er sich ärgerte. Tante Pans Beredsamkeit und drastische Ausdrucksweise waren niemand im ganzen Block verborgen geblieben. Wenn sie zum Beispiel bemerkte, daß einem Nachbarskind der Kittel zu klein geworden war, sagte sie: „Oh, da will wohl einer unter die Obstpflücker gehen mit seiner windschlüpfrigen Jacke.“ Oder wenn sie sah, daß jemand die Mütze schief auf hatte: „Wie kommt denn die Untertasse auf deinen Kopf?“ Es war jammerschade, daß sie als Kind keine Gelegenheit gehabt hatte, die Schule zu besuchen. Sie hätte allen Ernstes den Dichtern Lao She und Zhao Shuli Konkurrenz machen können..

Im allgemeinen sind ja redegewandte Menschen besonders empfänglich für den Einfluß neuer Trends in der Sprache. In jenem Abschnitt der Kulturrevolution gab es aber auf einmal solch eine Flut von neuen Modewörtern, daß Tante Pan einfach nicht mehr mitkam und erst mal alles schluckte, ohne es recht zu verdauen. Sie warf alles in einen großen Topf, bunt durcheinander, wie es gerade kam, und schmorte es dann zusammen. Kein Wunder also, daß nicht einmal ihr eigener Mann verstand, was sie sagte.

Aber abgesehen von dieser kleinen Schwäche, hatte Tante Pan das Herz auf dem rechten Fleck. Sie war warmherzig, gutmütig, fleißig und sparsam, hielt Frieden mit den Nachbarn, und wenn sie sich eine Tasse Mehl geborgt hatte, gab sie stets eine gehäufte Tasse zurück. Sie hatte also allerlei Tugenden aufzuweisen. Doch diese Kulturrevolution war zu plötzlich über sie hereingebrochen, und hinsichtlich ihrer Fähigkeit, Neues aufzunehmen, konnte sie sich auch nicht mit den jungen Rotgardisten messen. „Laßt hundert Blumen nebeneinander blühen, stoßt das Alte ab und laßt Neues hervorsprießen!" heißt es so schön in der Losung, doch in Tante Pans Beiträgen auf den „Bitternis-Versammlungen" in ihrer Straße ertönten oftmals nur hundert Wörter nebeneinander, ohne daß Altes abgestoßen und Neues zum Vorschein gebracht worden wäre.

Nachts, vor dem Einschlafen, grübelte Tante Pan vor sich hin. Was ist doch der Alte für ein Starrkopf! Acht Ochsen zerren den nicht rückwärts, wenn er vorwärts gehen will! Und wenn er sich mal was in den Kopf gesetzt hat, da könnte der alte Su Qin aus seinem Grab steigen oder ein neuer Zhang Yi auferstehen und sich den Mund fußlig reden – sie würden ihn nicht davon abbringen. Tante Pan gähnte ... Plötzlich kam der kleine Gen, ihr Enkel, mit seiner Schultasche über der Schulter zur Tür herein, den kleinen Mund schmollend zur Schippe verzogen. Mit vorwurfsvollem Gesicht stieß er hervor: „Oma, der Yuejin und die anderen, die wollten mir meine Rotgardisten-Armbinde runterreißen."

„Wieso denn das?"

„Die sagen, Opa ist einer von der ‚schwarzen Clique'."

„Daß ihre Mutter um die Ecke furzt! Wir stammen aus einer armen Bauernfamilie, und Opa ist ..."

„Aber warum fegt denn Opa dann die Straße?"

„Ach du liebe Güte!" erregte sich Tante Pan. Da fiel – plautz! – ihr Fächer von der Bettdecke auf den Fußboden. Sie hatte nur geträumt.

Nun war ja Tante Pan seit jeher ein Mensch mit lebhafter Vorstellungskraft, und so verhalf ihr dieser Traum zu einem Einfall. Klammheimlich streifte sie die rote Rotgardisten-Armbinde vom Ärmel des Enkels und zog sie auf Pan Chaoens Ärmel. Und um zu verhindern, daß sie abging, nähte sie die Binde mit ein paar Stichen fest.

Die Mühe, die sich Tante Pan gemacht hatte, sollte nicht vergebens gewesen sein.

Als Pan Chaoen am nächsten Morgen – die Jacke über die Schultern gehängt und zwei Zigaretten bereits hinter sich – mit dem Besen in der Hand vors Haus trat, jagte er den drei „Machthabern" einen mächtigen Schrecken ein. Sie schauten einander entsetzt an und fragten sich, was es wohl zu bedeuten habe, daß Pan Chaoen mit einer Rotgardisten-Armbinde zum Fegen kam. Der stellvertretende Werkdirektor Fan war als erster mit einer Erklärung bei der Hand. Er flüsterte den beiden anderen zu: „Habt ihr's gesehen! Jetzt werden wir uns anstrengen müssen beim Fegen! Da darf auch kein Federchen mehr liegenbleiben! Die revolutionären Massen haben bestimmt den alten Pan geschickt, um uns zu beaufsichtigen."

An diesem Tag fegten die drei besonders inbrünstig. Wo auch der alte Pan mit seinem Besen auftauchte, sofort waren sie ebenfalls zur Stelle. Dauernd kamen sie sich mit ihren vier Besen ins Gehege. Sie erinnerten lebhaft an martialische Pekingopernhelden, die mit der Lanze ihre Bühnenkämpfe austragen. Jedenfalls wirbelten sie gewaltig viel Staub auf, und die Blätter stoben nach allen Seiten.

„He, wollen wir uns die Sache nicht ein bißchen aufteilen? Ist doch nicht nötig, daß wir hier so wild herumrennen, holen ja schließlich keine Sachen aus einem brennenden Haus. Wir fegen doch bloß die Straße. Sind doch alle vier erwachsene Männer . . ."

Der fette Stellvertreter Fan fiel ihm ins Wort: „Meister Pan, Sie brauchen überhaupt nicht mehr zu fegen. Wir drei fegen jeder ein Stück, und Sie beaufsichtigen uns, ja? Da ist doch nichts dabei. Die revolutionären Massen wollen eben, daß wir uns durch Arbeit bessern – das ist doch völlig verständlich."

Pan Chaoen entgegnete: „Direktor Fan, machen Sie sich keine unnützen Gedanken. Ich will Sie ja überhaupt nicht beim Fegen beaufsichtigen."

„Natürlich, natürlich, ich meinte ja auch, daß Sie uns dabei leiten", verbesserte Direktor Fan sich hastig.

Pan Chaoen merkte, daß ein Eselskopf einfach nicht zu einem Pferdemaul passen will und sie wirklich nicht unter einen Hut kamen. So blieb ihm nichts anderes übrig, als mit seinem Besen erst einmal abzuziehen. Die drei „Machthaber" legten eine kleine Beratung ein und beschlossen, die Straße in drei Abschnitte zu unterteilen, für die jeweils einer von ihnen verantwortlich sein sollte, sie markierten sie sogar mit zwei Steinen.

An ebendiesem Tag erhielt der stellvertretende Werkdirektor Fan vom „Großen Vereinigten Revolutionären Rat" des Werkes die Mitteilung, daß er wegen seiner guten sozialen Herkunft, wegen seiner positiven Haltung zu den Massen und auch wegen seines Eifers bei der körperlichen Arbeit in die neue Leitungsgruppe aufgenommen würde. Davon war er so gerührt, daß er die halbe Nacht hindurch weinte und am Morgen eine ganz rote Nase hatte. Da er nun ins Werk gehen und sich zum Dienst melden mußte, erhob sich die Frage, wie er sich am passendsten anziehen sollte. Nach langem Grübeln entschied er sich schließlich für den Arbeitsanzug seines ältesten Sohnes. Zwar war sein Bauch etwas zu dick, so daß die Jacke ein bißchen spannte, aber er hatte ja noch Zeit, die Knöpfe zu versetzen, und so ging es dann. Bevor er das Haus verließ, suchte er noch ein neues Exemplar der „Worte des Vorsitzenden Mao" heraus und steckte es griffbereit in die Tasche. Dann stellte er den bewußten großen Reisigbesen vor der Haustür an die Wand und trat, ein altes Fahrrad schiebend, auf die Straße. Zufällig trat gerade auch Pan Chaoen heraus, um zu fegen. Als er Direktor Fan in dieser Verkleidung erblickte, bekam er einen Schreck. Direktor Fan schaute ihn an und machte eine Grimasse – ein Lächeln konnte man es nicht nennen, auch nicht ein um Verzeihung bittendes, aber lag darin nicht vielleicht ein bißchen Abschiedswehmut? Auf jeden Fall war es ein höchst kompliziertes Mienenspiel.

„Fehlt am Hause eine Mauer, verdeckt ein Baum das Loch auf Dauer", heißt es im Sprichwort, und so etwas kommt überall vor. Seit Direktor Fan wieder zur Leitung gehörte, wurde sein Stück Straße von keinem anderen als Pan Chaoen gefegt. Als das im Werk gemeldet wurde, waren die Leitungskader der Massenorganisationen sehr ärgerlich. Sie fanden, Pan Chaoen sei wirklich zu dumm, vermische der alte Trottel doch tatsächlich mit Absicht Widersprüche unterschiedlichen Charakters miteinander. Da aber schaltete sich Direktor Fan ein und sagte, das sei doch eine Kleinigkeit und erfordere keine besonderen Maßnahmen. Hinsichtlich der Auswahl von Arbeiterpropagandisten aus Kreisen der Belegschaft, die dann in den Verwaltungen und Schulen den linken Kräften zur

Seite träten, ja, in dieser Hinsicht sei er der Meinung, Pan Chaoen sei zwar ein erfahrener alter Arbeiter mit tadelloser sozialer Herkunft und Arbeitsmoral, aber für diese Aufgabe solle man ihn doch lieber nicht heranziehen, denn die Arbeiterklasse müsse ja überall die führende Rolle spielen und mit den Führungsqualitäten hapere es beim alten Pan ein wenig.

Daß der alte Pan Chaoen nicht zum Arbeiterpropagandatrupp gehören sollte, führte zu einigen Diskussionen unter der Belegschaft der mechanischen Abteilung. Manche meinten, er habe viel gelitten und müsse nun einen tiefen Haß hegen, folglich sollte er als Arbeiterpropagandist zu denen gehören, die auf den „Bitternis-Versammlungen" jene intellektuellen Eierköpfe in den Verwaltungen und Schulen das Fürchten lehrten. Andere wandten ein, das sei nichts für den alten Pan, wo er doch nicht einmal ein Wort des Vorsitzenden Mao aus dem roten Büchlein vollständig im Gedächtnis behalten könne.

Pan Chaoen selbst schwieg zu alldem und äußerte überhaupt keine Meinung. Wie eh und je stand er um fünf Uhr auf, rauchte, fegte und zog um acht mit der Essenbüchse ins Werk. In der mechanischen Abteilung war zwar die Produktion eingestellt worden, dennoch machte er täglich seine Runde durch die Halle, rauchte den Maschinen schweigend zwei Zigaretten vor und fegte dann den Fußboden.

Einmal fragte ihn der kleine Xu, sein Lehrling: „Meister, warum können Sie eigentlich nicht bei den Arbeiterpropagandisten mitmachen? Ich finde, Sie müßten mitmachen – bei Ihrer sozialen Herkunft und Ihrem Auftreten!"

Pan Chaoen seufzte und sagte: „Interessiert mich nicht!"

Der kleine Xu entgegnete: „Ha! Das interessiert Sie nicht, sagen Sie? Gestern kam der alte Wei noch mal nach Hause, weil er die Zahnpaste vergessen hatte – den hätten Sie mal hören sollen! Funktionäre, die bisher im Dienstwagen fuhren, Leute mit monatlich zweihundert *yuan*, dazu noch so'n paar Universitätsprofessoren, solche stinkenden Autoritäten, alles mögliche Gesocks auf einem Haufen! Sagst du: ‚Geht nach links!', geht dir keiner nach rechts, und sagst du: ‚Fangt mir eine Gans!', fängt dir keiner ein Huhn. Wenn du sie mal anschreist, kriegen sie gleich das große Zittern. Und stampfst du mit dem Fuß auf, machen sie sich fast in die Hosen. Ha! Von wegen nicht interessant! King bist du da!"

Der alte Pan schaute nur starr nach oben und sagte kein Wort.

Xu fing wieder an: „Andererseits hat die Sache auch einen Haken. Der alte Wei war ja nun zwei Tage dabei, und in dieser Zeit kam ein Riesenhaufen Untersuchungsberichte und Entschließungen zusammen. Ein richtiger Berg lag da vor ihm auf dem Tisch. Manchmal kannte er auch ein Wort nicht. Hier, sehen Sie, danach hat er mich gefragt, wie man das ausspricht." Der kleine Xu hielt Meister Pan die Hand hin und zeigte ihm das Zeichen für „büßen", das darauf geschrieben stand.

Pan Chaoen schwieg weiter. Er dachte über die von Xu geschilderten Beispiele für die Machtfülle von Arbeiterpropagandisten nach.

Der kleine Xu schluckte heftig und fuhr dann eifrig fort: „Meister, wenn ein zweiter Propagandatrupp gebildet wird, gehen wir beide in die gleiche Gruppe, ja? Bei den Versammlungen mach ich dann den Leiter und lese Worte des Vorsitzenden Mao vor, und Sie erzählen über die Bitternis der Vergangenheit."

„Das schaffe ich nicht."

„Sie haben bestimmt Angst, Sie bringen kein Wort heraus, wenn Sie da oben auf dem Podium stehen, was?"

„Das nicht, reden kann ich schon darüber. Schließlich habe ich das alles selbst erlebt. Es ist bloß – ehe ich anfange, muß ich mich doch über den Tisch beugen und erst mal ein bißchen heulen. Und weinen – das habe ich noch nie gekonnt!"

Als Xu seinen Meister so reden hörte, kriegte er einen regelrechten Lachanfall. Dann sagte er: „Nein, Meister, daß Sie gerade da passen müssen, hätte ich nicht gedacht. Geheult wird doch bloß, damit das Publikum ‚in die richtige Stimmung' kommt ..."

Während sich Lehrling und Meister noch höchst aufgekratzt unterhielten, ertönte plötzlich über den Lautsprecher des Betriebsfunks die Stimme einer Ansagerin, die in schneidendem Ton verkündete: „Achtung, Achtung! Eine Sondermeldung! Anweisung von allerhöchster Stelle: ‚Niemals an sich selbst, immer nur an andere denken!' – ‚Das Alte für das Neue und Ausländisches für China nutzbar machen!' Genossen revolutionäre Arbeiter und Angestellte des ganzen Werkes, zum feierlichen Empfang eines kostbaren Geschenkes, das der große Führer, der Vorsitzende Mao, der Arbeiterklasse unserer Stadt aus Peking sendet, einer Mangofrucht, versammelt sich die gesamte Belegschaft um neun Uhr vor der großen Kritik-Wandzeitung am Haupttor. Dabei ist folgendes zu beachten:

Erstens: Das kostbare rote Buch ist mitzubringen; das Abzeichen mit dem Porträt des Führers ist anzustecken.

Zweitens: Ordentliche Kleidung ist Vorschrift; das Mitführen von Einkaufsnetzen und Umhängetaschen ist untersagt.

Drittens: Erhöht die Wachsamkeit! Verhindert die Schädlingstätigkeit des Klassenfeindes! Aus allen Werksabteilungen sind Personen, gegen die sich die Diktatur des Proletariats richtet, unverzüglich in den kleinen Speisesaal zu verbringen ..."

Die Ansagerin hatte noch nicht fertig gesprochen, da ertönten auch schon Gongs und Pauken vor dem Gebäude der Werksverwaltung. Pan Chaoen hatte seine Erfahrungen in puncto „Anweisungen von allerhöchster Stelle", die stets unverzüglich zu propagieren waren. Er wußte, das Allerwichtigste war, was zu essen einzustecken, denn für so eine Demonstration mußte man fast den ganzen Tag einkalkulieren. Er sah auf die Uhr, stellte fest, daß ihm bis zur Versammlungszeit noch eine halbe Stunde blieb, und trabte los, um in der Imbißstube gegenüber dem Werk zwei Sesamkuchen für unterwegs zu kaufen.

In der Imbißstube war der Geschäftsführer mit Schrubber und Lappen am Werken und trieb die Gäste an: „Los, los, beeilt euch, es ist Zeit, den Vorsitzenden Mao um den Tagesbefehl zu bitten!"

Pan Chaoen schob sein Geld über die Theke und sagte: „Ich hätte gern zwei Sesamkuchen."

„Das geht jetzt nicht. Wir haben jetzt Befehlsausgabe."

„Aber ich habe es eilig."

„Ach was, eilig! Komm, wir machen die Befehlsausgabe zusammen." Mit diesen Worten zückte der Geschäftsführer seine „Worte des Vorsitzenden Mao", woraufhin Pan Chaoen eilig kehrtmachte und Fersengeld gab. Er hörte gerade noch, wie hinter ihm in der Imbißstube Schüsseln und Teller klirrten, und sah, als er sich umdrehte, daß einige Gäste noch kauend und mit vollen Backen, als bliesen sie Posaune, ebenfalls fluchtartig das Lokal verließen.

Der alte Pan schnaufte: „So vertreibt man die Leute!" Doch diesen Satz dachte er nur.

Nachdem er auch woanders keine Sesamkuchen bekommen hatte, überlegte er: Kein Essen bis zum Abend? Das geht nicht. Am besten schnell nach Hause und zwei Dampfnudeln holen! Also trabte er im Dauerlauf heim und kam gerade dazu, als Gevatterin Ma Fengxian aus dem Nachbarhaus nach Tante Pan rief. Ma Fengxian war über sechzig und wie Tante Pan Mitglied in der Volkstanzgruppe der alten Damen ihrer Straße. Sie trug einen Hosenanzug aus schwarzem Samt im traditionellen chinesischen Stil, im Haar prangte eine große rote Blüte, und an der Taille hatte sie ein rotes Seidentuch festgesteckt. Sie rief: „Gevatterin Pan! Beeil dich doch mal! Und vergiß nicht, Kompanie drei trägt heute Soldatenschuhe!"

Sie rief absichtlich sehr laut, und richtig – in den Fenstern der umliegenden Häuser erschienen überall neugierige Gesichter, und eben das hatte Gevatterin Ma Fengxian gewollt.

Nichts wäre Pan Chaoen unangenehmer gewesen, als Ma Fengxian in dieser Aufmachung anzusehen. Deshalb drückte er sich mit gesenktem Kopf seitlich an ihr vorbei, wagte nicht, ihr in das gepuderte Gesicht zu schauen, und eräugte nur einen Fuß, der in einem grasgrünen Soldatenschuh steckte und den Takt zu einem Lied auf „Worte des Vorsitzenden Mao" schlug, das sie vor sich hin summte: „Seid entschlossen, seid bereit . . ."

Als Pan Chaoen ins Zimmer kam, beugte sich Tante Pan gerade über einen Karton und suchte darin nach Schuhen. An den Schritten und dem Geruch erkannte sie, daß es der Alte war, der hereintrat. Ohne sich nach ihm umzudrehen, fragte sie: „Was machst du denn hier? Geht ihr vom Werk aus nicht zum Empfang der Mangofrucht?"

„Ich will bloß zwei Dampfnudeln holen", antwortete Pan Chaoen und ging geradewegs in die Küche, wo er sich zwei Dampfnudeln nahm. Da in der Sondermeldung ausdrücklich verboten worden war, eine Tasche mit sich zu führen, blieb ihm nichts anderes übrig, als die Dampfnudeln in einen sauberen Lappen zu wickeln und sie hinter den Gürtel zu stecken.

„Die verfluchten Dinger haben wohl Beine gekriegt! Ausgerechnet wenn man sie braucht, sind sie nicht zu finden", murmelte Tante Pan ärgerlich vor sich hin.

„Was suchst du denn?"

„Na, die Soldatenschuhe vom kleinen Gen. Gerade heute, wo ich sie mal anziehen will, sind sie wie vom Erdboden verschwunden."

„So was! Du willst Gens Schuhe anziehen? Da hat sich ja die Alte mal wieder was Rechtes ausgedacht . . ." Noch ehe er fertig gesprochen hatte, war Tante Pan wie ein geölter Blitz zu ihm geeilt und machte Miene, ihm den Mund zuzuhalten. Sie deutete vielsagend auf Ma Fengxian vor der Tür und trommelte dann mit den Fingern dem Alten auf die Stirn, wie um zu sagen: So was Unvorsichtiges! Wenn nun Ma Fengxian dich gehört hat!

Erst da bemerkte Pan Chaoen, daß seine bessere Hälfte sich das Gesicht gepudert und überdies noch zwei runde Rougeflecke vom Durchmesser eines Medizinflaschenstöpsels aufgemalt hatte. Infolge ihres intensiven Mienenspiels war die Puderschicht oberhalb der Augenbrauen von mehreren Furchen durchzogen.

„Was soll denn das nun wieder bedeuten", sagte der Alte mit einer Stimme, in der sich Ärger und Abscheu mischten, drehte sich um, holte aus dem hinteren Zimmer zwei Soldatenschuhe und hielt sie der Frau unter die Nase. Er hatte nämlich am Vortag die Schuhe des Enkels gescheuert und dann zum Trocknen aufs Fensterbrett gestellt.

Als Pan Chaoen aus dem großen Tor trat, hörte er eine leise Stimme: „Meister Pan!" Er drehte sich um und sah, daß es Zhong Xiu war, die Frau von Werkdirektor Wu, diesem „Machthaber auf dem kapitalistischen Weg". Sie hielt ihm einen Beutel hin und sagte schüchtern: „Meister Pan, Sie gehen doch jetzt alle demonstrieren, da wird wohl mein Mann nicht zum Mittagessen kommen können. Deshalb wollte ich Sie bitten, diese beiden Dampfnudeln für ihn mitzunehmen."

Pan Chaoen zögerte einen Augenblick und sagte dann: „Geben Sie mir die Dampfnudeln lose, den Beutel brauchen wir nicht." In diesem Moment hatte er das Gefühl, daß Gevatterin Ma Fengxian – immer wachsam gegenüber dem Klassenfeind! – ihre Blicke starr auf Zhong Xiu heftete.

Als Pan Chaoen die Dampfnudeln entgegengenommen hatte und sich gerade zum Gehen wandte, erschien auch seine Alte. Ma Fengxian trompetete lachend: „Du liebe Güte, die Oma vom kleinen Gen! In dem Aufzug könntest du glatt in der Oper auftreten! Jiang Shuiying, wie sie leibt und lebt, bloß ein bißchen älter!"

Tante Pan erwiderte: „Na, schließlich gehen wir ja zum Empfang der Mangofrucht, die der Vorsitzende Mao ..." Als sie so weit gesprochen hatte, bemerkte sie, daß Ma Fengxian eine heftige Grimasse zog und auf Zhong Xiu deutete. Da verstummte Tante Pan sofort und zwinkerte der anderen ihrerseits verschwörerisch zu, um zu zeigen, daß sie verstanden hatte.

Der alte Pan eilte mit großen Schritten zurück zum Werk. Dennoch konnte er das Gespräch hören, das hinter ihm zwischen Ma Fengxian und seiner Frau geführt wurde.

„... Wir müssen überall die Wachsamkeit erhöhen, sage ich dir! Der Klassenfeind, der kriegt keine Mangofrucht zu essen. Klar, daß er da sabotieren will."

„Gevatterin Ma, so eine Mangofrucht haben wir doch auch noch nicht gesehen. Was ist das eigentlich für eine Frucht?" fragte Tante Pan.

„Es heißt, sie soll einfach himmlisch schmecken, besser als irgendeine andere Frucht. Sie muß ja gut schmecken, sonst hätte man sie wohl kaum aus dem Ausland als Tribut geschickt ..."

Als Pan Chaoen am Werkstor anlangte, sah er, daß alle bereits, mit Papierfähnchen bewaffnet, herauskamen. Er flitzte zum kleinen Speisesaal, um Werkdirektor Wu die beiden Dampfnudeln zu bringen. Schon an der Tür hörte er, wie Gruppenleiter Sun von der Sicherheitsgruppe den dort versammelten „Rinderteufeln und Schlangengeistern" eine Standpauke hielt.

Gruppenleiter Sun nahm es als gerade erst rehabilitierter Funktionär besonders ernst mit den ihm zugeteilten Pflichten. Er stand vor dem Häuflein „Machthaber von der schwarzen Clique" und rief: „Achtung, ihr Burschen! Alles steht mit dem Gesicht zur Wand! Damit ihr's wißt, die revolutionären Massen demonstrieren heute wegen eines wichtigen Ereignisses. Wehe, wenn ich von euch irgend etwas Verdächtiges höre oder sehe!"

Während dieser Worte war Pan Chaoen hereingekommen. Er wandte sich an den Funktionär: „Gruppenleiter Sun, hier sind ein paar Dampfnudeln, die ich für den alten Wu mitbringen sollte."

Gruppenleiter Sun sagte: „Leg sie dorthin!" und murmelte noch etwas, was Pan Chaoen aber nicht genau verstand.

Das Knattern von Knallfröschen war zu hören. Am Werktor hatten sich die Marschblöcke für den Empfang der Mangofrucht bereits formiert. Als der alte Pan sich hastig in die Reihe drängte, schnauzte ihn ein „Rebellen"-Häuptling aus seiner Abteilung an: „Fahne! Hol dir 'ne Fahne!" Er zeigte auf das Blumenrondell.

Pan Chaoen rannte zum Blumenrondell, ergriff ein Papierfähnchen und kehrte mit erhobenem Banner in die Marschkolonne zurück.

Inzwischen waren die Straßen erfüllt von dem ohrenbetäubenden Lärm der Gongs, Pauken und Knallfrösche. Aus allen Straßen und Gassen ergossen sich immer neue Mango-Empfangskolonnen und schlossen sich dem breiten Strom an, der sich zum Bahnhof wälzte. Etwa fünfhundert Meter vom Bahnhof entfernt kam der Zug zum Stehen, denn auf dem Bahnhofsvorplatz drängte sich bereits eine unübersehbare Menschenmenge unter einem Meer von roten Fahnen.

Der Anblick der vielen Kolonnen von Arbeitern, Schülern und Angestellten aus den Verwaltungen erregte und verwirrte den alten Pan. Es war irgendwie erhebend, aber auch ein bißchen jämmerlich. War denn diese Mangofrucht wirklich so etwas Kostbares? War sie etwa nicht auf einem Baum gewachsen? Sie konnte doch wohl nicht vom Himmel gefallen sein . . .! Bei dem Wort Himmel mußte der alte Pan plötzlich an Peking denken – richtig, diese Mangofrucht war ja aus Peking hierhergeschickt worden! Er erinnerte sich an eine Begebenheit, die der Vater erzählt hatte: Einmal hatte das Volk den Kaiser, der auf der Durchreise von Peking her erwartet wurde, mit Weihrauch und Opferspeisen empfangen wollen. Nachdem man drei Tage und Nächte zu beiden Seiten der Straße gekniet hatte, wurde bekannt, daß der Kaiser, der die Kaiserin auf einem Ausflug zu den Höhlentempeln von Longmen begleitet hatte, von dort aus direkt nach Xi'an gereist war und deshalb überhaupt nicht durch diesen Ort kommen würde. Da weinten die Hunderttausende, die am Weg warteten, bitterlich. Später dann, als ein paar Dutzend Mandarine vom Provinzgouverneur und Präfekten abwärts sich vor den Majestäten zu Boden geworfen und so oft Kotau gemacht hatten, daß ihre Köpfe bluteten, gestatteten der Kaiser und die Kaiserin gnädig, daß ein Eunuch mit einer gelben Mandarinjacke des Kaisers auf einer Bambusstange die bewußte Straße entlangschritt, um so dem Volk die „unermeßliche kaiserliche Huld“ zu bezeigen. Es heißt, daß überall dort, wo diese gelbe Mandarinjacke vorübergetragen wurde, die Menschen unter heißen Tränen Hochrufe ausstießen. Ein Schafhirt aus dem Heimatdorf des alten Pan, der den Kopf nicht gesenkt und heimlich einen Blick auf die gelbe Mandarinjacke geworfen hatte, bekam dafür eins mit dem Schlagstock übergezogen, so daß er ein Loch am Kopf davontrug ...

In diesem Augenblick ertönte plötzlich aus den Lautsprechern an den Laternenmasten eine feierliche Stimme: „Achtung, Achtung! Genossen! Es beginnt jetzt die Zeremonie zum Empfang der Mangofrucht ...“ Knallfrösche böllerten los, Gongs und Pauken dröhnten, und dann ertönte feierlich die Musik des Liedes „Der Osten erglüht“, intoniert von einer Militärkapelle.

Da der alte Pan sehr weit vom Bahnhof entfernt stand, sah er nicht, wie die Mangofrucht aus dem Zug gehoben wurde. Er hörte lediglich über die Lautsprecher, daß erst der Vorsitzende des Stadtrevolutionskomitees und danach der Vertreter der Hauptleitung der Arbeiterpropagandatrupps eine Rede hielten. Letzterer sprach allerdings nicht so leidenschaftlich bewegt und volltönend wie der Vorsitzende des Stadtrevolutionskomitees, er rezitierte nur mit vor Bewegung versagender Stimme einige Worte des Vorsitzenden Mao, begann vor Rührung zu weinen und rief dann plötzlich mit lauter Stimme: „Hoch! Hoch! Dreimal hoch!“

Vor dem Bahnhofsausgang kam Bewegung in die Menge. Ein paar Dutzend rote Fahnen bildeten einen Halbkreis und setzten sich dann in zwei Säulen in Marsch. Da war das Auto mit der Mangofrucht! Der alte Pan war etwas klein geraten, deshalb griff er sich einen halben Ziegelstein und stellte sich darauf, um besser zu sehen.

An der Spitze des Zuges marschierte im Gleichschritt eine Blaskapelle, die Lieder nach „Worten des Vorsitzenden Mao“ spielte. Darauf folgten mehrere Dutzend lange Kerls vom städtischen Sportkomitee mit hocherhobenen roten Bannern. Hinter ihnen kamen ein Dutzend führende Persönlichkeiten der Stadt zum Vorschein, der Vorsitzende des Stadtrevolutionskomitees genau in der Mitte. Der nickte bald den Massen zu beiden Seiten der Straße lächelnd zu, bald legte er eine devote Feierlichkeit an den Tag, als ob ihn die Rührung übermanne, um dann wieder mit gerunzelten Brauen Ernst und Strenge zu demonstrieren. Pan Chaoen wußte selbst nicht warum, aber als er dieses komplizierte Mienenspiel sah, tat ihm der Mann leid.

Die Menge drängte plötzlich nach vorn, der alte Pan wurde von seinem Ziegelstein heruntergeschubst, aber in dem Gedränge konnte er zum Glück nicht hinfallen. Der Wagen mit der Mangofrucht war da! Ein großer fünfachsiger Lastkraftwagen fuhr langsam vorüber, darauf dichtgedrängt junge Soldaten mit Gewehren. Vorn auf der Ladefläche stand ein Tisch, flankiert von zwei Arbeitern mit roten Seidenschärpen und großen roten Ansteckblüten. Sie waren als Geleitschutz für die Mangofrucht aus Peking gekommen und trugen auf ihren rotwangigen Gesichtern ein glückseliges Lächeln zur Schau, als hätten sie bereits von der Mangofrucht gekostet.

Pan Chaoen hatte wahrscheinlich zu lange die würdevolle Haltung der Pekinger Arbeiter auf sich wirken lassen und dabei offenbar den Anblick der Mangofrucht verpaßt. Er fragte leise: „Was ist denn nun die Mangofrucht? Wo ist sie denn?“

„Na, da in dem Glaskasten auf dem Tisch!“

Inzwischen war das Auto mit der Mangofrucht schon an ihm vorbeigefahren, und er konnte nichts mehr sehen, obwohl er sich mehrmals auf die Zehenspitzen stellte. So blieb ihm nichts anderes übrig, als sich von dem Menschenstrom, der hinter dem Mango-Auto herzog, treiben zu lassen, in der Hoffnung, doch noch einen Blick auf die Mangofrucht werfen zu können.

Der Umzug dauerte von morgens 10 Uhr bis Nachmittags 14.30 Uhr. Da endlich war das Mango-Auto am Ziel, dem großen Platz vor dem Gebäude des Stadtparteikomitees, angelangt. Auf dem Platz hatte man eine Art Baldachin aus Strohmatten errichtet, an dessen beiden Seiten mehrere Dutzend bunte Fahnen flatterten. Von dem großen Tor, das auf den Platz führte, bis hin zur „Mango-Schauhalle“ waren die Straßenränder dicht besetzt von Soldaten mit Maschinenpistolen in den Händen. Plötzlich hatte Pan Chaoen das Gefühl, als durchbohre ihn jemand mit den Blicken. Er sah sich um und stellte fest, daß ein hochaufgeschossener Soldat, die

Maschinenpistole an der Hüfte, ihn starr und unverwandt beobachtete. Pan Chaoen lief es kalt über den Rücken, er drehte sich absichtlich zur Seite und blickte dann verstohlen noch einmal zurück: Der Soldat starrte ihn noch immer an, genauer, er starrte auf seinen Bauch. Da fiel es Pan wie Schuppen von den Augen: die beiden Dampfnudeln, die er hinter den Gürtel geklemmt hatte und die sich wie zwei Eierhandgranaten unter seiner Jacke abzeichneten!

Um das Mißverständnis aufzuklären, öffnete Pan Chaoen rasch die Jacke und nahm das Bündel mit den Dampfnudeln heraus. Er wickelte es auf, hielt die Dampfnudeln dem jungen Soldaten unter die Nase und machte ein paar überdeutliche Kaubewegungen, um anzudeuten, daß es sich um etwas Eßbares handele und nicht um irgendeine Geheimwaffe zur Zerstörung der Mangofrucht.

Pan Chaoen hatte gerade zweimal von seiner Dampfnudel abgebissen, da begann die Menge plötzlich nach rechts zu drängen. Inzwischen war nämlich, um noch mehr Menschen in den Genuß des Anblicks der Mangofrucht kommen zu lassen, auch das Westtor geöffnet worden. Auf einmal verlor Pan Chaoen den Boden unter den Füßen und wurde von der nachdrängenden Menge fast bis zum Mango-Baldachin getragen. Im Gedränge waren ihm die Dampfnudeln abhanden gekommen, und auch sein Fähnchen war kaputtgedrückt – aber er sah endlich die Mangofrucht!

Sie lag in einem würfelförmigen Glaskasten auf einem Tisch genau in der Mitte der „Mango-Schauhalle“. Über ihr hing das Porträt des Führers, und zu beiden Seiten standen viele Töpfe mit Immergrün.

Sieht ja aus wie eine unreife Zuckermelone, dachte Pan Chaoen bei sich, als er die strohgelbe Mangofrucht erblickte, wagte aber nicht, diesen Gedanken auszusprechen. Manche Leute verneigten sich tief, das rote Büchlein mit den Worten des Vorsitzenden Mao in der Hand, während andere mit tränenfeuchten Augen und zitternden Knien dastanden, als wollten sie jeden Moment auf die Knie fallen. Einer machte einen gewaltig langen Hals und zog geräuschvoll schnuppernd Luft durch die Nase ein.

Pan Chaoen war weder nach Weinen noch nach Schnuppern zumute, und er wußte auch nicht, weshalb der Mann so schnupperte. Aussehen tat es jedenfalls gemein! Er wagte es nicht, lange unter dem Schutzdach stehenzubleiben, und ging schnell wieder hinaus.

Auf jeden Fall habe ich die Mangofrucht gesehen, sagte sich Pan Chaoen aufatmend, als er aus der „Mango-Schauhalle“ heraustrat. Erst da bemerkte er, daß ihm an einem Fuß ganz kalt war. Er blickte nach unten und sah, daß er einen Schuh im Gedränge verloren hatte. Aber wo, das wußte er selbst nicht.

Pan Chaoen verließ, auf einem Bein humpelnd, den Platz, mußte aber feststellen, daß viele Leute auf der Straße ihn anstarrten, als sei er selber zu einer Mangofrucht geworden. Innerlich fluchend, zog er sich notgedrungen auch den anderen Schuh aus und setzte sich dann auf seine vier Buchstaben, um unter einem Tongbaum auf dem Gehweg erst einmal eine zu rauchen.

„Meister Pan!“ Das war die Stimme seines Lehrlings, des kleinen Xu, der, an einem Stieleis lutschend, voller Eifer angelaufen kam und fragte: „Warum sitzen Sie denn hier, Meister Pan?“

„Ich ruhe mich ein bißchen aus.“

„Haben Sie die Mangofrucht gesehen?“

„Ja – gesehen habe ich sie immerhin.“

Der kleine Xu blickte sich rasch nach allen Seiten um und flüsterte ihm dann ins Ohr: „Meister, es ist eine nachgemachte!“

Pan Chaoen warf ihm einen verblüfften Blick zu. Zu sagen wagte er nichts.

Der kleine Xu fuhr im selben leisen Ton fort: „Das ist eine Mangofrucht aus Wachs, sie haben sie schon in Peking gegen die echte ausgetauscht. Ich habe auch aus der Nähe mal geschnuppert – sie hat überhaupt keinen Geruch.“

„Von wem hast du das?“ fragte Pan Chaoen mit strenger Miene.

„Vom alten Wei. Er ist doch Mitglied des Mango-Empfangskomitees.“

Da sagte Pan Chaoen nichts mehr. Er wußte nicht, ob es Hunger war oder Durst, auf jeden Fall wurde ihm auf einmal schwarz vor Augen.

„Meister, kommen Sie, gehen wir nach Hause“, sagte der kleine Xu.

„Ich habe in dem Gedränge einen Schuh verloren.“

„Hach! Ich hab mich doch gleich gewundert, daß Sie hier so sitzen! Kommen Sie, ich helfe Ihnen suchen. Vor dem Wachturm in der Sanma-Straße liegt ein Riesenhaufen Schuhe – alle von heute."

Der kleine Xu half Meister Pan beim Aufstehen, und als sie beim Wachturm in der Sanma-Straße ankamen, lag da tatsächlich ein großer Haufen Schuhe.

Beim Anblick dieses Schuhberges bekam es Pan Chaoen mit der Angst zu tun. Zusammen mit dem kleinen Xu wühlte er eine halbe Ewigkeit ohne Erfolg darin herum. Da hatte der kleine Xu einen Einfall. Er ergriff einen schwarzen Lederschuh, stellte ihn Pan Chaoen vor die Füße und sagte: „Hauptsache, Sie haben überhaupt einen Schuh an, damit wir gehen können."

Pan Chaoen zögerte einen Augenblick. Als er dann den Schuh anziehen wollte, wurde er plötzlich am Arm gepackt, und jemand sagte: „Moment mal! Ist das Ihr Schuh?"

Pan Chaoen kriegte einen roten Kopf. Der kleine Xu trat dem Mann entgegen und sagte: „Was gibt's denn?"

„Ich will meinen Schuh", sagte der Mann zornig und zeigte auf seinen Fuß. „Haben Sie vielleicht beim Politstudium gefehlt? Von wegen – ‚den Egoismus bekämpfen und den Revisionismus kritisieren'! Schön wär's!"

Der kleine Xu entgegnete: „Auch Sie sollten schön studieren! Wie heißt es doch? ‚Niemals an sich selbst, immer nur an andere denken!'"

Während er sich noch mit dem Mann herumstritt, wurde er von Pan Chaoen weitergezogen, und als er immer noch darauf bestand, einen Schuh für den Meister herauszusuchen, sagte der: „Egal, was du redest, ich ziehe keinen Schuh an. Ich gehe barfuß nach Hause."

Als Pan Chaoen zu Hause ankam, verzog er sich sofort in die Stube, aß nichts, wusch sich nicht die Füße, holte sich auch keine Schuhe, saß nur mit hängendem Kopf da und rauchte.

Da ertönte vom Hof her die Stimme von Tante Pan. Sie wechselte ein paar Grußworte mit Werkdirektor Fan: „Ach, kommen Sie auch gerade nach Hause, Direktor Fan?"

„So ist es, und Sie wohl auch? Heute hat sich Ihre Veteranen-Tanzgruppe aber wirklich selbst übertroffen. Und so viele Menschen haben Ihnen applaudiert!"

„Haben Sie eigentlich die Mangofrucht gesehen?" begann Tante Pan von neuem.

„Aber ja! Die Leitung des Stadtrevolutionskomitees hat eigens für uns eine Besichtigung organisiert."

Tante Pan entgegnete: „Wir haben auch eine Sonderführung gehabt. Ich stand nur einen knappen Meter von der Mangofrucht entfernt. Wie das duftete! Sie können sich gar nicht vorstellen, was das für ein herrlicher Duft war! Ein bißchen wie Bananen, aber auch ein bißchen wie Persimonen und ein bißchen wie Birnen ..."

Direktor Fan unterbrach sie: „Ich hab es ebenfalls gerochen. Ich fand, sie roch auch ein bißchen wie Apfelsinen. Na ja, wenn sie nicht so herrlich duftete, hätte der Vorsitzende Mao sie niemals ..."

Direktor Fan hatte noch nicht fertig gesprochen, da kam der alte Pan Chaoen plötzlich herausgeschossen, gab Tante Pan – klatsch! – eine Ohrfeige und zog sie in die Wohnung.

Tante Pan zeterte: „Was fällt dir ein! Bist du denn total übergeschnappt? Wieso schlägst du mich? Den ganzen Tag bin ich auf den Beinen, komme bald um vor Durst, verliere einen Schuh im Gedränge ..."

Wer weiß, was der alte Pan Chaoen leise zu ihr gesagt hat. Jedenfalls verstummte Tante Pan plötzlich.

In der Nacht konnte Pan Chaoen nicht einschlafen. Er saß, die Jacke umgehängt, rauchend da und dachte nach. Das glimmende Ende der Zigarette gab zwar nur ein schwaches Licht, wie ein Glühwürmchen, aber immerhin – es war echtes Feuer!

Shen Rong

Ein rosenroter Abend

Wein- und Limonadenflaschen. Dunkelroter Wein, orangenfarbene Limonade. Kinder jubeln, ihre Haarschleifen schwingen in der Luft, Grübchen bilden sich in ihren vor Eifer gerunzelten Gesichtern. Rabenschwarze Köpfchen glänzen zwischen würdigen weißen Häuptern. Zwei Tische sind zusammengeschoben, umringt von einer großen Familie. Nächste Angehörige, die lange voneinander getrennt waren und heute wieder vereint sind. Gott des Glücks, wandelst du wirklich unter den Menschen? Dann laß dich bei diesem samstäglichen Abendessen nieder, nimm an diesem Familienfest teil!

„Rose, Rose, rote Rose, Rose meines Herzens . . ." Das neugekaufte Tonbandgerät steht auf der funkelnagelneuen Anrichte. Die Sängerin scheint ihr Lied nur für diese Familie vorzutragen. Der Gesang von der Rose verleiht diesem Wiedersehen eine Atmosphäre der Fröhlichkeit. Die Musik – ewiger Begleiter des Menschen auf seinem Lebensweg, früher wie heute, im Leid wie in der Freude.

Er hätte nicht kommen sollen. Steif sitzt Su Hong am Kopfende des Tisches. Links von ihm seine fünfjährige Tochter, rechts seine Frau. Die Tochter kniet auf dem Stuhl und ruft: „Oma, ich trinke ganz allein eine ganze Flasche Limonade aus!" Kinder sind eben Kinder, sie werden schnell heimisch. Wer würde glauben, daß die Kleine ihre Großmutter erst seit kaum einer Stunde kennt? Die Großmutter lacht. Sie ist gütig und freut sich, als hätte sie schon lange davon geträumt, so gerufen zu werden. Auch seine Frau redet. „Mutter, Sie können wirklich hervorragend kochen. Diese Schweineleber ist ja ganz vorzüglich!" Wie süßlich und ölig ihre Stimme ist, wie abstoßend ihr Lachen, wie bringt sie das nur über die Lippen! Viele Jahre lang hat sie nicht mit ihr gesprochen. Nicht einmal erwähnt hat sie die Schwiegermutter, als hätte sie gar keine Schwiegereltern.

Der Alptraum ist vorüber, wir sind erwacht, es ist wieder

klarer Morgen. Ihr seid nun endlich zurückgekehrt. Aus den wilden Bergen in die blühende Stadt zurückgekehrt, aus der Barbarei des Mittelalters in die moderne Zivilisation. Peking ist ein von allen erstrebtes Paradies. Der Sommerpalast, die Kinos, die Boote auf dem Kunming-See, das Wunder der Echo-Mauer, das Leben der Hauptstadt, Peking-Ente, scharf eingelegtes Sichuan-Gemüse, unzählige Fachkonferenzen und so viele traditionelle Kulturveranstaltungen, daß man gar nicht alle sehen kann. Wieviel Leute schaffen es trotz Beziehungen nicht, ihre Versetzung hierher zu erreichen oder eine Zuzugsgenehmigung zu bekommen. Ihr aber seid zurückgekehrt, wie auch immer. In der wiederauferstandenen Hauptstadt werden die Gebäude immer höher. Was macht es, im dreizehnten Stock zu wohnen? Es gibt ja Fahrstühle. Es ist lustig, hoch oben auf dem Dachgarten herumzuspazieren und auf die Menschen und Autos hinunterzublicken, die wie Spielzeug aussehen. Das Menschenleben ist wie fließendes Wasser: Was vergangen ist, kann man nicht zurückholen. Das Klügste ist, nach vorn zu schauen, sich auf das Alter vorzubereiten. Wenn die Kinder groß sind und kein Geld mehr von dir brauchen. Der Schwarzweißfernseher mit der Zwölfzollbildröhre kann durch einen Farbfernseher mit neunzehner Röhre ersetzt werden. Elektrische Kühlschränke und Waschmaschinen gibt es dann überall, sogar in den kleinen Läden in den Bergen. Man braucht sie nicht mehr hintenherum zu besorgen. Tonbandgeräte sind leicht zu bekommen, mit vier Lautsprechern und Stereo. Ruhig, mit geschlossenen Augen wird man dasitzen und den ganzen Abend Mozart oder Strauß hören. Die schönen Melodien werden allen Kummer aus dem Herzen vertreiben, auch die Alpträume der Vergangenheit.

„Kommt, laßt uns zusammen ein Glas leeren!" Wann ist Mutters Stimme so rauh geworden, so gepreßt? Lacht sie oder weint sie? Und ihr ergrauter Kopf. Wie alt sie geworden ist! In seiner Erinnerung ist ihr Haar schwarz und dicht, ihre Stimme klar und weich.

Ein Glas nach dem anderen wird ihr hingehalten, frohe Gesichter blicken zu ihr auf. Dicker roter Saft fließt in die durchsichtigen Gläser. Ist das Wein, der trunken macht, oder Arznei, die Wunden heilt? „Rose, Rose, rote Rose . . ."

Vater sitzt auf dem Ehrenplatz. Er ist alt geworden. Sein

schneeweißer Kopf ist herabgesunken, als sei er bei den leichten Klängen des Liedes eingeschlafen. Nein, er ist wach. Sein Gesicht ist kalt, die unter den dichten Brauen verborgenen kleinen Augen sehen niemanden an.

Mutter wirft dem Vater einen Blick zu, vorwurfsvoll wegen seiner Gleichgültigkeit. Dieses Abendessen hat sie mit Sorgfalt zubereitet. Sie hat dazu eingeladen. Sie wollte, daß Söhne, Tochter, Enkelsohn und Enkeltochter zu einem Wiedersehensmahl zusammenkommen. Es ist weder Neujahr noch irgendein anderer Festtag, aber mehr Grund zum Feiern als an solchen Tagen. In welch elenden Verhältnissen haben sie die letzten zwanzig Neujahrsfeste und Mittherbstfeste erlebt!

Die Schwester und ihr Mann haben ihren kleinen Frechdachs mitgebracht, ein Einzelkind, ihren Augapfel. Er turnt auf den Stühlen herum wie ein kleiner Affe. Der Bruder strahlt über das ganze Gesicht. Im schmucken Kaderanzug mit schneeweißem Hemd, unbeschwert, flüstert er hingebungsvoll mit seiner Braut. Das Mädchen ist hübsch. Kluge, unergründlich tiefe Augen, in denen kleine Fünkchen glitzern. Diese Augen leuchten, sie ähneln den ihren – ja wirklich, sie ähnelt ihr, die ewig in seinem Herzen ruhen wird. Ihr letzter Blick, ihr trauriger letzter Blick! „Rose, Rose, rote Rose, Rose meines Herzens . . .“

„Mach das aus!“ Eine rauhe Stimme, Vater hat endlich etwas gesagt. Seine Augen aber bleiben gesenkt, als sei er nicht der Herr dieser neuen Wohnung, als sei dieses reiche Mahl nicht zu seinen Ehren angerichtet, zur Feier seiner Rehabilitierung nach zwanzig Jahren grundloser Beschuldigungen, als wisse er nicht, daß er nun wieder an seinen Maltisch zurückgekehrt ist, als freue er sich nicht, daß die Bilder Su Banshes und der Bildband über ihn wieder zu sehen sein werden. Er ist wie ein erschöpftes altes Pferd, das einen langen, langen Weg zurückgelegt hat. Er ist wie ein alter, an Einsamkeit gewöhnter Mann, der den Lärm des geräuschvollen Festes verabscheut. Ach nein, er verabscheut niemanden sonst, nur mich. Mutter lacht, ein rauhes Lachen. Sie tut, als hätte sie den Befehl nicht gehört. Sie stellt das Tonbandgerät nicht ab, sie will, daß alle fröhlich sind. Sie bemüht sich, eine harmonische Atmosphäre zu schaffen. Ach Mutter, verschüttetes Wasser läßt sich nicht wieder auffangen, ein zersprungener Spiegel wird nicht wieder heil. Wie kann man ein gebrochenes Herz flicken?

Verabscheut mich! Beschimpft mich! Haßt mich! Ich bin der Verräter in dieser Familie. Ich bin hier nicht erwünscht. Warum bin ich nur gekommen? Ich hätte auf keinen Fall kommen dürfen. Als meine Tochter hörte, daß wir zu Großvater und Großmutter gehen wollten, fragte sie erstaunt: „Ich habe einen Großvater? Ich habe eine Großmutter?“ Kaum hatte meine Frau von Mutters Anruf erfahren, war sie ungewöhnlich aktiv geworden. Was anziehen? Was für ein Geschenk mitnehmen? Eine Geschäftigkeit! Typisch kleinbürgerlich. Wie zerzaust ihr Kopf mit den dauergewellten Löckchen aussieht. Wie sie die Lippen zum Lächeln verzieht, als hätte sie schon lange vorgehabt, ihre Schwiegermutter zu begrüßen, als hätte sie mit dem Eindringen in diese wiedervereinte Familie eine neue Welt betreten. Sie ist schuld, an allem ist sie schuld, warum wollte sie unbedingt kommen? Wären wir nicht gekommen, dann wären mir diese Peinlichkeit und Qual erspart geblieben.

Kann man aber alles auf sie schieben? Nein, das wäre ungerecht. Ich habe auch kommen wollen. Schließlich ist er mein Vater. Er ist über sechzig und hat nicht mehr sehr viel Jahre zu leben. Und immerhin bin ich sein ältester Sohn, ich war sein geliebter ältester Sohn. Ach Kindheit, ungetrübte Kindheit, traumhafte, goldene Kindheit! Die Fluten des Stromes rauschen in der Schlucht, das Boot kämpft gegen die Strömung an, der Treidler stemmt sich am Ufer entlang, die untergehende Sonne rötet die glitzernden Wogen des Flusses und das schweißglänzende Gesicht des Schiffers. Über den großen Tisch gebeugt, sehe ich zu, wie Vaters Pinsel hin und her huscht, alles wird auf dem feinen Tuschpapier sichtbar, wie schön!

„Honghong, dein Glas!“ Mutter ist immer noch beschäftigt, alle zu versorgen. Honghong, wie ungewohnt dieser Kosename klingt, er möchte weinen. Irgend etwas steigt ihm aus dem blutenden Herzen auf.

„Iß du nur deins!“ Eine rauhe, kalte Stimme dringt vom Kopf des Tischs herüber, wie ein Schlag auf die Hand. Su Hong stellt sein Glas wieder hin und wehrt mit der anderen Hand ab. „Laß nur, Mutter, ich bediene mich selbst.“ Er erhebt sich, streckt den Arm aus, bemüht, den Mund zum Lächeln zu verziehen. Sehr gut. Nur seine Stimme bebt. Er ist verlegen. Bei einem Blick nach links, zum Bruder hin, trifft er auf einen eiskalten Blick. Ja, der Bruder ist der Lieblingssohn der Familie. Als sie im Elend waren, nichts zu essen hatten, unter Anklage standen, war nur er bei ihnen. Er war noch klein, eine unbedeutende „Hundebrut", deshalb durfte er mit ihnen in die Berge gehen. Er schleppte Hunderte Meilen weit Melonen für sie heran und rettete ihr Leben.

Alle Gläser sind erhoben. Klingend stoßen sie aneinander. „Auf deine Gesundheit, Vater! Auf deine Gesundheit, Mutter!" Wie angenehm die Stimme des Bruders klingt. Auch seine Braut ruft mit silberheller Stimme: „Vater! Mutter! Gesundheit!" Die Stimme der Schwester ist schrill. Ihr Mann lacht. Der kleine Frechdachs steht auf dem Stuhl. „Auf eure Gesundheit, Großvater und Großmutter!" Das hat ihm sein Vater beigebracht. Die anderen Kinder sagen es ihm nach. Auch meine Tochter sagt es lachend, so daß ihre perlende Zahnreihe sichtbar wird, in der ein Vorderzahn fehlt.

„Rose, Rose, rote Rose . . ."

Auch Su Hong hebt sein Glas, das schwere Weinglas. Seine Lippen berühren den Glasrand, den eiskalten. Dieses Gefühl ist ihm so vertraut. Wann war das nur, wann?

Ein Stapel feinsten Tuschpapiers, Reibesteine, viele Pinsel, große Tuschesteine, zinnoberrot, malachitgrün, scharlachrot. Eine Reibeplatte. Zwei kleine Hände umklammern einen Tuschestein und reiben mit aller Kraft. Vater will malen! „Mein kleiner Schüler, braver Sohn!" Alle Bilder an den Wänden, alle Leute im Zimmer haben Vaters Worte gehört. „Der Pinsel gibt die Umrisse, die Gedanken kann er nicht ausdrükken." Wie schön, wenn plötzlich auf dem weißen Papier eine Taube geflogen kommt! Eine große Krabbe spaziert heran. Pflaumenblüten öffnen sich. Chrysanthemen duften. Vater hat einen Wunderpinsel. Er ist ein Zauberer. „Honghong, schenk dem Vater ein Glas Wein ein!" Schnell, schenk dem Vater ein, Vater braucht Wein, um gut zu malen. Honghong bringt den Wein, fest umklammert die kleine Hand das Glas, er hat Angst vor dem Wein. Der Vater beugt sich nieder und hält das Weinglas an Honghongs Lippen. „Komm, mein Sohn, trink einen Schluck, er ist süß." Ja süß, süße Kindheit. Süß ist Vaters Liebe, aber nicht der Wein. Der Wein ist scharf, bitter, würgend. Wenn der Sohn die Brauen runzelt, die Lippen zusammenpreßt, die Augen zusammenkneift und das Gesicht verzieht, bricht der Vater in Lachen aus, drückt die kratzenden Bartstoppeln an sein kleines Gesicht und hebt ihn mit seinen starken Armen hoch in die Luft, so hoch, daß er mit der Hand die Decke berühren kann ... Ach, so wird es nie wieder sein, nie wieder! Seit jener furchtbaren Zeit ist alles verloren. Wie das unerbittlich fließende Wasser, wie die flüchtig ziehenden Wolken ist Vaters Zärtlichkeit unwiederbringlich dahin. Alles ist so eiskalt geworden, als seien Vater und Sohn einander völlig fremd. Er räuspert sich, hebt mit den lärmenden, lachenden Menschen rings um den Tisch das Glas, seufzt. Bitterkeit erfüllt ihn bis auf den Grund des Herzens.

Goldener Glanz hatte vor ihm gelegen, goldener Glanz mit Millionen tanzender Blüten. Sein Leben war voller Licht und Blumen gewesen. Das abgeschiedene Institutsgelände, Wiege „roter Ingenieure“, Hydromechanik, künftiger Fachmann, Gelehrter, der die Höhen der Wissenschaft erklimmt, Kandidat der Partei, „sowohl rot als auch fachlich gebildet“. Eine glückliche, zarte Liebe. Leuchtende Augen, ein reines Herz, ein rosiges Gesicht, Spaziergänge am Waldbach ... Plötzlich bricht die Welt zusammen, der Palast der Hoffnung stürzt ein, das Licht des Lebens erlischt. „Dein Vater ist ein Rechter!“ – „Du mußt einen festen Standpunkt einnehmen, einen klaren Trennungsstrich ziehen!“ – „Stehst du zur Partei oder zu den Rechten? Du mußt dich entscheiden!“ Wie konnte es nur dazu kommen? Was tun?

„Warum bist du ein Rechter?“

Durch das fröhliche Lachen hindurch dringt dieser Satz hartnäckig an sein Ohr. Wie dumm, so etwas zu fragen, seinen eigenen Vater zu fragen. Vater antwortete nicht, er konnte nichts antworten. Su Hong wagte es nicht, den Kopf zu heben und sich dem eiskalten Gesicht zuzuwenden. Wie Vaters Hände auf den Knien zitterten! Mutters rauhes Lachen war von draußen zu hören. Wieso Lachen? Natürlich weinte sie, als sie sagte: „Honghong, frag deinen Vater nicht so etwas, das erträgt er nicht.“ Sie stellte sich zwischen die beiden, ihre Tränen flossen ...

Irgend etwas steckt ihm in der Kehle. Tränen, die hervorquellen wollen. Nur nicht jetzt! Ruhig und lautlos greift er zur Weinflasche und gießt sich das Glas noch einmal voll. Er lacht, verzieht den Mund zu einem Lächeln und trinkt mit bitterem Gesicht. „Rose, Rose, rote Rose ..." Rot. Das Rot der Rose ist schön. Kein stechendes Knallrot, auch kein fades Rosa, sondern ein edles, tiefes Rot von leiser Wehmut, ein warmes Rot. Eine Farbe wie das ganze Zimmer. Das Zimmer ist völlig neu. Die Wände sind weiß, die Fensterscheiben glänzen, die Türen sind frisch lackiert, die verchromten Geräte blinken. Der Schein der Abendsonne überzieht alles mit einem frohen Rosenrot. Alles ist neu, ohne Schmutz und Flekken. Ein neuer Herd, ein neues Heim. Das alte ist wie von einer Flut hinweggespült. Warum kann diese Flut nicht auch das Herz reinspülen? Die Vergangenheit sterben und das Heute neu erstehen lassen? Wie schön wäre die Welt, könnte alles noch einmal beginnen!

Aber es läßt sich nicht hinwegspülen. Schwarz auf weiß hat er zum erstenmal in der Zeitung seine Antwort gefunden. „Die Gedanken des rechtskonservativen Malers Su Banshe sind durch und durch reaktionär. Er haßt die Partei und den Sozialismus bis auf die Knochen. Auf seinen Bildern ist der Himmel des Vaterlandes voll dunkler Wolken, die Erde ist düster, der Sozialismus ist wie ein leckes Boot. Die Menschen kämpfen entweder im Wasser gegen das Ertrinken, oder sie hocken angsterfüllt im Boot. Darin liegen ganz üble Absichten!" So wurde das ausgelegt. Das war das endgültige Urteil.

Natürlich mußte man sich davon lossagen. Nach Hause konnte ich nicht mehr gehen, es war auch nicht notwendig. Das Volk hatte mich genährt, die Partei mich erzogen. Die Partei war mein Zuhause. Weg mit den kleinbürgerlichen Gefühlen, ein Revolutionär werden mit einem Herz wie Eisen und einem Willen wie Stahl!

Weißes Hühnerfleisch, dunkelgrüne eingelegte Eier, braune Schweineleber, rote Wurst, grünes Salzgemüse, das Mutter erst nach ihrer Rückkehr eingelegt hat. Eßstäbchen, lachende Gesichter. Eifriges Auffordern zum Trinken, unangebrachtes Lachen, Schmeichelei zum Erbrechen. Worüber lacht sie? Alles geheuchelt und kleinbürgerlich. Wie konnte er mit so einem Menschen zusammenleben? Zwanzig Jahre Bett und Kissen teilen? War das vom Schicksal bestimmt, oder hatte ihm die Geschichte so mitgespielt? Wie hatte er damals nur diesen Schritt tun können!

„Rose, Rose, rote Rose, Rose meines Herzens ..." Wo ist

die Rose meines Herzens? Wo ist sie geblieben? Ihr aufrichtiges Gesicht, ihr biegsamer Körper. Wie das Bild von den Himmelsfeen in Vaters Atelier, das bei der Hausdurchsuchung zerstört worden ist.

Sie hätte ewiges Glück verdient. Es war schon ein Verbrechen, wenn sich ein Stäubchen an ihrer Haut festsetzte. Ihre Ruhe durch alltäglichen Ärger zu stören war Entweihung der Kunst. Wie hatte er es nur fertigbringen können, diese Unschuld mit seinem sündigen Körper zu verletzen. Trauer verschleierte ihre Augen, ihr Schritt war nicht mehr so beschwingt wie früher. Mit diesem störenden Gefühl mußte Schluß gemacht, ein für allemal Schluß gemacht werden. Er mußte sie freigeben. Wie eine freie Taube sollte sie fliegen, wohin sie gehörte. Sie sollte glücklich sein, damit bewies ich ihr meine Liebe.

Liebe. Was ist Liebe? Er hatte seine „Liebe" einer Bibliothekarin gewidmet. In der altehrwürdigen Bibliothek, in einem Meer von Büchern schnatterte sie wie eine buntgefleckte Spielzeugente, prächtig aufgeputzt, und störte die unermüdlichen Wissensdurstigen. Wie ein Habicht stürzte er sich auf sie, das schmeichelte ihr. Hand in Hand schlenderte er mit ihr durch die Stadt, überall trugen sie ihre Liebe zur Schau, auch vor seiner Geliebten. Stirb, Herz, mein Herz ist schon tot.

Sie war erstaunt, erschrocken, verletzt. Dieser lange, marternde Brief. Ihre Augen waren tief gesenkt. Die Wimpern verdeckten die Tränen, die aus ihren Augen hervorquellen wollten. Wie dumm! Er hatte sich eingebildet, sich gut verstellt zu haben. Aber wie plump war er gewesen. Die Abschlußfeier war beendet, der Beifall verebbt, es galt, Abschied zu nehmen vom Institut. Nein, Abschied von den Träumen der Jugend. Der Bach, die Trauerweide am Ufer, dort mußte sie stehen. Wie oft hatte sie dort im Mondschein gestanden. Sie war wirklich gekommen. Weg von hier, sofort fliehen! Aber er vermochte es nicht. Dies war das letzte Mal. Das letzte, das allerletzte Mal, dann mußte Schluß sein. Konnte er denn so achtlos fortgehen? Er trat näher und grüßte. Die Augen einander zugewandt, gingen sie weiter, kamen sich immer näher. Aber wie! Wie Gestalten aus einer Tragödie von Shakespeare. Tragödie, was sonst? Wie traurig und kummervoll ihre Augen waren! Mit einem Kuß hätte er sie trösten mögen.

„Du solltest nicht so handeln. Du betrügst dich selbst, du betrügst mich, und sie betrügst du auch ..."

Er war bewegt. Gesteh ihr alles, schütt ihr dein Herz aus, nur sie kann dich verstehen. Nein, lieber nicht. Genug, daß es einen betroffen hat. Mich hat es nicht gerettet, daß ich mich von den Eltern losgesagt habe. Mein Spezialfach wurde schon geändert, gehört nicht mehr zu den ausgesuchten, vertraulichen Themen. Meine Kandidatenzeit wurde verlängert. „Weichherzig gegenüber dem rechtskonservativen Vater." Nicht einmal mehr für würdig befunden, als Assistent am Institut zu bleiben. In welche Gegenden würde es mich verschlagen? Mit meinen ausgezeichneten Studienergebnissen sollte ich im Meer des Lebens ausgesetzt werden. Was mich erwartete, war kein ruhiges Bächlein, waren schreckliche Wogen und furchtbare Wellen. Ich wußte nicht, wohin mein kleines Boot treiben würde. Wie konnte ich eine Himmelsfee mit mir nehmen und sie den Kämpfen dieser Welt aussetzen?

„Ich habe ihr schon ..."

Der Satz war noch nicht zu Ende gesprochen, da hatte sie sich bereits umgedreht und war gegangen. Eilig, aber dann Schritt für Schritt langsamer werdend. Schließlich blieb sie stehen, wandte den Kopf um und sah mich an mit ihren träumerischen großen Augen, mit einem verzweifelten, traurigen Blick. Sie wartete.

Falsch, falsch, falsch! Ein nicht wiedergutzumachender Fehler!

Abermals lacht der Bruder, auch seine Braut lacht. Ein frohes Lachen, ein schmerzendes Lachen. Der Pfau spreizt gern seine Federn. Mädchen kichern viel. Liebende lachen gern. Heimlich stoßen sie miteinander auf ihr künftiges Glück an. Der Wunsch nach Glück! Vom Ochsenkarren zur Eisenbahn, vom Papierdrachen zur Rakete, vom groben Baumwollhemd zum bügelfreien Oberhemd, vom Reibungsfeuer zum Weltraumschiff – seit wieviel Generationen strebt die Menschheit nach Glück? Seit Pan Gu Himmel und Erde voneinander getrennt hat bis in die unendliche Zukunft.

Liebe, Schmerz aller Schmerzen, Glück allen Glücks, König des Schmerzes und des Glücks! Liebe, die man für sich selbst behalten will, die andere nicht sehen sollen. Sein Blick kreuzt sich mit dem der beiden in einem unpassenden Moment. Das Lächeln des Bruders erstirbt sofort, sein Gesicht wird zu Eis. Warum aber zeigt sich auch auf ihrem schönen Gesicht eine leichte Verachtung? Warum verachtet sie mich? Habt etwa nur ihr Liebe verdient? Der Bruder hat ihr alles erzählt, bestimmt.

Lacht nur, freut euch, genießt das Leben! Ihr habt kein Recht, mich zu verachten. Wißt ihr denn, was Liebe heißt? Wißt ihr denn, was Opfer bringen heißt? Lieben und Opfer bringen gehören zusammen, nur das ist wirkliche Liebe. Ach, wozu diese Gedanken! Beneide sie nicht, schluck den bitteren Wein deiner bitteren Liebe hinunter. Wo mag sie jetzt sein? An den Ufern des Songhuajiang in Nordostchina? In den Hochebenen Südwestchinas? Unübersehbar sind Leben und Tod innerhalb von zehn Jahren. Sie lebt doch noch auf dieser lächelnden Erde?

Er greift wieder zur Weinflasche.

„Trink nicht so viel!"

Ein breites weißes Gesicht, sehr vertraut und doch so fremd. Unzufriedene, schneidende Blicke wirft es herüber. Er tut, als sei er betrunken. Betrunkene haben einen vernebelten Blick, sie sehen die Menschen nur noch verschwommen. Du bist meine Frau? Warum kommt es mir so vor, als kennte ich dich nicht?

Das heißt wirklich im gemeinsamen Bett verschiedene Träume haben. Kein Wunder, daß sie ständig jammert und unablässig schnattert. Gewohnheit ist etwas Furchtbares. Gewohnheit ist es geworden, täglich nach der Arbeit heimzukehren, das Fahrrad unter dem Dachvorsprung abzustellen. Die Tochter kommt angesprungen und begrüßt ihn, das Essen ist fertig, die Kleidung ist gewaschen, die Hosen sind gebügelt. Seine Frau ist schuldlos. Warum soll sie der Sündenbock sein? Die Zeit hat manches abgeschliffen, er hat sich etwas verändert, so hat auch sie ein wenig Glück kosten können. Nur, sein Herz ist kalt, seine Selbstvorwürfe sind endlos, seine Almosen spärlich. Zusammen leben, das ist alles. Jeder will heiraten, jeder will Kinder haben, das ist ganz natürlich, so ist das Leben.

„Rose, Rose ..." Warum spielen sie dauernd diese Melodie? Wahrscheinlich hat das Tonbandgerät eine automatische Rückspulung, und der Bruder läßt das Lied seiner Braut zu Gefallen immer wieder spielen. Sie ist eine Rose, freilich die Rose seines Herzens. Sein Weg ist mit Blumen der Liebe bestreut. Liebe des Vaters, Liebe der Mutter, Liebe der Braut ... Das Lied kann einen verrückt machen.

„Stell das ab", sagt Vater, er kann es nicht mehr ertragen. Er steht auf und vertreibt die Sängerin aus dem Zimmer. Es wird plötzlich still, das Lied ist verstummt. So viele Menschen sind im Zimmer, warum erscheint es jetzt so leer? Ach, Mutter ist hinausgegangen, will aus der Küche neue Speisen holen. Wie viele Gerichte sie zubereitet hat! Wahrscheinlich hat sie zwei Tage lang anstehen müssen.

„Ente, Ente, eine große Ente!" Die Kinder klatschen in die Hände und jubeln. Das hatte ich längst vergessen, „Ente der acht Kostbarkeiten", gelbglänzend, fett und zart, duftend und durchsichtig. „Eßt nur, langt alle zu, jahrelang habe ich so eine Ente nicht zubereitet, ich hatte alles vergessen." Mutter schlägt die Ärmel hoch und bearbeitet mit Eßstäbchen und Messer gleichzeitig die arme Ente.

„Honghong, iß nur, das ist doch dein Lieblingsgericht." Mit den Stäbchen ergreift sie Fleisch von einer Entenkeule und fängt mit einem Löffel das tropfende Fett darunter auf. Sie reicht es mir mit beiden Händen über den Tisch. Ich halte schnell meinen Teller hin. Warum ist Mutter so förmlich geworden? Er erinnert sich, daß die Mutter ihm einmal mit den Stäbchen einen Schlag auf den Kopf versetzt hat. In welchem Jahr war das nur gewesen? Zum Frühlingsfest hatte er sich an die Ente gehalten. Mutter hatte ihm nicht erlaubt, viel davon zu essen. Er aß Ente besonders gern und sah auch gern zu, wenn Mutter sie zubereitete. In der Küche an den Tisch gelehnt, beobachtete er, wie geschickt sie die Ente wendete, die Knochen herausschälte und sie dann mit Schinken, Duftpilzen, Klebreis und Lilien füllte, bis sie wieder fest und prall war. Richtig, auch Perlhirse stopfte sie mit ihrer kleinen Hand hinein. Mutter suchte ihn mit dem Ellbogen abzuwehren, aber vergebens. Noch beim Essen schalt sie ihn deswegen.

Er sah die Ente auf dem Teller an. Sie war so fein zubereitet wie immer, mit allem, was dazugehörte. Wo hatte Mutter nur die Perlhirse her? Bestimmt aus der Apotheke. Er traute sich nicht, die Eßstäbchen aufzunehmen. Wie konnte er davon essen? „Das Leben in der Familie eines bürgerlichen, rechtskonservativen Elements hat mich unmerklich verdorben. Ich sage mich von dieser Familie los." Um seine Loyalität zu beweisen, hatte er die Ente angeklagt, wirklich, ernsthaft. „Das ist keine

‚Ente der acht Kostbarkeiten', sondern eine ‚Ente der acht Gifte'." Absurd, was er dieser „Ente der acht Gifte" zu verdanken hatte. Nach vier Jahren Kandidatenzeit wurde er endlich in die Partei aufgenommen. Wie konnte er davon essen, von der neuerstandenen Ente?

Auch der Vater bringt nichts hinunter. Sein Gesicht ist düster. Die Kiefer mahlen langsam, wieviel Zähne mag er noch haben? Er hatte lückenlose, weiße Zahnreihen gehabt, so schöne wie jetzt der Bruder. „Die chinesischen Speisen sind auch Kunst. Ein Künstler, der nicht zu speisen versteht, wird auch kein gutes Kunstwerk zustande bringen." Selbst dieser Ausspruch war ihm vorgeworfen worden. Su Banshes Bilder waren teuer, doch am Monatsende hatte die Mutter immer geklagt, daß sie kein Geld mehr habe, um Essen zu kaufen. Vater verstand sich auf das Geldausgeben, Mutter konnte gut kochen. Sobald Geld für ein Bild eingegangen war, bewirtete er seine Freunde, Onkel und Tanten, lud sie in die feinsten und teuersten Restaurants ein, unter anderm in das „Kangle", in dem sich die Intellektuellen zu treffen pflegten und für dessen Firmenschild der berühmte Guo Moruo die Schriftzeichen entworfen hatte. Große und kleine Familienessen – und in wenigen Tagen war alles ausgegeben. „Das Geld existiert außerhalb des Körpers, man bringt es nicht mit auf die Welt, und man kann es auch nicht in den Tod mitnehmen", war eine der Lebensregeln meines Vaters. Er war außerordentlich großzügig. Leute, die er bewirtet hatte, boten später viel Belastungsmaterial für seine „Entlarvung".

Jetzt ist er alt. Er verträgt nichts mehr, weder Wein noch Speisen, sitzt an dem reichgedeckten Tisch wie in einer Versammlung, als solle er gleich Rechenschaft ablegen. Er hat die Fähigkeit zur Freude verloren, er ist erschöpft. Schweigend blickt er auf die „Ente der acht Kostbarkeiten" und auf die Großen und Kleinen rings um ihn. Ein kalter, leerer Blick streift Su Hongs Gesicht. In diesem Blick liegt keine Liebe, nicht einmal Haß, nur durchdringende Kälte. Eine Kälte, die einen schaudern macht.

Su Hong starrt mit gesenktem Kopf verzweifelt in sein leeres Weinglas. Es ist ebenso leer wie sein Herz. Warum wirfst du mir so einen Blick zu? Das kann ich nicht ertragen. Wenn ich dich verletzt habe, etwas getan habe, was ein Sohn nie tun sollte, dann geschah das doch nicht mit Absicht. Warum schimpfst du mich nicht aus, das wäre besser als dieser Blick. Nein, du kannst mich nicht ausschimpfen. Den „guten Sohn" in deinem Herzen gibt es nicht mehr, schon lange nicht mehr, als wäre er nie geboren worden. Nein, das will ich nicht – in meinem Herzen liebe ich dich. Das bringe ich nicht über die Lippen, nichts möchte ich dir sagen. Alles ist so verworren, es ist weder zu begreifen noch zu erklären. Wer kann meinen Kummer ermessen? Wozu diese Gedanken, es wird gefeiert! Die lang ersehnte Feier ...

„Rose, Rose, rote Rose ..." Das Tonbandgerät ist doch abgestellt. Warum summt diese Melodie noch immer an meinem Ohr wie eine Mücke, die sich nicht vertreiben läßt? Ich weiß, daß du mir das übel nimmst, daß du mir bis an dein Ende nicht verzeihen kannst. Als du zur Arbeitsumerziehung verschickt wurdest, hatte Mutter mir Bescheid gegeben. Der Zug um neun Uhr fünfundvierzig, ich erinnere mich noch ganz genau. Ich saß im Büro, sah den Sekundenzeiger auf diesen Moment rücken, ich hatte mir nicht freigenommen. Wollte ich nicht gehen? Ich muß zugeben, ich hatte Angst zu gehen. Um freizubekommen, mußte man so viel reden, so viel erklären, ich ....

Die drei Briefe. Mir wäre wohler, wenn du sie verbrannt hättest. Den einzigen Brief, den du mir geschrieben hast, habe ich sofort verbrannt, als ich ihn erhielt. Aber die drei Sätze habe ich noch im Gedächtnis. „Su Hong, Du hast wohl viel zu tun? Die Beschuldigung gegen mich haben sie zurückgenommen. Mir und Mutter geht es gut. Vater." Mit dem Füller geschrieben, nicht mit dem Pinsel. Früher hast du Briefe immer mit dem Pinsel geschrieben. Ich habe auch einen Brief geschickt, Worte, die aus der Zeitung abgeschrieben waren, ganz unverfänglich, wenn es jemand las. Ich mußte vorsichtig sein. Wie viele Menschen wurden wegen Briefen verfolgt! Ein Jahr später habe ich dir noch einen Brief geschrieben. Und wieder ein Jahr später, nach Beginn der Kulturrevolution, habe ich dir nicht einmal mehr einen Brief zu schreiben gewagt. Ich weiß, daß du mir das übelnimmst. Nein, du nimmst es mir nicht mehr übel. Es ist dir gleichgültig.

Warum spielt das Schicksal so mit dem Menschen? Wäre ich nur damals nicht auf Dienstreise nach Sichuan gefahren! In Sichuan gab es rein gar nichts zu kaufen, wirklich schlimm. Du hattest immer gesagt, unsere Heimat sei ein Paradies. Du hattest gesagt, dort, wo die Berge blau und die Wasser klar sind, wachsen edle Menschen heran. Du hattest dich für edel gehalten, dafür mußtest du Kritik erdulden. Du warst auch zu naiv, zu dumm. Kein Wunder, daß man dich als Bücherwurm beschimpfte. Mir wäre es nie eingefallen, in diese „Ausstellung über die ausgezeichnete Lage" zu gehen, aber der Chef ging, da ging ich natürlich mit. Ich hatte keine Ahnung, daß du dort beschäftigt warst. In der Vorhalle kam uns ein gebeugter, alter Arbeiter entgegen, eine Leiter auf dem Rücken, in der Hand einen gelben Farbeimer, von oben bis unten mit Farbe bekleckst, barfuß. Ich wich der Leiter aus, und als ich mich umdrehte, merkte ich, daß du es warst. Ich wollte etwas sagen, aber der Chef mahnte mich zur Eile. Ich ging und nahm mir vor, dich danach aufzusuchen. Aber ich habe es nicht getan. Ich weiß, daß du mir das übelnimmst. Nein, nein, vielleicht hast du es auch vergessen. Es wäre gut, wenn du es vergessen hättest. Aber so etwas kann man nicht vergessen.

„Honghong, warum ißt du nichts?" Mutters rauhe Stimme, ihr Lachen. Sie ist klug, sie beobachtet sehr genau. Warum fordert sie nur mich auf? Mich, den Sonderfall der Familie, der besonderer Fürsorge bedarf.

„Er ist betrunken!" Meine Frau kichert. Was gibt es da zu kichern? Es ist gut, wenn man betrunken ist. Dann braucht man nicht zu denken und hat nicht einmal einen Willen.

Dann eben betrunken! Die Weinflasche vor ihm ist leer. Er langt nach der Flasche, die bei der Schwester steht, zieht sie zu sich heran und schenkt sich unbefangen ein. Iß und trink, denk an nichts und sag auch nichts. Er greift nach den Stäbchen, nimmt einen Bissen und steckt ihn in den Mund. Ist das Fisch? Krabbe? Huhn? Oder Ente? „Essen, ohne etwas zu schmecken", dieser Geschmack wird das sein. Es ist Fisch. Auf der neuen, blaugemusterten ovalen Platte ist er angerichtet, obendrauf drei Blüten, aus Mohrrüben geschnitzt, auf Sellerieblätter gespießt, glückbringender Schmuck. Vater predigte immer: „Schöne Speisen, schönes Gerät, das ist Kunst!" Oder: „Der Vornehme ißt keinen Fisch zum Abschluß." Zum Neujahrsfest, wenn alle satt waren, pflegte Mutter den Fisch aufzutragen, keiner konnte mehr etwas davon essen, und Vater zitierte dann diesen Satz. So bestand also unsere ganze Familie aus Vornehmen. Vornehme? Intellektuelle, nach vielen

Jahren erst gehörten sie zu den Werktätigen. Der Fisch lebte, er tanzte auf dem feinen Tuschpapier. Wieso gibt es jetzt hier im Zimmer keine Bilder? Wie viele Bilder hingen früher im Zimmer. Lebende Fische, lebende Krabben, vorbei, alles vorbei. Wozu immer wieder diese wirren Gedanken? Wahrscheinlich hatte er zuviel getrunken.

„Ich habe Kopfschmerzen, eßt nur weiter!" Vater hält es nicht mehr aus. Er erhebt sich und geht. Tut, als sei er betrunken. Dabei ist er gar nicht betrunken, hat überhaupt nichts getrunken. Die Schnecke zieht sich in ihr Schneckenhaus zurück, der verwundete Hirsch verbirgt sich im Dickicht des Waldes. Er geht gebeugt, wirft noch einmal einen Blick zurück. Ach, das finstere Gesicht, der kalte Blick, er haßt mich, er haßt mich! Ich hätte nicht kommen sollen.

„Schön, daß eure Familie wieder vereint ist", hatten die Genossen in der Dienststelle gesagt. Mir war nichts anderes übriggeblieben, als ein freudiges Gesicht zu machen und zu nikken. Sie werden niemals begreifen, was für ein Wiedersehen das ist. Die nächsten Angehörigen und doch nicht nahestehend, schlimmer als gar nichts. Freunde kann man wählen, Vorübergehende übersehen, aber Verwandte sind Verwandte. Das Leben ist nicht wie ein Manuskript, von dem man eine Seite zerreißen und neu schreiben kann, wenn man einen Fehler gemacht hat. Das Leben ist mit Fleisch und Blut geschriebene Geschichte. Was darin geschrieben steht, kann man nicht ändern oder zerreißen, schrecklich.

Was lachen sie? Worüber sprechen sie? Sie tanzen? In den fünfziger Jahren waren die Tänze noch langsam und betörend. In den achtziger Jahren Disko-Stil. Kannst du das? Wir zeigen es dir. Wieder die beiden, der Bruder und seine Braut. Warum kann ich nicht im Disko-Stil tanzen? Es geht ganz anständig zu, sie berühren einander nicht einmal mit den Händen. Jeder dreht sich um sich selbst, ganz, wie er will. Es wäre nicht schlecht, eine Runde zu tanzen, nachdem man die ganze Woche im Büro gesessen hat. Es geht nicht, ich kann es nicht mehr. Im Institut endeten die Feste immer erst am Morgen, und beim Tanz war sie die Königin. Sie wird nun wohl auch nicht mehr tanzen können.

Mit hochrotem Gesicht, noch ganz außer Atem, kehren sie auf ihre Plätze zurück. Die Schwester reicht ein Tuch herüber, damit sie sich den Schweiß abwischen können. Wo hat sie das nur gelernt? Als ob sie die Gefälligkeiten nur so zur Hand hätte, eine nach der anderen. Insgeheim beneidet sie die beiden. Ist ihre Ehe eigentlich glücklich? Der Schwager ist viel älter als sie. Hinter seiner Brille verbirgt sich etwas Undurchschaubares. Mager ist er und ausgehungert. Vielleicht ist dieses Essen das beste, das er je hatte. Er nimmt noch einmal von dem Fisch. Tanzen kann er bestimmt nicht. Dauernd fordert er den kleinen Frechdachs zum Essen auf, ein guter Vater. Zu seiner Frau scheint er sehr fürsorglich zu sein.

Bruder und Schwester unterhalten sich lebhaft, woher nehmen sie nur so viele Worte? Sie beachten mich nicht, tun so, als unterhielten sie sich über das Tanzen. Was kann man darüber schon viel reden? Wer gerne tanzt, der tanzt eben, der Himmel stürzt davon nicht ein. Sie hassen mich auch. Ich bin hier überflüssig.

Die Schwester weiß alles. Sie ist auch bei den Eltern geblieben, weil sie noch klein war und man sie nicht allein lassen konnte. Inzwischen ist sie längst verheiratet und fort von den Eltern. Sie scheint enge Beziehungen zu ihnen zu haben, hat der Mutter Stoff gekauft, dem Bruder Schuhe geschickt. Sie macht eine mildtätige Geste und redet mich an. Nein, ich brauche deine Mildtätigkeit nicht. Was für ein Verbrechen habe ich begangen? Was war mein Fehler? Vielleicht hatte ich Angst, war feige. Ja, ich kann nur zugeben, daß ich feige war. Aber zu Beginn war ich ganz aufrichtig. Wie konnte ich mich gegen die Partei stellen?

Ich bin kein bißchen betrunken. Dieser Wein macht überhaupt nicht trunken. Ich vertrage viel, vielleicht habe ich das geerbt, ich bin sehr nüchtern. Mutter hat sich gesetzt. Nachdem Vater gegangen ist, scheint sie erleichtert, sie lacht, fordert alle erneut zum Essen auf und schlägt vor, das Tonbandgerät wieder anzustellen. „Rose, Rose . . ." Gibt es denn keine andere Melodie? Im Zimmer wird es wieder laut. Sie fürchtet die Einsamkeit. „Honghong, iß nur!" Diese rauhe Stimme. Mutter verstellt sich. Es ist klar, daß sie mich haßt. Sie tut, als lache sie. Sie tut nur so. An jenem Abend hatte sie gesagt: „Su Hong, vergiß uns nur, wir wollen dich nicht mit hineinziehen." So hatte sie gesagt, das kann sie nicht vergessen. Sie haßt mich.

Ich hätte auf keinen Fall kommen dürfen.

„Rose, Rose, rote Rose, Rose meines Herzens . . .“

Das Lied von der Rose schwebt durch das Zimmer. Die Abendsonne fällt auf den Tisch. Alles ist von dieser Farbe übergossen, diesem edlen, tiefen, etwas wehmütigen Rot. Wo bist du, Rose meines Herzens?

Ai Wu

Ein Fest am Dashan

Auf einem Hang am Fuße des majestätischen Dashan-Berges war durch Rodung von Bäumen und Strauchwerk eine große, nicht besonders ebene Freifläche geschaffen worden. In der Mitte dieses Platzes hatte man vier hohe, mit farbigen Zeichen bemalte Tafeln aufgestellt, die Abbildungen von Hirse, Mais, Reis und Weizen oder auch von Hühnern, Enten, Rindern und Schafen trugen. Seitlich war ein farbig verzierter kleiner Turm errichtet, an dem bunte Fähnchen flatterten.

Seit alters feiern auf solchen Plätzen viele tausend Menschen mit Massentänzen das Munao-Fest. Heutzutage ersetzen Lautsprecher die Musikanten, die einst auf dem bunten Türmchen bliesen und trommelten; man braucht nur unten ein Tonbandgerät einzuschalten, schon schallt die Musik, durch elektrische Drähte geleitet, von oben herab. Dieses große Fest des Jingpo-Volkes nennt man am Dashan *Munao,* am Xiaoshan heißt es *Zongge.*

Zum Auftakt des Festes knatterten Feuerwerkskörper und Gewehrsalven. Danach schritten vier in lange Gewänder gekleidete Festmarschälle, deren Kopfbedeckungen mit Pfauen- und Fasanenfedern geschmückt waren, über den Platz, mit beiden Händen hölzerne, mit Zaubersprüchen bemalte Schilder vor sich her tragend. Ihnen folgten Tausende Männer und Frauen. Die Männer schwangen blitzende Klingen im Rhythmus der Musik. Die Frauen waren in bunte Röcke gekleidet und trugen kurze Oberkleider aus schwarzem Samt, die von den Schultern bis zur Brust mit unzähligen runden Silberplättchen besetzt waren. Zwischen beiden Händen farbige Tücher oder Bananenblätter spannend, wiegten sie sich vorwärts schreitend nach den Klängen der Musik abwechselnd nach links oder rechts. Angeführt von den vier Marschällen, wogte die Menge in Kreisen und Ellipsen um die vier großen Tafeln. Bei diesem Tanz können alle mitmachen, seine Bewegungen sind einfach, und die Jingpo-Leute heißen jeden willkommen. Zu dem Fest, das vier Tage dauert, kommen Menschen vieler Nationalitäten aus der näheren und ferneren Umgebung und sogar aus Burma jenseits der Grenze.

Wu Lüyin, die hoch im Gebirge in einer Siedlung der Han-Chinesen lebte, war mit Mädchen und jungen Burschen ihres Dorfes aus den Bergen herabgestiegen, um sich den Festtrubel anzuschauen. Gleich nach der Ankunft hatten die Mädchen ihre bunten Tücher hervorgeholt und sich den Tänzern zugesellt. Die Jungen, die keine Schwerter besaßen, schwangen als Tanzwaffen lange Stöcke. Nur Wu Lüyin blieb allein am Rande des Festplatzes und schaute zu. Als sie des Stehens müde wurde, setzte sie sich auf einen der frischen Baumstümpfe. Hin und wieder ließ sie ihre Blicke über den weiten Platz schweifen. Da waren überall Strohhütten und Kunststoffzelte aufgestellt, in denen das Kaufhaus der Kreisstadt seine Waren feilhielt. Daneben erblickte sie Imbißstände der genossenschaftlichen Produktionsbrigaden. Dai boten in Bambusröhren gesottenen Klebreis und andere Süßigkeiten an. Burmesen verkauften duftend gewürzte Sonnenblumenkerne in kleinen Päckchen, denen Farbfotos von Filmstars beilagen. Es gab auch Bonbontüten, die als Zugabe Fingerringe und aufblasbare Luftballons enthielten. Für Wu Lüyin war das alles neu, sie betrachtete es mit Interesse, kaufte aber nichts, denn sie war nicht verheiratet und hatte keine Kinder. Während der Großen Kulturrevolution hatte man sie zur Arbeitsbewährung aus der Stadt in diese Gebirgsregion an der Grenze geschickt. Nur sehr selten war sie ins Tal herabgekommen, die Berge waren zu hoch und die Wege nur schwer passierbar. Außerdem war in jenen Jahren dieses Volksfest überhaupt nicht gefeiert worden. Nun aber hatte man ihr gerade mitgeteilt, daß sie in die Stadt zurückkehren dürfe, wo man wieder eine Arbeit für sie bereithalte, und in der ersten Freude schloß sie sich den Dorfbewohnern an, um dieses großartige Tanzfest mitzuerleben, an dem so viele Völkerschaften beteiligt waren. Eigentlich hatte sie gar nicht die Absicht gehabt, zu dem Fest zu gehen. Sie war nun schon in mittleren Jahren, und nichts konnte sie mehr reizen. Aber die Mädchen hatten nicht lockergelassen, sie einfach mitgezogen. Dazu kam, daß sie ja wirklich von Herzen froh war, denn ihre Freilassung hatte die Fesseln von ihrer Seele genommen. Wie sie nun aufmerksam die Verkaufsstände und die Menschen betrachtete, wurde auch sie unwillkürlich in eine frohe Stimmung versetzt. Da ertönten plötzlich vom Festplatz her Gewehrschüsse, sie fuhr herum, glaubte, es sei ein Unglück geschehen. Doch die Männer und Frauen tanzten ausgelassen weiter. Die Schützen, meist Funktionäre der nationalen Minderheiten mit Militärmützen und roten oder grünen Umhängetaschen, hatten aus überquellender Freude beim Tanz die Pistole von der Hüfte gerissen und sie in die Luft abgefeuert. Im gleichen Augenblick löste sich eine Frau in der Tracht der Dai aus den Reihen der Tanzenden, lief auf Wu Lüyin zu und musterte sie aufmerksam. Wu betrachtete die andere ebenfalls sehr genau. Die Frau trug eine blendendweiße Bluse, die ihr bis knapp unter die Brust reichte, darunter eine violette geblümte Schürze und an den Füßen grüne Kunststoffsandalen. Als die Frau das Tuch abnahm, das ihren Kopf einhüllte, kamen tiefschwarzes Kopf- und Schläfenhaar, ein frisches, sonnenverbranntes Gesicht und ein Paar blanke Augen zum Vorschein. Mit einem freundlichen Lächeln fragte sie auf chinesisch: „Erkennst du mich nicht? Ich bin Dong Qiufen. Dich habe ich schon längst erkannt!“

Wu Lüyin rief freudig überrascht: „Ach, du bist es! Ich hatte nicht gedacht, hier ...“

Dong Qiufen fragte verwundert: „Warum tanzt du nicht? Ich weiß doch, wie gern du früher getanzt hast.“

„Ich bin zu alt dazu, nicht mehr so jung wie du“, scherzte Wu Lüyin.

„Kokettiere nicht mit deinem Alter, du kannst doch höchstens vierzig sein, wenn ich mich recht erinnere“, erwiderte die andere lachend.

Wu Lüyin seufzte. „Doch, ich bin alt geworden, man hat mich aus der Partei ausgeschlossen und aus meiner Stellung geworfen.“

Dong Qiufen verfärbte sich, lächelte aber gleich wieder. „Jetzt ist doch alles geklärt, du mußt froh sein, darfst nicht mehr daran rühren. Komm, laß uns tanzen! Wie viele Jahre waren wir nicht mehr so froh!“ Sie warf einen freudigen Blick auf die tanzenden Menschen.

Wu Lüyin wehrte ab. „Ich habe keine Lust zum Tanzen. Meine Arme und Beine sind steif geworden.“

„Was redest du für Unsinn, du bist immer noch so halsstarrig wie einst“, spottete Dong. Sie fächelte mit dem Tuch ihr

Gesicht und schlug vor, einen schattigen Ort aufzusuchen, wo sie sich hinsetzen könnten. Dann zog sie die Freundin ungeachtet ihres Protestes zu den großen Bäumen am Rande des Platzes. Dabei machte sie ihr Vorwürfe: „Fürchtest du denn gar nicht die Sonne, so ohne Tuch auf dem Kopf?" Ungerührt erwiderte Wu Lüyin: „Wir Bauern haben doch keine Angst vor der Sonne!" Auf diese Worte hin sah sich Dong Qiufen unwillkürlich die Freundin etwas genauer an und entdeckte deren violetten Umhängebeutel und die Wasserflasche. Lachend fragte sie: „Hast du etwa auch Rauchen und Betelkauen gelernt?"

Die in den Grenzgebieten lebenden Han-Chinesen nehmen so manche Lebensgewohnheiten der dort ansässigen Völkerschaften an, sie tragen immer den bunten Umhängebeutel bei sich, rauchen und kauen Betel, Reisschnaps in Bambusröhren begleitet sie zur Feldarbeit, und an den Feiertagen vereinen sie sich mit den anderen Völkern beim gemeinsamen Tanz. Dong Qiufen arbeitete zwar auf der Staatsfarm, dennoch wußte sie einiges vom Leben der anderen Nationalitäten ringsum. Daher ihre Frage, als sie Wu Lüyins Ausrüstung sah.

„Wieso nicht?" erwiderte die Freundin. „Auch das hier kann ich trinken!" Sie schlug mit der Hand auf die Wasserflasche.

„Was ist das?" fragte Dong erstaunt, verstand aber gleich. „Ach so, Schnaps. Und den trinkst du gleich aus der Flasche?"

Nun lächelte Wu Lüyin wieder. „Ich kann mich ja nicht ausschließen, wenn alle bei der Feldarbeit trinken."

„Früher warst du ganz anders, hattest in allem deine eigene Meinung und eigenen Ansichten", sagte Dong Qiufen befremdet.

„Dazu gäbe es viel zu sagen", erwiderte Wu Lüyin seufzend.

„Setzen wir uns doch unter diesen Baum hier, da können wir uns besser unterhalten", sagte Dong Qiufen, nachdem sie sich den Baumschatten genau angesehen hatte. Unter dem großen Indigo war es im Gegensatz zum Festplatz mit seinem geräuschvollen Treiben still und kühl. Nur auf den Baumwurzeln ringsum hockten tuschelnd und kichernd junge Pärchen aus dem Dai- und Jingpo-Volk, die sich nach dem Tanz zu verliebten Gesprächen hierher zurückgezogen hatten.

Wu Lüyin sah sich die jungen Männer und die Mädchen

genau an. Bewegt sagte sie kaum hörbar: „Reden wir lieber nicht von früher!"

Lächelnd erwiderte Dong Qiufen: „Es läßt dich ja doch nicht ruhen, selbst wenn du nicht daran rührst. Ich habe uns beide einmal im Traum gesehen, wie wir mit den anderen sangen und tanzten. Ach, du hast mir Spaß gemacht, konntest gar nicht aufhören, lachtest und sprangst und trällertest, und ich schimpfte: Bist du übergeschnappt, kleines Ding? War das ein trauriges Erwachen danach! Ich mußte mich fragen, ob das wirklich nur ein Traum war, denn früher hatten wir ja wirklich so getanzt und gesungen. Ich fragte mich, wo du kleines Ding wohl geblieben sein magst, was du machst, und beim Gedanken an dich kamen mir die Tränen." Aber gleich schalt sie sich selbst: „Ich Törin, heute sind wir so froh und sollten vergnügt sein, was rede ich da über diesen Traum! Wir sollten nicht mehr daran denken, sondern lieber tanzen." Freudig blickte sie hinüber zum Gewimmel des Festplatzes, stand jedoch nicht auf, sondern blieb ruhig sitzen.

Wu Lüyin mußte wieder zu den jungen Pärchen hinsehen. Unwillkürlich wurde sie bewegt von dem eifrigen Gekicher, den liebesglühenden Blicken, es war, als kräuselten leise Wellen die stillen Wasser ihres Herzens. Sie musterte Dong Qiufen genauer und fragte neugierig: „Warum bist du so gekleidet? Hast du einen Dai geheiratet?"

Dong Qiufen sah an sich herab und brach in lautes Lachen aus. „Ach so, daran hab ich gar nicht mehr gedacht. Ich wollte einfach eine Dai darstellen, habe mir selbst diese Kleidung genäht. Aber die Frau eines Dai bin ich nicht."

„Also hast du nicht geheiratet?" fragte Wu Lüyin schnell.

„Doch, ich bin verheiratet", antwortete Dong Qiufen frohgemut.

„Wirklich?" Wu Lüyin wunderte sich, denn sie wußte, daß die Freundin gerade in dieser Hinsicht Schlimmes durchgemacht hatte. Damals im Kulturensemble war sie kritisiert worden, weil sie einen jungen Mann liebte, der Parteimitglied war. Man unterstellte ihr die Absicht, sie wolle ihn verderben, denn sie stammte aus einer Grundbesitzerfamilie. Sie hatte sich gewehrt und angeführt, keiner könne sich seine Herkunft aussuchen, den Weg der Revolution aber müßten alle gehen. Man könne einen Menschen doch nicht mit seiner Herkunft erdrosseln, man solle doch beachten, ob sie bereit sei, der

Führung zu folgen und aktiv zu arbeiten. Weil sie bei der Verteidigung ihrer Ansichten heftig geworden war, hatte man ihr Widersetzlichkeit vorgeworfen und sie bestraft. Während der Großen Kulturrevolution wurde die Sache dann noch weiter zugespitzt, und sie war zur Arbeitsbewährung auf das Staatsgut im Grenzgebiet geschickt worden. Zu jener Zeit gehörte sie ebenso wie Wu Lüyin dem Kulturensemble an, sie wohnten im gleichen Zimmer, verstanden sich sehr gut und vertrauten einander. Nachdem all das passiert war, hatte sie weinend zu der Freundin gesagt, sie werde niemals heiraten.

Dong Qiufens Gesicht drückte Zufriedenheit aus. Strahlend erklärte sie: „Auf dem Gut habe ich einen Arzt kennengelernt, der ebenfalls wegen seiner Herkunft schlecht angesehen war. Keiner liebte ihn, so liebte er mich. Er ist ein guter Mensch, behandelt jeden Patienten freundlich und gewissenhaft. Auch einfache Landarbeiter besucht er mit seinem Arzneikasten, wenn sie so krank werden, daß sie nicht zu ihm kommen können. Als ich neu im Dorf war, konnte ich mich nur schwer akklimatisieren und erkrankte lebensgefährlich. Nur ihm verdanke ich, daß ich wieder gesund geworden bin." Sie hielt inne und wurde ernst, doch gleich fuhr sie wieder freimütig lächelnd fort: „Geradeheraus gesagt, später heilte er dann auch die Wunden meines Herzens."

„Wenn nur alle meine Freunde glücklich sind, so will auch ich froh sein." Wu Lüyin seufzte. „Ich hätte nie gedacht, dich heute hier zu treffen."

„Auch ich bin überrascht, es ist wirklich ein himmelhohes Glück. Eigentlich wollte ich gar nicht kommen, aber mein Arzt sagte: Du tanzt doch so gerne und hast über zehn Jahre lang nicht mehr tanzen dürfen, also geh hin. Ich meinte, was soll ich beim Tanz, als ältere Chinesin würde ich dort ja bloß ausgelacht. Daraufhin riet er mir, die Dai-Kleidung anzuziehen, die ich mir genäht hatte. Das war ein guter Einfall. Er wollte ja eigentlich mitkommen, wurde aber zu einem Kranken gerufen. Wenn du ihn erst kennenlernst, wird er dir auch gefallen, er ist sehr umgänglich." Sie hob die Brauen. „Übernachte doch heute bei uns, ich habe dir noch so viel zu erzählen."

Wu Lüyin zögerte. „Heute nicht, später einmal."

Darauf sagte Dong Qiufen warnend: „Später klappt es nicht mehr. Denk dir, ich habe von oben den Auftrag erhalten, an einer Mittelschule Englisch zu lehren. Ich reise bald ab."

„Was! So etwas gibt es?" Wu Lüyin war überrascht. „Gerade wollte ich dich fragen, was für ein Wind da plötzlich weht. Auch mich hat er erfaßt, man hat mir gesagt, ich solle zurück zum Ensemble. Nur deshalb bin ich zu diesem Fest gekommen, sonst wäre ich bei Strafe meines Todes nicht aus den Bergen herabgestiegen. Sag mal, wer will eigentlich, daß du Lehrerin an einer Mittelschule wirst?"

„Hast du denn noch nicht davon gehört? Oben gab es eine dritte ZK-Tagung, danach sind viele Menschen freigelassen worden. Alle irrtümlich und ungerecht Verurteilten werden rehabilitiert. Allen sogenannten Grundbesitzern und reichen Bauern wurde der Schandhut vom Kopf genommen. Als ich von der Schmachrolle meiner Klassenzugehörigkeit befreit wurde, bin ich vor Freude fast wahnsinnig geworden, habe geweint und gelacht. Jetzt dürfen auch Menschen wie du und ich zeigen, was sie können, ihre Fähigkeiten entfalten. Und das sollte dir keiner gesagt haben?"

„Niemand hat mir das gesagt!" Wu Lüyin blieb ungerührt. „Bei uns gilt nur, was der Parteisekretär und der Brigadeleiter sagen, und die haben mir nur mitgeteilt: Wu Lüyin, pack deine Sachen und geh nach Hause! Ich fragte: Wer hat das angeordnet? Sie antworteten: Es heißt, im Kreis will man, daß du zurück zum Ensemble gehst. Ich fragte weiter: Warum denn? Da wurden sie ungeduldig: Das wirst du schon beim Kreis erfahren! Da habe ich dann auch nicht mehr weiter gefragt . . ."

„Na, wenn mir das so gegangen wäre, ich hätte gefragt", fiel ihr Dong ins Wort, weil sie nicht mehr an sich halten konnte.

Wu Lüyin erwiderte still: „Du kennst das nicht, dort bei uns ist man das allgemein so gewohnt. Was die Leitung sagt, das wird so hingenommen, da stellt man keine bohrenden Fragen."

„Und daran hast du dich gewöhnen können?" Dong Qiufen staunte.

Wu Lüyin lächelte ironisch. „Ich mußte ja. Weißt du, ich habe so viel Bitteres schlucken müssen, wer wagt da noch, groß den Mund auf zu tun und nach allem möglichen zu fragen? In jenem Jahr damals hatte ich sehr viel Gutes über die

Sowjetunion gesagt und nur am Schluß bemerkt, sie füge uns unbilligerweise im Handel Verluste zu." Wu Lüyin blickte plötzlich argwöhnisch um sich und beobachtete die jungen Dai und Jingpo unter dem Indigobaum. Voller Furcht, sie könnten ihre Worte gehört haben, flüsterte sie: „Ob sie chinesisch verstehen?" Dong Qiufen beruhigte sie: „Und wennschon. Weißt du etwa noch nicht, daß sich die Beziehungen zur Sowjetunion bereits vor langer Zeit verschlechtert haben?" Wu Lüyin sprach leise und verzagt weiter. „Doch, das weiß ich. Aber du weißt noch nicht, was viel schimpflicher ist: Während der Großen Kulturrevolution haben dann die Leute von dieser Rebellenclique, die an der Macht waren, behauptet, ich sei eine sowjetische Agentin, weil ich damals zugleich mit der kritischen Äußerung vor allem viel Positives über die Sowjetunion gesagt hatte. So wurde ich denn auch für diesen anderen Teil meiner Rede bestraft. Ich bin ja auch zu dumm. Wenn es mir einfällt, rede ich einfach drauflos und achte nicht auf meine Worte." Ihr Gesicht zeigte, wie erregt sie war.

Dong Qiufen sah sie eine Weile forschend an und fragte dann leise: „Hast du in den letzten Jahren keine Zeitung gelesen?"

„Nein." Wu Lüyin schüttelte den Kopf.

Verwundert fragte Dong Qiufen weiter: „Habt ihr denn in der Brigade keine Zeitung abonniert?"

„Schon", gab Wu Lüyin gleichgültig zurück, „aber das bedeutet gar nichts. Die Zeitungen werden nur in größeren Abständen geliefert, und da nehmen die anderen sie dann als Einwickelpapier mit heim."

„Aber kannst du sie denn nicht verlangen und lesen?" schrie Dong Qiufen entsetzt. „Mußtest du nicht früher täglich deine Zeitung haben?"

„Früher ist früher und nicht heute", entgegnete Wu Lüyin leichthin.

„Ich hatte immer geglaubt, du seist willensstark und nicht so leicht zu ducken."

„Was hätte ich denn anderes tun sollen, als mich zu dukken?" erwiderte Wu Lüyin traurig. „Ich wurde aus der Stadt in dieses Grenzgebiet, in dieses hohe Gebirge verbannt, hätte ich mich da weiterhin so töricht verhalten sollen? Oben hat man mir gesagt: Wu Lüyin, wenn du jetzt in die Berge aufs Dorf gehst, mußt du fest entschlossen sein, eine andere zu werden, mußt du gründlich von den Bauern lernen, dich in eine echte Bäuerin verwandeln. Da habe ich gedacht, wenn das mein einziger Ausweg ist, muß ich ihn folgsam gehen. Auch wenn ich nun kein Parteimitglied mehr war, so wollte ich doch weiter nach den Maßstäben eines Genossen leben, der Führung gehorsam sein, ganz und gar Bäuerin werden."

Dong Qiufen runzelte die Stirn und konnte sich die Frage nicht verkneifen: „Wenn die Bauern keine Zeitung lesen, liest du dann auch keine?"

Ungerührt erwiderte Wu Lüyin: „Richtig, so hab ich es gelernt. Wenn sie auf den Acker gehen, binden sie ein kleines Handtuch um den Kopf, und ich tue es ihnen gleich. Sie rauchen und kauen Betel, und ich mache es nach. Wie sie nehme ich eine Wasserflasche voll Reisschnaps mit aufs Feld. Bei ihnen ist das Holz billig, weil es nicht abtransportiert werden kann. Jeder erhält davon etwas zugeteilt für seinen Sarg, und wie alle anderen sorge ich schon vor für mein Begräbnis, auch ich habe mir einen Sarg anfertigen lassen und in mein Zimmer gestellt. Wenn du ihn sehen könntest, würdest du einen schönen Schreck kriegen."

„Himmel, sogar einen Sarg hast du dir machen lassen, bereitest dich auf dein Ende vor!" schrie Dong Qiufen entsetzt.

Ruhig, aber mit einem bitteren Lächeln fuhr Wu Lüyin fort: „Wenn du mich besuchen kämst, würdest du auch über andere Dinge erschrecken. Ein paar alte Frauen haben mir einen kleinen holzgeschnitzten Buddha geschenkt, dem soll ich auf jeden Fall in meinem Zimmer opfern. Alle tun das. Kann ich allein mich da weigern? Also opfere ich ihm. Ohnehin ist es in meinen beiden Strohhütten so leer und einsam. Der kleine Holzbuddha ist fein geschnitzt, er lacht immer, er heitert mich auf, wenn ich ihn früh und abends ansehe. Komme ich vom Acker, so pflücke ich am Wegrand ein paar wilde Blumen, und wenn ich ihm die dann hinstelle, könnte man meinen, er lache noch fröhlicher. Dann bin auch ich froh."

Dong Qiufen hatte traurig und voll Mitleid zugehört, aber dann widersprach sie: „Du hast also ganz vergessen, daß du einmal Mitglied der Kommunistischen Partei warst? Na schön, man hat dich ausgeschlossen, aber du kannst doch nicht vergessen haben, daß du Textilarbeiterin warst, daß du aus der Arbeiterklasse kommst?"

Leise und mit gesenktem Kopf erwiderte Wu Lüyin: „Du kannst nicht wissen, wie mir all das, was mir die Leitung gesagt hat, noch in den Ohren klingt. Wenn ich will, daß meine Parteimitgliedschaft wiederhergestellt wird, gibt es nur einen Weg: der Führung gehorchen, in jedem Augenblick ihrer Worte eingedenk sein! Ich habe gegrübelt, immer wieder darüber nachgedacht. Es ist wirklich der Ausweg, der einzige Ausweg."

Erregt und ungeduldig sagte Dong Qiufen: „Das ist kein Ausweg, das ist kein Ausweg! Ich sage dir, wenn es nicht die dritte ZK-Tagung gegeben hätte, dann brauchten wir uns keine Hoffnung auf eine Rückkehr, auf Entfaltung unserer Fähigkeiten zu machen."

Betrübt fragte Wu Lüyin: „Was habe ich denn jetzt noch für Fähigkeiten? Wie man singt und tanzt, das habe ich völlig verlernt. Meine Kehle ist rauh, meine Beine sind steif geworden. Jene früheren Tage werden nie wiederkehren. Damals, bei der bewußten Abendveranstaltung, haben mir so viele Leute applaudiert, sie haben geklatscht und geklatscht, wohl eine Viertelstunde lang. Wenige Tage später wurde ich für das Kulturensemble ausgewählt, dann durfte ich mich später noch zwei Jahre an der Musikschule weiterbilden. Wie glücklich hatte mich das gemacht! Jetzt denke ich, ich gehe am besten zurück in die Spinnerei. Ich mag das Kulturensemble nicht, ich hasse es!"

„Du bist schon so lange aus der Spinnerei fort, da wird es dort für dich auch schwierig sein. Du hättest damals gleich um Rückkehr in die Fabrik bitten sollen und nicht aufs Dorf gehen dürfen", sagte Dong.

Wu lächelte ironisch. „Natürlich habe ich darum gebeten. Aber diese Rebellenhäuptlinge, die damals an der Macht waren, haben behauptet, ich wäre nicht wert, zur Arbeiterklasse zu gehören. Was sollte ich da noch entgegenhalten?"

Dong Qiufen sah die Freundin eine Weile nachdenklich an, dann fragte sie: „Hast du dir nicht mal gesagt, daß du nun genug umerzogen bist und man dir deine Parteimitgliedschaft und deine alte Stellung wiedergeben kann?"

Wu Lüyin seufzte. „In den ersten Jahren hier in den Bergen habe ich so gedacht. Ich hatte gehofft, daß jemand zu mir kommt und sagt: Wu Lüyin, du bist jetzt umerzogen, geh heim, zurück in die Textilfabrik. Aber dann verging Jahr um

Jahr, ohne daß jemand kam und mir eine Nachricht brachte. Da habe ich es mir abgewöhnt, daran zu denken, um mich nicht zu martern. Als man mir mitteilte, ich könne heimgehen, da war ich erstaunt und habe gedacht, nun wüßte doch jemand über mich Bescheid. Aber als ich dich heute reden hörte, wurde mir klar, daß ich mich geirrt hatte. Nun weiß ich gar nicht, was ich denken soll. Warum ich aufs Land geschickt wurde, hat man mir ja ganz deutlich gesagt. Aber warum ich nun heimkehren soll, das bleibt mir sehr unklar."

Dong Qiufen nickte. „Du verstehst offenbar immer noch nicht. Komm heute abend mit auf unser Gut und lies die Beschlüsse, dann wirst du es wissen. Das sind so gute Dokumente, aufs neue wird das Volk befreit!"

Wu Lüyin schüttelte den Kopf. „Nein, die Leitung hat mir nicht aufgetragen, das zu lesen. Deshalb lese ich es lieber nicht."

„Ich hätte wirklich nicht gedacht, daß du dich so verändert hast", stieß Dong Qiufen erregt hervor.

„Zwanzig Jahre sind eine lange Zeit", sagte Wu Lüyin, ohne den Kopf zu heben.

Dong Qiufen versank in tiefes Nachdenken, dann fragte sie in scharfem Ton: „Und diese ganzen zwanzig Jahre hast du still und ruhig gelebt?"

Nach einer Weile antwortete Wu Lüyin bitter lächelnd: „Einmal hat sich in meinem Herzen etwas bewegt. Ein Bekannter hatte mir einen Brief geschrieben und mir einen Heiratsantrag gemacht."

„Wer war das, und was hast du ihm geantwortet?"

Wu Lüyin, die schon bereute, daß sie davon angefangen hatte, erwiderte mit niedergeschlagenen Augen: „Ich möchte lieber nicht darüber sprechen, lassen wir das Vergangene ruhen."

„Du solltest mir nichts verheimlichen, ich habe dir auch nichts verheimlicht", meinte Dong Qiufen etwas vorwurfsvoll.

Wu Lüyin blickte zu den jungen Dai und Jingpo hinüber, die so fröhlich und glücklich waren, und sagte mit einer Traurigkeit, die ihr selbst wohl kaum bewußt war: „Heute, das ist ihre Zeit!" Aber Dong Qiufen ließ nicht locker: „Hast du ihm geantwortet und ihn abgewiesen?" Erst nach einer Weile kam die Antwort: „Nein. Ich habe nur geschrieben, er solle auf mich warten. Wenn ich aus den Bergen herunterkomme, werde ich zustimmen."

Dong Qiufen wußte nichts mehr zu sagen. Sie seufzte tief, dann schlug sie einen lustigen Ton an und sagte möglichst fröhlich: „Laß uns tanzen, die Bewegungen sind gar nicht kompliziert. Wenn es einen Anlaß zur Freude gibt, wollen wir ihn ausgiebig nutzen. Meiner Ansicht nach stammen diese Massentänze nicht von der Bourgeoisie, sondern sind eine gute Sitte, die aus der Zeit des Urkommunismus überliefert ist."

„Du bist doch die Alte geblieben! Über alles mußt du nachdenken, alles analysieren", meinte Wu Lüyin neidvoll.

Dong Qiufen lachte. „Das hat mir auch viel Ärger eingebracht, und ich habe dafür nicht wenig leiden müssen." Fröhlich sagte sie: „Wenn du nicht tanzt, laß uns etwas trinken!" Sie zog die Widerstrebende zum Verkaufsstand einer Dai-Frau und verlangte zwei Schalen Schnaps und etwas Hühnerfleisch. Die eine Schale stellte sie vor Wu Lüyin hin, die andere hob sie ihr entgegen. „Laß uns anstoßen! Auf den Sieg der dritten ZK-Tagung! Auf unser heutiges Wiedersehen! Darauf, daß wir wieder an unsere Arbeit zurückgehen können!"

Nachdem sie angestoßen hatten, setzte Wu Lüyin die Schale ab, ohne getrunken zu haben. Dafür nahm sie einen Schluck aus der blanken Aluminiumflasche, die sie umgehängt trug.

„Warum trinkst du das?" fragte Dong Qiufen vorwurfsvoll.

„So bin ich es gewohnt", antwortete Wu Lüyin bedrückt.

Dong Qiufen schüttelte den Kopf, sagte aber nichts, hob nur ihre Schale und trank. Als Wu Lüyin die Flasche halb geleert hatte, rötete sich ihr Gesicht, fröhlich forderte sie Dong Qiufen auf: „Los, wir gehen tanzen!"

Dong Qiufen bezahlte rasch den Schnaps und das Fleisch und stimmte freudig zu: „Ja, wir wollen tanzen!"

Sie nahmen ihre bunten Tücher und reihten sich in die Menge ein, wiegten sich nach der Musik. Sie gingen drei Schritte, dann schwenkten sie die Tücher nach rechts, wiederum drei Schritte, und sie schwenkten die Tücher nach links. Mit dem ganzen Körper drückten sie ihre Freude aus. Abermals wurden Schüsse in die Luft abgegeben, es knallte mehrmals hintereinander. Die Musik spielte ununterbrochen. Die Menschen wurden immer fröhlicher, wie besessen versanken sie in einem Meer toller Freude.

Wang Anyi

Dieser Zug endet hier

1

„Unser Zug nähert sich der Endstation Shanghai", meldet der Zugfunk.

„Wir sind in Shanghai." Schlafende öffnen die Augen.

„Gleich sind wir da!" Aufgeregte Leute schlüpfen aus den Schuhen, steigen auf die Bänke, nehmen ihr Gepäck herunter.

In einer Gruppe von Männern mittleren Alters, Reisenden aus Kashgar in Xinjiang, wurden eifrig Pläne geschmiedet: „Das Logis ausfindig machen und zuerst einmal baden. Beim Schwermaschinenbau anrufen. Und dann europäisch essen!"

„Jawohl, europäisch essen!" stimmten alle begeistert zu. Als Hochschulabsolventen waren sie einst aus den verschiedensten Gegenden des Landes nach Xinjiang gekommen, Pekinger, Leute aus Fuzhou, aus der Provinz Jiangsu. Ihren Heimatakzent hatten sie sich zwar bewahrt, aber in ihrem Äußeren und im Temperament waren sie den in Xinjiang Ansässigen sehr ähnlich geworden: robuste Haut, ungezwungener Charakter. Als sie in Nanjing zugestiegen waren, hatten sie auf Chen Xins beiläufige Frage nach dem Leben in Xinjiang sogleich begeistert und ausführlich zu erzählen begonnen. Wie lustig es bei den verschiedenen Nationalitäten in Xinjiang zugehe, wie schön die Lieder und Tänze seien, was für flotte Mädchen es da gebe. Und wie interessant auch sonst das Leben dort sei! Man könne Fische bomben, auf die Jagd gehen. Sie fanden kein Ende mit Erzählen. Und was sie erzählten, war so bemerkenswert, daß man unversehens neidisch werden konnte.

„Junge, wie lange bleibst du denn in Shanghai?" fragte ihn der Pekinger und klopfte ihm auf die Schulter.

Chen Xin, der gedankenverloren zum Fenster hinausschaute, wandte sich ihm zu und sagte lachend: „Diesmal werde ich nicht zurückfahren."

„Wieder hierher versetzt?"

„Ja, wieder nach Hause versetzt."

„Und Frau und Kinder?"

„Natürlich habe ich keine!" Chen Xin errötete über und über. „Wenn ich Familie hätte, könnte ich ja schwerlich zurückkommen."

„Wirklich ein Mann mit Entschlußkraft." Der Pekinger klopfte ihm von neuem auf die Schulter. „Wenn ihr Shanghaier Shanghai mal verlassen müßt, könnt ihr nicht weiterleben."

„Shanghai ist doch meine Heimat", sagte Chen Xin.

„Aber außer der Heimat gibt es ja eine ziemlich große Welt."

Chen Xin schwieg und lächelte.

„Der Mensch muß es verstehen, aus allen Lebenslagen etwas zu machen. Kommst du nach Harbin, läufst du Schlittschuh, in Kanton gehst du schwimmen, in Xinjiang greifst du dir mit der bloßen Hand ein Stück Hammelfleisch und haust hinein, und in Shanghai speist du eben europäisch . . . Wohin dich das Schicksal auch verschlägt, überall kannst du das Vergnügen entdecken und es genießen. Vielleicht sind das die Freuden des Lebens."

Chen Xin lächelte noch immer. Versonnen schaute er auf die vorbeihuschenden Felder: lauter akkurat abgesteckte kleine Parzellen, einer Stickerei gleich mit Saatreihen besetzt, ein Stück goldgelb, ein anderes grüngrau, wieder andere leuchtend grün. Selbst dicht am Ufer eines Flusses ist noch ein violettes Dreieck aufgestickt. Der Boden wird hier wirklich in hohem Maße ausgenutzt und dabei sehr ordentlich und geschickt aufgeteilt. Wer an die endlosen fruchtbaren Fluren im Norden gewöhnt ist, dem dürfte es hier zu eng, zu gedrängt vorkommen, doch gleichzeitig glänzt hier alles wie frisch gewaschen und ist schön anzusehen. Das ist die Landschaft südlich des Changjiang, das ist das Umland von Shanghai. Ach, Shanghai!

Der Zug fuhr zwischen den Feldern und den niedrigen Mauern zu beiden Seiten des Bahngeländes hindurch ins Stadtgebiet hinein. Da, Fabriken, hohe Häuser, Straßen, Omnibusse und dieses Menschengewimmel! Shanghai! Es nahm immer konkretere Gestalt an. Chen Xin traten Tränen in die Augen. Sein Herz begann heftiger zu schlagen. Vor zehn Jahren, als er von hier weggefahren war und sich Shanghai immer mehr entfernt hatte, immer undeutlicher geworden war, da hatte er sich wohl nicht träumen lassen, daß er einmal zurückkehren würde. Wahrscheinlich hatte er nicht daran geglaubt – oder vielleicht doch? Auf dem Dorf mußte er den Pflug ziehen, drillen, Gräben ausheben, später war er ständig auf Achse, um Arbeitskräfte zu beschaffen oder Lernwillige zu werben, und am Ende hatte er selbst eine pädagogische Fachschule besucht. Nach dem Examen wurde ihm dort eine Stelle an einer Mittelschule zugewiesen. Zugegeben, mit dieser Arbeit stand man auf eigenen Füßen, man hatte seinen festen Platz gefunden und hätte mit den Laufereien und dem Abmühen Schluß machen und sich ein neues Leben aufbauen können. Doch er hatte nicht das beruhigende Gefühl gehabt, nun endlich angekommen zu sein. Irgendwie trug er das Empfinden in sich, sein Ziel noch nicht erreicht zu haben. Tief im Unbewußten keimte noch die Hoffnung auf irgend etwas, war irgendeine Erwartung verborgen. Was es mit dieser Erwartung auf sich hatte, was sein eigentliches Ziel war, das kam ihm erst zu Bewußtsein, als nach dem Sturz der Viererbande die gebildete Jugend, all jene, die als Schüler oder Studenten zur Arbeitsbewährung verschickt worden waren, in Scharen nach Shanghai zurückflutete.

Während der zehn Jahre war er einigemal in Shanghai gewesen – Verwandtenbesuche, Urlaub, Dienstreisen. Jedesmal aber hatte er nur eine Entfremdung empfunden, hatte gespürt, wie sich die Stadt von Mal zu Mal weiter entfernt hatte. Er war ein Auswärtiger geworden, ein Fremder. Und wie abschätzig man in Shanghai auf Auswärtige herabsah! Er konnte diese Shanghaier Überheblichkeit nicht ausstehen, diese Hochnäsigkeit nicht ertragen. Genauso unerträglich war ihm das Mitleid, das Verwandte und Freunde ihm gegenüber zeigten. Denn hinter diesem Mitleid, hinter diesem Bedauern verbarg sich letzten Endes auch wieder diese verdammte Hochnäsigkeit. Doch das mußte er notgedrungen in Kauf nehmen, Shanghai hatte ja sein Gutes, war hochentwikkelt, hatte seine Vorzüge: in den Warenhäusern ein großartiges und sehr reichhaltiges Angebot, moderne Kleidung, in den Lokalen frische und exquisite Speisen und Getränke, in den Kinos die neuesten Filme. Shanghai repräsentiert ja den Trend der neuen Zeit im kulturellen Leben Chinas. Ganz zu schweigen davon, daß hier sein Zuhause war, die Familie, seine Mutter, der Älteste Bruder, der Jüngere Bruder, hier war der Vater selig ... Seine Augen füllten sich mit Tränen, und ein kleines Lächeln umspielte seine Lippen. Um nach Shanghai zurückzukommen, war er bereit gewesen, alles zu opfern, alles hinter sich zu lassen. Und er hatte sogleich alle Hebel in Bewegung gesetzt, als er erfuhr, daß die Mutter in ihrem hohen Alter aufhören wollte zu arbeiten und damit ihr Arbeitsplatz für eines ihrer Kinder frei würde. Als erstes mußte er sich darum kümmern, daß sein Status als gebildeter Jugendlicher wiederhergestellt wurde. Und das Stück Lebensgeschichte, das Pädagogikstudium, die Arbeit als Lehrer? Hinweg damit, vergessen! Jetzt ging es nur darum, die paar Behördenstempel zu ergattern. Es war ein aufregender und harter Kampf gewesen, aber am Ende hatte er gesiegt ...

Da fuhr der Zug schon in den Bahnhof ein, Chen Xin zog das Fenster herunter, eine frische Brise streifte sein Gesicht, Shanghaier Luft. Er erblickte den Jüngeren Bruder: Ist der Bengel groß geworden, ein langer Kerl, sieht gut aus. Auch er hatte ihn entdeckt, rannte neben dem Zug her und rief strahlend: „Zweiter Bruder." Für einen Augenblick krampfte sich sein Herz zusammen, ein Hauch von Bedauern überkam ihn. Sofort aber dachte er zehn Jahre zurück, als sich der Zug damals in Bewegung gesetzt hatte und der Ältere Bruder neben dem Zug hergelaufen war, ihn verabschiedet hatte ... und sein Herz beruhigte sich wieder.

Der Zug hielt, ganz außer Atem kam der Jüngere Bruder heran. Chen Xin sprach mit ihm und reichte ihm das Gepäck hinaus, dabei überhörte er ganz, wie sich seine Reisegefährten von ihm verabschiedeten.

„Der Älteste Bruder, die Schwägerin und ihr kleiner Junge sind auch da, sie warten draußen, man bekommt ja auf ein Telegramm nur eine Bahnsteigkarte ... Hast du viel Gepäck, Zweiter Bruder?"

„Es wird zu schaffen sein ... Wie geht es denn der Mama?"

„Es geht. Sie macht zu Hause das Essen. Heute früh war sie schon um drei auf dem Markt einkaufen."

Chen Xin wollte noch etwas sagen, aber ihm stieg etwas in die Nase, irgend etwas schnürte ihm die Kehle zu. So senkte er den Kopf und schwieg. Da er nichts sagte, sprach der Bruder auch kein Wort mehr. Schweigend gingen sie den endlosen Bahnsteig entlang. Der Älteste Bruder stand mit der Schwägerin und dem Kleinen am Ausgang, sie umarmten ihn, entrissen ihm das Gepäck, gaben es ihm aber nach ein paar Schritten zurück, weil es ihnen zu schwer war. Alle mußten lachen. Der Älteste nahm ihn bei der Schulter, der Jüngere erfaßte seinen Arm, die Schwägerin blieb mit dem Kleinen hinter ihm stehen. Dabei trällerte der Kleine in einem fort ein drolliges Kinderlied: „Zweiter Onkel, welche Schande, Zweiter Onkel, welch ein Glück, erst handelt er im fremden Lande, jetzt sucht er hier zu Haus sein Glück ..." Darauf lachten alle.

„Hast du deine Papiere alle beisammen?" fragte der Älteste. „Für morgen habe ich freigenommen, um mit dir zum Arbeitsamt zu gehen."

„Laßt mich lieber mit ihm gehen, ich hab sowieso nichts zu tun", sagte der Jüngere Bruder.

Chen Xin fühlte sein Herz wieder etwas heftiger schlagen, wandte sich dem Jüngeren Bruder zu und sagte lächelnd: „Gut, soll mich unser Dritter begleiten."

Mit dem Bus waren sie nach einmal Umsteigen schnell zu Hause. Kaum traten sie durch das Tor, hörte er schon die Mutter rufen: „Mein lieber Xin!" Sie senkte den Kopf und wischte sich die Tränen ab. Keiner der drei Brüder wußte, wie man sie beruhigen könnte, tausend Zärtlichkeiten lagen ihnen auf der Zunge, doch keiner brachte ein Wort heraus, offenbar war es ihnen peinlich, etwas zu sagen. Sie sahen sie nur an und fragten nach einer Weile: „Was gibt's denn da zu weinen?" Nur die Schwägerin wußte, wie ihr zu helfen war. Nach ihren Worten hörte die Mutter auf zu weinen. „Kommt essen, kommt zu Tisch!" Alle waren erleichtert, bedachten sich gegenseitig mit Aufmerksamkeiten. Den Tisch hatten sie vorübergehend aus dem sechs Quadratmeter kleinen Raum, in dem die Mutter nun wohnte, in den größeren Raum des Ältesten Bruders und der Schwägerin herübergeholt. Chen Xin schaute sich im Zimmer um und bemerkte, wie sehr sich alles verändert hatte, seit die drei Brüder hier zusammen gewohnt hatten. An den Wänden hellgrüne Tapete, eine Wandlampe und ein Ölbild. Die neuen Möbel waren sehr schön, ihre Form war den Maßen des Raumes angepaßt, die Farbe geschmackvoll.

„Was für eine Farbe ist das?" fragte Chen Xin.

„Kaper ... ist jetzt große Mode", antwortete der Jüngere wichtigtuerisch.

Der kleine Neffe zog einen Hocker vor die Kommode, kletterte hinauf, drückte geschickt auf die Taste des Rekorders, und schon füllten kräftige Rhythmen den Raum, was die Stimmung sofort hob.

„Ihr lebt ja nicht schlecht", sagte Chen Xin aufgekratzt.

Der Älteste lächelte entschuldigend, und nach einer Weile sagte er ablenkend: „Also, jetzt bist du endlich wieder zu Hause."

Die Schwägerin trug das Essen herein und meinte lachend: „Jetzt bist du wieder zurück, und nun wird eine Frau gesucht und geheiratet."

„Ach, in meinem Alter und bei meinem Aussehen, wer will einen wie mich schon", erwiderte Chen Xin.

Alle lachten.

Inzwischen stand bereits ein gutes Dutzend köstlicher Gerichte auf dem Tisch: Fleischstreifen mit Erdnuß, Soja-Rippchen, Karpfensuppe und vieles andere. Alle reichten Chen Xin etwas von den Speisen, selbst der kleine Neffe. In Chen Xins Schale häuften sie sich schon zu einem kleinen Berg, aber immer mehr wurde ihm aufgetan, als wollte die Familie ihm all das entgelten, was er in der Ferne zehn lange Jahre hatte entbehren müssen. Der Älteste Bruder war drauf und dran, die Aalschnitzel, Chen Xins Leibgericht, alle auf einmal in die Schale des Bruders zu kippen. Obwohl er drei Jahre älter war als Chen Xin, war er doch immer von ihm beschützt worden. Als Kind war er hochaufgeschossen und schmächtig gewesen und hatte deshalb den Spitznamen „lange Erbsenschote" erhalten. In der Schule war er zwar sehr gut, doch draußen auf der Straße ausgesprochen schwerfällig. Beim Spielen stellte er sich immer ungeschickt an, beim Seilspringen zum Beispiel blieb das Seil jedesmal an seinem Fuß hängen. Wenn Räuber und Gendarm gespielt wurde, verlor seine Partei mit Sicherheit. Deshalb mochten die anderen Kinder nicht gern mit ihm spielen. Chen Xin hatte da nicht mitgemacht und gesagt: „Wenn unser Großer nicht mitspielt, komme ich auch nicht. Und ohne mich kriegt ihr Ärger, am besten, wir lassen es alle." Was er sagte, das tat er auch. Alle fürchteten, daß er ärgerlich wurde. Wenn er einmal in Zorn geriet, konnte es ernst werden, außerdem machte es keinen Spaß, wenn so ein As beim Spielen und Toben fehlte. So hatten sie schließlich nachgegeben. Später wurde der Große kurzsichtig und bekam eine Brille, da sah er auch noch wie ein vertrockneter Hauslehrer aus und erhielt einen neuen Spitznamen: Bücherwurm. Chen Xin fand diesen Spitznamen noch erniedrigender als „lange Erbsenschote". Wenn er hörte, daß sie ihn so riefen, verabreichte er ihnen eine ordentliche Kopfnuß. So traute sich allmählich keiner mehr, den Bruder so zu rufen. Viel später, zur Zeit der Kulturrevolution im Jahre siebenundsechzig, standen die beiden Brüder als Mittelschüler – er mit dem Abschluß der Unterstufe, der Älteste mit dem Abschluß der Oberstufe – zur gleichen Zeit vor der Frage des Einsatzes. Welche Politik gemacht wurde, war klar, in die Sprache der einfachen Leute übersetzt, hieß das: Von zwei Söhnen wird einer gezogen. Das bereitete der Mutter großen Kummer, und sie jammerte in einem fort: „Es ist, als ob man mir das Herz zerreißt, wenn einer von euch leiden muß, es zerreißt mir das Herz." Chen Xin hatte das nicht länger mit ansehen können und entschieden: „Ich gehe in die Arbeitskolonne. Der Große ist so ein lauterer Mensch, wenn er geht, wird er sehr zu leiden haben. Er soll in Shanghai bleiben, ich gehe!" Als er abfuhr, begleitete ihn der Älteste Bruder zum Bahnhof. Einfältig stand er abseits von all den anderen Leuten, die ihre Angehörigen verabschiedeten, und sagte kein Wort, wagte nicht einmal, den Bruder anzusehen. Als sich der Zug in Bewegung setzte, drängte er sich vor, ergriff Chen Xins Hand und rannte neben dem Zug her, dann blieb seine Hand zurück, er rannte weiter, rannte und rannte . . .

Nun war der Bruder endlich zurückgekehrt. Beide waren tief bewegt, aber es gehörte nicht zur Stärke der beiden Chen-Brüder, ihre Gefühle mit Worten auszudrücken, ihre Gemütsregungen äußerten sich eher in konkreten Handlungen. Gleich nach dem Essen beeilte sich der Älteste Bruder, Tee aufzubrühen, die Schwägerin lief in den „Schwarzbau", den sie im Lichthof zusammengezimmert hatten, um für Chen Xin das Bett zu richten, der Jüngere Bruder stellte sich schon für ihn an der Gemeinschaftsdusche an. Nachdem sich Chen Xin an Speise und Trank gelabt und warm geduscht hatte, streckte er sich im „Schwarzbau" auf dem großen Doppelbett aus, das für ihn und den Jüngeren Bruder bestimmt war. Er fühlte sich wie berauscht. Die saubere und warme Bettdecke strömte einen angenehmen Duft aus, auf dem Arbeitstisch neben dem Kopfende war schon die Lampe eingeschaltet, ihr orangefarbenes Licht füllte den kleinen Raum mit einem sanften Schein, neben dem Kissen lag ein Stapel Zeitschriften, wer weiß, wer sie da hingelegt hatte, jedenfalls wußten sie zu Hause noch, daß er immer einen Roman brauchte, um sich in den Schlaf zu lullen. Ja, zu Hause, so ist es zu Hause! Und er ist nun nach zehn Jahren endlich heimgekehrt. Er empfand eine Geborgenheit, wie er sie nie zuvor gekannt hatte. Ohne noch zu lesen, fielen ihm die Augen zu, und er schlief ein. Als jemand hereinkam, um die Lampe zu löschen, erwachte er noch einmal, blinzelte kurz und dachte bei sich: Ich bin wieder zu Hause. Dann versank er in einen tiefen, wohligen Schlaf.

2

In aller Frühe verließ er das Haus, um beim Arbeitsamt die Formalitäten zu erledigen. Der Jüngere Bruder begleitete ihn. Neben der Bushaltestelle erblickte Chen Xin auf einem unbebauten dreieckigen Platz mehrere Schneiderstände mit Nähmaschinen. Ein junger Bursche mit einem Bandmaß um den Hals trat auf die beiden Brüder zu und fragte: „Wollt ihr etwas nähen lassen?" Sie schüttelten den Kopf, da ließ er sie weitergehen. Chen Xin drehte sich noch einmal neugierig nach ihm um und sah, daß der Junge recht schick gekleidet war, oben mit „Walter-Bluse", wie sie der Held in dem jugoslawischen Partisanenfilm trug, unten Schlaghosen, gleichsam ein lebendes Modell, das die Kunden anlocken sollte. Der Jüngere Bruder zerrte ihn am Ärmel. „Der Bus kommt! Das sind alles junge Leute, die Arbeit suchen, in Shanghai gibt es mehr als genug davon." Chen Xin bekam einen Schreck und blieb stehen. Inzwischen hatte sich der Bruder schon unter die Einsteigenden gemischt, die sich durch die Tür des Busses zwängten, er drehte sich gerade um und rief ihm zu: „Zweiter Bruder, los, komm!"

„Warten wir doch auf den nächsten", sagte Chen Xin zögernd angesichts des vollgestopften Busses und der vielen Leute, die noch an der Haltestelle warteten.

„Später wird es immer voller, steig ein!" Die Stimme des Jüngere Bruders klang wie von weit her.

Also drängeln, Kraft hatte er ja. Er zwängte sich nach vorn, bekam mit Mühe den Griff an der Tür zu fassen und stieg aufs Trittbrett. Noch einmal nahm er alle Kraft zusammen, um hineinzukommen. Schließlich hatte er sich durch das Geschimpfe der Leute hindurch bis neben den Fenstersitz gedrängt und hielt sich an einer Stange fest. Aber er stand äußerst unbequem; wie er sich auch drehte, immer war es nicht richtig, einmal stieß er jemandem vor ihm an den Kopf, dann einem hinter ihm in die Seite. Vorn, hinten, rechts, links, nirgends war ein passender Platz zu finden. Die Umstehenden begannen zu murren: „Du, wie stehst du denn bloß!" – „Eine Drängelei, als würden Bretter gestapelt." – „Diese Auswärtigen, keine blasse Ahnung, wie man sich im vollen Bus hinstellt."

„Was heißt hier Auswärtige", ließ sich der Jüngere Bruder vernehmen und drängte sich wütend zu ihm durch, offenbar entschlossen, sich mit den Leuten anzulegen. Chen Xin hielt ihn zurück. „Laß sein, laß sein, bei diesem Gedränge noch streiten, was soll das."

Der Jüngere Bruder sagte mit gedämpfter Stimme: „Zweiter Bruder, dreh dich mal so rum. Ja, richtig, gut so, und nun mit der linken Hand am Griff festhalten, so geht es besser, ja?"

So ging es wirklich viel besser. Chen Xin seufzte, endlich hatte er einen festen Stand gefunden. Es war zwar noch eng, alle standen dicht aneinandergepreßt, aber man konnte wenigstens sicher auf den Beinen stehen. Er blickte sich um und sah, daß alle wie in stiller Übereinkunft den Körper nach links gedreht hatten. Wirklich, auf diese Weise wurde das Fassungsvermögen des Busses besser ausgenutzt. Er erinnerte sich an die kleine, abgelegene Stadt, in der er gelebt hatte, dort drängten sich die Leute im Bus kreuz und quer durcheinander ohne Vernunft und Überlegung. Es herrschte ein Gedränge und eine Hektik, nicht zum Aushalten, und dabei waren gar nicht so viel Leute im Bus. Der Shanghaier versteht es eben meisterhaft, auf engstem Raum zu leben.

„Nächste Station Mittlere Tibetstraße, Bürger, die aussteigen wollen, bitte vorbereiten", kam die Stimme der Schaffnerin aus dem Lautsprecher, erst in Hochchinesisch, dann im Shanghaier Dialekt. Diese jungen Schaffnerinnen machten ein Gesicht wie eine Kaiserin, stolz und kühl. Doch so ein strenges Regime war für die Fahrgäste auch angenehm. Und wieder mußte er an den Bus und die Schaffnerinnen in jener weit entfernten Stadt denken. Dort sah der Bus aus, als wäre er gerade durch einen Bombenhagel gefahren, voller Staub und Schrammen, und er fuhr immer schon los, wenn die Türen noch nicht geschlossen waren. Die Schaffnerinnen hatten kein Interesse, dem Volk zu dienen, hatten kein System, riefen auch die Stationen nicht aus und klemmten den Leuten immer die Kleidung mit der Tür ein. Aber hier, hier war schließlich Shanghai, alles war wohlgeordnet, in einer solchen Umgebung war man einfach gezwungen, sich einzuordnen.

Als sie ausgestiegen waren, führte ihn der Bruder über eine breite Straße, auf der gerade Freier Markt abgehalten wurde und emsiges Treiben herrschte. Da gab es Gemüse, Fisch, Hühner, Enten, Strickhemden, Pantoffeln, Ledertaschen, Haarnadeln, da loderten Bratöfchen, wurde Pastetchensuppe verkauft, wurden aus Papier gefaltete Lampenschirme oder Gipspuppen mit dem Aufkleber „Volkstümliches Spielzeug" feilgeboten. Chen Xin lachte vor Freude, nie hätte er sich vorstellen können, daß es in dem großen Shanghai einen solchen Markt gab. Dieser Markt war viel reizvoller als das bunte Treiben im modernen Geschäftsviertel der Nanjing-Straße, das vor ihnen lag.

Der Jüngere Bruder sagte: „So etwas gibt es jetzt in Shanghai überall. Die Regierung stimuliert sogar das Bemühen der arbeitsuchenden Jugend, durch eigene Initiative eine Lösung zu finden."

Als Chen Xin das hörte, zog sich seine Stirn unversehens in Falten, er blieb stehen und sagte: „Lieber Dritter Bruder, wie steht es denn in diesem Jahr mit dir, bist du bei der Aufnahmeprüfung zur Hochschule wieder durchgefallen?"

Der andere senkte den Kopf. „Weiß auch nicht, wie das kommt, wahrscheinlich bin ich zum Studieren zu dumm."

„Willst du's im nächsten Jahr nicht noch mal versuchen?"

Nach langem Schweigen antwortete der Jüngere stockend: „Wahrscheinlich würde ich wieder durchfallen."

„Hast einfach kein Selbstvertrauen, was?" Chen Xin war etwas verärgert.

Der andere lächelte freundlich. „Ich komme nicht rein in die Studiererei, bin fürs Studieren eben nicht geboren."

„Der Große und ich, wir wollten studieren, aber daraus ist nichts geworden, du hättest das Zeug dazu, dennoch studierst du nicht. Du bist in unserer Familie der einzige, der die Möglichkeit hat, auf eine Hochschule zu gehen, aber du engagierst dich nicht dafür."

Der Jüngere schwieg.

„Was hast du denn für die Zukunft vor?"

Der Jüngere Bruder lächelte wieder, gab aber keine Antwort. Da rief plötzlich jemand hinter ihnen: „Chen Xin!"

Sie blickten sich um und sahen, daß es eine junge Frau um die Dreißig war, die an ihrer Hand einen sehr hellhäutigen, hübschen Jungen führte. Sie trug das Haar lang gewellt und war sehr modern gekleidet. Chen Xin kam nicht darauf, wer das sein könnte.

„Erkennst du mich nicht? Sehe ich schon so alt aus?"

„Ach, du bist es, Yuan Xiaoxin! Ich hatte dich erst nicht erkannt, aber nicht weil du alt aussiehst, sondern weil du so hübsch geworden bist." Chen Xin lächelte etwas verkrampft. Auch Yuan Xiaoxin lächelte. „Das kann doch nicht wahr sein! Zwei Jahre lang in ein und derselben Gruppe gearbeitet, und dann wird man nicht wiedererkannt! Wie es aussieht, hast du vergessen, wo du herkommst."

„Nein, ich habe nur nicht erwartet, dich hier zu treffen. Bist du damals nicht mit dem ersten Transport zur Arbeitsbewährung verschickt worden? Arbeitest du immer noch im Kohlenbergwerk von Huaibei?"

„Nein, letztes Jahr hat man mich wieder hierher versetzt."

„Wie versetzt?"

„Das läßt sich nicht mit einem Satz erklären. Und du?"

„Ich bin auch wieder hierher versetzt worden, bin gestern gerade angekommen."

„Ach so." Ihre Stimme klang sehr gedämpft. „Zhang Xinhu und Fang Fang sind auch zurück."

„Das ist ja prima!" sagte Chen Xin erfreut. „Die meisten aus unserer Gruppe sind also wieder hier. Wenn wir Zeit haben, müssen wir uns mal treffen. Jaja, jedenfalls sind wir aus dem Schlamassel wieder heraus."

Sie sagte nichts, lächelte nur leicht, und an ihren Augen bildeten sich ein paar winzige Falten.

„Onkel", meldete sich der Kleine plötzlich, „du hast graue Haare auf dem Kopf wie mein Opa."

Chen Xin lachte, beugte sich zu dem Kind hinab und faßte seine Hand. „Dein Sohn?" fragte er Yuan Xiaoxin.

„Er gehört meiner Jüngeren Schwester." Sie wurde rot und sagte rasch: „Ich bin ja noch nicht verheiratet. Sonst hätte ich ja auch gar nicht zurückkommen können."

„Ach so", sagte er etwas verwirrt. Er wußte, daß Yuan Xiaoxin im selben Jahr wie sein Älterer Bruder die Schule beendet hatte, sie mußte also dreiunddreißig, vierunddreißig sein. „Du bist schon so lange zurück und hast eine so wichtige Angelegenheit noch nicht geregelt?"

„So etwas hängt von der Gelegenheit ab, es läßt sich nicht erzwingen."

Chen Xin schwieg.

Sie streichelte das von flaumweichem Haar bedeckte Köpfchen des Jungen und sagte mit leichter Stimme: „Manchmal habe ich das Gefühl, daß der Preis für die Rückkehr nach Shanghai zu hoch war."

„So darf man das nicht sehen. Daß wir überhaupt zurückkehren konnten, ist schon gut."

„Tante, wir kommen zu spät ins Kino", rief das Kind, als es sich plötzlich daran erinnerte.

„Ach ja, los, wir gehen." Sie lächelte Chen Xin an. „Entschuldige, ich habe dir die ganze Laune verdorben. Du wirst schon mehr Erfolg haben als ich. Du bist ein Mann, jung dazu, für dich hat es noch Zeit ... Wirst bestimmt glücklich werden."

Chen Xin schaute ihr nach, wie sie in der Menge verschwand. Unversehens wurde ihm das Herz etwas schwer.

„Tatsächlich, eine tote Krabbe", sagte plötzlich eine Stimme neben ihm. Es war der Jüngere Bruder.

„Was für eine tote Krabbe?" fragte Chen Xin verwundert.

„Über dreißig und noch keinen Freund, eine tote Krabbe, das wird nichts mehr."

„Es ist nicht so, daß Yuan Xiaoxin keinen fände, sie überlegt sich das eben. Hast du nicht gehört, wie sie sagte, dazu brauche man eine Gelegenheit, das könne man nicht erzwingen. Kapiert?"

Wer weiß, ob der Jüngere das verstanden hatte, lachend winkte er ab. „Jedenfalls ist es ein großes Problem, wo findet sich denn ein gleichaltriger unverheirateter Mann? Wenn, dann einer mit Mängeln oder ein Habenichts. Ist es aber einer in guten Verhältnissen, dann stellt er höchste Ansprüche, solche Leute suchen sich am liebsten etwas Junges, Hübsches.

Die Mädchen, die heute so um die Zwanzig sind, die sind jetzt an der Reihe, und davon gibt's jede Menge."

Chen Xin wollte hinzufügen, daß es auch noch andere unverheiratete Männer gebe, nämlich solche wie zum Beispiel ihn, die ihre Liebe noch nicht gefunden hätten. Aber dann überlegte er, daß der Bruder das bestimmt nicht verstehen würde. Diese jungen Leute sind offenbar ganz anders als unsere Generation. Er streifte ihn von der Seite her mit einem Blick und sagte: „Du verstehst wirklich was von der Sache."

Der Jüngere lachte selbstgefällig, dieser Grünschnabel hatte den Sarkasmus in den Worten des Bruders überhaupt nicht mitbekommen. Das tat Chen Xin etwas leid, und so sagte er in beschwichtigendem Ton: „Wie teilst du dir denn die Zeit jeden Tag so ein?"

„Es gibt ja nichts zu tun, eben nur Fernsehen, Radio hören, na ja, und schlafen."

„Und was hast du nun vor?" ließ Chen Xin nicht locker.

Der Bruder schwieg, erst als sie am Arbeitsamt angekommen waren und die Treppe hinaufstiegen, sagte er: „Ich möchte schrecklich gern arbeiten."

Chen Xin blieb stehen. Der Jüngere war einige Stufen vorausgegangen, drehte sich um und sagte: „Komm!" Er sah ihn erleichtert und zugleich ernst an, aber Chen Xin wich seinem Blick aus.

3

Chen Xin hatte zu arbeiten begonnen. Es war sehr weit bis zu Mutters Arbeitsstelle in der Fabrik, er mußte dreimal umsteigen und brauchte eine Stunde und zwanzig Minuten. Ihm war die Arbeit an einer Drehmaschine zugewiesen worden, damit hatte er bisher noch nie zu tun gehabt, alles mußte er von Anfang an erlernen. Er nannte sich selbst scherzhaft einen Altlehrling von dreißig Jahren, der seinen Lebensunterhalt zu verdienen lernt. Schwierig war eigentlich weniger die Technik der Drehbank, eher das Gewöhnen und Anpassen an das neue Leben, an den neuen Rhythmus. Hier hieß der Rhythmus Tempo. War man aus dem ersten Bus ausgestiegen, mußte man rennen, um den nächsten zu erreichen; war man aus dem zweiten Bus ausgestiegen, mußte man wieder rennen, diesmal zum dritten Bus. Ein Glied griff ins andere, es war unmöglich, eines auszulassen. Mal eine Zigarette zwischendurch rauchen oder eine Denkpause machen, all das konnte man sich hier nicht erlauben. Auch an die Schichtarbeit konnte er sich nur schwer gewöhnen. In der Nachtschichtwoche hatte man nicht genug Schlaf, in den folgenden zwei Wochen war das Defizit nicht aufzuholen, deshalb fühlte er sich immer unausgeschlafen. Nach zwei Monaten war er schon im Gesicht etwas schmaler geworden, aber die anderen meinten, etwas schmaler sei gut, es sehe besser aus. Übrigens hatte die Wohlgenährtheit, mit der er aus der Ferne zurückgekommen war, getrogen, alles war nur vom Mehl aufgeschwemmt gewesen und durchaus kein Zeichen von Gesundheit.

Sei es, wie es sei, schließlich war er nach Shanghai zurückgekehrt und war zufrieden, wenn er auch manchmal hinter dieser Zufriedenheit eine Leere spürte, als fehle ihm etwas. Die unendliche Sehnsucht während der zehn Jahre existierte nicht mehr. Unter dieser Sehnsucht hatten sie gelitten, sie hatten nicht essen und nicht schlafen können. Diese Sehnsucht hatte ihn getrieben, das Ziel immer im Visier zu behalten und unablässig darauf hinzuarbeiten. Diese Sehnsucht hatte ihn durchdrungen, ihn erfüllt. Er hatte sich an ihr Fehlen noch nicht gewöhnt, fühlte sich dauernd verunsichert. Er erklärte sich das einfach damit, daß er immer in Augenblicken großen Glücks zu Mutlosigkeit neigte. Aber was wollte er mehr, schließlich war er wieder in Shanghai! Nun hieß es, sich mit Fleiß ein neues Leben aufzubauen. Wie dieses neue Leben allerdings beschaffen sein sollte, das hatte er noch nicht richtig bedacht. Alles hatte ja gerade erst begonnen.

Als an diesem Tag die Frühschicht beendet war, schleppte er sich auf seinen nach acht vollen Stunden ermüdeten Beinen in den Umkleideraum, duschte, zog sich um, ging zum Tor hinaus und lief zur Bushaltestelle. Dort stand ein wahres Meer von Menschen, auf dem Fußweg konnte keiner mehr treten, der größte Teil der Straße war von Menschen verstopft, mindestens drei Busse mußten ausgefallen sein. Er wartete zehn Minuten lang, doch kein Bus ließ sich sehen. Alle beschwerten sich, debattierten, wahrscheinlich hatte sich ein Verkehrsunfall ereignet. Schließlich wurde es ihm zuviel, er wandte sich verärgert um und verließ die Haltestelle. Also zu Fuß! Neulich hatte ihn der Meister Li, der ein Jahr jünger war als er, zu Fuß mitgenommen, erst links hindurch, dann rechts herum, dabei konnte man den Weg beträchtlich abkürzen. Auf seinem Weg kam er durch eine Gasse und gelangte in eine kleine, schmale Straße mit Kopfsteinpflaster. An beiden Straßenrändern saßen Leute, manche scheuerten die Nachteimer, manche bereiteten das Essen zu, andere strickten oder nähten, manche saßen über den Büchern, machten Hausaufgaben, einige spielten Schach oder Tischtennis, wieder andere schliefen zusammengerollt auf ihrer Pritsche und engten die schmale Straßenflucht noch mehr ein. Er blickte sich nach beiden Seiten um, die Räume in den Häusern glichen Taubenschlägen oder den Löcherreihen einer Mundharmonika. Sie waren klein und niedrig. Er warf einen Blick durch die Fenster, drinnen war alles voller Betten, große, kleine, doppelstöckige, Klappbetten. Deshalb mußte die Arbeit und alles nach draußen verlegt werden. Was wäre, wenn alle einmal zur selben Zeit Feierabend hätten, überlegte er. Was, wenn es einmal regnete oder schneite? Was wird, wenn die Kinder groß sind und heiraten wollen? Wenn, wenn ... Hinter der Farbenpracht der Schaufenster, hinter der blendenden Reklame, hinter der leuchtenden Mode und den neuesten Filmplakaten gibt es also noch so enge Straßen, so vollgestopfte Wohnungen, ein so erbärmliches Leben. Es sieht so aus, als wäre Shanghai keineswegs so vollkommen, wie man es sich immer vorstellt.

Erst nach etwa einer halben Stunde erreichte er die nächste Bushaltestelle. Es kam auch gerade einer. Er zwängte sich hinein. Inzwischen hatte er schon gelernt, wie er den Körper drehen, wie er seine Einmeterachtzig in dem knapp bemessenen Raum unterbringen mußte, um nicht wieder für einen Auswärtigen gehalten zu werden. Es war schon nach sechs, als er zu Hause ankam, hungrig und müde. Eigentlich hatte er gedacht, dort würde schon ein gedeckter Tisch mit einer schönen warmen Mahlzeit auf ihn warten. Wie sollte er auch ahnen, daß noch nicht einmal der Reis fertig war. Die Mutter war am Nachmittag in der Huaihai-Straße einkaufen gewesen, überall Massen von Menschen, in den Geschäften, im Bus. Wie sollte sich eine alte Frau durch diese Massen hindurchdrängen. So war sie erst sehr spät heimgekommen. Und den Reis hatte die Schwägerin erst aufsetzen können, als sie von ihrer Ganztagsschicht heimgekehrt war. Die Mutter schimpfte über den Jüngsten, während sie flink das Gemüse putzte und schnitt: „Dieser Dritte! Er tut überhaupt nichts, von früh bis spät hört er nur Radio und schläft. Du siehst, wie spät ich zurückgekommen bin. Wie schön wäre es, wenn er mir beim Fleischschneiden helfen würde! Ach, unser Dritter!" Chen Xin zügelte seinen Zorn und ging in den „Schwarzbau". Dort war es stockdunkel, man konnte die Hand nicht vor den Augen sehen. Dafür war ein wildes Durcheinander sich überschneidender Sendungen nicht zu überhören, Sprache und Musik zugleich. Er ertastete den Bettrand, stieß an ein Bein, erschrak. Im Bett richtete sich jemand auf. „Zweiter Bruder, schon Feierabend?"

Chen Xin schaltete das Licht ein. Er konnte seinen Zorn nicht mehr unterdrücken und sagte: „Dritter, du verbringst den Tag zu sinnlos, tust den ganzen Tag über zu Hause nichts, könntest wirklich der Mama im Haushalt etwas helfen."

„Vormittags war ich Reis einkaufen und habe den Fußboden gewischt", verteidigte sich der Jüngere Bruder.

„Was ist das schon, mal Reis einkaufen gehen, mal den Fußboden wischen. Als ich so alt war wie du, habe ich auf dem Lande den Pflug gezogen, Getreide geschnitten."

Der Jüngere Bruder schwieg.

„Du bist doch schon zwanzig, müßtest ein bißchen nachdenken und was Ordentliches tun. Steh auf, los, steh auf! Wie kann sich ein Mensch damit zufriedengeben, ein so nutzloses Dasein zu führen. Rühr dich! So was will nun ein junger Mensch sein!"

Der Jüngere Bruder verzog sich aus dem „Schwarzbau". Der Älteste war gerade nach Hause gekommen und attakkierte ihn ebenfalls: „Drittes Brüderchen, du bist erwachsen, solltest verständig sein. Dein großer Bruder und die Schwägerin haben den ganzen Tag gearbeitet, sind gerade erst zurück und wollen sich schließlich auch etwas ausruhen, du solltest ein wenig mithelfen."

Chen Xin rief aus dem „Schwarzbau": „Wenn du jeden Tag deine Lektionen durcharbeiten würdest für die Aufnahmeprüfung an der Hochschule, würde dir überhaupt keiner vorwerfen, daß du im Haushalt nichts machst. Im Gegenteil, wir würden dir noch die Bedingungen dafür schaffen ..."

Der Jüngere Bruder schwieg nach wie vor, die Mutter kam

herbei, um zu schlichten: „Laßt schon gut sein, ich mach mir selber Vorwürfe, daß ich ihm keine Aufträge erteilt habe, ehe ich weggegangen bin. Das Essen ist gleich fertig, eßt erst einmal ein paar Kekse! Mein Dritter, hol mir etwas Essig." Nachdem der Dritte gegangen war, sagte die Mutter: „Es ist mir viel lieber, wenn unser Dritter zu Hause sitzt, als daß er sich draußen herumtreibt. Wenn ich die jungen Burschen so sehe, die keine Arbeit haben, dann muß ich sagen, er gehört zu denen, die sich einfügen und gutmütig sind."

Halb acht war das Essen schließlich fertig, alle saßen um den Tisch in dem winzigen Zimmer, in dem die Mutter schlief. Durch den Ärger, den der Dritte vor dem Essen verursacht hatte, war die Stimmung ein wenig gedrückt, keiner wollte etwas sagen. Wenn das Essen ohne Plauderei hinuntergeschlungen wird, leidet offenbar auch der Appetit. Wohl um die Stimmung zu heben, ergriff die Schwägerin die Initiative: „In unserem Betrieb ist jetzt ein ‚Freundschaftsklub für junge Leute' eingerichtet worden, eigentlich ist es ein Heiratsvermittlungsbüro. Lieber Xin, soll ich dir nicht mal ein Formular mitbringen?"

„Wenn ich nur satt zu essen habe, kümmert mich nichts anderes", sagte Chen Xin mit einem gequälten Lächeln. „Ich will nicht heiraten."

„Das ist doch nicht dein Ernst!" empörte sich die Mutter. „Wie kann einer nicht heiraten wollen! Bei deinem Aussehen und deinem Charakter kann ich einfach nicht glauben, daß du keine Frau findest."

„Ein Meter achtzig Große sind heutzutage sehr begehrt, alle Mädchen mögen lange Kerls", sagte der Jüngere Bruder mit einem verschmitzten Lächeln; die Vorwürfe der Mutter und der beiden Brüder hatte er längst vergessen, er war wie ein Kind, machte sich keine großen Gedanken.

„Heutzutage ist es auch nicht leicht, einen Partner zu finden", sagte die Schwägerin. „Ohne einen Tausender ist da nichts zu machen."

„Will ein Sohn heiraten, muß man ihn unterstützen, und wenn Haus und Hof dabei aufs Spiel gesetzt werden. Stimmt's, lieber Fang?" fragte die Mutter den Ältesten.

„Hm, hm", reagierte der einfältig.

„Schön, wenn man das Geld hat, aber ohne Wohnung ist doch alles umsonst", fügte die Schwägerin hinzu.

„Wenn alle Stränge reißen, ziehe ich eben auf die Gasse und schlafe dort, aber meinen Sohn lasse ich heiraten. Stimmt's, lieber Fang?"

„Stimmt, stimmt schon", antwortete der Älteste.

Verlegen lächelnd, sagte die Schwägerin: „Mutter macht auch, was sie sagt."

Die Mutter erwiderte: „Hat eure Mutter jemals was gesagt, was sie nicht gehalten hat?"

„Was treibt ihr da für Scherze!" Xin setzte seine Reisschale ab. Obwohl die Mutter und auch die Schwägerin lachten, meinten sie es beide offenbar sehr ernst, außerdem schien noch etwas Unausgesprochenes mitzuschwingen, was ein sehr ungutes Gefühl in ihm auslöste.

Chen Xin saß noch eine Weile im Zimmer des Ältesten vor dem Fernseher, konnte aber schon bald kaum noch die Augen offenhalten. Er dachte daran, daß er am nächsten Morgen zur Frühschicht mußte, stand auf und ging schlafen. Als er in den „Schwarzbau" trat, lag der Bruder schon auf dem Bett und hörte sich im Radio zwei Komiker an; er lachte vor sich hin, war froh und zufrieden.

„Warum hast du dich schon so früh hingelegt?" fragte Chen Xin.

„Im Fernsehen war nichts los", antwortete der Bruder, doch erst, nachdem der Auftritt der beiden Komiker in einer Woge von Beifall zu Ende gegangen war. „Das war die Stunde des Humors", kam die Stimme des Ansagers aus dem Transitorempfänger. Der Jüngere schaltete den Apparat enttäuscht aus.

Wie gewohnt, las Chen Xin noch ein paar Minuten in einem Roman, dann machte er die Tischlampe aus. Schon im Einschlafen, hörte er plötzlich die Stimme des Jüngeren: „Zweiter Bruder, es wäre gut, wenn Vater noch lebte. Dann könnte ich Mamas Arbeitsplatz und du den von Vater übernehmen. Vater hatte eine schöne Arbeit, saß im Büro."

Chen Xin wurde traurig zumute, am liebsten hätte er den Bruder in die Arme geschlossen, statt dessen drehte er sich herum und sagte schroff: „Du solltest lieber sagen, es wäre gut, sich der Aufnahmeprüfung für die Hochschule zu stellen."

Bald darauf war das leise Schnarchen des Bruders zu hören, Chen Xin aber war plötzlich überhaupt nicht mehr müde.

Allerlei Gedanken gingen ihm durch den Kopf. Mama ist alt, hat ihre Arbeit aufgegeben, eigentlich hätte auch der Jüngere Bruder ihren Arbeitsplatz übernehmen können, aber weil ich damals . . .

Damals hatte er in einem Ferngespräch zu der Mutter gesagt: „Der Jüngere Bruder ist in Shanghai, da wird sich doch immer ein Weg finden lassen. Aber für mich ist es der einzige Ausweg." Da die Mutter am anderen Ende der Leitung keinen Laut von sich gab, wiederholte er: „Mama, mit achtzehn mußte ich fort, mußte zehn Jahre leiden, mit achtzehn und dann zehn Jahre, weißt du!" Von der Mutter war noch immer kein Ton zu hören, aber er wußte, sie weinte, und in ihrem Herzen sagte sie sich bestimmt wieder: „Es ist, als ob man mir das Herz zerreißt, wenn einer von euch leiden muß, es zerreißt mir das Herz."

Daß der Jüngere Bruder ihm den Arbeitsplatz der Mutter überließ, war seine Pflicht. Vor zehn Jahren hatte er, Chen Xin, dem Ältesten Bruder den Vortritt gelassen. Und der Jüngere Bruder hatte ebenso wie er selbst damals nicht gemurrt, hatte es ihm nicht übelgenommen, war nach wie vor sehr herzlich zu ihm.

Der Jüngere Bruder drehte sich im Schlaf um, und sein Bein kam auf Chen Xins Körper zu liegen, der schob es nicht weg.

Ach, der Jüngere Bruder! Er zeigte so gar kein Bemühen, zum Studium zu kommen. Damit wäre doch alles gelöst, alle würden sich freuen. Aber schließlich kann ja auch nicht jeder auf die Universität oder auf das Technikum gehen. Übrigens war der Jüngere Bruder ursprünglich von den Eltern gar nicht eingeplant gewesen. Nur weil es damals viel bedeutete, eine „Heldenmutter" zu sein, hatten sie sich ihn noch angeschafft. Seine Geburt hatte der Mutter einst große Ehre eingetragen, aber nun gab seine Existenz eher Anlaß zu Kummer und Sorgen. Ihm tat es selber leid, daß er geboren worden war, und genauso leid tat es ihm, daß er die Aufnahmeprüfung zum Studium nicht geschafft hatte; zu allen war er lieb und höflich, hatte nie das letzte Wort.

Chen Xin seufzte: Shanghai! In Shanghai ist es wahrlich auch nicht leicht.

4

Am Abend sollte eine alte Bekannte von Mama, Tante Shen, kommen, die mit der Mama zusammen in der Fabrik gearbeitet hatte, sie wollte Chen Xin ein Mädchen vorstellen. Die Mutter hatte dieses Vorhaben fest in der Hand, da wäre es nicht gut gewesen, sich allzu halsstarrig zu zeigen. In seinem Inneren aber fand Chen Xin so etwas albern und obendrein peinlich. Der Älteste Bruder meinte: „Du solltest jetzt darangehen, dir dein Leben aufzubauen." Chen Xin war schockiert. Daß das neue Leben so unvermittelt, so konkret vor ihn treten würde, darauf war er nicht vorbereitet, und das konnte er nur schwer akzeptieren. Er überlegte noch einmal, war aber am Ende nicht in der Lage, ein weiter in der Zukunft liegendes, vielleicht noch wichtigeres neues Leben zu erkennen. Heiraten, eine Familie gründen, einen Sohn auf dem Arm ... Vielleicht war es das. Er schüttelte den Kopf, ein bitteres Lächeln auf den Lippen, jenes Gefühl der Leere ergriff aufs neue sein Herz. Ach, in diesen zehn Jahren hatte ihn zwar die Sehnsucht nach Shanghai verzehrt, zugleich war aber auch etwas Angenehmes daran gewesen, zum Beispiel das Träumen, sich Zukunftsbilder auszumalen, im Traum davonzuwandeln oder einfach seinen Gefühlen freien Lauf zu lassen. Wie es scheint, ist alles am schönsten, solange man noch darauf hofft, so, wie man als Kind immer das Gefühl hat, daß der Sonnabend schöner sei als der Sonntag.

Die ganze Familie half, schon am Nachmittag begannen die Vorbereitungen. Es wurde beschlossen, das Zimmer des Ältesten Bruders zu nehmen. Die Schwägerin fegte den Raum und putzte alles blitzblank. Der Älteste ging Kuchen und Obst kaufen, und man einigte sich schnell darüber, den Kleinen beizeiten schlafen zu legen, um zu verhindern, daß er irgendwelche Peinlichkeiten daherschwatzte. Man hatte damit so seine Erfahrungen. Einmal wollte die Mutter jemandem einen Partner empfehlen und lud die beiden zu sich nach Hause ein. Sie achteten kaum auf den Kleinen, er verstand ja nicht, worüber sich die Großen unterhielten. Doch da hatte er zu aller Überraschung auf das Pärchen gezeigt und seine Mutter gefragt: „Mama, heiraten die beiden?" Damit hatte er eine Menge Porzellan zerschlagen.

Auch der Jüngere Bruder beteiligte sich eifrig an den Vorbereitungen. Er empfahl der Mutter, Grüne-Bohnen-Suppe zu kochen, und holte seinen besten Anzug für den Zweiten Bruder heraus. Chen Xin merkte, daß diese Begeisterung aus dem sinnlosen Dasein herrührte, das der Jüngere Bruder führte, weshalb er sich jedesmal unbändig freute, wenn es eine Abwechslung gab. Doch diese Betriebsamkeit ging ihm irgendwie auf die Nerven, deshalb forderte er ihn auf, rechtzeitig mit dem Kleinen im „Schwarzbau" zu verschwinden. Wie der Jüngere auch betteln mochte, er hatte keine Wahl angesichts der bestimmten Haltung des Bruders, machte aber auch kein Hehl aus seiner Enttäuschung. Obwohl er sich in seinem Eifer arg verletzt fühlte, ging er der Mutter dennoch fleißig zur Hand bei der Zubereitung des großen Topfes Grüne-Bohnen-Suppe und riet dem Zweiten Bruder, die Schlaghose anzuziehen.

Es war gegen halb acht, als die Gäste kamen. Das Mädchen hielt sich verschämt hinter Tante Shen. Kaum waren die beiden ins Zimmer getreten, setzte sie sich gleich auf das Sofa in der Ecke und nahm ein Buch vor. Es war ausgerechnet die dunkle Ecke, und da sie ihr Gesicht verdeckte, konnte man nicht erkennen, wie sie aussah.

„Chen Xin, der Junge, der ist nicht schlecht", sagte Tante Shen, „der Meister im Betrieb lobt ihn sehr. Schließlich hat er in der Ferne Schweres durchgemacht, seine Qualitäten sind gewichtiger als die der jungen Leute, die gerade aus der Schule gekommen sind."

„Jaja, der Junge hat es nicht leicht gehabt, mußte in der Ferne zehn Jahre leiden." Während die Mutter mit Tante Shen plauderte, waren ihre Blicke ständig auf das Mädchen in der Ecke gerichtet.

„Mein lieber Xin, hast du dich an die Arbeit mit der Drehbank gewöhnt? Acht Stunden lang stehen ist ganz schön anstrengend, nicht wahr?" sagte Tante Shen, an Chen Xin gewandt.

„Es geht, das Stehen ist nicht schlimm, auf dem Lande habe ich alle möglichen Arbeiten gemacht", erwiderte Chen Xin, nach wie vor aufmerksam in jene Ecke spähend. Leider konnte er nur ein paar Umrisse erkennen: offenbar hübsche kurze Frisur und breite Schultern.

„Lieber Fang, was macht der Kleine, er ist sicher schon ganz schön ungezogen, was?"

„Er schläft, ist eigentlich ganz artig", antwortete der Älteste zerstreut.

„Was heißt artig! Ungezogen ist er, nicht zum Aushalten, ich will ihn gar nicht mehr sehen", bemerkte seine Frau.

„Das sagt sich so dahin, manch einer wünscht sich ein Kind und kann keins bekommen. Freche Kinder sind immer klug."

„Klug schon ..." Die Schwägerin drehte sich um und ging auf die Ecke zu. „Komm, setz dich hierher, iß ein Schälchen Bohnensuppe!" Doch da war ihr schon jemand zuvorgekommen. „Hier ist es ja so dunkel, viel zu anstrengend zum Lesen!" Der Jüngere schaltete die Stehlampe ein, damit es in der Ecke heller wurde. Wann und wie er sich hereingeschlichen hatte, wußte keiner. Am liebsten hätte Chen Xin ihn am Schlafittchen gepackt und vor die Tür gesetzt, aber innerlich war er ihm dankbar für die Umsicht.

Nun saß das Mädchen im Schein der Lampe. Wie auf Verabredung hörten alle auf zu sprechen und schauten zu ihr hin. Dann blickten sie wie auf Kommando einander an. Von ihren Gesichtern war Enttäuschung abzulesen. Die Schwägerin hatte sich als erste wieder gefaßt und sagte: „Lies doch nicht dauernd, iß etwas Bohnensuppe!"

Das Mädchen aß zögernd eine Schale Bohnensuppe, wischte sich mit dem Taschentuch den Mund ab und sagte dann, sie wolle gehen. Niemand versuchte sie zum Bleiben aufzufordern, man sagte nur noch aus Höflichkeit: „Kommt mal wieder!" – „Seid vorsichtig auf der Straße!" Danach erhob sich die ganze Familie, brachte sie bis zur Tür und blieb dort stehen. Tante Shen begleitete das Mädchen allein hinaus auf die Gasse. Das war anscheinend schon eine Zeremonie geworden, die von allen beachtet wurde. Nur Chen Xin, der erst seit kurzem wieder in Shanghai war, konnte das nicht so recht verstehen. Aber der Jüngere Bruder harrte verantwortungsbewußt an seiner Seite aus und gab ihm ein gutes Beispiel.

Die Mutter nutzte die Gelegenheit und fragte den Sohn: „Nun, mein lieber Xin, was meinst du?"

Der liebe Xin sagte gar nichts, sondern fing an zu lachen.

„Daraus wird nichts, das wird nichts, die Backenknochen stehen ja viel zu weit vor, sie kann ja einen Mann ausstechen", sagte der Jüngere Bruder.

„Dummes Gerede, außerdem hab ich dich gar nicht gefragt."

„Am Aussehen hapert es ein bißchen“, meinte der Älteste Bruder.

„Sieht sie im Gesicht nicht hübsch aus, dann weiß man noch lange nicht, wie sie als Mensch ist“, sagte die Mutter.

Damit endete vorerst der Meinungsaustausch. Tante Shen kam zurück und sagte lachend zu Chen Xin: „Man wäre nun interessiert, zu erfahren, was du dazu meinst. Wie es aussieht, mag dich die Kleine wirklich sehr.“

Chen Xin lachte noch immer, gab keine Antwort. Tante Shen verstand schon, worum es ging, und fügte hinzu: „Das Mädchen hat einen sehr guten Charakter, ist anständig und liebenswürdig, sie wird in diesem Jahr achtundzwanzig, um ihre häuslichen Verhältnisse ist es wirklich gut bestellt, ihr Vater und ihre Mutter meinen, es sei gleichgültig, wie die materiellen Bedingungen des Mannes sind, Hauptsache, er ist ein guter Mensch, und wenn sie keine Wohnung haben, könnten sie bei ihnen wohnen. Sie haben eine Doppelkammer hinter der Treppe ... Nun gut, besprecht das ruhig noch, es wäre gut, wenn ihr mir bald Bescheid geben würdet. Lieber Xin, Tante Shen wird dich bestimmt nicht täuschen, da kannst du beruhigt sein. Tante Shen hat dich von klein an heranwachsen sehen, sie kennt dich genau.“

Die ganze Familie geleitete Tante Shen bis ans Ende der Gasse.

„Lieber Xin, wie ist denn nun dein Eindruck von ihr?“ fragte der Ältere Bruder, als sie wieder im Haus versammelt waren.

„Nicht hübsch“, antwortete Xin geradeheraus.

„Das Aussehen ist doch nicht ausschlaggebend, du kannst ja mit ihr in Verbindung bleiben“, gab die Schwägerin zu bedenken.

„Ach was, das Aussehen ist gerade wichtig! Warum hat denn der Große ausgerechnet dich gewählt?“ neckte Chen Xin die Schwägerin. Alle lachten.

Halb aus Spaß, halb aus Ärger versetzte die Schwägerin Chen Xin einen Rippenstoß.

„Lieber Xin, ich meine, du solltest wirklich mit ihr in Verbindung bleiben und nicht so sehr nach dem Aussehen gehen“, sagte der Älteste Bruder.

„Wenn einem schon ein Partner vermittelt wird, sollte man auch auf das Äußere sehen. Was hat es denn sonst für einen

Sinn, weiter mit ihr zusammen zu sein, mich in sie zu verlieben?" Chen Xin hatte seine Prinzipien.

„Stellt man an das Aussehen keine zu hohen Anforderungen, dann kann man sich schon mit ihr sehen lassen." Auch der Jüngere Bruder wollte seine Meinung zum besten geben.

„Mutter, ich meine, das Mädchen ist gar nicht schlecht", sagte die Schwägerin. „Außerdem hat sie etwas zu bieten, sie hat Wohnraum. In Shanghai ist die Wohnungsfrage wirklich sehr angespannt."

„Ich suche einen Menschen und keine Wohnung", erwiderte Chen Xin.

„Aber das ist eben auch sehr wichtig. Ich finde, das Mädchen sieht überhaupt nicht häßlich aus, nur das Gesicht ist etwas breit, ihre Augen und Brauen sind ganz passabel."

Chen Xin wurde ungehalten. „Was heißt hier Augen und Brauen, ich habe sie mir angesehen, nicht ein bißchen Feuer hat sie."

Der Jüngere Bruder lachte los, so was hatte er noch nie gehört: Feuer!

„Ich will nur dein Bestes, ich glaube, du wirst dich in Zukunft nicht nur von ‚Feuer' ernähren wollen", erwiderte die Schwägerin.

„Richtig, richtig", sagte eifrig der Älteste.

„Das ist Xins Angelegenheit", warf die Mutter ein. „Wir sollten ihm die Entscheidung selbst überlassen."

„Genauso ist es, genau so", stimmte der Älteste wieder folgsam zu.

„Gut, Schluß jetzt!" Chen Xin fand, daß der Unsinn den Gipfel erreicht hatte. „Mama, künftig wirst du dir darüber den Kopf nicht mehr zerbrechen. Ich suche mir selber eine. Wenn ich das Zeug dazu habe, finde ich eine gute Frau, wenn nicht, muß ich eben als Junggeselle mein Leben verbringen." Sprach's und verschwand im „Schwarzbau", um sich schlafen zu legen.

Im Traum richteten sich zwei Augen auf ihn, zwei rabenschwarze, mandelförmige Augen, Augen wie der Halbmond. Sie strahlten, lächelten sehr lieb, sehr sanft und warm. Er erwachte und sah durch das winzig Quadrat des Fensters den Halbmond direkt auf sich herabscheinen.

Ach, diese mandelförmigen Augen, wem gehörten sie doch? Wer war sie? Dort in der Ferne hatte er jedesmal, wenn er am Morgen vom Speisesaal zurückkam, eine zarte Gestalt auf einem alten, schweren Rad durch das Schulgelände fahren sehen, vom hinteren Eingang zum vorderen. Jedesmal hatte sie sich nach ihm umgesehen, diese Augen, diese Augen ... Er war überzeugt, wenn er sie gefragt hätte: „Wohin fährst du?", sie hätte es ihm bestimmt gesagt. Aber er hatte sie nie gefragt und deshalb auch nie erfahren, woher sie kam und wohin sie fuhr. Er wußte nur, daß der Weg vom hinteren zum vorderen Tor des Schulgeländes eine Abkürzung war, ständig fuhren Leute dort entlang, sie sparten damit einen weiten Umweg und gelangten schneller zum Ziel. Ziele gab es viele. Am vorderen Tor lagen das Krankenhaus, das Kulturhaus mit dem Sitz der Kulturgruppe, die Maschinenfabrik, am hinteren Tor das Kaufhaus, der Sportplatz und die Weberei. Hundertemal, ja tausendemal war sie an ihm vorübergefahren, er hatte es geschehen lassen, sie gefiel ihm sehr, immer, wenn er sie sah, freute er sich. Aber sein ganzes Sinnen und Trachten war auf Shanghai gerichtet gewesen, auf Shanghai, dieses große Ziel. Nun war er endlich nach Shanghai zurückgekehrt, sie gehörte für ihn längst der Vergangenheit an, es war für immer vorbei. Nur in seiner Erinnerung haftete noch das Abbild von etwas sehr Schönem. Natürlich, er bereute durchaus nichts, auf der Waage seiner Gefühle konnte ein Mädchen Shanghai nicht aufwiegen. Allein, so ein kleines bißchen, ein ganz kleines bißchen Untröstlichkeit war geblieben.

Er dachte auch an seine Schule. Ein riesiger Park. Shanghai hatte wohl noch keine Mittelschule, die so groß war. Im Schulgelände eine Allee und ein kleines Wäldchen. Vor seinem Zimmer der Brunnen, im Sommer konnte man darin die Wassermelonen kühlen. Er hatte eine Klasse, die Schüler hielten sehr zu ihm, sie brachten ihm oft von zu Hause etwas zu essen mit. Aber als er dann endgültig wegfuhr, hatte er sich, um nichts verlauten zu lassen und aus Angst vor neuen Komplikationen, ohne Abschied davongemacht. Oh, wie sehr sehnte er sich nach diesem fernen Ort. Einige offizielle Stempel hatten dieses Stück Geschichte auslöschen können, ohne eine Spur zu hinterlassen. Aber obwohl das alles nun schon Geschichte war, mußte doch etwas davon zurückbleiben, wenigstens eine Spur der Erinnerung.

5

Eines Morgens kam der Älteste überraschend mit dem Vorschlag zur Mutter, die Haushalte zu trennen. Er sagte: „So, so könnten wir zwei Eierkarten bekommen. Und alles andere, was nach Haushalten zugeteilt wird, könnten wir auch ... könnten wir auch alles zweimal bekommen."

Die Mutter sagte nichts, hob die Augen, sah den Ältesten an, aber der wandte sein Gesicht ab.

Chen Xin fand die Idee des Ältesten gar nicht schlecht, er wunderte sich nur, warum er so herumstotterte, als ob er etwas sagen wollte, was ihm nur schwer über die Zunge kam. Lachend erwiderte er: „Das ist gar nicht schlecht, das könnt nur ihr euch ausgedacht haben." Er war erstaunt, daß der Älteste von diesem Spaß gleich einen roten Kopf bekam und weglief. Die Mutter hatte die ganze Zeit nichts gesagt, aber ihren Blick fest auf den Ältesten gerichtet.

Xin ging zum Tor hinaus zur Schicht. Der Jüngere Bruder folgte ihm bis ans Ende der Gasse. Geheimnisvoll flüsternd, sagte er: „Weißt du, warum der Älteste die Haushalte trennen will?"

„Wegen der Eier ..."

„Was heißt hier Eier", fiel der Jüngere ihm ins Wort, „wegen der Wohnung."

„Wegen der Wohnung?" Chen Xin blieb verblüfft stehen.

„Ja, wegen der Wohnung. Wenn die Haushalte getrennt sind, gehört die große Stube mit ihren zweiundzwanzig Quadratmetern ihnen. Das ist ganz bestimmt die Idee der Schwägerin."

„Soll sie ihnen doch gehören!" Chen Xin setzte sich wieder in Bewegung. „Du kleiner Teufel, deine Aufgaben nimmst du nicht ernst, und in dieser Angelegenheit spielst du den großen Kenner. Ach!"

Den ganzen Tag über war Chen Xin nicht so recht bei der Sache, unwillkürlich mußte er immer wieder an die Worte des Ältesten Bruders denken: Die Haushalte trennen. Er spürte, daß hinter dieser „Haushaltstrennung" noch irgend etwas anderes steckte. Außerdem lag ihm noch im Ohr, was der Jüngere Bruder gesagt hatte: Wohnung. Ihm fiel ein, daß die Schwägerin dauernd das Heiraten und die Wohnung miteinander in Verbindung gebracht hatte. Sollte da wirklich etwas dran sein? Unbewußt machte er eine abwehrende Handbewegung: unmöglich. Beinahe hätte er laut vor sich hin gesprochen, darüber erschrak er und mußte lachen.

Als er von der Schicht nach Hause kam, hörte er die Mutter zum Ältesten sagen: „Dieser Haushalt läßt sich gar nicht so leicht trennen, denn die Hälfte des Zimmers gehört unserem lieben Xin. Xin hat zehn schwere Jahre in der Ferne durchgemacht, wenn er heiratet, müßt ihr ihm schon einen halben Raum überlassen. Was meinst du, ist das nicht so?"

Der Älteste schwieg. „Stimmt das?" fragte die Mutter noch einmal. „Stimmt, stimmt!" pflichtete er ihr bei. In diesem Augenblick brachte die Schwägerin das Essen herein; die Frage, ob die Schüsseln absichtlich oder aus Versehen mit einem Knall auf den Tisch gestellt wurden, würde wohl nur sie beantworten können.

Beim Abendessen machten Bruder und Schwägerin Gesichter wie von dunklen Wolken verhüllt. Als fühlte sich die Mutter den beiden gegenüber schuldig, füllte sie ihnen in einem fort Essen in die Schalen. Der Jüngere Bruder zwinkerte Chen Xin immer wieder zu, als wollte er sagen: Siehst du, siehst du! Angewidert wandte Chen Xin sich ab und blickte keinen mehr an. Am Tisch herrschte eine gedrückte Stimmung. Zum Glück war der Kleine da. Mal kletterte er auf den Stuhl, dann setzte er sich wieder, mal wollte er das, mal das haben. Das lockerte die Atmosphäre etwas auf. Nun ließ er auch noch den Löffel fallen und langte mit der bloßen Hand in die Schale, um sich Essen herauszunehmen. Die Großmutter, die auf Ordnung hielt, ergriff seine kleine Patschhand, öffnete sie und gab ihm drei Klapse auf die Handfläche. Der Jüngere Bruder schnitt dem Kleinen eine Grimasse. „Sehr gut so, haha!" Gelassen erwiderte der Kleine: „Hat ja gar nicht weh getan!" Alle lachten, aber die Schwägerin zerrte ihn vom Stuhl und schalt ihn in scharfem Ton: „Daß du dich nicht schämst! Das gehört sich nicht! Wenn ich dich jetzt nicht hinausjage, dann nur aus Höflichkeit, bilde dir ja nicht ein, du hättest das große Los gezogen." Allen erstarrte das Lachen auf dem Gesicht, keiner wußte, was für eine Miene er aufsetzen sollte. Gleichsam um den erlittenen Spott zu überspielen, sagte der Jüngere Bruder noch einmal leise: „Sehr gut!"

Die Mutter machte ein besorgtes Gesicht. „Was soll das bedeuten, was du da gesagt hast?"

„Das soll überhaupt nichts bedeuten", antwortete die Schwägerin.

„Ich weiß, was du damit gemeint hast." Die Mutter sagte es ihr gerade ins Gesicht: „Du bist wegen des Zimmers so böse."

„Ich bin nicht wegen des Zimmers böse. Ob ich den Raum habe oder nicht, ist mir einerlei. Aber wenn mein Sohn einmal groß ist, dann werden wir, wenn wir keinen Raum haben, ihm auch nicht gestatten können, seine Braut mit hierherzubringen."

„So etwas solltest du nicht sagen. Deine Schwiegermutter ist zwar arm, aber meine Kinder liebe ich von ganzem Herzen. Alle drei muß ich gleichermaßen bedenken. Mir würde es das Herz zerreißen, wenn ich einen von ihnen benachteiligen müßte. Als der liebe Xin damals fortging, tat er es zum Teil auch für meinen lieben Fang. Ihr solltet Güte nicht mit Undank lohnen." Tränen traten ihr in die Augen.

„Wieso sind wir undankbar? Wenn ein Mädchen heiratet, geht es gewöhnlich nicht ohne eine Möbelgarnitur, ohne Sofa und Stehlampe ab. Aber als ich geheiratet habe, was hatte denn da der liebe Fang? Hab ich mich auch nur ein einziges Mal beklagt? Als unser lieber Xin weg war, haben wir ihm da nicht alle Jahre zu den Feiertagen ein Päckchen und Geld geschickt? Es ist ja wohl nicht schlecht, wenn sich eine Schwiegertochter sogar um so etwas kümmert." Auch ihr stiegen Tränen in die Augen.

Der Älteste Bruder sah sprachlos drein, er wußte nicht, auf welche Seite er sich stellen sollte.

Der Jüngere Bruder war nicht mehr zu sehen. Wenn es wirklich einmal ernst wurde, bekam er es mit der Angst und verzog sich, dieser Nichtsnutz.

„Hört auf zu weinen!" Chen Xin erhob sich erregt. „Mama, ich will dieses Zimmer nicht, ich heirate nicht. Wir, die wir damals in die Arbeitskolonnen gesteckt und woanders angesiedelt wurden, müssen schon zufrieden sein, daß wir überhaupt wieder nach Shanghai zurückkommen konnten."

Die Mutter schluchzte noch herzzerreißender. Die Schwägerin sah ihn flüchtig an, ihre Tränen begannen spärlicher zu fließen.

Am Abend, als alle schlafen gegangen waren, kam der Älteste Bruder mit einer Zigarette in den „Schwarzbau" und sagte: „Sei nicht böse auf deine Schwägerin, sie hat eben so ein Temperament, aber sie hat ein gutes Herz. Damals, als wir geheiratet haben, hatte ich keine Ersparnisse, konnte nur ein Bett kaufen. Sie hat sich überhaupt nicht beklagt. In all den Jahren haben wir sparsam gelebt, uns Möbel gekauft, das Zimmer hergerichtet. Sie war sehr zufrieden und hatte das Gefühl, daß sich die mageren Jahre am Ende doch gelohnt hatten, natürlich möchte sie das alles gut zusammenhalten. Sie hat ein gutes Herz, sie meint auch, daß für den Jüngeren Bruder ein halber Raum bleiben muß, doch sie kann sich so schwer von etwas trennen, ich werde es ihr mit der Zeit schon beibringen ..."

„Hör auf, Großer", sagte Chen Xin barsch. „Ich hab vorhin nicht im Zorn gesprochen, ich will das halbe Zimmer nicht, ich schwöre es dir. Beruhige sie, nur die Haushalte dürfen nicht getrennt werden. Es würde die Mutter sehr verletzen, sie möchte doch auch gern mit ihren Kindern und Enkeln zusammenleben." Der Große weinte und umfaßte seine Schultern. Xin wollte ihn auch umarmen, doch statt dessen stieß er ihn mit einem Ruck von sich und verkroch sich in sein Bett. Zehn Jahre in der Ferne hatten auch seine Gefühle abgestumpft.

O ja, in Shanghai ist es wahrlich auch nicht einfach!

6

Chen Xin hatte sich an die sorglosen Tage und das Alleinsein gewöhnt, aber an diesem Morgen, da in der Fabrik arbeitsfrei war, packte ihn die Angst vor der Langeweile. Noch im Morgengrauen ging er weg, ohne gefrühstückt und jemandem Bescheid gesagt zu haben. Er wollte draußen ein wenig herumlaufen, wollte heraus aus der Enge. Im fernen Norden hatte er sich an die Weite gewöhnt, in Shanghai glaubte er immer zu ersticken. Die hohen Häuser, deren Dächer man nicht sehen konnte, hielten den Wind zurück, die dichtgedrängten Menschenmassen verpesteten die Luft. Wohin also? Am besten zur Uferstraße!

Er stieg aus dem Bus und ging zu Fuß weiter. Auf der anderen Seite der Straße floß der Huangpu. Vom Fluß selbst war kaum etwas zu sehen, so dicht bedeckt war er von großen und kleinen Frachtkähnen, die hier festgemacht hatten. Am Ufer grüne Bäume, rote Blumen, alte Leute beschäftigten sich mit Schattenboxen, Kinder rannten herum, junge Leute gingen spazieren, fotografierten. Wenn man das im Leben hat, wird es schon froher und schöner. Seine Stimmung besserte sich ein wenig. Er überquerte die Straße. Ja, der Huangpu, er steht symbolisch für Shanghai! So schön blau wie in der Erinnerung oder wie auf den Landkarten war er allerdings nicht. Sein Wasser war erdbraun, und ihm entströmte ein fauliger Geruch. Vielleicht sollte man alles auf dieser Welt nur aus der Entfernung betrachten, kommt man näher und sieht genau hin, ist man immer enttäuscht.

Er ging am Fluß entlang zum Park an der Uferstraße, kaufte eine Eintrittskarte und betrat den Park. Gleich am Eingang war der Springbrunnen, das Wasser stürzte vom Gipfel eines künstlichen Berges hinab in das Becken und warf kreisförmige Wellen auf. Da erinnerte er sich, daß das Wasser früher nicht direkt auf die Wasserfläche gefallen war, sondern von einem Schirm aufgefangen wurde. Unter dem Schirm saß eine Mutter, zwei Kinder im Arm, die sich kichernd aneinanderdrückten, um nicht naß zu werden. Als Kind hatte ihn diese Figurengruppe gleich beim erstenmal fasziniert und ihm so gefallen, daß er lange davorstand und nicht wieder weggehen wollte. In Erinnerung daran wurde ihm bewußt, daß diese Skulptur ihn tief berührt hatte, weil sie symbolhaft zeigte, wie es im Leben bei ihnen zu Hause zugegangen war. Der Vater war früh gestorben, die Mutter mußte die drei Jungen allein großziehen, sie waren auf Gedeih und Verderb aufeinander angewiesen, unzertrennlich miteinander verbunden. Nur so waren sie in der Lage gewesen, alle Nöte zu bestehen, hatten sie sich jederzeit geborgen gefühlt, mochte es auch noch so schwer gewesen sein. Einmal wütete ein verheerender Sturm, ein Drachenwirbel, wie man in Shanghai sagt. Sie rückten alle vier auf der großen Liegestatt zusammen und drängten sich eng aneinander. Blitze, Donner, heulender Sturm – all das ängstigte und ermutigte sie zugleich. Der Jüngere Bruder brüllte wie am Spieß, die Mama verfluchte unter Hohngelächter den Himmelsgeist. Chen Xin, als Beschützer der Familie, saß am Lichtschalter, diesem Schalter, den der Große mit seinen ersten Schulkenntnissen von der Elektrizität für hundsgefährlich hielt. Es donnerte, daß es einem wahrlich in Schrecken versetzte, aber zugleich machte es auch Spaß. Ja, das war es: Die Geborgenheit, die Wärme, sie hatten ihn immer angezogen, sie hatten ihn nach Shanghai zurückgeholt.

Das Wasser plätscherte auf die leere Wasserfläche, flache, kreisrunde Wellen breiteten sich aus. Ein Tropfen fiel auf den Rücken der Hand, mit der er sich auf den Beckenrand stützte. Da wurde ihm plötzlich bewußt, daß dieser Tropfen von der eigenen Wange herabgerollt war. Was war mit ihm geschehen? Damals, als er Shanghai verlassen mußte, hatte sich die Mutter fast die Seele aus dem Leib geweint, er aber hatte keine Träne verloren. Und heute ... heute empfand er eine schreckliche Hoffnungslosigkeit, als wäre etwas ganz Wunderbares und Wertvolles unversehens in Scherben gegangen. Er wandte sich um und verließ den Park.

Die Läden öffneten gerade, die Geschäftsleute hängten die großen Fensterläden aus, um Licht in die Schaufenster zu lassen. Die Auslagen blendeten, die vielen Menschen auf den Straßen konnten einen schwindlig machen, sie glichen lebenden, unablässig agierenden Modellen. Er kam an einem Schaufenster vorbei, blieb unwillkürlich stehen, die Auslage zeigte elektrisches Spielzeug: Dralle Püppchen mit großem Kopf glitten nacheinander auf einer Kinderrutschbahn herunter, zwei Puppen schaukelten eng umschlungen, weiter hinten erprobte ein Junge mit rotem Halstuch Modellflugzeuge, eine silberglänzende Maschine nach der anderen kreiste vor dem blauen Himmel. Das Schauspiel fesselte ihn. Er hatte das Gefühl, als seien in seiner Seele plötzlich seine Kindheit und seine Burschenjahre wiedererweckt worden. Als er Shanghai verlassen hatte, war ihm im Herzen ein winziges Stück goldene Erinnerung geblieben. Diese Erinnerung hatte sich in den zehn Jahren irrtümlicherweise mit Shanghai identifiziert. Deshalb hatte er so vehement darum gekämpft, nach Shanghai zurückzukommen. Shanghai, ja, ich bin wieder hier, aber was einmal verloren ist, bleibt verloren.

Immer mehr Menschen drängten sich in den Straßen, die Fußwege waren verstopft. Man mußte regelrecht Schlange stehen, um vorwärts zu kommen. In einer derart vollgestopften Welt lebt es sich wahrhaftig nicht leicht. Er dachte an das Gedränge in den Bussen jeden Morgen, an die Speiselokale, wo man sich nach einem Platz anstellt, und hat man einen, steht schon der nächste Gast hinter dem Stuhl; er dachte an den Winkel im Park, wo sich gleich drei Paare auf eine Bank zwängen, an den künstlichen Berg im Yuyuan-Park, wo die Leute Schlange stehen, um von oben eine Aufnahme zu machen. Es sieht so aus, als könne der Mensch nicht nur Wunder, sondern auch Mißstände hervorbringen. Ach, warum mußte er sich ausgerechnet in dieses Gewühl drängen, warum?

Menschen an Menschen, Schultern an Schultern, Füße an Füßen, so dicht gedrängt in einer Welt und dennoch einander fremd, kennen sich nicht, verstehen sich nicht, verachten einander in arroganter Weise. Im fiel das Lied ein, das der Jüngere Bruder vor einigen Tagen mitgeschnitten hatte und das nur aus dem einen Satz bestand, der dauernd wiederholt wurde: Auf Erden lebt der Mensch so dicht gedrängt und doch einander fern und fremd – ein Spiegelbild der Sternenwelt.

Dort in der Ferne, wo er gelebt hatte, war es ganz anders, dort war es sehr still, vielleicht etwas zu einsam. Aber auf den Straßen konnte man rennen oder nach Belieben dahinschlendern, konnte man frei atmen. Die Stadt war klein, wenn sich die Leute heute nicht sahen, sahen sie sich morgen, schauten sie sich das eine Mal nicht an, dann das nächste Mal. Alle kannten sich vom Sehen, waren miteinander bekannt, den ganzen Weg mußte man fast ständig jemandem zunicken, jemanden beachten, es herrschte eine ganz besondere Art von Aufmerksamkeit und Wärme. Vielleicht ist es so, daß das Große seine großen Nöte, das Kleine aber seine kleinen Vorzüge hat.

Er wurde von den anderen vorwärts geschoben, wußte nicht, wohin. Seine Gedanken waren verworren, die Sehnsucht, die sein Sinnen und Trachten zehn Jahre lang durchdrungen hatte, diese bittere und zugleich süße Sehnsucht, sie war nicht mehr. Auch das Gefühl, ausgefüllt zu sein, hatte sich damit in nichts aufgelöst, sein Ziel war erreicht, wohin sollte er den nächsten Schritt lenken? Solange der Mensch lebt, braucht er ein Ziel. Sollte man sich auf westliche Mode, auf Lederschuhe, Schlaghosen und Rekorderausstattung umstellen, den Trends der Zeit folgen? Sollte man sich eine Frau suchen, heiraten, eine Familie gründen? Das alles wäre möglich, damit könnte man anfangen, es würde allerdings große Anstrengungen und harte Arbeit erfordern. Aber wenn nun in der modernen Kleidung eine bedrückte und unglückliche

Seele steckte, was wäre das am Ende für ein Glück? Heiraten, bloß um eine Familie zu gründen und sich vielleicht mit einem Partner fürs ganze Leben zu binden, der einem innerlich nicht nahesteht, wäre das nicht eher eine Belastung? Er mußte wieder an die mandelförmigen Augen denken, o ja, so etwas hängt von der Gelegenheit ab, läßt sich nicht erzwingen. Das Ziel des menschlichen Lebens sollte letztlich immer das Glück sein, nicht der Kummer. Bei diesen Gedanken hatte er plötzlich das Gefühl, daß er seine Ziele weiter stecken sollte, ja, etwas weiter.

Seine Schwermut lockerte sich ein wenig, es war, als öffneten sich die schweren dunklen Wolken einen Spaltbreit und ließen einen matten Strahl hindurch – einen schmalen, kaum wahrnehmbaren, doch immerhin einen Lichtstrahl.

„Xin, Bruder!"

Er blieb stehen. Ihm war, als habe jemand ihn gerufen.

„Lieber Xin!" Noch einmal der Ruf. Er sah sich um und erblickte einen Bus, der sich mitten durch die geschäftig hin und her wogende Menschenmenge hindurchquälte, aus einem Fenster reckte sich mit dem halben Körper der Älteste Bruder und winkte ihm zu. Hinter ihm war die Schwägerin zu sehen. Beide machten ein Gesicht, als hätten sie sich furchtbar geängstigt.

Er konnte sich nicht erklären, was passiert war, blieb stehen, machte kehrt und rannte neben dem Bus her. Der Bruder packte seine Hand, sagte kein Wort, sah ihn nur einfältig an. Chen Xin mußte an den Tag vor zehn Jahren denken, als er im Zug saß und der Bruder neben dem Zug herlief. Der Gedanke gab ihm einen Stich. Auch die Schwägerin packte seine Hand. „Lieber Xin, komm bloß nicht auf dumme Gedanken!" sagte sie unter Tränen.

„Wo denkt ihr denn hin!" Chen Xin lachte, aber auch ihm rannen ein paar Tränen über die Wangen.

„Komm nach Hause!" sagte der Bruder.

„Gut, nach Hause." Nach Hause . . . Zu Hause ist eben zu Hause, und nur weil es dort zu ärmlich zugeht, gibt es solche Unstimmigkeiten. Ihr Lieben, ich habe euch Kummer bereitet. Er spürte plötzlich, daß er sich schämte. Er schämte sich, daß er die zehn Jahre Not als Trumpfkarte ausgespielt hatte. Die Mama, die Brüder, die Schwägerin – alle hatten sie in diesen zehn Jahren zu leiden gehabt. Natürlich, im Leben war das nicht alles, es gab auch große Freude, wirkliche Freude. Zum Beispiel jene Allee und das kleine Wäldchen im Schulgelände, den Brunnen, die naiven und arglosen Schüler, die mandelförmigen Augen. All das hatte er jedoch achtlos zurückgelassen. Zum Glück lagen noch zehn, zwanzig, dreißig Jahre vor ihm. Noch viel Zeit, viel Zeit. Er mußte wirklich gut überlegen, wie er sein weiteres Leben einrichten sollte.

Wieder wird ein Zug aus dem Bahnhof fahren, mit welchem Ziel? Er weiß nur, daß es ein noch ferneres, noch größeres sein wird, vielleicht werden darüber nicht nur zehn Jahre, sondern zwanzig, dreißig Jahre oder gar das ganze Leben vergehen. Vielleicht wird er überhaupt nie das Gefühl der Seßhaftigkeit finden. Von einem aber war er überzeugt. Wenn er einmal angekommen sein wird, dann wird er sich nicht mehr mit Ängsten und Nöten herumschlagen, nicht mehr einem Verlust nachtrauern, dann wird er wirklich wissen, wohin er gehört.

Lu Wenfu Die Chronik einer Straßenhändlerfamilie

Straßenhändler und Chronik, das scheint nicht recht zueinander zu passen. Doch aus dem Text heraus ist es schon zu begreifen. Die Rede ist von einer Person namens Zhu Yuanda, deren Familie seit Generationen Straßenhandel betreibt.

In welcher Generation Zhu Yuandas Familie mit dem Straßenhandel begonnen hat, ist nicht belegt. Und mit was für Waren sie gehandelt hat, ist im einzelnen schwer zu sagen. Ich erinnere mich nur an die Zeit vor dreiundzwanzig Jahren, als ich in dieser Gasse wohnte. Am ersten Tag nach meinem Einzug hörte ich nach Sonnenuntergang von weit her die Klänge eines Bambusschlagholzes. Sie waren sehr rhythmisch: dududu, dudu, didididu-dididi, dudu, dididu. Obwohl es nur zwei Töne waren und zwischen leichten und schweren, kurzen und langgezogenen, an- und abschwellenden Tönen, zwischen Pause und Fortsetzung der Schläge immer wieder gewechselt wurde, hatte ich unter der Glocke der nächtlichen Dunkelheit das Gefühl, als rufe das Schlagholz, als erzähle es etwas.

Ich stieß das zur Straßenseite gelegene Fenster auf und schaute hinunter. Am Ende der Gasse sah ich einen Lichtschein, der die weißgekalkten Wände zu beiden Seiten beleuchtete und sich zitternd vorwärts bewegte, gleichsam als wandele dort ein Nachtgespenst. Allmählich konnte ich erkennen, daß es eine lackierte *huntun*-Tragstange war. Von ihr stieg heißer Wasserdampf auf, in der Feuerungskammer unter einem roten Tonkessel brannten Reisigstengel. Geschleppt wurde sie von Zhu Yuanda. Er war damals siebzehn, achtzehn Jahre alt, groß und unwahrscheinlich dünn. Nebenher ging mit schwankenden Schritten ein grauhaariger Alter, Zhu Yuandas Vater. Er war nicht mehr in der Lage, die Tragstange zu schleppen, so hatte er sie dem Sohn übergeben und ging, das Bambusschlagholz schlagend, voran und zeigte dem Sohn den holprigen und unebenen Weg, den er sein Leben lang gegangen war und auf dem er seine *huntun*, diese leckeren Fleischtäschchen, absetzen konnte.

Damals war ich ohne Beschäftigung. Ich fristete mein Leben von dem bißchen Kreidestaub, der für mich abfiel, wenn ich einigen Sprachlehrern, die viel zusätzlichen Unterricht erteilten, bei der Korrektur der Schüleraufsätze half. Eine beschwerliche Arbeit, Nacht für Nacht brannte das Lampenlicht.

Der Dididudu-Schlagholzklang wanderte jede Nacht an meinem Fenster vorbei. Hinwärts mit Einbruch der Dämmerung, heimwärts mal früher, mal später, gewöhnlich erst nach Schluß der Pekingoper.

Wenn jemand die langen Winternächte durchwacht, am Leib nur ein dünnes Hemd, im Zimmer keinen Ofen, wenn obendrein der Wind, gleich einem scharfen Messer, durch die Fensterkaros sticht und der nächtliche Sprühregen zu Schneeperlen wird, die auf den Dachziegeln tanzen, dann ist nach Mitternacht die Welt nur noch ein Eisloch. Der Mensch ist vor Kälte erstarrt, und nur sein zusammengekrampftes Herz schlägt noch zitternd. Ein Schüsselchen dampfender *huntun* für fünf *fen*, denen man etwas Brühe beigeben und scharfen Paprika hinzufügen kann – was für eine Verführung, was für ein Genuß!

Beinah vom ersten Tag an wurde ich Zhu Yuandas Hauptkunde. Mit der Zeit wurde es zu einer Gewohnheit, daß ich, sobald die Trommeln und Gongs im Pekingoperntheater verstummt waren, den Blick vom Aufsatzheft löste, den Kopf neigte und auf den Wärme verheißenden Schlagholzklang lauschte.

Wenn Zhu Yuanda, das Bambusholz schlagend, daherkam – er schlug es besser als sein Vater –, überkam mich ein Gefühl der Beschwingtheit, es klang ausgelassen und fröhlich. War er unter meinem Fenster angelangt, rief das Bambusschlagholz geradezu: „Essen, essen, komm schnell essen! Schneller, schneller, essen, essen, essen!" Wenn ich nicht gleich unten war, setzte Zhu Yuanda die Tragstange ab und rief: „Herr Gao, kommen Sie herunter, wärmen Sie sich ein wenig!"

Ich hastete die Treppe hinab, stellte mich neben Zhus Tragestange, schaute auf die *huntun*, die er in den Topf warf, auf den Tonofen, in dem das Feuer loderte, und lauschte seinem

Bericht über den Gang der Geschäfte an diesem Abend. Er sprach viel, er redete ununterbrochen von diesem und jenem, so daß ich beim Warten auf die *huntun* weder Ungeduld spürte noch Verlassenheit empfand.

„Heute abend ging das Geschäft gut." So begann er stets, als wäre es niemals schlecht gegangen. „Nach der Vorstellung drängten sich mindestens zwanzig Menschen um meine Tragstange, die Fleischfüllung reichte nicht aus! Ehrlich gesagt, in den letzten Schüsseln war nur noch die halbe Menge Füllung in den *huntun* . . . Äh, dieses Schüsselchen hier hab ich extra für Sie aufgehoben, da ist viel Fleisch drin." Mit einem kupfernen Löffel rührte er im Kessel herum. „Sehen Sie nur, sie sind eins wie das andere dick und rund."

Ich sagte lachend: „Ganz egal, ob viel oder wenig Fleisch darin ist, ich möchte nur recht viel scharfen Paprika dazu."

Zhu Yuanda segelte sofort in meinem Fahrwasser. „Es ist kalt. Möchten Sie noch eine Schale voll?"

„Natürlich! Aber deine Fleischfüllung ist doch bereits ausverkauft."

Zhu Yuanda lachte herzhaft und zwinkerte mir verschmitzt zu. „Herr Gao, wenn ich Sie *huntun* verkaufen ließe, dann würden Sie gewiß bald Ihr Kapital aufgezehrt haben. Der Verkäufer braucht bloß zu sagen, die Ware reicht nicht aus, und schon wird schnell gekauft. Wenn du sagst, die Fleischfüllung ist alle, dann wird man sogar die *huntun* ohne Füllung wollen!" Während er das sagte, nahm er aus dem Schüsselfach das für mich aufgehobene Fleischschälchen und reichte es mir. „Schauen Sie, Sie haben noch nicht genug gegessen!" Er lachte laut und schien mit sich sehr zufrieden.

Auch ich lachte, gleichsam als sähe ich einem Zauberkünstler zu, der humorvoll absichtlich seinen Trick verrät.

Ich hatte damals nicht den Eindruck, daß Zhu Yuanda irgendwen hintergehen oder betrügen wollte und nur auf seinen Vorteil bedacht war, er wollte einfach ein paar Schüsselchen *huntun* mehr verkaufen, so wie ich zuweilen einige Aufsatzhefte mehr korrigierte, weil das Leben so schwer war. Nacht für Nacht brachte er mir Wärme, und hätte ich eine weitere Schüssel von ihm kaufen können, dann wäre das auch nur wie ein Tropfen Wasser gewesen, nach dem ein Fisch auf dem Trockenen lechzt.

Nach der Befreiung hatte ich eine Anstellung erhalten und

war Funktionär im Erziehungswesen geworden. Ich hatte zwar viel zu tun, brauchte aber nicht mehr Nacht für Nacht bei Lampenlicht zu arbeiten. Mein Gehalt war nicht hoch, aber die fünf *fen* für eine Schüssel *huntun* fielen nicht mehr ins Gewicht. Wenn ich spätabends aus dem Theater kam, führte mein Weg an einem Nudelrestaurant vorbei. Eine Schüssel Nudelsuppe mit Fleisch für fünfzehn *fen* war besser als *huntun*. Vor allem saß man dort gut, was schicklicher war, als neben einem Straßenverkaufsstand zu stehen und mit eingezogenen Schultern eine Schüssel in beiden Händen zu halten.

Der Klang des Bambusschlagholzes zog weiterhin jede Nacht an meinem Fenster vorbei. Aber er hatte im Laufe der Zeit seine Ausgelassenheit und Fröhlichkeit eingebüßt. Doch noch immer war mir, als rufe, als erzähle das Schlagholz etwas. Ich traf auch Zhu Yuanda nur noch selten. Wenn er spät in der Nacht, das Bambusholz schlagend, zurückkehrte, lag ich bereits in tiefem Schlaf, und nur gelegentlich, sehr undeutlich und ganz von fern hörte ich das Dudu, davon wurde mir warm.

Es war die Zeit nach dem Jahr 1958. Wollte man Nudeln im Restaurant essen, mußte man sich anstellen. Und da erinnerte ich mich unwillkürlich an das Bambusschlagholz, das ich schon lange nicht mehr gehört hatte. Ich bedauerte es ein wenig, und es fehlte mir auch etwas. Aber nachdem ich den Kampf gegen die rechten, bürgerlichen Elemente erlebt hatte, wagte ich nicht mehr, dem Alten nachzutrauern, nicht nur, um mich selbst, sondern auch, um andere davon zu überzeugen, daß der Sozialismus seine Ordnung haben muß, daß es keine kapitalistischen Straßenhändler geben darf, die nachts durch die Straßen ziehen. Ich freute mich für Zhu Yuanda, daß er nun die schweren Fesseln abgeworfen und sich in den Strom des Großen Sprungs geworfen hatte.

Es kam wie erwartet. Zhu Yuanda schlug nicht mehr das Bambusholz, aber er lief am hellichten Tage mit Weidenkörben durch die Straßen und Gassen, auf und ab, hin und her, den Passanten ausweichend und immer in Eile. Im Frühjahr verkaufte er rote Gageln, im Herbst Wassernußwurzeln, im Sommer Melonen, und im Winter stellte er ein Öfchen unter der Dachtraufe auf und bot heiße Bataten an. Manchmal verkaufte er auch frühen Chinakohl, Sojabohnenkeime, lebende

Hühner, Fische und Krabben. Kam zu jemandem überraschend ein Gast, dann hörte man häufig die Hausfrau dem Familienoberhaupt flüsternd den Befehl erteilen: „Lauf mal zu Zhu Yuanda und sieh nach, was er hat!" Ich kaufte nicht bei Zhu Yuanda ein und hatte auch meiner Frau und den Kindern verboten, zu ihm zu gehen, weil ich der Auffassung war, seine Ware zu kaufen bedeute, mit Taten den spontanen Kapitalismus zu unterstützen. Ich erinnerte mich an ein Mittherbstfest, als in meiner Dienststelle der Kampf gegen die rechten Tendenzen gerade auf Hochtouren lief. Eines Abends war ich nach einer stürmischen Debatte mit einem rechten Element auf dem Weg nach Hause. Der Mond stand bereits sehr hoch, die Stadt war, erfüllt vom Duft der Zimtblüten, in das klare Mondlicht getaucht. So heftig, wie der Kampf war, von so dunkler Schönheit war die Landschaft. Im Herzen verspürte ich ein Gefühl, als biete die Welt ein Bild der Uneinheitlichkeit. Beim Überqueren einer Brücke erblickte ich plötzlich den Verkaufsstand von Zhu Yuanda, den er dort aufgestellt hatte. In einem Korb lagen blaßrosa Wassernüsse, in einem anderen weiße Wassernußwurzeln. Ich blieb stehen, um etwas zu kaufen. Es waren die traditionellen Mittherbstfrüchte, die ich schon seit vielen Jahren nicht mehr zu sehen bekommen hatte. Aber ich zögerte, denn vor mir, das war kein staatlicher Obstladen, sondern ein Schwarzmarktstand.

Zhu Yuanda trat an mich heran. „Genosse Gao, kaufen Sie welche. Schauen Sie, wie frisch sie sind! So etwas kriegt man nicht in einem staatlichen Laden, und wenn sie dort so etwas haben, kann es sich nicht mit meiner Ware vergleichen. Was wären das schon für Wassernüsse! Die alten kann man nicht beißen, und die jungen sind verschrumpelt und stinken!" Zhu Yuanda schüttelte den Korb mit den Wassernüssen, um zu zeigen, daß sie oben wie unten von gleich guter Qualität waren. Er redete immer noch so viel und wandte alle Mittel an, um die Leute zum Kauf zu veranlassen.

O weh, seine Worte hatten einen falschen Klang! Er schlug dieselben Töne an wie das rechte Element in meiner Dienststelle, er verleumdete den Sozialismus! Ich hatte nicht die Absicht, mich mit ihm anzulegen, aber ich wollte ihn wenigstens mit einigen Sätzen ermahnen, ihm auf diese Weise Gutes tun.

„Du solltest künftig mit deinen Worten vorsichtiger sein. Diese Art Handel wird man sehr bald einstellen, er ist eine

Keimzelle des Kapitalismus, und so etwas muß schnell liquidiert werden."

Zhu Yuanda erschrak. „Wie, will man die kleinen Händler festnehmen?"

„Man will sie nicht festnehmen. Doch alles, was kapitalistischen Charakter hat, wird früher oder später liquidiert."

Zhu Yuanda lachte. „Seien Sie beruhigt, man kann den Straßenhandel nicht liquidieren. Solange es Menschen gibt, die kaufen wollen, gibt es Menschen, die verkaufen werden. Wenn es in den staatlichen Läden nichts zu verkaufen gibt, wie will man dann den Straßenhandel liquidieren?"

„Und wie! Die Acht-Millionen-Armee von Tschiangkaischek wurde auch liquidiert. Was bedeuten da schon Kleinhändler!" Dieses Argument war meine auf Kampfversammlungen häufig benutzte Stoßwaffe. Sie hatte eine starke Durchschlagskraft, der niemand widerstehen konnte.

Zhu Yuanda nickte eilfertig und machte mehrmals Kotau. „Jawohl, Genosse Gao. Ich bin ein unwissender Mensch, ich verstehe die Weltlage nicht. Ich bitte Sie, sich von heute an mehr um mich zu kümmern." Er hob hastig die Tragstange auf und lief davon, als fürchte er, daß ich ihn verhaftete.

Als ich Zhu Yuandas schwankendem Schatten nachblickte, empfand ich ein wenig Reue, auch war mir irgendwie unbehaglich zumute. Damals, als ich neben seiner Tragstange gestanden und *huntun* gegessen hatte, war mir nie in den Sinn gekommen, ihn vernichten zu wollen, im Gegenteil, ich war ihm freundschaftlich zugetan gewesen. Doch seitdem hatte sich Zhu Yuanda von mir entfernt. Wie es dazu gekommen war, konnte ich mir nicht erklären.

Ich wünschte sehr, Zhu Yuanda noch einmal zu begegnen, ihm lächelnd zuzunicken, ihm ein paar nette Worte zu sagen, um auszudrücken, daß die Freundschaft zwischen uns noch immer bestand. Und wirklich, ganz unverhofft kam Zhu Yuanda eines Tages zu mir herauf, setzte sich bescheiden auf einen Korbstuhl und musterte meine Zimmereinrichtung. „Genosse Gao, jetzt leben Sie gut. Erinnern Sie sich noch an das Jahr, als Sie krank gewesen waren und mich gebeten hatten, daß ich Ihnen eine Schüssel *huntun* heraufbringe? Damals hatten Sie nur ein hölzernes Bettgestell und einen schäbigen Schreibtisch. Sie taten mir leid."

Ich erinnerte mich an den Besuch; und ich lachte nicht ohne

Rührung. Im Innern aber überlegte ich: Was will er von mir? Seit der Bekämpfung der rechten Elemente mieden alle, die ähnlich wie ich dachten, privaten Verkehr, um Unannehmlichkeiten aus dem Weg zu gehen. Wir hätten unsere Gespräche auf Befragen schwerlich wiedergeben können.

Zhu Yuanda verstand es offenbar recht gut, die Gedanken des anderen aus dem Gesichtsausdruck abzulesen. Er hielt mit seiner Absicht nicht länger hinter dem Berg: „Genosse Gao, ich weiß mir nicht zu helfen. Unter meinen Bekannten sind Sie der einzige, der ein Schriftstück aufsetzen kann. Deshalb bitte ich Sie, etwas für mich zu schreiben."

„Was soll ich schreiben?" Erst recht fürchtete ich mich, etwas niederzuschreiben.

„Eine Selbstkritik."

Das ging noch an. Eine Selbstkritik könnte man schon schreiben. „Und was ist es, was du selbstkritisch einschätzen willst?"

„Spekulantentum und Profitstreben. Was kann es schon anderes sein." Zhu Yuanda sagte das leichthin, als mache es ihm nichts aus.

Ich seufzte. „Du hast zu Wucherpreisen verkauft, vergiß das nicht."

„Meine Preise kann man wirklich nicht als Wucherpreise bezeichnen. Ich habe die Krabben zu vier *jiao* das Pfund gekauft und zu sechs *jiao* verkauft. Ich bin dreißig *li* weit gelaufen und habe einen Verlust von einem Pfund Gewicht gehabt. Rechnet man das alles zusammen, dann habe ich einen ganzen Tag Zeit aufgewendet, bin sechzig *li* gelaufen und habe nicht mehr als einen Gewinn von zwei, drei *yuan* erzielt. Ich will noch etwas sagen, was Sie nicht gern hören werden: In euren Büros schwätzt man den ganzen Tag, und ihr verdient etwas mehr als ich."

Ich fühlte mich bei seinen Worten sehr unwohl. „Wie kann man das vergleichen. Wir dienen dem Volk, du verdienst das Geld für dich!"

Zhu Yuanda pflichtete mir nicht bei. „Ich diene nicht dem Volk? Diene ich ihm nicht mit den Krabben, die in meinem Öltopf sieden?"

Ei! was für verdrehte Ansichten! Man mußte sie zurückweisen. Ich erhob mich und sprach, den Zeigefinger auf ihn gerichtet: „Wenn du zum amtlichen Preis verkaufst, dann dienst du dem Volk. Wenn du zu Wucherpreisen verkaufst, dann ist das Spekulantentum, eine von Gewinnsucht diktierte Handlungsweise. Diese Frage ist sehr ernst!"

Zhu Yuanda wurde sich plötzlich bewußt, wo er sich befand. Gleich einem Ball, der Luft abließ, stieß er hervor: „Guter Genosse, Sie treiben keinen Handel. Sie verstehen nichts von Preisen. Nur wenn die Ware echt vorhanden ist, ist auch der Preis real. Wenn es auf dem Gemüsemarkt überhaupt nichts gibt, dann kann man ein Preisschild dort lediglich zum Betrug aufstellen, der Preis ist dann falsch!"

„Du wagst es ..." Ich hatte aus dem letzten Gespräch mit ihm die Lehre gezogen, scharfe Worte zu unterdrücken. Doch zornerfüllt trat ich einen Schritt vor.

Zhu Yuanda legte sogleich die Hände zusammen und verbeugte sich: „Gut, gut! Ich sage ja nichts mehr. Ich bitte Sie, für mich die Selbstkritik zu schreiben!"

Das war die Gelegenheit für mich. „Du bist ohne Fehl und Tadel", sagte ich. „Wozu noch eine Selbstkritik schreiben? Ich schreibe nichts."

Zhu Yuanda zupfte mich am Ärmel. Er hatte aus der Tasche ein zerknittertes Papier hervorgeholt. „Oh, oh, nicht böse sein! Ich habe Fehler gemacht, ich bin kapitalistisch. Schreiben Sie alles auf, was Ihnen beliebt. Übertreiben Sie ruhig ein bißchen. Wir sind doch alte Freunde, erst siebzehn Jahre war ich alt, als ich Sie kennengelernt habe."

Ich war besänftigt, setzte mich an den Schreibtisch und nahm den Federhalter in die Hand. Doch bevor ich zu schreiben begann, mußte ich ihn noch fragen: „Kannst du garantieren, daß du das nächste Mal nicht wieder diese Fehler machst?"

„Garantieren ... garantieren, garantieren, ich garantiere, daß ich es das nächste Mal geschickter anfange!" Zhu Yuanda zwinkerte mir zu. Er wirkte so listig wie in jungen Jahren.

Ich brachte es nicht über mich und legte den Federhalter wieder hin. Aufrichtig mahnte ich ihn: „Du bist klug, hast flinke, geschickte Hände. Du bist bereit, Schweres zu ertragen. Warum gehst du nicht arbeiten oder als Verkäufer in ein Geschäft? Wird solche Arbeit nicht auch geachtet? Muß man sich wie eine Maus von den Menschen hin und her jagen lassen?"

Zhu Yuandas Gesicht verdunkelte sich. Unbeweglich saß er

in dem Korbstuhl, beide Hände vor der Brust gekreuzt. Nach einer Weile stieß er hervor: „Ich ... kann nicht."

„Warum kannst du nicht?" Ich zog meinen Stuhl näher an ihn heran, um ihm einiges auseinanderzusetzen. „Hör mir mal gut zu. Die Hauptschuld an allem Übel tragen die egoistischen Gedanken. Das ist die Quelle allen Übels. Nur dadurch kann der Kapitalismus immer wieder neu entstehen. Man muß entschlossen sein, das zu ändern. Natürlich, es ist nicht leicht, vom Denken an den alleinigen persönlichen Vorteil abzugehen und nur den Nutzen der Allgemeinheit im Auge zu haben. Das ist ein mühevoller Prozeß. Nehmen wir mal uns Intellektuelle. Uns umzuerziehen ist ebenfalls schmerzhaft."

Zhu Yuanda war ganz verwundert. „Ihr habt es auch schwer?"

„Sehr schwer!"

„Nein, nein. Seien Sie nicht so höflich. Sie und ihre Frau. Sie sind beide Funktionäre. Sie haben zusammen monatlich mehr als einhundert *yuan* Gehalt. Sie kümmert nicht Sturm noch Regen. Zum Zehnten jeden Monats kriegen Sie Ihr Gehalt. Wenn ich Ihre Schwierigkeiten auf mich nehmen könnte, würde ich mir wie im Paradies vorkommen."

„Na, na ... Warum gehst du nicht arbeiten? Arbeiter ... Funktionäre ..." Ich wehrte diesen Seitenhieb Zhu Yuandas nicht ab, ich brachte einfach keine Ordnung mehr in das, was ich sagte.

„Wenn ich eine Arbeit mache, von der ich nicht das Geringste verstehe, wieviel Lohn bekomme ich dann jeden Monat?"

„Du bekommst ... du bekommst dreißig, vierzig *yuan*, das ist generell drin."

Zhu Yuanda sprang auf. „Genosse Gao, ich habe vier Kinder, dazu Vater und Mutter, wir sind insgesamt acht Personen. Kann man da von dreißig, vierzig *yuan* leben? Glauben Sie ja nicht, ich sei ein von Natur aus gemeiner Kerl, der schamlos nur nach Geld trachtet! Sie haben es noch nicht erlebt, wenn Kinder vor Hunger weinen, wenn die Tränen einer alten Frau fließen. Das schmerzt mehr, als wenn ein scharfes Messer das Herz durchbohrt. Ich ... ich könnte nicht aufrecht gehen, ich könnte meinen Kopf nicht heben ..." Zhu Yuanda stockte. Tränen stürzten ihm aus den Augen.

Mir war, als hätte mir jemand einen Kübel kalten Wassers über den Kopf gegossen, ich glaubte, ich stünde auf einem hohen Turm, ließe meinen Blick über die lichte, weite Welt schweifen und sähe plötzlich unten am Fuß des Turms noch einen dunklen, feuchten Fleck, der das Hochgefühl der Menschen zerstört und das schöne Bild beschmutzt. Ich wagte nicht, noch weiter zu denken. Ich konnte in Gedanken nur eine hohe Wand errichten: Das ist eine einzelne, zeitweilige Erscheinung. Und ich sah keine Möglichkeit, für diesen einzelnen, zeitweiligen Zhu Yuanda einen Ausweg zu suchen, ich konnte ihn nicht trösten. So blieb mir nur übrig, schnell und oberflächlich die Selbstkritik für ihn zu schreiben und sie ihm in die Hand zu drücken.

Daraufhin erlaubte ich meiner Frau und den Kindern, ja befahl ihnen sogar, bei Zhu Yuanda einzukaufen. Ich fühlte, daß Zhu Yuanda nicht zum Kapitalisten werden konnte. Wenn ich mich zum Proletariat zählte, wie konnte dann er, der noch ärmer und abgearbeiteter war als ich, ein Bourgeois sein?

Als dann in den schweren Jahren der Freie Markt eingerichtet wurde, freute ich mich für Zhu Yuanda, denn mir war klar, daß man ihn nicht zu den Kapitalisten rechnen konnte. Doch unmittelbar darauf wurde „der Klassenkampf angepackt“, und wieder war ich verwirrt: Zhu Yuanda schien doch ein Kapitalist zu sein. Plötzlich ein Donnerschlag! Die Große Kulturrevolution blies zum Vormarsch, jeglicher Kapitalismus sollte liquidiert werden!

Es war wirklich eine Schmach. Auch ich mußte harte Kritik hinnehmen. Weil ich meinte, daß man für ein monatliches Gehalt fleißig arbeiten müsse, daß man sich nicht immer nur an den Buchstaben des Gesetzes klammern dürfe, ohne die Praxis zu berücksichtigen, daß auch der einzelne Ideen entwikkeln sollte. Das hieß „aktives Vorantreiben der kapitalistischen, reaktionären Linie“. Ich war im Innersten erbost: Gut, von nun an mische ich mich unter die Massen – zehn Finger, alle hübsch ausgerichtet.

So mischte ich mich denn unter die Massen, las Großschriftwandzeitungen, schaute Beschlagnahmungen, Demonstrationen und Kritik-und-Kampf-Veranstaltungen zu. Ich sah vieles und war darüber beunruhigt. Ich empfand letztlich, daß das Leben mehr war. In den kleinen Gassen jedoch war es etwas ruhiger, dort strömte das Leben nach wie vor wie ein Fluß dahin. Deshalb lief ich auf dem täglichen Weg zur Arbeit und nach Hause nicht durch die Straßen, sondern durch die kleinen Gassen.

In den kleinen Gassen erschienen allmählich ebenfalls Großschriftwandzeitungen. Doch sie fielen nicht so sehr ins Auge, waren relativ klein, und die Schriftzeichen waren schief und krumm, sie hatten die Schreiber offenbar viel Mühe gekostet. Später, als ich genauer hinsah, stellte ich fest, daß ihr Inhalt recht eigenartig war. Da stand nichts von einer bürgerlich-reaktionären Linie, von grausamer Unterdrückung oder erschreckenden Bluttaten und so weiter, vielmehr wurden sehr konkrete Dinge genannt: Wer häufig jemanden geschlagen hatte, wer Schmutzwasser aus dem oberen Stockwerk in den Hof anderer Leute gegossen hatte, wer mit wem ein uneheliches Kind gezeugt und wer mit wem außerehelichen Beischlaf vollzogen hatte. Es wurden auch furchterregende Ausdrücke gebraucht, wie „unbarmherzige Unterdrükkung", „schamloses Amüsement", „unter Druck setzen" und dergleichen. Nachdem ich das alles gelesen hatte, war mir schwer ums Herz. Es kam mir vor, als sähe ich hier zahllose Menschen, die sich wegen einer Bagatelle schlugen und gegenseitig an den Haaren zerrten. Die Politik mußte früher oder später Schlußfolgerungen daraus ziehen, um diesen privaten Haß irgendwie zu beenden. Ich hatte keine Lust, weiterzulesen, und kam, mich ostwärts wendend, an Zhu Yuandas Haus vorbei.

Die Eingangstür stand offen. An der Rückseite hatte das Haus keine Fenster, so daß es drinnen sehr dämmrig war. Plötzlich erschrak ich. Im Halbdunkel erblickte ich Zhu Yuanda, der mit hängenden Armen und gesenktem Kopf auf einer Bank stand. Es sah aus, als sei er dort aufgehängt worden. Sein Haupthaar war zur Hälfte abrasiert, die linke Wange war grün und blau gefärbt und das linke Auge nußgroß angeschwollen. Neben der Tür klebte ein weißes Blatt Papier, darauf stand: Kapitalistische schwarze Räuberhöhle! Zhu Yuanda muß mit gesenktem Kopf seine Verbrechen bekennen! Binnen vierundzwanzig Stunden muß er alle Gerätschaften, die er zur Ausübung seiner Verbrechen benutzt hat, herausgegeben haben!

Zhu Yuanda sah mich nicht. Ich wagte auch nicht, ihn noch länger anzustarren, da ich nicht wußte, vor wem er, den Kopf gesenkt, seine Verbrechen bekennen sollte. Vor mir? Ich konnte nichts ausrichten. Mein schlechtes Gewissen trieb mich aus Zhu Yuandas Haus. In der Gasse stellte ich fest, daß an den Haustüren all derer, die Sesambrötchen verkauft, ein Heißwasseröfchen betrieben, einen Friseurstand unterhalten und Schuhoberteile zusammengenäht hatten, ebenfalls ein weißes Blatt Papier mit gleichlautendem Text klebte. Unterschrieben war mit „Kampftrupp zur Zerstörung der schwarzen Räuberhöhlen". Ich spürte, daß es schlecht um Zhu Yuanda stand, daß er in dieser Misere untergehen würde. Die Große Kulturrevolution wollte allen Boden, aus dem Kapitalismus erwächst, abtragen. Wenn dabei nicht Zhu Yuanda ausgerottet würde, wer dann?

Natürlich war das nicht schlecht. Nach vierundzwanzig Stunden kam ein Trupp solcher Höhlenzerstörer. Manche schleppten Eisenstangen, andere hatten, Abenteurern gleich, mit roten Bändern geschmückte große Messer in den Gürtel gesteckt. Die Kinder aus der Gasse folgten ihnen lärmend: „Es wird beschlagnahmt, sehen wir uns die Beschlagnahme an!"

Lange verharrte ich unentschlossen oben im Haus. Sehe ich mir das mit an oder nicht? Dem damals gültigen Gesetz des Selbstschutzes folgend, wäre es das beste gewesen, nicht allein diesen Boden des Rechts und Unrechts zu betreten. Aber ich konnte nicht an mich halten und wollte in Erfahrung bringen, was sie im Haus eines armen Straßenhändlers konfiszieren würden.

Als ich dort ankam, hatte der Kampftrupp bereits zu kämpfen begonnen. Das glich in keiner Weise den Beschlagnahmungen bei alten Funktionären oder auch bei Angehörigen der Intelligenz. Bei solchen Leuten wurden hauptsächlich Gegenstände, die die vier alten geistigen Güter – alte Kultur, alte Ideen, alte Sitten und Gebräuche – verkörpern, Briefe, Tagebücher, Manuskripte beschlagnahmt. Und die Betroffenen standen meist schweigend daneben und schauten mit traurigen Augen zu, wie das eigene Lebenswerk, teure Erinnerungen, das Wissen der Menschheit zu Asche wurden. Obendrein hatte sich die Verkörperung des Bösen bei den Aktionen das Mäntelchen der Feierlichkeit umgehängt.

Bei Zhu Yuanda verlief die Beschlagnahme anders. Die Szene war schrecklich. Von weitem hörte ich Weinen, Lärmen, Rufen, Schreien, das Bersten von Gegenständen sowie anstachelndes, aufputschendes Brüllen von Losungen ... Zhu Yuandas Haus war zu einem Schlachtfeld geworden. In ihm wurde gedroschen, daß es nur so hallte. Eine Staubwolke nach der anderen quoll aus der Tür nach draußen. Die Weidenkörbe wurden herausgeworfen und mit den großen Messern zerhauen, weil sie dazu benutzt worden waren, Wassernußwurzeln zu verkaufen. Auch die Gemüsekörbe mußten daran glauben, denn sie hatten Fische und Krabben aufgenommen. Die Steingutschüsseln zerschellten eine nach der anderen an den Bordsteinen der Straße, weil in ihnen Sojabohnenkeime aufbewahrt worden waren. Ich weiß nicht, was der bleierne Eimer verbrochen hatte, daß er mit den Eisenstangen zerbeult wurde. Jedes Stück, das auf die Straße flog, wurde begleitet vom Weinen der Kinder und vom Geschrei der Frau. Die Kinder hielten mit all ihren schwachen Kräften einen Weidenkorb fest, einen lebenswichtigen Gegenstand, die Frau umklammerte eine Steingutschüssel, in der noch irgendwelche ungenießbaren grünen Erbsen waren. Raub, Schläge, Blut! Das Weinen vermischte sich mit dem Gebrüll der „Kämpfer" zu einem einzigen Getöse. Ich glaubte meinen Augen und Ohren nicht zu trauen. Wie kann eine so imposante Theorie derartige Piratenakte hervorbringen!

Zum Schluß zerrten sie die Tragstange hervor. Zhu Yuanda lief wie ein Irrer hinterher. „Zu Hilfe, rettet sie!"

Diese Tragstange war mir nur zu gut bekannt. Ich wußte, ihr einziges Verbrechen war, den Menschen ein Leben lang Wärme und Sättigung gespendet zu haben. Obendrein war sie so fein und so sinnreich gearbeitet: mit einem Schüsselschränkchen, einem Wasserkübel, einem Brennholzbehälter, einem Wasserkessel, für den die überschüssige Wärme genutzt wurde, ein Plätzchen, wo Öl, Salz und die Zutaten aufbewahrt wurden. Sie war einfach eine winzige, aber gut funktionierende Küche. Wenn man für Flugzeuge einen Speiseraum projektieren sollte, könnte sie gut als Vorbild dienen. Ich wollte mich aufraffen und vortreten, um dieses zwar teure, wenn auch vom Material her nicht besonders wertvolle Kulturgut zu retten, aber ich hatte keinen Mut. So mußte ich mit ansehen, wie die Bambusstücke unter den Schlägen der Messer und Eisenstangen herumflogen.

Mit der Zerstörung der schwarzen Räuberhöhle war auch die Beschlagnahme zu Ende. Niemand rief mehr pausenlos,

Zhu Yuanda solle seine Fehler bekennen und Selbstkritik üben. Insofern konnte man aufatmen, doch Zhu Yuandas Lebensunterhalt war in Frage gestellt. Am dritten Tag sah ich Zhu Yuandas Frau mit den vier Kindern nach Einbruch der Dunkelheit an meinem Haus vorbeigehen, jeder ein Stück Strick in der Hand. Im Morgengrauen kamen die Fünf nacheinander zurück. Jeder trug auf dem Rücken ein Bündel Altpapier. Die riesigen Großschriftwandzeitungen wurden sehr schnell in alle Richtungen flatterndes, von den Menschen mit Füßen getretenes Altpapier. Wenn man viel sammelte, konnte man an einem Tag auf vier, fünf *yuan* kommen. Wirklich, der Himmel läßt die Menschen nicht im Stich. Wer hätte gedacht, daß die Großschriftwandzeitungen, die Menschen in den Wahnsinn oder Selbstmord trieben, schließlich Zhu Yuanda aus der Not retteten! Vorteil oder Nachteil einer Sache sind tatsächlich schwer einzuschätzen.

Zhu Yuanda blieb zu Hause, um seine Wunden zu heilen. Ich besuchte ihn einmal. Er redete immer noch sehr viel und erzählte eine Menge alter Geschichten. „Genosse Gao, ich bereue wirklich. Ich hätte damals auf Sie hören und mit meiner Frau in eine Fabrik arbeiten gehen sollen. Der Große Sprung bot die Chance dazu. Was hätte ich schon fürchten müssen, falls ich Frau und Kinder nicht hätte ernähren können. Ich hätte die Kinder zur Gewerkschaft gebracht und um Unterstützung gebeten. Die Kommunistische Partei kann keinen Menschen verhungern lassen. Zum Teufel! Mußte ich denn mein bißchen Gesicht so lieben, das Fleisch meines Gesichtes ist doch nichts wert. He, ich habe zu sehr an mich selbst gedacht und stets gemeint, ich kann die Kinder mit eigener Kraft großziehen. Jetzt ist ja alles in Ordnung. Meine Frau und die Kinder gehen auf die Straße den Kehrricht aufsammeln ..." Zhu Yuanda sagte das alles in einem Zuge, so, als habe er für sich aus der ersten Hälfte seines Lebens Schlußfolgerungen gezogen.

Mir blieb nur, ihn zu ermahnen: „Übereile nichts, erhol dich erst, später ... Oh, wie schade, daß die *huntun*-Tragstange kaputt ist."

Um diese Zeit tauchte in den Zeitungen die Losung auf: „Wir haben auch zwei Hände. Wir essen in der Stadt unser Brot nicht umsonst!" Ich hatte gehört, diese Losung sei von der Bevölkerung jener Stadt aufgebracht worden. Ich nahm sie nicht voll in mein Bewußtsein auf, sondern verfolgte nur aufmerksam, daß ganze Funktionärsfamilien in großen Gruppen aufs Land geschickt wurden. Und damit man mich nicht auch auf die Liste setzte, suchte ich eilends den Armeevertreter und den Arbeiter-Propaganda-Trupp auf. Dieser stumme Kampf war schrecklich.

Zum Glück wurde ich nicht aufs Land geschickt. Zhu Yuanda jedoch kam mit Tränen in den Augen, um sich von mir zu verabschieden. Seine ganze Familie wurde an einen Ort mit den schwierigsten Bedingungen verfrachtet. Da erst wurde mir die Bedeutung der Worte „Wir haben auch zwei Hände, wir essen in der Stadt unser Brot nicht umsonst" klar. Wer in der Stadt sein Brot umsonst aß, hatte natürlich keine Beschäftigung. Zhu Yuanda zählte nicht zu denen, die einer Arbeit nachgingen, also gehörte er zu denen, die ihr Brot umsonst aßen. Mit jemandem darüber zu reden war sinnlos.

Ich saß Zhu Yuanda gegenüber und schwieg. Er sah mich neiderfüllt an, ich ihn schuldbewußt. Ich wußte nicht, in welcher Hinsicht ich stärker war als er. Ich konnte jeder Unbill ausweichen, er aber hatte keine Möglichkeit dazu. Selbst wenn ich der Verschickung nicht entgangen wäre, mein Gehalt wäre davon nicht weniger geworden.

Bevor Zhu Yuanda sich verabschiedete, nahm er etwas aus der Tasche und sagte: „Als ich gestern den alten Kram aufräumte, fand ich das hier in einer Ecke. Zum Verbrennen wäre es zu schade. Ich schenke es Ihnen zur Erinnerung." Damit reichte er mir das Bambusschlagholz.

Ich nahm es mit beiden Händen entgegen und betrachtete es genau: Es war ein knapp zwanzig Zentimeter langes halbrundes Bambusholzstück, ohne irgendein Geheimnis. Doch in der Hand von Zhu Yuanda konnte es die schönsten Töne hervorzaubern. Abgegriffen von den Händen mehrerer Generationen, getränkt von Schweiß und Fett, glänzte es dunkel wie ein Kupferspiegel. Nun hatte Zhu Yuanda es mir geschenkt. Vielleicht wollte er auch, daß ich mich an ihn erinnerte, da er früher hier gewohnt und auch ein wenig für andere Menschen getan hatte.

Zhu Yuandas Familie war aus der Gasse verschwunden. Zu der Zeit ging es sehr lebhaft hier zu. Unter Gong- und Trommelschlag wurden Freudenbotschaften angeklebt und die beiden Wörter „Ruhmreiche Familie" daneben geschrieben. Wie konnten die schwarzen Räuberhöhlen ruhmreiche Haushalte werden! Da hätte auch eine alte Henne mit einem Augenzwinkern eine Ente werden können.

Gleichzeitig mit Zhu Yuanda verschwanden weitere vier Familien aus unserer Gasse: eine Funktionärsfamilie, die Familie mit dem Heißwasseröfchen und die mit dem Friseurstand sowie die Familie des Schuhmachers. Sie alle gehörten in die Reihen der Schmarotzer. Von da an mußte man nach heißem Wasser mehr als einen halben *li* weit laufen. Wollte man sich ein Paar Schuhe nähen lassen, mußte man mindestens zwanzig Tage warten. Wollten sich die alten Leute die Haare schneiden lassen, mußten sie sich in den großen Straßen danach anstellen. Die alten Frauen schimpften: „Welchen Blödsinn hat man sich da ausgedacht! Und da behauptet man, diese Leute essen in der Stadt ihr Brot umsonst. Auf dem Dorf, da essen sie ihr Brot umsonst. Du aber darfst nicht heißes Wasser trinken wollen, na, und die Alten, die lassen sich einfach Zöpfe wachsen, denn sie können sich nicht mehr die Haare schneiden lassen!"

Zhu Yuanda war nun schon acht Jahre fort, und keine Nachricht kam von ihm. Dieses Jahr im Frühling hörte ich, seine beiden Söhne seien zurückgekommen, da man ihnen Arbeit angeboten habe. Sie seien in einer Fabrik eingesetzt worden. Später hörte ich dann, auch er selber sei zurückgekommen. Jemand bestellte mir in seinem Auftrag, daß er von mir einen Gegenstand zurückerbitte. Als ich das hörte, war mir klar, daß er das Bambusschlagholz wiederhaben wollte. Zu dieser Zeit redeten alle von gesellschaftlichen Dienstleistungen, Handelsnetz, Heißwasseröfchen und *huntun*-Tragstangen. Nach seiner Rückkehr würde Zhu Yuanda selbstverständlich seine alte Tätigkeit wieder aufnehmen wollen. Ich suchte das Schlagholz hervor, rieb es blank und legte es zurecht. In dem dunkelglänzenden Kupferspiegel sah ich gleichsam wieder die Feuerscheite in dem roten Tonofen brennen, hörte wieder den Dudu-Klang, der durch die nächtlichen Straßen und Gassen hallte und unter einem hellerleuchteten Fenster haltmachte. Hinter jenem Fenster saß vielleicht ein Student, ein lerneifriger junger Arbeiter oder ein vom Leben gezeichneter bärtiger Greis. Sie spürten, daß zwar viel Zeit vergangen war, aber nicht viel Schätze angesammelt worden waren. Die Anstrengungen, die jeder von ihnen gemacht hatte, galten nicht nur ihrem eigenen Leben. Aber ihr Leben bedurfte auch der Wärme und Annehmlichkeit. Mehr als zwanzig Jahre habe ich gebraucht, um diese einfache Wahrheit zu begreifen.

Es war wiederum an einem Abend, da Zhu Yuanda an unsere Haustür klopfte. Er und meine Frau wechselten ein paar Worte, dann kamen sie, miteinander schwatzend, die Treppe herauf. Das klang so beschwingt, so fröhlich und ausgelassen, daß es mich an den Klang des Bambusschlagholzes erinnerte, das er in seiner Jugend geschlagen hatte. Die Jugend kann nicht ewig dauern, das Herz aber kann wieder jung werden.

„Eijaja, Genosse Gao, ich bin schon über einen Monat zurück und war damit beschäftigt, eine Wohnung zu suchen und einen Ausweis zu beantragen. Da blieb keine Zeit, Sie zu besuchen. Ich hätte nicht gedacht, daß es diesen Tag geben würde, nun, da man die Viererbande zerschlagen hat!" Zhu Yuanda machte einen frohen, zufriedenen Eindruck, nicht zu vergleichen mit seinem damaligen seelischen Zustand.

Ich stellte das mit Freuden fest und hatte das Gefühl, daß er sich wirklich aufgerichtet, seinen Kopf erhoben hatte. Beflissen sagte ich: „Oh, bitte, nimm doch Platz."

Zhu Yuanda setzte sich auf den Korbstuhl, zog, mir zuvorkommend, ein Päckchen guter Zigaretten heraus, bot uns davon an und gab Feuer. Er holte tief Luft und erzählte dann in einem Zug von den acht Jahren, die er auf dem Dorf zugebracht hatte. Dieses Leben kannte ich, und keineswegs nur in Form von Dorfliedern und -musik. Aber als Zhu Yuanda davon erzählte, war alles nur ein einziger Sieg. Selbst seinen alten Hausrat hatte er restlos verkauft und auch einen guten Preis erzielt. Nachdem er mit seinem Bericht zu Ende war, musterte er mein Zimmer und wiegte den Kopf. „Immer noch so wie früher. Warum hat sich nichts verändert?" Das klang, als beurteile er die Einrichtung meiner Wohnung etwas abfällig.

Lachend sagte ich: „Die Dinge haben sich nicht verändert, die Menschen sind anders geworden."

„Na, man sagt ja, wenn sich nichts verändert, dann gibt es auch kein Leben mehr!" Zhu Yuanda zupfte an seiner neuen Oberbekleidung. „Sehen Sie, ich habe keinen Purzelbaum geschlagen, um in eine hohe Position zu gelangen. Beide Söhne sind zurückgekehrt, sie gehören zum Volk. Die beiden Mädchen sind im Kreis, auf dem Lande, tätig, sie gehören zu einem großen Kollektiv. Und unser Nachzügler A-Fünf soll studieren. Vier eiserne Eßschüsseln, eine goldene Eßschale, sie klingen dingdingdangdang. Selbst eine Eisenstange kann sie nicht zerschlagen!" Zhu Yuanda lachte, gelöst und zufrieden.

Ich reichte ihm das Bambusschlagholz. „Du solltest die *huntun*-Tragstange wieder auf die Schultern nehmen. Ich beglückwünsche dich zur Wiederaufnahme deiner Tätigkeit."

Zhu Yuanda rollte die Augäpfel. Er schien nicht zu begreifen. Dann rötete sich sein Gesicht ein wenig, und er stieß meine Hand, die das Bambusschlagholz hielt, zur Seite: „Sie, Sie . . . Sie treiben Ihren Spaß mit mir!" Seine Worte wirkten gekünstelt, als würde ein reicher, angesehener Mann plötzlich früherer Bettelei bezichtigt.

Ich erklärte schleunigst: „Nein, nein, ich scherze nicht. Jetzt ist der individuelle Handel erlaubt, auch das gehört zu den Bedürfnissen des Lebens. Die Leute in der Gasse haben dich in bester Erinnerung!"

Zhu Yuanda hob den Kopf. „Tsss, Sie verlangen, daß ich die *huntun*-Tragstange wieder nehme?"

Ich überlegte: Richtig, die kunstvolle *huntun*-Tragstange war zerschlagen worden, sie ließ sich auch in kurzer Zeit nicht wiederherstellen. So sagte ich: „Dann röste Bataten. Die sind bei jung und alt beliebt. Zur Zeit sieht man sie nirgends."

Zhu Yuanda lachte mir ins Gesicht und blinzelte verschmitzt. „Ich sage Ihnen ernsthaft: Das Arbeitsamt wollte die ganze Zeit, daß ich in der Gasse einen *huntun*-Stand aufbaue oder so was. Ich habe ihnen aber einen Streich gespielt und mich in einer Fabrik einstellen lassen. Nur mit der Art der Arbeit bin ich nicht ganz zufrieden. Eigentlich wollte ich den Eingang beaufsichtigen, aber sie haben mich in die Werkhalle geschickt, Eisenspäne auffegen. Fegen, naja, dann eben fegen. Man kann auch davon leben. Im Vergleich zum Batatenrösten spart man dabei körperliche und geistige Kräfte." Als er diese kleine Posse erzählte, war es wie damals, wenn er mir das Fleischschälchen reichte.

Ich fand daran nichts zum Lachen und seufzte nur: „Ei, was soll's. Du trägst die *huntun*-Tragstange nicht mehr, dein Sohn wird sie auch nicht tragen, wirklich bedauerlich!"

„Bedauerlich! Was ist daran bedauerlich?" Zhu Yuanda

stand vom Stuhl auf und reckte sich. „Von heute an bin ich nicht mehr um einen Kopf kleiner als jeder beliebige andere!"

„Du warst nie klein. Alles, was du tatest, diente dem Volk."

„Was heißt, diente dem Volk! Sie vergessen, der Kleinkapitalismus mußte vernichtet werden. Nicht viel hätte gefehlt, und ich hätte mein Leben in einer schwarzen Räuberhöhle verloren!" Zhu Yuanda war auf einmal erregt, seine Stimme vibrierte, und zitternd zog er die Zigarettenschachtel hervor. „Bitte, bitte, rauchen Sie noch eine. Wir wollen nicht von jenen unglücklichen Ereignissen reden. Ich bin heute gekommen, um von Ihnen ein wenig Lehrmaterial zu holen, das mein A-Fünf zu Hause lesen soll, um sich auf die Aufnahmeprüfung für die Universität vorzubereiten."

Gegen die Universität war ich keineswegs, und so suchte ich eilends einiges abgezogene Material heraus und drückte es ihm in die Hand.

Zhu Yuanda dankte vielmals und verabschiedete sich. Bevor er ging, lud er mich zu einer Tasse Tee zu sich nach Hause ein: „Kommen Sie, und haben Sie bitte keine Angst, daß nichts zu essen da ist. Fünf eiserne Reisschalen können jeden Monat gefüllt werden."

Die Haustür im Parterre knarrte. Unbewußt stieß ich das breite Fenster zur Straße auf, und mir war, als sähe ich eine dampfende *huntun*-Tragstange, die sich unserm Haus näherte, als hörte ich den Dudu-Klang herbeischweben . . . Doch nichts dergleichen. Zhu Yuanda, das Papier unter den Arm geklemmt, verschwand in der nächtlichen Dunkelheit. Ich war ein wenig bedrückt, doch ich wagte nicht, ihn zu verurteilen. In diesen Jahren hatten ich und andere ihm Schaden zugefügt, alle möglichen individuellen Anstrengungen zunichte gemacht. Letztlich wollten alle nur eine eiserne Reisschale in den Händen halten, geistige und körperliche Kräfte sparen. Selbst wenn die eisernen Reisschalen nicht bis obenhin gefüllt wären, würde der Reis im Topf noch lange nicht reichen.

Gao Xiaosheng Chen Huansheng geht in die Stadt

Chen Huansheng, der im Dorf nur der „Herr vom Armenhof" hieß, war auf dem Weg in die Stadt.

Lange war es außergewöhnlich kalt gewesen, nun aber hatte sich das Wetter gebessert. Es wehte ein leichter Wind, und die Sonne wärmte bereits. Chen Huansheng hatte ausgiebig gefrühstückt. Er trug neue Kleider, und in der Hand hielt er eine bis zum Rand vollgestopfte Reisetasche, die er, sei es, weil er so stark oder die Tasche so leicht war, wie ein Bündel Lampendochte sorglos hin- und herschwenkte. Chen Huansheng war groß und hatte lange Beine. Die dreißig *li* bis zur Stadt machten ihm nichts aus. Er war daran gewöhnt, schwere Lasten zu schleppen, hatte nie einen Karren benutzt und kam sich deshalb heute, nur mit der Tasche in der Hand, frei und ledig vor. Da die Sonne noch hoch stand, er also rechtzeitig in die Stadt kommen würde, verlangsamte er seine Schritte und ließ wie auf einem Frühlingsspaziergang die Blicke wandern.

Chen Huansheng ging in die Stadt, um Geschäfte zu tätigen. Reisernte und Weizenaussaat waren beendet. Das Getreidesoll war erfüllt und das überschüssige Getreide bereits verkauft, Brotgetreide und Brennholz waren verteilt. Die Atempause wollte er nutzen, um einmal aus seinem Dorf herauszukommen, ein bißchen Geld zu machen und ein paar Kleinigkeiten zu kaufen. Die Bauernmärkte waren wieder geöffnet, und sofern man nicht spekulierte, konnte man dort seine Waren in Ruhe absetzen.

Chen Huansheng wollte Teigzöpfe verkaufen, Teigzöpfe, die seine Familie am frühen Morgen mit eigenem Mehl und in eigenem Öl gebacken hatte. Sie waren knusprig und dufteten herrlich, waren frischer als die im Laden und schmeckten deshalb auch besser. Mit diesen Teigzöpfen war seine Reisetasche vollgestopft. Er hatte je fünf oder zehn in kleine Plastetüten gesteckt. Das sah sauber und appetitlich aus. Wenn er die sechs Pfund, die er eingepackt hatte, verkaufte, würde das mindestens einen Gewinn von drei *yuan* bringen.

Von diesen drei *yuan* wollte er sich eine neue, besonders schöne Mütze kaufen. Um die Wahrheit zu sagen, er hatte seit seinem dritten Lebensjahr, also seit 45 Jahren, keine neue Mütze mehr besessen. Vor der Befreiung konnte sich seine Familie keine leisten. Nach der Befreiung war er ein kräftiger, junger Bursche, der keine brauchte. Während der Kulturrevolution hatte er nicht einmal satt zu essen. Obwohl er damals schon älter war und die Kälte spürte, war in dieser Zeit an neue Kleidung gar nicht zu denken. Vor ein paar Jahren hatte er eine Mütze geschenkt bekommen, eine recht schäbige zwar, eine richtige Arme-Leute-Mütze, die er aber, zumal sie nichts gekostet hatte, schließlich doch aufsetzte. Diese Mütze war ihm 1978 nach der Jahresabrechnung abhanden gekommen. Damals hatte er sich irgendwie erleichtert gefühlt und die Kälte nicht gespürt. In diesem Jahr schien sich das geändert zu haben. Wurde es etwas kühler, holte er sich gleich eine Erkältung. So durfte das nicht weitergehen. Er mußte unbedingt eine neue Mütze haben. Gottlob war es nicht mehr schwierig, das Geld dafür zusammenzubekommen. Die Zeiten hatten sich geändert. Ihm ging es gut. Und die paar *yuan* für die neue Mütze würden heute bei seinem Geschäft in der Stadt abfallen.

Chen Huansheng brauchte sich wirklich keine Sorgen zu machen. Auch in seinem Leben hatte sich Wesentliches geändert. Schwere Jahre lagen hinter ihm. Nun aber ging es langsam bergauf. Und da sollte er nicht zufrieden sein? Er war sogar sehr zufrieden. Man sah es ihm auch an. Er war wohlgenährt, und auf seinem Gesicht lag stets ein Lächeln. Wenn er mitten in der Nacht aufwachte und daran dachte, daß im Speicher Reis und im Schrank Kleider waren, er nun endlich auch all das besaß, was zu einer richtigen Familie gehörte, war er von so großer Freude erfüllt, daß er keinen Schlaf mehr fand. Er rüttelte seine Frau wach, und sie redeten lange miteinander.

Mit seiner Frau schwatzte er häufig, war er aber mit anderen zusammen, bekam er kaum den Mund auf. Das lag nicht etwa daran, daß er nicht reden wollte, er konnte es einfach nicht. Er bewunderte die anderen, die über dieses und jenes plaudern konnten und vom Hundertsten ins Tausendste kamen. Für ihn war es rätselhaft, daß sie so viel Neues und Seltsames erlebten, so viele ungewöhnliche Einfälle hatten, daß sie so viele merkwürdige Geschichten lückenlos im Gedächtnis behielten, vor allem aber, daß sie so mitreißend erzählen konnten. Bei ihm war Hopfen und Malz verloren. Kam er von draußen herein, wußte er nur Unwesentliches zu berichten: „Auf der Straße waren heute viele (oder wenig) Menschen." Oder: „Auf dem Schweinemarkt gab's Schweine. Das Gemüse war billig und ließ sich nicht gut verkaufen." Er hatte wie die meisten Leute im Dorf nichts Außergewöhnliches erlebt und konnte nur belangloses Zeug erzählen: „Als ich klein war, hat mir meine Mutter oft den Hintern versohlt. Mein Vater war nicht so grob." Oder: „Ich bin zwar vier Jahre zur Schule gegangen, habe aber alles wieder vergessen." Oder: „1939, als die große Dürre war, fingen die Leute die Fische mit bloßer Hand auf dem Grund des ausgetrockneten Flusses." Oder: „1949 hat die Kommunistische Partei die Guomindang besiegt." Oder: „Nach der Heirat bekam meine Frau einen Sohn und eine Tochter." Das war alles so banal, daß es besser gewesen wäre, er hätte den Mund gehalten. Chen Huansheng las auch keine Bücher. Sah er ein Theaterstück oder hörte eine Geschichte, hatte er Schwierigkeiten, sich den Inhalt zu merken. Einmal sah er das Theaterstück „Das weiße Knochengespenst wird dreimal besiegt". Seine Frau drängte ihn, darüber zu erzählen. Er brachte lediglich zwei Sätze heraus: „Der Affenkönig war sehr grausam. Er hat alle erschlagen." Seine Frau gab sich damit nicht zufrieden. Sie wollte wissen, wer das Knochengespenst war. Er antwortete: „Das Knochengespenst ist in einen bösen Geist verwandelt worden." Der Sohn, viel klüger als der Vater, verbesserte: „Genau umgekehrt. Das Knochengespenst ist selber der böse Geist, der sich nur verwandelt hat." Chen Huansheng besaß auch wenig Phantasie. Wenn es beispielsweise um die Feldbestellung ging, fielen ihm nur Dinge ein, die keinen interessierten, weil sie ohnehin bekannt waren: „Wenn man Weizen säen will, muß man vorher den Boden mit einer Hacke auflokkern." Oder: „Reissetzlinge muß man beim Umpflanzen immer in Büscheln zu sechst pflanzen." Der Einfall mit den Teigzöpfen war ebenfalls nicht von ihm. Den hatten schon andere vor ihm gehabt. Welche Zutaten braucht man? Wie werden sie verarbeitet? Wie die Zöpfe eingewickelt? Wieviel Geld kann man für einen Zopf verlangen? Wie hoch ist der Gewinn? Wo und wann ist mit vielen Käufern zu rechnen? Wie läuft das Geschäft? All das hatten ihm andere erzählt. Da war es natürlich lächerlich, wenn er – sonst so einfallslos – mit diesem „Einfall" vor den anderen hätte angeben wollen. Einige spotteten hinter seinem Rücken: „Ah! Schau an! Sogar der ‚Herr vom Armenhof' hat Öl und Mehl, um Teigzöpfe zu backen. Das ist ja eine Neuigkeit!" Nein, da war es schon besser, den Mund zu halten.

Chen Huansheng hatte also nichts zu erzählen. Deshalb fühlte er sich um einen Kopf kleiner als die anderen. Saßen die Dorfbewohner abends bei einem kleinen Plausch zusammen, hörte er immer nur zu. Die anderen beachteten ihn auch gar nicht, sie wußten ja, daß er keine Antwort geben konnte. Er fühlte sich den anderen unterlegen und bewunderte sie maßlos. Der Begriff „kulturelles Leben" war ihm unbekannt. Nachdem sich aber sein materielles Leben verbessert hatte, begannen sich in ihm auch geistige Interessen zu regen. Wo es etwas zu hören gab, ging er hin. Wo es etwas zu sehen gab, war er zur Stelle. Und war nichts los, langweilte er sich. Als wieder einmal alle zusammensaßen und schwatzten, fragte jemand: „Wer imponiert euch in unserer Großbrigade denn am meisten?" Chen Huansheng konnte nicht an sich halten und platzte heraus: „Am meisten Lu Longfei." Die anderen wunderten sich. „Warum denn ein Geschichtenerzähler?" Er antwortete: „Na, eben weil er Geschichten erzählen kann. Weil er den Mund aufbekommt." Die Dorfbewohner lachten schallend.

Chen Huansheng aber schämte sich schrecklich, war nun wirklich der Meinung, nicht reden zu können, und daß es besser gewesen wäre, nichts zu sagen. Er wünschte sich, etwas zu erleben, was noch niemandem im Dorf widerfahren war. Wenn es ihm doch nur einmal gelänge, alle zum Zuhören zu bringen, dann wäre er glücklich, dann könnte er den Kopf hoch tragen.

Dieser Wunsch war jedoch tief in seinem Inneren verborgen. Nur manchmal, wenn er sich in einer peinlichen Situation befand, beherrschte er ihn ganz. Nun, da er sich auf dem Weg in die Stadt befand, dachte er einzig und allein an die neue Mütze.

Obwohl er langsam gegangen war, erreichte er die Kreisstadt noch vor achtzehn Uhr. Er hatte es nicht eilig, seine Ware feilzubieten. Als er an einem Teestand vorbeikam, kramte er einen *fen* hervor, kaufte eine Schale heißen Tee und aß dazu als Abendbrot einige von zu Hause mitgebrachte Fladen. Dann ging er zum Bahnhof. Auf seinem Weg kam er an vielen Schaufenstern vorbei. In jedes kleine Warenhaus ging er hinein, um sich nach einer passenden Mütze umzusehen. Im dritten endlich fand er eine, die ihm auch vom Preis her zusagte. Da fiel ihm voller Schreck ein, daß er gar kein Geld bei sich hatte. Er wollte ja die Mütze von dem Geld bezahlen, das er für die Teigzöpfe bekommen würde, hatte aber nicht bedacht, daß die Geschäfte dann schon geschlossen wären. Also konnte er erst morgen eine Mütze kaufen. Da Chen Huansheng aber die Nacht nicht ganz allein ohne Verwandte und Bekannte in der Stadt zubringen, sondern gleich nach Abschluß seiner Geschäfte in sein Dorf zurückkehren wollte, würde aus dem Mützenkauf nichts werden, würde er noch länger ohne Kopfbedeckung und frierend umherlaufen müssen.

Diese Aussicht stimmte ihn nicht gerade froh. Er fühlte den kalten Wind um seinen Kopf streichen und ärgerte sich. Kurz nach zwanzig Uhr kam er auf dem Bahnhof an. Für sein Geschäft war es noch zu früh. Da er aber schon einmal am Ziel war, suchte er einen geeigneten Platz, packte die Teigzöpfe aus und legte sie gut sichtbar auf einen Verkaufstisch. Auf dem Bahnhof war viel Betrieb. Die meisten Leute warteten auf die ankommenden Züge. Sie hatten bereits zu Abend gegessen und beachteten sein Gebäck nicht. Nur ein paar Kinder bettelten so lange, bis die Eltern ihnen einen Zopf kauften. Erst wenn die Reisenden der einlaufenden Züge kamen, würde sich das Geschäft beleben. Auch Chen Huansheng wartete auf die Züge, auf den um 21.40 Uhr und auf den um 22.30 Uhr. Mit den Zügen kamen die hungrigen Reisenden, die ihm, da alle anderen Verkaufsstände dann geschlossen waren, seine Ware reißend abnehmen würden. Hatte er dann noch nicht alle Zöpfe verkauft, konnte er immer noch auf den Zug um 23.20 Uhr warten. Eigentlich war im das jedoch zu spät. Immerhin waren es dreißig *li* bis nach Hause, und er wollte nicht die ganze Nacht auf den Beinen sein.

Wie erwartet hatte Chen Huansheng bereits nach den ersten beiden Zügen alles verkauft. Ganze Scharen von Reisenden hatten seinen Stand umlagert. Dutzende Hände hatten nach dem Gebäck gegriffen, so daß er ganz durcheinandergekommen war. Als er schließlich das eingenommene Geld zählte, stellte er fest, daß ihm drei *jiao* fehlten. Noch immer etwas durcheinander, glaubte er, sich verrechnet zu haben. Er zählte noch einmal, und wieder fehlten drei *jiao*. Offensichtlich hatte sich jemand Zöpfe genommen, ohne zu bezahlen. Chen Huansheng seufzte. Er hatte zwar die ganze Zeit höllisch aufgepaßt, aber bei so einem Andrang war es einfach unmöglich, die Augen überall zu haben. Immerhin hatte er einen Gewinn von mehr als drei *yuan*. Das konnte sich sehen lassen.

Er seufzte noch einmal und wollte sich auf den Heimweg machen. Doch als er aufstand, fühlte er sich plötzlich ganz matt. Die Beine waren wie Watte, und die Knie zitterten. Ich bin doch nicht etwa krank? fragte er sich bestürzt. In dem Trubel hatte er das leichte Kratzen im Hals nicht weiter beachtet und geglaubt, es komme vom lautstarken Handeln. Nun, da Ruhe eingetreten war, fühlte er sich völlig zerschlagen. Ihm war, als sei sein Mund voll beißendem Qualm und sein Atem glühendheiß. Kälteschauer liefen ihm über den Rücken, und seine Stirn brannte. Chen Huansheng hatte nur den einen Wunsch, seinen Durst zu stillen. An den Teeständen gab es zu dieser Zeit nichts mehr. Er erinnerte sich, im Wartesaal einen Kübel mit Teewasser gesehen zu haben. Mühsam schleppte er sich dorthin, fand den Kübel, aber keine Becher. Die meisten Reisenden nahmen aus hygienischen Gründen ihre eigenen Becher mit. Deshalb wurden auf dem Bahnhof keine mehr herausgestellt. Chen Huansheng kümmerte die Hygiene in diesem Moment herzlich wenig, er trank aus den Händen. Obwohl das Wasser heiß war, heiß wie seine fiebrigen Hände, tat es ihm gut, und er fühlte sich etwas besser. An den Heimweg war jedoch nicht zu denken. Während ihm sonst die dreißig *li* ins Dorf wie ein Katzensprung vorkamen, schien ihm nun der Weg unendlich weit. Chen Huansheng konnte nicht mehr stehen. Er mußte sich unbedingt setzen. Daß er Schmerzen litt und in diese mißliche Lage geraten war, lag einzig und allein daran, daß er vergessen hatte, sich Geld einzustecken, deshalb keine Mütze hatte kaufen können und nun krank geworden war. Eine Kleinigkeit hatte seinen ganzen Plan zunichte gemacht. So saß er nun hier wie festgenagelt, konnte weder vor noch zurück. Wirklich eine dumme Situation. Eine ernste Situation. Er kannte niemand in der Stadt, der ihm helfen konnte. Wenn er nicht bald zu einem Arzt kam, mußte er vielleicht sterben. Warum sollte aber ein so rechtschaffender Kerl wie er, der sein ganzes Leben lang hart gearbeitet hatte, so schnell von hinnen gehen? Es konnte doch nur von Vorteil sein, wenn ihm noch ein bißchen Zeit verblieb, wenn er noch ein paar Jahre auf seinem Feld arbeiten konnte. Bei diesem Gedanken wurde ihm leicht ums Herz, und er lächelte still in sich hinein. Mühelos hob er die rechte Hand vom Stuhl, klopfte auf dem Bein den Takt einer wunderbaren Weise, die er zu hören glaubte, stieß noch einen leisen Seufzer aus, legte den Kopf auf die Lehne und schlief ein.

Als er erwachte, war es schon heller Tag. In seinem Kopf drehte sich noch alles, die Augenlider waren schwer wie Blei. Im Hals kratzte es fürchterlich. Er muße ein paarmal husten. Mit geschlossenen Augen wollte er sich auf die andere Seite drehen und weiterschlafen. Da durchlief ein Zittern seinen Körper, und sein Herz schlug wild. Beim Umdrehen hatte er etwas Weiches gespürt. Verwundert riß er die Augen auf. Er lag in einem Bett auf einer Flechtmatratze. Schnell schloß er die Augen wieder und versuchte sich klarzuwerden, wie er hierhergekommen war. Die Bilder verschwammen zunächst. Mühsam rief er sich jede Einzelheit ins Gedächtnis. Plötzlich fielen ihm Genosse Wu, der Sekretär des Kreisparteikomitees, und sein Auto wieder ein, und mit einem Schlag sah er alles deutlich vor sich.

Chen Huansheng hatte in diesem Jahr wirklich Glück gehabt. War ihm doch einmal ein Mißgeschick widerfahren, hatte es immer einen Ausweg gegeben. Kurz nachdem Chen Huansheng in tiefen Fieberschlaf gefallen war, hielt vor der Tür des Wartesaals ein Jeep mit dem Kreissekretär Wu. Er wollte mit dem Zug um 0.15 Uhr in die Provinzhauptstadt fahren, wo er am nächsten Tag an einer Versammlung teilnehmen mußte. Als er auf dem Bahnhof ankam, war es erst zwanzig Minuten vor Mitternacht. Sekretär Wu stieg aus dem Jeep und ging, begleitet von seinem Fahrer, der stets bis zur Abfahrt des Zuges bei ihm blieb, gemächlich in den Wartesaal. Um diese Zeit saßen dort nur wenige Leute. Als er sich umsah, entdeckte er den schlafenden Chen Huansheng und mußte unwillkürlich lächeln. Er erkannte ihn sofort wieder, denn im Herbst hatte er zwei Monate in seiner Produktionsbrigade verbracht. Warum schläft denn dieser rechtschaffene, fleißige Bauer hier im Wartesaal? fragte er sich verwundert. Vielleicht wollte er mit dem Zug fahren und würde ihn nun gar verpassen? Es war wohl besser, ihn zu wecken. Als Sekretär Wu ihn anstieß, sah er, daß Chen Huansheng auf einer kaputten Tasche saß. Man hat ihn doch nicht etwa bestohlen? fuhr es ihm durch den Kopf. Er rüttelte ihn noch einmal und stärker, bekam ihn aber nicht wach. Sekretär Wu war es gewohnt, mit Bauern umzugehen, und tauschte mit ihnen häufig derbe Späße. Als er nun Chen Huansheng nicht wachbekam, packte er ihn kurzerhand an der Nase. Da fühlte er, daß er Fieber hatte. Als er ihn unterfaßte und hochzog, kam Chen Huansheng langsam zu sich.

Von alldem hatte Chen Huansheng nichts mitgekriegt. Seine Erinnerung setzte erst da wieder ein, wo er Sekretär Wu fragen hörte: „Du bist wohl krank?“ Chen Huansheng, der sich an ihn klammerte, nickte. „Wie bist du denn hierhergekommen, und wo sind deine Sachen?“ fragte der Sekretär weiter. Chen Huansheng wußte nur noch, daß er lächelnd an seine Reisetasche gegriffen hatte. Sekretär Wu schien ihn auch so verstanden zu haben. Er brachte ihn mit seinem Fahrer zum Auto, sie fuhren ein Stück und hielten schließlich vor einem Haus, das, wie sich später herausstellte, ein Krankenhaus war. Dort wurde er sofort von einem weißgekleideten Mann, sicherlich dem Arzt, untersucht, der dann einige Worte zu Sekretär Wu sagte, von denen ihm nur noch „schwere Erkältung“ und „keine Sorgen machen“ im Gedächtnis geblieben waren. Der Arzt gab Chen Huansheng einige Tabletten und steckte ihm auch noch ein paar in seine Tasche. Und alles ohne Bezahlung! Schließlich half ihm der Arzt wieder ins Auto und erklärte mitfühlend: „Leider habe ich hier kein Bett frei. Aber versucht es doch einmal im Hotel. Er braucht in dieser Nacht Ruhe, dann wird es ihm morgen schon besser gehen.“ Das Auto fuhr wieder an, und er hörte Sekretär Wu sagen: „Noch dreizehn Minuten bis zur Abfahrt. Bring mich erst zum Bahnhof und dann ihn zum Hotel. Sie sollen ihm ein Einzelzimmer geben. Sag, er ist mein Freund.“

Die Erinnerung an diese Worte ließ Chen Huanshengs Herz laut schlagen. Tränen traten in seine Augen und liefen langsam die Wangen hinab. Dieser Sekretär Wu war wirklich ein sehr guter Mensch. Er hatte ihn wie einen Freund behandelt, hatte ihm, als er in Schwierigkeiten war, kurzentschlossen geholfen, ihm vielleicht sogar das Leben gerettet. Wirklich ein außergewöhnlicher Mensch.

Wenn Chen Huansheng ehrlich sein wollte, mußte er zugeben, daß Sekretär Wu und er keine Freunde waren, lediglich Bekannte. Sie hatten nur einmal miteinander gesprochen. Chen Huansheng konnte sich noch gut erinnern, daß Sekretär Wu im Herbst in seiner Großbrigade gewesen war, um Erfahrungen für seine Arbeit zu sammeln. Eines Tages war er plötzlich in sein Haus gekommen und hatte am einfachen Essen der Familie teilgenommen. Offenbar wollte er sich mit eigenen Augen davon überzeugen, ob sich das Leben im „Armenhof" verbessert hatte. Für die Kinder hatte er ein Pfund Bonbons mitgebracht, das bestimmt mehr als ein einfaches Essen für die ganze Familie gekostet hatte. Sie waren also nicht befreundet. Doch was machte das schon. Sekretär Wu war jedenfalls einer, der die einfachen Leute nicht vergaß.

Als Chen Huansheng daran dachte, wurde ihm warm ums Herz, heiße Tränen liefen ihm über das Gesicht. Er wischte sie mit dem Bettzipfel ab und sah sich im Zimmer um. Zu seinem Erstaunen war alles in dem Raum glänzend und neu. Das Weiß der Decke blendete die Augen. Die Wände waren mannshoch mit grüner Ölfarbe gestrichen und darüber weiß getüncht. Im dunkelroten Fußboden konnte man sich spiegeln. Die Einrichtung bestand aus einer ebenholzfarbenen Kommode, einem gelblichen Schreibtisch und zwei seltsamen, flachen Bänken, von denen Chen Huansheng nicht einmal die genaue Bezeichnung wußte. Sie waren breiter als Sessel und ringsum mit Leder verkleidet. Sein Blick fiel auf das Bett. Ein wunderbares Blumenmuster zierte das Laken. Das Oberteil des doppeltgenähten Bezugs war aus reiner Seide, die Innenseite schneeweiß. Sowohl der Bezug als auch das Inlett waren fabrikneu. Unwillkürlich zog Chen Huansheng seine nicht gerade sauberen Beine an, denn er fürchtete das Bett zu beschmutzen. Nach einer Weile richtete er sich vorsichtig auf, stieg aus dem Bett und zog sich lautlos wie ein Dieb an. Dann schlich er barfuß, die Schuhe in der Hand, zur Tür. Als er an den Bänken vorbeikam, konnte er seine Neugier nicht zügeln. Ganz vorsichtig drückte er auf die Sitzfläche, wagte aber nicht, sich zu setzen, aus Furcht, sein Gewicht könnte die Federn verbiegen. Dann öffnete er behutsam die Tür und trat auf den Gang.

Seine Füße waren bereits eiskalt. Da sah er, daß die anderen Gäste in Schuhen über den Flur liefen, und zog seine auch an. Das Hotel, in dem Sekretär Wu mich untergebracht hat, ist ja viel zu fein für mich, überlegte er. Er hatte gehört, die Übernachtung in einem Hotel sei sehr teuer. Wer weiß, was so ein herrliches Zimmer kostet? Wenn man Pech hat, soviel wie eine Mütze. Was für eine Verschwendung!

Chen Huansheng war beunruhigt und beeilte sich, diese Angelegenheit zu klären. Die Rechnung mußte er auf jeden Fall begleichen.

Er ging zur Rezeption. Das dahinter sitzende Mädchen war in eine Zeitung vertieft. Als er die Rechnung verlangte, fragte sie nur, ohne von der Zeitung aufzusehen: „Welche Zimmernummer?" – „Weiß ich nicht. Aber es war das letzte Zimmer im Ostflügel." Das Mädchen legte sofort die Zeitung beiseite, sah ihn lächelnd an und sagte: „Ach Ihr seid es! Ihr seid doch gestern mit dem Auto von Sekretär Wu gekommen. Geht es Euch schon besser?"

„Alles bestens. Ich werde mich auf den Heimweg machen."

„Nicht so eilig. Sekretär Wu und Ihr seid wohl alte Kampfgefährten? Wo arbeitet Ihr denn jetzt?" Das Mädchen plauderte munter drauflos, schrieb die Rechnung und reichte sie ihm mit einem bezaubernden Lächeln. Chen Huansheng streifte das Mädchen mit einem Blick und stellte fest, daß sie sehr schön war. Als er sich jedoch das Blatt Papier genauer ansah, meinte er, glühendes Eisen in den Händen zu halten. Er konnte gar nicht glauben, was dort stand. „Wie viel?" entfuhr es ihm, und es lief ihm heiß und kalt über den Rücken.

„Fünf *yuan.*"

„Für eine Nacht und einen Tag?" Ihm brach der Schweiß aus.

„Fünf *yuan* pro Nacht."

Chen Huanshengs Herz klopfte laut. Mein Gott, dachte er, die eine Nacht im Hotel kostet micht nicht nur eine Mütze, sondern zwei!

„Es scheint Euch immer noch nicht gut zu gehen. Ihr seid ja ganz in Schweiß gebadet", rief das Mädchen und sah ihn besorgt an.

„Aber ich bin doch erst mitten in der Nacht gekommen", brachte Chen Huansheng schließlich einfältig hervor.

Nach diesen Worten war dem Mädchen sofort klar, daß sie einen einfachen Bauern vor sich hatte. Ohne die Miene zu verziehen, sagte sie mit kühler Stimme: „Es ist ganz gleich, wann Ihr gekommen seid. Die Zimmer stehen bis zwölf Uhr zur Verfügung. Für diese Zeit muß auch bezahlt werden." In ihren höflichen Worten schwang kein Spott mit. Sicherlich war das dem Ansehen von Sekretär Wu zu danken.

Chen Huansheng sah in das frostige Gesicht des Mädchens und begriff, daß er etwas Dummes gesagt hatte. Ohne ein weiteres Wort zog er mit zitternden Fingern die Geldscheine aus der Tasche und zählte sie sorgfältig dreimal nach. Als er dem Mädchen die fünf *yuan* reichte, waren sie schweißfeucht.

Das Mädchen, das sich bereits wieder der Zeitung zugewandt hatte, betrachtete stirnrunzelnd das Bündel kleiner Scheine und legte es dann wortlos in die Kasse.

Chen Huansheng war ein wenig verärgert, daß sie ihm keine Beachtung mehr schenkte, obwohl er doch den hohen Preis bezahlt hatte. Er wollte schon gehen, da fiel ihm ein, daß er die Tasche im Zimmer vergessen hatte, und wandte sich der Treppe zu. An der Zimmertür blieb er unschlüssig stehen, betrachtete den spiegelblanken Fußboden und seine schmutzigen Schuhe. Dann aber dachte er: Ach was, ich habe fünf *yuan* bezahlt. Und ohne sich noch darum zu kümmern, ob er etwas beschmutzte, stolzierte er ins Zimmer. Mit Schwung ließ er sich auf einer der Lederbänke nieder. Was kümmert es mich, wenn die Federn kaputtgehen. Ich habe fünf *yuan* bezahlt!

Chen Huansheng bekam Hunger. Er holte aus seiner Tasche den letzten Fladen und biß hinein. Aus einer Thermosflasche, die im Zimmer stand, goß er Wasser in eine Tasse. Als er zur Bank zurückkam, sah er, daß die Federn noch ganz waren. Mit voller Wucht ließ er sich dreimal auf das lederne Möbel fallen. Die Federn hielten stand. Er war nun überzeugt, daß die Bank stabil war. Erleichtert machte er es sich auf ihr bequem und aß den Fladen auf. Es ging ihm schon viel besser. Er konnte wieder klar denken. Das Fieber war zurückgegangen. Offenbar hatte er die Erkältung ausgeschwitzt. Chen Huansheng war ein Mensch, der sich eigentlich schnell mit etwas abfinden konnte. Das Unglück scheint sich jetzt von mir gewendet zu haben, sagte er sich. Na ja, und die fünf *yuan* könnte man ja als eine Art Behandlungskosten ansehen.

Nachdem Chen Huansheng seinen Imbiß beendet hatte, begann der Verlust der fünf *yuan* ihn jedoch wieder zu schmerzen. Die Mütze, mit der er gestern im Warenhaus geliebäugelt hatte, kostete 2.50 *yuan.* Warum mußte er für eine Nacht im Hotel soviel wie für zwei Mützen bezahlen? Selbst wenn man reich war, konnte man hier in kürzester Zeit arm werden. Er aber war nur ein einfacher Bauer, der im letzten Jahr pro Arbeitstag sieben *jiao* bekommen hatte. Für eine Nacht im Hotel mußte er sieben Tage arbeiten und noch einen *jiao* drauflegen. Wenn das nicht zum Lachen war. Er war noch nicht einmal acht Stunden im Hotel. Für eine Stunde hatte er fast den Lohn eines ganzen Tages hergeben müssen. Das war ja wirklich sagenhaft teuer! Es waren schon seltsame Umstände, die ihn in ein so kostspieliges Bett gebracht hatten. Da er aber nun schon einmal hier war und das Zimmer bis zwölf Uhr nutzen konnte, wollte er noch ein bißchen schlafen. Er hatte bis um zwölf Uhr bezahlt und würde nicht eine Minute früher gehen. Das war nur recht und billig. Ja, so wollte er es machen.

Wenn Chen Huansheng sich etwas vornahm, setzte er es auch in die Tat um. Bevor er zu Bett ging, wollte er sich noch etwas waschen, denn er klebte am ganzen Körper. Im Zimmer war kein Handtuch zu finden. Kurzerhand nahm er die bestickte Schondecke aus Frottee vom Kopfkissen, trocknete damit sein Gesicht ab und legte sich angezogen ins Bett. Er hatte fünf *yuan* bezahlt. Was scherte es ihn, wenn irgend etwas schmutzig wurde. Selbst wenn das Zimmer hinterher wie ein Schweinestall aussah, ihm war das egal!

Chen Huansheng fand keinen Schlaf. Er mußte an Sekretär Wu denken. Dieser gute Mensch hatte ihm wahrscheinlich nur helfen wollen und gar nicht bedacht, daß dieses Zimmer viel zu teuer für ihn war. Wie konnte auch ein Mensch, der mit einem Bein schon im Zug stand, an alles denken! Die Schuld lag allein bei ihm, weil er sich nicht rechtzeitig eine Mütze gekauft hatte. Nur darum war er krank geworden, mußte in der Stadt bleiben, hatte Sekretär Wu getroffen und im Hotel übernachtet, hatte den ganzen Gewinn, den er aus dem Verkauf der Teigzöpfe erzielt hatte und noch mehr als einen *yuan* von seinem Kapital für die Übernachtung bezahlen müssen. Sollte er nun noch eine Mütze kaufen? Auf jeden Fall, sonst würde er vielleicht noch einmal krank werden.

Als er an die Teigzöpfe dachte, wurde er wieder hungrig. Der eine Fladen hatte ihn nicht satt gemacht. Leider war sein Geschäft so gut gegangen, daß keine einziger Zopf übriggeblieben war. Wenn er jetzt einschliefe, würde er sicherlich noch hungriger aufwachen. Da er keine Getreidemarken eingesteckt hatte, konnte er auch nirgends Mittagessen gehen. Er würde schließlich so schwach sein, daß er nicht einmal mehr laufen konnte. Am Ende mußte er noch eine Nacht hier verbringen. Dieser Gedanke beunruhigte ihn ungemein. Mit Schwung stieß er die Bettdecke von sich, griff nach seiner Reisetasche und verließ das Zimmer. Dieses vornehme Hotel war nichts für ihn, deshalb gab er sein Zimmer, wenn auch widerstrebend, drei Stunden vor der Zeit auf.

Als er das Hotel verlassen hatte, beherrschte ihn nur noch ein Gedanke. Er eilte zum Warenhaus, kaufte vom restlichen Geld eine Mütze, setzte sie auf und schritt, wie auf Wolken schwebend, aus dem Laden.

Leichtfüßig legte er den ganzen Weg bis nach Hause zurück. Als er nicht mehr weit von seinem Dorf entfernt war, fiel ihm plötzlich ein, daß er von seinem Gang in die Stadt nur ganz wenig Geld mitbrachte, daß er fast völlig pleite war. Wie sollte er seiner Frau gegenübertreten? Wenn er nicht mit ihr abrechnen konnte, würde es bestimmt Ärger geben. Was sollte er ihr nur sagen? Vielleicht, daß er das Geld beim Spiel verloren hatte? Nein, das ging nicht. Er spielte niemals. Vielleicht, daß er dafür Essen gekauft hatte? Das ging auch nicht. Er war kein Vielfraß. Vielleicht sollte er sagen, das Geld sei gestohlen worden? Nein. Wenn sie hörte, daß er das Geld nicht sorgfältig verwahrt hatte, würde sie ihn – wie schon so oft – auszanken. Er konnte aber erzählen, daß er das Geld aus Nächstenliebe einem anderen geschenkt hatte. Dieser Einfall war auch nicht gut. Er brauchte ja selbst noch Hilfe. Wenn er nun aber sagte, er hätte das Geld einem jungen Mädchen geschenkt? Das würde sie nur eifersüchtig machen. Was also sollte er tun?

Chen Huansheng überlegte hin und her, fand aber keine befriedigende Antwort. Plötzlich kam ihm der rettende Einfall. „Ich hab's", rief er vergnügt und schlug sich auf die Schenkel. Diesmal hatte er in der Stadt etwas Aufregendes erlebt. Endlich hatte er etwas, worauf er stolz sein und was er erzählen konnte. Das war doch fünf *yuan* wert! Wer aus der Großbrigade, vom Funktionär bis zum einfachen Kommunemitglied, war denn schon einmal im Auto des Sekretärs Wu gefahren? Wer hatte denn schon einmal eine Nacht in einem so erstklassigen Hotel verbracht, in einem Zimmer, das fünf *yuan* kostete? Jetzt sollte noch einer kommen und sagen, er hätte nichts zu erzählen! Jetzt sollte noch einer kommen und sagen, er hätte die Welt nicht gesehen! Ha, wer würde es jetzt noch wagen, auf ihn herabzuschauen! Ihm kam es auf einmal so vor, als sei er um ein gutes Stück gewachsen. Nun wußte er auch, wie er seiner Frau gegenübertreten konnte. Er brauchte doch nur Sekretär Wu zu erwähnen und zu sagen, daß der Sekretär von ihm, Chen Huansheng, sehr viel halte und ihm deshalb dieses teure Zimmer besorgt habe. Das würde seine Frau bestimmt überzeugen. Für jeden kommt einmal der große Tag. Heute hatte sich Chen Huansheng für fünf *yuan* Selbstbewußtsein gekauft. Wenn das nicht spottbillig war! Vor lauter Freude lief er schneller und stürmte wie ein Wirbelwind in sein Haus.

Von diesem Tag an stieg Chen Huanshengs Ansehen beträchtlich. Nicht nur daß die Leute in seinem Dorf ihm nun zuhörten, auch das Verhältnis zu den Funktionären der Großbrigade war freundschaftlicher geworden. Auf der Straße drehten sich die Leute nach ihm um und flüsterten: „Das ist der, der in Sekretär Wus Auto gefahren ist.“ Oder: „Er hat in einem Nobelzimmer gewohnt, das fünf *yuan* pro Nacht gekostet hat.“ Als der Einkäufer des Landmaschinenbetriebs der Kommune ihn einmal auf der Straße traf, klopfte er ihm auf die Schulter und sagte: „So ein Glück wie du habe ich noch nie gehabt. Wenn ich in der Stadt geschäftlich zu tun habe, übernachte ich oft in diesem Hotel. Aber so ein herrliches Zimmer hat man mir noch nie gegeben.“

Von nun an lief Chen Huansheng immer hocherhobenen Hauptes durch sein Dorf, und auch an die Arbeit ging er mit viel mehr Schwung.

Wang Zengqi

Die Mönchsweihe

Vier Jahre ist es nun schon her, daß Minghai das Elternhaus verlassen hat, um Mönch zu werden. Damals war er dreizehn Jahre alt.

Der Name dieses Ortes ist ein wenig absonderlich. Er heißt An-Zhao-Zhuang. Zhao ist in dem Namen enthalten, weil fast alle seine Bewohner den Familiennamen Zhao tragen. Die Siedlung wird zwar als Zhuang, das heißt Dorf, bezeichnet, aber die Menschen wohnen sehr verstreut; hier zwei, drei Familien, dort ein paar. Wenn man vor die Haustür tritt, kann man zwar weithin zu den Nachbarn schauen, doch um zu ihnen zu gelangen, muß man schon eine Weile laufen. Es gibt keine Straßen, sondern nur Raine, die sich zwischen den Feldern schlängeln. Und das Wort An besagt, daß es hier ein Kloster gibt. Es trägt eigentlich den Namen Puti-An, Kloster der Erleuchtung, aber alle nennen es irrtümlich Biqi-An, was „Wasserkastanien-Kloster" bedeutet (das Wort biqi wird in dieser Gegend so ähnlich wie puti ausgesprochen). Auf die Frage „Wo ist denn die werte Klostergemeinschaft untergebracht?" erhält man stets die Antwort: „Im Biqi-An." Das Kloster war ursprünglich ein Nonnenkloster. Mönche leben in einem Miao, im Mönchskloster, Nonnen wohnen in einem An, im Nonnenkloster. Das ist nun mal so. Im Biqi-An aber haben sich Mönche niedergelassen. Die Bezeichnung An ist vielleicht auch deshalb geblieben, weil das Kloster nicht sehr groß ist. Kleine Klöster werden zumeist als An, große hingegen als Miao bezeichnet.

Minghai wurde daheim Mingzi gerufen. Von klein an war er dafür bestimmt gewesen, das Elternhaus zu verlassen und in ein Kloster einzutreten. In seinem Heimatdorf sagt man allerdings nicht „das Elternhaus verlassen", sondern „Mönch werden". Das Dorf ist berühmt für seine Mönche wie andere für ihre Schweinekastratoren, Mattenflechter, Böttcher, Baumwollzupfer, Anstreicher oder Freudenmädchen. Aus seinem Dorf kommen halt Mönche. Eine Familie mit vielen Söhnen schickt einen von ihnen aus dem Haus und läßt ihn Mönch werden. Allerdings braucht man Beziehungen und jemanden unter den Mönchen, der einem dabei hilft. Einige der aus diesem Dorf stammenden Mönche sind sehr weit fortgegangen, so nach Hangzhou in den Lingyin-Tempel, nach Shanghai in den Jing'an-Tempel, nach Zhenjiang in den Jinshan-Tempel, nach Yangzhou in den Tianning-Tempel. Die meisten von ihnen leben jedoch in Tempeln und Klöstern ihres Heimatkreises. Minghais Familie besitzt nur wenig Akkerboden. Für seine Bestellung reichen der älteste, der zweite und dritte Bruder vollauf. Er ist der vierte. Als er sieben Jahre zählte, kam sein Onkel, der Mönch, zu Besuch. Seine Eltern und der Onkel beratschlagten miteinander und beschlossen, den Jüngsten Mönch werden zu lassen. Der Sohn stand dabei. Er fand, daß dieser Beschluß durchaus seine Richtigkeit habe und keinerlei Gründe dagegen sprächen. Mönch zu sein hat viel für sich. Erstens hat man seine täglichen, kostenlosen Mahlzeiten – in jedem Kloster kümmert man sich ums Essen. Zweitens kann man Geld auf die Seite legen. Wenn man gelernt hat, Yoga-Totenandachten zu zelebrieren und buddhistische Beschwörungsformeln zu sprechen, kann man einen entsprechenden Anteil am „Lohn der Mühen" erhalten. Man spart dieses Geld und kann später in den Laienstand zurückkehren und heiraten. Möchte man das nicht, kann man einige *mu* Boden erwerben. Mönch zu werden ist allerdings nicht leicht. Zum einen soll das Gesicht einem Vollmond gleichen. Zum anderen bedarf es einer volltönenden Stimme mit dem Klang einer Glocke. Und schließlich muß man mit Klugheit und einem guten Gedächtnis begabt sein. Der Onkel besah sich Mingzis Gesicht, ließ ihn ein paar Schritte hin und her gehen und hieß ihn die Rufe ausstoßen, mit denen die Wasserbüffel angetrieben werden und der Drusch des Getreides begleitet wird: „Ge dang de!" Zuguterletzt sagte der Onkel: „Minghai hat das Zeug zu einem guten Mönch. Ich werde mich um ihn kümmern."

Um jedoch Mönch zu werden, muß man etwas Geld anlegen für einen mehrjährigen Schulbesuch. Wo gibt es schon einen Mönch, der die Schriftzeichen nicht beherrscht! Und so trat Mingzi in eine Privatschule ein. Er studierte Lehrbücher über die chinesischen Schriftzeichen, die „Gespräche des

Konfuzius" und anderes mehr. Täglich schrieb er ein Blatt voll Zeichen nach einer Vorlage ab. Im Dorf lobte man seine schöne und kraftvolle Schrift.

Der Onkel kam nach ein paar Jahren zum festgesetzten Zeitpunkt wieder zu Besuch. Diesmal hatte er eine Jacke mit einem Mönchskragen bei sich, die er vordem selbst getragen hatte. Er hieß Mingzis Mutter die Jacke für den Sohn abnähen und kürzen. Sodann streifte sich Mingzi den Mönchskittel über. Darunter trug er die lilageblümte Hose, die er stets zu Hause anhatte. Die bloßen Füße steckten in neuen Stoffschuhen. So ausstaffiert macht er vor Vater und Mutter einen Kotau und ging mit dem Onkel davon.

In der Schule war dem Jungen der Schülername Minghai gegeben worden. Der Onkel meinte, der brauche nicht erst geändert zu werden. Und so wurde aus dem Schülernamen Minghai ein Mönchsname.

Auf ihrem Weg kamen der Onkel und Minghai an einem See vorbei. Was für ein großer See! Dann durchquerten sie eine Kreisstadt. Dort ging es wahrlich lebhaft zu: ein staatlicher Salzladen, das Steueramt, eine Fleischerei, in der die halbierten Schweine reihenweise hingen, ein Esel zog einen Mühlstein im Kreis herum und mahlte Sesamkörner – die Straße war voller Duft von Sesamöl; rechts und links lockten Verkaufsstände, wo Stoffe, Jasminpuder und Pomade, Blumen aus Samt und Seidengarn ausgelegt waren, gestenreich wurden Salben und Naschwerk angepriesen, Schlangen beschworen ... Minghai wollte gern alles sehen, doch der Onkel stieß ihn kräftig an. „Los, los! Geh schneller!"

Schließlich erreichten sie einen Fluß, an dessen Ufer ein Boot auf sie wartete. Der Bootsmann war lang und dürr und etwa fünfzig Jahre alt. Im Bug hockte ein Mädchen, das ungefähr im gleichen Alter wie Mingzi war. Sie hatte eine Lotossamenkapsel aufgebrochen und aß daraus die Kerne. Als Mingzi und sein Onkel im Boot Platz genommen hatten, legte es ab.

Da hörte Mingzi auf einmal eine Stimme an seinem Ohr. Sie gehörte dem Mädchen. „Bist du es, der ins Biqi-An gehen und Mönch werden soll?"

Mingzi nickte kurz.

„Um ein Mönch zu werden, müssen dir Weihenarben eingebrannt werden. Fürchtest du dich davor?"

Mingzi wußte nicht, was er darauf antworten sollte, und wiegte unbestimmt den Kopf.

„Wie heißt du?"

„Minghai."

„Und wie wirst du daheim gerufen?"

„Mingzi."

„Mingzi! Ich bin die kleine Ying! Wir werden Nachbarn sein. Unser Haus befindet sich ganz in der Nähe des Biqi-An . . . Hier, nimm!"

Das Mädchen warf die andere Hälfte der Lotoskapsel Minghai zu. Der begann die Schale abzupulen und Kern um Kern daraus zu knabbern.

Der Mann ruderte das Boot in stetem Gleichmaß weiter. Man hörte nur das Wasser um die Ruder plätschern: Blubbs . . . blubbs.

Das Biqi-An liegt auf einem wunderschönen Plateau, das für diese Gegend eine ziemlich große Erhebung ist. Der Erbauer des Klosters hatte es verstanden, die richtige Stelle dafür auszuwählen. Die Vorderseite ist einem Fluß zugewandt. An den andern drei Seiten ist es von hohen Weiden umgeben. Vor dem Tor dehnt sich ein großer Druschplatz. Durch das Haupttor gelangt man in eine Durchgangshalle. Dem Tor gegenüber steht eine Maitreya-Buddhafigur, beiderseits davon hängt je ein Spruch von einem unbekannten Gelehrten:

Sein dicker Bauch faßt alles, was für andere unverträglich ist.
Sein strahlendes Gesicht lacht über alle, die lächerlich sind.

Hinter dem Bodhisattwa Maitreya steht eine Statue des Kriegsgottes Skanda. Die Durchgangshalle mündet in einen geräumigen Hof, in dem zwei Ginkgobäume wachsen. Zu beiden Seiten reihen sich jeweils drei Nebenräume aneinander. Von dem Klosterhof aus betritt man die Große Halle, die eine Statue der Trimurti, der Dreigestalt der Welt, schmückt. Die Figur einschließlich des Schreins mißt vier Fuß in der Höhe. An der Ostseite der Großen Halle schließt sich die Zelle des Abts an, an der Westseite der Vorratsraum. Die östliche Hallenwand ist von einem kleinen sechseckigen weißen Tor durchbrochen, auf dem in grünen Schriftzeichen ein Spruchpaar eingeschnitzt ist:

Eine Blüte – eine Welt.
Drei Nichtigkeiten – drei Erleuchtungen.

Dieses Tor führt in einen schmalen, langgestreckten Hof, in dem einige Zierfelsen und Blumenschalen aufgebaut sind. Hier befinden sich weitere drei Räume.

Die Tage des kleinen Mönchs verliefen ruhig und beschaulich. Sobald er morgens aufgestanden war, öffnete er das Haupttor und fegte aus; die Fußböden im Kloster bestehen aus quadratischen Ziegeln und lassen sich sehr leicht kehren. Danach zündete er vor der Maitreya- und der Skanda-Statue jeweils ein Räucherstäbchen an. Dasselbe tat er vor der Dreigestalt, er verbeugte sich dreimal vor ihr, murmelte drei „Namas Amitabha“ und schlug dreimal an den Klingstein.

Die Mönche in diesem Kloster halten weder Morgen- noch Abendandachten ab. Die Andachten werden durch die drei Klingsteinschläge Mingzis ersetzt. Als nächstes trug er Wasser und fütterte die Schweine. Danach wurde er vom Vorsteher, seinem Onkel, sobald der aufgestanden war, im Sutra-Singen unterwiesen.

Einen Novizen das Sutra-Singen zu lehren gleicht nachgerade einem Schulunterricht. Meister und Schüler haben jeder ein kanonisches Buch des Buddhismus vor sich liegen. Der Meister singt einen Satz vor, der Schüler singt ihn nach. Oh, dieses Singen! Der Onkel sang und schlug dazu mit der Hand den Takt auf den Tisch. Betonter Takt, unbetonter Takt. Er schlug ihn laut hallend, gleichsam als lehre er das Opernsingen. O weh! Das war in der Tat wie Opernunterricht! Selbst das Vokabular war hier wie da das gleiche. Der Onkel sagte: „Die Sutras müssen genau im Takt und in den richtigen Tönen gesungen werden.“ Er fügte hinzu: „Um ein guter Mönch zu sein, muß man eine gute Stimme haben.“ Und dann erzählte er: „Im Jahre Zehn der Republik gab es eine große Überschwemmung. Allenthalben brachen die Dämme der Flüsse und Kanäle. Als endlich am Qingshuitan die letzte Dammlücke geschlossen war, wurde zum Gedenken an die vielen Hochwasseropfer eine große buddhistische Andacht abgehalten mit dreizehn Großen Meistern, also mit dreizehn Mönchen auf den Mittelsitzen. Die Äbte aller großen Klöster der Umgebung waren erschienen, dazu mehr als hundert einfache Mönche. Wem gebührte die Ehre des Vorsitzes? Lange wurde darüber debattiert. Schließlich fiel die Wahl auf Shiqiao, den Abt des Shanyin-Tempels. Er schritt nach vorn und ließ sich nieder – wahrlich, es muß nicht erst gesagt werden, daß er ganz und gar dem Bodhisattwa Ksitigarbha glich. Und als von seinen Lippen das ‚Lob dem Anzünden des Weihrauchs' ertönte, versank die zu Tausenden zählende Menschenmenge sogleich in tiefstes Schweigen." Der Onkel sprach weiter: „Die Stimme muß trainiert werden, an den Hundstagen im Sommer und während des stärksten Frostes im Winter. Beim Singen muß die Luft tief aus dem Bauch kommen." Und er mahnte: „Du mußt Mühsal über Mühsal ertragen, erst dann wirst du über die anderen Menschen hinausragen." Und er bemerkte noch: „Auch Mönche haben schon den ersten, zweiten und dritten Platz bei den Palastprüfungen belegt. Man muß sich anstrengen und darf nicht den Vergnügungen nachjagen." Diese Mahnung des Onkels in den Ohren, verneigte sich der Novize Minghai vor Buddha bis auf den Boden. Und von neuem begann er im Rhythmus dem Onkel nachzusingen:

„Im Ofen beginnt der Weihrauch zu brennen ..."
„Im Ofen beginnt der Weihrauch zu brennen ..."
„Die Welt wird ganz in Rauch gehüllt sein ..."
„Die Welt wird ganz in Rauch gehüllt sein ..."
„Alle Buddhas werden in ihren goldenen Gestalten erscheinen ..."
„Alle Buddhas werden in ihren goldenen Gestalten erscheinen ..."

Wenn Minghai seine Morgen-Texte gelernt hatte – abends vor dem Schlafengehen mußte er einen weiteren Abschnitt lernen, den Abend-Lehrtext –, begannen die älteren Mönche einer nach dem anderen aufzustehen.

In dem Kloster lebten nur sechs Personen, davon waren fünf Mönche, Minghai mitgerechnet.

Als erster wäre ein alter Mönch von über sechzig Jahren zu nennen, der ehemalige Lehrer von Mingzis Onkel. Sein Mönchsname lautet Puzhao. Aber den kennt kaum jemand, weil nur ganz wenige Leute ihn mit seinem Mönchsnamen anreden. Alle nennen ihn Alter Mönch oder Alter Meister. Minghai sagt Großväterchen Meister zu ihm. Der Alte Mönch lebt sehr einsam und weltentrückt. Den ganzen Tag verbringt er in seiner Zelle, in jener „Eine Blüte – eine Welt". Niemand sah ihn jemals Sutras singen, er sitzt immer nur schweigend da. Das ganze Jahr über ernährt er sich von vegetarischer Kost, nur zum Neujahrsfest macht er eine Ausnahme.

Die nächsten in der Rangfolge sind seine drei Schüler, die alle die Silbe *ren* in ihrem Namen haben und dem Alter nach zu nennen sind: Renshan, Renhai, Rendu. Innerhalb wie außerhalb des Klosters werden sie entweder Großer Meister, Zweiter Meister, Meister Shan oder Meister Hai genannt. Nur Rendu wird nicht mit Meister Du angeredet, das klingt nicht gut. So heißt er eben bei allen Rendu. Das ist auch ganz in der Ordnung so, denn er ist noch jung, erst in den Zwanzigern.

Renshan, das ist Mingzis Onkel, steht dem Kloster vor. Er trägt nicht den Titel Abt, auch nicht den Titel Oberbonze. Er ist eben der Vorsteher, und das trifft voll und ganz zu. Er übt tatsächlich die Pflichten eines Familienvorstandes aus. In seiner Kammer steht ein Tisch, auf dem die Rechnungsbücher und das Rechenbrett liegen. Es sind insgesamt drei: eins für die Gebühren, eins für die Pacht und eins für die gewährten Kredite. Mönche haben buddhistische Andachten abzuhalten, dafür wird bezahlt. Wenn das nicht so wäre, wozu wird man sonst Mönch? Ein häufig zu vollziehendes buddhistisches Ritual ist die Totenandacht. An einer vorschriftsmäßigen Andacht sind zehn Mönche beteiligt, von denen einer den Vorsitz übernimmt, ein anderer die Trommel schlägt, die anderen acht sind Beisitzer, zu beiden Seiten je vier. Sind es weniger als zehn, zum Beispiel acht, dann sitzen auf jeder Seite eben nur drei. Das geht zur Not auch. Das Biqi-An hat nur vier Mönche zur Verfügung. Soll eine vollbesetzte buddhistische Andacht zelebriert werden, muß man sich mit einem anderen Kloster zusammentun. Das ist auch schon vorgekommen. Für gewöhnlich wird jedoch dieses Ritual mit halber Besetzung vollzogen: ein Vorsitzender, ein Trommler und auf jeder Seite ein Beisitzer. Schließlich ist es recht umständlich, Unterstützung von anderen Klöstern zu holen. Außerdem gibt es in dieser Gegend nur wenige Familien, die sich eine vollbesetzte Totenandacht leisten können. Wenn jemand gestorben ist, werden nur zwei Mönche gebeten. Manchmal begnügt man sich sogar mit einem, der murmelnd einige Sutras singt und mehrmals das rituelle Musikinstrument schlägt. Das ist dann alles. Viele Familien entrichten die Andachtsgebühr nicht sofort, sondern warten damit bis zur Herbsternte. Das muß notiert werden. Ferner ist die Höhe des „Lohns der Mühen“ nicht für alle Mönche gleich. Wie in einem Opernensemble sind die Anteile unterschiedlich. Der erste Anteil gebührt dem Vorsitzenden. Er muß nicht nur vorsingen, sondern obendrein einen Solopart darbieten. Mitten im Ritual gibt es einen langen Abschnitt „Lamento für die Gebeine“. Während die anderen Mönche ihre Instrumente zur Seite legen und sich ausruhen können, deklamiert der vorsitzende Mönch unter rhythmischem Singsang und mit langgezogener Stimme. Der zweite Anteil steht dem Trommler zu. Du denkst, das Trommeln ist leicht? Keineswegs. Schon der „Auftakt“ zu Beginn der Andacht hat es in sich. Hast du kein Geschick in den Händen, dann wird es dir nie gelingen, im ständigen Wechsel langsam und schnell zu schlagen. Die übrigen Mönche werden in gleicher Höhe bedacht. Es ist also zu notieren: An dem und dem Tag, in dem und dem Monat wurde in der und der Familie eine Andacht zelebriert. Dabei hatte der und der den Vorsitz inne, der und der schlug die Trommel . . . All das, um zu vermeiden, daß zur Abrechnung am Jahresende Zank und Streit entsteht. Außerdem besitzt das Kloster einige Dutzend *mu* Ackerboden. Sie werden verpachtet, und zur festgesetzten Frist muß die Pacht eingetrieben werden. Das Kloster verleiht auch Geld. Die Pacht und die Kredite haben bislang kaum Verluste gebracht, denn die Pächter und Schuldner fürchten den Unmut Buddhas. Diese drei Rechnungsbücher beschäftigten Renshan zur Genüge. Schließlich müssen Räucherstäbchen, Kerzen, Lämpchen, Öl, Salz und „glückspendende Nahrung“ gekauft werden, was ebenfalls im Rechnungsbuch zu vermerken ist. Neben den Rechnungsbüchern gibt es noch eine lackierte Holztafel, die in Renshans Vorsteherzelle an der Wand hängt und deren Kopf die roten Schriftzeichen zieren: Fleißig notieren und das Gedächtnis entlasten.

Von den drei Bedingungen, die Renshan als unerläßlich für einen guten Mönch hält, trifft auf ihn selbst keine einzige zu. Um sein Gesicht zu beschreiben, bedarf es nur zweier Worte, und alles ist klar: gelb und fett. Seine Stimme gleicht auch nicht dem Klang einer Glocke, eher der einer grunzenden Sau. Und klug? Das ist schwer zu sagen. Beim Kartenspiel verliert er immer. Im Kloster trägt er niemals die Flickenkutte des Mönchs. Selbst auf das lange Mönchsgewand verzichtet er. Er trägt eine kurze Mönchsjacke, die immer offensteht und den Blick auf den gelben Bauch freigibt. An seinen bloßen Füßen schlappen ein Paar Mönchsschuhe – auch neue Schuhe tritt er bald nieder. So liederlich läuft er den ganzen Tag herum und gibt Laute wie ein Schwein von sich: „Hng . . ., hng . . ."

Der Zweite Meister ist Renhai. Er ist verheiratet. Seine Frau wohnt im Sommer und Herbst einige Monate bei ihm, denn im Kloster ist es angenehm kühl. Sie rechnet zu den sechs Klosterbewohnern. Renshan und Rendu nennen sie „Schwägerin", Mingzi redet sie mit „Frau Meister" an. Das Ehepaar liebt die Reinlichkeit. Den lieben langen Tag waschen und putzen sie. Gegen Abend sitzen beide dann im Klosterhof und genießen die Kühle, während sie sich tagsüber in ihrer Kammer aufhalten und sich nicht blicken lassen.

Der Dritte Meister ist ein sehr kluger und talentierter Mensch. Manchmal kommt der Große Meister mit einer Abrechnung nicht zu Rande, obwohl er stundenlang das Rechenbrett betätigt hat. Der Dritte Meister dreht nur mal eben die Augen nach oben, und schon hat er die Aufgabe gelöst. Beim Kartenspiel gewinnt er meistens. Ist ein Teil der Karten gespielt, dann weiß er ungefähr, welche Karten seine Partner noch in den Händen halten. Beim Spiel steht immer jemand hinter ihm, um zu sehen, ob er nicht schummelt. Fordert ihn jemand zum Kartenspielen auf, so tut er das mit den Worten: „Ich gedenke, dir zwei Geldstücke zu schenken." Der Dritte Meister beherrscht nicht nur alle buddhistischen Kanons und rituellen Sprüche (was übrigens nur auf wenige Mönche in kleinen Klöstern zutrifft), er ist auch in anderen, seltenen Künsten bewandert, zum Beispiel dem „Zymbalfliegen". Im Juli wird in einigen Gegenden das *Yulan*-Fest, ein Fest für das Seelenheil der Ahnen, gefeiert. Auf freiem Feld findet eine Andacht statt, zelebriert von einigen Dutzend Mönchen, die zu diesem Zweck in seidenbestickte Gewänder gehüllt sind. Zu dem Ritual gehört das „Zymbalfliegen". Das ist wörtlich zu verstehen und besagt, daß schwere Becken von etwa fünfzehn Pfund Gewicht durch die Luft wirbeln. Zu einem bestimmten Zeitpunkt schweigen alle buddhistischen Musikinstrumente, nur mehrere Dutzend große Zymbals werden weiter in raschem Tempo geschlagen. Plötzlich heben die Schläger die Hände, und die großen Becken steigen empor. Sie fliegen rotierend durch die Luft und werden, bevor sie zu Boden fallen, wieder aufgefangen. Dabei gibt es vielerlei Posen, wie „Das Rhinozeros betrachtet den Mond“ oder „Su Qin trägt ein Schwert auf dem Rücken“. Das ist schon kein Sutra-Singen mehr, sondern eine Akrobatik-Darbietung. Es heißt wohl, Bodhisattwa Ksitigarbha sehe das gern, aber in Wirklichkeit vergnügen sich dabei die Menschen, vor allem die Frauen und Kinder. Im übrigen ist das eine Gelegenheit für junge und hübsche Mönche, sich zu produzieren. Nach einer solchen Zeremonie ist es genauso, als sei eine gute Operntruppe durchgezogen. Dann sind nämlich ein, zwei Mädchen oder junge Frauen spurlos verschwunden – sie sind mit den Mönchen fortgegangen. Rendu kann auch eine „Blumenandacht“ abhalten. Manche Familien haben in ihrer Verwandtschaft leichtfertige Burschen. Von denen kann gelegentlich eines nicht sonderlich traurigen buddhistischen Rituals, wie es zum Beispiel die Geburtstagsfeier für einen lieben Toten ist, der Vorschlag zu einer „Blumenandacht“ kommen. Sie besteht darin, daß im Anschluß an eine reguläre Andacht die Mönche gebeten werden, Volksweisen vorzutragen, die Saiteninstrumente zu zupfen, die Flöten zu blasen und die Schlaghölzer zu schlagen. Es werden auch Liedwünsche der Zuhörer erfüllt. Allein Rendu kann eine ganze Nacht lang singen, ohne zu ermüden.

In den früheren Jahren war Rendu ständig unterwegs. Erst in den letzten beiden Jahren hielt er sich wieder häufiger im Kloster auf. Es hieß, er habe eine Geliebte, und nicht nur eine. Aber für gewöhnlich benimmt er sich anständig, verhält sich artig gegenüber Mädchen und jungen Frauen und erlaubt sich kein Späßchen oder lockeres Liedchen. Einmal, auf dem Druschplatz, als sich alle gerade im Schatten ausruhten, wurde er von einer Schar umringt und gedrängt, zu singen. Er konnte es ihnen nicht abschlagen und stimmte zu: „Gut, ich werde ein Lied singen. Aber keins aus unserer Gegend hier, die kennt ihr ja alle. Ich werde ein Lied aus Anhui singen.“

Das Mädchen und ihr Liebster dreschen Gerste.
Was sie reden, ist nicht für fremde Ohren bestimmt.
Und wenn es so ist, ist es eben so. Ist die Gerste
gedroschen, kommt der Weizen dran.

Mit diesem Lied waren die Zuhörer noch nicht zufriedengestellt, und so sang er ein zweites:

Das Mädchen ist schön gewachsen,
ihre beiden Brüste schwellen;
ich möchte sie gern streicheln
und fühle im Herzen ein Kribbeln.

In dem Kloster gibt es keine sogenannten Ordensregeln. Nicht einmal dieses Wort wird in den Mund genommen.

Renshan raucht Wasserpfeife. Er hat sie immer bei sich, selbst wenn er das Kloster zur Ausübung buddhistischer Andachten verläßt. Die Mönche spielen regelmäßig Karten. Hier läßt es sich gut Karten spielen. Der quadratische Eßtisch aus der Großen Halle wird an den Eingang gerückt und schräg zur Tür aufgestellt. So wird er zum Spieltisch. Sobald er an Ort und Stelle steht, tritt Renshan aus seiner Vorsteherzelle, holt die Spielmarken hervor und wirft sie scheppernd auf den Tisch. Sie spielen aber vor allem Karten, weniger *Ma-Jiong*. Zu den Spielern gehören neben den drei Meistern ein Entenfedernsammler und ein Hasenjäger, der zugleich ein Hühnerdieb ist. Die beiden sind durchaus rechtschaffene Leute. Der Entenfedernsammler zieht mit Bambuskörben an einer Tragstange durch die Dörfer und Marktflecken und ruft mit langgezogener heiserer Stimme: „Verka-aufe E-entenfe-edern!"

Der Hühnerdieb hat sein Arbeitsgerät immer bei sich – eine kupferne Libelle. Hat er eine alte Henne anvisiert, läßt er die Libelle vor ihr auf die Erde fallen. Frau Henne tritt heran und pickt zu. Dabei löst sich eine Sprungfeder und blockiert den Hühnerschnabel, so daß sie am Gackern gehindert wird. In diesem Moment, da die Henne nicht aus noch ein weiß, stürzt er hinzu und packt sie.

Mingzi erbat sich einmal von dieser rechtschaffenen Person die kupferne Libelle. Er nahm sie zu Yings Haus mit und probierte sie vor der Tür aus. Als die Mutter des Mädchens das sah, schimpfte sie: „Daß dich der Teufel hole, Bengel! Wie kannst du hier mit einer Kupferlibelle herumspielen!"

Die kleine Ying lief eilends herbei. „Gib sie mir! Gib her!" Sie probierte sie aus, und wirklich, sie funktionierte. Eine schwarze Henne bekam die Schnabelsperre und blieb wie erstarrt stehen.

An trüben Regentagen werden der Entenfedernsammler und der Hasenjäger und Hühnerdieb ins Biqi-An eingeladen und verbringen dort den ganzen Tag.

Manchmal, wenn keine Gäste anwesend sind, holen die

drei Meister den Alten Meister aus seiner Zelle. Das Kartenspiel endet zumeist damit, daß der Vorsteher in Zorn gerät: „Verflucht! Schon wieder verloren! Das nächste Mal spiele ich nicht mehr mit."

Im Kloster wird offen und ohne Scheu Fleisch gegessen. Zum Jahresende wird auch geschlachtet. Das geschieht in der Großen Halle und auf dieselbe Art und Weise wie zu Hause: mit heißem Wasser, Holzbottichen und scharfen Messern. Wenn das Schwein gefesselt wird, quiekt es wie am Spieß. Nur etwas ist anders als daheim: Es findet ein Ritual statt, und zwar wird für das Schwein, das zum Himmel aufsteigen wird, eine „Wiedergeburtsbeschwörung" gelesen. Das obliegt im allgemeinen dem Alten Meister, der mit feierlicher Miene spricht: „Alle aus dem Mutterleib Geborenen, aus dem Ei Geschlüpften, aus dem Atem Geformten, ihr seid aus dem Nichts gekommen und werdet in das Nichts zurückkehren. Zum Leben erweckt und wiedergeboren allen zur Freude. Namas Amitabha!"

Nun setzt der Dritte Meister das Messer an, und das hellrote Schweinsblut schießt, große Blasen bildend, heraus . . .

Mingzi besuchte die kleine Ying alle Nasen lang.

Das Anwesen gleicht einer Insel. Auf drei Seiten ist es von Wasser umgeben, von der Westseite führt ein Pfad zum Biqi-An. Die Familie lebt hier ganz allein; es ist das einzige Gehöft auf der Insel. Sechs große Maulbeerbäume bringen Sommer für Sommer große Früchte hervor, drei von ihnen tragen weiße, drei violette Beeren. In einem Gemüsegarten gedeihen Melonen, Bohnen und Blattgemüse, zu jeder Jahreszeit etwas. Der Sockel der Hofmauer ist aus Ziegeln gefügt, der obere Teil besteht aus Stampflehm. Das große Tor ist mit Tungöl gefirnißt und mit einem ewig haltbaren roten Neujahrsspruchpaar beklebt.

Eine strebende Familie – und ewig währt der Frühling.
Menschen, die Gutes tun – und es herrscht Überfluß.

Die Mauer umgrenzt einen geräumigen Hof. Auf der einen Seite stehen der Stall für die Wasserbüffel und der Schuppen mit dem Stößel zum Entspelzen von Reis, auf der anderen Seite der Schweinekoben und der Hühnerstall. Auch ein Entengehege gibt es. Die Getreidemühle aus Stein steht unter freiem Himmel. An der Nordseite befindet sich das Wohnhaus, dessen Wände aus Stampflehm bestehen und auf einem Ziegelsockel ruhen. Das Dach ist teils mit Ziegeln, teils mit Stroh gedeckt. Das Haus ist erst vor drei Jahren renoviert worden, das Gebälk zeigt noch helle Stellen. Der mittlere Raum ist die Diele. Die Goldfolie auf dem Bildnis des Hausbuddhas ist noch nicht nachgedunkelt. Rechts und links neben der Diele liegen die Schlafräume. Darin ist es sehr hell. Die Fenster sind verglast mit Scheiben, etwa ein Fuß im Quadrat, das ist selten auf dem Lande. Unter dem vorspringenden Dach wächst auf der einen Seite ein Granatapfelbaum und auf der anderen ein Jasminstrauch. Beide reichen bis zur Traufe hinauf. Im Sommer, wenn der Baum rot und der Strauch weiß blüht, bieten sie einen sehr schönen Anblick. Der Jasmin duftet durchdringend, und bei günstigem Wind kann man den Duft im Biqi-An wahrnehmen.

Die Familie ist nicht groß. Natürlich trägt sie ebenfalls den Familiennamen Zhao. Insgesamt sind es vier Personen: Onkel Zhao, Tante Zhao und ihre beiden Töchter, die große Ying und die kleine Ying. Einen Sohn hat das Ehepaar nicht. In den letzten Jahren war niemand von ihnen krank, gab es keine Viehseuche, keine Dürre, kein Hochwasser und keine Heuschreckenplage. So leben die vier recht gut. Der Ackerboden reicht zwar zum Leben aus, dennoch haben sie vom Kloster zehn *mu* dazugepachtet. Auf einem *mu* ihres eigenen Bodens bauen sie Wasserkastanien an – auf Wunsch der kleinen Ying, denn sie ißt Wasserkastanien so gern. Auf dem anderen *mu* Boden gedeiht Pfeilkraut. Außerdem hält die Familie eine große Schar Hühner und Enten. Allein die Hühnereier und Entenfedern bringen so viel ein, daß von dem Erlös der Bedarf an Öl und Salz für das ganze Jahr gedeckt werden kann. Onkel Zhao ist sehr geschickt, ihm gehen nicht nur alle Arbeiten auf dem Feld und auf dem Druschplatz leicht von der Hand, er kann auch Fische mit der Reuse aus Bambusgeflecht fangen, den Mühlstein waschen, einen Wasserspeicher anlegen und ein Boot bauen, Wände mauern, Ziegel brennen, Bottiche herstellen, Bambus spleißen und Seile drehen. Er hustet nicht und hat keine Kreuzschmerzen, er ist, kurz gesagt, unverwüstlich wie eine Ulme. Onkel Zhao ist friedfertig und ruhig, den ganzen Tag über spricht er kaum ein Wort. Ist er das „Bäumchen-rüttel-dich", so ist Tante Zhao die „Schatzschale", die Schüssel, in der sich die Schätze mehren. Sie ist ungewöhnlich energiegeladen. Obwohl sie bereits fünfzig Jahre zählt, sind ihre Augen noch scharf. Wann immer man sie auch sieht, stets ist sie ordentlich gekämmt und adrett gekleidet. Wie ihr Mann ist sie den ganzen Tag beschäftigt. Sie kocht Schweinefutter, füttert die Schweine, legt Salzgemüse ein – ihre eingelegten Salzrettiche schmecken vorzüglich –, bereitet Neujahrsnudeln zu, reibt Bohnenkäse, flicht Regenumhänge und Körbe aus Schilf. Sie kann auch Scherenschnitte in verschiedenen Mustern anfertigen. Wenn in dieser Gegend in einer Familie die Tochter heiratet, wird ihr eine Aussteuer mitgegeben, und jedes Stück, jede bauchige Steingutflasche, jeder zinnerne Topf wird mit einem aus pflaumenrotem Papier geschnittenen glückbringenden Motiv beklebt. Die Scherenschnitte sollen nicht nur Glück verheißen, sondern auch hübsch aussehen. Sie stellen Themen dar wie „Ein roter Phönix fliegt der Sonne entgegen", „Ein gemeinsames Leben bis ins hohe Alter", „Die Nachkommen mögen bis in das zehntausendste Glied gedeihen", „Glück und Leben mögen ewig währen". Aus einem Umkreis von zwanzig, dreißig *li* kommen die Menschen zu ihr und bitten: „Schwägerin, der Hochzeitstag wird am sechzehnten sein. Kannst du kommen?" – „Ich werde also am fünfzehnten in aller Frühe dasein!" – „Du kommst doch bestimmt!" – „Ja, bestimmt! Ganz gewiß!"

Die beiden Töchter sind der Mutter wie aus dem Gesicht geschnitten, vor allem die Augen sind denen der Mutter sehr ähnlich: Die weißen Augäpfel sind von der Farbe der Enteneierschalen, ihre Iris glänzt schwarz wie eine Schachfigur. Sie sind wie klares Wasser, wenn sie ruhig dreinblicken, und sie gleichen Sternen, wenn sie funkeln. An den Mädchen ist alles so, wie es sein soll, sie sind stets ordentlich frisiert und sauber gekleidet. In dieser Gegend ist es Brauch, daß sich die Mädchen mit fünfzehn, sechzehn Jahren das Haar aufstekken. Wie schön sich das ausnimmt, das schwarzglänzende Haar mit den leuchtendroten Haarbändern und den schneeweißen Haarnadeln! Wenn die Mutter und ihre Töchter gemeinsam auf den Markt gehen, drehen sich alle Leute nach ihnen um.

So ähnlich sich die Schwestern äußerlich sind, so unterschiedlich sind ihre Charaktere. Die große ist sehr zurückhaltend und spricht wenig. Da ist sie wie der Vater. Die kleine

Schwester dagegen redet noch mehr als die Mutter, sie schwatzt den ganzen Tag ohne Unterlaß. Einmal sagte die große Schwester zu ihr: „Du schwatzt von morgens bis abends."

„Wie eine Elster!"

„Das hast du gesagt! – Du machst einen ganz konfus!"

„Konfus?"

„Konfus!"

„Wenn du durcheinander bist, brauchst du nicht mir das vorzuwerfen!"

In diesem Wortwechsel der beiden Mädchen steckt ein tieferer Sinn. Die große Schwester hat bereits einen Freund, den sie schon heimlich in Augenschein genommen hat. Er ist ein ehrenwerter junger Mann, der auch nicht häßlich aussieht, und seine Familie steht sich finanziell gut. Sie ist mit dieser von den Eltern getroffenen Wahl zufrieden. Die beiden sind bereits verlobt, doch der Tag der Hochzeit ist noch nicht festgelegt. Seit der Verlobung vor zwei Jahren verließ die große Ying nur selten das Haus. Von früh bis spät arbeitete sie an ihrer Aussteuer. Sie kann zuschneiden und nähen. Sie beherrscht den Kreuzstich und andere Stickarten, doch kann sie sich hierin nicht mit ihrer Mutter messen. Trotzdem meint sie, deren Muster seien zu altmodisch. Sie hat in der Stadt einmal eine Braut gesehen und findet nun, daß man heute anders stikken müsse, so, als lebten die Blumen und Gräser. Das wiederum erschien der Mutter zu schwierig. Was tun? Zu guter Letzt kam der „Elster" die rettende Idee. Sie schlug sich mit der Hand an den Po und rief: „Ich hab's! Ich werde dir jemanden vermitteln!"

Und wer sollte das sein? Natürlich Mingzi. Als der noch zur Schule ging, war er, ohne zu wissen wie, in den Besitz eines halben Exemplars des „Senfkorngarten" gekommen. Er liebte dieses Buch sehr. Auch nachdem er ins Biqi-An eingetreten war, blätterte er immer wieder darin. Manchmal malte er daraus ab, auf die Rückseiten alter Rechnungsbücher. Die kleine Ying behauptete: „Er kann zeichnen! Und das, was er zeichnet, sieht aus, als ob es lebt."

Die kleine Ying bat Minghai, zu kommen. Sie rieb Tusche und legte Papier zurecht. Der kleine Mönch malte mehrere Blätter voll. Das Gemalte gefiel der großen Schwester ungemein.

„Ja, so! Genau so! Das kann man in der neuen Art sticken!" Die neue Art zu sticken ist das „Ineinanderübergehen". Man stickt erst eine Reihe, die Stiche der zweiten Reihe werden dann durch die Fäden der ersten gezogen, so daß die Farben von dunkel zu hell ineinander übergehen, ohne eine sichtbare Grenze erkennen zu lassen. Die Generation der Mutter stickt noch Reihe für Reihe nebeneinander. Dadurch verlaufen zwischen Dunkel und Hell deutliche Trennlinien. Die kleine Ying gab sich Mingzi gegenüber mal als sein kleiner Diener, mal als sein Berater: „Zeichne eine Granatapfelblüte!" – „Zeichne eine Jasminblüte!" Sie pflückte die Blüten von den Bäumen und Sträuchern und ließ sie von Mingzi zeichnen.

Nach und nach konnte er sie alle malen, die Blüten der Balsamine, der Chinesischen Nelke, des Knöterich, des Bambus, der Pelargonie, des Chinonanthus.

Der Mutter gefielen die Zeichnungen auch sehr. Sie drückte den Kopf des kleinen Mönchs an ihre Brust. „Du bist wirklich klug! Sei mein Patensohn!"

Die kleine Ying faßte ihn bei den Schultern und drängte: „Schnell, sag ‚Patenmutter'! Schnell!"

Mingzi kniete nieder, machte einen Kotau und nannte von nun an Yings Mutter „Patin".

Die ältere Schwester hatte drei Paar Schuhe in der neuen Art bestickt. Das sprach sich im Umkreis von dreißig *li* herum. Viele Mädchen kamen zu Fuß oder im Boot, um sie sich anzuschauen. Sie betrachteten die Handarbeit und schnalzten mit der Zunge. „Oh, wirklich hübsch! Das sind keine gestickten, das sind ja frische Blumen!" Dann nahmen sie Papier und bettelten Yings Mutter, den kleinen Mönch zum Zeichnen von Blumen aufzufordern. Manche wollten Muster für Baldachine, andere für Vorhangbänder oder Schuhkappen. Jedesmal, wenn Mingzi kam, um Muster zu entwerfen, machte ihm die kleine Ying etwas Gutes zu essen, kochte zwei Eier, dämpfte eine Schüssel Bataten oder briet Klößchen aus Lotoswurzelmehl.

Damit sich die große Schwester ganz der Fertigstellung ihrer Aussteuer widmen konnte, kümmerte sich die Jüngere allein um die kleinen Feldarbeiten. Mingzi ging ihr dabei zur Hand.

Zu den Feldarbeiten in dieser Gegend gehören das Pflanzen von Setzlingen, das Pumpen von Wasser auf die hochgelegenen Felder mittels Wasserdrehketten und das erste Unkrautjäten, ferner das Mähen und Dreschen. Diese schweren Arbeiten können von einer Familie allein nicht bewältigt werden. So ist es hier üblich, einander bei der Arbeit zu unterstützen. Ist die Saison herangekommen, dann helfen mehrere Familien einer anderen. Die Helfer nehmen dafür kein Geld, aber es wird stets gutes Essen geboten, täglich sechs Mahlzeiten, morgens und abends ist Fleisch dabei, und zu jeder Mahlzeit gibt es Schnaps. Während der Arbeit werden die Trommeln geschlagen, Lieder gesungen, herrscht ein lustiges Treiben. Außerhalb der Saison, wenn weniger Arbeit anfällt, arbeitet jede Familie für sich allein.

Beim dritten Unkrautjäten stehen die Getreidehalme bereits sehr hoch. Wenn sich die kleine Ying dazwischen bückte, war sie nicht mehr zu sehen. Doch sobald aus dem dichten Grün eine helle Stimme ertönte mit dem Lied

Der Kapjasmin, hai, öffnet seine sechsblättrigen Blüten.
Eine Brücke, hai, steht vor dem Haus des jungen Mädchens,

dann wußte Mingzi, wo das Mädchen war. Mit raschen Schritten eilte er zu ihr, bückte sich und begann ebenfalls Unkraut zu jäten. Gegen Abend wurde der Wasserbüffel in die Suhle getrieben. Das war Sache von Mingzi. Der Wasserbüffel fürchtet die Mücken. Man nimmt dem Tier das Joch ab und läßt es trinken. Dann wird es in eine Schlammpfütze geführt, in der es herumtrampeln und sich nach Herzenlust wälzen kann. Dabei bedeckt sich sein ganzer Körper mit einer Schlammschicht, durch die kein Mückenstich hindurchdringen kann. Um die tiefer gelegenen Felder zu bewässern, reicht es aus, daß zwei Personen eine Wasserdrehkette mit vierzehn Rollen einen halben Tag lang betreiben. Mingzi und die kleine Ying stützten sich auf die Querstange des Gerätes, traten gemächlich die Pedalhölzer und sangen dabei mit leiser Stimme die Volksweisen, die Minghai vom Dritten Meister gelernt hatte.

Beim Dreschen konnte Mingzi schon eine Weile Onkel Zhao vertreten, wenn der zum Essen nach Hause ging. Die Familie Zhao hatte selbst keinen Druschplatz, sie drosch ihr Getreide jedes Jahr auf dem Platz beim Biqi-An. Wenn Mingzi die Peitsche schwang, stieß er immer wieder den Druschsignalruf aus: „Ge dang de ..." Dieser den Rhythmus des Dreschens unterstützende Ruf hat zwar eine Melodie, aber keinen Text. Und doch klingt er schöner als jedes Volkslied. Wenn Tante Zhao zu Hause war und Mingzis Ruf hörte, dann neigte sie ihr Ohr und lauschte. „Was für eine Stimme dieses Kind hat!" Selbst die große Ying legte Nadel und Faden beiseite. „Das klingt wirklich schön!" Und die jüngere Schwester lobte stolz: „Unter den Sängern aus dreizehn Provinzen ist er der erste!"

Abends gingen Mingzi und die kleine Ying zum Druschplatz, wo auch der Pachtreis getrocknet wurde, den das Biqi-An einholte. Sie saßen Schulter an Schulter auf einer Steinwalze, hörten die Frösche trommeln und die „Kalten Schlangen" ihr Liedchen singen. Die Einheimischen meinen, wenn die Maulwurfsgrille zirpt, das sei der Regenwurm, und der Regenwurm heißt bei ihnen „Kalte Schlange". Sie hörten die Spinnmuhme unablässig ihren Faden spinnen (das ist die Laubheuschrecke, die ihre Vorderbeine aneinander reibt), sie sahen die Glühwürmchen umherfliegen und die Sternschnuppen am Himmel.

„Oh! Ich habe ganz vergessen, einen Knoten in mein Hosenband zu machen!" rief dann die kleine Ying.

Die Menschen hier glauben, wenn eine Sternschnuppe vom Himmel fällt und man einen Knoten in sein Hosenband macht, dann geht ein Herzenswunsch in Erfüllung.

Wasserkastanien ausbuddeln ist der kleinen Ying liebste Beschäftigung. Wenn der Herbst vorbei, die Äcker leer und der Druschplatz geräumt ist, dann sind auch die Blätter der Wasserkastanie vertrocknet – wenn man mit der Hand die kerzengeraden, lauchähnlichen Blätter entlangfährt, gibt es ein raschelndes Geräusch; dieses Spiel trieb die kleine Ying gar zu gern – und die Wasserkastanien liegen reif im Schlamm. Barfuß watet sie durch den kühlen, glitschigen Morast. Ei, eine harte Kugel! Sie streckt die Hand danach aus: eine rötlichviolette Wasserkastanie. Nun nahm sie auch Mingzi dazu mit. Und wenn beide durch den Schlamm stapften, trat sie mutwillig mit ihren nackten Füßen immer wieder auf Mingzis Fuß.

Auf dem Heimweg trug Ying den Korb mit den Wasserkastanien am Arm, ihre Füße hinterließen im weichen Boden des Feldrains Spuren. Diese Fußspuren verwirrten Mingzi: fünf kleine Zehen, eine Fußsohle, in der die Wölbung ausgespart ist, eine zierliche Ferse. Am ganzen Körper spürte der kleine Mönch ein bisher nie gekanntes Gefühl, eine Art Kribbeln in der Brust.

Oft fuhr Mingzi mit dem Boot der Familie Zhao in die Stadt, um für das Kloster Weihrauchstäbchen, Kerzen, Öl und Salz einzukaufen. Wenn Onkel Zhao Zeit hatte, ruderte er, wenn er beschäftigt war, ruderte Mingzi selbst, und die kleine Ying begleitete ihn.

Auf dem Weg von An-Zhao-Zhuang zur Kreisstadt muß man einen Schilfteich durchqueren. Nur ein schmaler Wasserweg teilt das dichte Schilf. Dort ist man von allen Seiten den Blicken der Menschen entzogen. Immer wenn Mingzi zwischen den hohen Halmen ruderte, wurde er unwillkürlich von einer großen Aufregung befallen, deren Ursache ihm unklar war. Dann bewegte er die Ruder mit aller Kraft, so daß Ying ihm zurief: „Mingzi! Was hast du nur? Bist du verrückt geworden? Warum ruderst du so hastig?"

Minghai sollte im Shanyin-Tempel die Weihe empfangen.

„Du willst dir wirklich die Weihenarben einbrennen lassen?"

„Wirklich!"

„Wenn acht Löcher in die heile Kopfhaut gebrannt werden, tut das nicht schrecklich weh?"

„Man muß die Zähne zusammenbeißen. Der Onkel sagt, das sei eine große Hürde, die man auf jeden Fall nehmen muß, wenn man Mönch werden will."

„Und ohne die Weihe ist das nicht möglich?"

„Ohne die Weihe ist man ein wilder Mönch."

„Welchen Vorteil hat die Weihe?"

„Wenn man die Weihe erhalten hat, kann man überall herumwandern und seinen Gürtel in jedem Kloster, an dem man vorbeikommt, aufhängen."

„Was heißt ‚den Gürtel aufhängen'?"

„Das heißt, daß man in dem Kloster wohnen und essen kann."

„Ohne zu bezahlen?"

„Ohne zu bezahlen. Und ist ein buddhistisches Zeremoniell abzuhalten, dann hat der zugewanderte Mönch das Vorrecht dazu."

„Dann ist es gar nicht verwunderlich, wenn alle sagen: ‚Die Mönche, die von weit her kommen, beherrschen das Sutra-Singen in der Tat.' Und das alles bewirken die paar Narben auf dem Kopf?"

„Nein. Man braucht außerdem das Weihe-Zeugnis."

„Da machst du so viel Aufhebens, dabei ist die ganze Weihe nur das Zeugnis für eine bestandene Prüfung."

„So ist es."

„Ich werde dich hinrudern."

„Gut."

Die kleine Ying hatte das Boot schon beizeiten zum Biqi-An gebracht. Sie wußte nicht zu sagen, warum sie so frohgestimmt war. Sie war voller Neugier und wollte sehr gern den Shanyin-Tempel in Augenschein nehmen und sehen, wie das Weihe-Zeremoniell abläuft.

Der Shanyin-Tempel ist der größte im Kreis. Er gehört zum Shanyin-Kloster und liegt inmitten eines Waldes außerhalb des Osttores der Kreisstadt und des tiefen, wasserführenden Stadtgrabens und ist an drei Seiten von hohen Mauern umgeben. Von weitem ist nur ein Stück seines prunkvollen Daches zu erkennen. Niemand weiß, wie groß er wirklich ist. An den Bäumen hängen überall Schilder mit der Aufschrift: Vorsicht, bissige Hunde! Die Hunde des Shanyin-Klosters sind wegen ihrer Wildheit bekannt. Deshalb geht im allgemeinen niemand hinein. Während der Weihen, wenn den Leuten das Zuschauen erlaubt ist, sind die Hunde eingeschlossen.

Was für ein großes Kloster! Die Torschwelle war so hoch, daß sie der kleinen Ying bis über das Knie reichte. Dem Tor gegenüber waren zwei große Schilder aufgestellt, zu jeder Seite eins. In etwa halbmetergroßen Schriftzeichen stand auf dem einen Schild „Weihe", auf dem anderen „Lärmen verboten". Selbstverständlich herrschte in dem Kloster eine feierliche Atmosphäre, niemand wagte auch nur laut zu husten. Während Minghai sich einschreiben und die Formalitäten erledigen ging, schaute sich das Mädchen um. Prächtige Burschen, diese beiden Tempelwächter Heng und Ha und die vier großen Himmelskönige. Sie sind etwa zehn Meter hoch und sehen wie neu aus. Erst vor kurzem sind sie neu hergerichtet worden. Der Klosterhof umfaßt eine Fläche von zwei *mu*. Dort sind Felssteine aufgestellt, dazwischen wachsen grüne Kiefern und Zypressen. Die Halle „Daxiongbaodian" ist wahrlich eine „große Halle“! Wenn man eintritt, erschauert der Körper unter der Kühle. Von überallher blendet goldener Schein die Augen. Auf einem Lotosthron sitzt Sakyamuni. Schon dieser Lotosthron ist größer als die kleine Ying. Selbst als sie den Kopf zurücklegte, konnte sie nicht das ganze Gesicht des Buddhas sehen, sie sah nur die leicht geschlossenen Lippen und das runde, fette Kinn. Die zwei roten Kerzen zu beiden Seiten der Buddhafigur sind so dick, daß man sie nicht mit den Armen umfassen kann. Auf dem Opfertisch vor dem Buddha sind frische Blumen, Blumen aus Samt und Seide, ein Korallenbaum, ein geschnitzter Glücksstab aus Jade und ein ganzer Elfenbeinzahn dargebracht. Im Räucherofen brennt Sandelholz-Weihrauch. Als Ying den Tempel wieder verlassen hatte, duftete ihre Kleidung noch nach Weihrauch. Viele lange, schmale Fahnen waren überall aufgehängt. Sie konnte aber nicht feststellen, aus was für einem Seidenstoff sie gefertigt waren. Die Fahnen hingen schwer herab und waren ganz fein mit Blumen bestickt. Oh, ein großes Bekken! Es kann bestimmt fünf Lasten Wasser fassen. Und was für ein riesiger „Holzfisch“, mit einem Kopf, so groß wie der eines Wasserbüffels, und ganz rot lackiert! Sie wanderte auch durch den Lohan-Saal und bestieg den Tausend-Buddha-Turm. Dort gab es wirklich eintausend kleine Buddhafiguren. Dann folgte sie Besuchern in die Bibliothek mit den buddhistischen Schriften. Dort war nichts Besonderes zu sehen, nur Bücher! Himmel! Nachdem das Mädchen so lange herumgelaufen war, konnte sie sich kaum noch auf den Beinen halten. Sie dachte daran, daß sie ja noch für zu Hause Öl, für die Schwester Seidengarn, für die Mutter Stoff für Stoffschuhe, für sich selbst zwei silberne Schmetterlinge als Gürtelanhänger und für den Vater Tabak kaufen wollte, und so verließ sie das Kloster.

Nachdem die kleine Ying alles erledigt hatte, war es Mittag geworden. Sie lief zurück zum Kloster und sah, daß die Mönche gerade ihren dünnen Reisbrei zu sich nahmen. In der riesengroßen „Speisehalle“ fanden achthundert Mönche Platz. Auch das Verzehren des einfachen Reisbreis geschah in ausgesuchter Art und Weise: An der Vorderseite des buddhistischen Altars stehen zwei zinnerne, schlankhalsige Vasen mit roten Samtblumen. Hinter ihm hat sich ein Mönch, ganz in ein goldbesticktes rotes Gewand gehüllt, mit untergeschlagenen Beinen niedergelassen, in der Hand eine Elle, ein Instrument zur Züchtigung. Wer bei der Reismahlzeit einen Laut von sich gibt, erhält einen Schlag damit. Doch es wird nicht richtig zugeschlagen, sondern nur so getan. Erstaunlich, wie viele Mönche hier gemeinsam aßen, und doch war kein Laut zu vernehmen. Die kleine Ying sah Mingzi zwischen den Mönchen sitzen und hätte ihm gern Bescheid gesagt, wußte aber nicht recht, wie sie es machen sollte. Sie überlegte, ob sie es trotz des Verbotes wagen könne, laut zu rufen, und sprach schließlich vernehmlich in den Saal hinein: „Ich gehe!" Sie bemerkte, daß Mingzi, ohne aufzublicken, ein wenig mit dem Kopf nickte, und stolzierte, ohne auf die vielen sie verfolgenden Blicke zu achten, hinaus.

Am vierten Tag in der Frühe ging die kleine Ying Mingzi besuchen. Sie wußte, daß er am dritten Tag um Mitternacht die Weihe erhalten hatte – bei der Weihe durfte niemand zugegen sein. Sie wußte auch, daß er sich von dem alten Barbiermönch den Kopf hatte rasieren lassen. Beim Scheren muß quer und längs geschabt werden, damit kein einziges Härchen stehenbleibt, andernfalls „läuft" die Narbe beim Einbrennen und gerät zu einem breiten Streifen. Sie wußte ferner, daß auf die Kopfhaut zuerst Dattelmus gestrichen wird und dann mit einem brennenden Weihrauchstäbchen die Punkte aufgetupft werden. Ihr war auch bekannt, daß es anschließend Pilzsuppe zu schlürfen gibt, damit die Narben „aufgehen". Man darf sich danach nicht niederlegen, sondern muß ständig auf und ab gehen. Das nennt man die „Weihe beschließen". Dies alles hatte ihr Mingzi gesagt, und der wußte es von seinem Onkel.

Sie sah dann auch, daß die Mönche auf der freien Fläche zu Füßen der Stadtmauer tatsächlich die „Weihe beschlossen". Jeder von ihnen trug das lange Mönchsgewand. Auf der blanken Kopfhaut waren acht schwarze Punkte zu sehen – sobald der Schorf abfällt, kommen die weißen runden „Weihenarben" darunter zum Vorschein. Die Mönche zeigten alle lächelnde Gesichter, sie schienen sehr froh zu sein. Mit einem Blick erspähte das Mädchen Mingzi. Getrennt durch den Stadtgraben, rief sie zu ihm hinüber: „Mingzi!"

„Kleine Ying!"

„Du hast die Weihe empfangen?"

„Ja."

„Hat es weh getan?"

„Ja, es hat weh getan."
„Hast du jetzt noch Schmerzen?"
„Jetzt sind die Schmerzen vorbei."
„Wann kehrst du zurück?"
„Übermorgen."
„Vormittag? Nachmittag?"
„Nachmittag."
„Ich hol dich ab!"
„Gut."

Die kleine Ying half Minghai ins Boot.

Sie hatte an diesem Tag eine weiße Batistbluse zu einer Hose aus leichtem schwarzem Baumwollstoff angezogen. An den nackten Füßen trug sie ein Paar aus Süßgras geflochtene Sandalen. Ins Haar hatte sie rechts und links eine Jasmin- und eine Granatapfelblüte gesteckt. Als sie Mingzi in seinem langen neuen Mönchsgewand, aus dem der weiße Kragen der kurzen Unterjacke lugte, sah, meinte sie: „Leg doch das Oberkleid ab, dir wird sonst zu warm!"

Jeder von ihnen nahm ein Ruder. Ying saß im mittleren Teil des Bootes, Mingzi im Heck, er steuerte.

Unterwegs stellte Ying dem jungen Mönch viele Fragen, so, als hätten sie sich ein ganzes Jahr lang nicht gesehen.

Sie fragte, ob beim Narbeneinbrennen jemand geweint oder geschrien hätte.

Mingzi sagte, daß niemand geweint hätte. Ein Mönch aus Shandong hätte geflucht: „Ich will verdammt sein! Ich lasse mich nicht brennen!"

Sie fragte, ob Shiqiao, der Abt des Shanyin-Klosters, wirklich ein so ungewöhnliches Gesicht und eine so hervorragende Stimme habe.

„Ja, das hat er."

„Ich habe gehört, seine Zelle soll erlesener ausgestattet sein als das Zimmer eines jungen Fräuleins."

„Es ist viel prächtiger. Alles darin ist mit den schönsten Mustern bestickt."

„Duftet es sehr in diesem Raum?"

„Sehr. Er verbrennt Adlerholz-Weihrauch. Der ist teuer."

„Ich habe gehört, daß er dichten, malen und schönschreiben kann."

„Ja, das kann er alles. Die großen Schriftzeichen auf den

Holztafeln an beiden Enden des Wandelganges stammen von seiner Hand."

„Hat er eine Geliebte?"

„Ja."

„Sie ist noch keine zwanzig?"

„Ich habe so gehört."

„Ist sie hübsch?"

„Alle sagen, sie sei hübsch."

„Hast du sie gesehen?"

„Wie kann ich sie gesehen haben. Ich war doch die ganze Zeit im Kloster eingeschlossen."

Mingzi erzählte ihr, ein alter Mönch aus dem Shanyin-Kloster habe ihm gesagt, man beabsichtige, ihn zum Letzten *Sramanera* zu machen. Doch das stehe noch nicht fest. Der verantwortliche Mönch müsse noch darüber befinden.

„Was heißt ‚Letzter *Sramanera*'?"

„Zur Durchführung einer buddhistischen Weihe wird ein Erster und ein Letzter *Sramanera* gewählt. Der Erste *Sramanera* muß erfahren sein und viele Sutras singen können. Der Letzte Sramanera muß jung, klug und von angenehmem Äußeren sein."

„Was unterscheidet einen Letzten *Sramanera* von einem gewöhnlichen Mönch?"

„Ein Erster oder Letzter *Sramanera* kann später Abt werden. Wenn der derzeitige Abt zurücktritt, würde dieser Fall eintreten. Shiqiao war früher einmal Letzter *Sramanera.*"

„Du wirst also Letzter *Sramanera*?"

„Das ist noch nicht sicher."

„Wenn du Abt wirst, wirst du dann das Shanyin-Kloster verwalten? Ein solch großes Kloster?"

„Es ist noch zu früh, darüber zu reden."

Nach ein paar Ruderschlägen sagte die kleine Ying: „Du sollst nicht Abt werden!"

„Gut, dann werde ich nicht Abt."

„Du sollst auch nicht Letzter *Sramanera* werden!"

„Gut, ich werde auch nicht Letzter *Sramanera.*"

Und wieder ruderten sie eine Weile. Nun konnte man schon den Schilfteich sehen.

Plötzlich legte die kleine Ying das Ruder aus der Hand, ging zum Heck, beugte sich zu Mingzis Ohr nieder und flüsterte: „Ich werde deine Frau, willst du?"

Mingzi riß die Augen auf.
„Sag was!"
Mingzi murmelte: „Hm!"
„Was heißt ‚hm'! Willst du oder willst du nicht?"
Da rief Mingzi laut: „Ich will!"
„Was schreist du so!"
Mingzi wiederholte ganz leise: „Ich will!"
„Rudere schneller!"
Die kleine Ying sprang zurück zur Bootsmitte, und beide begannen wie wild zu rudern. Sie trieben das Boot geradewegs in das Schilf hinein.

Das Schilf hatte eben erst neue Triebe angesetzt. Die rötlich-grauen Schilfrispen schimmerten silbern, sie waren weich und glatt wie eine Kette von Seidenfäden. An manchen Stellen bildeten sie bereits Kolben, die waren ganz rot und sahen aus wie lauter kleine Kerzen. Auf dem Wasser schwammen grüne und violette Wasserlinsen, tanzten langbeinige Mücken und Wasserspinnen. Die wilden Wassernüsse begannen ihre weißen, vierblättrigen Blüten zu öffnen. Ein Reiher, vom Boot aufgeschreckt, flog, die Schilfkolben streifend, mit lautem Flügelschlag davon . . .

(Ein Traum, geträumt vor 43 Jahren, niedergeschrieben am 12. August 1980)

Zhang Xian Ein von der Liebe vergessener Winkel

1

Für die Jugend der Volkskommune „Paradies" war Liebe noch immer, obwohl die siebziger Jahre des zwanzigsten Jahrhunderts mit Riesenschritten zu Ende gingen, ein fremdes, geheimnisvolles Wort, das auszusprechen man sich schämte. Deshalb erstarrten die Zuhörer im großen Versammlungsraum der Kommune alle wie auf Verabredung, als der Redner, der neue Sekretär des Jugendverbandes, dieses Wort auf der „Versammlung gegen die Kaufehen" laut aussprach. Die jungen Burschen zwinkerten sich vielsagend zu und brachen in schallendes Lachen aus, während die Mädchen eiligst die Köpfe einzogen, rot wurden, albern kicherten und heimlich verschämte Blicke austauschten.

Nur ein in der Ecke am Fenster sitzendes zierliches Mädchen lachte nicht, Shen Huangmei, Gruppensekretär des Jugendverbandes im neunten Brigadedorf. Ihr Gesicht war blaß, die großen, schwermütigen Augen blickten verloren zum Fenster hinaus. Sie schien von alldem nichts vernommen zu haben, es schien sie nichts anzugehen. Doch plötzlich begannen ihre Wimpern zu zittern, bemüht, ein kristallklares Etwas, das sie benetzt hatte, abzuwerfen. Das ihr unverständliche Wort Liebe hatte soeben ihr neunzehnjähriges Jungmädchenherz zutiefst angerührt. Sie empfand Scham, tiefe Traurigkeit und eine schwer faßbare Furcht. Sie dachte an ihre ältere Schwester, ihre Cunni, der sie ewig gram sein, die sie aber nie vergessen würde. Ach, wenn es doch den Baozi nie gegeben hätte, wenn es jenes schreckliche Ereignis nie gegeben hätte, wie schön könnte alles sein! Dann würde die ältere Schwester bestimmt neben ihr sitzen und ohne jeden Skrupel laut herauslachen wie ein Junge. Und nach der Versammlung würde sie ihr den kräftigen Arm um die Schultern legen, und gemeinsam würden sie ins Landkaufhaus ziehen und zwei Rollen roten Twist aussuchen zum Kissensticken.

Unter den fünf Schwestern hatte es Cunni am besten getroffen. Sie war nach der reichen Ernte des Jahres 1955 zur Welt gekommen. Als sie einen Monat alt war, veranstalteten sie zu Haus sogar noch einen kleinen Umtrunk. Der junge Vater Shen Shangwang nahm der Mutter das wohlverpackte Schätzchen aus dem Arm und sagte, glücklich bewegt: „Als ich meine Frau in die Entbindungsstube gebracht hatte, habe ich noch schnell einen Abstecher zur Sparkasse gemacht und Geld eingezahlt, und als ich zurückkam, war das Kindchen schon da. Das hätte keiner gedacht, daß die erste Geburt so flink und so glatt verlaufen würde. Jemand schlug uns vor, wir sollten sie Shunni, die Flinke, nennen, aber ich denke, wenn es bei so armen Schluckern wie uns schon mal vorkommt, daß während der Geburt des Ersten grade das erste Geld auf die Sparkasse gebracht wird, dann sollten wir sie Cunni, die Bleibende, nennen. Wer weiß, vielleicht geht es ihr eines Tages, wenn sie groß ist, dann mal besser."

Seine aus tiefstem Herzen kommende Freude übertrug sich auf alle, die zur Feier des Tages erschienen waren. Vater Shen war damals stellvertretender Vorsitzender der „Bergdorf-Genossenschaft", er war immer guter Laune, sehr geschickt und voller Elan und Kraft, nichts konnte ihn erschüttern. Die Birnen auf dem Berghang, die er durch Kreuzung selbst gezüchtet hatte, warfen gleich im ersten Jahr eine reiche Ernte ab. Vom Weizen und Mais blieb nach der Abgabe des Solls noch genug übrig. In dem kleinen Dörfchen mit reichlich zwanzig Familien war jeder so froh und glücklich wie er und erwartete zuversichtlich eine glückliche Zukunft.

Als Huangmei fünf Jahre später zur Welt kam, hatte sich die Lage sehr verändert.

Die „Bergdorf-Genossenschaft" war der Volkskommune „Paradies" einverleibt worden. Sie bildete nun die neunte Brigade dieser Großbrigade. Der wohlklingende Name stammte vom Kreissekretär persönlich. Er bezog sich auf den Spruch „Der Kommunismus ist das Paradies, die Volkskommune ist die Brücke dahin". Damals waren alle Kommunemitglieder, auch Vater Shen, der Vorsitzender des neunten Brigadedorfes geworden war, fest überzeugt, daß der Einzug ins Paradies nur eine Frage von heute oder morgen war, wenn man nur ohne Zögern alle Birnbäume, die der Genossenschaft gehört hatten, und auch alle Ginkgo- und Kastanienbäume, die vor oder hinter jedem Haus standen, umsägte und stehenden

Fußes in das von der Kommune errichtete „Stahlwerk" brachte. Sie schienen überzeugt zu sein, daß, sobald dieser ulkige, laut ächzende und stöhnende, primitive Schmelzofen leuchtendblauen Stahl ausstoßen würde, sie darauf wie auf einer „Brücke" leichtfüßig in den Kommunismus wandeln könnten. Was dabei heraus kam, waren jedoch nur unzählige Fuhren zu Asche verbrannter Bäume und ein Haufen Eisenschlacke, die nur dazu taugte, bis in alle Ewigkeit am Boden zu kleben und die Felder zu verderben. Und bei Weizen und Mais hatten sie wegen der Trockenheit nicht einmal das Saatgetreide herauswirtschaften können. Die zwischen den abgesägten Birnbäumen angepflanzten Süßkartoffeln blieben so dünn wie Cunnis Finger. Mutter Shen war, hochschwanger, auf einer Betteltour nach auswärts gewesen und gerade zurückgekehrt, Vater Shen war wegen „Angriffen auf die große Kampagne des Stahlschmelzens" bereits abgesetzt worden. Mit einem bitteren Lächeln in seinem durch Wassersucht aufgequollenen Gesicht blickte er auf das schwächliche schreiende Etwas, das seine zweite Tochter war, und sagte: „Wer hat dich geheißen, in diesen Dürrezeiten zur Welt zu kommen? Du bist mir schon ein richtiges Dürremädchen!" Und bei diesem Namen, Huangmei, war es dann geblieben.

Cunni dagegen wuchs blühend und kräftig heran. Vielleicht lag es an der guten Grundlage, die sie noch im Mutterleib und durch das lange Stillen mitbekommen hatte, jedenfalls kam sie auch zu Fleische, wenn sie nur Blätter aß, ihr wuchsen Muskeln bloß von der Luft. Kaum sechzehn Jahre alt, war sie schon zu einem gesunden, kräftigen jungen Mädchen herangereift. Sie war den Eltern eine starke Stütze. Die Mutter kränkelte nach der Geburt von weiteren drei Mädchen häufig, und so vertrat Cunni die Mutter und half dem Vater – wie eine kräftige, elastische Schultertragestange aus Maulbeerbaumholz –, die schwere Last des Haushalts zu tragen. Bei der schwersten Arbeit im ganzen Jahr, Kiefernnadeln für den Forstwirtschaftsbetrieb aus den Bergen ins Tal zu transportieren, lag sie bei den Frauen an dritter Stelle. Jeden Tag ging sie vor Sonnenaufgang aufs Feld und kam mit den Sternen erst zurück. Dann schlang sie schnell eine Tonschüssel voll Süßkartoffeln oder Maisbrei herunter und versank in tiefen Schlaf, kaum daß ihr Kopf aufs Kissen fiel. Und obwohl die Familie trotz alljährlichem Zuwachs an Arbeitseinheiten über keinerlei Bargeld verfügte, war Cunni stets fröhlich und bester Laune. Wenn sie in besonders guter Stimmung war, nahm sie Huangmei auf den Arm, drückte den schmächtigen Körper der Schwester fest an ihre kräftige Brust und summte leise ein Gebirgslied, das sie als Kind von der Mutter gehört hatte.

Es gibt oft seltsame Dinge im Leben, sie geschehen ganz zufällig und sind doch eindeutig erklärbar; sie erschrecken die Menschen und sind doch ganz normal und gewöhnlich. Auch Mißbildungen bei Menschen haben ihre klare biologische Ursache, Aufsehen erregen sie nur, weil sie so selten anzutreffen sind. Von dieser Art waren auch die Dinge, die sich zwischen Cunni und Baozi zutrugen.

Baozi war der einzige Sohn von Onkel Jiagui aus dem Ostdorf. Er hieß eigentlich Bao, kleines Juwel, und war so alt wie Cunni. Dieser kräftige und flinke junge Bursche entwickelte bei der Arbeit einen Elan, daß den Leuten die Luft wegblieb. So passierte zum Beispiel einmal folgendes beim Kiefernnadeltransport: Ein Winterregen überraschte sie in den Bergen, und beim Abstieg rutschte seine Mutter aus und zerbrach ihre Tragestange. Der junge Bao eilte zu ihr und half ihr wieder auf die Beine, dann band er jeweils zwei Bündel zusammen, krempelte die Ärmel hoch, biß die Zähne zusammen und trug das Ganze, immer im Rhythmus laut die Luft ausstoßend, den Berg hinab. Beim Wiegen stellte sich dann heraus, daß es mehr als 150 Kilo waren. Da staunten die Leute vielleicht! Jemand meinte, er müsse nicht Bao, das kleine Juwel, sondern Baozi, Leopard, heißen. Von da an nannte man ihn nur noch Baozi.

Es war im Vorfrühling des Jahres 1974. An diesem Morgen waren sämtliche Funktionäre der Brigade schon ganz früh in die Kommune zur Versammlung gegangen. Alle gesunden Arbeitskräfte waren zum Bau des Stausees abkommandiert worden. Nur Cunni war nicht mitgegangen, der Speicherverwalter Xiang hatte sie zum Aufräumen des Speichers angefordert. Während der Alte dem Mädchen die Arbeit erklärte, brabbelte er vor sich hin: „Wenn sich die Obrigkeit mal unten sehen läßt und mit der Hand irgendwohin zeigt, geht gleich eine wilde Geschäftigkeit los, ein ganzes Jahr lang wird geakkert, Berge werden gerodet, Felsen gesprengt, Stauseen angelegt ... Im nächsten Jahr kommt dann ein anderer und zeigt woandershin ... Aber vom Boden und der Natur keine Ahnung!"

„Aber heißt es nicht, der alte Yugong kann Berge versetzen", entgegnete Cunni, ohne recht mit den Gedanken dabeizusein.

„Ja, wenn dabei etwas herauskäme, dann ginge es ja noch ... Komm mal her, sieb mal erst diesen Haufen hier durch, aber langsam, damit nichts danebengeht ... Guck dir nur den Mais an, wie mickrig der ist, der hat auf den Wurzeln der gefällten Birnbäume gestanden. Wer weiß, ob der überhaupt keimt." Der Alte schimpfte weiter über die schlechten Maissorten.

„Heißt es nicht, ‚Getreide ist das Hauptkettenglied'?" Das Mädchen war noch immer nicht recht bei der Sache. Sie fand die Arbeit im Speicher zwar leicht und angenehm, aber lange nicht so interessant wie die Arbeit draußen am Stausee mit den anderen zusammen.

In dem Moment tauchte in der Tür des Speichers ein breiter Schatten auf. „Ich möchte auch was tun, Verwalter Xiang!"

„He, Baozi, du bist es!" rief Cunni erfreut. „Ich denke, du hast dir gestern beim Steineschleppen den Fuß verstaucht?"

Der alte Xiang sagte nur: „Ruh dich lieber zu Hause aus!"

„Ausruhen macht mich verrückt", antwortete Baozi in seiner direkten Art. „Es muß ja nicht gerade was zu schleppen sein, aber was Leichtes wird's doch für mich zu tun geben." Schon hatte er sich eine Holzschippe gegriffen und half Cunni beim Sieben.

Der alte Xiang hockte sich zufrieden in eine Ecke und rauchte eine Zigarette. Dabei fiel ihm ein, daß er dem Tischler noch Bescheid sagen mußte, er solle die Holzpflüge reparieren. Er erklärte kurz das Nötigste und ging. So leichte Arbeit wie das Getreide umschichten und Saatgut durchsieben war für die beiden kräftigen und flinken Neunzehnjährigen wirklich nur ein Klacks. Schon nach kurzer Zeit hatten sie das Saatgut eingesackt und die Süßkartoffeln zum Trocknen ausgebreitet. Baozi rief: „Jetzt machen wir erst mal Pause!" Und schon lag die Wattejacke auf den Säcken und er obendrauf.

Cunni wischte sich erst mal den Schweiß ab, dann setzte sie sich auf einen gegenüberliegenden Sack. Ihre Wattejacke hatte sie längst abgelegt, sie trug einen zartgrünen Pullover. Der war Mutters ganze Aussteuer bei der Hochzeit gewesen.

Er war schon unzähligemal aufgetrennt, gewaschen und beim Neustricken mit andersfarbiger Wolle verlängert worden, obendrein war er zu eng und saß deshalb sehr straff, aber er galt unter den jungen Mädchen im neunten Brigadedorf noch immer als ein Luxusartikel, um den sie Cunni beneideten.

Baozi starrte auf Cunnis im Licht der Sonne strahlendes, frisches rotes Gesicht, er starrte auf ihre kräftige Brust und spürte ein fremdes, bisher nie gekanntes prickelndes Gefühl in sich hochsteigen. Es versetzt ihn in Erregung, aber auch in Furcht. So fragte er, nur um etwas zu sagen: „Vorgestern gab es doch in Wuzhuang einen Film, du warst wohl nicht da?"

„Das ist mir zu weit, da gehe ich nicht hin." Und wie um seinen scharfen Blicken auszuweichen, senkte sie den Kopf und beschäftigte sich intensiv mit einem am Ärmelbündchen herabhängenden Faden.

Wuzhuang war eine Großbrigade im benachbarten Kreis. Um dahin zu gelangen, mußte man über zwei Berge. Selbst so kräftige Burschen wie Baozi brauchten dazu eine gute Stunde. Wuzhuang war nicht gerade eine reiche Großbrigade, im vergangenen Jahr hatten sie dort für zehn Arbeitseinheiten drei *mao* und acht *fen* ausgezahlt, doch für die Kommunebauern aus dem „Paradies" war das etwas Unerreichbares, davon konnten sie nur träumen. Worum vor allem die Jugendlichen die Wuzhuanger beneideten, das war die Bahnstation, die von Wuzhuang aus zu Fuß zu erreichen war, wenn man der Straße knapp dreißig *li* westwärts folgte. Im vergangenen Jahr hatte sich Baozi zum Frühlingsfest mit einigen Freunden auf den Weg gemacht, um sich die Eisenbahn mal anzusehen. Sie hatten eine ganze Weile für den Weg gebraucht und mußten dann zwei Stunden auf dem Bahnhof warten, bis endlich ein Zug kam und sie die grasgrünen Personenwagen vorbeirasen sahen. Die meisten Kommunebauern aus der neunten Brigade hatten dieses Schauspiel noch nie erlebt. Und was gar das Zugfahren selbst betraf, da gab es außer dem Buchhalter Xu, der mit Spitznamen „der Blinde" hieß, niemanden, der ein so traumhaftes Erlebnis aufzuweisen hatte.

„Ich mach mir auch nichts aus den Filmen. ‚Tunnelkampf', ‚Minenkampf', ‚Märsche nach Süden, Kämpfe im Norden', hab ich alles schon achthundertmal gesehen, jeden Satz kenne ich auswendig", sagte Baozi und reckte sich. Dann sprach er seufzend weiter: „Aber gehste nicht hin, was machste dann? Kartenspielen? Vom vielen Kloppen sind die Karten schon ganz zerfledert! Ich hab da einen gebeten, der hat Beziehungen zum Landkaufhaus in der Kommune, der wollte mir neue besorgen, aber darauf warte ich heute noch."

Außer Kino und Karten gab es für die jungen Leute keinerlei Freizeitbeschäftigung. Die Brigade hatte zwar ein Exemplar der hiesigen Provinzzeitung abonniert, aber das wurde auch nur zu den Versammlungen benötigt, wenn Xu der Blinde daraus vorlas. Und der las „Konfuzius sprach" immer wie „Konfuzius-Tag", weil er die beiden sehr ähnlichen Zeichen nicht auseinanderhalten konnte, aber niemand aus der Brigade hätte gewagt, den einzigen Gebildeten des ganzen Dorfes zu belehren. Früher hatte man hier noch Gebirgslieder gesungen, aber die waren inzwischen längst als „unmoralisch" verschrien und verboten worden.

Plötzlich richtete sich Baozi belustigt auf und sagte: „He, hör mal, Xu der Blinde hat erzählt, daß er früher schon mal ‘nen ausländischen Film gesehen hat. Haoh, du, die sollen vielleicht interessant sein!" Er spitzte die Lippen und kicherte. „Was es da alles zu sehen geben soll . . ."

„Was soll es da geben?" fragte Cunni unwillkürlich, als sie seine amüsierte Miene sah.

„Hi, hi, hi . . . das sag ich nicht." Baozi wurde rot und lachte unaufhörlich vor sich hin.

„Na was denn, nun red schon!"

„Na gut, ich sag‘s . . . Aber du darfst nachher nicht schimpfen!"

„Nun sag‘s doch endlich!"

„Da soll . . ." Und wieder prustete er albern und bog sich vor Lachen. Cunni hatte schon erraten, daß er irgend etwas Gemeines sagen wollte, und bereits vorsorglich nach ein paar Erdklumpen mit Spreu gegriffen. Und wirklich, Baozi nahm allen Mut zusammen und schrie: „Da zeigen sie, wie sich Männer und Frauen umarmen und küssen! Ha, ha, ha . . ."

„Pfui, du Ferkel!" Cunni wurde knallrot und bewarf ihn mit den Erdklumpen.

„Das stimmt, das hat Xu der Blinde gesagt!" beteuerte Baozi und versuchte, ihren Geschossen auszuweichen.

„Daß du dich nicht schämst!" Und wieder flog eine Ladung hinüber. Die mit Maisspreu durchsetzten Erdklumpen fielen auf seine Schultern, seinen Nacken. Da warf er auch nach ihr, eine Handvoll landete im geöffneten Kragen. Das Mädchen verzog das Gesicht und schimpfte: „Du dämlicher Kerl du!"

Baozi lachte nur, machte den Oberkörper frei und wischte sich mit dem Hemd die muskulöse Brust ab. Schmollend begann auch Cunni sich den Pullover auszuziehen, um den an der Brust klebenden Schmutz abzuschütteln. Urplötzlich hielt Baozi inne, wie vom Blitz getroffen. Mit aufgerissenen Augen starrte er gierig hinüber, sein Atem stockte, eine heiße Welle stieg in ihm hoch. Als Cunni das Hemd angehoben hatte, waren nämlich ihre schneeweißen, schönen festen Brüste zum Vorschein gekommen ...

Wie ein wilder Leopard stürzte sich Baozi plötzlich auf sie, er hatte völlig den Verstand verloren und hielt sie, alles ringsum vergessend, fest umklammert. Das Mädchen war fürchterlich erschrocken und hob die Arme, um ihn abzuwehren. Als er aber seine gierigheißen, zitternden Lippen auf ihren Mund preßte, erfaßte sie ein seltsames Schwindelgefühl, sie schloß die Augen, die ausgestreckten Arme sanken herab. Alle Gedanken an Widerstand wurden in diesem Augenblick wie Rauch und Wolken hinweggefegt. Ein triebhaftes Verlangen brannte wie loderndes Feuer in den Adern der jungen Leute, die in so großer materieller und geistiger Armut lebten, aber körperlich in voller Blüte standen. Die traditionelle Moral, die vernunftgebotene Zurückhaltung, der drohende Konflikt mit dem Gesetz, die mädchenhafte Scham, alles verbrannte in diesem Augenblick zu Asche ...

2

Aus dem dürren Mais wuchsen schließlich doch spärliche Pflänzchen hervor. Etwa um diese Zeit fiel der vierzehnjährigen Huangmei auf, daß sich die große Schwester verändert hatte: Sie lachte nicht mehr so ungezwungen und herzhaft wie früher, saß oft allein auf dem Bettrand und blickte verloren vor sich hin. Redete man mit ihr, schien sie nichts zu hören. Manchmal bemerkte Huangmei, daß sie ganz blaß war und sich verstohlen Tränen abwischte, ein andermal wieder sah sie, wie sie rot und pausbackig vor sich hin schmunzelte. Was aber das Seltsamste war, eines Nachts stellte sie fest, daß

Cunnis Bett leer war. Als sie die Schwester am anderen Morgen danach fragte, wurde die abwechselnd rot und blaß und behauptete, Huangmei habe geträumt.

In dieser Zeit erkrankte die Mutter wieder an ihrem alten Rückenleiden. Der Vater begab sich in aller Eile zu Verwandten nach Wuzhuang, um Geld für den Arzt zu borgen. Zu Hause herrschte ein so großes Durcheinander, daß keiner bemerkte, was mit Cunni vor sich ging. Nur Huangmei spürte in ihrem jungen Herzen die dunkle Ahnung von einem schrecklichen Unglück, das der Schwester drohte.

Das Unglück traf auch tatsächlich ein. Und es war weitaus schrecklicher, als es sich Huangmei hatte vorstellen können.

Es passierte, als der Mais bereits gürtelhoch stand. Die Kommunebauern hatten sich nach ihrer ermüdenden Tagesarbeit und dem Abendessen im Brigadebüro versammelt und lauschten beim Licht einer Petroleumlampe, wie Xu der Blinde statt „Konfuzius sprach" immer „Konfuzius-Tag" las. Huangmei hatte sich schon lange vor Versammlungsschluß aus dem Staub gemacht, sie brachte die drei kleinen Schwestern zu Bett und ging dann auch schlafen. Aber schon nach kurzer Zeit wurde sie von einem mächtigen Lärm wieder aufgeweckt: heftiges Streiten, lautes Lachen, Schläge und Geschimpfe, Heulen, Schreien und Flüche vermischten sich mit dem Bellen der Hunde des Dorfes und dem von den Bergen zurückkehrenden Echo. So einen Radau hatte es hier noch nie gegeben. Huangmei fuhr erschrocken hoch und drehte die Lampe heller. Das Geschrei kam immer näher, direkt bis vor die Haustür. Plötzlich stürzte Cunni herein, in aufgelöster Kleidung, die Haare hingen ihr wirr ins Gesicht. Sie ließ sich aufs Bett fallen und schluchzte laut auf. Dann wurde Baozi, mit nacktem Oberkörper, beide Hände gefesselt, vom Kommandeur der Volksmiliz hereingezerrt. Im Lichte einiger greller Taschenlampen erkannte Huangmei auf seinem Körper blutige Striemen, die offenbar von Rutenschlägen herrührten. Er ging, mit hoch erhobenem Kopf, in die Knie und ertrug in unbeschreiblicher Scham die Ohrfeigen, die ihm Cunnis Vater, selbst leichenblaß, verabreichte. Die Mutter, die gelähmt auf ihrem Stuhl saß, hatte das Gesicht verhüllt und schluchzte lautlos. Vor der Tür drängte sich ein dichtes, schwarzes Knäuel, groß und klein, fast das ganze Dorf war versammelt. Alle redeten durcheinander, schimpften, spotteten, machten ihrem Herzen Luft. Die vor Angst schlotternde Huangmei begriff schließlich: Was Cunni getan hatte, war die häßlichste Sache von der Welt! Sie begann hemmungslos zu weinen. In Erkenntnis der Schmach und Schande stiegen Haß und Zorn in ihr auf. Die große, von ihr so heiß geliebte Schwester hatte die ganze Familie, hatte auch sie in ein nie wiedergutzumachendes Unglück gestürzt. Das gerade erst aufkeimende weibliche Selbstbewußtsein des jungen Mädchens hatte sich in ihrem kindlich schwachen Herzen noch nicht festigen können, es war deshalb besonders empfindlich und leicht verletzbar. Huangmei weinte laut, ihre Tränen flossen unaufhaltsam, dabei stöhnte sie mit verschleierter Stimme: „Daß sie sich nicht schämt, die ganze Familie hat sie in Schande gebracht. So eine Schande! Eine Schande für die ganze Brigade ... Daß sie sich nicht schämt, daß sie sich nicht schämt ..."

Das ging so bis tief in die Nacht. Dann forderte der Schlaf sein Recht. Verschwommen hörte Huangmei noch, wie der Vorsitzende die Leute nach Hause schickte und wie Baozis Eltern die Mutter flehentlich um Verzeihung baten, sie vernahm die beruhigende und warnende Stimme des Verwalters Xiang: „Nicht auch noch die Familie mit reinziehen, das verkraftet sie nie ..." Die Mutter jammerte nicht mehr, sie flüsterte nun tröstende Worte. Schließlich schlief Huangmei ein, den Kopf an das tränennasse Kissen gepreßt, aber Alpträume schreckten sie immer wieder hoch. Im letzten Traum hörte sie plötzlich aus der Ferne aufgeregte Schreie: „Zu Hilfe! Zu Hilfe ..." Erschrocken fuhr sie hoch. Im Osten wurde es schon hell. Das Bett der Schwester war leer, auch die Mutter war nirgends zu sehen. Sie sprang auf und rannte barfuß hinaus, immer den Schatten hinterher, die zum Drei-Mu-Teich am Dorfrand liefen. Oh, du ... Sie hatten die Schwester schon herausgezogen, ganz gerade und reglos lag sie da. So plötzlich, so leicht war sie gestorben!

Die Mutter warf sich schluchzend auf die Tochter und stieß heisere Schreie aus, schrie wie von Sinnen. Die Umstehenden versuchten sie aufzurichten, doch sie fiel immer wieder wie gelähmt zurück. Der Vater saß wie abwesend am Teich, er blickte verloren auf die stille Wasserfläche, unbeweglich wie ein vertrockneter Baumstumpf.

Die Morgenröte spiegelte sich auf Cunnis feuchtem, bleichem Gesicht und gab ihm seine Frische zurück. Es sah ganz ruhig und gelöst aus, keine Spur von Kummer, Protest, Vorwurf oder Unruhe. Sie hatte für ihr unbedachtes Handeln den höchsten Preis bezahlt, hatte sich von der Schande und dem Verbrechen reingewaschen. Gewiß, ihr Tod war sinnlos. Aber welchen Sinn hätte das Leben noch für sie gehabt? Bevor sie in den Tod ging, hatte sie noch daran gedacht, den zartgrünen Pullover auszuziehen. Sie hatte ihn an den Baum gehängt. Das einzige, was sie je in ihrem Leben besessen hatte, hatte sie der Schwester hinterlassen, es barg noch ihre Wärme und den Duft ihrer Jugend.

Aber die Sache war noch nicht ausgestanden. Etwa einen halben Monat später ertönte wieder schrilles Jammern, diesmal aus Baozis Haus – zwei Polizisten führten ihn ab. Das erschütterte das ganze Dorf aufs neue. Die Leute kamen von den Feldern, standen an der Straße und blickten in ängstlichem Schweigen auf die glänzenden Dinger an Baozis Handgelenken. Nur die Eltern folgten ihrem einzigen Sohn tränenüberströmt.

„Genossen! Genossen!" Shen Shangwang legte die Hacke beiseite und versuchte sie einzuholen. Der ehemalige Genossenschaftsvorsitzende aus den fünfziger Jahren besaß noch Anstand und Würde. Durch den plötzlichen Tod der Tochter war er um zehn Jahre gealtert und betrachtete das Leben nüchterner, aber sein Verantwortungsgefühl drängte ihn, in diesem Moment nicht zu schweigen. Er wandte sich an die Polizisten: „Genossen, wir haben ihn nicht verklagt!"

Die sahen ihn nur grimmig an, und einer sagte verächtlich: „Geh aus dem Weg, geh, geh! Wen kümmert das schon! Auf Vergewaltigung steht die Todesstrafe. Ob du ihn verklagst oder nicht . . ."

Baozi dagegen war völlig ruhig, er ging mit erhobenem Kopf und blickte starr geradeaus. Plötzlich hielt er inne, machte eine Kehrtwendung und rannte wie der Blitz auf die gegenüberliegenden Hügel im Brachland zu.

„Stehenbleiben! Hiergeblieben!" schrien die Polizisten aufgeregt und rannten hinter ihm her.

Aber Baozi scherte sich nicht darum, er rannte weiter über wildwuchernde Sträucher und durch Gestrüpp, bis er schließlich vor dem frischen Hügel von Cunnis Grab niederfiel, hemmungslos zu weinen begann und die Hände wie wild in die frische Erde grub. Erst als ihn die Polizisten eingeholt hatten und ihn anbrüllten, hörte er auf zu weinen. Er kniete sich noch einmal vor das Grab und machte in aller Ruhe und Würde drei Kotaus.

3

Als die Versammlung zu Ende war, verließ Huangmei in bedrückter Stimmung den großen Saal. Die Kommune „Paradies" lag im hintersten Winkel des Kreises, und ihr neuntes Brigadedorf lag wiederum im hintersten Winkel dieses Winkels. Huangmei blickte nach der Sonne, die bereits tief im Westen über den Kiefernwäldern hing. Aus Furcht, es vor dem Dunkelwerden nicht mehr bis nach Hause zu schaffen, verwarf sie kurzerhand ihren Plan, noch ein wenig durch das Landkaufhaus zu schlendern, und machte sich schnell auf den Heimweg. Über eine Seitenstraße strebte sie dem Maisfeld zu, hinter dem ein kleiner Seitenpfad in die Berge führte.

„Shen Huangmei, warte mal! Wir können doch zusammen gehen", ertönte hinter ihr die Stimme Xu Rongshus, des Sekretärs der Jugendgruppe. Er wohnte im achten Brigadedorf, das vom neunten nur durch den Drei-Mu-Teich getrennt war. Natürlich wäre es Huangmei recht gewesen, den Weg durch die Berge nicht allein zurücklegen zu müssen, denn die Schluchten waren vor allem an Winterabenden schrecklich öde – doch nicht mit einem jungen Burschen, und schon gar nicht mit Xu Rongshu. Deshalb legte sie nach kurzem Zögern einen Schritt zu. Als Rongshu sie am Ende des Maisfeldes dennoch eingeholt hatte, achtete sie wachsam darauf, daß zwischen ihnen stets ein Abstand von mindestens vier Schritt blieb.

Die unglückliche Schwester hatte ihr nicht nur den zartgrünen Pullover hinterlassen. Angst und Schmach waren unauslöschlich in ihr Herz eingebrannt. Viel zu früh hatte sie die ganze Last, die Cunni zuvor getragen hatte, übernehmen müssen; für ihren schwachen Körper war die Bürde des Haushalts viel zu schwer, und auch ihr kindlich zartes Gemüt konnte dem seelischen Druck noch nicht standhalten. Sie fürchtete und haßte alle jungen Männer; kamen ihr irgendwo welche entgegen, machte sie einen weiten Bogen um sie. Und sie verachtete die gleichaltrigen Mädchen, die das nicht taten. So war sie eine Einzelgängerin geworden, der man sich nur schwer nähern konnte.

Aber so sehr sie sich auch wehrte, sie wuchs heran und kam in das Alter, wo das trockene Gelb in ihrem Gesicht einem frischen Rot und einem zarten Glanz wich. Die Brauen wurden dichter, die farblosen Augen leuchtend braun. Sie spürte, wie ihre Brust praller, ihr Rücken fleischiger wurde. Wenn sie jetzt den zartgrünen Pullover der Schwester anzog, war er schon unangenehm eng. In ihrem Innern spürte sie oft eine neue, geheimnisvolle Freude aufsteigen. Sah sie Blumen blühen, fand sie sie wunderschön, pflückte unversehens eine und steckte sie sich ins Haar. Hörte sie Vögel singen, lauschte sie ihnen hingebungsvoll. Alles war plötzlich schön: die Blätter an den Bäumen, die Saat auf den Feldern, das Gras und der Tau. Alles berührte sie. Oft betrachtete sie sich verstohlen in dem alten Spiegelscherben der Mutter, manchmal auch beim Wasserholen im Teich, und sie konnte sich beim Anblick ihrer schlanken Silhouette eines zufriedenen Lächelns nicht erwehren. Sie lachte und scherzte jetzt mit den gleichaltrigen Mädchen und zog an den Feiertagen auch schon mal Hand in Hand mit ihnen durchs Landkaufhaus. Den jungen Burschen gegenüber blieb sie zwar wachsam, aber sie fand sie schon nicht mehr ganz so verabscheuungswürdig ... In dieser Zeit tauchte Xu Rongshu in ihrem Leben auf.

Sie kannte ihn noch aus der Kinderzeit. Als die Jungen ihrer Klasse mit ihr Schabernack trieben – sie besuchte damals die erste Klasse der Grundschule in der achten Brigade –, war ein älterer Junge, etwa in Cunnis Alter, ihr zu Hilfe gekommen und hatte ihr anschließend sogar noch die Tränen mit dem Ärmel abgewischt. Die zweite Klasse hatte sie dann, als die jüngste Schwester geboren wurde, nicht mehr zu Ende besuchen können; sie mußte auf das Kind aufpassen. Wenn sie, die Kleine auf dem Rücken, in der Nähe des Drei-Mu-Teiches Futter holen ging, setzte sich Rongshu stets unauffällig von seinen Spielkameraden ab, nahm ihr die Sichel aus der Hand, raffte im Nu einen ganzen Batzen Futter zusammen, warf ihn in ihren Korb und verschwand wieder. Als sie dann eines Tages Trommelklang aus der achten Brigade hörte und mit den kleinen Schwestern hinlief, sah sie nur noch, wie er, in einer neuen Armeeuniform, eine rote Papierblume an der

Brust, das Dorf auf dem kleinen Pfad verließ, der am Teich vorbeiführte.

Erst auf einer Versammlung des Jugendverbandes im vergangenen Jahr sah sie ihn wieder. Wenige Tage zuvor war er aus der Armee entlassen worden. Als er den Versammlungsraum der Großbrigade betrat, warf er einen kurzen verschämten Blick in die Runde, ähnlich wie die Mädchen um Huangmei, die gerade erst in den Jugendverband aufgenommen waren, und setzte sich dann still in eine Ecke. Einige seiner alten Bekannten, alles rührige Burschen, umringten ihn und wollten ihn zu großen Kampfberichten animieren. Das brachte ihn in arge Bedrängnis, und er wehrte bescheiden ab: „Ich war nur ein paar Jahre Soldat des Friedens, hab keine Kämpfe erlebt, was soll ich da erzählen . . ." Das bei manchen Jugendlichen so beliebte angeberische Gehabe eines „Kämpfers der Revolution" war ihm offenbar fremd. Aber eben das machte ihn Huangmei sympathisch, und als sie bei der Wahl der Leitung des Jugendverbandes seinen Namen hörte, hob sie mutig den Arm besonders hoch, um damit ihre Zustimmung auszudrücken.

Schon auf einer der nächsten Veranstaltungen des Jugendverbandes äußerte der neugewählte Sekretär Xu Rongshu eine von allen anderen abweichende Meinung und erregte damit Anstoß beim stellvertretenden Parteisekretär, dem früheren Kommandeur der Volksmiliz.

Bisher hatte es in der Arbeit des Jugendverbandes der Kommune „Paradies" außer Versammlungen nur eins gegeben: Arbeitseinsätze. Meistens fand nach der Vorbereitung für solche schwere körperliche Arbeit wie Dung sammeln oder Steine schleppen eine Versammlung statt, und anschließend wurde gearbeitet. Diese unentgeltliche Schufterei dauerte oft bis in die Nacht, man nannte das „Vorbildwirkung der Mitglieder des Jugendverbandes". Aber Rongshu durchbrach diese Regel. „Jugendliche brauchen auch mal eine Abwechslung", sagte er. „Ich schlage vor, wir sehen uns heute abend einen Film an!" Die anderen dachten, sie hätten sich verhört, sie erstarrten. Dann aber gab es fröhliches Lachen und Beifall. Er hatte alles bedacht und schon Karten bestellt für die Vorstellung in einer Fabrik der Umgebung, in der ein Freund aus der Armeezeit arbeitete, und zog nach einer Kurzversammlung mit der ganzen Gruppe dorthin. Die Jungen und Mädchen liefen in Grüppchen, lachten und scherzten und waren in bester Stimmung, einige ganz mutige summten sogar Gebirgslieder. Es war wie an einem Feiertag. Huangmei saß zum erstenmal in ihrem Leben auf einem Stuhl mit Lehne und Armstütze und genoß den Film in vollen Zügen. Und zum erstenmal in ihrem Leben war auch in jener Nacht ein junger Mann in ihre Träume getreten. Er ähnelte dem Hauptdarsteller aus dem Film, der die jungen Leute beim Bau des Stausees anführte, noch mehr ähnelte er aber ihrem Jugendsekretär. Er lachte sie jungenhaft an und sagte etwas zu ihr, er war ganz dicht neben ihr. Als sie aufwachte, schien der Mond auf ihr Bett, sanft und klar. Und zum erstenmal breitete sich in ihrem Herzen ein süßes, zartes Gefühl aus. Aber gleich darauf erschrak sie: Was ist denn los? Und gequält dachte sie: Ach! Zum Glück war es ja nur ein Traum . . .

Als sie dann Sekretär ihrer kleinen Dorfgruppe geworden war, suchte Rongshu sie oft auf. Doch ihre Haltung war nach wie vor ernst und kühl. Sie bat ihn niemals herein, sie stand in der Tür, er davor, stets wurde ein Abstand von mindestens vier Fuß gewahrt. Was sie besprachen, drehte sich immer nur um Versammlungen, auf jede Frage gab es nur eine streng zur Sache gehörende Antwort. Sobald sie alles besprochen hatten, verabschiedete sich Rongshu, und Huangmei machte sich an die Arbeit, aber immer draußen, wo sie ihm unauffällig nachblicken konnte. Jedesmal hoffte sie inständig, daß er noch bliebe, mal mit ins Haus käme und sich setzte, daß sie mal über etwas anderes redeten, doch zugleich fürchtete sie sich davor. Mit der Zeit, als sie sich immer öfter sahen, wurde dieser Konflikt in ihr stärker. Als sie einmal später als sonst nach Hause kam, sagte die elfjährige Schwester zu ihr: „Rongshu war da!" Die Mutter, die auch gerade nach Hause kam, fragte sofort: „Was wollte er denn schon wieder?" Der Vater sagte: „Er war bei mir. Er hat mich nach den Bergbirnen gefragt, nach wieviel Jahren sie tragen und wieviel man pro *mu* Bergland damit verdienen kann. Hör mal, hab ich ihm gesagt, ist das nicht der Weg des Kapitalismus, was du da vorhast? Aber er hat nur geantwortet, das ist kein Kapitalismus, so was steht jetzt in der Zeitung. Das ist mir vielleicht einer!" Der Vater schüttelte ungläubig den Kopf, aber Huangmei spürte, daß er diesen Burschen mochte, und sie freute sich im stillen darüber. Die Mutter machte jedoch ein finsteres Gesicht und zog die Stirn in Falten. „Das ist mir ein zu unruhiger Geist . . ."

Huangmei hatte schon gehört, daß Rongshu mit dem Vorsitzenden der achten Brigade, seinem Onkel, wegen der Sache mit den Hühnern Krach gehabt hatte, weil verlangt wurde, die Kommunebauern sollten die private Hühnerhaltung einschränken. Einige waren der Meinung, Rongshu gehe zu weit, er widersetze sich der Leitung. Sie hatte das bisher nicht weiter beachtet. Als jetzt aber die Mutter so sprach, wurde sie richtig böse. Am liebsten hätte sie widersprochen, aber die mißtrauischen Augen der Mutter beobachteten sie ständig. So blieb ihr nur übrig, mit gesenktem Kopf das Essen hinunterzuschlingen und zu schweigen. Später hörte sie die Mutter im hinteren Zimmer flüstern, durch den Türspalt drang nur der Satz: „Es gibt schon Gerede! Paß bloß auf, daß sie es nicht wie Cunni macht . . ."

Huangmei gab es einen Stich, sie warf sich weinend auf ihr Bett. Sie haderte mit der Schwester, daß sie so etwas Schreckliches getan hatte, was sich nicht einmal durch den Tod abwaschen ließ. Sie haderte mit der Mutter, daß sie ihre Tochter so wenig verstand, aber am meisten haderte sie mit sich selbst, wie konnte sie sich nach allem, was passiert war, in einen Jungen vergucken? So etwas gehörte sich nicht, es war schamlos! „So eine Schande, sich in einen Mann zu verlieben! . . . So eine Schande!" Sie beschimpfte sich mit harten Worten und vergrub das Gesicht in die Decke, damit ihr Weinen nicht zu hören war.

Dann faßte sie einen Entschluß: Ab morgen wollte sie Rongshu nicht mehr beachten. Wenn er etwas zu besprechen hatte, sollte er doch zu ihrem Stellvertreter gehen. Ob er sich wundern würde, ob er beleidigt sein würde? Sollte er doch! Warum war er auch ein Mann . . .

Nach einiger Zeit begann sie Rongshu tatsächlich zu hassen. Das kam so: Im Brigadebüro hatte sie gehört, wie Xu der Blinde erzählte: „Rongshu, dieser Bursche, der hat wirklich jedes Maß verloren, jetzt hat er sich sogar mit dem stellvertretenden Parteisekretär der Großbrigade angelegt. Und weshalb? Bloß wegen Baozi, er will, daß er rehabilitiert wird!"

„Waas?" Huangmei war so erschrocken, daß sie es beinahe laut herausgeschrien hätte. Daß Baozi verurteilt worden war, das war seine eigene Schuld, für Verbrechen muß man büßen.

Das hatte nichts zu tun mit den ungerechten Urteilen, die in letzter Zeit überprüft wurden. Hier gab es nichts wiedergutzumachen ... Das war die beinahe einhellige Meinung. Huangmei konnte keine andere haben. Und weil es ihre Schwester betraf, haßte sie Baozi höchstens noch mehr als die anderen. Aber wie konnte Rongshu, ein Parteimitglied, der von ihr hochgeachte Sekretär des Jugendverbandes, wie konnte er für so einen Schurken wie Baozi eintreten? Hatte er etwa Mitleid mit Baozi? Oder hatten ihm dessen Eltern vielleicht etwas zugesteckt? Sie zitterte vor Wut und hätte Rongshu am liebsten sofort zur Rede gestellt. Aber als er ihr am Drei-Mu-Teich lächelnd entgegenkam, war von der Wut nichts mehr da. Wie konnte man denn über diese Angelegenheit überhaupt reden? Und noch dazu mit ihm? Sie machte schnell kehrt, so als müsse sie in eine ganz andere Richtung, und lief in weitem Bogen nach Hause zurück. Dann bereute sie es wieder ...

So ging das eine ganze Weile, mal hatte sie ordentliche Wut auf ihn, mal haßte sie ihn, mal beachtete sie ihn nicht, mal hatte sie Angst vor ihm, dann wieder mußte sie unwillkürlich an ihn denken ... So war es um das Herz dieses neunzehnjährigen Mädchens vom Lande bestellt.

Wollte man es Liebe nennen, wäre das für junge Leute, die anderswo leben, sicherlich schwer verständlich. Aber Huangmei lebte in der neunten Brigade des „Paradieses", und das war der hinterste Winkel im hinteren Winkel dieses Kreises. Hier machten viele Mädchen in Huangmeis Alter eine ähnliche verborgene Liebe voller Hin- und Hergerissensein und Kummer durch wie Rongshu und Huangmei, und nach kurzer Zeit war alles vorüber, aus und vorbei. Es tauchte ein Verwandter oder sonst jemand auf, der brachte einen zartgrünen oder rosaroten Pullover, dann wurde des langen und breiten gehandelt, bis man sich schließlich einig war. Später brachte dieser Verwandte oder Jemand dann einen jungen Burschen an und begleitete das Paar, das sich nicht einmal in die Augen zu sehen traute, nach Wuzhuang oder sonstwohin, wo man sich fotografieren lassen konnte. Zu dem festgelegten Termin verabschiedete sich das Mädchen dann von seinen Eltern und verließ diesen Winkel ...

Das war hier der übliche und gewohnte Weg, den alle für normal und richtig hielten. Aber der Redner auf der Versammlung heute hatte das als „Kaufehen" bezeichnet. Und er hatte sogar von „Liebe“ geredet! Hieß das, was zwischen Baozi und Cunni gewesen war, vielleicht Liebe? Nein! Nein! Das war schamlos, das war verboten! Aber gab es denn einen anderen Weg? Huangmei war völlig verwirrt. Sie brachte es einfach nicht fertig, nicht an Rongshu zu denken. Und nun lief er hinter ihr, begleitete sie schweigend. Die Mädchen, mit denen sie zur Versammlung gekommen war, waren alle noch ins Landkaufhaus gegangen. Auf dem stillen Waldweg gab es nur sie beide. Sie konnte ihr Herz schlagen hören . . .

Plötzlich blieb Rongshu stehen, sah sich nach allen Seiten um und begann mit kräftiger Stimme zu singen:

„Ich liebe die blaue See,
Weit reichen die Meere der Heimat . . .“

Huangmei erschrak. Nach einer Weile aber steckte sie der mitreißende Gesang an. Unwillkürlich drehte sie sich um und konnte ein zustimmendes Lächeln nicht verbergen.

„Als ich die Kiefernwälder hier sah, fiel mir plötzlich das Meer ein, fiel mir die Zeit bei der Marine ein . . .“ Und wie zu sich selbst sprechend, fuhr er fort: „Beim Anblick des Meeres wird einem das Herz weit. Wenn die Leute aus dem Dorf doch alle mal das Meer sehen könnten!“

Huangmei hörte ihm lächelnd zu. Ihre Wachsamkeit war unmerklich verschwunden.

„Huangmei, bist du eben in der Kommune auf der Dorfstraße gewesen? Dort verkaufen sie auf dem Markt ganz ungehindert Eier, Gemüse und so, niemand schert sich darum, verstehst du? Das heißt, daß sich die Politik auf dem Lande ändern wird. Und die Berghänge werden sie den Besitzern auch zurückgeben müssen, da können dann wieder Birnen angebaut werden . . . Da ist dein Vater mit seinen Erfahrungen aber wieder gefragt! Zuerst ziehen wir mal auf euerm Hofland die Setzlinge . . .“ Er sprach wirr durcheinander und war ziemlich erregt. „Deine Mutter ist nicht gesund, sie kann keine schwere Feldarbeit machen, aber wenn man Ruten schneiden würde, könnte sie zu Hause Körbe flechten und etwas dazuverdienen. Die älteste von deinen kleinen Schwestern kann nächstes Jahr doch schon mit aufs Feld gehen. Und die beiden kleinen könnten Ziegen hüten . . . Ich hab einen Freund, der arbeitet in der Kommune. Er hat mir gesagt, das Zentralkomitee wird bald ein Dokument herausgeben, da heißt es, die Bauern sollen besser leben, sie dürfen Wohlstand anstreben ... Das stimmt wirklich! Du glaubst es wohl nicht?"

Scinc Augen strahlten, er sprudelte alles heraus, seine Stimme klang vertraut und bewegend. Aber Huangmei glaubte nichts von alledem. Was das Bessergehen oder gar den Wohlstand anbetraf, darauf hatte sie noch nie Hoffnungen verschwendet, ja nicht einmal einen Gedanken. Seit sie denken konnte, war solches Gerede vom Bessergehen immer als Kapitalismus beschimpft und kritisiert worden. Was sie verwunderte, war, wie genau Rongshu über ihre Familie Bescheid wußte und wie er sich um sie sorgte. So also vergalt er ihre kühle Zurückhaltung, ihre Abwehr, ihren Haß ... Sie schämte sich, sie hatte das Gefühl, daß ihr Gesicht fieberte ...

„Aber es ist doch so! Solange es uns nicht besser geht, solange wir ein Leben lang immer nur so dahinkrebsen, solange kann doch von etwas anderem überhaupt nicht die Rede sein!" Er schüttelte erregt den Kopf. „Nimm doch bloß mal Baozi als Beispiel. Kann man ihm das alles nur allein vorwerfen? So arm, so rückständig, ungebildet, dumm, wie er war. Und dann noch der alte feudale Zopf! So ein naiver und anständiger Bursche, der arbeiten kann wie ein Büffel, sitzt nun im Gefängnis! Und erst deine Schwester, der ist noch mehr Unrecht geschehen ..."

Sie fühlte sich zutiefst beleidigt. Wütend sah sie ihn an und schrie: „Ich verbiete dir, darüber zu reden! Ich verbiete dir, über meine Schwester zu reden!"

Mit Mühe die Tränen unterdrückend, stürzte sie wie besessen das letzte Stück der Steigung hinauf und rannte auf der anderen Seite mit großen Schritten den Berg hinunter. Rongshu blieb völlig verwirrt zurück.

4

Als sie zu Hause ankam, war es schon dunkel. Sie hatte sich inzwischen beruhigt. Die kleine Schwester lief ihr lärmend entgegen. Gleich darauf trat auch die Mutter mit einem strahlenden Lächeln aus der Tür. Das machte Huangmei stutzig. Die Mutter war durch die ständige Not, die viele Arbeit und häufige Krankheit früh gealtert. Und seit dem Tod der Schwester sah man auf ihrem Gesicht nur Kummer und starre Ausdruckslosigkeit. Was war passiert, daß sie auf einmal so fröhlich war?

„Schnell, schau mal, was auf deinem Bett liegt!" sagte die Mutter beinah lachend.

Auf dem Bett lag ein nagelneuer Pullover, ein himmelblauer. Im schummrigen Licht der Petroleumlampe wirkte er zart und bezaubernd. Huangmei nahm ihn in die Hand, aber noch ehe sie seine Weichheit und Wärme hatte spüren können, warf sie ihn plötzlich, wie von der Tarantel gestochen, weg. Erschrocken rief sie: „Für wen ist der?"

„Für dich!" Die Mutter schöpfte gerade den heißen Maisbrei aus dem dampfenden Topf. Und nach einem schnellen Blick auf die Tochter fügte sie hinzu: „Deine zweite Tante hat ihn gebracht..."

„Die zweite Tante..." Huangmei überlief ein Kälteschauer, die Beine wurden ihr weich, erschöpft setzte sie sich aufs Bett und starrte vor sich hin. Die zweite Tante war vor kurzem dagewesen, hatte lange mit der Mutter geflüstert und sie dabei unverwandt von oben bis unten gemustert. Schon damals hatte Huangmei gespürt, daß in ihren Augen irgendein Geheimnis lag. Ja, und nun hatte sie den Pullover gebracht...

Die Mutter setzte sich zu ihr und sprach mit einer Wärme, wie Huangmei sie selten von ihr erfahren hatte: „Er ist aus der Brigade des zweiten Onkels, das ist das dritte Brigadedorf von Wuzhuang. Er ist drei Jahre älter als du. Sein Bruder arbeitet auf dem Bahnhof von Beiguan und verdient im Monat über fünfzig *yuan.*"

Huangmei spürte, wie ihr kalter Schweiß über den Rücken rann. Sie begann am ganzen Körper zu zittern, in ihren Ohren rauschte es nur noch, sie verstand nichts mehr.

„Ich will nicht!" schrie sie schließlich verzweifelt. „Nein, ich will nicht!"

Sie warf der Mutter den Pullover hin, aber die Mutter lächelte noch immer und griff nach ihrer Hand. „Du mußt doch nicht gleich jetzt gehen, zum Drachenbootfest im Mai kommt er uns mal besuchen und bringt die Kleidung für deine Aussteuer mit, sechzehn Stück! Nach der Verlobung kriegen wir dann noch fünfhundert *yuan* in bar!"

„Nein, nein, nein!" Sie fühlte sich beschmutzt, beleidigt, es preßte ihr das Herz ab, sie konnte kaum noch atmen, wußte nicht, was sie tun sollte. In ihrer Not ließ sie ihren Tränen freien Lauf, stieß die tröstende Hand der Mutter weg und rannte hinaus.

In der Tür stand der bekümmerte Vater mit den drei Schwestern, die sie mit aufgerissenen Augen anstarrten. Sie schlug die Hände vors Gesicht und rannte an ihnen vorbei. Im Hof blieb sie stehen, lehnte sich an die halb eingestürzte Mauer des Schweinestalls und schluchzte laut.

„Was ist denn los? Was ist denn los?" Die Mutter kam aufgeregt hinterher und ergriff ihre Hand. „Huangmei, du bist doch ein verständiges Mädchen. Was haben wir denn schon? Ich, deine Mutter, bin dauernd krank, die kleinen Schwestern sperren nur den Schnabel auf und verlangen was zu essen. Wir haben ja nicht mal Futter für ein Schwein, nur ein halbes Jahr konnten wir eins halten, nicht mal die Unkosten hat es eingebracht. Die paar Eier, die wir zusammenkratzen können, dürfen wir nicht mal auf der Straße verkaufen, wie ein Dieb wird man da weggescheucht. Vergangenes Jahr zur Abrechnung hatten wir wieder überzogen, kein bißchen Bargeld haben wir bekommen. Ich wollte dir so gern ein Paar Söckchen kaufen, aber nicht mal dazu reicht es . . ."

Nun fing die Mutter auch an zu weinen. „Wenn du als Älteste nicht mit gutem Beispiel vorangehst, auf wen können wir dann noch zählen? Wenn das Haus nicht nächstes Jahr repariert wird, ist es aus. Wo sollen wir etwas borgen, wer hat schon Geld? Die zweite Tante sagt, wenn wir die fünfhundert *yuan* erst haben, dann . . ."

„Geld, Geld!" rief das Mädchen erregt. „Ihr verkauft mich wie irgendeinen Gegenstand!"

Die Mutter hielt erschrocken inne. Die Kräfte versagten ihr, sie stützte sich auf die eingefallene Mauer und ließ sich langsam auf den Boden nieder. „Ihr verkauft mich wie irgendeinen Gegenstand!" Dieser Satz hatte sie bis ins Innerste getroffen, denn sie kannte ihn gut. Wer hatte denn, genausoalt wie Huangmei, diesen Satz damals ebenso wutentbrannt herausgeschleudert? Wer denn? Oh, es war nicht auszuhalten! Es war . . . es war niemand anders als sie selbst gewesen . . .

In jenem Jahr war die Arbeitsgruppe für die Bodenreform nach Wuzhuang gekommen, an jenem Abend, als das junge

Mädchen, das sie damals war, die Oper „Das Mädchen mit den weißen Haaren" gesehen hatte. Da hatte sie den aufrechten, klugen, jungen Landarbeiter Shen Shangwang kennengelernt. Seitdem verstand sie auch, was in den Gebirgsliedern mit „Liebster" gemeint war. Als Neunzehnjährige hatte sie nicht nur an der Versammlung gegen den Großgrundbesitzer teilgenommen, sondern auch den Mut aufgebracht, sich abends mit dem Liebsten im Maisfeld zu treffen. Aber die Eltern hatten sie einem kleinen Ladenbesitzer im Marktflecken Beiguan versprochen.

Als nun Gerüchte über ihr Verhältnis zur Familie des „Bräutigams" drangen, schickte die schnell fünfzig Silber*yuan* und verlangte, die Eheschließung noch in dem Jahr zu vollziehen. Daraufhin hatte sie geheult und großen Krach geschlagen, hatte sogar offen zugegeben, daß sie sich in einen armen Schlucker aus dem Gebirge verguckt habe und entschlossen sei, mit ihm ins Gebirge zu ziehen und das schwere Los der Armut mit ihm zu teilen und nie mehr in das feudalistische, mittelalterliche Elternhaus zurückzukehren. Sie hatte die Eltern so sehr in Wut gebracht, daß sie die Tochter schließlich einsperrten, sie beschimpften und schlugen. Sie hatte geheult und geschrien, sich auf der Erde gewälzt und die Silberstücke im ganzen Zimmer verstreut. Und immer wieder hatte sie wütend gerufen: „Ihr wollt eure Tochter wie irgendeinen Gegenstand verkaufen!"

Das waren jene Jahre gewesen, als das antifeudale Feuer die „Befehle der Eltern" und die „Abmachungen der Heiratsvermittler" ebenso wie die Schuldscheine des Großgrundbesitzers schon zu Asche verbrannt hatte. Die Plakate über das neue Ehegesetz hingen neben dem Eingang zum Gemeindeamt. An der Seite des aufrechten, mutigen und starken Shen Shangwang wartete eine schöne, glückliche Zukunft auf sie. Und sie hatte Mut genug, aus dem feudalen Käfig auszubrechen.

„Sie wollen die Tochter verkaufen!" Mit diesem Satz hatte sie am Tag darauf in einem frisch getünchten Raum des Gemeindeamtes die Bodenreform-Kommission überzeugt. Mit einem ermunternden Lächeln überreichte man ihr und Shangwang je eine Heiratsurkunde mit dem Bild des Vorsitzenden Mao ...

Nie und nimmer hätte sie gedacht, daß nun, dreißig Jahre

später, die eigene Tochter ihr die gleichen Worte entgegenschleudern würde.

Wie kann das sein? Geht die Zeit denn rückwärts? fragte sie sich erschüttert und verwirrt und hob langsam den Blick in den spätwinterlichen Abendhimmel. Einige vereinzelte Sterne leuchteten kalt und schwach, als wollten sie ihr hämisch zublinkern. Plötzlich zuckte sie zusammen, schlug sich an die Brust und fing laut an zu schluchzen. Dabei sprach sie immer wieder vor sich hin: „Das ist die Strafe, das ist die Strafe! Die Vergeltung ist das!" Dicke Tränen quollen aus ihren vertrockneten Augen. Sie spülten den Kummer und die Not herauf, die sie sonst in der Tiefe ihres Herzens verbarg. In dem Moment haßte sie Huangmei, haßte sie Cunni, haßte sie deren Vater. Sie haßte ihr eigenes, bitteres Leben, sie haßte dieses Fleckchen Erde, auf das sie vor Jahren in ihrer Jugend voller Erwartungen gekommen war, auf dem sie ihr halbes Leben geackert und gerackert hatte, das ihr aber außer Kummer und Leid alles schuldig geblieben war . . .

Huangmei hatte sich inzwischen beruhigt, sie tröstete die Mutter: „Ma, in der Kommune verkaufen sie schon Eier und Gemüse auf der Straße, und keiner scheucht mehr die Leute weg. Du könntest doch Körbe aus Ruten flechten und sie verkaufen. Die Schwestern könnten Ziegen hüten. Die Bergfelder werden zurückgegeben, da können wir wieder Birnen anbauen, Vater ist doch Spezialist dafür. Uns Bauern soll es besser gehen, sagt Rongshu, es gibt so ein Dokument vom Zentralkomitee . . ."

„Ha, die Dokumente, heute die und morgen die! Das kennen wir, davon haben wir genug. Wir sind dabei immer noch so arm geblieben wie eh und je. Huangmei, ich will nicht, daß du so ein Leben wie ich führen mußt." Die Mutter schluckte und wurde allmählich ruhiger. „Kind, du bist doch ein verständiges Mädchen. Deine Mutter hat schon gemerkt, daß der Rongshu was für dich übrig hat und daß auch du ihn magst. Aber überleg doch mal, wenn man nichts zu essen hat, sind das alles nur Luftschlösser. Ach, deine Mutter hätte damals nicht . . . Ach! Heute wird sie dafür bestraft, das ist die Vergeltung . . ."

Der Sturm war vorüber. Die Mutter lehnte ihren schwachen Körper an Huangmei. So saßen sieschweigend nebeneinander, jede ihren Gedanken nachhängend.

„Ma, du mußt reingehen“, sagte Huangmei leise. Ihre Augen blickten nach den Häusern des achten Dorfes, sie suchte ein ganz bestimmtes. „Ich hab noch etwas vor ...“

Dann lief sie entschlossen in Richtung des Drei-Mu-Teiches.

Was soeben geschehen war, hatte das Mädchen plötzlich erfahrener, reifer gemacht. Alle Vorurteile, auch das wegen Baozis Rehabilitierung, die sie so erbost hatte, waren wie weggeblasen. Sie war fest überzeugt, Rongshu würde ihr alles richtig erklären. Was der alles wußte und konnte, sogar das Meer verstand er! Wenn er so fest und unerschütterlich an das Dokument über ein besseres Leben der Bauern glaubte, warum sollte sie dann daran zweifeln? Er hatte bestimmt auch eine Idee, wie ihr jetzt zu helfen war, er würde ihr sagen, was sie tun sollte.

Vom Drei-Mu-Teich her wehte ein leichtes, laues Lüftchen. Vielleicht war das die erste zaghafte Ankündigung des nahenden Frühlings. Es bewegte lautlos die dürren Sträucher am Teich und trocknete unmerklich die Tränen im Gesicht des Mädchens, das kräftig ausschritt. Ob der Frühling am Ende doch noch in diesen von der Liebe vergessenen Winkel kommen würde?

1979

Deng Youmei Suche nach Bilder-Han

Gan Ziqian rechnete es sich an den Fingern aus: Gute dreißig Jahre war er nicht mehr in dieser Gegend gewesen. Die Straße vor dem Tor des Gefängnisses Nr. 1, die den Namen „Weg ins neue Leben" trug und von der man früher gesagt hatte: „Bei Dürre Staub bis an die Knöchel, bei Nässe Schlamm bis an das Knie", war inzwischen asphaltiert worden. Im „Kloster unter den Zypressen", mit der „Ahnenhalle für die Begnadeten des Birnengartens", ragte ein Neubau empor, und in der Nähe der letzten Ruhestätte des berühmten Protagonisten der Peking-Oper, Yang Xiaolou, war eine Schule errichtet worden. Weiter nach Süden zu befanden sich noch das „Papageiengrab" und das „Konkubinengrab". In seiner Jugend hatte Gan Ziqian dort oft gesessen und Skizzen nach der Natur gemalt. Noch heute wußte er die ersten Worte auf einem der Grabsteine auswendig: „O endloser Kummer, o ewiges Mißgeschick! Bald endet das kurze Lied, bald schwindet der helle Mond ..." Nun stand er wieder hier und sah in das Wasser des Sees am Taoranting, dem „Pavillon des Heiteren Frohsinns", der all die gewaltigen Veränderungen der Zeitläufte miterlebt hatte, und es überkam ihn unwillkürlich selbst ein wenig das Gefühl „endlosen Kummers". Wohin sollte er sich wenden, um Bilder-Han zu finden? Bilder-Han wurde gebraucht, er könnte nützlich sein für die Vier Modernisierungen im Lande, aber es waren nun schon viele Jahre vergangen, seit man ihn aus dem Antiquitätengewerbe gedrängt hatte. Gans Lebenslicht hatte nicht mehr lange zu brennen, und wenn er vor seinem Ende Bilder-Han nicht mehr finden würde, könnte er seine Augen nicht in Frieden schließen.

Die Mißstimmung zwischen Gan Ziqian und Bilder-Han hatte vor mehr als dreißig Jahren mit einem üblen Scherz begonnen. Gan malte in seinen jungen Jahren gern Bildnisse in jener konturierenden Feinstrichtechnik, die man „sorgfältiger Pinsel" nennt, und ab und an kopierte er wohl auch das eine oder andere alte Werk. Einmal betrachtete er die Kopie eines solchen mittelalterlichen Rollbildes, die von dem bekannten Maler und großen Meister Zhang angefertigt worden war. Dabei packte ihn das Malfieber, er nahm einen Bogen Originalpapier aus der Song-Zeit, den er bei sich aufbewahrte, und ein halbes Stück alte Tusche zur Hand und kopierte das Bild „Fest der Kalten Speisen" des Song-Malers Zhang Zeduan. Eigentlich hatte er das nur zu seinem Vergnügen getan – bis der Reporter eines kleinen Nachrichtenblättchens die Kopie zu Gesicht bekam. Dieser Mensch hieß Na Wu und gehörte zu jener Sorte von Abkömmlingen der Acht-Banner-Leute, die nichts gelernt hatten und ihr Leben mit Nichtstun verbrachten. Er nahm das Bild an sich, brachte es zum Kaschierer Feng, einem Spezialisten für Fälschungen, und ließ es in der Manier der Alten auf Papier aufziehen und mit Seide einfassen, mit einem nachgemachten Stempel des Kaisers Qianlong versehen und durch weitere Behandlung ganz auf zwölftes Jahrhundert trimmen. Dann zeigte er es Gan Ziqian und sagte: „Sehen Sie sich das jetzt einmal an, damit sind Sie genausogut wie Großmeister Zhang. Auf jeden Fall sind Sie nicht schlechter als Bilder-Han."

Bilder-Han war lange Zeit Mittelsmann im Handel mit Bildern und Kalligraphien gewesen. Er verstand sich auf das Erkennen von Echtem und Gefälschtem, und er war auch selbst in der Lage, ausgezeichnete Kopien herzustellen. Im Kreise der Antiquitätenhändler genoß er großes Ansehen, und kürzlich war er im Pfandhaus „Allgemeines Erblühen" als stellvertretender Direktor angestellt worden.

Als Gan Ziqian sein Werk so auf alt herausgeputzt sah, war er mit sich selbst recht zufrieden und sagte lächelnd: „Sie sollten mich nicht so ohne Grund in den Himmel heben. So große Fähigkeiten habe ich nun wirklich nicht."

„Wenn Sie meine Worte als Schmeichelei auffassen, wäre das eine Beleidigung für mich", sagte Na Wu indigniert. „Falls Sie mir nicht glauben, dann lassen Sie uns doch eine Probe aufs Exempel machen."

„Wie wollen Sie das anstellen?"

Na Wu erklärte, daß er das Bild ins Pfandhaus „Allgemeines Erblühen" bringen wolle. Wenn Bilder-Han die Fälschung erkennen sollte, dann würde er ihm sagen, es sei nur ein Spaß gewesen. Sollte er ihn aber überlisten können, wäre das der Beweis dafür, daß Gan Ziqian bereits die Höhen der Vollkommenheit erreicht hätte. Allerdings müßte er, Na Wu, in diesem Fall die Hälfte des Pfandgeldes bekommen, und Gan müßte ihn außerdem zu einem Entenessen ins Restaurant „Zu den billigen Preisen" einladen. Mit diesen Worten wikkelte er das Bild in ein blaues Tuch und ging davon.

Man würde Na Wu unrecht tun, wollte man behaupten, er habe von Anfang an eine Betrügerei im Sinn gehabt. Ursprünglich wollte er sich nur einen Jux machen und seine Wette gewinnen. Erst als er sich wirklich daranmachte, mit der Bildrolle unter dem Arm zur Pfandleihe zu gehen, kam ihm der Gedanke, daß er dabei ein hübsches Sümmchen herausschlagen könnte. Und wenn man schon vorhat, jemanden zu prellen, dann muß man sich, um für einen Drachen gehalten zu werden, auch wie ein Drache kleiden. Wie es hieß, schauten die Leute in den Leihhäusern zuerst auf die Kleidung ihrer Kunden. Und so staffierte er sich denn heraus: langer Kaftan aus Frühlingsseide, modische Weste mit vielen länglichen Knöpfen wie auf dem Griffbrett einer Pipa-Laute, schwarze Satinschuhe mit spitzem Ausschnitt, weiße Seidenstrümpfe. Zwischen die Finger klemmte er sich eine mehr als zwei Zoll lange Zigarettenspitze aus Drachenhorn. Dahinein steckte er eine Zigarette der feinen Marke „Drei Forts", zündete sie an und hielt sie wie ein Snob in die Höhe. Er reichte das Päckchen mit dem Rollbild hinauf auf den Ladentisch und sagte leichthin: „Zum vollen Wert von tausend!" Dann wandte er den Kopf ab, drehte sich zur Wand und blieb so stehen. Auf den ersten Blick war zu erkennen, daß es sich um den Nachfahren einer hocharistokratischen Sippe der Acht-Banner-Leute handelte, der sich ein Prachtstück aus dem Familienschatz unter den Nagel gerissen hatte und es nun versetzen wollte. (Diese Leute wollten immer nur verpfänden, aber niemals verkaufen. Und wenn sie etwas verpfändet hatten, lösten sie es nicht wieder aus. Seinerzeit hatte sich sogar das Innenministerium dieser Methode bedient, um für den letzten Mandschu-Kaiser Puyi Geld zu beschaffen, wodurch etliche Leihhausbesitzer zu Besitz und Reichtum gekommen waren.)

Vielleicht waren es die Erscheinung und das Auftreten Na Wus gewesen, die Hans Auge getäuscht hatten? Oder war er so schockiert gewesen, weil Na Wu ohne Umschweife einen so hohen Preis genannt hatte? Möglich auch, daß Bilder-Han einfach aus Oberflächlichkeit nicht genau hingesehen hatte. Das läßt sich im nachhinein nicht mehr feststellen. Jedenfalls diktierte Bilder-Han, nachdem sie lange um die Summe gefeilscht und das Päckchen in dem Tragetuch immer wieder vom Ladentisch herunter- und auf den Ladentisch hinaufgeschoben hatten, schließlich in seinem Shanxi-Dialekt: „Schreib auf! Zerschlissenes Rollbild, ein Stück, von Würmern und Mäusen angefressen, ausgeblichen, angeschimmelt, Pfandpreis: Silberdollar sechshundert." Ein Sack maschinengemahlenes Mehl der Marke „Fregatte" kostete damals zwei Dollar vierzig. 600 Silberdollar waren also eine ganz schöne Summe. Als Na Wu zurückkam und Gan Ziqian den ganzen Hergang erzählte, lachte der zuerst amüsiert, doch dann, als er noch einmal genauer darüber nachdachte, stieg Angst in ihm auf. Wenn diese Sache eines Tages ruchbar werden sollte, wäre er überall diskreditiert, außerdem würde Bilder-Han das als eine Beleidigung auffassen. Gan Ziqian stand zwar mit Bilder-Han nicht auf besonders vertrautem Fuß, doch immerhin konnte er ihn seinen Freund nennen. Sie waren beide Liebhaber der Peking-Oper. Dabei liebten sie besonders das Rollenfach „bärtiger Alter", und unter den Darstellern der „bärtigen Alten" bewunderten sie am meisten Sheng Shiyuan. Dieser trat oft längere Zeit im „Sanqing" auf, und beide trafen sich dann dort fast jeden Tag. Obendrein hatten sie die Gewohnheit, bei besonders schön gesungenen Stellen in lautstarken Beifall auszubrechen, wobei jedoch die Art und Weise dieser Beifallsäußerung bei beiden unterschiedlich war. Mit der Zeit hatte sich bei dem Sänger ein bedingter Reflex herausgebildet: Wenn er nach einer Szene von der Bühne trat, ohne die Bravorufe dieser beiden Zuschauer vernommen zu haben, hatte er keine rechte Lust mehr weiterzuspielen. An einem Abend nun hatte Sheng Shiyuan eine Partie in der Trilogie „Der Verlust der Stadt Jieting" – „Die List der Leeren Stadt" – „Die Hinrichtung des Ma Su" zu singen, aber Bilder-Han war aus irgendeinem Grund nicht erschienen, so daß an der Stelle, wo Zhuge Liang in seinem Stabszelt sitzt, nach dem Einsetzen der Arie nicht zwei Beifallsrufe, sondern nur einer zu hören war. Shen Shiyuans Spiel wurde daraufhin immer schlaffer, und am Ende hatte er sich sogar einen verkehrten Bart umgehängt, was vom Publikum mit sarkastischem Grölen quittiert wurde. Als Bilder-Han davon erfuhr, veranstaltete er speziell für Sheng Shiyuan ein Gastmahl, um ihn die Schande vergessen zu lassen, und dabei schlossen beide Brüderschaft.

Na Wu bemerkte, wie sich Gan Ziqians Gesichtsausdruck verfinsterte, und redete ihm gut zu: „Was ist denn schon dabei? Bilder-Han treibt doch selbst Geschäfte mit gefälschten Bildern, es ist also bloß eine gerechte Vergeltung zu Lebzeiten. Und wenn Sie für Ihre Reputation Folgen befürchten, na gut, dann werden wir es eben nicht noch einmal machen. Wer soll denn etwas erfahren, wenn wir beide dichthalten? Außerdem haben wir es doch nur getan, um Ihre Meisterschaft unter Beweis zu stellen, und nicht etwa, um Geld zu scheffeln. Bloß, wenn wir nun schon die Pinke in der Hand haben, dann werden wir doch nicht so blöd sein und schamhaft das Gesicht abwenden, oder wollen Sie etwa diesen Fetzen Klopapier wieder zurückkaufen, einschließlich der Zinsen?"

„Ich hätte gar nicht das Geld dazu."

„Selbst wenn Sie es wollten, könnten Sie es nicht, denn den Pfandschein habe ich."

Gan Ziqian blieb keine andere Wahl, als sich von den Argumenten Na Wus überzeugen zu lassen. Wie vereinbart, übergab er Na Wu die 300 Silberdollar. Als er ihn dann zum Entenbraten eingeladen hatte, ließ Na Wu ihn aber nicht die Kosten dafür tragen, sondern erklärte: „Ich werde diesen Pfandzettel zum Qihe-Haus auf dem Ostmarkt bringen und ihn in dem japanischen Leihlädchen dort verpfänden. Wenn es mir gelingt, dem Japanesen noch dreihundert oder zweihundert aus den Rippen zu leiern, übernehme ich die Kosten für die Ente."

„Sie finden aber auch immer einen Weg!" bemerkte Gan Ziqian.

„Sind Sie etwa nicht einverstanden? Einem Japaner Geld aus der Tasche zu ziehen ist doch eine patriotische Tat!"

Kurze Zeit danach hörte Gan Ziqian, wenn er in die Läden ging, um Bilder zu verkaufen oder Schulden einzutreiben, die Leute reden, Bilder-Han habe sein ganzes Leben den Habicht gespielt, doch nun sei ihm von einem anderen Habicht ein Auge ausgehackt worden. Ein paar Tage später erhielt er ein Einladungsschreiben: Am 16. August hatte Bilder-Han Geburtstag, und er bat Gan Ziqian zu einem Festessen.

Bilder-Han hatte in Gongwangfu nördlich vom Beihai-

Park am Hintersee eine ehemalige Parkanlage gemietet und unmittelbar am Ufer im „Gartenhaus des Regenfalls auf die Lotosblätter" alles für die Geburtstagsfeier herrichten lassen. Unter einem Wellblechdach vor dem Häuschen waren ein Dutzend Tische gedeckt. Gan Ziqian hatte erwartet, Bilder-Han würde wegen dieser Geschichte einen erschöpften und niedergedrückten Eindruck machen, indes schien er ihm nun, nachdem er ihn einige Tage nicht gesehen hatte, eher noch heitererer Stimmung als sonst. Nach ein paar Gläschen Wein begrüßte Bilder-Han seine Gäste, indem er sich in traditioneller Weise mit zusammengelegten Händen vor jedem verbeugte und sagte, sich hinter Weinseligkeit versteckend: „Allein meines bescheidenen Geburtstags wegen hätte ich nicht gewagt, Sie, meine lieben Freunde, in Ihrer Ruhe zu stören. Ich habe Sie vielmehr hierhergebeten, weil ich etwas auf dem Herzen habe, was ich mit Ihnen bereden möchte. Liebe Brüder, ich habe mich hinters Licht führen lassen!"

Alle fragten aufgeregt durcheinander: „Was ist denn Schlimmes passiert?"

„Auch wenn ich es Ihnen nicht sagte, würden Sie es doch bald alle erfahren: Ich bin auf ein gefälschtes Rollbild hereingefallen. Früher, als ich nichts zum Leben hatte, habe ich auch Kopien gemalt, diesmal aber bin ich selbst über eine solche Fälschung gestolpert. Das war die Vergeltung, und ich kann wohl niemandem deshalb gram sein. Aber ich denke, unter uns Kollegen sind die meisten ehrliche und pflichtbewußte Menschen. Um zu verhindern, daß einer von Ihnen vielleicht denselben Fehler begeht wie ich, habe ich dieses Bild heute mitgebracht, und ich möchte Sie alle bitten, einmal Ihre Augen darauf ruhen zu lassen. Bewahren Sie die Lehre, die mir erteilt wurde, gut im Gedächtnis, und machen Sie niemals selbst einen solchen Fehler. So, hängt das Bild mal auf!"

Auf diesen Befehl hin traten zwei Lehrlinge hervor. Der eine hielt in den erhobenen Händen vor seinem Körper die Bildrolle, der andere trug eine Bambusstange mit einer eisernen Klaue am oberen Ende, damit faßte er die Aufhängeschnur des Bildes und hängte es an einen der kupfernen Haken, die in die Dachstreben eingelassen und eigentlich für die großen roten Papierlaternen bestimmt waren. Die Gäste sammelten sich um das Bild, schnalzten anerkennend mit der Zunge und sagten: „Etwas so echt nachzuahmen, da können einem die Augen übergehen." Bilder-Han sagte: „Lassen Sie sich nicht täuschen. Suchen Sie lieber die schwachen Stellen heraus, um sich ein paar Kniffe abzusehen." Dann wandte er sich Gan Ziqian zu und sagte lachend: „Ziqian, Sie haben ein ungewöhnlich scharfes Auge. Suchen Sie bitte als erster die Unzulänglichkeiten und offenbaren Sie diese den anderen!"

Gan Ziqian war rot angelaufen, aber zum Glück fiel das keinem auf, da alle schon einige Gläschen getrunken hatten. Er trat vor das Bild und betrachtete zunächst die linke untere Ecke, wo er einen blassen Daumenabdruck wahrnahm, für ihn der Beweis dafür, daß es sich wirklich um sein Werk handelte. Daraufhin sah er sich das ganze Bild aufmerksam an und begann Bewunderung für sich selbst zu empfinden. Das war wirklich exzellent gemalt, und er hätte ehrlicherweise nicht sagen können, wo da etwas danebengegangen sein sollte; hätte er es gewußt, dann wäre es von ihm ja schon beim Malen korrigiert worden. Indessen erkannte er an, daß seine Pinselarbeit nicht die des Originals erreichte, und deshalb sagte er: „Es ist mit etwas zu lockerem Handgelenk und ein wenig plump gemalt. Das Papier allerdings ist echtes Song-Papier, und die Tusche ist echte Song-Tusche, kein Wunder, daß sogar Herr Han damit getäuscht werden konnte."

Bilder-Han lachte ein paarmal in heiterster Laune und sagte: „Daß ich diesmal übers Ohr gehauen wurde, lag nicht an der Geschicklichkeit des Malers, ich war einfach zu eitel und zu sehr von mir selbst überzeugt, zu unachtsam. Heute möchte ich Ihnen allen, meine lieben Freunde, den guten Rat geben, niemals übermütig zu werden, weil Sie von sich selbst meinen, ein großer Kunstkenner zu sein, und dabei das Wörtchen Vorsicht vergessen. Dieses Rollbild scheint auf den ersten Blick absolut echt, Sie brauchen aber nur einmal genau hinzuschauen, und die Mängel werden Ihnen schnell offenbar. Ein Beispiel: Der Titel heißt ‚Fest der Kalten Speisen', dargestellt ist also die Zeit des Qingming-Festes, des Festes der Reinheit und Klarheit, des Gräberfestes im Frühling. Zhang Zeduan lebte lange Zeit in Bianliang, dem heutigen Kaifeng, und in den mittleren Provinzen trägt man um diese Zeit Anfang April im allgemeinen leicht gefütterte Jacken, aber schauen Sie auf diesen Jungen hier, er hat überraschenderweise noch eine Mütze mit Ohrenklappen auf! Sollte Zhang Zeduan sich da einen Witz geleistet haben? Und schauen Sie nochmals genau hin, diesen Jungen, den haben Sie doch schon irgendwo gesehen. Na, wo? Auf dem Bild ‚Glückverheißender Schnee'! In der dort dargestellten Situation um den Wechsel des Mondjahres im Januar, Februar herum muß man natürlich eine solche Mütze aufsetzen. Was also den Jungen betrifft, so stammt er schon von Zhang Zeduan. Und auch der Hintergrund ist von Zhang Zeduan. Beide zusammen sind aber so von Zhang Zeduan niemals gemalt worden. Und dann nehmen Sie noch diese Frau: Zum Qingming besucht man die Gräber, und natürlich beweinen die jungen Witwen ihre verstorbenen Männer. Das Wort ‚Mann' wird im Dialekt der mittleren Provinzen mit geringer Lippenöffnung gesprochen. Diese Frau jedoch macht den Mund weit auf. Mit dieser Mundstellung kann man höchstens den Laut ‚a' herausbringen! Ist es denkbar, daß eine junge Frau aus der Zeit der Song-Dynastie so mit offenem Maul herumschreit ‚waayaa' wie der unerschrockene Haudegen Zhang Fei aus der Zeit der Drei Reiche? Sie alle kennen doch bestimmt die Peking-Oper ‚Die Erdolchung des Herrn Tang bei der Inspektion eines abgeschlagenen Kopfes'. Sogar Tang Qin war bekannt, daß Zhang Zeduan niemals ein solcher Lapsus unterlaufen wäre. Aus alledem ist ersichtlich, daß das hier nicht von Zhang Zeduan gemalt sein kann . . ."

Alle gaben Zeichen bewundernder Überraschung von sich. Auch Gan Ziqian empfand im innersten Herzen große Hochachtung, ohne ihr jedoch Ausdruck zu verleihen. Er erhob sein Glas auf Bilder-Han und bat um Belehrung: „‚Die Erdolchung des Herrn Tang bei der Inspektion eines abgeschlagenen Kopfes' habe ich wer weiß wie oft gehört. Mit den besten Darstellern wie Lei Xifu, Ma Lianliang oder Zhou Xinfang habe ich dieses Stück gesehen. Aber wie kommt es, daß ich mich eigentlich an keine Episode erinnern kann, in der Tang Qin etwas über die Malkunst von sich gibt?"

Bilder-Han erwiderte: „Wenn Sie morgen oder übermorgen mal bei mir im Pfandhaus vorbeikommen, werde ich es Ihnen genau erklären. Jetzt ist nicht mehr die Zeit dafür, denn Herr Sheng Shiyuan ist eingetroffen, um mir zum Geburtstag zu gratulieren, die Aufführung wird gleich beginnen."

Nach diesen Worten goß Han ein Glas Schnaps über das Rollbild, riß ein Streichholz an und setzte das Bild vor aller Augen in Brand. Es stand sofort in hellen Flammen. Laut lachend sagte Bilder-Han: „Verbrennen wir es, damit es auf dieser Welt keinen Schaden mehr anrichten kann. Trinken Sie noch ein Glas, und dann bitte ich Sie zur Vorstellung!"

Als das Bild verbrannt war, fühlte Gan Ziqian sich erleichtert. Er setzte sich wieder hin und konzentrierte sich mit innerer Gelassenheit auf die Opernvorführung. Sheng Shiyuan erfüllte mit seinem Auftreten bei dieser internen Feier eine brüderliche Freundespflicht und zeigte sein ganzes Können. Bilder-Han gab seiner intimen Kenntnis der hohen Kunst des Freundes durch laute Bravorufe Ausdruck. Auch Gan Ziqian konnte nicht umhin, in den Beifall einzustimmen. Als das erste Stück zu Ende war, lief Bilder-Han hinter die Bühne, um sich für die hervorragende Leistung zu bedanken. Dabei sagte Sheng Shiyuan: „Der Herr, der sonst immer mit dir gemeinsam kam und mir Beifall spendete, ist etliche Tage nicht mehr in unseren Hallen gewesen. Wer ist das eigentlich, könntest du ihn nicht mal herholen und mich mit ihm bekannt machen?" Da Bilder-Han alles zuwider gewesen war, seit man ihn mit dieser Fälschung hereingelegt hatte, war er ein paar Tage nicht ins „Sanqing" gegangen und hatte deshalb keine Ahnung, daß auch Gan Ziqian nicht dort gewesen war. Als Sheng Shiyuan das erwähnte, ging ihm plötzlich ein Licht auf. Ihm war klar gewesen, daß der Fälscher, der ihn übertölpelt hatte, nur im Kreis seiner Fachkollegen zu finden sein konnte. Deshalb hatte er versucht, durch entsprechende Verteilung der Einladungen für die heutige Feier ein Netz zu spannen, aber er hatte nicht im geringsten an Gan Ziqian gedacht. Nach Sheng Shiyuans Worten eilte er sofort auf die Vorbühne, um Gan Ziqian zu suchen, sein Lehrling sagte ihm jedoch, Herr Gan sei soeben von einem Mann weggeholt worden.

Zur selben Zeit zerrte Na Wu gerade Gan Ziqian durch einen Seiteneingang des Gartens hinaus. Ein wenig unwillig sagte Gan Ziqian: „Fünfter Herr, warum zum Teufel müssen Sie ausgerechnet hier erscheinen wie ein Geist?" Na Wu entgegnete: „Ich habe etwas Dringendes mit Ihnen zu besprechen. Ich wollte doch diesen Pfandschein versetzen, der Japaner möchte aber erst das Pfandstück sehen, dafür müßten wir die Zinsen für einen Monat zahlen. Meinen Sie, daß wir dieses Risiko eingehen sollten? Entweder es gelingt mir, den Japaner auszutricksen und aus ihm ein Sümmchen herauszuleiern, das wäre natürlich lustig; oder er merkt, daß da was falsch läuft, dann wäre mit diesem japanischen Affen sicher nicht so einfach fertig zu werden wie mit Bilder-Han, er würde uns ins Revier der Rotmützen abtransportieren lassen, und die würden uns den Bauch mit kaltem Salzwasser vollpumpen ...“

Ziemlich unmutig sagte darauf Gan Ziqian: „Richten Sie Ihren unersättlichen Appetit doch nicht noch auf Shu, nachdem Sie bereits Long erobert haben! Außerdem will ich Ihnen noch etwas sagen: Bilder-Han hat mein Meisterwerk bereits eingeäschert und gen Himmel geschickt.“ Und er erzählte ihm, was sich soeben zugetragen hatte. Als Na Wu das gehört hatte, erstarrte er erst vor Schreck, dann aber schlug er sich auf die Schenkel. „Diesmal ist es Bilder-Han, der seine Reichtümer verschleudert. Kein Wunder, daß mir Lian Kuoru, als ich ihn aufsuchte, um mir aus der Physiognomie wahrsagen zu lassen, prophezeite, daß ich wegen meiner wohlgebauten Nase im mittleren Lebensalter dem großen Glück begegnen würde!“

Gan Ziqian sagte: „Was haben Sie nun schon wieder Sündhaftes im Sinn? Sie haben ihm schon ein paar Hundert aus der Tasche gezogen, das sollte genug sein. Treiben Sie es nicht auf die Spitze, um so mehr, als ich oft mit ihm zusammentreffe und wir gute Freunde sind.“

„Freunde? In Geschäften gibt‘s weder Vater noch Sohn! Wer sich eine Gelegenheit zum Geldmachen entgehen läßt, ist ein Blödling. Machen Sie sich keine Sorgen, warten Sie‘s ab, ich werde Sie dann ins ‚Zhengyanglou‘ zu einer Portion Flußkrebse einladen.“

Je mehr Gan Ziqian nach dem Weggang Na Wus über alles nachdachte, um so unwohler wurde ihm. Moralisch war Bilder-Han diesem Na Wu weit überlegen. Er, Gan Ziqian, war zwar selbst mit in diese Geschichte verwickelt, aber auch wenn er nichts damit zu tun gehabt hätte, würde er es doch nicht über sich gebracht haben, einfach zuzusehen, wie Na Wu Bilder-Han noch einmal übervorteilte. Er entschloß sich, am nächsten Morgen Bilder-Han im Pfandhaus aufzusuchen, um ihm bei einer günstigen Gelegenheit die Wahrheit zu gestehen, damit Na Wu nicht noch weiteren Schaden anrichten konnte.

So begab sich Gan Ziqian also am nächsten Morgen in das Pfandhaus „Allgemeines Erblühen“. Als Bilder-Han erfuhr, daß er gekommen war, ging er ihm entgegen, begrüßte ihn mit großer Freundlichkeit und bat ihn sogleich in sein separates Zimmer hinter dem Kassenraum. Nachdem ein Lehrling Tee gereicht hatte, setzte Bilder-Han die Wasserpfeife in Gang, rauchte ein paar Züge, begleitet von glucksendem Geräusch, und begann dann das Gespräch: „Vor ein paar Tagen war ich im ‚Sanqing', ich habe Sie aber nicht gesehen. Wo waren Sie die ganze Zeit?" Ehe Gan Ziqian antworten konnte, kam mit kleinen Tippelschritten der Buchhalter aufgeregt herein und sagte kaum hörbar: „Herr Direktor, draußen ist etwas Schreckliches passiert."

Gespannt, aber in aller Ruhe fragte Bilder-Han: „Was denn Schreckliches? Macht Ihr wieder viel Lärm um nichts?"

„Da will einer seine Pfandsache einlösen."

„Na und, wir sind nun mal ein Leihaus, warum soll da nicht jemand sein Pfand einlösen kommen?"

„Aber was er einlösen will, das ist doch gerade ..." Nach einem Blick auf Gan Ziqian war der Buchhalter immer näher an Bilder-Han herangetreten und hatte dabei immer leiser gesprochen. Da sagte Bilder-Han mit lauter Stimme: „Reden Sie ruhig frei von der Leber weg, Herr Gan ist für uns kein Fremder." Der Buchhalter sagte nun ebenfalls laut: „Da will jemand das Rollbild einlösen."

„Welches Rollbild?"

„Na, dieses ‚Fest der Kalten Speisen', das Sie gestern verbrannt haben."

Gan Ziqian hatte das Gefühl, als habe jemand über seinem Kopf mit aller Kraft eine große Glocke angeschlagen. Er bebte am ganzen Körper und spürte eine leichte Erstarrung. Daß Na Wu es aus Raffgier bis zu einem solchen Wahnsinn treiben und auf diese Idee verfallen würde, hatte er nicht erwartet.

Bilder-Han sagte: „Erklären Sie ihm, dieses Bild sei gefälscht gewesen. Er hat sich auf unredliche Weise einige hundert Silberdollar verschafft, das sollte ihm doch genügen. Wenn er damit noch nicht zufrieden ist, werden wir mit ihm vor Gericht gehen und sehen, wer Recht bekommt."

„Herr Direktor sind gewiß ein kenntnisreicher und weitblickender Mann, aber kann man so mit seinen Kunden umgehen? Der Herr draußen weist einen Pfandschein vor, und selbst wenn es sich nur um ein Stück Toilettenpapier handelte, müßten wir es ihm zurückgeben, wenn er es auslösen möchte. Und wenn wir das Stückchen Papier nicht wiederfinden sollten, dann müßten wir das Doppelte der Pfandsumme als Entschädigung zahlen. Aber selbst wenn wir so vorgingen, würde der Herr draußen wahrscheinlich nicht einwilligen. Wir können ihm doch dann nicht sagen, daß wir vor Gericht weiter mit ihm sprechen werden!"

Diesen Worten hatte Bilder-Han nichts entgegenzusetzen. In diesem Augenblick nahm die Lautstärke des Streites draußen zu. Man hörte die dünnspitze Stimme des Herrn Na Wu. Sie klang wie die langgezogenen Sentenzen der „schwarzgekleideten Schönen" in der Peking-Oper, wenn sie von einer Sprechszene zum nächsten Gesangspart übergehen. „Wie denn, Sie wollen mein altes Familienerbstück schlechtmachen, um es sich anzueignen? Sie sagen, mein Bild sei gefälscht gewesen? Na schön, bloß, wenn es gefälscht gewesen sein sollte, dann war es doch zumindest von Chen Laolian kopiert, und das wäre noch teurer als das echte. Wenn Sie das Ding nicht mehr haben, dann rücken Sie wenigstens das Silber dafür heraus!"

Bilder-Han stand auf und sagte: „Unerhört! Ich geh mal selbst nachsehen. Ziqian, bitte entschuldigen Sie mich einen Moment."

Anfangs war Gan Ziqian nur zornig geworden, als er den feinen Herrn Na Wu so hatte herumschreien hören, dann aber wurde ihm die Sache höchst peinlich. Dieser Schachzug Na Wus hatte ihn in eine Mattsituation gebracht, in der er völlig machtlos war. Ohne auf die Regeln des Anstands und der Höflichkeit zu achten, folgte er Bilder-Han nach vorn an den Ladentisch.

Der Ladentisch des Pfandhauses war wie üblich so hoch, daß er den Kopf der Kunden um einen reichlichen Fuß überragte. An der gegenüberliegenden Wand hing ein schwarz-roter Knüppel. (Das war ein Überbleibsel aus der Zeit der Mandschu-Dynastie, als manche Beamte gleichzeitig Händler waren. Die eine Hälfte des Knüppels symbolisierte den Handel, die andere Hälfte den Beamtenstatus und die damit verbundenen Machtprivilegien des Inhabers.) Umgeben von seinem Buchhalter und vier oder fünf anderen Angestellten, sah Bilder-Han über den Ladentisch hinweg nach unten. Und wieder ertönte Na Wus dünnfädige Stimme: „Wenn Sie das

Bild haben, dann geben Sie es heraus! Wenn Sie es nicht haben, reden wir woanders weiter . . ."

Gan Ziqian stellte sich hinter Bilder-Han und warf einen Blick über den Ladentisch. Dort unten stand, hinter Na Wu aufgepflanzt, ein kleiner Dicker mit schwärzlicher Haut, in grauen Hosen und grauer Jacke, die Hände in den Ärmelöffnungen versteckt, die Jackenknöpfe, deren Form ihn als Mitglied der Geheimgesellschaft der „Dreizehn Großen Berater" auswies, alle offen, so daß sein schwarz eingefaßtes weißes Schweißhemd aus Kattun und eine rote Bauchbinde zu sehen waren. Gan Ziqian erkannte in ihm sofort den Schwarzen Liang von der Detektei des 5. Äußeren Bezirks. Angesichts dieser Schlachtordnung war klar, daß Na Wu entschlossen war, den Strick um Bilder-Hans Hals zuzuziehen. Gan Ziqian warf Na Wu einen strafenden Blick zu und sagte, obwohl er sich der Aussichtslosigkeit seines Tuns bewußt war: „Ach, das sind ja Sie, Fünfter Herr! Eh, wir sind doch hier unter Freunden, warum wollen Sie denn unbedingt . . ."

„Mein lieber Herr Gan, was wir hier zu bereden haben, ist eine gewichtige öffentliche Angelegenheit, mischen Sie sich also bitte nicht ohne jeden Grund ein. Ich habe ein wertvolles, von meinen Vorfahren ererbtes Stück verpfändet. Heute wollte ich es wieder auslösen, und da sagt man mir erst, das Bild sei gefälscht gewesen, und dann vertröstet man mich auf später. Sagen Sie selbst, wie soll ich mich da nicht aufregen?"

Gan Ziqian suchte noch nach ein paar passenden Worten, um Na Wu von seinem Vorhaben abzubringen, als sich Bilder-Han wieder nach vorn drängte, sich über den Ladentisch beugte und hinunterrief: „Sie regen sich auf? Ich habe mich noch viel mehr aufgeregt als Sie! Ich hatte eigentlich damit gerechnet, daß Sie gleich früh kommen würden, wenn wir das Geschäft öffnen. Wieso kommen Sie überhaupt erst um diese Stunde? Sie wollten doch Ihr Pfand einlösen? Wo ist das Geld?"

„Ach, Sie haben wohl Angst, ich hätte kein Geld?" Na Wu warf von unten ein flaches, in ein weißes Taschentuch gewickeltes Päckchen herauf, es enthielt einen Haufen bunt zusammengewürfelter Scheine der Vereinigten Chinesischen Bank. Bilder-Han ließ das Geld von einem Angestellten durchzählen. Es waren mehr als 800 Dollar, die Zinsen waren also genau aufgerechnet. Bilder-Han zählte die Summe für die Zinsen ab und legte sie zur Seite, die 600 Dollar schob er in die Ladenkasse. Dann streckte er die Hand aus, holte unter dem Ladentisch ein blaues Tragetuch hervor und reichte es hinunter. „Sie wollten Ihr Rollbild wiederhaben? Hier, nehmen Sie es mit!“

Gan Ziqian und die Mitarbeiter der Pfandleihe trauten ihren Augen nicht, und ein paar Sekunden lang war kein Laut zu hören. Na Wu stand mit offenem Mund reglos da, dann hob er langsam die Arme, um das Paket entgegenzunehmen, aber seine Hände zitterten so sehr, daß er es nicht halten konnte. Der Detektiv kam ihm zu Hilfe, faßte das Bündel, stopfte es ihm zwischen die Arme und sagte: „Sehen Sie erst mal nach, ob es auch wirklich Ihr Pfand ist.“

Als Na Wu das Tuch auseinandergeschlagen hatte, liefen große Schweißtropfen von seinem Gesicht und fielen hörbar auf den Boden. Mit verzogenem Mund, zwischen Lachen und Weinen, grinste er zu Gan Ziqian hinauf. Wie im Selbstgespräch fragte er dabei so laut, daß Gan Ziqian es hören mußte: „Ist das Bild nicht gestern verbrannt worden?“

Bilder-Han nahm den Faden auf und sagte: „Wenn es gestern nicht verbrannt worden wäre, wären Sie doch heute nicht erschienen, um es zurückzukaufen.“

Na Wu sagte wieder wie zu sich selbst: „Das heißt, es existieren auf der Welt zwei ‚Feste der Kalten Speisen‘?“

Bilder-Han erwiderte: „Wenn Sie möchten, nehme ich mir heute abend die Zeit und mache noch eins für Sie.“

Gan Ziqian wollte noch nicht an das Wunderbare glauben, das sich da vor seinen Augen abspielte. Er sagte zu Na Wu: „Was ist das bloß für ein Bild, um das Sie so ein Aufheben machen? Erlauben Sie mir die Erweiterung meines Horizonts.“

Na Wu reichte ihm das Rollbild hinauf. Was Gan Ziqian da zu sehen bekam, ließ ihn vor Scham so rot werden, als wäre er eben einem heißen Bad entstiegen. Zuerst lenkte er seine Blicke auf die linke untere Ecke, wo jener ganz leichte, kaum wahrzunehmende Daumenabdruck, den er dort versehentlich hinterlassen hatte, wirklich völlig korrekt zu finden war, in genau der gleichen Art und Weise wie auf dem gestern verbrannten Bild. Er war sich nicht sicher, ob er herausgefunden hätte, welches Bild von seiner eigenen Hand stammte, wenn man die beiden Rollbilder nebeneinandergehängt hätte. Man erzählte sich, große Könner seien in der Lage, von einem Bild die obere Schicht so geschickt abzuziehen, daß daraus zwei identische Exemplare entstünden. Beherrschte Bilder-Han etwa diese außergewöhnliche Technik?

Unten im Laden war der Schwarze Liang von der Detektei inzwischen ungeduldig geworden und fragte Na Wu: „Wie es aussieht, werde ich hier wohl nicht mehr gebraucht. Geben Sie mir mein Geld, dann kann ich ja gehen."

Na Wu kramte etwas Geld heraus und schickte den Burschen weg. Er hatte seine Fassung wiedergewonnen und sagte mit einem zynischen Lächeln, die zusammengelegten Hände respektvoll erhoben: „Verehrter Herr Han, ich habe eine nützliche Lektion von Ihnen erhalten. Für die zweihundert Silberdollar Zinsen habe ich mein Wissen erweitern dürfen, sie sind also nicht umsonst ausgegeben."

„Die Zinsen können Sie wieder mitnehmen!" Bilder-Han reichte die beiseitegelegte Summe hinunter und fügte lachend hinzu: „Schließlich haben Sie das Rollbild hergebracht, und jetzt müssen Sie es wieder zurücktragen, diese Rennereï strapaziert doch sehr die Schuhe. Nehmen Sie also die paar Sechser und kaufen Sie sich ein Paar neue Schuhe. Und dann erzählen Sie das alles diesem Ihrem Drahtzieher im Hintergrund!" Er richtete seinen Blick auf Gan Ziqian, der Mund und Augen aufsperrte und ein Bild höchster Verwirrung bot. „Vielleicht hat er gedacht, daß er mit seinem bißchen Talent bei mir hier Fliegen zu fressen kriegt. Erst wenn es ihm gelingt, den Maler des Originals selbst zu täuschen, könnte man davon reden, daß er gute Kopien machen kann. Aber bis er so weit ist, muß er sich erst noch ein paar Jährchen auf den Hosenboden setzen."

Gan Ziqian wäre vor Scham am liebsten im Boden versunken. Mit hängendem Kopf verließ er das Pfandhaus „Allgemeines Erblühen" und vermied von da an jedes Zusammentreffen mit Bilder-Han. Er hat ihn seitdem nie mehr zu Gesicht bekommen. Obwohl das Ansehen von Bilder-Han nach dieser Affäre noch größer wurde, hatte der Inhaber des Pfandhauses nicht den Mut, noch einmal ein solches finanzielles Risiko einzugehen, und im Januar des folgenden Jahres entließ er seinen stellvertretenden Direktor. Bilder-Han arbeitete darauf wieder zwei Jahre als Handelsvermittler. Als aber kurz vor der Befreiung Pekings die Geschäfte allenthalben schlecht gingen, fristete er sein Leben, indem er mit einer kleinen Trommel durch die Gassen zog und Altstoffe, die man sonst nirgendwo mehr los wurde, gegen Streichhölzer aufkaufte. Gan Ziqians Ruf als guter Kopist verbreitete sich schnell, und obgleich seine Glaubwürdigkeit stark gelitten hatte, fand er doch einen Posten in einem Geschäft für Kalligraphien und Rollbilder, wo er speziell mit der Restaurierung von Bildern beschäftigt wurde. Beim Abziehen und Aufziehen von Schriftrollen und Rollbildern sind Beschädigungen unvermeidlich, und so wurde immer jemand gebraucht, der gut kopieren und Schäden ausbessern konnte.

Nach der Befreiung Pekings zeigte sich Gan Ziqian in den politischen Schulungen aktiv, seine Denkweise wurde als fortschrittlich und er selbst als der Partei nahestehend eingeschätzt, und da er zudem aus armen Verhältnissen stammte und an seiner sozialen Herkunft nichts auszusetzen war, wurde er bereits in der Zeit der Bildung halbstaatlicher Betriebe Mitglied der Leitung des Bilder- und Schriftrollenhandels sowie stellvertretender Vorsitzender der Gewerkschaft dieses Gewerbezweigs.

Als die Etappe des Aufbaus halbstaatlicher Betriebe beendet war, sollten die Leitungsgremien des Antiquitäten-, Bilder- und Schriftrollenhandels reorganisiert werden, dabei machte jemand den Vorschlag, Bilder-Han in die Leitung hereinzunehmen. Der Regierungsbeauftragte wußte nicht, wer das ist, und bat Gan Ziqian um Aufklärung. Gan Ziqian antwortete ausweichend: „Ich bin mit ihm auch nicht so bekannt, ich werde aber mal versuchen, etwas über ihn in Erfahrung zu bringen."

Zu Hause angekommen, wälzte er die ganze Angelegenheit in seinem Kopf hin und her. Anfangs hatte er ja damals gar nicht die Absicht gehabt, Bilder-Han zu übervorteilen. Die Dinge hatten sich dann aber so entwickelt, daß es heute unmöglich sein würde, eine plausible Erklärung dafür zu geben. Außerdem, so sagte er sich, ist das alles schon viele Jahre her, und wenn sie ihn nicht nehmen, wird kein Mensch mehr an ihn denken oder von ihm sprechen, und weder für ihn noch für mich wird daraus ein Nachteil entstehen. Käme er zu uns, dann wäre ihm allerdings ein Mund gewachsen. Sollte er dann die ganze Angelegenheit ausplaudern und vielleicht sagen, ich hätte das damals absichtlich getan, dann müßte ich sicher ganz schön Federn lassen. Dazu kommt, daß ich in die Partei eintreten will, und da ist es wohl besser, einen Minuspunkt weniger zu haben als einen zuviel.

Gan Ziqian war aber auch nicht der Mann, offiziellen Stellen gegenüber etwas Unwahres zu sagen, und so erklärte er denn, als er wieder mit dem Vertreter der Regierung zusammentraf: „Ich habe einiges über diesen Bilder-Han in Erfahrung gebracht. Er hat zuerst Bilder gefälscht und damit seinen Lebensunterhalt verdient, dann war er eine Zeitlang stellvertretender Direktor in einem Leihhaus. Vor der Befreiung hat er eine Weile in ziemlichem Wohlstand gelebt, zum Beispiel ist zu seinen Geburtstagsfeiern extra der bekannte Schauspieler Sheng Shiyuan bei ihm zu Hause aufgetreten . . ." Daraufhin fragte der Regierungsbeauftragte: „Manche sagen, er verfüge über große Fähigkeiten. Was meinen Sie, sollen wir ihn nun nehmen oder nicht?" Gan Ziqian antwortete: „Das sollte oben entschieden werden. Ich habe nicht genügend Überblick und kein sicheres Urteil in solchen Fragen." Bilder-Han wurde schließlich nicht eingestellt.

Nach einem alten Brauch des Antiquitätengewerbes kann einer, der einmal aus dieser Zunft ausgeschieden ist, in jedes andere Geschäft überwechseln, aber es ist ihm nicht erlaubt, seine Finger jemals wieder nach dem Handel mit Altertümern auszustrecken. Schon An- und Verkauf und Taxieren von Antiquitäten gelten als Verstoß gegen diese Regel. Bilder-Han verschwand also aus den Reihen seiner Berufskollegen.

Viele Jahre lang hatte sich Gan Ziqian dann wegen der Geschichte mit Bilder-Han nicht mehr sonderlich beunruhigt. Selbst an die Person seines früheren Freundes erinnerte er sich mit der Zeit kaum noch.

In den zehn Chaotischen Jahren der Kulturrevolution mußte Gan Ziqian manche Erniedrigung über sich ergehen lassen. Das für ihn Bedrückendste und Unvernünftigste war dabei, daß man ihn, um ihn „umzuerziehen", nicht mehr den Beruf ausüben ließ, mit dem er verwachsen war, und er statt dessen Fußpflege lernen mußte. Nach der Zerschlagung der Viererbande wurde er dann rehabilitiert und erhielt seine Ersparnisse zurück, das war alles gut und richtig, am meisten aber berührte ihn, daß er wieder in einen Antiquitätenladen gehen und die Arbeit machen durfte, die er so liebte und von der er etwas verstand. Er bot für diese Arbeit seine ganze Energie auf. Aber die Jahre gehen am Menschen nicht spurlos vorüber. Nachdem er zum Volksvertreter gewählt worden war, wurde ihm der Untersuchungsbefund einer Ärztekommission zugestellt, darin hieß es, daß er an jener Krankheit leide, bei der es geboten erscheint, sich auszuruhen, und bei der keine Hoffnung auf Heilung besteht.

Wenn er auch zu den Leuten sagte: „Nun bin ich bald siebzig, und müßte ich auf der Stelle auf den Friedhof Babaoshan, könnte keiner behaupten, ich sei zu jung dahingeschieden. Immerhin habe ich das späte Glück der Beschlüsse des 3. ZK-Plenums noch genießen dürfen!", so war er doch in Wirklichkeit in seinem Innersten ein wenig betrübt. Er dachte darüber nach, wieviel er in seinem Leben aus den Händen des Volkes erhalten und wie wenig er zurückgegeben hatte. Er machte im stillen seine private Rechnung auf und zählte sich vor, welche Dinge er in seinem Leben getan hatte, die er vor seinem Volk, vor seinem Land nicht mit gutem Gewissen würde verantworten können. Wie er dabei auch hin und her rechnete, immer wieder kam er auf Bilder-Han.

Von den alten Hasen im Antiquitätenwesen waren inzwischen manche schon gestorben, andere waren krank. Neue qualifizierte Leute waren in den zehn Jahren der Großen Katastrophe nicht herangebildet worden. Der Mangel an ausgebildeten Kräften hatte sich zu einem ernsten Problem entwikkelt. Auf dem internationalen Markt stiegen die Preise für Antiquitäten, und Bilder-Han verfügte über einzigartige Fertigkeiten sowohl beim Schätzen alter Bilder als auch beim Anfertigen von Kopien, warum sollte man ihm also nicht die Möglichkeit geben, sein Können zu beweisen? Hätte ich damals nur erklärt: „Dieser Mann ist von Nutzen", dann wäre Bilder-Han im Gewerbe geblieben, sagte sich Gan Ziqian. Aber ich habe das nicht getan, und das allein ist der Grund dafür, daß Han seit über zwanzig Jahren ausgesperrt geblieben ist.

Die jahrelange Erziehung durch die Kommunistische Partei wie auch die Tatsache, daß alte Leute eher zur Reue fähig sind und für sie persönliche Vor- oder Nachteile keine so große Rolle mehr spielen, trug dazu bei, daß Gan Ziqian schließlich die Parteileitung aufsuchte, einen Bericht abgab und seinen Fehler bekannte. Der Parteisekretär lobte seine Aufrichtigkeit und gab ihm den Auftrag, Bilder-Han die Bitte zu überbringen, er möge ins Antiquitätengewerbe zurückkehren.

Als Gan Ziqian seinen alten Freund zu suchen begann, entdeckte er zum erstenmal, wie groß Peking war, wie viele Menschen die Stadt hatte und wie lang die Zeit der Trennung schon war. Zunächst sagte man ihm, Bilder-Han habe als Kesselheizer im Teehaus „Zum Pflugschar" im Bezirk Tianqiao gearbeitet, aber als er dorthin kam, war dieses Teehaus längst nicht mehr in Betrieb. Dann hörte er, Bilder-Han habe mit einem anderen alten Junggesellen zusammen ein Zimmer in der Nähe des Goldfischteiches gemietet und züchte Goldfische, aber als er dorthin ging und nachfragte, erfuhr er, daß das Haus abgerissen war. Nachdem er einen halben Monat gesucht hatte und an acht verschiedenen Orten gewesen war, bestand die einzige Ernte seiner Mühen darin, daß ihm jemand erzählt hatte, Bilder-Han sei am Leben und gesund und gehe manchmal noch zum Taoranting-Park, um zwischen Mitternacht und Mittag dort seine Schattenboxgymnastik zu betreiben. Wenn Gan Ziqian sich an die Leute erinnerte, die während der Kulturrevolution versucht hatten, ihn „gleichzurichten", empfand er jedesmal Entrüstung. Jetzt erst wurde ihm richtig bewußt, daß er ja auch schon mal einen anderen „gleichgerichtet" hatte, wobei die Folgen keineswegs geringfügiger und die Methoden nicht gerade vornehmer gewesen waren als die der anderen.

Er war entschlossen, seine Schuld abzutragen. Ohne auf die Warnungen der Ärzte zu achten, ging er am frühen Morgen, auf seinen Stock gestützt, in den Taoranting-Park. Der Himmel war um diese Zeit noch nicht völlig hell. Im nebligen Dämmer waren in den Anlagen am See Menschen auszumachen, die sich im Laufen übten, andere versuchten sich im Gesang, machten einen Morgenspaziergang oder angelten. Einzeln und in Gruppen, nur in Umrissen zu erkennen, liefen sie vor ihm und hinter ihm, rechts und links von ihm hin und her, tauchten auf und verschwanden wieder. An wen sollte er seine Fragen richten?

Er wollte schon in Trübsal verfallen, als ihm ein alter Mann entgegenkam mit ein paar langen Bartsträhnen, der eine traditionelle chinesische Hose und Jacke trug und sich ebenfalls auf einen Stock stützte. Den Blick geradeaus gerichtet, summte er im Gehen eine Melodie aus einer Peking-Oper vor sich hin, und als er nahe genug heran war, erkannte Gan Ziqian, daß er die Arie „Meine Herren Soldaten, warum diesen heftigen-nnaa-haha Streit...“ aus „Die List der Leeren Stadt“ sang.

Gan Ziqian verhielt den Schritt. Artikulationsweise und Gestaltung der Worte „heftigen-nnaa-haha Streit“ waren außergewöhnlich. Das Wort „heftigen“ schwang mehrmals auf und ab, kühn und ungezwungen pulsierte sein Rhythmus, und das Wort „Streit“ klang so weit und rein, war so voller Überschwang wie das hurtige Fließen des Wassers. Wie aus einem Reflex heraus, ohne darüber nachzudenken, öffnete Gan Ziqian den Mund und rief laut: „Bravo!“

Da blieb auch der Alte stehen, er hielt den Kopf ein wenig nach oben geneigt, als wollte er den Nachhall dieses Beifallsrufes einfangen. Seine Augen auf den noch nicht ganz durchhellten Wald am Ufer des Sees gerichtet, sagte er: „Diesen Ruf habe ich seit dreißig Jahren nicht mehr vernommen, oder sollte ich mich verhört haben?“

Gan Ziqian antwortete: „Diesen Schwung in der Stimme bei den Worten ‚heftigen Streit‘ habe ich auch seit dreißig Jahren nicht mehr gehört. Dann sind Sie also Herr Sheng?“

„Mein Gott, was Sie da sagen!“ Der alte Mann kam mit ein paar schnellen Schritten heran und drückte ihm nicht einfach die Hand, nein, er packte Gan Ziqian an den Handgelenken und schwenkte sie auf und ab. „Dann sind Sie es, dann sind Sie also der, der so oft mit Bilder-Han zusammen bei meinen Auftritten zugehört hat...“

„Mein Name ist Gan Ziqian.“

„Ja, ich weiß. Als ich damals in dem Garten in Gongwangfu gespielt habe, hatte ich Bilder-Han gebeten, mich mit Ihnen bekannt zu machen, aber Sie waren leider nicht mehr da. Das ist nun schon über dreißig Jahre her. Wie ist es Ihnen die ganze Zeit ergangen? Wo arbeiten Sie jetzt?“

Gan Ziqian sagte, er sei Berater in einem Antiquitätengeschäft. „Ich bin auch Berater“, sagte Sheng Shiyuan. „Ach, was heißt hier Berater! Die Regierung schätzt eben die Fähigkeiten solcher Leute wie wir, und solange du noch ein bißchen was kannst, lassen sie dich nicht in Ruhe. So ist halt der Sozialismus, der läßt kein Talent verkommen. Früher konnten Leute unseres Berufs weder ihre Eltern versorgen noch ihre Kinder ernähren. In dem Jahr, als die Japaner sich damals ergaben, verlor ich meine Stimme und konnte nicht mehr auftreten. Ich mußte betteln gehen. Das war in der alten Gesellschaft. Doch gleich nach der Befreiung wurde ich gebeten, in der Schauspielschule als Schulmeister anzufangen. Bloß unter der Viererbande hatte ich einiges zu leiden, aber davon war ich ja nicht allein betroffen, sogar der Staatsvorsitzende und die alten Generäle und Marschälle mußten manches über sich ergehen lassen. Was soll ich mich da beschweren? Gestern habe ich Shihai getroffen, er steht sogar wieder auf der Bühne ..."

Gan Ziqian wartete darauf, daß der alte Sheng seinen Redestrom beendete und er sich nach Bilder-Han erkundigen könnte. Aber der alte Herr geriet immer mehr in Eifer, so daß ihm nichts anderes übrigblieb, als ihn etwas unhöflich zu unterbrechen: „Herr Sheng, Sie haben eben Bilder-Han erwähnt, wissen Sie, wo er abgeblieben ist?"

„Wo er abgeblieben ist? Er wohnt die ganze Zeit bei mir."

Gan Ziqian gab einen Laut der Überraschung von sich und starrte Sheng Shiyuan eine Weile mit aufgerissenen Augen an. Wo unterm Himmel kommt man so billig zu einem Erfolg? Auf den ersten Schlag ein solcher Glückstreffer! (Er hatte vergessen, daß er vorher schon achtmal ins Leere gestoßen hatte.) Gan Ziqian vergewisserte sich noch einmal: „Ist das wahr, was Sie da sagen?"

„Na aber, fragen Sie doch die Schattenboxer am Taoranting, die wissen alle, daß Bilder-Han mit mir zusammenlebt. Als das Teehaus in der Großen Kulturrevolution einging, wußte Bilder-Han nicht, wo er was zu beißen herkriegen sollte. Er war so sehr mit den Nerven herunter, daß er hier am Seeufer hin und her rannte und zu mir sagte: ‚Vierter Bruder, in den letzten Jahren bin ich Stück für Stück immer weiter auf den Hund gekommen: Als sie mich mit den Altertümern keine Geschäfte mehr machen ließen, bin ich auf die Dreiradrikscha umgestiegen; als ich das Dreirad nicht mehr treten durfte, baute ich mir einen Stand auf und verkaufte Tee in Schalen; als man mich auch keinen Tee mehr verkaufen ließ, heizte ich den Kessel im Teehaus; und nun ist auch das Teehaus kaputt, wohin soll ich mich jetzt noch zurückziehen? Seit der Befreiung mache ich nur Gelegenheitsarbeiten, jetzt bin ich über siebzig, wer will mich denn da noch?' Ich beruhigte ihn und sagte: ‚Wo gibt es auf der Welt einen Fluß, den man nicht überqueren könnte? Zieh zu mir. Seit meine Alte diese Welt verlassen hat und mein Sohn woandershin versetzt worden ist, bin ich alleine übriggeblieben. Wenn ich tagsüber in der Schauspielschule meine Kritik einstecke, bin ich ständig in Angst, daß zu Hause jemand meine Tür aufbrechen und die Wohnung durchsuchen könnte. Bewach mir also mein Haus. Solange sie mir mein Gehalt nicht streichen, wird für dich auch etwas zu essen da sein.‘ Von da an wohnt er nun bei mir. Mittlerweile sind es schon zehn Jahre.“

Voller Aufregung und Ungeduld sagte Gan Ziqian: „Wenn das so ist, dann könnte ich doch gleich mit Ihnen zusammen ihn besuchen gehen, nicht wahr? Ich müßte ihn nämlich mal sprechen, in einer Angelegenheit.“

„Das geht nicht.“

„Wieso?“

„Thrombus im Gehirn, vorgestern ist er ins Krankenhaus eingeliefert worden.“

„Oh . . .“ Gan Ziqian breitete die Arme aus und stöhnte ein um das andere Mal.

„Sie brauchen sich keine Sorgen zu machen, im Moment besteht keine Lebensgefahr, er darf nur keinen Besuch empfangen.“

Gan Ziqian stieß einen Seufzer der Erleichterung aus und fragte: „Woher kam dieser Gefäßverschluß so plötzlich?“

„Überarbeitung. Letztes Jahr wurde bei ihm eine Verkalkung der Gehirngefäße festgestellt. Die Ärzte rieten ihm zu mehr Ruhe, er aber arbeitete im Gegenteil noch mehr. Er meinte, seine Vorfahren hätten über mehrere Generationen mit dem An- und Verkauf von Kalligraphien und Rollbildern zu tun gehabt und etliche Kniffe und Tricks gewußt, wie man echte von falschen unterscheidet, und er wolle die Zeit, in der er sich nicht mehr so viel bewegen dürfe, nutzen, um das alles niederzuschreiben, damit nicht mit ihm die Traditionslinie unterbrochen würde.“

Gan Ziqian sagte: „Er hätte damit eher anfangen sollen.“

Sheng Shiyuan erwiderte: „Vor ein paar Jahren fluchte er noch mächtig herum, die Leitung des Antiquitätenhandels bestehe aus lauter Klopfstöcken, die unfähig seien, einen solchen in Gold gefaßten Edelstein wie ihn zu erkennen. Er wolle lieber sein Wissen mit in den Sarg nehmen, als es denen da ausliefern. In den letzten zwei Jahren jedoch setzte die Partei ihre Linie zur Beseitigung der Folgen der Kulturrevolution mir gegenüber Schritt für Schritt in die Tat um. Mein

Einkommen erhöhte sich ein bißchen, und wir beide konnten etwas besser leben. Er hielt die Politik des Zentralkomitees der Partei für gut, denn der Regen, der auf mich kam, machte auch seine Felder naß. Jetzt, in der Etappe der Vier Modernisierungen, sind seine Fähigkeiten für den Staat von großem Nutzen, und er sollte sie nicht länger verstecken und sein Licht nicht länger unter den Scheffel stellen. Das ist eine gute Sache für den Staat und für das Volk, da konnte ich ihn schließlich nicht zurückhalten. Ich kaufte ihm also Papier und Tusche, guten Tee und Tabakblätter, aber ich habe leider vergessen, ihn daran zu erinnern, daß er auf seine Gesundheit achten muß."

Gan Ziqian sagte mit Tränen in den Augen: „Sie sind wahrhaftig ein sehr guter Mensch. In einem solchen Maße Freundschaft zu üben, da können Sie sich wirklich voll Stolz an die Brust schlagen."

„Daran hat aber auch die neue Politik der Partei ihren Anteil. Wenn ich damals von denen, die mich zu den ‚Vier Gerümpeln der alten Zeit' rechneten, in die Mülltonne gefegt worden wäre, hätte ich mich dann noch um ihn kümmern können?"

Bedrückt und schweigend lief Gan Ziqian ein Stück Weges neben Sheng Shiyuan her, bis er plötzlich fragte: „Kann er noch sprechen?"

„Er kann schon, obwohl ihm die Zunge etwas schwer geht und die Bewegung ihn anstrengt."

„Dann ist noch etwas zu retten!" Gan Ziqian faßte freudig neuen Mut. Er überlegte: Man müßte den Vorschlag machen, jemanden mit einem Tonbandgerät zu ihm zu schicken; man müßte im Nationalen Volkskongreß einen Antrag einbringen für Sofortmaßnahmen zur Erhaltung der bei Gelehrten und Künstlern der alten Generation gespeicherten einmaligen Kenntnisse und Fertigkeiten; man müßte . . .

Sheng Shiyuan verabschiedete sich von Gan Ziqian und sagte: „Sobald die Ärzte das Verbot aufheben, werde ich Sie zu ihm führen."

„Ja, ja, sehr gut. Wie ist es, gibt es sonst noch irgendwelche Schwierigkeiten?"

„Schwierigkeiten gibt es schon, aber ich fürchte, Sie werden da auch nicht helfen können. Bilder-Han war sein halbes Leben lang Gelegenheitsarbeiter und ist nie in den Genuß der freien medizinischen Versorgung gekommen. Mir ist nach der Rehabilitierung ein bißchen was nachgezahlt worden, das habe ich alles für seinen Krankenhausaufenthalt zugeschossen. Aber das war nur eine erste Hilfe und löst das Problem nicht endgültig. Diese Krankheit ist nicht in zwei, drei Tagen überstanden, und mein Gehalt ist zwar mehr als ausreichend, um uns beide zu ernähren, aber um das Krankenhaus auch nur für einen zu bezahlen, ist es bei weitem zuwenig. Vielleicht können Sie eine Stelle ausfindig machen, die für ihn wenigstens die Arzneikosten übernimmt?"

„Das läßt sich machen", sagte Gan Ziqian kurz entschlossen. „Ich übernehme das selbst!"

Auf dem Rückweg war Gan Ziqian heiter und gelöst. Er hatte sich entschlossen, seine Spargelder auf Bilder-Hans Namen zu überweisen. Fast mit einem Gefühl der Dankbarkeit dachte er an Sheng Shiyuans letzte Bitte. Das Leben hatte ihm nun doch noch die Gelegenheit gegeben, mit einem reinen Gewissen vor sich selbst hinzutreten, wenn er dieser Welt ade sagen mußte.

1981

Nachbemerkung

Seit 1977, verstärkt seit 1978 ist in der Volksrepublik China eine Vielzahl literarischer Werke aller Genres publiziert worden, darunter mehrere tausend Erzählungen, Novellen und Kurzgeschichten. Sie treffen auf erstaunlich breiten Widerhall, begeisterte Zustimmung oder auch heftige Kritik bei den Lesern, die von der Literatur Antwort erwarten auf drängende Fragen des Lebens, auf ihre Suche nach einem neuen Weg und den Möglichkeiten des Sozialismus. In ihren Intentionen knüpft diese Literatur unmittelbar an das Anliegen jener Gruppe junger Schriftsteller von 1957 an, die sich den Namen *tanqiuzhe*, „Erkunder", gaben und zu denen auch die in diesem Band vertretenen Autoren Lu Wenfu und Gao Xiaosheng gehörten. Sie verfolgten die Absicht, „ernsthaft das menschliche Leben zu ergründen", im Gegensatz zu der in den fünfziger Jahren vorherrschenden Tendenz der Idealisierung seine Widersprüche aufzudecken und individuelle Schicksale wirklichkeitsgetreu zu schildern. Wie ihren Zeitgenossen Wang Meng und Deng Youmei ging es ihnen um stärkeren Realitätsgewinn, um Erweiterung der Thematik und gestalterische Vielfalt. Ihr erklärtes Ziel war es, „sich ins Leben einzumischen", wichtige gesellschaftliche Probleme aufzugreifen und dadurch die Entwicklung des Sozialismus zu fördern. Sie schufen damals eine Kurzprosa, die in künstlerischer wie thematischer Hinsicht einen Durchbruch der chinesischen Literatur signalisierte, doch unmittelbar darauf wurden diese Bestrebungen als gegen den Sozialismus und das Volk gerichtet bezeichnet, und es wurde verstärkt eine schönfärbende, problemlose Literatur gefordert, die sich mit der tagespolitischen Aufgabenstellung befaßte. Welche gesellschaftlichen Hintergründe waren die Ursache für diese Entwicklung, die sich nicht nur für die Literatur als tragisch erwies?

Nach der Gründung der VR China im Jahre 1949 wurde

nach einer dreijährigen erfolgreichen Rekonstruktionsära der Übergang zum Aufbau des Sozialismus verkündet. Die auf dem VIII. Parteitag der KP Chinas im Jahre 1956 beschlossene Generallinie des sozialistischen Aufbaus wurde auf einer zweiten Tagung im Jahre 1958 abgeändert zugunsten einer Beschleunigung des gesellschaftlichen Umwandlungsprozesses. Ermutigt durch die Erfolge der Anfangsperiode, besonders des ersten Fünfjahrplans (1953/57), versuchte die damalige chinesische Führung, durch einen „großen Sprung nach vorn" den Übergang zum Kommunismus zu verwirklichen. Kritiker dieses Kurses, die vor einem Überspringen notwendiger Entwicklungsstufen warnten, galten als Verfechter einer rechtsgerichteten, bürgerlichen Politik und wurden 1957/58 als „Rechte Elemente" zur Verantwortung gezogen. In den folgenden Jahren wurden unter dem Oberbegriff des Kampfes gegen bürgerliche Ideologie verschiedene Kampagnen ins Leben gerufen, von denen vor allem Intellektuelle betroffen waren. Professoren und Schriftsteller, Schauspieler und Musiker, Partei-, Wirtschafts- und Kulturfunktionäre wurden ebenso wie Studenten und Absolventen von Mittel- und Oberschulen zur Umerziehung aufs Land geschickt. Mit dem Vorwurf, „den kapitalistischen Weg zu gehen", wurden Führungskader aus ihren Positionen entfernt, bis schließlich 1966 die Auseinandersetzungen sehr direkte und offene Formen annahmen – damals Große Proletarische Kulturrevolution genannt –, in deren Verlauf die Volkswirtschaft an den Rand des Ruins gebracht wurde und es zu einer Deformierung der sozialistischen Errungenschaften in Basis und Überbau kam. Großer Schaden entstand auch im moralischen Bereich, menschliche Bindungen wurden zerstört. Als Hauptvertreter dieser kulturrevolutionären politischen Linie wurden 1971 der frühere Verteidigungsminister Lin Biao – siehe die „Kampagne zur Kritik an Lin Biao und Konfuzius" in den folgenden Jahren – und 1976 die Viererbande, die politische Führungsgruppe mit Jiang Qing an der Spitze, entmachtet. Die „zehn chaotischen Jahre" waren vorüber, die Beseitigung ihrer Folgen betrachtete die neue chinesische Führung als vordringliches Anliegen. Der kulturelle Bereich galt als besonders stark betroffen: Die Literatur existierte faktisch nicht mehr. Manche Schriftsteller waren zur Arbeitsbewährung aufs Land geschickt worden. Nach 1976, besonders aber seit dem 3. Plenum des ZK der KP Chinas im Dezember 1978, wurde mit einer neuen Verfassung, einer Wirtschaftsreform – die auch durchgreifende Veränderungen in der Landwirtschaftspolitik mit sich brachte –, einer Reform des Kadersystems, einem neuen Ehegesetz, mit der Rehabilitierung unschuldig Verfolgter und Gemaßregelter, mit dem Kampf gegen Korruption und Vetternwirtschaft eine neue Innenpolitik eingeleitet, die unter der Bezeichnung Vier Modernisierungen auf eine rasche Überwindung der in der Kulturrevolution entstandenen Schäden gerichtet ist und auf eine Hebung des Lebensniveaus des chinesischen Volkes abzielt.

Erst in der unmittelbaren Gegenwart können die „Erkunder“ und mit ihnen zahlreiche andere Autoren – erfahrene Schriftsteller aller Generationen und Debütanten – unter neuen Bedingungen die Wirklichkeit ergründen. Mit ihrem leidenschaftlichen Engagement für die gesellschaftliche Entwicklung, für die Bewältigung der jüngsten Vergangenheit knüpfen sie an die Traditionen der modernen chinesischen Literatur seit 1919, insbesondere der proletarisch-revolutionären Literatur der dreißiger Jahre und der des antijapanischen Widerstandes im Zweiten Weltkrieg an und stehen damit zugleich in einer Jahrtausende alten Traditionslinie, die von den chinesischen Schriftstellern eine aktive Haltung in den gesellschaftlichen Auseinandersetzungen forderte.

Eingebettet in ein fruchtbares literarisches Umfeld – auch die Lyrik und Dramatik nahmen einen beträchtlichen Aufschwung –, gewann die Kurzprosa nach 1978 starke Bedeutung. Viele Geschichten sind gekennzeichnet durch die persönlichen Erfahrungen der Erzähler, ihr infolge des eigenen Schicksals vertiefte Verständnis für die Probleme des werktätigen Volkes, durch größere Lebenskenntnis und Wirklichkeitsbezogenheit. Vor allem in der Zeit zwischen 1978/80 entstanden Werke, die sich mit den Auswirkungen der Kulturrevolution befaßten und in meist gefühlsbetonter, unreflektierter Darstellung seelische Wunden und moralisches Fehlverhalten bloßlegten. Sie wurden später als „Literatur des Traumas“ bezeichnet. Diese vorrangig durch ihre Thematik beeindruckenden Texte spielten eine bahn- und bannbrechende Rolle, sie machten den Weg frei für eine Fülle neuer Werke; nach chinesischer Auffassung bilden sie einen abgeschlossenen, in seiner Unmittelbarkeit nicht wiederholbaren

Abschnitt der chinesischen Literatur. Seit 1980 wendet sich die Kurzprosa verstärkt den gegenwärtigen gesellschaftlichen und individuellen Problemen zu, ohne jedoch auf die Auseinandersetzung mit den Ereignissen der Vergangenheit zu verzichten, die nunmehr aus kritischem Abstand zum bereits der Geschichte angehörenden Geschehen erfolgt. Dabei wird, nachdem eine Reihe künstlerischer Tabus der letzten Jahrzehnte gefallen sind und der IV. Schriftstellerkongreß im November 1979 die Schaffung einer Literatur, die dem Sozialismus dient, als das gemeinsame Ziel von Autoren unterschiedlicher künstlerisch-ästhetischer Positionen formulierte, eine breite Sicht auf die Realität deutlich. Zugleich entwickeln und vervollkommnen die Autoren ihre Erzähltechnik. In Anlehnung an Gestaltungsmethoden sowohl der klassischen und modernen chinesischen als auch der ausländischen Literatur beginnen sie stärker zu experimentieren, um bisher nicht gebräuchliche Ausdrucksformen zu ringen. Zwar dominiert, wie zum Beispiel in den Geschichten Lu Wenfus oder Chen Guokais, immer noch die traditionelle längsschnittartig-biographische Schreibweise, doch verraten der Einsatz von Rückblenden und die Zeitverschiebungen bei Wang Meng oder Zhang Xian, die szenische Kurzaufnahme bei Ai Wu, der Versuch eines inneren Monologs bei Shen Rong das Streben nach einer psychologisch vertieften Darstellung. Die häufige Wahl der Ich-Form einerseits und dokumentarischer Stilmittel andererseits verfolgt den Zweck, eine größere Authentizität und Glaubwürdigkeit des Erzählten zu erreichen. Deutlich erkennbar ist auch das Bemühen, mit der Schilderung von Menschen und Begebenheiten noch nicht bewältigte reale Probleme aufzuzeigen und es nicht – wie früher üblich – bei der Wiedergabe der Probleme bewenden zu lassen. In der Spiegelung individueller Schicksale wird das gesellschaftlich Relevante, Allgemeine sichtbar gemacht.

Ein in den vorangegangenen Jahren fast völlig aus der Literatur verschwundenes Thema wie die Privatsphäre, wie Liebes- und Eheprobleme taucht wieder auf. Die Behandlung dieser und ähnlicher Stoffe weist nachdrücklich darauf hin, daß die früher im Leben wie in der Kunst geforderte Selbstkasteiung, die absolute Mißachtung persönlicher Wünsche und Gefühle der Vergangenheit angehört und daß die Selbstverwirklichung des Menschen im weitesten Sinn Gegenstand, Inhalt und Ziel der Literatur geworden ist, die bei allem Zorn und aller Trauer über die Umwege der Geschichte die Hoffnung und das Vertrauen in die eigene Kraft, in die Würde des Menschen und in die Möglichkeit einer friedlichen, glücklichen Zukunft zu wecken sucht. In der Sicht auf das Tragische zeigt sich eine beginnende neue Qualität. Freilich wird dem deutschen Leser ein gewisser Zug von Sentimentalität und Melodramatik nicht entgehen, wir werten ihn als eine – vielleicht notwendige? – Zwischenstufe auf dem Weg zu dieser neuen Qualität. Traditionell wurde in der alten Literatur ein für die Protagonisten unglücklicher Ausgang fast immer in eine glückliche Zusammenführung umgewandelt, meist durch eine Metamorphose. Auch vor der Kulturrevolution fanden die tragischen Aspekte der Wirklichkeit kaum eine künstlerische Widerspiegelung. Bei der Auseinandersetzung mit den Geschehnissen der jüngsten Vergangenheit geht es im Kern um eine kritische und selbstkritische Wahrheitsfindung in einem sicherlich längeren Prozeß. Die Anwendung von Ironie und Satire deutet darauf hin, daß sich viele Autoren der intellektuellen Bewältigung der persönlichen wie der nationalen Geschichte anzunähern beginnen und daß sie im Bewußtsein ihrer traditionellen erzieherischen Funktion die Leser in diesen Prozeß einzubeziehen trachten.

Eine erstaunliche Erscheinung in der chinesischen Literaturszene ist der verhältnismäßig hohe Anteil von Schriftstellerinnen, besonders unter den neuen Autoren – hier vertreten durch die junge Wang Anyi und durch Shen Rong, die sich durch ihre sensible Gestaltung der moralischen Konflikte der mittleren Generation einen Namen gemacht hat. Eine der Ursachen für die literarische Präsenz der chinesischen Frauen liegt zweifellos darin, daß sie nach der Gründung der Volksrepublik (1949) erstmals die gesetzlich garantierte Chance sowie reale ökonomische und soziale Möglichkeiten für ihre Gleichberechtigung erhalten hatten. Denn wenn auf dem chinesischen Volk vor der Befreiung drei „Berge" (Imperialismus, Feudalismus, Kompradoren) lasteten, so lastete auf den Frauen zusätzlich ein vierter: die im Feudalismus begründete Diskriminierung ihres Geschlechts. Zwar konnten sie ihre neuen Möglichkeiten nur sehr unterschiedlich nutzen, doch das Bewußtsein ihres Selbstwertes war erwacht, sie begannen nach ihrer Selbstverwirklichung zu suchen. Daher spürten sie auch den Verlust der neugewonnenen Freiheit besonders schmerzlich, als Jahre später neben den politischen auch die sozialen und kulturellen Errungenschaften zunichte gemacht wurden. Heute engagieren sie sich mit großem Einsatz für die Gesundung der sozialökonomischen Verhältnisse und des geistig-kulturellen Klimas, denn sie wissen, daß dieses gesamtgesellschaftliche Problem auch ihr Problem ist.

Die ausgewählten Texte, die in ihrer Mehrzahl zu jenen gehören, die von Lesern und Kritikern als beste Neuerscheinungen des jeweiligen Jahres ausgesucht und prämiiert wurden, stammen von Autoren verschiedener Altersgruppen, so von den seit den zwanziger und dreißiger Jahren bekannten Schriftstellern Bing Xin, Ouyang Shan und Ai Wu, die noch zur ersten Generation der modernen chinesischen Literatur gehören und während der Kulturrevolution verstummten beziehungsweise unter Berufsverbot standen; von Autoren wie Ru Zhijuan oder Malqinhu, die ihr literarisches Debüt in den ersten Jahren der Volksrepublik gaben, deren hoffnungsvolle schriftstellerische Karriere jedoch gewaltsam für viele Jahre unterbrochen wurde; von neuen Autoren wie Shen Rong, Wang Anyi und dem ehemaligen Arbeiter Chen Guokai, die in den letzten Jahren die literarische Bühne betraten. Zu ihnen zählt auch Wang Zengqi, dessen Erzählungen vorwiegend eine weiter zurückliegende Vergangenheit ins Gedächtnis rufen.

Bei der Fülle von Werken bleibt die Auswahl von nur sechzehn Autoren ein Unterfangen, bei dem sich Auslassungen und Ungerechtigkeiten nicht vermeiden lassen. Außer den aufgenommenen Autoren verdienen bekannte Namen wie Ba Jin, Ding Ling, Ma Feng, Liu Shaotang, Chen Jiangong, Liu Xinwu, He Shiguang, Jiang Zilong, Feng Jicai und sehr viele andere Beachtung, die ebenso die zeitgenössische literarische Entwicklung prägen und mit dem gleichen Recht vorgestellt werden könnten, aber einer späteren Auswahl vorbehalten bleiben müssen. Wie ergänzungsbedürftig die Liste der Autoren auch sein mag, die hier vereinten Erzählungen bieten einen Querschnitt durch Problematik und Schreibweisen der Kurzprosa und gewähren somit einen Einblick in die gegenwärtige Literaturlandschaft Chinas wie auch in die Wirklichkeit und deren vielschichtige, komplizierte Prozesse. Das Buch möchte dazu beitragen, das Verständnis des DDR-Lesers für diese Literatur und Wirklichkeit zu fördern und die Verständigung und Freundschaft der Völker unserer beiden Länder im Ringen um die friedliche Zukunft der Menschheit zu entwickeln.

Berlin, im Oktober 1983 Die Herausgeber

Biographische Notizen

Ai Wu, *1904 im Kreis Lianfeng, Provinz Sichuan, als Sohn eines Dorflehrers geboren. Erhielt eine Lehrerausbildung, verließ aber unter dem Einfluß demokratischer Ideen die Schule. Führte 1925 bis 1930 ein Wanderleben in Südchina, Burma und Südostasien. Arbeitete als Hausdiener, Schankgehilfe, Koch, Korrektor, Lehrer, Redakteur. Schloß sich 1932 in Shanghai der „Liga linksgerichteter Schriftsteller" an. Anfang der sechziger Jahre erneut Wanderungen nach Südchina. War während der Kulturrevolution mehrere Jahre inhaftiert. Veröffentlichte zahlreiche Kurzgeschichten – wie die Sammlungen „Nanguo zhi ye" (Nacht über dem Südland, 1935), „Nanxing ji" (Aufzeichnungen von Wanderungen in den Süden, 1935), „Taohuang" (Flucht aus der Ödnis, 1939), „Nanxing ji xubian" (Fortsetzung der Wanderungen in den Süden, 1964) –, Erzählungen wie „Bajiaogu" (Das Bananental, 1939), autobiographische Geschichten wie „Wode qingnian shidai" (Meine Jugend, 1948) Romane wie „Shanye" (Bergwildnis, 1947) und „Bailianchenggang" (Hundertfach gehärteter Stahl, 1957), Gedichte, Reportagen, Essays und literaturtheoretische Arbeiten.*

Bing Xin (Xie Bingxin), *Pseudonym für Xie Wanying, 1900 im Kreis Minhou, Provinz Fujian, geboren. Sie entstammt einer Familie hoher Marineoffiziere. Besuchte 1914 bis 1918 eine Missionsschule, 1920 bis 1923 die Yenching-Universität in Peking. Studium der englischen Literatur in den USA (1923–1926), Dozentin für Literatur in Peking. 1946 bis 1951 Lehrauftrag in Japan. Veröffentlichte seit 1919 Lyrik – wie die Sammlungen „Fanxiang" (Unzählige Sterne, 1923) und „Chunshui" (Frühlingswasser, 1923) –, zahlreiche Erzählungen und Kurzgeschichten wie „Chaoren" (Der Übermensch, 1923) und Kindererzählungen. Wurde 1979 zur stellvertretenden Vorsitzenden des chinesischen Dachverbandes der Kunst- und Literaturschaffenden gewählt. Ihre Erzählung „Kong chao" (Ein leeres Nest) wurde 1980 preisgekrönt.*

Chen Guokai, *1938 geboren. War Arbeiter in einer Düngemittelfabrik in Guangzhou, heute freiberuflicher Schriftsteller. Veröffentlichte Kurzgeschichten und Erzählungen wie „Buzhang xiaqi" (Das Schachspiel, 1962), „Xinlaide tushuguanliyuan" (Der neue Bibliothekar, 1972), „Wo yinggai zenmo ban?" (Was soll ich tun?, 1979 preisgekrönt), „Chechuang huanghou" (Die Kaiserin der Werkbänke, 1980), „Lu" (Der Weg, 1982), „Pingchang de yi tian" (Ein ganz gewöhnlicher Tag, 1983) sowie die Sammlung „Yangcheng yi ye" (Eine Nacht in Guangzhou, 1980).*

Deng Youmei, *1931 in Tianjin, Provinz Hebei, geboren. Stammt aus einer ländlichen Arbeiterfamilie im Kreis Pingyuan, Provinz Shandong. Seit 1942 Mitglied der von der KP Chinas geleiteten Achten Armee. Nach 1949 Studium am Zentralinstitut für Literatur, begann zu schreiben. Wurde wegen seiner Erzählung „Zai yuanyashang" (Auf den Klippen, 1956) kritisiert. Arbeitete ab 1962 auf kulturellem Gebiet in der Stahlstadt Anshan. 1976 Rückkehr nach Peking, wo er als freiberuflicher Schriftsteller lebt. Schrieb Erzählungen: „Women de junzhang" (Unser Armeebefehlshaber, 1978 preisgekrönt), „Zhuigan duiwu de nübing" (Die Milizionärin des Verfolgungstrupps, 1979), „Na wu" (Die Fünf, 1982 preisgekrönt), „Gebitan" (In der Gobi, 1983) u.a.*

Gao Xiaosheng, *1928 in Wujin, Provinz Jiangsu, als Sohn eines Lehrers geboren. Studierte Wirtschaftswissenschaften und nach 1949 Journalistik. War als Kulturfunktionär tätig. Schrieb seit den frühen fünfziger Jahren Kurzprosa. Verfaßte 1957 die Ankündigung der von jungen Schriftstellern aus Jiangsu gegründeten Zeitschrift „Er-*

kunder", daraufhin bis 1979 Schreibverbot. Lebte als Bauer unter Bauern und galt als verschollen. Wurde 1979 rehabilitiert. Werke: die preisgekrönten Erzählungen „Li Shunda zao wu" (Li Shunda baut ein Haus, 1979) und „Chen Huansheng shang cheng" (Chen Huansheng geht in die Stadt, 1980), ferner „Loudouhu zhu" (Der Schuldner, 1979), „Mangchang de yitian" (Ein langer Tag, 1979), „Qianbao" (Der Geldbeutel, 1980), „Chen Huansheng zhuanye" (Chen Huansheng wechselt den Beruf, 1981), „Shui dongliu" (Die Wasser fließen nach Osten, 1981), „Nijiao" (Schlammfüße, 1983) u. a.

Li Zhun, *Pseudonym für Mu Huali, 1928 im Kreis Luoyang, Provinz Henan, als Sohn eines Händlers geboren. Wurde nach kurzem Schulbesuch Ladengehilfe, arbeitete nach 1949 bei der Post und im Bankwesen, war Lehrer und zeitweilig in der Leitung einer LPG tätig. Schrieb zahlreiche Erzählungen, wie „Buneng zuo natiaolu" (Diesen Weg darfst du nicht gehen!, 1953, dt. 1955), „Binghua xuexiao" (Wenn Schnee und Eis schmelzen, 1956), sowie Filmszenarien. Seine Erzählung „Mangguo" (Die Mangofrucht) wurde 1980 preisgekrönt.*

Lu Wenfu, *1928 im Kreis Taixing, Provinz Jiangsu, geboren. Besuchte die Oberschule. Schloß sich 1948 der Befreiungsrevolution an. Nach 1949 Journalist. Ab 1956 freiberuflicher Schriftsteller. Wurde 1957 als Mitglied der Gruppe „Erkunder" zum „Rechten Element" erklärt und zur Arbeitsbewährung geschickt. 1978 rehabilitiert. Schrieb zahlreiche Kurzgeschichten und Erzählungen: die preisgekrönten Texte „Xianshen" (Hingabe, 1978), „Tebie fating" (Sondergerichtshof, 1979) und „Xiaofan shijia" (Chronik eines Straßenhändlers, 1980), ferner „Rongyu" (Ruhm, 1955), „Xiao xiang shenchu" (Tief in einer stillen Gasse, 1956), „Wang hou de rizi" (Später, 1980), „Yilu pingan" (Gute Reise, 1981), „Tang Qiaodi fan shen" (Tang Qiaodi emanzipiert sich, 1981), „Weiqiang" (Die Mauer, 1983), u. a.*

Malqinhu, *1930 in Heichengzi, Provinz Liaoning, geboren, mongolischer Nationalität. Schloß sich 1945 der von der KP Chinas geleiteten Achten Armee an. Wurde 1946 Mitglied eines Kulturensembles der Inneren Mongolei. 1952 bis 1954 Studium am Zentralen Literaturinstitut in Peking, anschließend Propagandist in der Inneren Mongolei. Begann Anfang der fünfziger Jahre zu schreiben. 1964 Schreibverbot, 1966 für mehrere Jahre inhaftiert. 1976 rehabilitiert. Heute stellvertretender Vorsitzender des Schriftstellerverbandes in der Inneren Mongolei. Schrieb Erzählungen wie „Keerqin caoyuan de renmen" (Menschen der Horqin-Steppe, 1951; 1952 verfilmt), den Roman (Mangmang de caoyuan" (Endlose Steppe, 1957; 1958 verfilmt) sowie Filmszenarien.*

Mo Yingfeng, 1938 *im Kreis Yiyang, Provinz Hunan, geboren. Studierte Musik. War Dirigent, Komponist und Textdichter in einem Kulturensemble der Armee. Leitete nach der Entlassung aus der Armee eine Literaturgruppe in Changsha. Schrieb Erzählungen und Kurzgeschichten wie „Shancun wuyueye" (Mainacht im Bergdorf, 1972), „Minhu waizhuan" (Inoffizielle Geschichte des Konfusen, 1978), „Jiangjun yin" (Das Klagelied des Generals, 1980) sowie Romane für Kinder.*

Ouyang Shan, *Pseudonym für Yang Fengqi, 1908 in Jingzhou, Provinz Hubei, als Sohn eines Angestellten geboren. Besuchte eine Lehrerbildungsanstalt. Lebte nach Ausbruch des Krieges gegen Japan (1937) in den befreiten Gebieten, nachdem er sich in Shanghai der „Liga linksgerichteter Schriftsteller" angeschlossen hatte. Wurde während der Kulturrevolution verfolgt, 1974 Rückkehr aus einem Lager. Seit 1979 Vorsitzender des Schriftstellerverbandes in der Provinz Sichuan. Werke: die Romane „Zhuchi he tiechui" (Bambus und Eisenhammer, 1931), „Gao Ganda" (Onkel Gao, 1946), aus dem noch nicht vollendeten Zyklus „Yidai fengliu" (Eine unkonventionelle Generation) die Bände „Sanjia xiang" (Die Gasse dreier Familien, 1959) und „Kudou" (Bitterer Kampf, 1962) sowie zahlreiche Erzäh-*

lungen, wie „Qingnian nannü" (Junge Menschen, 1936), „Shibai de shibaizhe" (Der Verlierer, 1937) u. a.

Ru Zhijuan, *1925 in Shanghai, Provinz Zhejiang, geboren. Wuchs in Armut auf. Wurde nach kurzem Schulbesuch in Shanghai Mitglied einer Kulturgruppe der Volksbefreiungsarmee. Nach 1949 Lehrerin bei der Eisenbahn und Propagandistin in einem Bergwerk. 1955 Entlassung aus der Armee. Redakteurin bei einer Literaturzeitschrift. Begann Mitte der fünfziger Jahre zu schreiben. Publizierte zahlreiche Erzählungen: „Baihehua" (Lilien, 1958, dt. 1961), „Liming qian de gushi" (Geschichte vor der Morgendämmerung, 1957), „Jingjing de chanyuan" (Das Entbindungsheim, 1962, dt. 1963), „Caoyuan shang de xiaolu" (Der Pfad in der Grassteppe, 1979) u. a.*

Shen Rong, *1935 im Kreis Wushan, Provinz Sichuan, geboren. Tochter eines Richters am Obersten Gericht und einer Lehrerin. Arbeitete ab 1952 als Journalistin in Chongqing und studierte ab 1954 Russisch in Peking, danach Übersetzerin beim Rundfunk. Wurde 1969 bis 1973 zur Arbeitsbewährung auf das Land geschickt. Schrieb Mitte der sechziger Jahre Dramen, später die Romane „Wannian chun" (Unvergängliche Jugend, 1975) und „Guangming yu hei'an" (Helligkeit und Dunkelheit, 1978) sowie zahlreiche Erzählungen, wie „Ren dao zhongnian" (Menschen mittleren Alters, 1980; 1982 verfilmt), „Guanyu zaizhu guoyu wenti" (Zur Frage, wie die Ferkel über den Winter kommen, 1981), „Zhenzhen jiajia" (Wahr und falsch, 1982), „Tunse de xin" (Der verblichene Brief, 1982), „Duzi zeshengde hei" (Wie lebt man allein bis zum Dunkelwerden?, 1982), „Taizicun de mimi" (Das Geheimnis des Ortes Taizicun, 1982 preisgekrönt) u. a.*

Wang Anyi, *1954 in Tongan, Provinz Fujian, als Tochter der Schriftstellerin Ru Zhijuan geboren. Besuchte die Oberschule. Wurde während der Kulturrevolution zur körperlichen Arbeit in ein Dorf der Provinz Jiangsu geschickt, später in ein Kulturensemble der Stadt Xuzhou versetzt. Heute Redaktionsmitglied der Zeitschrift „Kindheit". Schrieb Erzählungen: „Xiaoyuan suoji" (Aus einem kleinen Wohnhof, 1980), „Yongchang zhi bei" (Unbedeutende Menschen, 1981) „Wutai xiao shijie" (Miniwelt der Bühne, 1982), preisgekrönt wurden „Benci liechuo zhongdian" (Endstation Shanghai, 1981) und „Liu shi" (Im Strom der Zeit, 1982) u. a.*

Wang Meng, *1934 in Peking geboren. Stammt aus einer Intellektuellenfamilie. Begann in den fünfziger Jahren zu schreiben. Wurde wegen seiner Erzählung „Zuzhibu xinlai de qingnianren" (Der junge Neuankömmling in der Organisationsabteilung, 1957) kritisiert. Wurde für fünf Jahre zur Arbeitsbewährung auf das Land geschickt und 1963 in die Provinz Xinjiang verbannt. 1978 rehabilitiert. Heute ist er Kandidat des ZK der KP Chinas, stellvertretender Vorsitzender des Schriftstellerverbandes in Peking und Chefredakteur der Zeitschrift „Renmin Wenxue" (Volksliteratur). Werke: der bereits 1956 verfaßte Roman „Qingchun wansui" (Es lebe die Jugend), die Erzählungen „Ye de yan" (Augen der Nacht, 1979), „Hujie" (Schmetterling, 1980), „Fengzhang" (Drachenbänder, 1980), „Xiangjian shi nan" (Die Zeit des Treffens ist schwierig, 1982 preisgekrönt) u. a.*

Wang Zengqi, *1920 im Kreis Gaoyou, Provinz Jiangsu, geboren. Begann bereits 1940 zu schreiben. Gegenwärtig arbeitet er als Szenarist einer Peking-Oper-Truppe in Peking. Veröffentlichte Erzählungen: „Danao jishi" (Aufzeichnungen aus Danao, 1981), „Wanfan hou de gushi" (Erzählung nach dem Abendessen, 1981) u. a.*

Zhang Xian, *1934 in Hangzhou, Provinz Zhejiang, geboren. Arbeitete als Techniker. Begann in den fünfziger Jahren zu schreiben. Wurde 1958 wegen der Erzählung „Kunao de qingchun" (Sorgenvolle Jugend, 1980 veröffentlicht) zum „Rechten Element" erklärt. Ende der siebziger Jahre rehabilitiert. Wurde vor allem durch die preisgekrönten Erzählungen „Jiyi" (Erinnerung, 1979), „Bei aiqing yiwang de jiaoluo" (Ein von der Liebe vergessener Winkel, 1980, verfilmt) und „Weiwangren“ (Die Witwe, 1981) bekannt. Weitere Werke: „Nüren a nüren“ Frauen, ach Frauen!, 1981), „Wudian“ (Der Schmutzfleck, 1981), „Zhen buduan de hongsixian“ (Ein unzerreißbarer roter Seidenfaden), „Yinxingshu“ (Der Ginkgobaum, 1982), „Chuntian de wu“ (Frühlingsnebel, 1982) u. a. sowie Filmszenarien.*

Anmerkungen

5 *Bannerfürst* Banner: hier administrative Einheit, die etwa einem Kreis entspricht

9 *kang* aus Ziegeln gemauerte heizbare Liegestatt, die, mit Strohmatten oder Wolldecken belegt, mehreren Personen Platz bietet; typisch für die Bauernhäuser im Norden Chinas

17 *Vorabend der Revolution* gemeint ist die Zeit des Volksbefreiungskrieges vor Gründung der VR China

18 *Guomindang* (Nationalpartei) 1912 gegründete Partei der chinesischen Bourgeoisie mit einem demokratischen Programm unter Führung von Sun Zhongshan (Sun Yatsen). 1927 verriet Jiang Jieshi (Tschiang Kai-shek, 1887–1976) die nationale Revolution, usurpierte die Partei und errichtete ein diktatorisches, proimperialistisches Regime, das 1949 von der Volksbefreiungsarmee unter Führung der KP auf dem chinesischen Festland beseitigt wurde. Gründung der VR China

Bai Juyi (772–846), berühmter chines. Lyriker, Essayist und Staatsmann

19 *Kampagne der vier Säuberungen* politische Bewegung (1963 bis Mai 1966), die von der Bevölkerung und von unteren Kadern Rechenschaft forderte über ihre politische und ideologische Haltung, ihren familiären Hintergrund, ihre wirtschaftliche Lage

22 *Ming-Zeit* die chines. Ming-Dynastie (1368–1644)

24 *maotai* aus Hirse hergestellter hochprozentiger Branntwein

29 *Huang Shiren* Grundbesitzer aus der Oper „Das Mädchen mit den weißen Haaren“ (siehe Anmerkung Seite 342)

34 *yuan* chines. Währungseinheit; 1 yuan = 10 jiao

35 *Achte Armee* Als zu Beginn des Krieges gegen Japan (1937) Guomindang und KP Chinas zusammenarbeite-

ten, wurden die unter Führung der KP Chinas stehenden Widerstandsgruppen der Roten Armee in NW-China zu der Achten Armeegruppe der nationalen Revolutionsarmee umorganisiert. Diese sogenannte Achte Armee war Vorläufer und Stammtruppe der Volksbefreiungsarmee

45 *Erfahrungen von Daqing und Dazhai* Das Ölfördergebiet Daqing in NO-China und die Produktionsbrigade Dazhai, Provinz Shanxi, galten als mustergültige Industrie- bzw. Landwirtschaftsbetriebe, die im wesentlichen aus eigener Kraft, d. h. ohne staatliche Zuschüsse arbeiten sollten

49 *Bodhisattwa* ein „für die Erleuchtung bestimmtes Wesen", ein zukünftiger Buddha

50 *fen* chines. Währungseinheit; 100 fen = 1 yuan

55 *mu* chines. Flächenmaß; 1 mu = 6,6 Ar, 1 ha = ca. 15 mu

59 *liang* chines. Gewichtseinheit; 1 liang = 37,3 g

69 *Huai-Hai-Ebene* der südliche Teil der Nordchinesischen Tiefebene. Hier fand vom 6. 11. 48 bis zum 10. 1. 49 eine Entscheidungsschlacht im Volksbefreiungskrieg statt

76 *li* chines. Längenmaß; 1 li = 576 m

82 *Yuan-Dynastie, Yuan-Zeit* (1279–1368), Zeit der Mongolenherrschaft in China

96 *Kampagne zur Kritik an Lin Biao und Konfuzius* politische Bewegung zur Verurteilung des ehemaligen Verteidigungsministers und designierten Mao-Zedong-Nachfolgers Lin Bao (1907–1971) und des altchinesischen Philosophen Konfuzius, die Mitte 1973 begann und sich gegen Kritiker des kulturrevolutionären Kurses richtete. Einer der Hauptbetroffenen war der damalige Ministerpräsident Zhou Enlai

104 *Beschluß zur Reform des Funktionärsapparates* gemeint ist der Beschluß der 5. Plenartagung des XI. ZK der KP Chinas im Frühjahr 1980

109 *„lebender Ahne"* ehrerbietige, respektvolle Anrede

119 *Kalender hat . . . vierundzwanzig Perioden* Das chinesische Jahr wird in vierundzwanzig Perioden unterteilt, in Übereinstimmung mit den Tagen, an denen die Sonne in den ersten und fünfzehnten Grad eines Tierkreiszeichens eintritt

138 *„schwarze Clique“, „Machthaber...“* abwertende Bezeichnungen für in der Kulturrevolution verfolgte Funktionäre

jiaozi mit Fleisch gefüllte Teigtäschchen

139 *Lao She* (1899–1966), chines. Schriftsteller

Zhao Shuli (1906–1970), chines. Schriftsteller

140 *Su Qin* Gesandter des Staates Yan in der Zeit der Streitenden Reiche (475–221 v. u. Z.), der mit der Absicht, ihn zu schwächen, den Staat Qi zu kriegerischen Auseinandersetzungen mit anderen Reichen aufwiegelte

Zhang Yi Adliger aus Wei, seit 328 v. u. Z. Kanzler des Staates Qin, festigte die Vorherrschaft Qins u. a. über sein Heimatland

158 *Mittherbstfest* auch Mondfest genannt, wird nach dem traditionellen Kalender am 15. Tag des 8. Monats gefeiert

164 *Pan Gu trennte Himmel und Erde* Pan Gu, der erste Mensch in der chinesischen Mythologie, formte aus dem Chaos, das ihn gebar, mittels Hammer und Meißel den Himmel und die Erde

167 *Guo Moruo* (1892–1978), chines. Lyriker, Dramatiker, Historiker und Politiker

173 *Jingpo-Volk* nationale Minderheit im Südwesten der Provinz Yunnan

174 *Han-Chinesen* die eigentlichen Chinesen, sie machen ca. 90 Prozent der Bevölkerung Chinas aus

Dai ethnische Gruppe im Süden und Südwesten Chinas, die Dialekte der Tai-Sprachen spricht und deren materielle Kultur der der Südchinesen ähnelt

219 *huntun* Mehlklöße mit Fleischfüllung

249 *jiao* chines. Währungseinheit; 1 jiao = 10 fen

253 *Yoga-Totenandacht* dient der Erlösung der Seele von der Wiedergeburt; Anspannung der geistigen Kräfte in der Versenkung und Kontemplation gemäß der altindischen Yoga-Lehre

„Gespräche des Konfuzius“ chines.: „Lunyu“ (Vermischte Gespräche), von den Schülern des Konfuzius (551–479 v. u. Z.) zusammengefaßte Unterredungen mit dem Meister, die das Wesentlichste seiner Lehre enthalten

255 *Bodhisattwa Maitreya* der zukünftig erscheinende fünfte Buddha

Trimurti die Dreieinigkeit von Brahma, Wischnu und Schiwa, der drei hinduistischen Hauptgötter

256 *„Nama Amitabha"* (sanskr.) Anrufung Buddhas

im Jahre zehn der Republik 1921; die Republik China wurde 1911 gegründet

257 *Bodhisattwa Ksitigarbha* im chines. Mahayana-Buddhismus eine der am meisten verehrten Gottheiten

266 *„Senfkorngarten"* berühmtes Lehrbuch der Malkunst von Li Yu (1611 bis etwa 1679) u. a., eines der Hauptwerke des chines. Holzschnitts und Farbdrucks

271 *Tempelwächter Heng und Ha, vier große Himmelskönige* Gestalten der buddhistischen Mythologie

272 *Sakyamuni* Name des indischen Religionsstifters Gautama Buddha (etwa 550 bis etwa 480 v. u. Z.)

Lohan (chines.) für (sanskr.) Arhat: Schüler Buddhas; Mönche, die sich auf dem Weg zur Erleuchtung befinden

281 *der alte Yugong kann Berge versetzen* altes chines. Gleichnis für Beharrlichkeit aus dem „Buch Liezi" (bisher Lie Yukou, 5. Jh. v. u. Z., zugeschriebenes philosophisches Werk, stammt aus dem 4. Jh. u. Z.). Darin wird von einem Mann erzählt, der zusammen mit seinen beiden Söhnen zwei große Berge abtrug, weil sie den Weg von seinem Haus versperrten

282 *mao* umgangsspr. für jiao, chines. Währungseinheit

296 *Drachenbootfest* am 5. Tag des 5. Monats nach dem traditionellen Kalender zur Erinnerung an den Tod des Dichters und Politikers Qu Yuan (340–278 v. u. Z.) der sich im Flusse Miluo ertränkte, weil er in der Verbannung seine politischen Ideale nicht realisieren konnte. Zu diesem Fest werden Wettfahrten verzierter Drachenboote veranstaltet sowie Mehlklöße als Totenopfer in den Fluß geworfen

298 *„Das Mädchen mit den weißen Haaren"* Oper (1945) von He Jingzhi (geb. 1924) und Ding Yi (geb. 1921), in der die Grausamkeit der reichen Grundbesitzer angeprangert wird

301 *Begnadete des Birngartens* Bezeichnung für berühmte Schauspieler; Birngarten: Name der ersten Theater-

schule Chinas, gegründet von Kaiser Xuanzong (713–756)

302 *Song-Zeit* chines. Song-Dynastie; Nördliche Song (960–1127), Südliche Song (1127–1279)

Zhang Zeduan berühmter Maler des 12. Jh., Hofmaler und Akademiker in Kaifeng

Acht-Banner-Leute ursprünglich Bezeichnung für die acht mandschurischen Armeen, die 1644 von Norden her China unterwarfen. Nach der Gründung der Mandschu-(Qing-)Dynastie wurden alle Mandschu, die ihr Stammesgebiet nördlich der Großen Mauer verlassen hatten, Banner-Leute genannt. Sie genossen gegenüber den (Han-)Chinesen bedeutende Privilegien

303 *Pipa-Laute* Laute mit vier Saiten, eines der ältesten und beliebtesten chines. Volksinstrumente

304 *„Verlust der Stadt Jieting"; „List der leeren Stadt"; „Hinrichtung des Ma Su"* Opern nach Episoden aus dem Roman „Die Drei Reiche" von Luo Guanzhong (14. Jh.)

Zhuge Liang Kanzler und Feldherr des Reiches Shu, eines der Drei Reiche im 3. Jh. Beliebte Roman- und Dramengestalt, gilt im Volk als ein Begriff für scharfen Verstand, militärisches Talent und Mutterwitz

310 *Shu, Long* historische Anspielung auf den Auftrag Kaiser Guang Wudis aus d. Späten Han-Zeit (25–220) an seinen Feldherrn Cen Peng, zunächst Long (Gegend in der heutigen Provinz Gansu) und danach noch Shu (Gegend in Sichuan) zu erobern

312 *Mandschu-Dynastie* auch Qing-Dynastie (1644–1911), letzte Dynastie in China vor Ausrufung der Republik

315 *vor der Befreiung Pekings* vor dem Einmarsch der Volksbefreiungsarmee in Peking im Frühjahr 1949

318 *Beschlüsse des 3. Plenums* Die 3. Tagung des XI. ZK der KP Chinas (18. 12.–22. 12. 1978) beschloß, den Schwerpunkt der Arbeit auf die Vier Modernisierungen – der Industrie, Landwirtschaft, Landesverteidigung, Wissenschaft und Technik – zu verlagern

323 *„Vier Gerümpel der alten Zeit"* – abfällige Bezeichnung für die (aus der Feudalzeit stammenden) alten Ideen, Sitten, Gebräuche und Kultur

Inhalt

Quellenverzeichnis

Ai Wu, Ein Fest am Dashan; aus: Renmin Wenxue (Volksliteratur), 10/1981

Bing Xin, Ein leeres Nest; aus: Beifang Wenxue (Literatur des Nordens), 3/1980

Chen Guokai, Herr und Diener; aus: Shanghai Wenxue (Shanghai-Literatur), 10/1981

Deng Youmei, Suche nach Bilder-Han; aus: Renmin Ribao (Volkszeitung), 24. 10. 1981

Gao Xiaosheng, Chen Huansheng geht in die Stadt; aus: Renmin Wenxue (Volksliteratur), 2/1980

Li Zhun, Die Mangofrucht; aus: Renmin Wenxue (Volksliteratur), 10/1980

Lu Wenfu, Die Chronik einer Straßenhändlerfamilie; aus: Yuhua (Blumenregen), 1/1980

Malqinhu, Die Geschichte eines lebenden Buddha; aus: Renmin Ribao (Volkszeitung), 12. 7. 1980

Mo Yingfeng, Seine Majestät, der Fleischer; aus: Renmin Wenxue (Volksliteratur), 10/1981

Ouyang Shan, Die Trauer der Erfolgreichen; aus: Renmin Wenxue (Volksliteratur), 9/1979

Ru Zhijuan, Eine falsch redigierte Geschichte; aus: Renmin Wenxue (Volksliteratur), 2/1979

Shen Rong, Ein rosenroter Abend; aus: Beijing Wenyi (Pekinger Kunst und Literatur), 8/1980

Wang Anyi, Dieser Zug endet hier; aus: Shanghai Wenxue (Shanghai-Literatur), 10/1981

Wang Meng, Voller Besorgnis und kleinherzig; aus: Shanghai Wenxue (Shanghai-Literatur), 9/1979

Wang Zengqi, Die Mönchsweihe; aus: Beijing Wenyi (Pekinger Kunst und Literatur), 10/1980

Zhang Xian, Ein von der Liebe vergessener Winkel; aus: Shanghai Wenxue (Shanghai-Literatur), 1/1980

Knaur

Die atemberaubende Geschichte einer großen Liebe vor dem Hintergrund des britisch-amerikanischen Krieges. [1502]

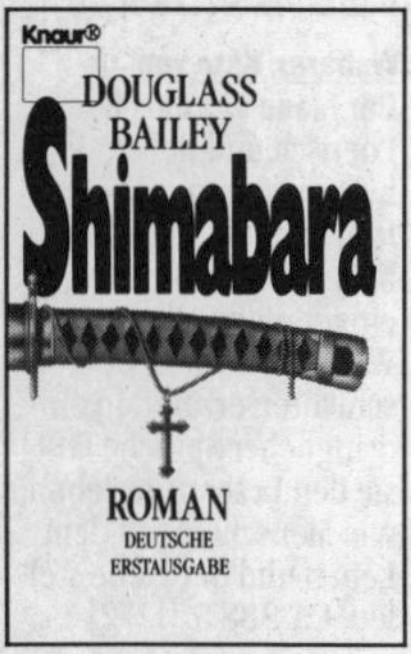

Japan um 1630: Soldaten im Dienst von Jesuiten kämpfen mit Armeen des Shogun. [1591]

Eigentlich wollte er im Westen ein neues Leben beginnen… Doch bei seiner Arbeit in der Welt der Geheimdienste gerät er in viele Verstrickungen. Erscheint Dezember [1593]

Hyde, Anthony
Red Fox
Der amerikanische Journalist Thorne gerät auf der Suche nach einem Verwandten an einen politisch brisanten Fall, der die Aufmerksamkeit des KGB auf sich zieht.
432 S. [1582]

England im 17. Jahrhundert: die Geschichte einer Feindschaft zweier berühmter Familien der englischen Gesellschaft. Erscheint Dez. [1435]

Nach vielen Ehejahren von ihrem Mann verlassen, geht eine Frau ihren Weg – zu Erfolg und Glück. [1431]

Viel Buch für wenig Geld